JN330631

目次

元　禄

年次不詳

芭蕉全発句

まえがき

この本の切掛けは、前に河出書房新社が『日本の古典』という文学叢書を出した時、その一冊として『松尾芭蕉』の巻を引き受けたことにあった。この一冊は、芭蕉の発句を主として、その他紀行文・俳文・俳論などを添えたものだが、その中で発句の数は七四五句で、全体の七割五分ほどに達していた。だが、この叢書の企画者である河出書房新社の藤田三男《みつお》君と、担当者である日賀志康彦《ひがしやすひこ》君は、私に芭蕉の全俳句の注釈を書くことを慫慂《しょうよう》してやまなかった。

芭蕉の全発句は、およそ一千句弱と言われる。編者によって増減はあるが、存疑・誤伝の句を除いて数えれば、『定本芭蕉大成』九九三句、『校本芭蕉全集』九八〇句、岩波文庫『芭蕉俳句集』九八二句と、それぞれ番号を打ってあるのではっきりしている。すると私が注釈し残したものは、おおよそ二四〇句である。数から言えば、大したことはないと言えるかも知れない。だが、それに思いの外月日をかけてしまったのは、興味のある句は大方前にすませてしまっていたからである。

だが、ここにともかく前半を完了して、上梓することが出来た。貞享五年（九月三十日改号して元禄元年）までの句で、残りは死の年元禄七年までに六ヵ年しかない。だが、それは詩人として、また芸術家として、最も充実した六ヵ年で、量的にもその前の数十年に対して拮抗するのである。それは引き続いて、目下進行中だから、遠からず上梓の運びに到るであろう。

私は前に『芭蕉――その鑑賞と批評』を書いて、芭蕉の発句の訓詁の仕事に初めてかかわりを持った。これは芭蕉の発句から一四七句を選んで注解を加えたものであるが、この仕事で私は、およそ訓詁注釈の仕事がどのような重みを持ったものであるか、身にしかと感じ取った。私がこれまでの古典学者たちの業績で、何から一番恩恵を受けているかと言えば、それはことごとしい議論ではなく、地道な一語一語の意味やニュアンスなどの探求を基礎とした訓詁注釈の仕事なのである。私は大学の講座で、師匠釈《しやく》迢空《ちようくう》から、原典の一字一句を如何に深く訓まなければならないかを学んだ。私は低声にささやかれるような訓詁の著述に、中世の倭学者たちや近世の国学者たちの、古典への没頭の中に貫いた耿々《こうこう》の志を見るのである。及ばずながら私も、彼等の志したあとを歩もうとする者に過ぎない。

一句一句の注釈は、前著『芭蕉――その鑑賞と批評』に較べれば、態度がはなはだ軽くなっている。これは前著を読まれた人には、物足りないかも知れぬ。だが両書は、その目的が違っているのだ。これは一句の味解について、読者にある指針を与えれば足れりとする。ここでは私は自分の解釈を、あまり人に押しつけようとする態度を避けた。それでもなお、前著の余韻はここに濃く残っているかも知れぬ。

自己を没却した解の軽やかさも、私はあってほしいと思う。だが、その境にまで到達するのは、まさに訓詁のわざの名人芸と言うべきであろう。そこまで到りたいと思う。だが覚束《おぼつか》ない。

発句の訓詁の仕事となると、思い出す芭蕉の言葉がある。芭蕉の「辛崎」の句に対する其《き》角《かく》・去来《きょらい》の評語について、芭蕉が言った、「角・来が弁、皆理屈なり。我はたゞ、花より松の朧にて、おもしろかりしのみ」（『去来抄』先師評）という言葉だ。同じことを別の場合には、「一句の問答に於ては然るべし。但シ予が方寸の上に分別なし。いはゞ、さゞ波やまのゝ入江に駒とめてひらの高嶺のはなを見る哉、只眼前なるは」（雑談集）とある。前者は、おそらく元禄七年最後の旅の折、京で去来に言った言葉であり、後者は少くとも元禄二年以前、たぶん江戸で其角に言った言葉である。句の解釈にさんざん知恵をしぼっている時に、この「角・来が弁、皆理屈なり」とか、「只眼前なるは」とかいった芭蕉の言葉が、ふと聞えることがある。聞える時は、私が何時か訓詁の興味に惹かれて、解釈の過剰に陥ろうとしている時である。「言ひおほせて何かある」。――これも芭蕉の言葉だ。そういう声が私に聞えてくるようになったというのは、私にとって進歩なのか、退歩なのか。いや、そういう問いかけすら、「理屈なり」と言って、芭蕉に一蹴されるであろう。

本書執筆に際して、芭蕉の発句のテキストとして用いたものを、左に列記して、ここにお礼申上げて置きたい。

『定本芭蕉大成』（尾形仂・加藤楸邨・小西甚一・広田二郎・峯村文人）　三省堂

『校本芭蕉全集』発句篇（阿部喜三男・荻野清・大谷篤蔵）　角川書店
岩波文庫『芭蕉俳句集』（中村俊定）　岩波書店
古典俳文学大系『芭蕉集』（井本農一・堀信夫）　集英社

このうち特に中村氏の文庫本を座右から離すことがなかった。また句の解釈については、諸家の説を参照することが多かったが、私の眼の及ばなかったものも多いに違いない。そのうち特にその人の特記すべき説と思われるものは、出来るだけそのむね書き記しておこうと努めたが、洩れたものもあろうことを怖れている。

最後に、本書の執筆、刊行に当って、河出書房新社の竹田博、藤田三男、日賀志康彦、久米勲、飯田貴司の諸君の助力を得たことを、特に申し添えておきたい。

昭和四十九年三月十日

山本健吉

寛文・延宝

寛文期

■寛文二年　壬寅（一六六二）　一九歳

廿九日立春ナレバ

春やこし年や行《ゆき》けん小晦日《こつごもり》　（千宜理記《ちぎりき》）

十二月二十九日に立春が来た年は寛文二年だから、これは芭蕉の句の中で、年次の分っている最も古い句となる。小晦日は大晦日《おおつごもり》の前日。年内立春の句で、年内立春は連俳では、和歌と違って冬季とされる。年内立春に感興を発することは、古今集巻頭の歌「年の内に春は来にけりひととせを去年《こぞ》とや言はむ今年とや言はむ」（在原元方）に始まる。この句は、まだ小晦日というのに、春がやって来てしまったのだろうか、それとも年が行ってしまったのだろうか、と暦の矛盾に興じているのだ。言葉は同じく古今集（伊勢物語にも）に、伊勢の斎宮が秘かに在原業平に逢ったときの歌、「君や来し我や行きけむ思ほえず夢か現《うつつ》か寝てか覚めてか」に拠る。貞門風の言葉の洒落である。

■寛文三年　癸卯（一六六三）　二〇歳

月ぞしるべこなたへ入《いら》せ旅の宿

（佐夜中山集《さよのなかやま》）

『佐夜中山集』（松江重頼《しげより》編）は寛文四年九月二十六日の奥書があるが、巻末に「六月上旬」と明記され、六月にはすでに成稿と見られるので、これは三年またはそれ以前の秋の作である。謡曲『鞍馬天狗』の小謡に「夕《ゆうべ》を残す花のあたり、鐘は聞えて夜ぞ遅き、奥は鞍馬の山道の、花ぞしるべなる、こなたへ入らせ給へや」の句を踏まえた。「花咲かば」と言ったら、誰でも知っている謡の文句だし、花を月に転じた機知が賞されたのである。「旅」に「入らせたび《ヽヽ》たまへ」を掛けている。灯火はなくとも、明るい月こそ道しるべと申すものです、どうぞこちらへおいで下さい、と旅籠屋《はたごや》の女主《おんなあるじ》の言葉を、謡曲風に上品に仕立てた句。

■寛文四年　甲辰（一六六四）　二一歳

姥《うば》桜《ざくら》さくや老後《らうご》の思ひ出《いで》　（佐夜中山集）

寛文四年、またはそれ以前の春の作。姥桜は彼岸桜の一種で、落花するまで葉の出ないもの。「歯なし」に掛けて姥桜と言う。それから、あだっぽい年増女の意になる。一期の思い出に老女が色気を匂わせている様子を連想したのである。謡曲『実盛』の「老後の思ひ出これに過ぎじ」を踏まえたものか。

■寛文五年　乙巳（一六六五）　二二歳

時雨《しぐれ》をやもどかしがりて松の雪　（続山井《ぞくやまのい》）

寛文六年刊の『夜錦』（内藤風虎《ふうこ》編、逸書）からの引用として『詞林金玉集』（宗臣編、延宝七年。引用書九十七冊にも及ぶ俳諧撰集）に出ているから、同年またはそれ以前の冬の句。何丸の『芭蕉翁句解大成』には、寛文五年の吟としているが、その公算は非常に大きい。時雨は初冬の季題だから、たぶん十月作であろう。ただし、『詞林金玉集』には、「時雨をばもどきて雪や松の色」の形で出ている。『続山井』の編者北村湖春が、改めたとも見られる。

降っては止み、降っては止みする時雨をもどかしがって、待ちに待った雪を今朝松は戴《いただ》いている、という意。「松」に「待つ」を掛けている。長い時間的経過を籠《こ》めて、初雪を待つ松の心を詠んでいる。『詞林金玉集』の形では、時雨の降りようを真似て、わずかばかりの雪を、松は白く戴いている、というほどのこと。紅葉の色を染める時雨と違って、雪がその白さで松の青色を鮮かに浮き立たせていることを籠めた。

■寛文六年　丙午（一六六六）　二三歳

年は人にとらせていつも若《わか》夷《えびす》　（千宜理記）

『詞林金玉集』に、『夜錦』からの引用として、「年や人にとられていつも若ゑびす」という形で出ているので、寛文六年またはそれ以前の新春の作と見る。句の形としては、『千宜理記』の方が表現が素直でよい。若夷は『好色一代男』に「『おゑびす、若ゑびす』と売る声に少し春の心地して」とある。正月早朝に売り歩く、えびす神の像を印刷したお札で、家々では門に貼ったり、歳徳棚《としとくだな》にまつったりして、福を祈った。そのお札をも、それを売り歩く者をも、その声をもいう。ここでは若夷の像の、いつもにこにこして若々しいのを、年は人に取らせているから何時も若いのだと、洒落を言って軽く興じたのである。ずっと後年の句、「人に家をかはせて我は年忘」（猿蓑）に似ているが、昔の句の調子がひょいと出て来たのであろう。

京は九万九千くんじゅの花見哉　（詞林金玉集《しりんきんぎょく》）

前句と同じく、『夜錦』からの引用なので、寛文六年またはそれ以前の春の作。「京は九万八千家」（日本略記、本朝二十不孝）などと言われる言葉を用いた。「群集《くんじゅ》」と訓むのは、謡曲はじめ、平家物語や天草本伊曾保にも見え、謡曲ではことに「貴《き》賤群集《せんくんじゅ》する」と用いるので、それを引っ掛けて「九千くんじゅ」と言ったのである。京の花見時の賑わしさを、言葉の洒落と、k音を重ねる音調の快さによって示した句。

花は賤《しづ》のめにもみえけり鬼《おに》薊《あざみ》　（続山井）

『続山井』（北村湖春《こしゅん》編）は寛文七年刊だが、『詞林金玉集』には『夜錦』からの引用とあるので六年またはそれ以前の春の作。野に咲く鬼薊《おにあざみ》は、ふだん誰の眼にも注意されぬが、紅紫色の花は意外に美しいから、賤《しづ》の女《め》の眼にも触れるといったもの。「賤のめ」は「女」と

「眼」とを掛け、また古今集序に、「めに見えぬ鬼神をも、あはれと思はせ、をとこ女のなかをもやはらげ」とあるのを踏まえて、それなのに鬼と名のつく鬼薊は賤しい女の眼にも触れると諧謔を言ったのである。謡曲『山姥』に、「人を助くるわざをのみ、賤の目に見えぬ鬼とや人のいふらん」とあるのも、響いていよう。

夕《ゆふ》皃《がほ》にみとるゝや身もうかりひよん　（続山井）

『詞林金玉集』には、「夕顔の花に心やうかりひよん」の形で『耳無草』（逸書）から引いている。『続山井』は寛文七年十月刊ながら奥書によって五月成立と思われるので、晩夏（六月）の夕顔の花の句は、寛文六年またはそれ以前の作と見る。ただし万治二年（一六五九）刊の『鉋屑《かんなくず》集』に、「夕顔の花にこゝろやうかれひよん」（俊之）とあるから、それを知っていたら、もちろん発表しなかっただろう。

夕顔の白く美しい花に見とれて、わが身も「うかりひよん」となってしまった、うっかりぼんやりしてしまった、ということ。「身もうかりひよん」に、この身も夕顔ならぬ瓢《ひよん》（瓢簞）になってしまった、という意味を掛けている。夕顔には源氏物語の夕顔の巻も連想され、たおやかな美人の夕化粧した顔のイメージがあろう。

七夕《たなばた》のあはぬこゝろや雨中天《うちゅうてん》　（続山井）

寛文六年（またはそれ以前）の七月の作。七夕の夜雨が降れば、牽牛《けんぎゅう》・織女《しょくじょ》の二星は天の川を渡って、年に一度の逢う瀬を楽しむことが出来ない。雨が降らなければ、二星の心は喜びで有頂天なのだが、これでは有頂天どころか、悲しい雨中天だと、洒落を言ったのである。

荻《をぎ》の声こや秋風の口うつし　（続山井）

寛文六年（またはそれ以前）の初秋の作。荻の声は、荻の葉に吹く秋の初風。古来その葉ずれにそよぐ音に、秋の到来を感じ取った。荻の声に、荻も擬人化されていると見て、秋風も擬人化し、秋風が口うつしに秋の哀れを教えたので、荻も「そよ」と声を立てると言ったもの。自然現象を男女の交情に見立て、荻の声に閨房のささめ言を聞き取ったのである。

寝たる萩《はぎ》や容《よう》顔《がん》無《ぶ》礼《れい》花の顔　（続山井）

寛文六年（またはそれ以前）の初秋の作。地に伏し乱れた萩を、「寝たる萩」と言ったので、しどけなく寝た姿だから、容顔美麗でなく、容顔無礼だと言ったのである。美女にたとえたから、「花の顔」と言ったのだが、「容顔」と「顔」と重複の感はまぬかれまい。

たんだすめ住《すめ》ば都ぞけふの月　（続山井）

寛文六年（またはそれ以前）の中秋の作。「たんだ」は「ただ」の撥音化。「たんだ降れ〳〵、やれ淡雪の」「たんだ振れ〳〵、六尺袖をさ」などといった俗謡が、当時流行した。「住めば都」は俗諺《ぞくげん》で、「鳥もかよはぬ山なれど、住めば都よ我が里よ」（『松の葉』鳥組）などとも唱われた。この句は俗謡仕立てで、「澄む」に「住む」、「今日」に「京」が掛けてある。中秋名月（今日の月）よ、ひたすら澄みわたってくれ、住（澄）めば都というではないか、こんな田舎でも都みたいに思えるのだから、ただもう澄みに澄んでおくれ、京の月のつもりになって、というほどのこと。

秋風の鑓《やり》戸《ど》の口やとがりごゑ　（続山井）

寛文六年（またはそれ以前）の晩秋の作。鑓戸は遣戸《やりど》であって、引戸のことだから、鑓とは何の関係もないが、ここでは鑓の縁で尖《とが》りと言い、口（戸口）の縁で声と置いた。とがるとは神経が鋭くなること、怒ることであり、尖り声はとげとげしい調子の怒り声である。肌身を刺すような秋風が、遣戸の口にすさまじく吹きつけて、尖り声を発している、というのである。秋風の姿情を言葉の連想にすがって表現しようとした句。

影は天《あめ》の下《した》てる姫《ひめ》か月のかほ　（続山井）

寛文六年（またはそれ以前）の秋の作。下照姫は大国主神の娘で、天若日子《あめわかひこ》の妻。古今集序に、「（歌は）ひさかたのあめにしては、したてるひめにはじまり、あらがねのつちにしては、すさのをのみことよりぞおこりける」とある。容姿端麗と伝えられる。この美しい月光は、天の下を照らす下照姫の顔なのであろう、と見立てたもの。このころ芭蕉は、「花の顔」「月の顔」などと、自然を擬人化した表現をよくしているが、貞門時代の好みである。

月の鏡小《こ》春《はる》にみるや目《め》正《しやう》月《ぐわつ》　（続山井）

寛文六年（またはそれ以前）の十月の作。「冬月」の題下に載せる。「月の鏡」は満月、またはそれに近い前後の月、すなわち丸い鏡のような月である。小春は陰暦十月の称、小春日和の暖い日がつづく。「鏡」「見る」「目」が縁語で、「小春」「正月」も同様。鏡のような月を小春に眺めて、思わぬ「目正月」をしたというので、「目正月」とは美しいもの、よいものを見た時にいう俗語である。普通日中に使う「小春」をことさら夜に使ったのは、如何にもわざとらしいが、「初春」ならぬ「小春」に、「目の正月」をしたという洒落なのである。

霜《しも》枯《がれ》に咲《さく》は辛《しん》気《き》の花《はな》野《の》哉《かな》　（続山井）

寛文六年（またはそれ以前）の冬の作。霜枯の野に、美しかった秋の花野の名残を見せて、ちらほらと秋草が咲き残っているのは、いつまでも気をもませて、辛気な花野のさまよ、というほどの意。「心づくしの秋」と古今集に言い、秋はさまざまに人の心を労せしめるものであるが、冬になってまでも、秋の草花は人に物思いのかぎりを尽させようと咲き残っていて、辛気なことだと言ったのである。「心づくしの秋」の名残を霜枯の花野に見た。明日をも知れぬ冬野の草花に、「もののあはれ」はいっそうまさるのだ。「辛気」とは、心を疲れさせるということ。「心づくし」を「辛気」と俗語に翻したのが、この歌の面白味である。「霜枯」は冬の季題、「花野」は秋の季題。

子にをくれたる人の本《もと》にて

しほれふすや世はさかさまの雪の竹　（続山井）

寛文六年（またはそれ以前）の冬の作。子に先立たれた人のもとへ弔問に行って作った句である。折から雪が降っていたのだろう。雪にしなって臥してしまった竹ではないが、「世はさかさま」で、子を失った悲しみに、節をさかさまにして萎れ伏していることとよ、の意。

「世」に「節《よ》」をかけている。謡曲『竹雪』は、親のため雪中に筍《たけのこ》を求めようとして凍死した子を悲しむ母の心をうたっている。この句にその逆縁が思い寄せられているようだ。「世はさかさまの」とは、俗諺を用いての、相も変らぬ貞門的発想ながら、当時には珍しく、悲しみの実の感情を述べようとしている。「しほれふすや」に、写実の心が見える。

霰《あられ》まじる帷《かた》子《びら》雪《ゆき》はこもんかな　（続山井）

寛文六年（またはそれ以前）の冬の句。「帷子雪」は「たびら雪」「だんびら雪」とも。「鶯の音にたびら雪降る」（凡兆《ぼんちょう》、『猿蓑』灰汁桶《あくおけ》の巻）とある。大きくて薄くひらひらした雪。沫雪・牡丹雪・餅雪に同じく、冬よりむしろ春に多い。「帷子」に「小紋」は縁語。「小紋」とは、布地に細かい模様を染め出したもので、「霰小紋」と言って、霰のような粒を一面に染め出したものもある。霰まじりに降る帷子雪は、小紋の模様の布地のようだと言ったのである。

■寛文七年　丁未（一六六七）　二四歳

盛《さかり》なる梅にす手《で》引《ひく》風も哉《がな》　（続山井）

『続山井』は、奥書によれば、寛文七年五月良辰に成っているから、この句は同年、またはそれ以前の春の作。以下同じ。

「素手引く」は空手で帰る、空しく手を引く意。だから「素手引く風」は花を散らさないで、空しく吹き過ぎる風である。梅の季節の春さきには、烈風の吹くことが多い。「す」に梅の実の「酸《す》」が利かしてある。「もがな」は、そうあってほしいという願望のテニヲハである。

あち東《こ》風《ち》や面《めん》々《めん》さばき柳《やなぎ》髪《がみ》　（続山井）

『和漢朗詠集』の「気霽《キハ》レテハ風新柳《カゼシンリユウ》ノ髪ヲ梳《クシケズ》ル」（都良香）を踏まえている。「面々捌《さば》き」は、めいめい勝手に処置すること。春になって東風が吹くと、あちこちの柳は、めいめい思うままに、浅緑の枝をなびかせている、ということで、それを女が髪を梳るさまに喩えたのである。「さばき」は「髪」の縁語であり、「柳髪」は、柳の細長い枝を女の髪に喩えた言葉。「春風や柳の髪をけづるらん」（新千載集）。それから長く美しい女の髪を言う。「柳の髪をなにゆゑに、浮世恨みて尼が崎」（浄瑠璃、歌念仏）。柳を女に見立てての、春の謳歌であるが、「面々さばき」などという熟語を截入して一句を作ったところが、この句の興である。言い忘れたが、「あちこち」に「東風」を言いかけたのは、もちろんのこととして、「東風」は古来春を告げる風、氷を解く風、梅の莟をほころばせる風とされているのである。

餅《もち》雪《ゆき》をしら糸となす柳哉　（続山井）

「餅雪」は餅に似てボタボタと降る大片の雪。春に多い。「しら糸」は白糸餅で、白糸のたばのように細く捩じった糝粉《しんこ》餅。柳を糸に喩えるのは古くからのことだ。「浅緑いとよりかけて白露を珠にもぬける春の柳か」（古今集、僧正遍昭）。白露だから珠に抜くのだが、これは餅雪だから白糸餅とするのである。柳の枝に春の餅雪が降りかかって、白糸餅になったことよと、見立てに興じた句である。

花の顔に晴《はれ》うてしてや朧月《おぼろづき》　（続山井）

「晴うて」は、晴々しい場所に登場して気おくれすること。「場うて」ともいう。ずらりと美しい花が顔を揃えた晴の場に出て、あまりの晴々しさに臆してか、月は帷《とばり》の内に顔をかくして、朧月になっている、というのだ。「花の顔」「月の顔」は、このころたびたび芭蕉の句に出てくる。「晴うて」などという耳新しい俗語を生かして、見立ての句を作ったところがみそである。

春風にふき出し笑ふ花も哉《がな》

（続山井）

笑の古字が咲。笑いで顔がほころびることも、花の莟が開くことも、果実が熟して割れることも、古くは「笑む」と言った。「笑ふ」も同じ。春風が吹いて、その風に一時にぱっとふき出して莟を開かせる桜の花も、あってほしいものだ、という。春風が吹くに、ふき出し笑うを掛け、また笑うを花が笑う（咲く）意味に利かせている。「もがな」は希望のテニヲハ。「ふき出し笑ふ」に、爛漫の春の花への大きな期待を、擬人化することで俳諧化・滑稽化しながら籠めたつもりなのである。

花にあかぬ嘆《なげき》やこちのうたぶくろ

（如意宝珠《にょいほうしゅ》）

『続山井』に「花の本《もと》にて発句望《のぞま》れ侍《はべり》て、花に明《あか》ぬなげきや我が哥袋」の形で出ているが、「こち（自称）」に「東風《こち》」を利かせた『如意宝珠』の方が、技巧的に進んでいるので、この形を採った。『如意宝珠』は延宝二年（一六七四）刊、安静編、貞門の撰集で、宗房《むねふさ》（芭蕉）の句が六句入集している。

「花にあかぬ嘆き」は、「花にあかぬ歎きはいつもせしかども今日の今宵に似る時はなし」（伊勢物語二十九段）に拠っている。「花に飽かぬ」の原意を、「花に開《あ》かぬ」と曲げ、花の下にあっても自分の歌袋の紐は解けないので口が開かず、残念ながらよい発句が出来ません、という謙退の意味を籠めた。それとともに、「花に飽かぬ」の本歌の意味も余韻を残していて、お招きを受けましたこの今日の一刻に似る時はございません、という挨拶の意味をも利かせているのである。句が出来ませんと言うことで、花の見事さを讃めながら、露骨でなく裏に花の下の宴《うたげ》の主に謝辞を申し述べているのが、この句の技巧である。

初瀬にて人〻花みけるに

うかれける人や初瀬の山桜 （続山井）

百人一首、源俊頼の歌「うかりける人をはつせの山おろしはげしかれとは祈らぬものを」（千載集）に拠り、「憂かりける」を「浮かれける」、「山おろし」を「山桜」と替え、元歌の恋情の切なさを、浮きうきした滑稽の句に転じた。詞書によれば、団体を組んで初瀬詣を兼ね、花見をしたので、遊山気分の浮れ心をみなぎらせている。

糸《いと》桜《ざくら》こやかへるさの足もつれ （続山井）

糸桜は枝垂桜。花見に来て帰ろうとするが、糸桜に心が残って、この通り足がもつれて帰りかねる、という意。花見の酒も過して、千鳥足になっているさまを、「足もつれ」に利かせてある。糸の縁で「もつれ」と言ったのである。「こや」は前に、「荻の声こや秋風の口うつし」にも使われていた。

風吹《ふけ》ば尾ぼそうなるや犬《いぬ》桜《ざくら》　（続山井）

犬桜は花の貧弱な桜の一種。植物の名で、すべて似て非なるものに犬の字をつけて言うことが多い。その「犬」の縁で、「尾細うなる」と言った。物事が次第に衰えてくること、小さくなったり貧弱になったりすることに言う。風が吹いて、花が散って、だんだん心細くなってくるということを、俚語と縁語を利かせて言ったのである。

なつちかし其《その》口たばへ花の風　（続山井）

「たばふ」とは、愛惜する、大事にする意。花に吹く風よ、そんなに残りの花を散らさないで、夏も近いことだから、その風袋の口を惜しみ、しっかり結んで、夏になったら開いて、涼しい風を送ってくれ、というほどの意である。風袋の「口ぬひとめよ」とか「吹口とぢよ」とかいった同種の表現は、幼稚だが、貞門派の句によく見られる。芭蕉にも寛文年間に、「花にいやよ世間口より風のくち」の句がある。

五月雨に御《おん》物《もの》遠《どほ》や月の皃《かほ》　（続山井）

「物遠」は疎遠の意に、平安時代から使っている。「こよなうものどほしうもてなさせたまへる恨めしさ」（源氏物語、夕霧の巻）。当時は消息文に、御無沙汰の意味で、しばしば使われた。月を擬人化して「月の皃」と言い、長雨のため御無音に打ち過ぎてしまった、たまにはお顔を見たいものだ、と言ったのである。消息文の日常用語を使ったのが俳諧的なのである。

降《ふる》音《おと》や耳もすふ成《なる》梅《うめ》の雨　（続山井）

「すふ成」は、「酸《す》うなる」、梅の縁語として使った。「耳も酸うなる」とは、当時の俗語で、耳に聞き飽きるということ。「梅の雨」は梅雨で、毎日しとしとと降りつづく五月雨の音も聞き飽き、気持もくさくさしてしまった、というのである。顕成編『境海草』（万治三年、一六六〇）に「音聞《おときく》や耳もすふなる梅の雨」（玄良）の等類句がある。

杜《かきつばた》若にたりやにたり水の影　（続山井）

謡曲『杜若』に、「昔男の名をとめて、花橘の匂ひうつる、あやめのかづらの色はいづれ、似たりや似たり杜若、花あやめ」とある文句の転用である。原文は杜若と花あやめとを似ていると言ったのだが、これは杜若とその水に映る影とを似ていると言う。もちろん同じように美しく、眼移りがするのである。「いずれかあやめ、杜若」と世俗に言う通り、裏に美人を立たせていると取りたいが、「昔男」と五月の縁から言えば、むしろ若衆姿を立たせているのであろう。

岩《いは》躑躅《つつじ》染《そむ》る泪《なみだ》やほとゝぎ朱《す》　（続山井）

時鳥《ほととぎす》は口中が赤く、八千八声啼いて血を吐くという。その言い伝えから、その泣く涙も赤いだろうとし、時鳥の血涙で染めたので、岩躑躅もあのように赤いのだ、と言ったのである。岩躑躅の語は古く万葉集にも出、古今六帖の題にもあり、『本草和名《わみよう》』には岩躑躅に「和名イハツツシ、又シロツツシ、一名モチツツシ」と出ている。『山之井』や、芭蕉が座右に置いた『増山井』にも季語として挙げてあって、躑躅の一品種と考えられていたが、今植物学者が通名としている高山植物のイワツツジとは別であろう。この句では、真紅に燃える色でなければふさわしくない。「岩」にその凄涼の感じを思い寄せたのだろう。同時にまた、「山ほととぎす」と言って、昔の人は時鳥を山に棲むものと思っていたから、山中を思わせる「岩躑躅」に照応するものとしたのである。「ほととぎ朱」は、朱色の涙を示した文字の遊戯である。

しばしまもまつやほとゝぎす千年　（続山井）

　時鳥はその一声を待ちわびるのが本意である。そのしばしの「待つ」時間も、その「松」ではないが、数《す》千年の長さにも思われる、との意。松の齢《よわい》の「千年」が呼び出され、「ほととぎす」が「数千年」に引っかけてある。

■寛文八年　戊申（一六六八）　二五歳

波の花と雪もや水にかえり花　（如意《によい》宝珠《ほうしゅ》）

　素蓮編稿本『芭蕉庵春秋』の引用により、『如意宝珠』（安静編、寛文九年成、延宝二年刊）にあると分るが、同書は現在零本で、おそらく冬の巻にあるのだろう。似船の序文に、寛文九年秋には編集が終っていたとあるから、この冬の句を八年またはそれ以前とした『校本芭蕉全集』に従う。「波の花」は白く摧ける波頭を花にたとえたもの。波を花にたとえることは、「谷風に解くる氷の隙《ひま》ごとに打出づる波や春の初花」（古今集巻一、源当純）をはじめ、一つの伝統をなしている。この歌の発想をひるがえしたものと加藤楸邨は見ているが、芭蕉の意識の中にこの歌がなかったとは言えない。その白い波頭に、雪が降っている絵様で、それを水の「返り花」と見たところが味噌である。返り花は冬の暖気に会って、花がもう一度時ならぬ時に咲き出すのをいう。雪がもとの水に返るという意味を利かせている。『毛吹草』に「水と消えし雪やかへりて波の花　弘永」という作品がある以上、この句の等類はまぬがれぬ。

■寛文九年　己酉（一六六九）　二六歳

かつら男すまずなりけり雨の月

（如意宝珠）

『如意宝珠』は寛文九年秋に稿が成っているから、同年秋、またはそれ以前の秋の作。「桂男」は月の世界に棲むという男、また月の別名である。「雨の月」は中秋無月。桂男が棲まなくなったという意と、月が澄まなくなったという意とを兼ねてある。それに伊勢物語二十三段に、「男住まずなりにけり」とあるのを利かせている。これは男が居つかなくなったという意味だ。文句を取って来たというだけで、意味内容の上でかぶさって来るものがない。

■寛文十年　庚戌（一六七〇）　二七歳

うち山や外様《とざま》しらずの花盛《はなざかり》　（大和順礼《やまとじゅんれい》）

宇知山　山辺郡

『大和順礼』（正辰編）は寛文十年六月刊だから、この年の春またはそれ以前の春の作。大和国山辺郡朝和村（いま天理市）の宇知山永久寺は永久（一一一三—一一一八）中、鳥羽帝の御願で開基し、特に宣旨を下して年号を以て寺号とした。石上《いそのかみ》の神宮寺と号し、江戸時代には坊舎も多く、盛大な寺であった。この永久寺に詣でて、寺の盛んなさまを詠んだ形になっている。だが、『大和順礼』はいろは順に大和の名所の発句を収めたもので、どういう機縁で詠まれた名所句か分らない。伊賀は大和の隣国だし、ことにこの地は遠くはないから、実際に詣でたことがあるかも知れない。だが作品は、宇知山という名辞からの発想である。内山というその名の通り、外部の者にはうかがい知れない、山内の見事な花盛りよ、という意味。「宇知」に「内」をかけ、そこから「外様知らず」という言葉を引き出したところが眼目である。外様とはこの場合、寺内の人に対して外から訪れる人をいう。

見馴河

五月雨も瀬ぶみ尋《たづ》ぬ見《み》馴《なれ》河《がは》　（大和順礼）

見馴川は、大和国宇智郡五条村（いま五條市）を流れる水沢《みなれ》川。源を大沢の神福山に発し、上村の水沢《みなれ》を経、新町で吉野川に入る。新勅撰集に、「世の中はなど大和なるみなれ河見馴れそめずぞあるべかりける」（よみ人しらず）の作があり、歌枕である。慈円に「さみだれの日をふるままに水馴《みなれ》川水馴れし瀬々も面変りつつ」（拾玉集）の作がある。これはどこの水馴川か分らないが、作意はこの歌を逆にしたような形である。見馴れたという名のついた見馴川では、五月雨に水かさが増しても、べつだん瀬踏には及ばない、との意。瀬踏は、渡ろうとする川の瀬をさぐること。「尋ねぬ」の「ぬ」は打消にも完了にも取れるが、ここでは打消に取って置いた。

■寛文十一年　辛亥（一六七一）　二八歳

春立《たつ》とわらはも知《しる》やかざり縄《なは》　（藪香物《やぶのこうのもの》）

『藪香物』（友次編）は寛文十一年刊だから、その年の春か、それ以前の春の作。飾り縄に童子さえも春の到来を知るという意で、「童《わらわ》」に「藁《わら》」が籠められている。年内立春の年の吟とする説もあるそうだが、そこまで考えるには及ばない。この「春立つ」は、立春というより、新年の到来を意味する。

きてもみよ甚《ぢん》べが羽《は》織《をり》花ごろも　（貝おほひ）

『貝おほひ』（宗房撰）は寛文十二年正月二十五日の自序があるので、この句はその前年の作と見る。この書は伊賀上野の産土《うぶすな》神、天満宮に奉納するために編まれた三十番の句合で、おりから菅公の七百七十年忌に相当した。発句の作者は、宗房（芭蕉）外三十六人で、すべて伊賀の住人であったらしい。芭蕉の生涯における唯一の著述で、そのころ行われていた小唄や奴《やっこ》詞《ことば》（六方言葉）や流行語などを縦横に駆使したその判詞が、珍しい。時はあたかも、宗因の談林流が胎動しようとしていた時期で、芭蕉のこの書は談林の無頼ぶりに先駆しているものと言うことが出来る。

この句は九番目に番《つが》えられ、「鎌できる音やちよい〳〵花の枝　露節」を左とする右の句で、勝は左に譲られている。判詞に、「……右の甚べが羽織は。きて見て。我《が》をりやと。云こゝろなれど。一句のしたてもわろく。そめ出す言葉の色もよろしからず。みゆるは。愚意《ぐい》の手づゝとも申べし。……」と言っている。「きてみて、我折りや」は、小唄の文句だろう。「我折る」とは、我を挫くという意味で、閉口するという意味にも使うが、ここは感服する意。芭蕉の句に、「見るに我《が》もおれる計《ばかり》ぞ女良花《をみなへし》」（続連珠）の用例もある。

この句は「来ても見よ」（花を）と、「著ても見よ」（甚べが羽織を）の両義をかける。甚兵衛羽織は丈の短い、尻の割れた、綿入れの袖無羽織で、当時軽妙でモダーンな服装だったのだろう。それを花見衣裳に著てやって来い、と呼びかけたもの。甚兵衛なる人物への呼びかけを含むという解があるが、あったとしても、甚兵衛とは庶民階級に多い名で、ほとんど特定の人を指さない。甚兵衛羽織の外に甚兵衛草履があり、甚兵衛鮫がある。臀虚を擬人化して甚兵衛と言い、あたけ甚兵衛（あたけるは乱暴すること）などとも言う（鈴木棠三氏『擬人名辞典』参照）。

甚兵衛、または甚兵衛羽織が出て来る当時流行の小唄でも見付かれば、「甚べが羽織」と言った理由がもっとはっきりするのだが――。『松の葉』その他の歌謡集に、「きてもみよ」の句は頻出する。全体小唄仕立てのおかしみである。

■寛文十二年　壬子（一六七二）　**二九歳**

女《め》をと鹿《じか》や毛に毛がそろふて毛むつかし　（貝おほひ）

『貝おほひ』二拾番に、左の「鹿をしもうたばや小野が手鉄炮《てでつぽう》」（政輝）と番《つが》えられた右の句で、判は左勝。判詞には、左の発句をくわしく論じて、右は「くはしく論を。せんも。毛むつかしければ」云々と逃げている。

これは鹿の交尾を詠んだ。祇園町踊「扨《さて》も毛に毛が揃たえ」（落葉集）の歌詞による。「毛に毛がそろふて」にエロティックな連想がある。「けむつかし」は、「け」は接頭語で、うす気味悪い意から、むさくるしい、いやらしい、いとわしいの意になる。中に「毛」が隠されている。いやに「毛」を意識に上せた句である。熊の毛皮の上に手をついて、思い出して「女房がよろしくと申しました」というおかしみと、発想を同じくするものである。

かくて蟬吟《せんぎん》早世の後、寛文十二子《ね》の春二十九歳仕官を辞して甚七と改め、東武に赴《おもむ》く時、友だちの許へ留別

雲とへだつ友かや雁《かり》のいきわかれ　（蕉翁全伝）

芭蕉が郷里を立って江戸へ赴く時、友人に与えた留別の句。江戸出府は土芳《どほう》の『蕉翁全伝』に、「寛文十二子の春東武ニ下リ、名ヲ桃青トス」とある。

この句の季は「雁の別れ」で春。自分は江戸へ赴くので、故郷の友だちとは、雲煙万里を隔ってしまう。行く雁ではないが、生き別れである。楸邨は「仮の別れ」の心が隠されているとし、これはあくまで仮の離別で、秋にはまた雁がやって来るように、相逢う機会もあろう、という意味を汲み取る。昔の別離は、今のような交通機関の発達した時代でないから、その悲しみはひとしお深い。いったん別れれば、何時また逢えるか期しがたいのである。そ

の悲しみをこの句から汲み取るべきであろう。雁に自分の身を託したのだから、これは孤雁である。

この句は、『蕉翁全伝』（土芳）その他、後世の伝記類にしか出て来ないので、多少の疑問が残るが、土芳は芭蕉にもっとも親炙《しんしゃ》した郷里の弟子だから、まず信ずべきだと思う。作風は、当時の貞門風とは似ていない。心境吐露的である。「雲と隔つ友にや」の形をも伝えている（竹人『芭蕉翁全伝』など）が、「友かや」の方がよい。

なつ木立はくやみ山のこしふさげ　（伊勢躍音頭集《いせおどりおんどしゅう》）

『音頭集』（素閑編、延宝二年）は、阿誰軒の『誹諧書籍目録』によって、寛文十二年仲冬十一月には成っていたと思われるから、この句は十二年夏、またはそれ以前の夏の句と推定される。

「夏木立」に「小太刀」を掛け、その縁語から「佩《は》くや」と言った。「佩く」とは腰に帯びることで、そのことから「腰ふさげ」の語が出てくる。丸腰ではなく、ほんの腰ふさげに小太刀を帯びているということ。「み山の腰」は、山の中腹である。山の中腹に、いささかの夏木立が茂っているという景色で、それを幾重にも縁語、掛詞をからませて言い取ったのだ。

うつくしき其《その》ひめ瓜《うり》や后《きさき》ざね　（山下水《やましたみず》）

『山下水』は寛文十二年十二月刊だから、この句は十二年夏、またはそれ以前の夏の作。『一葉集』に中七「其ひめゆりや」とあるのは杜撰《ずさん》。

姫瓜は甜瓜の一種梨瓜の栽培品種で、今は作られていない。小さく扁平で淡黄緑色。八朔の節句に、この瓜に目鼻を書いて雛の形に作り姫瓜雛という。その雛への連想から「后ざね」と言ったので、これは后たるべき素質と言ったのである。昔は瓜実顔を美人の容貌としたので、その姫瓜こそ、将来内裏《だいり》へ上って、后ともなるべき相だと言ったもの。美しく可憐な姫の将来を、縁語ずくめで讃えたのである。

■寛文年間（一六六一―一六七三）

花にいやよ世《せ》間《けん》口《ぐち》より風のくち　（真蹟短冊）

宗房と署名してあり、句柄から言っても、寛文年間である。

花から若い娘を連想している。娘には「世間口」（世上のうわさ）が立つのがいやなものだが、花にいやなのは「風の口」（風神の風袋の口を開けること）だと言ったもの。「いやよ」に若い娘の口吻がある。

植《うう》る事子のごとくせよ児《ちご》桜《ざくら》　（続連珠《れんじゅ》）

『続連珠』は延宝四年刊の撰集だが、そこに収められた芭蕉の句に、宗房《むねふさ》の署名と桃青《とうせい》の署名とがあり、宗房とある句はここでは寛文年間とした。春の句。

『挙白集』（木下長嘯子の歌集。芭蕉愛読の書）巻六に、「いはゆる郭橐駝《かくたくだ》がことばに木をうふること子のごとくせよ」とある。漢文式の言い方で、事《つか》うること親の如くすと言えば、心からの最高の事え方だが、植うること子の如くすと言えば、最高の慈愛の心で木を植えることになる。児桜の名から「子のごとく」と言ったので、児桜は『栞草』に、「山桜のうちに、紅色を含みて美しく愛らしき花あり、故に児桜の称あるか」とある。芭蕉はここでは、「児《ちご》」に幼児でなく美少年のイメージを描いていよう。

たかうなや雫《しづく》もよゝの篠《ささ》の露　（続連珠）

初夏の句。源氏物語横笛の巻に、「御歯の生ひ出づるに、食ひあてむとて、筍をつと握り持ちて、雫もよよと食ひぬらし給へば」とある、有名な叙述を踏まえている。「よよ」とはよだれの垂れ落ちるさまだが、ここでは竹の節《よ》と代々《よよ》または夜々《よよ》とを掛けている。筍は篠《ささ》の

寛文期
延宝期
天和期
貞享元年（天和四年）
貞享二年
貞享三年
貞享四年
貞享五年（元禄元年）
貞享期

節ごとに置いた露が、長いあいだ滴った雫が凝って生れた美味だと言ったもの。『続山井』に、「たけのこやささのひとよのおとし種」の作例がある。同想ながら古典趣味を加えて、可憐な動作の幼児のイメージを添えたところが、まさっている。

見るに我《が》もおれる計《ばかり》ぞ女良花《をみなへし》　（続連珠）

秋の句。「我折る」は恐れ入る、感心する意（「きてもみよ」の句参照）。僧正遍昭の「名にめでて折れるばかりぞ女郎花われ落ちにきと人に語るな」（古今集）の歌を踏まえている。馬から落ちるばかり、恐れ入った美しさだと言っているので、「女良花」にはもちろん女郎を匂わせているのである。

けふの今宵《こよひ》寝《ぬ》る時もなき月見哉　（続連珠）

「伊賀上野松尾　桃青」とあるので、江戸出府後の作とも考えられるが、作風から見ても、いちおう出府以前の作とする。

伊勢物語に、「花にあかぬ歎きはいつもせしかども今日の今宵に似る時はなし」（業平）とあるのを踏まえている。「似る時はなし」が「寝る時もなし」となり、花が月に置き換えられた。二条后の花の賀に召された時の歌である。「花に飽かぬ歎き」には、后への恋心を含めていよう。その「飽かぬ」を翻して、「寝る時もなき」と言った。「月に飽かぬ」心は、よっぴて寝る間もないとの心である。

　まったく貞門風の発想である。

見る影やまだ片なりも宵《よひ》月夜　（鳥《とりの》之道《みち》）

『泊船集』に、「此句は阿叟《あそう》宗房と名のりたまひし比《ころ》の吟なり。短冊に見え侍りけり」と付記がある。秋の句。

　源氏物語玉鬘《たまかずら》の巻に、「姫君は清らにおはしませど、まだかたなりにて、生ひ先ぞおしはかられ給ふ」とあるのを踏まえている。「かたなり」とは未成熟の意。月はまだ宵月夜の新月で、「かたなり」なのである。「宵月夜」は「良い月夜」の意味を重ねている。だがその清らな影は、生い先が推し量られるのである。玉鬘のような深窓の美少女を裏に籠めているのである。当時としては、貞門の古調を脱け、談林を飛んで、後のしらべに何ほどか近づいている。

目の星や花をねがひの糸桜　（千宜理記《ちぎりき》）

『千宜理記』に宗房の名で出ているので、寛文年間とする。以下同じ。

春の句。「目の星」は目星とも言い、目の先に翳がちらついて見えること。疲れたときや空腹時によく現れる。「目星の花が散る」などというから、「花をねがひの」と言った。「願の糸」とは、七夕竹の先に五色の糸をつるして、二星に願いごとを祈るのである。それを「糸桜」に掛けた。糸桜は江戸彼岸の変種で、枝垂桜とも言い、枝が垂れる。七夕ならば、願の糸をかけて星に祈るが、今は春だから、目の星に花が咲くのを願って祈ろう、その糸桜の糸をかけて、というほどの意。知巧的な興味からの句で、わざとらしい。

命こそ芋種《いもだね》よ又《また》今日《けふ》の月　（千宜理記）

「今日の月」は陰暦八月十五日、中秋名月である。里芋を月に供えるので芋名月と言い、九月十三夜の栗名月、豆名月に対する。「命あっての物種」という諺を利かせて、命があって今宵のこの名月に逢うことが出来たという感慨を、芋名月だから「芋種」と洒落《しやれ》て言ったのである。西行の「年たけてまた越ゆべしと思ひきや命なりけりさやの中山」の歌が背景にあったろうと加藤楸邨は言っているが面白い。後には芭蕉もしばしば思い出した西行の名歌だから、貞門風の典型的な作風ながら、そういったこともあったかも知れない。

文《ふみ》ならぬいろはもかきて火《くわ》中《ちゆう》かな　（千宜理記）

「いろは」は色葉で、紅葉のこと。それにいろは四十七文字の「いろは」を掛けた。『山之井』に「色葉といふも（紅葉と）おなじ事にて侍る。見事やとかなにいはんとも。ちりぬるをわかのうらみなども。てならひのほんにいひなし侍」と言い、「花にますとかなに申さんいろは哉」「おくやまけふこえて見るいろは哉」などという作例を挙げていて、当時流行の紋切型の発想である。芭蕉の発想ももっぱらこれに拠《よ》っているから、手柄はない。

紅葉だから、仮名文字ならぬ「いろは」である。その色葉を「掻く」と仮名文字のいろはを書くとを掛けて、その紅葉を掻き寄せ、焼いて、酒をあたためるのである。紅葉狩の情景であり、和漢朗詠集の「林間に酒を煖めて紅葉を焼く」（白楽天）の詩句を思い寄せている。

人《ひと》毎《ごと》の口に有《ある》也《なり》した栬《もみぢ》　（千宜理記）

「した栬」は下葉の紅葉で、謡曲『紅葉狩』に「下紅葉夜の間の露や染めつらん」とあるのは、当時誰の口をも衝《つ》いて出る文句であった。その「下」を「舌」に掛けて、「人毎の口に有る」と言ったのだが、「口に有る」とは口の端にのぼること、つまりもてはやされることである。

延宝期

■延宝三年　乙卯（一六七五）　三二歳

町《まち》医《い》師《し》や屋《や》敷《しき》がたより駒《こま》迎《むかへ》　（五十番句合《くあわせ》）

『芭蕉翁句解参考』（何丸著）に「柳亭云、延宝三年五十番句合にて露沾《ろせんこう》公の判なり」と付記して出ている。柳亭種彦の『還魂紙料』にも引用する。『五十番句合』は伝本不明。

駒迎は平安時代に、毎年八月十五日、東国から貢進する馬を、左馬寮の使が逢坂の関まで出迎えたこと。近世にはもちろん絶えているが、連俳の季寄《きよせ》には、秋の季題として掲げていた。その意味を換骨奪胎して、町医者が屋敷方からの迎えに、馬を差し向けられた、と言ったもの。お抱え医者よりは身分の低い町医者が、大名か旗本かの屋敷方から迎えられたその光栄に、勇んで出掛けるところで、折しも中秋名月が頭上にかがやいて、馬上の町医者を照らすのである。町医師のような町人的な題材に、東下後は急激に傾いている。中古の雅の世界と、近世の俗の世界とが、対照される。

芭蕉が江戸に下ったのは寛文十二年春のことだが、翌延宝元年、二年には芭蕉の作品もなく、その行実を伝える史料も乏しい。三年五月に、東下した西山宗因を迎えての百韻興行に、芭蕉も桃青の名で加わっている。東下後は、芭蕉の談林時代が始まったと見てよい。

針《はり》立《たて》や肩に槌《つち》うつから衣《ごろも》　（江戸《えど》新道《しんみち》）

これも『五十番句合』中の一句と、『句解参考』にある。「槌うつから衣」で砧《きぬた》の題で作られたことが分る。秋の句。

按摩の鍼立《はりたて》で、客の裸の肩に鍼を小槌で打ちつける情景を、「から衣」（唐衣に空衣、つまり裸の両義をかける）を砧で打っている情景になぞらえた。これも砧という雅なる題材を、鍼按摩《あんま》という俗な題材に転じたところに、機才を見せているのだ。あるいは、鍼按摩を砧に見立てた句である。

盃《さかづき》の下ゆく菊や朽《くつ》木《き》盆《ぼん》　（誹諧当世男《いまようおとこ》）

『当世男』（蝶々子編、延宝四年刊）に、重陽の部に出ている。序に「辰の文月はじめつかた硯の水に筆をうるほす」とあるから、この句は前年秋、またはそれ以前の秋。編者神田蝶々子は、もと貞門の作家だが、江戸へ出て談林に傾斜し、この撰集には宗因・桃青等も入集している。

朽木盆は近江国高島郡朽木地方産の塗盆で、桜や菊などの花の塗模様があったらしい。江戸初期以来当時まで盛んに諸国に売り出されていた。その朽木盆の上にのせた盃から酒があふれたので、盆の菊花の模様を菊水に見立てたのである。菊水は、中国南陽の川で、崖の上に咲いた菊から露がしたたり落ちて、その水は甘く、長寿であったという故事である。謡曲『養老』にもこの故事を引き、また「これは例《ためし》も夏山の、下行く水の薬となる」の句もある。それらを心に置いて、重陽の賀句として、人の長寿をことほいだ句か。

風虎の『六百番誹諧発句合』にも出ていて、「盃の下ゆく菊、朽木盆の中迄酌ながしたる躰にや、今少事たらず覚申」と季吟《きぎん》の判詞にある。

■延宝四年　丙辰（一六七六）　三三歳

天秤《てんびん》や京江戸かけて千代《ちよ》の春　（誹諧当世男）

『当世男』は延宝四年七月はじめと序にあるから、これはその年の正月、またはそれ以前の正月の作。

天秤にかけて、京と江戸との繁昌ぶりを量ってみると、いずれまさり劣りのない、めでたい初春だ、ということ。「天秤」と「かけて」とが縁語。千年も栄えよと祝う意味を含めて「千代の春」と言う。京と江戸の二つの秤座《はかりざ》の対立を心においたものとする前田金五郎説がある。そうだとすると、至極アクチュアルな題材を句にしたものと言えよう。

此《この》梅《うめ》に牛も初《はつ》音《ね》と啼《なき》つべし　（江戸両吟集）

原本は不明だが、種彦の写本がある。前年に梅翁西山宗因が江戸へ下ったおり、田代松意その他江戸の宗因派の連衆は、鍛冶町の松意宅に宗因を招待して百韻十巻（談林十百韻《とっぴゃくいん》）をまとめた。談林の称呼はこの時からおこった。そのときの巻頭吟、「されば爰《ここ》に談林の木あり梅の花」（梅翁）「世俗眠《ねむり》をさますうぐひす」（雪柴）に、新風樹立の意気ごみを示している。これまでの貞門作家たちが急速に新風になびいたが、芭蕉とその友山口素堂（当時、信章）も、天満天神への奉納両吟二百韻に、新風合流への意志をはっきり宣明した。もう一つの発句、「梅の風俳諧国《はいかいこく》にさかむなり」（信章）は、宗因の「されば爰に」に直接響き合って、「梅の風」とは梅翁宗因の新風を指している。

芭蕉の句は、梅も牛も天神にゆかりのものであり、社前の嘱目である。この句の表面の意味は、この梅には鶯ならぬ牛も負けずに初音を告げるのであろう、といったもの。「世俗眠をさますうぐひす」に対して、鶯ならぬ牛もと応じているのだ。梅に鶯は和歌的情趣で、梅に牛は俳諧である。「梅」は梅翁宗因、「牛」には魯鈍な自分たちという卑下の気持もある。

だが、「初音と」と言い、「啼きつべし」と、t音を重ねたところに積極的な発意を示す、強い弾んだ調子が出されている。芭蕉の俳諧的自覚の第一歩は、こういう句から始まっているのだ。談林的な自由の世界へ開眼した当時の芭蕉の気負いが、こういう句にははっきり現れている。

我も神のひさうやあふぐ梅の花　（続連珠《れんじゅ》）

『続連珠』は延宝四年刊で、この句は「江戸松尾桃青」と署名があるので、延宝四年またはそれ以前の春の作であろう。まったく貞門風の発想である。

「ひさう」は秘蔵（当時清んで訓む）だが、同時に『菅家後集』の「家を離れて三四月、落涙百千行、万事皆夢の如し、時々彼蒼を仰ぐ」（五言自詠）を踏まえている。「彼蒼」は彼の蒼天の意。その詩句を籠めて、自分も天神の秘蔵の梅の花を仰ぐと言ったもの。「五言自詠」の詩に籠められた流離の感慨を、故郷を離れた芭蕉がこの句に含めたとすれば面白くなるが、やはりただの言葉の洒落に過ぎまい。むしろ、妻妾も御秘蔵というから、梅の花を天神の思いものに見立てたエロティシズムが微かに匂う。

雲を根に富士は杉なりの茂《しげり》かな　（続連珠）

やはり「江戸夻尾桃青」の署名があり、延宝四年夏作と思われる。それは、この年の夏彼が東海道を上って帰郷し、途中に富士の吟があったことが、『蕉翁全伝』の次の句で分るからである。「杉状《すぎなり》」は杉の木の聳えた形、すなわち上がとがり、左右が次第に張り拡ったピラミッド形。杉生《すぎばえ》とも言い、米俵など俵物《ひようもの》を積み上げる形の形容に言う。富士は高いので、雲を根に置き、茂った杉のように、その上に三角形に聳えていると言ったもの。富士を「杉なり」と言って杉に見立てたのが着眼で、「根」も「茂り」も「杉」の縁語である。

山のすがた蚤《のみ》が茶《ちや》臼《うす》の覆《おほひ》かな　（蕉翁全伝）

土芳の『蕉翁全伝』に、「延宝四辰ノ夏旅立出テ途中ニ富士ノ吟有」として出ている。宝永二年（一七〇五）刊の『銭龍賦《せんりようのふ》』（百里編）に、初五「不二の山」として出ているのは、後案かも知れない。

当時の童謡に、「蚤が茶臼をせたらおふて背負ふて富士のお山をちよいと越えた」というのがあったという（支考『和漢文操』巻二、宰陀の「蚤辞」の注）。蚤が茶臼を背負うとは、身に応ぜぬ大望を抱く意で、それが富士山を越えるとなると、なおのこと出来そうもない大望であろう。潁原退蔵は「枯ひさご蚤が茶磨《ちやうす》を負ふこゝろ」（六物記、素堂）、「風呂敷を蚤が茶磨《ちやうす》や不二の山」（東華集、涼菟）など当時の例句を拾い出している。芭蕉はこのユーモラスな童謡を踏まえて、富士の摺鉢形の山の姿を、蚤が茶臼を背負ったというより、覆《かぶ》ったようだと興じたのである。

佐夜中山《さよのなかやま》にて

命なりわづかの笠の下涼み　（江戸広小路）

『江戸広小路』（不卜《ふぼく》編）は延宝六年序。竹人の『芭蕉翁全伝』に貞享元年（一六八四）の条に掲げ、「其十三年前、初下りさ夜の中山にて」と端書している。十三年前は寛文十一年で、芭蕉が江戸へ東下した前年になるが、句の内容から言っても、延宝四年夏の帰郷の時であろう。佐夜中山は遠江国小笠・榛原《はいばら》両郡の境、日坂《にっさか》の宿から金谷の宿に到るまでの峠道。両がわの山にはさまれて、峡谷をなしている。古くから歌枕とされた。ここで詠まれた古歌も多いが、西行の「年たけてまた越ゆべしと思ひきや命なりけりさやの中山」は人口に膾炙《かいしゃ》し、芭蕉もしばしばこの歌を思い出している。この歌を本歌として作ったのがこの句だから、芭蕉が「命なり」と詠んだのも、当然二度目に越えた感慨を含めていたはずである。

西行の「命なりけり」は、自分の運命への感慨で、しみじみ生きていたという、自分の命へのいとおしみが籠っているが、芭蕉の「命なり」はその意味内容を転じている。暑い六月の道中で、佐夜中山の峠路でふと立ちどまって、わずかの笠の下を命と頼んで、涼を取ることよ、というのである。西行の「命」をあさまな意味にはしてしまったが、むしろそれを軽く転じたところが狙いであり、談林調時代の当時としては、屈指の作であろう。

夏の月御《ご》油《ゆ》より出《いで》て赤坂や　（向之岡《むかいのおか》）

芭蕉が最晩年に、二十年前に詠んだ句で「大都《おおむね》長途の興賞、わづかの笠の下すゞみと聞えける、小夜の中山の命も廿年前のむかしなり。今もほのめかすべき一句には」（涼み石）と自讃した句。「命なり」の句とともに、延宝四年帰省途上の作か。御油も赤坂も三河国宝飯《ほい》郡、東海道五十三次の宿駅で、この両駅のあいだは十六町しかなく、五十三駅のなかで距離がもっとも短いので、夏の夜が明けやすく、月の出が短いのを喩《たと》えて言った。それだけの理窟なら、つまらない句だが、芭蕉が晩年に自讃したのは、それだけに止まらない、別の情趣を引き出していたからだ。御油・赤坂の地名と「夏の月」とが、匂い・うつりの関係に立って、微妙な照応を見せているのである。夏の短夜の街道筋の風景が、ある色彩感をもって浮び出してくる。ちなみに、御油・赤坂は海道でも知られたたわれ女《め》の多かったところだから、遊興地の御油でとまった旅人が、また赤坂で留女《とめおんな》の手に引き留められてしまうことを写しているのだろうという楸邨説がある。

富士の風や扇にのせて江戸土産《みやげ》　（蕉翁全伝）

『蕉翁全伝』によると、六月二十日ごろ伊賀上野に着いている。また同書に、「高畑氏市隠ニテ歌仙あり」として、この句を出す。市隠は通称治左衛門、藤堂新七郎良精に仕え、俳諧をたしなみ、早く致仕して、退隠生活を送っていた。市隠亭で、久しぶりの帰郷者芭蕉を迎えての雅会に、主賓芭蕉が発句を出したのである。

富士おろしの涼しい風を、この扇に載せて、江戸土産と致しましょう、との挨拶句。物を贈るのに、開いた扇に載せるのは作法であり、さらに扇は風を作り出す具でもあるから、そのような扇の性格を軽く生かして使ったのである。

百里来たりほどは雲井の下《した》涼《すずみ》 （蕉翁全伝）

『蕉翁全伝』に、「山岸氏半残ニ歌仙あり」として出ている。六月中の作。半残は名は棟常、母は芭蕉の姉である。藤堂玄蕃家に仕え、上野玄蕃町の玄蕃家下屋敷に住んでいた。父の陽和、子の車来とともに、芭蕉門に遊んだ。この玄蕃町の邸に招かれて巻いた歌仙の発句である。

「ほどは雲井」は、伊勢物語十一段の「忘るなよほどは雲居になりぬとも空行く月のめぐりあふまで」を踏まえている。橘忠幹の歌である。この歌は東《あずま》へ下った男が都の友だちに途中からよこしたものだが、芭蕉のこの句は、逆に東から百里来って帰郷した男が、友の家で詠んでいるのである。忘れないでまた招いて下さったとの謝意を、本歌に籠めた。江戸から百里の遠路をやって来た私には、雲居のよそというべき遥かな山里で、納涼の結構な一刻が与えられている、というほどの挨拶の意味を含んでいよう。

詠《ながむ》るや江戸にはまれな山の月　（蕉翁全伝）

『蕉翁全伝』には、「桑名氏何某ノ催ニ応ジ、渡卩《わたなべ》氏ノ方ニ会あり」として出る。桑名氏、渡辺氏は未詳。同書には「六月廿日頃此里ニ入テ親族旧友ノ悦ビニ止リ、シバラク京ニモ立越又戻リ、文月二日武江ニ帰ラル」と、その動静を伝えている。この句は月の句で秋だが、七月の朔日ごろの月を詠んだとも思われない。この句が連句であったかどうかは分らないが、挨拶句である。

江戸に穢土《えど》を掛け、その穢土では滅多に見られない、浄土の月ともいうべき清らかな山の月を賜わったことよ、というほどの意。伊賀上野がそのまま山里であるが、ここではとくに山の端に出る月を賞したのかも知れない。月の清浄さを言うことが、主《あるじ》への挨拶になるのである。

成《なり》にけりなりにけり迄《まで》年の暮　（江戸広小路）

『六百番誹諧発句合』（風虎《ふうこ》編、延宝五年）に「歳暮」として出ているから、延宝四年、またはそれ以前の歳の暮の作。季吟の判詞に、「としの終になるこゝろを、成にけりなりにけりまでといひなせる、ともに感情の所ながら、句は詞つかひ一入《ひとしお》なるべき物なるに、右の重《かさね》詞《ことば》新しく珍重に候なり」と言っている。宗因にも「年たけてなりにけりなりにけり春に又」の作があるが、これは西行の佐夜の中山での歌「命なりけり」を踏まえている。芭蕉の句は、謡曲で「なりにけり」または「なりにける」の繰返しで一曲が終ることから、そのように今一年の終りになったという感慨に転用したのである。

■延宝五年　丁巳（一六七七）　三四歳

門松やおもへば一夜《いちや》三十年　（六百番誹諧発句合）

左の「万歳のこゑのうちにや君がはる」（矢吹路幽）の句と番《つが》えられ、「延宝丁巳の霜月日」の釈任口の判詞に、「左の内にや右の一夜、同じさまにうれたき心ばへは、持とす」とある。元旦になって、ただ一夜の隔てが三十年を経た思いがする、と言ったもの。延宝五年、またはそれ以前の作。三十年は一世代であり、三十四歳になった作者自身の来し方への感懐が籠っているかも知れぬ。歳暮のあわただしさと、元朝の静かさとの対比に感を発していようが、三十年とは概数ながら、十三年でも三百年でもない作者の実感を読み取るべきだろう。

大《おほ》比《ひ》叡《え》やしの字を引《ひい》て一《ひと》霞《かすみ》　（江戸広小路）

『六百番誹諧発句合』（風虎編）にも出、それには延宝五年霜月の判詞があるので、同年またはそれ以前の作。任口の判詞に、「左のしの字、文字は直して心横へ引たるにや、愚なる者悟りがたし」云々とある。だがこの句は、一休の逸話による。『一休咄』に、禅師が叡山へ遊んだ時、衆徒が読み易い大字を長々と書くことを望んだので、彼は麓の坂本まで紙を長く継がせ、七、八尺の大筆でしの字を書きながら駆け下ったという。「しの字を引て」とは、その縦を横に直したように、横霞が棚引いていると言ったもの。京では盆の施火《せび》に、東山如意ケ岳の大文字の火などの行事がある。この句は時節は春だが、やはり京の大文字などの連想もあって、大文字は四大にひそむ煩悩を焼きつくすものだが、比叡山のし文字は何の仏の意か、といった心を含んでいよう。

猫の妻へついの崩れより通ひけり　（江戸広小路）

『六百番誹諧発句合』にも収録。これは伊勢物語を踏まえている。「むかし、をとこ有けり。東の五条わたりにいと忍びていきけり。密《みそか》なる所なれば、門《かど》よりもえ入らで、童《わらわ》べの踏みあけたる築地《ついひじ》のくづれより通ひけり」云々（第五段）。この業平と二条の后の情事を猫の恋に転じ、築地の崩れを竈の崩れに翻したところがみそである。逢えないで帰った業平が、「人知れぬわが通ひ路の関守はよひ〱ごとにうちも寝ななん」と詠んだので、判詞にも「右のへついの崩れより通らば、在原ののらにや、よひ〱ごとにうちもねう〱とこそ啼《な》くらめ」と言っている。「猫の夫《つま》」かも知れぬ。古典を低俗化した笑いで、機知を見るべきもの。

上巳《じようし》

龍宮《りゆうぐう》もけふの塩路や土用干　（六百番誹諧発句合）

陰暦三月三日、上巳（ジョウミとも）の節句の句。この日潮干狩に出かけることが多かった。潮路が遠く乾上ったのを、龍宮の土用干に見立てた。こんなに乾上ったのは、今日龍宮で土用干をやっているのだろうと言った、他愛ない句。

先《ま》づしるや宜《ぎ》竹《ちく》が竹に花の雪　（江戸広小路）

『六百番誹諧発句合』にも出る。宜竹は一節切《ひとよぎり》の名人で、その作る竹は名管とされた。一節切は竹の節を一つこめた一尺一寸一分の尺八。「花の雪」は『糸竹初心集』に見える「吉野山」の小唄に、「吉野の山を雪かと見れば、雪ではあらで花の吹雪よの」とある文句に拠った。それは当時三絃や尺八でよく吹奏された唄である。まだ花の吹雪の季節には少し早いが、まず宜竹作るところの一節切で吹き鳴らす「吉野の山」の曲の音色に、まざまざと花の雪の景色が描き出され、その味わいをまず知る、と言ったもの。「花の雪」とは、言葉が比喩である上に、ここでは虚なる風景なのだから、いっそう華麗と言えよう。

　任口上人の判詞に、「右、義竹が竹に花の雪とは一よ切にも花ちりたりと吹曲の候や覧《らん》、よだれまじりのはなの雫さもこそあらめ」云々と言っているのは、句の情景を見誤っている。

『一葉集』にある、「まつ花や藤三郎《とうざぶらう》がよしの山」はその初案と思われる。藤三郎は宜竹の俗名で、吉野山の小唄を藤三郎の一節切で吹奏すると、眼前に吉野山の花吹雪のイメージが現れる、と花を待つ心を詠んだもの。

時鳥

またぬのに菜《な》売《うり》に来たか時鳥　（六百番誹諧発句合）

季吟《きぎん》の判詞に、「菜うりにきたかといへる、郭公の折にもあらず、すべて心得がたし」とある。菜売は冬のものだから、夏の時鳥に季節が合わぬと思ったのであろう。その一声を待ち侘びている時鳥は来ないで、待ってないのに菜売がやって来た、と言ったので、菜売を冬菜売に限らなければ、解せない句ではない。むしろ、菜を野菜一般と取れば、何も季にこだわることはないわけだ。「な」とは「肴」であり、食用とする草本のみならず、魚介類をも含めて副食物の総称である。

時鳥はその初音を待ち侘びている時には来ないで、待たぬ夜の寝覚などに、ふとその初音を聴くことがあるように、古歌には歌われている。「時鳥あかつきかけてなく声を待たぬ寝覚の人や聞くらむ」（詞花集、藤原伊家）など。あかつきがたに菜売が声高く呼ばわって来る。時鳥の一声を待っている者には、これは待ちもしない声であろう。後の芭蕉の句に、「烏賊《いか》売の声まぎらはし杜宇《ほととぎす》」（韻塞《いんふたぎ》）の作がある。物売の声を、芭蕉はよく時鳥と取り合せて詠んでいる。この「烏賊売」の句は、かつての「菜売」の句の再考とも言える。

端午

あすは粽《ちまき》難波《なには》の枯葉《かれは》夢なれや　（六百番誹諧発句合）

季吟の判詞に、「西上人のなにはの春を俤《おもかげ》にしてあすのかれはを想像《おもいやり》たる」とある。西行の歌は「津の国の難波の春は夢なれや蘆の枯葉に風渡るなり」（新古今集）である。蘆の生い茂った難波の堀江を前にして、「明日は粽」、すなわち端午の節句になって蘆の葉は粽に巻かれるのだが、思えば西上人の詠んだ「蘆の枯葉」の昔も、まことに夢のように渺茫としている、との意。西行の歌は、冬の枯蘆原を眼の前にして、難波の春を回想しているのだが、これは夏の青蘆原を眼前にして、かつての「蘆の枯葉」の冬景色を思いやっているのである。明日の枯葉を思いやっているのではない。古歌の世界から、世俗の世界の粽を引き出して、一転した。

五月雨や龍《リウ》燈《トウ》揚《あぐ》る番太郎　（江戸新道）

『六百番誹諧発句合』にも出る。

『山之井』（季吟編）に、「さみだれは。おのへの寺も水に近き楼台となり。みやこの宮室も。海中の龍宮城かとあやしまれ」云々とあり、この「海中の龍宮城」といったのが、芭蕉の発想のきっかけとなっている。任口の判詞にも、「五月雨の海をなしたる風《ふ》情《ぜい》俳諧躰によくいへり」と言う。

龍燈は、海中の燐光が燈光のように光り連って見える現象で、それを龍宮の燈火と見たのである。番太郎は、江戸の町々に置かれた自身番に所属した小使で、番太とも言い、夜警をしたり、町内の雑用に従った。番太郎が自身番の近くに作り住む番小屋も番太郎と言った。この句は人よりもその小屋を言うのだろう。『好色一代女』巻六に、一代女が惣嫁《そうか》にまで落ちぶれて、暗い夜の辻で客が惣嫁の容色をきびしく吟味するくだりに、「大臣の大夫をかりて見るより念を入《いれ》、往来《ゆきき》の挑灯《ちょうちん》を待《まち》あはせ、又は番屋の行燈《あんどう》の影につれ行、かりなる事にも吟味つよく」云々と言っている。軒高くかかげたこの番屋の行燈を、龍燈に見立てたのである。夜の町々の暗さを知らない現代人には想像しがたい。まして、海のようになった五月雨どきの町である。

番太郎という卑近な題材を持って来て、当時の見立ての発想ながら、巧みに季感を生かしている。

蚊帳

近江《あふみ》蚊《が》屋《や》汗やさゞ波夜の床　（六百番誹諧発句合）

近江蚊帳は坂田・犬上・愛知《えち》・蒲生《がもう》の諸郡から産する蚊帳。その近江蚊帳から、琵琶湖を連想し、「さざ波や志賀の都は荒れにしを昔ながらの山桜かな」（『千載集』よみ人しらず、実は平忠度）などの古歌を思い出した。「さざなみ」は琵琶湖の西南沿岸地方の古名で、志賀・大津などの地名の枕詞のように用いられる。つまり近江の縁語であり、そよ風に揺れる近江蚊帳の中で夜の床に寝ていると、汗はさしずめ湖上に立つ小波だと言ったのである。判詞に「あふみ蚊帳といひて汗やさゞなみといへる、又めづらかに優美なり」とある。

梢《こずゑ》よりあだに落ちけり蟬《せみ》のから　（江戸広小路）

『六百番誹諧発句合』にも出ている。梢から飛ばないで、いたずらに落ちたもの。見れば蟬の脱殻《ぬけがら》だった。蟬ではなかった。一説に、梢から落ちるもの、木の実かと見れば、何の役にも立たぬ蟬の殻だった。どちらにしても、面白味が足りないようだ。第一説を取る。

秋来にけり耳をたづねて枕の風

（江戸広小路）

『六百番誹諧発句合』に「立秋」の題で出ている。古今集の有名な「秋来ぬと目にはさやかに見えねども風の音にぞ驚かれぬる」（藤原敏行）の歌を本歌としている。目にははっきり見えないから、耳をたずねて閨の枕もとに吹いて来たと言ったところにおかしみがある。判詞に「秋風枕をおどろかす体、耳を尋る詞つかひをかし」とある。古典の滑稽化に機知が感じられる。『芭蕉翁句解参考』に下五を「透間風」として、「再案なり」と言っている。

唐《たう》秬《きび》や軒端の荻《をぎ》の取《とり》ちがへ

（江戸広小路）

『六百番誹諧発句合』に「荻」の題で出ている。判詞に「唐きび軒端の荻、其陰高き事をよせ合せられたり。物語の詞実《げに》をかし」とある。源氏物語空蟬の巻に、光の君が空蟬と取り違えて、軒端の荻とちぎるところがある。そのことを利かせた句で、軒端の荻と取りちがえて、初秋の風が唐秬の葉に吹いて、声を発しているのがおかしいというのだ。古来「荻の声」と言って、「さや」とか「そよ」とかいったそのそよぎの音が詠まれている。そのことを踏まえて、唐秬の声では、そんな優しい、かすかな声でなく、もっと騒々しい、ざわついた声を立てることを言っている。句の裏にかくしている風の声を聴き取らなければ、何のへんてつもない句だ。だからこれは、やはり「唐柜」の句でなく、「荻」の句なのである。

紅葉

枝もろし緋《ひ》唐《たう》紙《し》やぶる秋の風 （六百番誹諧発句合）

唐紙は中国から輸入した、新竹と楮《こうぞ》の繊維を交ぜて煮て漉いた紙。質が細かで裂けやすく、墨の吸収がよいので文人・墨客に愛用された。浅黄赤色のものが上等品で、それが緋唐紙である。ここでは深紅色の紅葉を緋唐紙に見立て、その裂けやすいのを、紅葉が秋風に早々と散る（「紅葉かつ散る」）さまになぞらえた。「紅葉」の題は句の裏に籠っている。

判詞に「枝もろしとは葉の事候や、緋唐紙を破《やぶる》が如し。秋風の吹ちらすを申なし興少し」とある。

月

今《こ》宵《よひ》の月磨《とぎ》出《いだ》せ人見出雲守 （六百番誹諧発句合）

穎《え》原《ばら》退蔵は元禄三年刊『人倫訓蒙図彙』鏡師の条に、「室町二条上ル丁人見佐渡」の名を発見し、また『今様職人尽』六二に、出雲の名が見えているという。判詞に「月をみがく人見出雲鏡屋に有名を尤ながら」云々とある。人見出雲守とは、如何にも京都に住んでいそうな鏡師の名で、じつは烏有の人物。「今宵の月」すなわち中秋名月を、磨ぎ出せと言ったのだが、その名も、雲から出して人に見せよとの意を含んでいる。人名をからませた洒落である。

木をきりて本《もと》口《くち》みるやけふの月

（江戸通《とお》り町《ちょう》）

『江戸通り町』（二《じ》葉子《ようし》編）は、延宝六年七月刊なので、中秋名月（八月）のこの句は、その前年八月、またはそれ以前の句と見る。

　本口とは木を伐ったその木材の根本の切口で、先の方の切口が末口《うらくち》である。その伐ったばかりの本口の丸く、大きく、新しく、白々としたさまを、名月に見立てた。談林的な見立ての句ながら、その見立てに、みずみずとした感覚がある。ただし、名月下の叙景の句ではない。「月光は青白く明るい。その光の下に木の切口の白い生々しい感じを想像して見る。中々魅力のある想像である。が、さう見るとしても、何故木の切口などに注意が向いたかといふことは、よく解らない。心理的の脈絡を辿ることが出来ぬ不思議な句である。どこか神秘的な味がある」（和辻哲郎『続芭蕉俳句研究』）といった解は、あまりに近代的に解釈しすぎていることになる。だが、芭蕉にはなかなか近代的な感覚の鋭さがあるので、木の本口と月光との照応に、美を見出さなかったとは限らない。『芭蕉句選拾遺』に、中七「本口見ばや」とあり、その鋭さが後に匂付《においづけ》の手法を生んでいるのは、誤伝かも知れぬが、後の時代の芭蕉の口調に近いので、彼がそう推敲してみて、見立てならぬ叙景の句に仕立て直さなかったかどうか、断定できない。

時雨

行《ゆく》雲《くも》や犬の欠《かけ》尿《ばり》むらしぐれ　（六百番誹諧発句合）

「犬の欠尿」は、犬が遠くへ行く道々、あちこちで小便をする習性で、その臭いで家への帰りの道を間違えないという。欠尿の「欠」字は「駆」で、当時は「駆」に「欠」字を当てる慣用であった。

『山之井』に、「山うばが尿やしぐれの山めぐり」の句があり、また西鶴に「しゝ〳〵し若《わ》子《こ》が寝覚の時雨かな」の句があって、尿を時雨に見立てることは珍しくなかった。一しきり降っては止み、やんでは降る叢時雨《むらしぐれ》のさまを、まるで空行く雲が犬の駆尿をしているようだ、と言ったのである。「世話にすがりてめづらかにきこゆ」と季吟の判詞にある。

『江戸新道』（延宝六年八月刊、池西言水編）には中七「犬の迯《にげ》ぼえ」の形で出ている。これは、喧嘩に負けて逃げながらもまだへらず口をたたいている連中を、負け犬の逃吠えにたとえた言葉だ。ここでは行く雲が雨を時々降らせながら逃げて行くのを、「犬の逃吠え」に見立てたのである。芭蕉が改作した可能性も、ないわけではない。

一《ひと》時《し》雨《ぐれ》礫《つぶて》や降《ふっ》て小石川　（江戸広小路）

『江戸広小路』には延宝六年秋の自序があり、句作は前年冬（十月）と推定される。『芭蕉句選拾遺』に「戸田権太夫利胤青龍院渓即日節と翁手帳に書付有」と頭注があるので、江戸小石川にあった戸田邸に招かれての作と知れる。

小石川という地名に導かれた洒落で、時雨はつぶてのようにパラパラと降るものだが、そのつぶてが一しきり降って、それが川になったのがこの小石川だ、という意。戸田邸の座敷で、折からの時雨を嘱目して作ったのであろう。礫の字はコイシとも訓む。地名から軽く興じた挨拶句である。

霜を着て風を敷《しき》寝《ね》の捨子哉　（六百番誹諧発句合）

『坂東太郎』（延宝七年十二月序）に中七「衣かたしく」とあり、「衣」を朱で「風を」と改めている。後案であろう。改案だと、この句が「きりぎりす鳴くや霜夜のさむしろに衣かたしきひとりかも寝む」（摂政太政大臣、新古今集）を踏まえていることが、いっそうはっきりする。

捨子の姿を、霜を衣としてかつぎ、風を夜具として敷寝していると、そのあわれなさまを述べたもの。『六百番発句合』では、保俊の「両の手をあはせて十夜の念仏哉」の句と番えられて、季吟は「右のすて子あはれにかなし」と判詞に言って、勝としている。芭蕉は後に甲子吟行のおり、「猿を聞く人捨子に秋の風いかに」と詠んだが、これもフィクションと言われている。捨子は当時よく見かけたのであろう。捨子への憐憫は芭蕉にはあったとしても、このような言葉の技巧で仕立てた句にその心が表れているわけではない。だが、そういう社会の暗黒面を示す事実に、芭蕉が無関心でありえなかったことを、これは物語ってはいよう。

富士の雪盧《ろ》生《せい》が夢をつかせたり　（六百番誹諧発句合）

「富士の初雪」ならば、昔は夏とされた（「水無月の望《もち》に消ぬればその夜降りけり」という万葉集の歌により）が「富士の雪」では季がない。強いて言えば、「雪」の語によって冬か。題が冬の季語としての「雪」で、「塩物やいづれの年の雪のうを」と番わせられているから――。

謡曲『邯鄲』に、「東に三十余丈に、銀《しろがね》の山を築かせては、黄金《こがね》の日輪を出だされたり、西に三十余丈に、黄《こがね》の山を築かせては、銀の月輪を出だされたり」とあるのによる。盧生が夢に見た楚王の宮殿の庭の描写である。邯鄲の亭で、女主から邯鄲の枕を借り一睡した夢に、この世の五十年の栄耀栄華をつくし、夢が覚めると、それは粟飯《あわいい》の一炊の間であったという。「黄粱一炊の夢」と言われる。この故事を踏まえて、雪をかぶった富士の姿は、まるで廬生の夢に出てくる銀の山を築かせたような、この世ならぬ美しさである、ということ。季吟の判詞に「かんたんに銀の山をつかせたる事ある心にや、心たくみに風情面白し」とある。富士が廬生の富貴の夢そのものであるかのように、雪を被《かず》いて中空に聳《そび》えているのである。

白《しろ》炭《ずみ》やかの浦島が老の箱　（江戸通り町）

『江戸通り町』は延宝六年刊。『江戸広小路』（延宝六年自序）にもあり、下五が「老の霜」になっている。『六百番発句合』に「炭」の題で出ている。

白炭は茶の湯に用いるもので、灰の中に埋めておくと白くなる。躑躅《つつじ》・山茶花《さざんか》などの枝を焼いて作るが、今は胡粉《ごふん》を塗って用いる。浦島の玉手箱で、黒髪がたちまち白髪となったことを、その白炭に見立てたのである。判詞に、「うらしまの子が箱をあけて、一時に白頭と成《なり》し事をしろすみになぞらへしにや。聊《いささか》いひかなへぬに似たる所あれば」と言って、負としている。

あら何ともなやきのふは過《すぎ》てふくと汁　（江戸三吟）

『江戸三吟』は延宝六年三月中旬の識語がある。

「あら何ともなや」は、謡曲の常套句。たとえば、「頼みても頼みなきは人の心なり。あら何ともなや候」（船弁慶）など。その他『熊坂』『融《とおる》』『蘆刈』『海人《あま》』などにも見える。ああしようもないと、感歎詞風の語で、期待が外れて失望落胆したときなどの自嘲の言葉である。ここでは、謡曲に慣用の意味では使っていない。昨夕河豚《ふぐ》汁をおそるおそる食べたが、何事もなく昨日は過ぎてしまったということで、なあんだ案ずることもなかったと胸を撫でおろしているのである。謡曲の常套句を市井の生活の俗事に転用したおかしみが、この句の身上である。当時の句としては、面白い。

■延宝六年　戊午（一六七八）　三五歳

庭訓《ていきん》の往来《わうらい》誰《た》が文庫より今朝の春

（江戸広小路）


「立春」の部に収める。

『庭訓往来』は当時寺子屋で用いられた教科書で、正月から十二月までの消息文を集め、巻頭は新年の賀状であった。寺子たちの読初、書初などの趣向で、文庫は書物や雑品などを入れておく手箱である。「今朝の春」という言葉は、元旦や立春の日に用いる。庭訓往来の冒頭を開いて、新年の賀状から手習いを始めるのだが、まず誰の手文庫が開かれて、そこに春が立つであろうか、という意。寺子屋の景でなく、寺子たちの各家でのふるまいと取った方がよい。延宝の句としては、味わいがある。各町家の子供たちを、鳥瞰的に描き出しながら、長松もよだれくりも含めて、「誰が文庫より」と言って、春到来のめでたさを表現したのが、気が利いている。

かぴたんもつくばゝせけり君が春　（江戸通り町）

長崎出島の阿蘭陀《オランダ》商館長（甲比丹《カピタン》といった）が、毎年春に江戸に参府して、将軍に謁する行事があった。甲比丹を蹲《つくば》わせたとは、その行事を指す。二月下旬に江戸に着いて、三月朔日に登城する例だったから、必ずしも新春ではないが、「君が春」は新年のめでたさを籠めて、泰平の春を謳歌した季語である。ここでは君は将軍である。事実にこだわらず、おおよそのところで趣向を立てているのである。後に「阿蘭陀も花に来にけり馬に鞍」がある。素材の珍しさを見せた句で、こういう新しがりもまた芭蕉の一面なのである。

大裏《だいり》雛《びな》人形《にんぎやう》天皇の御宇《ぎよう》とかや　（江戸広小路）

謡曲『杜若《かきつばた》』に、「仁明天皇の御宇かとよ、いともかしこき勅を受けて、大内山の春霞、立つや弥生の初めつ方」とあるのを踏まえている。雛段に内裏雛以下を据えた愛らしくも華やかなさまを、仁明天皇ならぬ人形天皇の御宇だと言った見立てである。允恭天皇も語音が通じる。「かとよ」「とかや」の区別は、ことごとしく言い立てるにも及ばないことだ。「××天皇の御宇かとよ」といった文句は、謡曲以外に語り物、お伽草子のたぐいにもよく見かける常套文句である。それを借りて、時は今、「人形天皇の御宇とかや」と、品よく美しく可憐な架空の小世界を現出させたところが、談林調の句ながら、芭蕉の手柄である。

初花に命七十五年ほど　（江戸通り町）

「初物七十五日」と諺に言うが、初花を見て、命が七十五年ほども延びたことだろう、といった諧謔。初花はその春はじめて咲く桜の花。初花賞美の句だが、つまらない句である。

あやめ生《おひ》り軒《のき》の鰯《いわし》のされかうべ　（江戸広小路）

節分の悪魔祓いに、柊の串に鰯の頭を通して門口に挿しておく風習がある。「柊挿す」「鰯の頭挿す」という季題がある。その節分の軒の鰯が、挿されたまま残っていて、されこうべになり、そこへ端午の節句の菖蒲が葺《ふ》かれて、そのしゃれこうべから菖蒲が生い出でたように詠んだもの。これは小野小町の故事を踏まえている。『袋草紙』『無名抄』『江家次第』『古事談』あるいは謡曲『通小町《とおりこまち》』にも伝えられている。それは、在原業平がみちのくに旅したとき、ある夜「秋風の吹くにつけてもあなめあなめ」と歌の上の句をつぶやく声を聞いた。不思議に思って、その声のする方を尋ねると、一つの髑髏があって、眼の孔から薄が生えていて、それが風に揺れると、さきの声となるのであった。その髑髏が小町のなれの果てであると聞き、業平は「小野とは言はじ薄生ひけり」と下の句をついで、その霊を弔った、という。謡曲は八瀬の里になっている。

人口に膾炙したその物語を踏まえて、軒の鰯のしゃれこうべの孔から、菖蒲が生えたと言ったもので、「あやめ」に「あなめ」を利かしてあろう。古典の卑俗化のおかしみである。初句の字余りは、後の『虚栗《みなしぐり》』調である。「あやめ生ひけり」は、「薄生ひけり」の歌の言葉を生かして、本歌を明かにしている。なかなか趣向に凝った句。

水むけて跡とひたまへ道《だう》明《みやう》寺《じ》　（江戸広小路）

不《ふ》卜《ぼく》亡母追悼

不卜は岡村氏。江戸貞門石田未得の弟子で、立羽《たちば》不角の師。その編著『江戸広小路』には、延宝六年の自序がある。芭蕉とも交友があり、芭蕉や蕉門俳人の発句や付句がかなり入集している。たまたまその母の追悼句を芭蕉が贈ったのを、不卜が採録したのである。

不卜の母の訃を聞いての追悼句である。季語は道明寺で、夏。糯米《もちごめ》を蒸し、粗く磨り砕いた乾飯《ほしいい》で、乾飯はおもに携帯食で、飯を天日に乾し、夏それを冷水に浸して食べる。道明寺というのは、河内国土師《はじ》の里の真言宗尼寺で、この寺は菅公の伯母覚寿の草創と言い、『菅原伝授手習鑑』の二段目、道明寺の段で有名である。この寺で尼たちが作りはじめたので、道明寺糒《ほしい》、略して道明寺という。「水向けて」とは、霊前に閼伽《あか》の水を手向けることだが、ここでは道明寺を水に浸すことにも利かせ、霊前に水を和《あ》えた道明寺なりと供えて、跡を弔いなされ、と言っているのである。「道明寺の名がおのづから追善に因みがあるのを趣向とした」（芭蕉俳句新講）と潁原退蔵は言っているが、それだけでは道明寺を持って来た必然性に乏しい。道明寺は不卜の母の好物だったのか、あるいは道明寺は不卜の母に何かゆかりがあったのか。

水《すゐ》学《がく》も乗物かさんあまの川　（江戸広小路）

水学は水学宗甫、舟に変った細工をほどこしたり、水からくりに妙を得た人で、長崎からその術を伝えた。その船は水学船と呼ばれた。これは七夕の句である。「貸小袖」と言い、七夕竹二本を立て、横に竹を渡し、小袖を掛ける。棚機《たなばた》つ女《め》が織り上げる布の足りないのを悲しむので、それを補うために、衣を貸すという民俗である。「星の貸物」とも言って、裁縫が巧みになるように、女たちが祈る。「産着《うぶぎ》貸して星が妹背《いもせ》のしるし見ん」（来山）。

この古俗から、ここに「乗物かさん」という発想が生れる。年に一度の星合に、雨が降って天の川の水嵩が増し、渡りあぐねるような時には、水学は得意の細工を施した舟を牽牛・織女に貸して、無事に逢わせてくれるであろう、というのだ。水学という当時の目新しいトピックを、七夕の句に流用したのが眼目で、談林誹諧らしい奇想であるが、好奇心に富んだこの新しがりは、また芭蕉の性質でもあった。

秋きぬと妻こふ星や鹿《しか》の革《かは》　（江戸通り町）

秋になったので、空には妻恋う星が天の川を渡って行く。その妻恋う星は、この地上に敷いた鹿の革の星（鹿《か》の子まだら）にもある。だから秋になると、鹿の妻恋いが始まるのである、というほどの意。

「秋きぬ」と言ったら、例の「目にはさやかに見えねども」といった、優雅な和歌の世界が開けてくる。それが結句の「鹿の革」で、下げがつく。そこに、作為的ながらもおかしみがある。

実《げに》や月間《ま》口《ぐち》千金の通り町《ちやう》　（江戸通り町）

『江戸通り町』の巻末に「追加」として出ている。刊記は延宝六年七月下旬とあるので、その七月のうち（初秋）の作であろう。桃青・二《じ》葉子《ようし》・紀子・卜尺の「四吟哥僊」で、二葉子邸での作である。『綾錦』（菊岡沾涼《せんりよう》著、享保十七年刊）の誹道大系譜に、二葉子の父蝶々子は鍛冶橋に住んでいたとあり、日本橋通り町に近い繁華街の一郭であった。

通り町は江戸筋違橋大門から室町・日本橋・京橋・新橋を経て金杉橋に到る目抜通りである。中でも日本橋附近は「間口千金」と言われるほど地価の高い商業繁昌地である。「間口千金」とは、一間の間口が千金に価するので、今も言う「土一升金一升」と同じような語感で使われた。その通り町の二葉子邸へ招かれて、蘇東坡の「春宵一刻」ではないがやはり「価千金」の秋のさやかな月を眺めることよ、との意。千金の土地で千金の月を眺めるので、そのまたとない高価な一刻を得たことを言って、あるじ二葉子への挨拶としたのである。もちろん月は実際の嘱目であって、おそらく盆の月（満月）に近い、輝きわたった月夜なのである。談林風の奔放な詠みぶりで、この年芭蕉は立机しているのだが、当時の流行の調べに乗ったなかなかの一作者だったことを示す句である。二葉子の脇句は「爰《ここ》に数ならぬ看板の露」。

雨の日や世間の秋を堺町《さかひちやう》　（江戸広小路）

堺町は今の日本橋蠣殻町《かきがら》の北、芳町のあたりで、江戸初期には江戸第一の遊里だった。後に遊里は吉原へ移り、歌舞伎の芝居町として栄えた。

雨の日で、世間はものさびしい秋風の風情だが、この堺町ばかりは、世間の秋を知らぬ顔に、賑わっている、ということ。堺町の名で、はっきり堺を区切って、世間の秋を隔てていると、利かせたのである。世間というのは、同じ郷土に住んでいる仲間を除いた他所者一般の世界を指し、世間者ともいう。ここでは芝居町の堺町から言って、堺町以外をひっくるめて世間と言ったのだ。芭蕉自身、芝居者の世界にはいりこんで、世間を言っているのである。この堺町の世界は、歌舞伎者・遊女・かげまその他、秩序の外の世界である。当時の芭蕉の生活意識を想像させる句だ。

色《いろ》付《づく》や豆腐に落《おち》て薄《うす》紅葉《もみぢ》

（芭蕉杉風両吟百員）

この百韻の懐紙が、天明六年に模刻されているが、その二十六、二十七両句の付合《つけあい》が、延宝六年刊の『江戸広小路』に出ているので、ここに置く。六年またはそれ以前の秋の作。

穎原退蔵が「紅葉豆腐といふのがあるので、そこに趣向を設けた」（『芭蕉句集』頭注）と言っている。だが、この紅葉豆腐という料理を誰も知らないので、いろいろの説を生んだ。『校本芭蕉全集』発句篇、補注には、「今豆腐に、紅葉の形を印する事、堺の紅葉豆腐に始まれるなり」（『骨董集』上）、「昔は豆腐に紅葉の形を印す、今も江戸にては印レ之、京坂は菱形を印せり、是は豆腐製筥に其の形を彫りたる也」（『近世風俗志』下）などの文を引用している。

だが私は、『芭蕉翁句解大全』（何丸）に、「愚考、是必唐がらしの隠し題成べし」とあるのに惹かれていた。『校本芭蕉全集』連句篇頭注に、「紅葉豆腐は、豆腐に蕃椒粉生姜をすりまぜ空揚にして、蒸したもの」とあるのを、何によるのか知らないでいた。ところが最近『現代日本料理法総覧』（清水桂一編）に引用する『豆腐百珍続篇』に、次のようにあるのを知った。「よく水をしぼり、小麦粉をよくすりまぜ、唐辛子の芯と種を取りさり、酒にて半日ばかり煮て、細かに針にきざみ、また生姜を針にきざみ少しと、二品を右の豆腐にほどよくまぜ合わせ、一丁の大きさの角にとり、丸揚げにして、小口切りして、蒸して、服紗味噌を水にてゆるめたるを温め、敷味噌にするなり」。要するに、豆腐の中に唐辛子粉をすりまぜて、蒸して作ったものである。大根おろしに唐辛子粉を加えて、紅葉おろしなどと言っているし、またこの『料理法総覧』には、唐辛子の紅い部分を細かにきざんで味噌の上面にふりかけた紅葉田楽というのもある。紅葉何々と料理に言ったら、何丸の言うように、唐辛子を連想すべきものらしい。だが、外の料理法もあるようだ。

豆腐の上に薄紅葉が落ちて、紅く色づいたと言っているのだが、それは要するに見立てであって、紅葉豆腐を詠んでいるのである。『江戸両吟集』の付句に、「龍田の紅葉豆腐四五丁」（芭蕉）とあるのも紅葉豆腐であろう。当時の珍しい料理にも、芭蕉の好奇心は強く発動したようである。なお杉風の脇句は「山をしぼりし榧《かや》の下露」。

塩にしてもいざことづてん都鳥《みやこどり》　（江戸十歌仙）

『江戸十歌仙』は延宝六年、青木春澄編。京の俳人で重頼門。この年松島見物の帰途、江戸へやって来て芭蕉等とも交友があった。『江戸十歌仙』には、春澄・似春・桃青の三吟歌仙三篇を載せている。

この句は伊勢物語の「名にし負はばいざこと問はむ都鳥わが思ふ人はありやなしやと」の歌を踏まえている。京の男には、隅田川の都鳥は珍しいだろうが、それも見残して春澄は京へ帰るので、塩漬にしてでも都鳥をことづてよう、と言ったもの。おそらく会話の中に、都鳥の話など出たのであろう。古典の優雅な世界をおかしみの世界に一転した。「塩にしても」と言ったところに、芭蕉のウィットは生き生きと働いている。春澄の脇句は「只今のぼる波のあぢ鴨」。

わすれ草菜《な》飯《めし》につまん年の暮

（江戸蛇之鮓《じゃのすし》）

『江戸蛇之鮓』の成立は延宝七年五月だから、この句は六年十二月、またはそれ以前の十二月の作。『はせを盥』は「菜飯《ナハン》」とふり仮名が付いている。菜飯は農村の素朴な食事で、油菜・小松菜、あるいは蕪・大根の葉をこまかく刻んで、ざっと熱湯を通し、塩を加え、炊きたての飯に交ぜ合せて食べる。遠江の菊川や近江の目川の宿の名物で、昔はあんかけ豆腐を副《そえ》にして出したという。

忘れ草はヤブカンゾウの別称。これを見ると憂いを忘れるという。菜飯に忘れ草を菜の代りに摘んで、過ぐる一年の憂いを忘れよう、との意。憂いを忘れるという忘れ草の名称に依りかかった発想で、談林的だが、菜飯の色や香りがにおい立ってくるところ、正風に近い味わいを出している。菜飯《ナハン》と訓ませた例では、「畑打ちにかへて取りたる菜飯ンかな」（嵐雪）がある。『一葉集』に中七「煎菜《いりな》につまん」とあって、千春の脇句「笊籬《いかき》味噌こし岸伝ふ雪」、信徳の第三以下、三吟歌仙を載せる。

■延宝七年　己未（一六七九）　三六歳

阿《お》蘭《らん》陀《だ》も花に来にけり馬に鞍　（江戸蛇《じゃの》之鮓《すし》）

「かびたんも」の句参照。毎春長崎出島のオランダ商館長の一行が江戸に参府し、将軍に謁する行事があった。始めは一月に江戸へ到着したが、後には二月二十五日頃に着いた。沿道には見物人が蝟集し、定宿であった本石町の長崎屋を訪ねて、蘭学の教えを乞う者も少くなかった。「阿蘭陀渡る」といって、春の季題になっている。

謡曲『鞍馬天狗』の「花咲かば、告げんと言ひし山里の、使は来たり馬に、、鞍、鞍馬の山の雲珠桜《うずざくら》」という、有名な小謡の一節に拠っている。この一節はまた、頼政の歌「花咲かば告げよと言ひし山守の来る音すなり馬に鞍おけ」に拠っている。原拠の山里の使ではなく、はるばるオランダ人が江戸の花を見に、馬に鞍をおいてやって来たというのだ。紅毛人までもやって来たというので、江戸の春の豪華さと繁栄とを讃えたのである。それとともに、「馬に鞍おけ」という原歌の意味も二重写しになって、さあ私たちも、馬に鞍おいて、江戸の花見に出掛けよう、という意味が籠っている。「かびたんも」の句より、はるかにすぐれた作になっている。

雨降《ふり》ければ
草《ざう》履《り》の尻折《をり》てかへらん山桜　（江戸蛇之鮓）

『句選年考』の引く『庭の巻集』（亀毛編、寛保二年刊）に、「上野花見に雨にあうて吟じたるむかしの句也」とある。江戸上野の花見に行って、雨に降られたのだ。『芭蕉句集講義』に、「機外氏書を寄せて曰、長道をすると草履の尻が長く伸出る、斯うなると歩き難い計りでなく、ハネがあがり砂や埃が揚るから、草履の尻を上の方へ折り返し、カヽトで押へて歩行く事がある。これは地方の人のやる事で、婦人などは格別に此法を用ゐて居る」とあるので、「草履の尻折て」ということがはっきり分る。『続芭蕉俳句評釈』（寒川鼠骨）には、「草履の尻を見ると、山踏みをした為めに、早や切れ〴〵になつてゐる。雨さへ降つたので、ビシヤ〳〵と泥をはね上る侘びしき事である。此草履の尻は切れ、又た自分の衣も尻からげして、さうして雨にぬれた山桜を折取つて帰らう。それも亦興ある事であると詠じたので、折つての三字は山桜を折り、草履の尻を折り、又衣の尻端折《しりつぱしよ》り、との三つにかゝつてゐるやうである」と言ったのが、意を尽している。ただし尻折草履については、機外説を採るべきだ。談林調のおかしみである。

上野の桜の品種は、当時はおおかた山桜であったのか。あるいは、上野東叡山の桜だから、山の桜という意味で山桜と言ったのか。『増山井《ぞうやまのい》』は芭蕉が座右に置いた季寄《きよせ》だが、「山桜も庭桜も其山に咲、庭に咲をいふを、名木のやうにしたつるは悪きと也」とある。

蒼《さう》海《かい》の浪酒臭しけふの月　（坂東太郎）

『坂東太郎』（才丸《さいまろ》編）は延宝七年十二月下旬の序（言水《ごんすい》）があるから、この句は七年八月、またはそれ以前の八月の作。

青海原のはてに上ってくる中秋名月を、盃洗からあげる朱盃に見立て、それで蒼海の浪が酒臭いようだと言ったのである。高輪あたりから海を見たさまであろうか。月見の宴を張りながら、月の昇るのを待っているその場の情景が、おのずからうかがわれる。

盃《さかづき》や山《やま》路《ぢ》の菊と是《これ》を干《ほ》す　（坂東太郎）

「重陽」の部に出ている。「山路の菊」は、甘谷の菊水の故事で、周の穆《ぼく》王の侍童が罪を得て南陽郡酈《れき》県に流され、山路の菊の露を飲んで不老不死となったという。謡曲『菊慈童』はこの故事を曲に作り、また『安宅』にも、「この山陰の一宿りに、さらりと円居《まどい》して、ところも山路の菊の酒を飲まうよ」とある。芭蕉は後にも、「山中や菊はたおらぬ湯の匂」（奥の細道）その他、菊慈童の故事を句にしている。

古今集に、「濡れて干す山路の菊の露のまにいつか千年を我は経にけむ」（素性法師）の歌によって、その干すを盃についだ酒を飲み干すことに転じている。あたかも菊の節供であり、「山路の菊の酒」と飲み干して、齢を延べよう、というのだ。盃に菊の蒔絵の模様があったかどうかは、詮索するほどのことはない。時が重陽の佳節であれば充分なのである。

見渡せば詠《ながむ》れば見れば須《す》磨《ま》の秋　（芝《しば》肴《ざかな》）

『芝肴』（似春《じしゆん》編）は原本の所在が分らず、刊年不明である。『一葉集』に、桃青・似春・四友の三吟百韻が二篇出ていて、その一篇の発句である。延宝七年秋、四友が上方《かみがた》へ赴くときの送別吟であろう。その百韻二篇の表三句を挙げると、

於二四友亭一興行

須磨ぞ秋志賀奈良伏見でも是は　似春

ほの〴〵の浦さしそへて月　四友
沖の石玉屋が袖の霧はれて　桃青

＊

見渡せば詠れば見れば須磨の秋　桃青
桂の帆ばしら十分の月　四友
さかづきにふみをとばする鴈《かり》鳴て　似春

ほぼ同時の作と思われ、「見渡せば」も脇を土屋四友が付けていることから見れば、やはり四友亭での興行であろうか。彼はあちらで「須磨の秋」を見ることを楽しみの一つとして語っていたのであろう。発句は二つとも、「須磨の秋」について言っている。

須磨と言えば、源氏物語須磨の巻以来、秋について言うことが多い。「須磨には、いとど心づくしの秋風に、海はすこし遠けれど、行平の中納言の、関ふき越ゆると言ひけむ浦波、夜々は、げにいと近く聞えて、またなくあはれなるものは、かかるところの秋なりけり」。須磨の秋は配所の秋であり、いよいよ心を疲らせ、気をもませ、痛めさせて、くたくたにしてしまう、いわば古今集の歌に言う「心づくしの秋」なのである。その秋の哀れが身にしむように、眺め入る。「見渡せば詠れば見れば」と、見ることを繰返し、強調しているのだ。多感なあなたは、あちらで須磨の秋をとっくりと眺め、その哀れに感じ入って、さんざんに心を疲らせることであろう、その姿が今から偲ばれる、と言ったのだ。

「見渡せば」には、もちろん新古今集三夕の歌の一つ、「見渡せば花も紅葉もなかりけり浦の苫屋の秋の夕暮」（藤原定家）が響いている。芭蕉の句も、須磨の秋景色の具体的な風物は、何一つ描いていない。特殊なものは何一つ強調せず、ただ「須磨の秋」ですべてなのだ。これは送別の句として受け取らなければ、句の真意を捕えそこなうのである。

土屋四友は宗因門。通称外記。松平出羽守の家臣である。

土屋四友子を送りて、かまくらまでまかるとて

霜をふむでちむば引《ひく》まで送りけり　（茶のさうし）

『茶のさうし』（雪丸・桃先編）は元禄十二年刊で、「此句は、いまだ俗なりける比歟《ころか》、当世流にさかむならざりし比也。そのおかしくなつかしさに」と付記がある。「見渡せば」と同じ年であろう。ただし、何かの都合で出立が遅れ、向うで「須磨の秋」を見るつもりが、霜の降る冬十月の出立になってしまったもののようだ。その旅立ちを送って、鎌倉まで来てしまったのである。「ちむば引くまで」に、諧謔の心を籠めながら、別れを惜しんで遠くまでやって来た意を表した。

今朝《けさ》の雪根《ね》深《ぶか》を薗《その》の枝《し》折《をり》哉　（坂東太郎）

延宝七年冬またはそれ以前の冬の作。一面に降った雪に、菜園への道しるべとしては、雪の中から頭を出した、鮮やかな緑色の葱の葉先がたよりだ、との意。白と緑との対照が印象的である。山路の枝折は古歌にも詠まれているが、根深を雪中の枝折と見立てたところが俳諧である。

■延宝八年　庚申（一六八〇）三七歳

於《ア、》春《はる》〻《はる》大《だいナル》哉《カナ》春と云《うん》〻《ぬん》（向之岡）

『向之岡』に「歳旦」の句として入集。集は延宝八年に成ったから、この句は八年正月作。漢文調の句風から見て、この年と見てよい。

新春の讃美。ああ春だ、春だ、本当に大きな春だ、この駘蕩たる春景色に対してそれ以上何の言葉も要らない、ということで、『易経』乾卦に「大哉乾元、万物資始」などとあるのが参考になる。「大ナル哉春」などといった言い方は、とくに何の出典ということはなく、「云々」も、漢文の注釈に、引用文を中略した場合によく使われる。歌舞伎の『楼門五三桐《さんもんごさんのきり》』の石川五右衛門の科白に「ああ絶景かな絶景かな。春宵一刻価千金とは小せえ、小せえ」云々とあるのが思い出される。この年から天和にかけて、漢文調の佶屈《きつくつ》な調べの句が流行し、この句などそのはしりである。

かなしまむや墨子《ぼくし》芹焼《せりやき》を見ても猶《なほ》　（向之岡）

墨子に「悲染」の故事がある。『淮南子《えなんじ》』に、「墨子練糸を見て之を泣く。其の以て黄たる可く以て黒たる可き為なり」とある。白い練糸が黄にも黒にも染まることを歎いた墨子は、芹焼に青々とした芹が焼かれて色が変って行くのを見て、やはり同様に悲しむだろうか、との意。反語で、悲しむどころか舌鼓を打って賞美するだろう、と言ったのだ。「悲しまむや墨子」で切る。

芹焼は、地を掘って石を並べ、その上で火を焚き、焼けた石の上に芹を置き、上を覆って蒸焼にし、醬油に柚《ゆず》を加えて食べる。外にも調理法はあるが、焼石の上で焼く野趣豊かな調理法を、この句は指していよう。芭蕉には外にも、「芹焼やすそわの田井の初氷」の句もあり、野外料理にふさわしい句だ。「セリタク」「セリヤク」などと訓むのは悪い。芹焼はれっきとした料理の名である。

漢籍の故事に基づき、漢文調の倒叙法を用い、芹焼の場に引き下ろして、誹諧化した。

花にやどり瓢《へう》簞《たん》斎《さい》と自《みづから》云《いへ》り　（向之岡）

花の下に一夜宿って、瓢箪のように飄々として瓢箪の酒を飲み明すのは、かく申す瓢箪斎である、とうち興じているのだ。中七は別に「瓢箪堂」「瓢先生」などと言っている本もある。『和漢朗詠集』に、「瓢箪屢《しばし》ば空し、草顔淵が巷に滋《しげ》し」(橘直幹)とあるが、その顔淵の故事をも思い寄せているのか。『論語』雍也篇に、「一箪の食、一瓢の飲、陋巷に在り」とあるのに拠る。顔淵の賢とは較ぶべくもないとしても、陋巷の市隠として、花のもと一瓢の酒に陶然とうち興じているのである。

五月《さ》月《つき》の雨岩ひばの緑いつ迄ぞ (向之岡)

岩檜葉《ひば》(巻柏)は山地の岩壁や木陰などに生ずる常緑の羊歯《しだ》植物で、盆栽にし、藁葺屋根などにも植えられる。檜葉に似て、表面は緑、裏は白緑色で、五月雨のころ水分を含んで、青々と葉をひろげて美しい。その深い緑色が、何時まで続くことか、とは言外に、五月雨がいつまで降りつづくことか、という意を籠めているのである。岩檜葉を賞する心の裏がわに、長い雨期に倦み果てた心がある。

蜘《くも》何《なん》と音《ね》をなにと鳴《なく》秋の風 (向之岡)

延宝八年、またはそれ以前の作。枕草子に、蓑虫は鬼の生んだ子で、八月ごろになって、秋風の音を聞くと、「ちちよ、ちちよ」とはかなげに鳴くのがあわれだ、とある一文を踏まえている。蓑虫が「父よ」と鳴くのに対して蜘蛛よお前は秋風に向って何と言って鳴くのだと呼びかけた句である。優雅な宮廷文学に対して、「蜘何と」と言いかえたところに、誹諧があった。一種の問答体で、心の色は自分に向ってつぶやくような自問自答だ。それは秋風の吹く軒端に巣をかけた蜘蛛の孤影のイメージである。その鳴こうともせぬ蜘蛛の姿に、落魄した自分の孤独の影を見出そうとしている。秋風の落莫たる季感が滲み透っていて、後の純正蕉風の発想に先駆している。

よるべをいつ一葉《ひとは》に虫の旅ねして　（東日記《あずまのにっき》）

『東日記』（言水《ごんすい》編）は、延宝九年六月中旬に成ったから、この句は八年秋、またはそれ以前の作。この撰集は、新風胎動期の重要な里程標の一つである。

「一葉」で「桐一葉」を意味するのが、誹諧の約束である。「一葉落ちて天下の秋を知る」という『淮南子』の句により、初秋の季題である。『増山井』に、「一葉　ひとはの舟　一葉は桐なり」とある。「寄る辺を何時」と言ったので、これは「一葉の舟」であることが分る。水に落ちた桐の一葉に、虫が旅寝をしているが、何時岸辺に着くことが出来るのか、心もとない、というのだ。定住の処のない自分の境涯を、芭蕉はこの虫に思い寄せているのである。発想に次第にふざけたところが稀薄になって来た。

花むくげはだか童《わらべ》のかざし哉　（東日記）

支考《しこう》の『東西夜話』（元禄十五年刊）には、越中石動《いするぎ》の従古亭で見た掛物の句として、「裸子の木槿《むくげ》の花もちたる画の讃に」と詞書し、中七「裸わらはの」と表記している。土芳の『蕉翁句集』には「一桐所持のたんざくに」と詞書して、中七「はだかわらべの」とある。鄙びた風景の句。『東日記』に入集したときから画讃の句だったとは、言えないだろう。これは古歌に「ももしきの大宮人はいとまあれや桜かざしてけふも暮らしつ」（山部赤人『新古今集』）などと詠まれているのに対して、大宮人なら桜・梅・藤などをかざしにするだろうが、花木槿などは田舎の裸童のかざし物といったところが相応《ふさわ》しい、というのである。

夜ル竊《ヒソカ》ニ虫は月下の栗を穿《うが》ッ　（東日記）

「後名月」の題下に出ている。後の名月とは、陰暦九月十三夜である。この題下に出ている四句がいずれも栗を詠みこんでいるのは、後の月はまた栗名月ともいうからである。『和漢朗詠集』巻下の「春の風は暗《そら》に庭前の樹を剪《き》る、夜の雨は偸《ひそか》に石上の苔を穿つ」（傅《ふ》温《おん》）の詩句を踏まえている。冴えわたった月光のもと、微小な栗の虫が誰にも知られず、こつこつと栗の実の中を穿っているさまを想像したもの。十三夜の寂寥とした情景の中の小さな虫の営みを捕えたところが鋭い。発想は栗名月の名辞にすがった談林的発想だが、その談林風のふざけの中に、ふと人生の深い淋しさに思い当ったような句で、正風のもの寂びた境地の発生の道筋を、われわれに知らせてくれる。杜甫・蘇東坡・黄山谷などの詩に親しんだ影響が、単に辞句の上でなく、深い心の色として現れて来ている。

枯枝に烏《からす》のとまりたるや秋の暮　（東日記）

水墨画などの画題にいう「枯木寒鴉」ということを、十七音芸術に言い取ったもの。「枯木寒鴉」の翻案なら、この「枯木」は、晩秋に葉の落ちつくした枝で、枯死した木の枝ではあるまい。八年後に撰《えら》まれた『曠野《あらの》』には、「かれ朶《えだ》に烏のとまりけり秋の暮」の形に改作している。「とまりたるや」は談林調の口ぶりを残しているが、『泊船集』に「秋のくれとは」と前書が添えられているように、題に答えるような気味で、枯枝に烏のとまった景色が、すなわち「秋の暮」の気分であると言っているのだ。その情趣の発見を、人に示そうという気負いが、そのまま「たるや」という弾んだ調子に表れている。改案された形は、その即興的に上ずった調子を消して、枯淡静寂の境地を見せているが、ただごとに近い物足りなさがある。連歌論書の『白髪集』（紹巴《じょうは》編）に、「冷えやせたる句」として、「夕烏嶺の枯木にこゑはして」とあるから、この境地は連歌時代から発見されていた。

なお「秋の暮」は、当時暮秋・秋夕の両方に用いられた、気分本位の曖昧な季語であるが、『東日記』には「秋晩」の題下に出ているが、秋の部の最後に出ていることからも、他の例句の情趣からも、暮秋の意味に受け取っているようだ。『山之井』（季吟《きぎん》）は「九月尽」の項に挙げている。だが、『曠野』では、編者（荷兮《かけい》）がこれを秋夕の意に取って分類している。

愚《ぐ》案《あん》ずるに冥途《めいど》もかくや秋の暮　（向之岡）

「愚案ずるに」とは、漢籍の注釈書に、いろいろ説を挙げて後、最後に自説を述べるときの常套語で、不肖私の考えでは、という謙辞的表現である。その口調を生かしたところに、談林的なおかしみがあるのだが、句は「秋の暮」の本情を、たとえて言えば「冥途もかくや」と言えようかと言い、おかしみを超えた厳粛な言いぶりの句である。こういうところに、談林から正風へ移って行く変風の姿が見える。

「秋の暮」は、これもやはり暮秋と取るべきである。

いづく霽傘《しぐれカサ》を手にさげて帰る僧　（東日記）

連俳の懐紙には特殊な文字を使うことが多く、新在家文字というが、「霽」をシグレと訓むのもその一つであろう。『和漢朗詠集』に、「蒼茫たる霧雨《ぶう》の霽《はれ》の初め、寒汀に鷺《さぎ》立てり。

重畳たる煙嵐の断えたる処、晩寺に僧帰る」（閑賦）とあるのに依るか。「晩寺僧帰」は漢詩の世界であり、謡曲『項羽』に「蒼苔路滑らかにして僧寺に帰り」とある。『猿蓑』夏の月の巻にも、「茴香《うゐきやう》の実を吹落す夕嵐」（去来）、「僧やゝさむく寺にかへるか」（凡兆）の付句がある。その日のつとめが終って夕べの寺へ帰る僧の姿に、静寂な山水画中の一点景を見た。

見ればその僧は、手に濡れた傘を持っている。出先きで時雨にあい、檀家で傘を借りてきたらしい。こちらでは雨の気配もないが、何処で時雨にあったのであろう、と軽く疑問を発しているのだ。初冬の時雨の季節の、もの寂びた一情景である。

小《を》野《の》炭《ずみ》や手習ふ人の灰ぜゝり　（向之岡）

小野炭は、山城国小野里から産する有名な炭で、池田炭などとともに、『増山井』にも挙げてある。小野の名辞の縁で、三蹟の一人小野道風を連想し、「手習ふ人」を出して来た。小野炭が生けてある炭桶の灰を、手習う人が掻きならしている姿に、何処となく手習いの筆づかいが偲ばれる、と言ったもの。

こゝのとせの春秋、市中に住侘《すみわび》て、居を深川のほとりに移す。長安は古来名利《めいり》の地、空手にして金《こがね》なきものは行路難しと云《いい》けむ人のかしこく覚へ侍るは、この身のとぼしき故にや

しばの戸にちやをこの葉かくあらし哉

（続深川集）

深川入庵は江戸へ来て九年目であることが、その前文で分る。別に延宝八年冬の入庵という、志田義秀《しだぎしゅう》の考証がある。市中で点者として自立の生活を送っていたのが、深川へ退隠したのである。談林の悪ふざけの世界を脱して、真の詩の世界へ眼を開きかけて来たその事実と、生活一新のこの覚悟とが照応する。前文に「長安」云々とあるのは、白楽天の詩に、「長安は古来名利の地、空手にして金無くんば行路難し」とあるのによる。『曠野』鴈がねの巻の付句にも、「風にふかれて帰る市人」（芭蕉）、「なに事も長安は是名利の地」（同）の付句がある。「木の葉搔く」は、散り敷いた木の葉を熊手で搔き集めることで、嵐が吹いて、柴の戸に茶の木の古葉を吹きつける、まるで木の葉を搔き寄せるように、という意。その侘しい冬景色に、新しく移って来た草庵の色あいを示しているのである。わざわざ常磐木《ときわぎ》の茶を持って来たのは、それがわが庵の茶を煮る料だと、「身のとぼしさ」を寓したもの。「茶を木の葉搔く」のあたりに、談林くさい口吻《こうふん》が見える。

濁子《じょくし》が妻の許《もと》より冬籠の料《しろ》とて進ぜければ

火を焚《たい》て今《こ》宵《よひ》は屋根の霜消さん　（はせを翁略伝）

『はせを翁略伝』（貞松稿、寛政十年奥書）に、深川入庵の頃の句として「しばの戸に」の句の次に並記している。濁子は大垣藩士で、延宝末頃から芭蕉との交際が認められる。江戸詰めだったと推測される。芭蕉の深川入庵は延宝八年と思われるから、この句も延宝八年冬の句と決めてよかろう。

濁子の妻が冬籠の料として薪炭などを届けて来たその謝意を句に作った。早速それで火を焚いて、寒々とした屋根の霜を消すとしよう、という意味。「屋根の霜」には、大宰府の配所で甍の霜をうたった菅原道真の心境に自分を擬しているところがあるか。

富家ハ喰《くら》イ二肌《き》-肉《にく》一ヲ、丈夫ハ喫《きつ》ス二菜《さい》-根一ヲ、予ハ乏《とぼ》し

雪の朝《あさ》独リ干《から》鮭《ざけ》を噛《カミ》得タリ　（東日記）

『東日記』雪の部に出る。富める者は肉のような美味を食い、丈夫は菜根のような粗食を食うが、自分は貧しいので――という意味の端書につづいて、この句のような、こんな生活だ、と言ったのである。寒い雪の朝、自分は独り起き出て、固い干鮭を噛むことを得た。乏しい中にも干鮭を得て、この雪の朝に対することが出来たというので、隠士の侘びた境涯に

も自足するところがあるのを述べたのだ。

この端書は、宋の汪信民《おうしんみん》の語、「人常に菜根を咬《か》み得れば、則ち百事做《な》す可し」とあるのに拠る。丈夫ならざる自分は、菜根ならぬ干鮭を嚙み得て、取るに足らぬわずかのことを成そうとするのだ、といった気味がある。漢文の佶屈調を借りて、草庵にはいった自分の真意のあるところを示そうとするのである。

石枯《かれ》て水しぼめるや冬もなし　（東日記）

蘇東坡《そとうば》の「後赤壁賦」に、「水落ち石出づ」とあるのに拠ったか。草木の葉や花のさまの形容を借りて、石枯れ水凋《しぼ》むと言ったのだが、水が凋れて石が露出した索漠たる景色では、冬らしいさまもないと言ったもの。「水しぼめるや」は、「烏のとまりたるや」と同じ言いざまで、石が枯れ水が凋んだ景色、それには、といったニュアンスで、冬の感じすらしない、つまり過ぎたるは及ばざるが如し、と言ったのである。蕪村の「柳散り清水涸れ石処々」に境地としては似る。冷え痩せ乾びた景色が極端まで行き冷《すさま》じさの感じになった。

■延宝九年　辛酉（一六八一）　三八歳
（九月二十九日、天和と改元）

餅を夢に折《をり》結《ゆ》ふしだの草枕　（東日記）

『東日記』は延宝九年六月中旬に成っているから、これは九年正月、またはそれ以前の作。「元旦」の部所収。真蹟短冊に「元朝心ニ感有リ」と題し、『句選年考』には、杉風伝来真蹟に「思ひ立つ事のある年」と詞書があるという。

草庵では何の飾り物もない簡素な正月で、歯朶《しだ》を草に引き結べば、餅は夢の中に現れてくる、と言ったもの。「草枕」は歯朶の葉を結んだ枕だが、旅の枕でもあり、人生を旅と見た芭蕉の気持を示している。

春《はる》立《たつ》や新年ふるき米五升　（赤冊子《あかそうし》）

真蹟短冊に越人《えつじん》の前文を添える。「歳旦　此発句は芭蕉江府船町の囂《かまびすしき》に倦《うみ》、深川泊船堂に入ラれしつぐる年の作なり。草堂のうち、茶碗十ヲ、菜刀一枚、米入るゝ瓢一ッ、五升の外不入。名を四山と申候」。この前文で、延宝九年と推定されるのだが、貞享元年説もある。『赤冊子』に、「この句、師のいはく、似合はしやとはじめ五文字有り。口惜しみ事也といへり。その後は春たつやと直りて短冊にも残り侍る也」とある。

延宝九年正月の初案は、「似合はしや」、貞享元年ごろの再案は、「春立や」なのであろう。その間に、『泊船集』に伝える「年立や新年ふるし米五升」という形があったのかも知れない。越人の前文に言う四山瓢《しざんのひさご》は、天和三年に芭蕉庵再建のとき、門人の北鯤《ほっこん》・山店《さんてん》の兄弟のどちらかが贈ったもので、命名は素堂の「瓢銘」によって、貞享三年八月であることが分る。だからこの句の解には関係ないのである。

草庵の春には、旧年門弟からもらった米の蓄えが五升ほどある。それで十分足りたわが庵の新年である、という気持だ。「新年」と「古き」とが、言葉のあやになって、談林的発想の面影を残しているが、句の内容は後年の境涯的なものを開いている。深川に退隠してから、そういった発想の句が多くなった。「似合はしや」は、そういう気持をとくに強調しているのだが、そこまでことわらなくても、それをにじみ出させるのがいっそうよいことに気づいて、推敲しているのである。

藻《も》にすだく白魚《しらうを》やとらば消《きえ》ぬべき　（東日記）

『東日記』には「白魚」の題下に、才丸《さいまろ》の「笹折て白魚のたえぐ〳〵青し」と並んで出ている。才丸のは感覚的に鋭いが、芭蕉のは和歌の優雅なしらべに乗せることで新しみを出そうとしている。「すだく」は集る。白魚のたえだえのはかなさが眼目である。『夫木抄』に「白露をとらば消《け》ぬべしいざやこの露にきそひて萩のあそびせむ」という歌がある。元歌は万葉で、小異がある。正確に古歌の用法に倣えば「消《け》ぬべき」だが、そこまで穿鑿《せんさく》して言うことはあるまい。

盛《さかり》じや花に坐浮《ソヾロうき》法師《ほふし》ぬめり妻　（東日記）

「盛じや花に」と冒頭の倒叙的表現からして、そぞろ浮き立った調べを出している。当時の歌謡の調べを踏まえているのかとも思える。「浮法師」は、花に酒に気の浮れた法師。「ぬめり妻」は、あだめいた、色恋に浮れる人妻、伊達《だて》に、当世風に着かざった人妻。「ぬめる」は、忽滑《ぬめる》とも書き、なまめくとか、浮れるとかいう意味で使われる。ふだんは浮れることのない法師も、家の内に籠っている主婦も、人中に出て浮れ立っているのだ。花も盛り、世も盛り、人の足も出盛りなのである。江戸の春の繁栄を、浮き立った調べの中に詠み取っている。

山吹《やまぶき》の露菜《つゆな》の花のかこち顔なるや　（東日記）

真蹟懐紙に、「かりきは木賊《とくさ》にしほれ、いもの葉ははすに破らる」と前書がある。刈葱《かりき》は木賊に似、芋の葉は蓮の葉に似ているが、珍重されない。それと丁度同じことが、菜の花と山吹とにも言える。古来歌などにも詠まれて来た優雅な山吹に対して、鄙《ひな》びた菜の花は珍重されず、山吹に置く露の風情をかこち顔だ、つまり不平そうな顔をしている、というのだ。

古来詠み尽された和歌の題目に対して、俳諧の題目の新しい境地、その本意を探ることが、俳人たちのつとめであった。既成の美意識にまみれている山吹の情趣に対して、そのような手垢のつかない菜の花の情趣を、積極的に押し出そうとしたところに、和歌に対する俳諧の新風があったのである。当時の芭蕉が狙った新しい俳諧世界の一端を覗かせている。

ばせを植《うゑ》てまづにくむ荻《をぎ》の二《ふた》ば哉　（続深川集）

李下《りか》、芭蕉を送る

門弟李下が、芭蕉を贈ったのが延宝九年春のこと。早速庭に植えて、珍しい植物だから大事に育てている。すると近くに、思いがけなく荻の二葉が萌えて来た。ふだんなら、それも大事に見守るのだが、芭蕉の根付くのを念じている今は、邪魔つけな荻の二葉が憎らしくなるのである。日記的に、生活の些事を句にしたのである。この芭蕉が、草庵の名、ひいては芭蕉の通称となった。

摘《つみ》けんや茶を凩《こがらし》の秋ともしらで　（東日記）

『東日記』には「茶摘」（春）の句として出ている。こんなに茶の葉を摘んでしまったら、茶の木にとっては木枯の秋に遭ったようなものだと、茶摘女は知らないで、茶を摘んだのだろうか、ということ。「摘けんや、茶を」でいったん切る。二重の倒叙法である。つまり、「摘けんや」「茶を」が倒叙であり、「摘けんや茶を」と「凩の秋ともしらで」がまた倒叙である。

一方「茶を凩の」とつづけて、茶の木の葉を落し尽してしまう意味の掛詞的技法をも用いている。茶摘を凩に見立てたところが眼目だが、この時代の句としては発想が古い。

郭公《ほととぎす》まねくか麦のむら尾花　（おくれ双六《すごろく》）

『おくれ双六』（清風編）は延宝九年七月序だから、これは九年夏、またはそれ以前の作。『のぼり鶴』（宝永元年刊）に「自画讃」と前書し、「古翁所持の文台にあり、承々して朝叟家にかへす」と付記されている。このむら尾花文台は現存する。

麦の穂がみのって、尾花のようにそよぐのを、時鳥を招くのか、と言ったもの。見立ての句で、むら尾花が招くのでは和歌によく詠まれて陳腐だが、麦が招くと言ったところに、やや新味を出した。ただし、文台の画讃として作られた句であることに、留意すべきである。時鳥の一声を待ち受ける句だから、文台が名句の一声を招き寄せる意味合いが含まれているかも知れない。そうとでも思わなければ、平凡な句である。

五月雨に鶴《つる》の足みじかくなれり　（東日記）

『東日記』は延宝九年六月に成ったので、同年または前年の五月作。『荘子』駢拇《べんぼ》篇に「長き者も余り有りと為さず、短き者も足らずと為さず、是の故に鳧《かも》の脛《はぎ》は短しと雖も之を続《つ》がば則ち憂へん、鶴の脛は長しと雖も之を断《た》たば則ち悲しまん」とあるのを踏まえた作である。継いだり断ったりすることは、無用のことだという寓言である。五月雨に水嵩が増して、鶴の足が短くなったという写実の句ではなく、鶴の足が短くなったが断ったわけではない、という意味を寓していると見るべきである。荘子の寓言を知っていなければ、そのおかしみを受け取ることは出来ない。談林俳諧の徒にとって、『荘子』の寓言は共通の知識であった。『俳諧次韻』（延宝九年）の最初の句に、「鷺《さぎ》の足雉《きじ》脛長く継添て　桃青」とあるのも、同じ『荘子』の寓言によっている。

愚《ぐ》にくらく棘《いばら》をつかむ蛍《ほたる》哉　（東日記）

これも『荘子』風の寓言である。暗愚の性《さが》に、夜の闇の暗さをかけている。愚かであることがすなわち暗いことなのである。やみくもに蛍を捕えようとして、愚かにも棘を掴んでしまった、ということ。愚かさを視覚化すれば暗さであり、その暗さのために棘を掴んだことが、言いかえれば愚かさなのだ。次の句の「闇夜《ヤミノヨト》《スゴク》」のように、「愚《グニ》《クラク》」と書いてもよいほどの気持だ。人生にはとかくこういった齟齬がつきまとう。こういう観念句が、この前後に目につく。

闇夜《ヤミノヨト》《スゴク》きつね下はふ玉《たま》真《ま》桑《くは》　（東日記）

「瓜」の題下に出ている。「闇夜《ヤミノヨト》《スゴク》」は「ヤミノヨトスゴク」と読むのだが、これは昔の文選読みめかしたものである。文選読みとは、たとえば『詩経』国風冒頭の「関関雎鳩」を「クワンクワントヤハラギナケルシヨキウノミサゴハ」と、音で読んだものをさらに重ねて訓で読む音訓複読法で、字音を示すと同時にそれを翻訳して意味を示す読み方である。そしてその方法が『文選』講読にとくに顕著に行われたのでこの名称がついたのだ。

その訓読法に倣ったと見せかけたもので、「闇夜」は音ではないが大体字の通りヤミノヨトと訓み、それに注釈を加えれば、スゴクという意味だと示したのである。「ト」と言ったのが「関々トヤハラギナケル」とか「窈窕《ようちよう》トタヲヤカナル」とかいった文選読みを、すぐ連想させる。だから、「闇の夜と狐下はふ玉真桑」でよいのだが、その「闇の夜と」の内容にはものすごさを感じ取って欲しいと言ったのだ。デデンデンデンと太鼓が鳴ると、暗い舞台に狐の忍び姿が現れる。あたりをうかがい、玉真桑姫のもとへ這い寄るのだ。「下延《したば》ふ」とは万葉語で、人知れず心のうちに思うことだが、ここは「下這ふ」の意で、夜這いの情景を描き出す。だから、万葉語における恋の心も含まれている。玉真桑姫を下恋いながら、近づいて行く貌で、「玉」は美称であり、真桑瓜は狐の好物という。そういった芝居めいた情趣を出すために、作者は工夫をこらしているのだ。

夕《ゆふ》顔《がほ》の白ク夜ルの後《こう》架《か》に紙《し》燭《そく》とりて　（武蔵曲《むさしぶり》）

『武蔵曲』（千春《ちはる》編）は天和二年三月の刊行だから、その前年夏の作。この集で始めて芭蕉の号が用いられた。

源氏物語夕顔の巻の面影である。面影とは付句の一体であるが、これは発句にも物語体があってもよいとした芭蕉が、発句において試みた古い物語の情景の面影の句である。

源氏が五条あたりに大弐《だいに》の乳母《めのと》を見舞ったとき、隣の夕顔の白く咲いている垣から、女の顔をかいま見、和歌を贈答した。その一節に、「出で給ふとて、惟光《これみつ》に紙燭召して、ありつる扇御覧ずれば」とある。それを夜の後架（厠）に向う廊下のことと転じた。『東日記』に「夕貌の白く紙燭あやふし藁後架」（無塩）の作があり、上五が同じ文句であるばかりでなく、夕貌・紙燭・後架の三つの組合せであるところも同じであるが、どちらが先か分らない。おそらく無塩の句より前に芭蕉はこの句を作っていたろう。そうでなかったら、等類として発表するはずもなかった。

紙燭は脂燭とも書き、松の木を一尺五寸ほどに切り、先を炭火で焦がして油を引き、元を紙屋紙で巻いた室内照明具。もっと簡略に、こよりに油を浸した灯火をも言う。王朝風景と見れば前者だが、その俳諧化とすれば、後者とも考えられる。その紙燭に、夕顔の白さがぽっかりと浮び出てくる。王朝風景なら、紙燭は御随身に持たせているので、さらにそこには夕顔のような﨟たけた女性を想像すべきだろう。近世の情景に転じては、後架に立った御大家の女性《にょしょう》の皃が紙燭に仄かに浮び上る。吉原や島原などの花魁《おいらん》を考えることもできる。漢文めかしてわざと佶屈な調子を出しているが、情景はすこぶる古典的で、艶なる情趣である。

月をわび身をわび、拙《つたな》きをわびて、わぶと答へむとすれど、問ふ人もなし。なほわびわびて

侘《わび》テすめ月《つき》侘《わび》斎《さい》がなら茶哥（武蔵曲）

延宝九年（天和元年）秋作。

詞書は在原行平の「わくらばに問ふ人あらば須磨の浦にもしほたれつつ侘ぶと答へよ」（古今集）の歌を踏まえている。「侘ぶ」とは、悲観しながら日を送っていることで、どこか落魄の面影が伴う。その落魄と貧しさの境涯を美的に磨き上げたところに「侘び」の世界が成立する。この詞書は、月を見ては心を侘しさで満たし、わが身の落魄の境涯を侘び、身の無能無才を侘びて、訪れる人があればあの行平卿のように「ただ侘しく暮しています」と答えようと思うけれども、訪れてくれる人もない。いよいよ侘しく思って――といった意味。「侘てすめ」は「住め」である。月侘斎は、風狂のわび人を仮託した名で、作者自身と見て

よい。奈良茶は奈良茶飯のことで、煎茶に塩を加えて飯を炊き、緑豆《ぶんどう》・豌豆・ささげ・大豆・小豆《あずき》・くわい・かち栗・むかごなどを時に応じて入れる。元は奈良の東大寺・興福寺で始めたもので、大和では朝夕に茶粥・茶飯を食べた。芭蕉は伊賀上野でも、茶飯は日常のことであったろう。だが、江戸時代には浅草金龍山門前の茶屋を始め、この茶飯に簡単な副菜をつけて売る茶屋が方々に出来て、後の料理茶屋となった。また後世には茶飯は醤油味になって、おでん茶飯と言った。「なら茶三石喰ふて後はじめて俳諧の意味をしるべしとは、ある時に故翁の戯ながら」と支考の『俳諧十論』にある。侘びた、質素な飯で、そこに枯淡で俳諧的な情趣を認めていたのである。奈良茶を食いながら、興じて口ずさむ侘び歌を、奈良茶歌と言ったのだ。月を眺め、その奈良茶歌を誦《ず》しながら、侘しく住み侘びよと、自分に向って言ったのである。侘しい境涯を楽しもうとする性向が動き出している。

茅舎《ぼうしや》ノ感

芭蕉野分《のわき》して盥《たらひ》に雨を聞《きく》夜《よ》哉《かな》　（武蔵曲）

延宝九年作。茅舎は深川の芭蕉庵。門人杉山杉風《さんぷう》の下屋敷で、前年の冬にここに移り、門人の李下が贈った芭蕉を庭に植えた。颱風を芭蕉が大きな葉いっぱいに受けて、しきりにはためく音が聞える。一方屋内には、雨漏りを受ける盥に滴りの音が間断なくしている。雨風の夜のその二重奏に、芭蕉は不安な気持で耳を傾け、その侘しさがそのまま茅舎の境涯の詠嘆となっている。禹柳の『伊勢紀行』に、「老杜茅舎破風の歌あり、坡翁ふたゝび此句を侘て屋漏《おくろう》の句作る。其世《そのよ》の雨をばせを葉にきゝて、独寐《ひとりね》の艸の戸」と詞書した真蹟を見たとある。すると杜甫の「牀牀屋漏無㆓乾処㆒」、蘇東坡の「牀牀避㆑漏幽人屋」などの詩句が、頭にあったことになる。清貧を愛する隠者的な態度が見える。

『三冊子』に、「ばせを野分盥に雨を聴く夜かな」という形で出、「此野分、はじめは野分して、の二字余り也。（中略）後、なしかへられ侍るか。此類猶有るべし。みな師の心の動き也。味はふべし」とある。だが、この句は初案の字余りの方が、はるかに句の勢いが強い。字余りが気にならないのである。

櫓《ろ》の声《こゑ》波ヲうつて腸《はらわた》氷《こほ》ル夜やなみだ　（武蔵曲）

深川冬夜ノ感

芭蕉庵は大川と小名木川との出会う北角にあたる水郷にあり、小名木川は江戸から下総《しもうさ》行徳へ通う船が、始終往来した。「櫓の声波ヲうつて」とは、この行徳船の櫓のきしる音を、庵で夜昼となく聞いていた経験に基づいている。

ことさら字余りにした漢詩的表現に、世俗的欲求を棄てた庵住の冬夜の孤独な感情を噛みしめている味わいがある。誇張した身振りも感じられるが、破調を要求した内在の律動は、このおおげさな表現を通して伝わってくる。切実で、沈痛で、櫓声も波音も単なる外在物でなく、作者の心象の風景と化している。「腸氷ル夜や涙」は、ずいぶんと誇張されていて、完全な表現とは言い難いが、作者の胸中の言い難い悲しみは、このような表現でなくては充されなかったのだろう。

くれ〳〵て餅を木魂《こだま》のわびね哉　（天和二年歳旦発句牒）

歳旦発句牒の巻頭に、「元日」として収めるが、制作は前年暮で、年末の餅搗の句である。「暮れくれて」に年の暮と日の暮の両義をかけている。ひとりきりの侘しい庵住みだから、餅を搗くこともなく、日が暮れては侘寐をしているが、近所の餅搗の杵の音がこだまするのに、ひとり耳を傾けている、との意。侘しい境涯吟をうち出そうとする当時の芭蕉の傾向を見せている。

■**延宝期**（一六七三—一六八一）　**年次未詳**

餅《もち》花《ばな》やかざしにさせる娌《よめ》が君　（堺《さかい》　絹《ぎぬ》）

『堺絹』（正村編）は、延宝末年の刊かという。

嫁が君は鼠の正月の忌詞。鼠《ねずみ》も嫁が君などというと、何か可憐でユーモラスだ。餅花は繭玉《まゆだま》とも言い、木の枝に紅白の小さい餅の切れや団子をたくさんつけた飾り物。穀物の形に擬して、その年の稔りへの予祝をなし、正月に飾り立てる。その餅花のあたりへ出て来た鼠を、餅花をかざしにして髪に挿したように見立てたものである。嫁が君と言ったから、「かざしにさせる」が利いて来るのである。

上野ゝ春興

花に酔《ゑへ》リ羽《は》織《おり》着てかたな指す女　（続深川集）

『続深川集』に、延宝の末、貞享の終りまでの吟なりとあるが、句風から延宝末年と推定される。上野の花見の一情景で、女だてらに羽織を着て刀を差しているのを、花に酔ったさまと見ているのである。

二日《ふつか》酔《ゑひ》ものかは花のあるあいだ　（真蹟短冊）

『芭蕉翁遺芳』に出る。句風から言って延宝であろう。花のあるあいだは二日酔いも何のその、酔って浮れて遊びまくろう、と享楽気風を強調しているのである。

於君崎ニ古吟に

松なれや霧ゑいさらゑいと引《ひく》ほどに　（翁《おきな》　草《ぐさ》）

『翁草』（里圃編）は、元禄九年刊。詞書は里圃が書いたもので、武州金沢《かねさわ》君崎での古い時の翁の吟ということ。句風から見てまず延宝年間である。

「ゑいさらゑい」は、船や車を引く時のかけ声で、謡曲の『岩船』『百万』などでおなじみである。立ちこめた霧を、かけ声かけて引くほどに、君崎の松が見えて来た、と言っているのだ。謡曲の言葉を取り入れてみただけの句。

武蔵野の月の若ばへや松《まつ》島《しま》種《ダネ》　（松島眺望集）

『松島眺望集』（三千《みち》風《かぜ》編）は延宝二年編集にかかって天和二年に成った（序）から、これは延宝中の作であり、作風から見て中ごろまでの作であろう。

武蔵野に出る月の若々しい感じから、これは月の名所である松島の月の種から出た「若生え」（ひこばえ）に違いない、と言ったもの。面白味は感ぜられないが、三千風に求められて、まだ見ぬ松島の地名を無理して一句に詠みこんでいるのである。すなわち「武蔵野の月」を謙遜して、「松島の月」を讃美したところに、三千風への挨拶がある。『松島眺望集』は、三千風が松島に関する諸家の詩文や発句などを集めようと思い立ったものである。

はりぬきの猫もしる也今朝の秋　（書留）

この書留は鳴海の千代倉家（知足《ちそく》の家）伝来のもので、素堂《そどう》の脇句「七つに成子《なる》文月《ふみづき》の哥」が付けてある。例の古今集の「秋きぬと目にはさやかに見えねども風の音にぞおどろかれぬる」をもとにした句。立秋になった今朝、吹く風も何となく冷やりと感ぜられて、はりこの猫もその感触で秋が来たことを身に知っている、ということ。型通りの立秋の句である。

天和・貞享

天和期

■天和二年　壬戌（一六八二）　三九歳

梅柳さぞ若《わか》衆《しゅ》哉女かな　（武蔵曲《むさしぶり》）

『武蔵曲』は天和二年三月刊。この年三月二十日付、木因宛《ぼくいん》の手紙に、「当春之句共」として、この句外六句が出ている。

春の景物、梅柳と並べて、梅の凜《りん》として引きしまった姿を若衆に、柳のなよやかに優しい姿を女にたとえた。若衆は男色関係の少年、とくに歌舞伎若衆で、前髪を立て、それに対して女は、ここでは女郎である。野郎評判記・女郎細見のたぐいが行われていた当時の好尚を見るべきである。潁原退蔵が「さす枝の梢は若衆花の兄」（定次『堺絹《さかいぎぬ》』）、「髪さげし青女房や柳腰」（資仲『続山井』）などの作例を挙げて比較している通り、同じ見立ての句ながら、芭蕉の句は単純で、直接的であり、嫌味がないところが取柄である。

上巳《じょうし》

袖よごすらん田《た》螺《にし》の蜑《あま》の隙《ひま》をなみ

（芭蕉書簡）

同じく、三月二十日付、木因宛書簡に、「当春之句共」の一つとして挙げてある。詞書によって、これは三月三日上巳の節句の作。この日は大潮なので、ひとびとは潮干狩に出掛ける日であるが、田圃では農夫が、田螺を採るのに忙しい。漁夫ならぬ田螺の蜑とも言うべく、田園に思わぬ潮干狩風景を現前させた、というので、「袖よごすらん」「隙をなみ」などと和歌言葉を用いて鄙びた景色を描いたところが、俳諧なのである。田螺は酢味噌あえにして、雛に供えた。「志賀の海人《あま》は海布《めか》刈り塩焼き暇《いとま》無み髪梳《くしら》の少櫛《おぐし》取りも見なくに」（万葉集、二七八）、「袖ひぢてむすびし水の氷れるを春立つ今日の風や解くらむ」（古今集、二）などの歌が響いているか。

艶《エンナル》奴《ヤツコ》今やう花《はな》にらうさいス

（芭蕉書簡）

同じく木因宛書簡所収。後に『蕉翁句集』に「艶なるやつこ花見《みる》や誰哥《たがうた》の様」という形で出ているのは、改案したものか。どちらにしても、公けの集に発表された記録がない。「艶奴」は美少年の中間《ちゅうげん》である。武家の花見の席で、主人に酒興の一ふしを求められて、如何にも当世風に、流行の弄斎節《ろうさいぶし》を唄ったというのだ。改案は、その美少年がうっとりと花に見とれているのは、当世の誰の歌にうたわれているさまであるか、の意。弄斎節は、弄斎という坊主が隆達節を変化させて始めた小唄で、元和・寛永ごろに行われた。三味線の伴奏で、七七七五の歌詞による。当時の今様の風俗に、芭蕉は敏感に反応しているのである。「弄斎す」は、わざと佶屈《きっくつ》に言ったので、今の「哲学する」「文学する」のたぐいである。

憂テハ方ニ知二リ酒ノ聖一ヲ貧シテハ始テ覚二ル銭ノ神一ヲ

花にうき世我《わが》酒白く食《めし》黒し　（虚栗《みなしぐり》）

『虚栗』には天和三年五月の跋があるが、その年の春は芭蕉は甲斐流寓中で、江戸にいない。これは一晶《いっしょう》・嵐雪《らんせつ》・其角《きかく》・嵐蘭《らんらん》等、江戸の連衆との歌仙の発句だから、天和二年春の作とする。

詞書は『白氏文集』「江南謫居十韻」中の詩句。憂えを抱いてまさに酒の本当の味が分り、貧しさに居て始めて銭のありがたさをさとる、という意味。世上はいま、人みな花に浮かれる華やかな浮世だが、わが貧しい庵居では粗酒粗食で足りている、というのが句の意味である。「我酒白く」は濁酒《どぶろく》、「食黒し」は麦飯でも半搗米《はんつきまい》でもよい。これによって、かえって酒の聖、銭の神を知るというのだ。

「梅柳」「艶奴」などの句を作っているが、当時の芭蕉の真意はここにあった。世上の華美とは反対に、貧しさの中に自適する安らかさを得、さらに進んで、貧しさの中に侘の本意を見た。この句に一晶は「眠を尽す陽炎《カゲボシ》の痩《やせ》」と脇句を付けている。「痩」と言ったのは、「冷え」「痩せ」「乾び」と並んで枯淡を指向する美的理念の一つであり、世外に住む芭蕉の理念に和したことになるのである。

雪の鰒《ふく》左《ひだり》勝《かち》水《み》—無《な》月《づき》の鯉　（虚栗）

『虚栗』は天和三年五月に成り、これは六月の句であり、江戸で詠んだのだから、その前年の作である。

歌合や句合で、二首の和歌、二句の発句を左右につがえ、勝負を判定する形式をここでは借りた。右「雪の鰒」と左「水無月の鯉」をつがえて、左勝としたのである。暑い六月の鯉料理（洗膾《あらい》か）を賞美した句だ。『続深川集』に、「杉風《さんぷう》が採茶庵に涼て」とあり、おそらく杉風亭で出されたもてなしを、即席に詠みこんでの挨拶句であろう。それに杉風の屋号、鯉屋を利かせた。幕府に魚を納めるお納屋《なや》を営み、深川六間堀の芭蕉庵は彼の別業で、附近に彼の生簀もあった。

和ス二角ガ蓼蛍《たでほたる》ノ句ニ一

あさがほに我は食《めし》くふおとこ哉　（虚栗）

其角の蓼蛍の句とは「草の戸に我は蓼くふ蛍哉」（虚栗）をいう。蓼食う虫も好きずきというが、そのように自分も世上一般の好みと違って、蓼の葉の辛きを好み、辛い酒を呑み、蛍のように昼は出ず、夜の世界を浮れ歩く、といったもの。その句に対して芭蕉は、「自分は世間一般の人と同じく、朝早く起きて、朝顔の花に向って酒ならぬ朝飯を食う。そんな平凡に住することが、私の好みだ」といったもの。奇警に走る其角に対する皮肉である。『去来抄』に、「先師の句は其角が蓼くふ蛍といへるにて、飽まで巧たる句の答也。句上に事なし、答る所に趣あり」と去来が言っている。そのままでは平凡な句だが、其角に答える姿勢を取っているところに生きて来た。朝顔は、早朝の時刻を示しているとともに、夜の享楽生活に対して、すがすがしい芭蕉の生活を象徴しているとも言える。作者があからさまにそう言うのではもちろんなく、おのずから匂い出てくると言うのである。

其角宛の芭蕉の書簡にこの句を挙げ、尊朝親王作『飲酒一枚起請』（法然上人『一枚起請文』をもじったもの）を書き写して、大酒を戒めている（『芭蕉翁文集』所収）。この手紙は偽簡と思われ、そのまま受け取ることは出来ないが、それほどあからさまでなければ、訓戒の意が全然ないわけではなかったのである。芭蕉は門弟其角を、つねに自分とは異質の才能として認めていた。後に、其角の「声かれて猿の歯白し峯の月」の奇に対して、自分の「塩鯛の歯ぐきも寒し魚の店《たな》」の凡を対置せしめたのも、同じ考えの延長線上のことである。

三ケ月や朝皃《あさがほ》の夕べつぼむらん　（虚栗）

三日月の出る夕方、朝顔は明朝開くべき莟《つぼみ》を含みつつある。三日月もまた、やがて満月となって開花すべく、莟みはじめた状態と見、空の三日月と地上の朝顔の莟とに、たがいに匂い合う情趣を認めたのである。仄かな匂いを感じて作ったものだろうが、至極理窟っぽく言い取ってしまった。

月十四日今宵《こよひ》三十九の童部《わらべ》　（真蹟短冊）

『美津和久美《みつわぐみ》』（一風編、天保四年刊）に真蹟短冊によって掲出し、「高山麋塒《びじ》興行にて草庵の月見ける。洛の信徳・山素堂各〻佳作有り、素堂月見の記ヲ書」と前書がある。この真蹟は『芭蕉図録』に出ている。「三十九」と句中にあるので、芭蕉三十九歳の天和二年秋八月作と推定。

月も名月の一日前の十四日、その月を見ているのは、やはり人間の望月である四十歳に一歳足らぬ三十九歳の童子である私である、ということ。「月十四日今宵」という言い方で、これが陰暦八月の月であることが分る。四十不惑を人生の頂点と見て、三十九歳はまだ一つ足らぬ童だと言っているのだ。理に落ちて、巧みな見立てとは言えない。

憶ニウ老―杜一ヲ
髭《ひげ》風ヲ吹《ふい》て暮―秋歎ズルハ誰《た》ガ子ゾ　（虚栗）

天和二年またはそれ以前の作。「髭風ヲ吹て」は漢詩にいう倒装法。杜甫《とほ》の「杖レツキ藜《あかざ》ニ嘆ズルレ世ヲ者ハ誰ガ子ゾ」（白帝城最高楼）によっている。この髭の主は杜甫であり、同時に暮秋を嘆ずる芭蕉自身でもある。暮秋の蕭殺《しょうさつ》たる風のなかに、杜甫を思うことは、自分の寂寞たる境涯を思うことだった。どちらもはげしく仕官の道を求めながら、容れられずして、漂泊の詩人として終った。

世俗的な栄達を断念した入庵前後から、彼はことに座右の書として杜甫に親しみ、それが彼の内観的な深まりを意味した。この句の倒装法のごとき、児戯には違いないが、倒装法を必然と感ぜしむるような内的な衝動の急迫が、この句にあることも否めない。

貧《ひん》―山《ざん》の釜《かま》霜《しも》に啼《なく》声寒し　（虚栗）

同じく。「貧山」は貧乏寺。貧乏寺の厨で釜が霜の気に感じて、鳴き出す声が、さむざむと侘しげだ、という意。鐘が霜に鳴るということは、古来いろいろと言われている。例えば『山海経』に、「豊山の鐘、霜降りて鳴る」、『韓昌黎集《かんしょうれい》』に、「豊山上に鐘有り。人至る可からざる所なり。霜既に降れば則ち鏗然《こうぜん》として鳴る。蓋《けだ》し気の感ずるところにして自ら鳴るに非ざるなり」（賈滑州に上る書）、大江匡房の歌に、「高砂の尾上の鐘のおとすなりあかつきかけて霜やおくらむ」（千載集）その他、挙げれば例は多い。芭蕉も『田舎の句合』で、其角の句「金蔵《かねぐら》のおのれとうなる也霜の声」に、「鐘《しょう》山のかねぐら、己《おの》レとうなり」の評語を加えている。

この「豊山」の故事を「貧山」に移したのは、その名の通り豊かな寺を貧しい寺にひっくり返し、「鐘」を「釜」に置きかえて、そこにパロディのおかしみをねらったのである。「釜」と言ったので、貧乏寺の世帯じみた味わいが出て来て、その釜が、鏗然として鳴る鐘の声とは打って変って、啼くような声の煮える音を立てていると言った。茶釜の音なら松風と聞く手もあるが、これは飯釜の煮える音で、それでもいっぱしの霜の気に感じたかのような音を立てるところが、おかしみの中のあわれである。

手づから雨のわび笠をはりて

世にふるもさらに宗祇《そうぎ》のやどり哉　（虚栗）

同じく。この句に序をつけたものが曾良《そら》の遺稿『雪丸げ』に出、その定稿と思われるものが『和漢文操』に「渋笠銘幷序」として出ている。秋風の吹くころから笠作の翁と自ら名乗って、竹をさき、紙を張り、渋をぬりなどして二十日ほどもかかって拙い笠を作った。「……彼《かの》西行の侘笠か、坡翁雪天の笠か。いでや宮城野ゝ露見にゆかん、呉天の雪に杖を拽《ひか》ん。霰《あられ》にいそぎ時雨を待て、そゞろにめでゝ、殊に興ず。興中俄に感《かん》ずる事あり。ふたゝび宗祇の時雨にぬれて、自から筆をとりて笠のうちに書付侍りけらし」（雪丸げ）。

この句は宗祇《そうぎ》の「世にふるもさらに時雨のやどり哉」の句にもとづく。そして宗祇の句は二条院讃岐の「世にふるは苦しきものを槙《まき》の屋にやすくも過ぐる初時雨かな」（新古今集）に拠っている。「ふる」は「時雨」の縁語で、この歌では、世に経ることの苦しさと槙の屋に音を立ててきやすげに過ぎて行く初時雨とが対照され、生活の苦しさの中に時雨の音に安堵を覚えているのだ。

宗祇の句では、この歌の世に経る苦しさを承けて、ことに戦乱の世ではあり、世に経る苦しさに重ねて、降る間の短く定めない時雨がこの旅中の仮の宿を降り過ぎて、その侘しさをいっそう掻き立てることよ、というほどの意味。「時雨の宿り」が特別な意味を帯び、人生を時雨のように無常迅速の仮の宿りと見るという、作者の人生感慨が託されている。しかも「時雨の宿り」と言えば、おのずから板を葺いた、ささやかな茅屋を連想させる。「世にふる」とは、世の中から隔てられながら身は古るという、隠者の生活が浮び上ってくる。

芭蕉の句はこの宗祇の句のたった一語の換骨奪胎の上に成り立っている。「宗祇の宿り」は裏に「時雨の宿り」を含んでいるから、やはり冬の句である。たった一句の言い換えで見事に原句から脱化したところに、この句のきわだった手柄がある。「宗祇の宿り」「時雨の宿り」「仮の宿り」におのずから相通うものがある。やはり「ふる」は古るであり、経るであり、また降るに通う。ここには一蓑一笠の行脚《あんぎゃ》の詩人のイメージがある。時雨の降る中の笠の下の宿り、わが身を容れるだけの侘しい極小の宿りの姿である。それは宗祇につながる連歌・俳諧師としての宿りであり、ここには宗祇よりもなお宗祇的だとうち興じた、芭蕉の感慨である。

たった一語の置換ながら、宗祇の暗鬱《あんうつ》・湿潤《しつじゅん》の連歌の声調は、豁然《かつぜん》と明快で、ユーモラスでもある俳諧の声調に変っている。『和漢文操』には、「世にふるは」とあるが、「世にふるも」と「世にふるは」とのテニヲハの違いは微妙で、声調が豁然として展《ひら》けるので、私は「世にふるは」の方がいい。その方が宗祇の句からの転換の姿勢を、いっそうはっきりさせる。後に改訂したものか。

夜着《よぎ》は重し呉天《ごてん》に雪を見るあらん　（虚　栗）

同じく。漢詩の裁入で、宋の閩《びん》僧可士が「送レ僧ヲ」の詩中に、「笠は重し呉天の雪、鞋《くつ》は香《こう》ばし楚地の花」（『西清詩話』『詩人玉屑』）とある句に拠った。笠ならぬ夜着を重く引きかぶったこの夜、呉の国（中国江蘇省）では笠をかぶり、雪の重みを感じながら、空に降る雪を見ている者もあろう、という意。漢詩の世界を、江戸の市井の生活に転じた巧みを見るべきである。

茅舎《ぼうしや》買レフ水ヲ

氷苦《にが》く偃《エン》鼠《そ》が咽《ノド》をうるほせり　（虚栗）

同じく。「茅舎」は芭蕉庵。深川は水質が悪く、当時舟で飲料水を売りに来ることがあったらしい。夏の季語にもある「水売」あるいは「冷水売」と違って、これは生活必需の水を買うのである。その、水を買わなければならないような深川の庵住の生活を、寓言によって表現した句。『荘子』逍遥遊篇《しょうようゆう》に、「鷦鷯《みそさざい》深林ニ巣クフモ一枝ニ過ギズ。偃鼠《どぶねずみ》河ニ飲メドモ満腹ニ過ギズ」とあるに拠る。どぶ鼠が大河の水を飲んでみたところで、小さな腹を満すに過ぎない、ということ。ささやかな住居を「巣林一枝」と言い、少量の欲望を「偃鼠《えんそ》の望」と言う。自分は河の水を飲む偃鼠のように、ごく少量の水を欲するだけであるが、それも自由には得られず、買って飲んでいる仕末なのに、寒中には買って置いた水甕《みずがめ》の水も氷って、それを嚙《か》めば苦い味わいで、この偃鼠のような自分の咽喉をうるおすばかりだ、というほどの意。氷の冷たさ、苦さの中に、この庵住の生活の侘しさが身にしみるのである。寓言仕立てで「偃鼠」などと、聞き馴れない言葉を使ったが、それに自分の境涯を託したところが、当時の過渡期の傾向を示している。

■天和三年　癸亥（一六八三）　四〇歳

うぐひすを魂《タマ》にねむるか嬌《タウ》柳　（虚　栗）

『虚栗』には天和三年仲夏（陰暦五月）の跋があるので、三年またはそれ以前の春の作。「嬌《タウ》柳」と振仮名したのは、音によったのだろうが、「たをやなぎ」である。糸を垂れたたおやかな柳のこと。その柳の姿に、眠る美女を想像したのか。『荘子』斉物《せいぶつ》論に、荘周が夢に胡蝶《こちょう》となった故事があり、それによって、折から鶯《うぐいす》の囀《さえず》りが聞えるが、柳の精が夢に鶯になって、いま囀っているのか、と言った。柳のたおやかな姿態から発想したもので、駘蕩たる春昼に眠る柳の離魂の姿を鶯に見た。荘子の寓言仕立てにしたところが、巧み過ぎている。

ほとゝぎす正《ム》月《つき》は梅の花咲《さけ》り　（虚　栗）

同じく。『あかさうし』に、「此句はほとゝぎすの初夏に、正月に梅咲ることをいひはなして、卯月なるがほとゝぎすの声はと、願ふ心をあましたる一体也」とあるので、句意は判明する。睦月に梅を待つ心は、卯月に時鳥の一声を待つ心と同じである。卯月になって、まだ時鳥の初音を聞くことが出来ない待ち遠しさに、時鳥に呼びかけて、睦月には時をたがえず梅の花が咲いたではないかと、言いかけて催促したのである。理の勝った表現に、談林臭が残っている。

清く聞《きか》ン耳に香《かう》焼《タイ》て郭公《ほととぎす》　（虚栗）

同じく。香をかぐことを聞香《もんこう》と言い、香を聞くと言う。「清く聞ん」とは、香を聞くと、時鳥を聞くと、両義にかけてある。耳に香を炷《た》きしめて、待ちに待った時鳥の一声を、清らかに聞こう、つまり心耳を澄ませ、その環境を快適なものとすることで、その一瞬の声を最高のものとしよう、というのである。

『芭蕉句選年考』（石河積翠《いしこ》著）に、「東山殿鴨川へ千鳥聞きに出で給ふ、同じく千本道具と云ふ者も、袖に蘭奢待を炷て出る由、義政公聞き給ひ、袖香炉を御取かはし有りて、今の世に大千鳥小千鳥とて名物なり」とあり、頭注に、それが山口素堂の『とく〳〵句合』の判詞の中にある由、記している。この義政の故事は、芭蕉も知っていたと思う。一期一会として、最高の時間と空間を創り出すことに生きがいを見出した、中世的な美意識の中に生きていた。時鳥の一声という最高の瞬間を、名香を炷くことでさらに純化し浄化しようとする生の態度が、ここには見えている。だが、句そのものは理に落ちている。

青ざしや草餅の穂に出《いで》つらん　（虚栗）

同じく。「青ざし」は、青麦を煎り、臼でひいて、糸のように撚った食物。麦の初穂祭に神々に供えた残りを、青ざしにして食べるのだ。古くからあり、枕草子に「いとをかしき薬玉ども、ほかよりも参らせたるに、あをざしといふものを、もてきたるを」云々とある。

その青ざしを、春の草餅が穂に出たものであろうと言った、軽い見立ての句である。

椹《クハノミ》や花なき蝶の世すて酒　（虚栗）

同じく。椹または葚はクワノミを意味する。椹酒は桑の実の酒。蝶が桑の実にとまってそれを吸っている。それは、春の花もなくなってしまって、よるべを失った蝶にとって、世捨酒ともいうべきものだ、というので、蝶に世を捨てた芭蕉自身を寓したのである。桑門をよすてびとと訓むことから「世すて酒」の語を思いついたのか。「世すて酒」とは、芭蕉の造語かも知れぬ。真蹟写に、「桑酒《ヨステ》」と書いているのは、たぶん芭蕉の発想の拠り所を示していよう。

これも芭蕉の過渡期の作風で、自身の境涯を「花なき蝶」に託して詠み出しているところがうかがわれる。

画　讃

かさ着て馬に乗たる坊主はいづれの境より出て、何をむさぼりありくにや。このぬしのいへる、是は予が旅のすがたを写せりとかや。さればこそ三界流浪のもゝ尻、おちてあやまちすることなかれ

馬ぼく〳〵我をゑに見る夏野哉《かな》　（水の友）

天和三年、芭蕉が甲斐《かい》に流寓中の作である。前年の十二月二十八日、芭蕉庵が火事にあったので、当時芭蕉が参禅していた仏頂和尚の縁で、甲斐郡内《ぐんない》の六祖五平を頼って行き、五月まで滞在した。谷村《やむら》には高山麋塒《びじ》（秋元藩国家老）がいて、芭蕉を世話し、そのとき巻いた麋塒・一晶との三吟歌仙の発句として、この句を作った。「夏馬の遅行」は如何にも佶屈でぎごちないが、ここに作者のモチーフはあったようで、その後「夏馬ぼく〳〵我をゑに見る夏野哉」（『一葉集』発句之部）となり、さらに『水の友』の形となった。最初「夏馬の遅《ち》行《かう》我を絵に見る心かな」（『一葉集』附合の部）で、麋塒の脇は「変手ぬるゝ滝凋《しぼ》む滝」である。

「もゝ尻」は、桃が据りがわるいように、下手な馬乗りの落ち着かぬ尻をいう。「ぼくぼく」はゆっくり歩くさまの擬声語で、太陽の直射する暑い野道を、のろのろ歩く田舎馬への鬱憤が、自分の馬上姿のぎごちなさへの自嘲となって、はねかえってくるのである。馬上の

自分を画中の人物として客観化しているのだが、それは同時に滑稽化でもあり、馬の愚かさは、同時に自分の愚かさでもある。夏の旅行の苦しさを、うちかえして興じている形だが、この苦衷にも一抹の楽しさを見出そうとするのが、芭蕉の終生変らぬ心の持ち方であった。

完璧な表現の句ではないが、何となく心の惹かれる句であって、この句の表現のぎごちなさも、かえってユーモアから人生の哀愁へつながる感じを深めている。『水の友』所載の画讃の文は、もちろん後で加えられたもので、始めから画讃の句として作られたものではない。「我を絵に見る」という発想が、この句をそのまま絵に連なるものとして、画讃に流用されたのである。

ふたゝび芭蕉庵を造りいとなみて

あられきくやこの身はもとのふる柏《がしは》　（続深川集）

前書によって、これはこの年の作である。芭蕉が甲州から江戸へ帰ったのは、五月ごろである。そして前年冬十二月二十八日に類焼した芭蕉庵が、門弟たちの合力で再建されたのは、この年冬であった。

新しい庵にはいって、折から降って聞いた霰の音を、私は聞いているが、この身ばかりは元のまま、何の変りばえもしない古柏だ、というのだ。柏の木は枯葉を枝につけたまま越冬し、春に新葉が出始めてから枯葉を落すという、特異な性質がある。その古葉をつけたままの冬柏が、古柏なのである。柏の葉は大きく厚く、風に乾燥した葉音を立てるが、その葉に霰を受ける音も大きい。その柏に、芭蕉は身の境涯の侘しさを思った。だが、それでもともかく庵に落ち着くことの出来た安堵の感が「あられきくや」の静かな観照を喚びおこす。こういう句は、次第に自照の文学としての彼の発句の姿を見せ出したものと言える。

貞享元年（天和四年）

■**天和四年　甲子**（一六八四）**四一歳**
（貞享元年、二月二十一日改元）

あさくさ千里《ちり》がもとにて

苔《のり》汁《じる》の手ぎは見せけり浅《あさ》黄《ぎ》椀《わん》　（茶のさうし）

この句の年次については、「千里との交渉は甲子吟行の折の記事以外所見がないので、この句も貞享元年春のことと推定してここにおく」（中村俊定校注『芭蕉俳句集』脚注）とあるのに従う。

浅草の千里の家での挨拶句で、苔汁はもちろん浅草海苔である。土地の名物を言ったところに、挨拶の意が深い。乾海苔にしないで、生の海苔を吸物に浮べたもの。淡泊な味わいのもので、そこにあるじがもてなしの手際を見せられた、結構な御馳走である、と賞したのである。椀の浅葱《あさぎ》色（浅黄は宛字で、浅い葱《き》の葉の色の意）と海苔の紫と、色の調和をも賞めている。『猿蓑』の連句「初時雨」の巻に、「吸物は先出来《まづでか》されしすいぜんじ」という芭蕉の附句がある。これは肥後の水前寺苔で、川苔であり、いくらか味わいの相違はあるが、海苔汁として賞味することは同じである。三汁七菜、もしくは九菜の献立では、最初味噌汁、次に椀盛、最後に吸物で、これは淡泊を旨として、塩仕立、あるいはわずかに醤油の影を見せる。この吸物が出れば、酒一しきりして終りとするという（幸田露伴『評釈猿蓑』参照）。「手ぎは見せけり」と「先出来されし」とに、共通した讃めぶりが見える。この附句では、おそらく数年前の千里のもてなしの記憶が甦って来たのだろう。

あるひとのかくれがをたづね侍るに、あるじは寺に詣でけるよしにて、とし老たるおのこ独《ひとり》庵をまもりゐ暮《くらし》ける。かきほに梅さかりなりければ、これなむあるじがほなりといひけるを、かのおのこよ所《そ》のかきほにてさぶらふと云《いう》をきゝて

るすにきて梅さへよそのかきほかな　（栞《しおり》集）

『蕉翁句集』に天和四年とし、「浅草或人の庵にて」の詞書をつける。ある隠者を訪ねて、深川から浅草まで歩いて訪ねて来たら、寺詣でに出掛けたとかで留守で、老僕がひとり庵を守っていた。垣穂の梅を見て、「この梅が主顔している」と言ったら、その老僕が「よその垣根の梅ですよ」と言ったので、この句を詠んで、老僕に托した。詞書はむろん後につけた

ものである。

あなたの留守に来て、お会い出来なくて残念でしたが、せめてもの梅の花さえ、よその垣穂の梅でした、という意。「垣穂の梅」（カキオノムメと訓む）に、せめて留守の主を偲びたく思ったのだが、それさえ残念ながら隣の梅だったと、なかば諧謔をこめて言っている。特殊な挨拶句と見て、始めて生きてくる。『虚空集』には、詞書に小異があり、最後に「かのおのこ、隣の梅にてさふらふと申に、いよ〳〵興うしなひて帰り侍るとて」とあるのは、失望を強調しすぎていて、かえって不興である。これは失望の気持を、ユーモラスに言い取ることで和げているのが見どころである。なお『虚空集』では座五「垣根哉」とある。

唐土《もろこし》の俳諧とはんとぶ小蝶

（蕉翁句集）

真蹟自画讃に「蝶よ〳〵唐土のはいかい問《とは》む」とあるのが、初案であろう。初案には、『虚栗』時代の佶屈《きつくつ》調を残しているが、全体やはり談林的発想である。『俳僊遺墨』には真蹟によるとして、「拝荘周尊像」と詞書があり、初案の形を載せている。

『荘子』斉物論《せいぶつろん》の、荘周が夢に胡蝶《こちよう》となったという故事を踏まえている。その胡蝶に、唐土の俳諧のさまを尋ねようというのである。胡蝶は荘周が夢に化したものかも知れず、胡蝶への問いかけは、取りも直さず荘周への問いかけなのだ。寓言と俳諧とを同一視している。俳諧の祖を荘周の寓言に求める考え方が、当時はあった。

奈良《なら》七重《ななへ》七堂《しちだう》伽藍《がらん》八重ざくら　（泊船《はくせん》集）

『蕉翁句集』にこの年の作とする。『続山の井』に「名所や奈良は七堂八重桜」（如貞）、『大井川集』（維舟編、延宝二年成）に「奈良の京や七堂伽藍八重桜」（元好）などがあり、この句に先だっている。それらよりすぐれているに違いはないが、芭蕉独自の句境とは言えない。

「奈良七重」とは、調子に乗って言ったので、「奈良の京や」をちょっと改作したに過ぎないが、それによって始めて誦するに堪えるリズム感を得た。「奈良七重」と、頭韻を重ねて、「七堂伽藍」を呼び起したもので、奈良の京の七代、七十余年をうちに籠めているとも見られる。露伴は「七重」を極楽荘厳《しょうごん》の形容とし、経文中にいくらも出て来る言葉だといい、それで奈良の寺々の伽藍の荘厳《そうごん》さが彷彿として来ると言っている。「七堂伽藍」の「七」は完数を意味し、諸種の堂塔を完備した寺院を言うのだが、具体的に七堂を数えて、金堂・講堂・塔婆・鐘楼・経蔵・僧坊・食堂《じきどう》をいう。だが、真言宗や禅宗では数え方が違うし、南都興福寺ではまた特殊な数え方をしているようである。奈良には古寺が多く、東大寺・興福寺・西大寺・元興寺・大安寺・薬師寺・法隆寺を七大寺と言っていることも、注意しておいてよい。「七堂伽藍」と言って、奈良の古都の有様が浮び上って来るのである。

「八重桜」はもちろん、『詞花集』に、「一条院御時、ならのやへ桜を人の奉りけるを、其折御前に侍ければ、其花をたまひて歌よめとおほせごとありければよめる、伊勢大輔『いにしへのならの都のやへざくらけふここのへに匂ひぬるかな』」とあるのを踏まえている。その八重桜は、興福寺観禅院の後、集会堂《しゆえどう》の前、東円堂の跡のあたりという。七重・七堂伽藍・八重桜と数字で押して来て、この伊勢大輔の歌によって、「九重」をも裏に籠めている。

とにかく、花の都奈良の爛熳たる春を、その歴史回顧をも含めて、快美な音調でうたい出した句である。

白芥子《しらげし》や時雨の花の咲つらん　（鵲尾冠《しやくびかん》）

『芭蕉翁発句集』にこの年の作とする。『鵲尾冠』に「首夏」として収めているから、陰暦四月作。

白芥子の花は、すがすがしいさまに開き、またはかなく、散りやすいので、「時雨の花」と見立てた。時雨は古歌に「神無月降りみ降らずみ定めなき時雨ぞ冬のはじめなりける」（後撰集）と詠まれて以来、人生の定めなさ、はかなさをあわせて感じ取るようになった。無常の感慨が、定めなく降る時雨によって掻き立てられる。定めなさが時雨の本意となった。だから「時雨の花」とは、その時雨の本意を体したところの花、すなわち定めない花ということだ。談林の見立ての風をまだ残している。

世にさかる花にも念仏《ねぶつ》申《まうし》けり　（蕉翁句集）

『蕉翁句集』（土芳編）にこの年の句としている。花の盛りのとき、人々が花に浮れ歩く時にも、鉦《かね》を叩き念仏申して通りかかる人があったりする。その対照に興じたもの。ものの盛りに滅びを思う無常観が根底にはあろうが、観念がややあらわで、句柄が痩せている。『蕉翁句解、過去種』（一筆坊鷗沙、安永五年稿）に言うように、千本大念仏は花の盛りのころだし、『ひさご』にも「千部読《よむ》花の盛の一身田《いしんでん》」（珍碩）の付句がある。

忘れずば佐夜の中山にて涼め　（丙寅紀行《へいいんきこう》）

『丙寅紀行』（風瀑《ふうばく》著、貞享三年）に、「佐夜の山淋し、芭蕉翁をとゝし予に餞《はなむけ》して」として出し、「それは水無月の中のころ」と付記があるので、貞享元年六月の作。風瀑は伊勢渡《わた》会《らい》の人で、この年秋に江戸を立った『野ざらし紀行』の、佐夜の中山の句のすぐ後に、「松葉屋風瀑が伊勢に有けるを尋音信《たずねおとずれ》て、十日計《ばかり》足をとゞむ」とある。

佐夜の中山は、東海道遠江、日坂《につさか》と金谷との間の峠。古くから歌によく詠まれたが、あなたもそのことを忘れず思い出したなら、佐夜の中山で一休みして涼を入れ、一句お詠みなさい、という意。前に「命なりわづかの笠の下涼み」と詠んでいて、もちろん古人の歌とは有名な西行の歌を下地にしているのである。「年たけてまた越ゆべしと思ひきや命なりけりさやの中山」。だから「忘れずば」とは、結局はこの西行の歌を忘れずば、ということになり、句の裏に、自分を忘れず、この歌のように、また訪れて帰って来られよ、という意がある。自分もここの茶店に休んで「笠の下涼み」の句を作ったが、その句は二十年経っても芭蕉に「ほのめかすべき一句」として頭にあったのだから、この時もそれが意識にあって「涼め」と言ったのだろう。

文麟《ぶんりん》生、出山《しゅつさん》の御像《おんかたち》を送りけるを安置して

南無《なも》ほとけ草のうてなも涼しかれ　（続深川集）

『続深川集』（梅人《ばいじん》編、寛政三年序）には、「くだれる世にもと云けむ断りなりや」と句のあとにある。芭蕉自身の文章と、穎原《えばら》退蔵は推量している。詞書は、鳥居文麟が出山の釈迦像を、新しく再建成った芭蕉庵に贈ったのを安置した意味。天和三年九月、素堂が書いた「芭蕉庵再建勧進簿」に、「銀一両　鳥居文麟」とあり、これは寄進の額では最高であった。同年冬、芭蕉庵が成って、翌貞享元年夏にこの像を贈られて、作った句であろう。

仏壇もちゃんと整っていないこの草庵の、蓮の台《うてな》ならぬ粗末な草の台に迎えたが、南無仏よ、なにとぞここにうちくつろいで、涼しくましませよ、というほどの気持である。庵居のすがすがしい心境をうかがわせる。

松風の落葉か水の音涼し　（蕉翁句集）

『蕉翁句集』に貞享元年の部に出す。

さらさらと流れる渓流の音に耳をすませば、松風の音か、風に落ちる松葉の微かな音かと思われるばかりに、涼しげにきこえる。『蒙引』（衛足杜哉稿、享和元年）に「琴の音に峰の松風通ふらしいづれの緒《お》より調べそめけむ」（斎宮女御、拾遺集）の古歌に趣が似ているとあるが、響いていよう。

「松風の落葉か」が問題である。「松落葉」は夏の季語だが、松の落葉は耳に聴えるほどのものでもなかろう。「松風の音が落ちて」というのに夏の季節の落葉をかけたという、岩田九郎説もある。これは『蒙引』の説に拠った解である。だが、「落葉」はやはり心耳に聴いたのであろう。涼しい水の音の中に、心耳を澄ませて、峯の松風の落葉の音を聴き取った。「松風の時雨」「川音の時雨」「木の葉の時雨」などという季語があり、これらはすべて本物の時雨の音でなく、松風や川音や木の葉の音を時雨と聴きなしたのであるから、似物《にせもの》の時雨という。この句は、似物とまでは言わぬが心頭に描き出した松風の落葉である。松風は時雨の外にも、茶釜の音にも松虫の声にも、その他古くからいろいろに見立てられている。その伝統の上に乗り、それを「松落葉」に転じたところに俳諧化があった。

わが宿は四角な影を窓の月

（芭蕉庵小文庫）

『蕉翁句集』に貞享元年とするのに従う。わが草庵の小さな窓から月の光がさしこみ、何の調度もない部屋のうちに四角な影を作り出している、ということ。「わが庵は」「わが宿は」などという初五は、古今集の「三輪の山もと」（九八二）、「都のたつみ」（九八三）などといった歌が基になって、その侘住居が人も問わぬ辺鄙なところにあること、あるいはそこでの住み憂きさまなどの発想を導き出す。これは、一方ではそのような伝統的発想につながりながら、何もない部屋うちの侘しさと、そこに月がさしこむ雅やかさとを言っている。そして、その月光を「四角な影」と客観写生的に述べたところが、新味である。

野ざらしを心に風のしむ身哉

（甲子吟行《かっしぎんこう》）

貞享元年八月作。『甲子吟行』の旅に出掛けるときの門出《かどで》の句。紀行の冒頭に「千里に旅立て、路粮《みちかて》をつゝまず、三更月下無何《むか》に入《いる》と云《いい》けむ、むかしの人の杖にすがりて、貞享甲子《じょうきょうかっし》秋八月、江上の破屋をいづる程、風の声そゞろ寒げ也」とあってこの句がある。『荘子』逍遥遊編に「千里に適《ゆ》く者は三月糧《かて》を聚《あつ》む」とあるのを翻した、宋の広聞和尚の偈《げ》「語録を褙《はい》す」に「路粮を齎《つつ》まず笑ひて復《ま》た歌ふ、三更月下無何に入る、太平誰か整ふ閑戈甲、王庫初めより是の如きの刀無し」とあるのを踏まえた文である。これは宋代の禅僧の偈を集めた

『江湖風月集』に出ていて、それは芭蕉の愛読書であった。「無何」は『荘子』の「無何有郷」で、無為自然のままの国である。この詩句は、泰平の時の旅だから糧食を用意せず、夜旅も安心して出来るという単純な心境でなく、月明の夜に現世的なもののすべてを投げ棄てて出山する悲壮な場面なのだと、赤羽学氏は言っている（野晒紀行と江湖風月集）。

だがそれに対して、尾形仂氏は言う。「褙す」とは書物に裏打ちすることで、題意は、これまで工夫鍛錬の武器としていくたびか繙読してぼろぼろになった語録は、自分にとってもはや裏打ちをして丁重にしまっておくべき存在となった悟得の境を寓したもの、という。そして、その悟得の安らかな心境ないし工夫を、特に糧食を用意せずとも道々給を受けて笑歌しつつ行く、太平の世の旅路の安泰のすがたにたとえたものと言う。それは、『大慧武庫《だいえむこ》』に収める暹道者《せんどうしゃ》（善暹）の「三更月下巌竇《がんとう》を離る」という、現世的なもののすべてを投げ棄てて月明のもとを出山する悲壮な決意を詠じた偈をふまえつつ、それをうち返して「三更月下無何に入る」とうそぶいたところに、善暹をもう一つ突き抜けた広闊の境位が示されている、とする（『松尾芭蕉』日本詩人選）。

赤羽氏も尾形氏も、前文といえども、おろそかに考えず、訓詁が微細にわたっている様子が見える。比較すれば尾形氏の方が、新しい考察だけに進んでいよう。「笑復歌」と「入無何」とに、悲壮な心境からの広闊の超脱を認めているのが面白い。芭蕉はそのような広闊の心事を意識の底に置いて、この「野ざらし」の句を作ったとすれば、それは単なる訓詁の問題を超え、芭蕉の俳諧精神の中核に触れて来る。

前文にも句にも悲壮感がただよっていて、それを心に置いて在来はこの句を解して来た。捨身の決意を心に秘めて、この無償の旅に旅立ったと取る。「野ざらし」はされこうべである。だが尾形氏は、いかめしい禅林の偈頌を引合いに出した前文の諧謔が、そのまま「野ざらしを」の誇張的身ぶりの俳諧につながるとする。誇張を風狂にまで高めた、と言ってもよい。

「心に風のしむ身」は秋の季語「身に入《し》む」を含んでいる。これは俊成の「夕されば野べの秋風身にしみて鶉啼くなり深草の里」(千載集)が名歌として喧伝され、季語として定着するに到った。秋風が吹き、秋の「あはれ」が、ひいては人生万般の「もののあはれ」が身にしむことである。つまり、身内に深く感じる、感染する、という意味だ。俳諧になると、秋の「あはれ」という主情性よりも、より対象的・感覚的になり、秋風の候の肌を刺すような秋気について言っている。芭蕉の句は、秋風を身にしむと言ったところは和歌的だが、「野ざらし」を描き出して、身の毛もよだつような冷《すさま》じさを感じさせる。

この旅行に当って、芭蕉の心には、齢四十を超えてまだ自由無礙《むげ》の芸術境を確立していない者の苛立ちの感が存在した。この句には誇張があって、文字通りの意味で彼が死を覚悟したと取る必要はないが、あえて彼にそのような表現を取らせた内面の衝動の存在まで、否定するわけには行かないだろう。『甲子吟行』または『野ざらし紀行』。本書は前者で言う。

秋十とせ却《かへっ》て江戸を指《さす》古郷　（甲子紀行）

同じときの作。唐の賈島《かとう》の詩句「却ッテ指二ス幷州一ヲ是レ故郷」を踏まえた。『句餞別』の素堂の序に「老人常ニ謂フ、他郷即チ吾ガ郷ト」とある。おおよそ十年ほど江戸に住み、今ではかえって江戸を故郷としているのである、と江戸を立って久かたぶりに帰郷しようとしての感慨を述べる。早くも経ってしまった十年の歳月を振りかえる気持も含まれている。一脈の生硬さはあるとしても、力強い、直截的な表現で、籠るものが深い。

霧しぐれ富士を見ぬ日ぞ面白き　（甲子吟行）

同じく。前文に「関こゆる日は雨降て、山皆雲にかくれたり」とある。箱根の関を越えるときの作。山中の濃霧が、時雨のように細雨となって降ったので、「霧時雨」の語を用いた。そのため一日富士を見ることもなかったが、それもかえって面白いと言ったもの。名月の夜、雨月、無月もかえって一興とするのと同じである。とばりの裏に隠されたものの実体を、想裡において見るからである。深川の芭蕉庵では、始終仰いでいた富士であり、それだから同行した千里は立つ前に「深川や芭蕉を富士に預け行く」と詠んだ。その富士が、旅に出て、山近く来て、かえって見えない、というところに興じたのだ。

猿を聞《きく》人《ひと》捨子に秋の風いかに　（甲子吟行）

同年秋、富士川のほとりでの吟。「富士川のほとりを行《ゆく》に、三つ計《ばかり》なる捨子の哀げに泣《なく》有《あり》。この川の早瀬にかけて、うき世の波をしのぐにたえず、露計《ばかり》の命を待《まつ》まと捨置けむ。小萩がもとの秋の風、こよひやちるらん、あすやしほれんと、袂より喰物なげてとをるに」と前文があって出ている。「この川の早瀬にかけて」は、従来「かけて」の意を取りそこなっていた。急流に子供を投げこんで、などとはとんでもない。これは源氏物語手習の巻に「身を投げし涙の川の早き瀬にしがらみかけて誰かとどめし」という浮舟の歌の文句を不完全に取り入れたものだ。この川の早瀬にしがらみをかけて、誰かこの子の命をとどめてくれるだろうと、もともとはかない人間の命の尽きるまでは生きてくれよと念じて、捨て置いた、という含みがある。「うき世の波をしのぐにたえず」が挿入句となる。「小萩がもとの秋の風」も、「露計の命」云々の句に導かれて、同じく桐壺の巻の「宮城野の露吹き結ぶ風の音に小萩がもとを思ひこそやれ」という桐壺の帝の歌を踏まえている。小萩に子をかけて、里にある源氏の若宮のことを案じている歌で、ここでは心もとなさの表現として使っている。そして、紀行にはこの句につけて、「いかにぞや、汝父に悪《にく》まれたるか、母にうとまれたるか。父は汝を悪むにあらじ、母は汝をうとむにあらじ。唯これ天にして、汝が性《さが》のつたなきを泣け」と書いてある。

哀猿の声と秋風に吹かれる捨子の泣声と、どちらが本当に哀切であるかが、ここに問われているのだ。猿声は古来詩によく詠まれ、猿声を聞いて腸《はらわた》を断つのが、詩人の常套だった。ここでは芭蕉は、捨子の泣声に断腸の思いをしていて、風流めいた猿声の哀れさなどより、こちらの方がよほど切実なのだ、と言っている。句合せの判の形式を摸しているので、「猿声に秋風左勝捨子に秋の風」といったところ。これを『甲子吟行』のフィクションと見る説もあり（桑原武夫氏）、堕胎・間引き・捨子は当時の農村ではざらに見られたことから、虚構でないと見る説（井本農一氏）もある。ともあれ、家を捨て、身を捨て、家族を捨てて流浪する芭蕉にとって、捨子とはよそごとではなかった。当時ざらに見られた社会現象だからこそ、それに基づいての虚構とも言える。源氏の引歌たくさんの前文から続けて読めば、いよいようさんくさいのである。

馬上吟

道のべの木槿《むくげ》は馬にくはれけり　（甲子吟行）

同じ旅で、大井川を越えてからの作。『芭蕉翁道之紀《みちのき》』には、詞書「眼前」とある。芭蕉は馬の上で、道ばたの白い木槿の花を目にした。眼前ま近になって、その白が拡大の限度に達した瞬間、意識の外にあった馬の首が、横からひょいと芭蕉の視野にはいって来て、木槿の花を喰ってしまった。芭蕉ははっと驚いて我に返る。眼前の木槿の花がなくなったのである。なくなった後、その白い花のイメージが、かえってはっきりと意識に上ってくるのである。

この句は人々に瞠目されたが、素直に眼前を言っている「眼前体」の面白さを、それが示していたからだ。その意味で「眼前」の前書は、芭蕉の創作の機微に触れている。それを「馬上吟」としたのは、作者の位置を明示する言葉がこの句になかったからだ。馬上の芭蕉の軽い驚きを表した即興句の面白さで、古来「槿花一朝の栄」とか「出る杭は打たれる」とかいった諷戒の意と言っているのは、論ずるに足りない。

馬に寝て残《ざん》夢《む》月遠し茶のけぶり　（甲子吟行）

同じ旅で、小夜の中山での作。紀行の前文に、「廿日《はつか》余の月かすかに見えて、山の根際《ねぎわ》いとくらきに、馬上に鞭をたれて、数里いまだ鶏鳴ならず。杜牧《とぼく》が早行の残夢、小夜の中山に至りて、忽《たちまち》驚く」とある。杜牧が「早行詩」に言う「残夢」の心地で、うつらうつら小夜の中山まで来て、たちまち眼が覚めたと言っているのだ。この前文が、すでに「早行詩」を敷き写している。その詩は「鞭ヲ垂レテ馬ニ信《マカ》セテ行ク、数里未ダ鶏鳴ナラズ、林下残夢ヲ帯ビ、葉飛ンデ時ニ忽《タチマチ》驚ク、霜凝ツテ孤鶴迥《ハル》カニ、月暁ニシテ遠山横タハル、僮僕険ヲ辞スルヲ休《ヤ》メヨ、何《イズレ》ノ時カ世路平カナラン」。初案は「馬上眠らん（イ、眠からん）として残夢残月茶の烟」と、あまりに原詩に即《つ》き過ぎていた。初五「馬に寝て」と直し、「残夢残月」も口拍子に乗っているので、推敲した。そして「早行詩」を踏まえた前文が、この句のぜんたいの風情を照明している。

馬上でうとうとしているうちに、いつか中山の峠にかかって、馬上の残夢を覚まされた。するとその景は、「早行詩」にすっかり嵌《はま》りこんだというわけだ。馬上うつらうつらと暁の夢を追うていると、空には有明の月が遠く浮び、麓の日坂の宿駅あたり、朝茶を煮る煙が彼の旅情を掻き立てる。芭蕉が杜牧の詩に加えたものは、「茶の煙」だけで、それだけが芭蕉が覚めて確かに認めた実のイメージであって、あとは古人の詩による処の世界から導き出されたものだ。虚実の交錯の中に、この句の詩境はある。

みそか月なし千とせの杉を抱《だく》あらし　（甲子吟行）

同じく、八月三十日、伊勢山田での作。紀行の真蹟長巻に「まつばや風瀑《ふうばく》がい勢に有けるを尋音信《たずねおとずれ》て、十日ばかり足を休るほどに、くれて外宮に詣侍りける」とある。安永板紀行の前文には「暮て外宮に詣侍りけるに、一の華表《とりい》の陰ほのくらく、御燈《みあかし》処〻に見えて、また上もなき峰の松風身にしむ許《ばかり》、ふかき心を起して」とある。「また上もなき」とは、西行の歌「高野の山を住みうかれて後、伊勢の国二見の浦の山寺に侍りけるに、太神宮の御山をば神路《かみじ》山と申す、大日如来の御垂迹《すいじゃく》を思ひてよみ侍りける、深く入りて神路の奥を尋ぬればまた上もなき峰の松風」（千載集巻二十、一二七八）に拠っている。「深く入りて」は神路山を深く入りての意と、伊勢の神道の奥義を深く尋ね入る意とが重なっている。だから「また上もなき」とは、峰の松風の賞翫であると同時に、無上の大日如来をたたえたものだ。「峰の松風」は、もちろん神路山の峰の松風である。

もう一首西行が「神路山月さやかなるちかひありて天の下をば照らすなりけり」と詠んだのを、芭蕉は思い出して、「みそか月なし」と強調したもののようだ。『蒙引』に、「三の鳥居の外に五百枝の杉といへる老杉あり。神木のよしいひつとふ。此所僧尼の拝所也、翁も爰にて拝し給ふと紀行に見ゆ」とある。それを「千年の杉」と言いかえて、その蒼古とした姿を言い、あわせて神域のもの古りて森厳な雰囲気を言い取ろうとした。

この「抱く」について、素堂がこの紀行の跋文に、「ゆき〳〵て山田が原の神杉を抱き、また上もなき思ひをのべ」と言って以来、芭蕉が杉の幹を抱くのだという解が、一部に行われている。すなわち石河《いしこ》積翠は「西行は嵐に月のさやかなるを感じ、芭蕉は月なき嵐を歎きて杉を抱くにや」（芭蕉句選年考）と言い、幸田露伴は「嵐が杉を抱いてゐるのでは無い。芭蕉が杉を抱くのである。黒闇に老杉の嵐を聞きつゝ其樹を抱くのである」（続芭蕉俳句研究）と言い、加藤楸邨がその説に同じている（芭蕉全句）。だが前文に「また上もなき峰の松風身にしむ計《ばかり》」とあるのから続けて読むと、これはやはり吹きおろす嵐が杉の巨幹を抱くと取るべきであろう。芭蕉が抱くのでは芝居じみるし、「千年の杉を抱く。あらし」という語のつながりがふつつかに過ぎる。暗闇の中に、一本の杉の巨樹をめぐって、さまざまの音を奏で出す嵐の咆哮を聞いた。風が巨樹を獲てうなりを立てるさまを「抱く」と言った。そこに、「峰の松風」と「千年の杉」とのぶつかり合い、いどみ合い、競合いに寄せる作者の思いの深さが想像できる。

芋《いも》洗ふ女西行ならば哥《うた》よまむ　（甲子吟行）

同じく、風瀑の家に滞在中の作。前文に「西行谷の麓に流あり。をんなどもの芋あらふを見るに」とある。西行谷は神路山の南方にあり、西行隠栖の跡という。紀行の素堂《そどう》序に、「同じく西行谷のほとりにて、いも洗ふ女にことよせけるに、江口の君ならねば、答もあらぬぞ口をしき」とある。

西行と江口の君との歌の問答は、新古今集に見え、謡曲『江口』にも作られているが、ここには芭蕉の座右の書でもあった『撰集抄』によって記しておく。

過ぬる長月の廿日あまりのころ、江口と云《いう》所をすぎ侍りしに、家は南北の岸にさしはさみ、こゝろは旅人《りょじん》の往来《ゆきき》の舟をおもふ遊女のありさま、いと哀にはかなき物かなと、見たてりしほどに、冬を待えぬむらしぐれのさら暮《ママ》し侍りしかば、けしかる賤《しず》がふせ屋にたちより、はれま待つまの宿をかり侍しに、あるじの遊女ゆるす気色《けしき》の侍らざりしかば、なにとなく、

世中をいとふまでこそかたからめ仮のやどりを惜む君かな

とよみて侍しかば、あるじの遊女、うちわびて、

家をいづる人とし見れば仮のやどに心とむなと思ふばかりぞ

とかへして、いそぎ内にいれ侍りき。たゞ、しぐれのほどしばしの宿とせんとこそ思ひ侍りしに、此歌のおもしろさに、一夜のふしどとし侍りき（巻九、第八「江口ノ遊女歌之事」）。

芋を洗うには、芋を入れた大桶に水を張り、桶の縁に乗って、棒を二本桶の中に差しこみ、両手で回転させながら、皮と毛とをそぎ落す。そのさまを、たまたま通りかかった芭蕉が見て、しばらく立ちどまってうち眺めていたのであろう。これが西行だったら、あの江口の遊女が歌を詠んだように、歌を詠みかけるだろう。相手が私ではどうということもない、というほどのこと。普通、「歌よまむ」を、西行が詠むだろう、という意に取っているが、私は芋洗う女が江口の君のように歌を詠むだろう、という意に解する。西行と江口との挿話は、江口の君が歌を詠んだことが興趣の中心であって、西行なら当り前である。だからここでも、雅やかな江口の君ならぬ野趣のある芋洗う女が歌を詠んだら、いっそう面白いことだろうと、言ったのである。

このあと山田で、芭蕉は次のように唱和を残している。

い勢やまだにていも洗ふと云句を和す

宿まいらせむさいぎやうならば秋暮《あきのくれ》　いせ山田雷枝

はせをとこたふ風の破《やれ》がさ　　蕉

（稿本野晒紀行）

これは、芭蕉に歌をよむことをしなかった芋洗う女に代って、山田の雷枝が句を詠んで挨拶する、という意味のものである。「芋洗ふ」の句を芭蕉から示されたら、伊勢山田の俳人として、当然和する句がなくてはならないところだ。この付合から遡って考えても、「芋洗ふ」は当然女が芭蕉に対《むか》って「歌よまむ」の意でなければならぬ。また『春の日』の「春めくや」の巻に、

朝《あさ》熊《くま》おるゝ出家ぼく〳〵　　雨桐
ほとゝぎす西行ならば哥よまん　　荷兮

の付合がある。芭蕉の西行谷の句の初五を言いかえて付けた句だが、これは折からの時鳥に、この僧が西行であったら歌を詠んだろうに、と言ったので、芭蕉の原句とは歌よむ主体を違えている。西行がこの谷で、「きかずともここをせにせん時鳥山田の原の杉のむら立」（『新古今集』二一七）と詠んだのに拠っている。

なお『東日記《あずまのにつき》』（延宝九年刊）に「芋洗ふ女に月は落にけり」（言水）の作例が見える。

蘭《らん》の香やてふの翅《つばさ》にたき物す　　（甲子吟行）

同じく。前文に「其日（西行谷に行った日）のかへさ、ある茶店に立寄《たちより》けるに、てふと云《いい》けるをんな、あが名に発句せよと云て、白きぬ出《いだ》しけるに、書付侍る」とある。その折のことは、やや詳細に『赤冊子』に記している。

此句は、或茶店の片はらに、道休らひしてたゝずみ有《あり》しを、老翁を見しり侍るにや、内に請《しょう》じて、家女料紙《りょうし》もち出《いで》て句を願ふ。その女のいはく、我は此家の遊女なりしを、今は主の妻となし侍る也。先の主もつるといふ遊女を妻とし、その頃難波《なにわ》の宗因此処《このところ》にわたり給ふを見かけて、句をねがひ請《こい》たると也。例《ためし》をかしき事までいひ出て、頻《しき》りにのぞみ侍れば、いなみがたくて、かの難波の老人の句に葛の葉のおつるのうらみ夜の霜とかいふ句を前書にして此句遣《つかわ》し侍るとの物語也。その名を蝶といへば、かく云ひ侍ると也。老人の例に任せて書捨たり。さの事も侍らざればなしがたき事也といへり。

芭蕉が書いたこの前書は伝わっていないが、この土芳《どほう》の聞書はこの作られた事情をよく教えてくれる。宗因が作った「葛の葉のおつるのうらみ夜の霜」の例にならって、彼も作る気になったのである。宗因の句は、葛の葉が夜の霜に打たれて枯れ落つる恨みという中に、おつるという名前をちゃんと詠みこんでいる。「うらみ」は「葛の葉」の縁語で、信太妻の伝説を連想させる。これが言葉の洒落であったことまでは分るが、なぜここで「うらみ」を言わなければならなかったのか、作句の事情がもう一つよく分らない。主人の妻に直る前に、この家の遊女であった恨みが、心の奥に残っているというのだろうか。伊勢には多くの売女がいて、茶店の女中も宿場の飯盛女や赤前垂のように、客の望に応じていたと、能勢朝次氏は言っている（三冊子評釈）。そのような生き方を強いられて来た自分の宿命への恨みがあった、というのだろうか。安倍保名の妻に信太狐がなりおおせうまく行っていたように、遊女も主人の妻になりおおせて、ぴったり寄り添って暮している、その仕合せにもかかわらず、過ぎ去った恨みがいまだに残っているというのか。とにかく作者の意図に解きがたい節が残る。

だが、ともかく、宗因の句には、おつるの過去を思わせる一抹の艶麗さがただよう。芭蕉もその行き方に倣って、この句を作った。だが、相手の過去をそのような翳《かげ》りとして描かず、もっぱら艶と品とを主として描いた。これは表面は、蘭に秋の蝶がとまっている景色である。それを、蘭の芳香を蝶が翅に炷《た》きしめているように言い取った。これまでは、花から花へ飛びまわった蝶であるが、今はふくよかな蘭の香の中に、じっと翅をたたんで休んでいる。その蝶の姿が、言わば現在の女主人の象徴だというのだ。蘭は竹・梅・菊とともに、その気品を賞せられて、四君子という。蘭の香を翅に炷物するとは、まことに艶麗なイメージではあるが、同時に気品のただようのを見落してはならない。宗因の句の「恨み」には、相手の過去をやや軽んじた態度が見えるが、芭蕉の句の気品には、相手の境涯へのいたわりが見える。

閑人の茅舎をとひて

蔦《つた》植《うゑ》て竹四五本のあらし哉　（甲子吟行）

同じく、風瀑《ふうばく》邸滞在中の作。『笈日記』には「廬牧亭」と前書し、「伊勢部」にはいっている。廬牧は伝記の知れない人で、遺句も少いが、山田にささやかな閑居を構えた隠者であろう。小さい庭で、わずかに庭隅に蔦が紅葉している外は、目立つものは四五本の竹である。その竹の葉をそよがせて、一陣の風が過ぎ、秋の声を聞かせてくれる。「蔦植て」は、新たに植えたというのでなく、植えられてある状態で、「蔦」だけで「蔦紅葉」を意味し、季語となる。閑素な庭に、見るべきものはちゃんと見て、主人への挨拶とした。

手にとらば消《きえ》んなみだぞあつき秋の霜　（甲子吟行）

同じく。土芳《どほう》『蕉翁全伝』に、「九月八日ノ夜尾張ノ駅ヨリ此所ニ移、四五日ノ間」とある。紀行の前文には、「長月の初古郷に帰りて、北堂の萱草も霜枯果て、今は跡だになし。何事も昔に替りて、はらからの鬢《びん》白く眉皺寄《まゆしわより》て、只命有てとのみ云て言葉はなきに、このかみの守袋をほどきて、母の白髪おがめよ、浦島の子が玉手箱、汝がまゆもやゝ老たりと、しばらくなきて」とある。

母は前年の六月二十日になくなった。今度の帰郷は、その墓参をもすませることが、目的の一つであった。伊賀上野の兄半左衛門の家に入り、四、五日滞在する。「北堂の萱草」とは、古代中国で、主婦の居所は北に設けられ、わすれ草を庭に植えたことから言い、北堂とは主婦の居所、また母の称にもいう。半左衛門が守袋を出して、母の白髪を拝めと言った。「秋の霜」は、白髪の比喩である。「秋の霜」だから、「手にとらば消えん」と、そのもろさ、はかなさを言った。前に「藻にすだく白魚やとらば消ぬべき」と詠んだことがある。「涙ぞあつき」だから、熱い涙を霜の上、つまり手にした母の白髪の上に落したら、消えてしまうだろうと言ったもの。後に「ある人の追善に、埋火もきゆやなみだの烹《にゆ》る音」（曠《あら》野《の》）という句も作っている。前文に「浦島の子が玉手箱」と言ったのと関連があろう。兄の言葉は、「お前は何年ぶりかで故郷へ帰って来たのだから、様子がすっかり変ってしまって、この守袋をあけるのも、浦島の子が玉手箱をあけるような気持だろう。お前の眉にも白いものが見えるな」というほどの意。この兄弟が相見ての歎きが、この句の裏にただよう情緒である。芭蕉の帰郷は八年ぶりであった。

わた弓や琵《び》琶《は》になぐさむ竹のおく　（甲子吟行）

同じく、九月作。紀行の前文に、「大和の国に行脚して、葛下《かつげ》の郡《こおり》竹の内と云処は彼ちりが旧里《ふるさと》なれば、日ごろとゞまりて足を休む」とあり、紀行異本には「藪より奥に家あり」と前書して出ている。この前書を省いた前文によれば、竹藪の奥から聞えて来る綿弓の響を、あたかも琵琶の音かのように聞きなしてなぐさむ、閑雅な千里の生活を讃していることになる。

だがこの句には別種の前文を伴う真蹟がある。『句仁名尽集《くになづくし》』（青良編、文政二年跋）に、竹の内の宿長の末葉、今油屋喜衛門所蔵の真蹟として紹介され、その懐紙は現存している。それによれば、

大和の国竹内と云処《いうところ》に日比《ひごろ》とまり侍るに、其里の長《おさ》也ける人、朝夕問来《といきたり》て、旅の愁を慰けらし。誠その人は尋常《よのつね》にあらず。心は高きに遊んで、身は芻蕘雉兎《すうじようちと》の交《まじわり》をなし、自《みずから》鋤《すき》を荷《にない》て淵明《えんめい》が園に分入《わけいり》、牛を牽《ひき》ては箕山の隠士を伴ふ。且其職を勤《つとめ》て職に倦《うま》ず。家は貧《まど》しきを悦《よろこび》て、まどしきに似たり。唯是市中に閑を偸《ぬすみ》て閑を得たらん人は、此長《おさ》ならん

綿弓や琵琶に慰む竹のおく　　蕉散人桃青[青]

この文によれば、作句事情が変ってくる。すなわち竹の内の「里長」（庄屋）油屋なにがしへの挨拶の句なのである。竹藪の奥から響いて来る綿弓の音を、琵琶の音と聞きなして慰めながら、隠逸の生活を送っているのは、里長自身なのである。ただこの「市中に閑を偸て

閑を得たらん人」の住居は、どこにあるのかが問題となる。紀行の定稿で削除された「藪より奥に家あり」をどう解すべきか。里長が藪より奥に住んでいるのか、あるいは藪より奥の家から聞えて来る綿弓を、藪の手前で聞いているのか。この点、従来の解は曖昧である。阿部喜三男氏のように、千里の家の竹藪の奥に家があって、綿弓の音が聞えて来るが、そこにはかの里長がその音に心を慰めて住んでいるのだ、と解する人もある（芭蕉俳文集）。

　だがこれは、「竹の奥」をどのようなイメージで受け取るか、ということに帰着する。「竹の奥」は隠士閑居の空間を示せばこそ生きてくるので、それに伴って竹林の七賢の故事や、王維の「竹里館」の五言絶句などが連想され、「竹の奥」のイメージを豊かにするのである。「竹里館」は「独坐ス幽篁ノ裏《うち》、弾琴復《ま》タ長嘯、深林人知ラズ、明月来ツテ相照ラス」で、『芭蕉句解』（東海呑吐著、明和六年稿）がすでに指摘している。その「竹の奥」の人知らぬ「幽篁裏」に「弾琴」ならぬ綿弓の音を、琵琶の音となぐさんでいる隠士の閑居があると、挨拶しているのだ。「市中」にあって、別乾坤を作っているのが「竹の奥」である。綿弓は繰り綿を弾いて不純物を去る弓弦のような具で、弓の弦には牛または鯨の筋を用い、打てばビンビンと琵琶に似た音がする。

　紀行には、はじめ「藪より奥に家あり」とあり（真蹟本）、あるいはそれは千里の家と里長の家との位置を示すつもりだったかとも思うが、定稿にはそれも省いてしまって、前文から続けて読めば、竹の奥の千里の家の離れ家ででもあるかのように解せられる。それは芭蕉が、この句の作句事情を、紀行文の中で説明する煩わしさを避けたためである。だが、説明がなくても、「竹の奥」が閑静な隠栖の家の環境を示していることだけははっきり受け取られ、この句の鑑賞としてはそれで十分と芭蕉は考えたのであろう。

芭蕉には後に「雑水に琵琶きく軒の霰哉」（有磯海）の作がある。

僧朝顔幾《いく》死《しに》かへる法《のり》の松　（甲子吟行）

同じく。紀行の前文に「二上山当麻寺《ふたかみやまたいまじ》に詣でゝ、庭上の松をみるに、凡《およそ》千とせもへたるならむ。大イサ牛をかくす共云《いう》べけむ。かれ非常といへども、仏縁にひかれて斧斤《ふきん》の罪をまぬかれたるぞ幸《さいわい》にしてたつとし」とある。『荘子』に「櫟社《れきしや》の樹を見るに、其の大いさ牛を蔽《おお》ふ」「斤斧に夭せられず、物害する者無し」とあるのが出典。「非常」は「非情」。

当麻寺の庭に立つ千年の老松の齢の讃嘆である。この寺の僧も、この庭の朝顔も、年々死にかわり生きかわりして来た事だろうが、法力に守られたこの松は、昔に変らぬ常緑の姿でここにある、ということ。老松の嘆美がそのまま千年の塔を残している当麻寺の古さ、ひいては法の力の讃嘆となる。『吐句解』は、『和漢朗詠集』に、「松樹千年終にこれ朽ちぬ、槿花一日自《おのずか》ら栄を為す」（白楽天）とあるのを引いているが、意味は逆で、松も千歳を経たら朽ちようという含意はない。だが、「僧・朝顔」の並列は如何にも窮していて、熟せず、露伴が言うように観念臭い、いやな句である。

大和国長尾の里と云処ハ、さすがに都遠きにあらず、山里ながら山里に似ず。あるじ心有さまにて、老たる母のおハしけるを、其家のかたへにしつらひ、庭前に木草のおかしげなるを植置て、岩尾めづらかにするなし、手づから枝をたハめ、石を撫《なで》ては、此山蓬萊の嶋ともなりね、生薬とりてんよと老母につかへ慰めなんどせし実有けり。家貧して孝をあらハすとこそ聞なれ。貧しからずして孝を尽す、古人も難事になんいゝける

冬しらぬ宿やもみする音あられ　（夏炉《かろ》一路《いちろ》）

『夏炉一路』（鳥酔《ちょうすい》撰、宝暦七年刊）に「長尾村吉川氏東籬所持。東籬は日損庵千李（注、千里のこと）が孫也」とある。大和竹内村千里の家に滞在中の作。前文の大意は、隣村の長尾の里は、都も遠からず、山里ながら山里に似ず、そこに道理、人情をわきまえた人があって、老母のために隠居所を作り、庭には山斎を作って樹や草花など趣深く植え、巌を面白げに据えおき、自分で木の枝をたわめたり石を撫でたりしては、「この山斎は蓬萊の島のような仙境になってくれよ、その時は母のために不老不死の薬を採りたいものだ」などと言って、老母に厚く仕え、慰めたような心の誠があった。家貧にして孝子を顕すとは聞いている。だが、貧しくないのに孝を尽すことは、古人もむずかしいことの一つに数えた――。句意は、折しもこの孝子の家で、籾磨る音が霰のように聞えて来る、だがこの家は富んで

いる上に、人の心もあたたかく、まことに冬を知らぬ宿と言うべきである、ということ。この句を「冬知らぬ」とか「霰」とか詠んでいるので、冬の季と解する説もあるが、実は「籾磨る」で晩秋である。「冬知らぬ」や「霰」は、比喩として言っているので、現実に聞えて来るのは籾磨の音である。その音は物資の豊かさを示し、それが霰の降る音のように聞えるという、躍動した雰囲気を想像させる。霰のような音がしても、この家は「冬知らぬ宿」、つまり人の心が一つになって暖みを感じさせる宿だ、というのである。

少し持って廻った、観念臭のある表現である。千里に頼まれて作ったのだろう。

この年の冬、芭蕉は「琵琶行の夜や三味線の音霰」と詠んでいる。どちらも霰は音の比喩である。

ある坊に一夜をかりて

碪《きぬた》打《うち》て我《われ》にきかせよや坊が妻　（甲子吟行）

同じく、吉野の寺の宿坊に宿っての作。『曠野《あらの》』には、「よしのにて、きぬたうちて我にきかせよ坊がつま」とあり、推敲したのかとも思うが、『曠野』は杜撰なところもあるから、一概には信用出来ない。「我にきかせよや」の方が、作者の心の鼓動を伝えていてよい。ことに『赤冊子』に、この句を「朝皃《あさがほ》や昼は錠《ぢやう》おろす門の垣」「枯枝に烏のとまりけり秋の暮」の句と並べて、「此句ども字余りなり。字余りの句作の味ひは、その境にいらざればいひがたしと也」云々と言っているので、『曠野』の形は編者の杜撰だったと推量される。坊とは大寺に付属する宿坊で、旅人の宿ともなった。坊のあるじは半僧半俗の妻帯生活者で、「坊が妻」は旅宿の女主人と変らなかった。この句の背景には、百人一首で有名な「みよし野の山の秋風さよふけて古里寒く衣うつなり」（新古今集、参議雅経）の古歌がある。吉野の秋の夜、砧の音を聞いて、古歌の擣衣《とうい》の情趣をしのび、山里の寂しさをも身にしませたいのである。その願いが「坊が妻」への呼びかけとなる。砧のような古風な小道具は、もちろん現実のものでなく、この願いはフィクションである。「坊が妻」の心の行きとどいたもてなしに、さらに衣を擣《う》って、錦上花を添えることを願った。挨拶の気持を含めていると見てよかろう。そして、事実は砧の音などしなかったとしても、この句中からは、寂寞とした夜の山中に、砧の音がはっきり聞えて来るようだ。

露とく〳〵心みに浮世すゝがばや　（甲子吟行）

同じく。紀行の前文に、「西上人の草の庵の跡は、奥の院より右の方二町計《ばかり》わけ入《いる》ほど、柴人のかよふ道のみわづかに有て、さがしき谷をへだてたる、いとたふとし。彼《かの》とく〳〵の清水は昔にかはらずとみえて、今もとく〳〵と雫落ける」とあり、句の後に、「若《もし》これ扶桑に伯夷あらば、必《かならず》口をすゝがん。もし是許由に告ば耳をあらはむ」と付記されている。伝西行の歌は「とく〳〵と落つる岩間の苔清水くみほすほどもなきすまひかな」という。吉野奥の院は金峰《きんぷ》神社で、その少し奥に西行庵はある。

昔西行が「とくとくと落つる」と詠んだ苔清水が、今も露となって昔のままとくとくと滴っている。ちょっと立ち寄って、その雫で私の身についた「浮世」の汚れを、すすぎたいものだ。清水を「露」と言ったのは、それで秋季と定めたのである。西行の境涯が生かされているが、同じく西行の遺跡「清水ながるるの柳」で詠んだ『奥の細道』の「田一枚植《うゑ》て立去る柳かな」ほど成功してはいない。

御《ご》廟《べう》年経て忍《しのぶ》は何をしのぶ草　（甲子吟行）

同じく、吉野での作。紀行の前文に、「山を昇り坂を下るに、秋の日既《すでに》斜になれば、名ある所〳〵み残して、先《まず》後醍醐帝の御廟を拝む」とある。『孤松《ひとつまつ》』に伝える初五「御廟千とせ」が初案で、『泊船集』所収「芭蕉翁道之紀」に伝える「御廟年を経て」が改案であろう。

忍または忍草は、山中の樹皮や岩面や古屋根などに生ずる常緑の羊歯《しだ》類で、百人一首にも採られている順徳院の「ももしきや古き軒端のしのぶにもなほあまりある昔なりけり」（続後撰集）をはじめ、昔を偲ぶ歌に掛詞としてよく使われる。芭蕉もその手法を踏襲した。

後醍醐天皇のみささぎは、吉野に年経て、軒には忍草が生えている。そのしのぶは、一体何を思い出として偲んでいるのか。「歌書よりも軍書にかなし」と言われた吉野に来て、南朝の流寓の天子への懐古に胸を充たしている。その思いの切迫が、この句の破調を喚び起しているのだ。忍草に託しながら、彼は自分の胸の高鳴りに問いかけているのである。

暮秋桜の紅葉見んとて、吉野ゝ奥に分入侍るに、藁蹈《わらぐつ》に足痛く、杖を立てやすらふ程に

木の葉散《ちる》桜は軽し檜木《ひのき》笠《がさ》　（真蹟詠草）

真蹟は千里の家に伝わったもの。句は『発句題苑集』『蘆の一もと』にも収める。吉野に入ったのは九月で、それから山城・近江を経て美濃に入ってなお秋の句を作っているが、この吉野の句は「木の葉」の季語によって、冬に分類される。だが詞書によれば暮秋である。桜紅葉は他の紅葉より時期が早く、従って散るのも晩秋のうちであり、「紅葉かつ散る」「柳散る」などに準じて、「桜紅葉散る」あるいは「桜散る」は秋に許容してもよいと、芭蕉は考えたのではなかろうか。

桜の花でなく、桜の紅葉を見に吉野に入ったというところに、風狂の態度がある。すると桜の紅葉は、はやばやと檜木笠に散りかかったが、桜だから如何にも軽いと、その軽さに興を見出したのである。調べも軽やかである。

義《よし》朝《とも》の心に似たり秋の風　（甲子吟行）

紀行の前文に、「やまとより山城を経て、近江路に入て美濃に至る。います・山中を過て、いにしへ常盤《ときわ》の塚有《あり》。伊勢の守武《もりたけ》が云ける、よし朝殿に似たる秋風とは、いづれの所か似たりけん。我も又」とある。今須・山中は今不破郡関ケ原町で、義朝の愛妾で義経の母である常盤御前が東国へ逃れる途中、山中で盗賊に殺されたという伝説があって、塚と称する小さい五輪の塔が遺っている。守武の句は『守武千句』に、「月見てや常盤の里へかゝるらん」という前句に、「義朝殿に似たる秋風」と付けたのをいう。どこが似ているのだろうと、一応不審を打って、自分もまた守武に倣って、この二つが似ていることを詠もう、とこの句を作った。

守武の句は、月を賞してそぞろ歩きながら、常盤の里へかかった、という前句に、この秋風に吹かれながら、さてこそ常盤に惹かれて通った義朝殿に似ていることよ、と付けたので、「常盤の里」と「義朝殿」とは物付けである。それに対して、芭蕉の句は、平治の乱に敗れて美濃の国まで落ちのび、尾張で家人《けにん》に殺されたその落魄の心境を、蕭殺たる秋風の情趣に似ているとしたのだ。これは「義朝の心」と「秋の風」と、匂いで照応し合っているというべきである。秋風は初秋の涼風にも、晩秋の草木を枯らす蕭殺たる風にも言うが、これはもちろん後者である。「義朝の心に似たり」とは、観念的表現であるが、美濃山中での即興吟としてはなかなか機智《ウイット》に富んでいる。

不破

秋風や藪《やぶ》も畠も不破の関　（甲子吟行）

美濃の国、不破の関址に立ったときの句。秋も末の季節である。不破は不破郡関ケ原町大字松尾にある。古来歌枕で、三関の一とされたが、平安初にはすでに廃されている。昔から、その荒廃のさまを詠むのが定めで、芭蕉のこの句も「人すまぬ不破の関屋の板庇《いたびさし》荒れにしのちはただ秋の風」（新古今集、藤原良経）の古歌を踏まえている。良経が詠んだ関屋も影を止めず、秋風が蕭条と吹きすさぶ藪や畠が、今は不破の関址なのである。その土を現に今、自分の足で踏んで立っているのだという実感に、この句は溢れている。紀行中の佳作。この句の「藪も畠も」には、古今集の「里は荒れて人は古《ふ》りにし宿なれや庭も籬も秋の野らなる」（僧正遍昭）が響いていよう。

みのゝくに朝長《ともなが》の墓にて

苔《こけ》埋《うづ》む蔦《つた》のうつゝの念《ね》仏《ぶつ》哉　（花の市）

この句は「蔦」によって秋。芭蕉が秋に美濃を通ったのは、この年と元禄二年と両度だが、「義朝の心に似たり」と詠んだこの年、朝長の墓にも詣った公算が大きい。朝長は義朝の二男で、平治の乱に敗れて、義朝とともに落ちて行く途中、叡山の僧兵に襲われたとき負った重傷に堪えきれず、落人の足手まといになることをおそれ、青墓で義朝の手にかかって死んだこと、『平治物語』に見え、謡曲『朝長』にも作られている。謡曲にはその最期の様を、「夜更け人静まつて後朝長の御声にて、南無阿弥陀仏南無阿弥陀仏と二声のたまふ。鎌田殿まゐり、こはいかに朝長の御自害候ふと申」云々とある。この念仏をここに作者は想起しているのである。

これは亡魂の供養に捧げられた一句である。「蔦」といえば、季語として蔦紅葉を意味する。苔むした墓には、蔦が這いかかって、錦秋の彩りを作り出している。「苔埋む蔦の」とは、ややごてついた感じだが、「苔埋む」で古びた墓石を示しているのだ。そして「蔦」から業平東下りの宇津の山での一首を思い出した。伊勢物語に、「宇津の山に到りて、わが入らむとする道はいと暗う細きに、蔦楓は茂り、物心細く」云々とあって、「駿河なる宇津の山辺のうつつにも夢にも人に逢はぬなりけり」とある。「宇津の山」で、「蔦」を連想し、同音から「うつつ」を導き出すのは、詩歌芸文の常套であった。朝長と業平、青墓と宇津の山では、直接のつながりはないが、墓石に這う紅葉に、朝長の哀れが身にしみ、その念仏の声が心耳に聴えて来たことが、「蔦のうつつ」という表現となったのである。本歌取りの作品だから、当然本歌の「うつつにも夢にも人に逢はぬなりけり」の感慨を裏に含み、昔の人に逢うことが出来ないという詠歎が流れているのである。

純熟の句ではないから、『甲子吟行』にも入れなかったが、旧蹟を過ぎるとき、芭蕉が鎮魂の一句を手向けないではいられない心の動きをうかがうに足る。

しにもせぬ旅寝の果よ秋の暮　（甲子吟行）

紀行前文に、「大垣に泊りける夜は、木因《ぼくいん》が家をあるじとす。武蔵野を出る時、野ざらしを心におもひて旅立《たびだち》ければ」とある。木因は谷氏、大垣の船問屋で、季吟門で芭蕉と旧知であり、この時は芭蕉を泊め、また桑名から熱海までの行程を同伴し、尾張の連衆への橋渡しをした。

この句は、旅立ちの折の「野ざらし」の句に照応を見せている。この句を境としての旅中の句は、それ以前は悽愴《せいそう》の調べが強く、以後は風狂の傾向が強い。木因との二人連れの道中も、風狂の姿勢が見えるが、多分に木因の性格も影を落していよう。だが根本は、旅中に己れを客観する気持のゆとりが出て来たことを示している。

野ざらしとなって旅に死ぬことを思いつめていたのに、生きてここまで辿り着いた驚きを詠歎している。同時に、死ななくてよかったという、自分の身をいとおしむ気持も含めている。木因の家にくつろいで、身も心も休めているさまが見える。同時に、人生の旅路における老の感慨でもある。それが暮秋（「秋の暮」は当時、秋夕より暮秋に多く使われた）の感じに融合する。秋の果、旅の果、身の果を思うのである。

『後《のち》の旅』（如行《じよこう》編、元禄八年刊）に「死《しに》よしなぬ浮身の果は穐《あき》の暮」とあり、「といひしは杭瀬の川のながれに足をすゝぎて、浮雲流水を身にかけ、こゝろにかけて、頭陀やすめ笠やすめられし因なり。げにや茶の羽織・檜の木笠も、此こゝろざしよりあふぎそめられけり」と付記している。初案の形であろう。「死よしなぬ」とは熟さない表現だが、この句のモチーフが最初から「死」の一事だったことを、これは物語っている。「死《しに》よ」と死を擬人化し、死神に呼びかける形で、死なかった浮身（憂き身）の果は、こうしてとにもかくにも暮秋の宿りを取っている、というほどの意。奇矯な表現ながら、「死にもせぬ」の一句に籠めた芭蕉の偶感を、これは推測する手がかりになる。

なお、この句は木因への挨拶句ではない。

琵《び》琶《は》行《かう》の夜《よ》や三《さ》味《み》線《せん》の音《おと》霰《あられ》　（後の旅）

『後の旅』は大垣藩士近藤如行の編。芭蕉百箇日追善の集で、中に美濃地方を旅した折の芭蕉の発句・付句などを掲げている。そこには「死よしなぬ」の句につづけ、「翁をはじめてやどしける夜ふと」「霜寒き旅寝に蚊屋を着せ申《もう》シ」と申し出ると、翁は「古人かやうの夜の木がらし」と付け、「かくありて興じ給ひぬ」と書いている。そしてその夜は、「そのゝち座頭など来て、貧家のつれ〴〵を紛しければ、おかしがりて」と、如行の前書があって、この句が出ている。すなわち、如行亭での即興吟である。

「琵琶行」は、白楽天が江南に左遷されたとき、潯陽江《じんようこう》頭で客を送り、船中に美人が琵琶を弾ずるのを聞いて、その哀調に満座涙を掩《おお》ったという、有名な長詩である。その中に、「大絃は嘈嘈《そうそう》として急雨の如く、小絃は切切として私語の如し」とある。芭蕉の句は、その夜にも似た旅中の一夜で、あるじのおかげで、琵琶ならぬ三味線の音の切々として霰のごとき、哀愁の調べに興ずることが出来たと、挨拶の意を籠めて作った。

この「霰」は音の形容であり、この夜霰が降っているわけではない。だが、この句ではこの「霰」が季語で、冬の句である。少し前に、「冬しらぬ宿やもみする音あられ」という句を作り、形が似ている。ただし、「冬しらぬ」の句では「籾磨る」が季語で、秋の句である。

たどの権現を過ぐるとて

宮人よ我が名を散らせ落葉川《おちばがは》 (蕉翁日記)

木因の『桜下文集《おうか》』に、「伊勢の国多度権現のいます清き拝殿の落書。武州深川の隠泊船堂主芭蕉翁、濃州大垣観水軒のあるじ谷木因、勢尾廻国の句商人《あきうど》、四季折々の句召《めさ》れ候へ。/伊勢人の発句すくはん落葉川　木因/右の落書をいとふのこゝろ/宮守よわが名をちらせ木葉川《このは》　桃青」とあって、作句された事情が分る。多度は伊勢国桑名郡多度町で、多度権現はその山中にあり、社殿の傍を川が流れている。落葉川というそうだが、有名な川の名でもないし、むしろ落葉の流れる川の意で使っている。このとき同行した木因が、拝殿に落書して、芭蕉と木因の名とともに、「伊勢人」の自句を書き記した。低調な伊勢人の発句を自分たちの新風で救おう、山の落葉を川が掬《すく》いこむように、との意。芭蕉がその大言に閉口して、作ったのがこの句である。宮守よ、その落書の私の名は、消してくれ、木の葉を川に掃き散らすように、という意。寛政期の俳人井上士朗の時代には、まだこの落書は残っていて、『落葉日記』（寛政四年二月）にその全文を録している。「宮守よ」が初案の形かも知れないが、こういうあまりすぐれた句でもない即興の句は、どっちでもよいようなものだ。和辻哲郎が、宮人を神官ばかりに限らず、庭の掃除などをする仕丁の類にするとひとしお面白いと言っているのはよい。安倍能成が、汚れを御祓《みそぎ》川に洗い流すように、我が名をも散らし流せ、と取っているのも、一解である。

いかめしき音や霰の檜《ひの》木《き》笠《がさ》　（孤《ひとつ》松《まつ》）

『枯尾華』（其《き》角《かく》編、元禄七年刊）に、「貞享初のとしの秋、（中略）いかめしき音やあられと風狂して」とある。ただし、『蕉翁句集』には元禄二年作とし、「自画像讃」と前書がある。『孤松』は尚白撰、貞享四年刊だから、元禄二年は誤り。

檜木笠は檜を薄くけずって網《あ》代《じろ》に編んだ笠。これが自画像讃の句とすれば、檜木笠に自分の旅姿を寓している。少し前に、「木の葉散」の句にも、檜木笠を詠んでいた。その笠に、いかめしい音を立てて霰が降りかかる、その音が、さむざむと旅するいまの心に沁みるのである。旅中の境涯句。

桑名本当寺《ママ》にて

冬牡丹千鳥よ雪のほとゝぎす　（甲子吟行）

木因《ぼくいん》と桑名に遊び、本統寺（東本願寺別院、桑名御坊という）での吟。『笈日記』に「古益亭」と前書があるが、古益は当時の住職琢恵の俳号で、季吟門。これは古益への挨拶吟である。『桜下文集』には、「桑名の本当寺は牡丹に戯れ玉ふ一会の句」とあり、当時の芭蕉の軽く弾んだ心根を言い取っている。おそらく古益の俳歴に応じて、古風な見立ての句を即興的に作ったのだ。

夏咲くべき牡丹が、ここでは雪中に咲いている。折から浜千鳥の声が聞えてくるが、牡丹に千鳥とは、雪に時鳥と言ったさまに聞きなされる、と言ったもの。古益が丹精して咲かせた冬牡丹を賞した句である。

明《あけ》ぼのやしら魚《うを》しろきこと一寸　（甲子吟行）

十月、伊勢桑名での作。紀行の前文に、「草の枕に寝あきて、まだほのぐらき中に浜の方に出て」とある。桑名の東郊、浜の地蔵堂のあたり、木曾川の河口に近いところ。木因の『桜下文集』に、「海上にあそぶ日は、手づから蛤《はまぐり》を拾ふて、しら魚をすくふ。逍遥船にあまりて、地蔵堂に書ス」とあって、初五「雪薄し」としてこの句が出ている。白魚も蛤も桑名の名物である。

初案の「雪薄し」を「此五文字いと口おし」（笈日記）と言って「曙や」と直した。この推敲で、冬の句が春の句となった。もっとも、白魚は当時冬季とされていたとも言う。「雪薄し」とは、おそらくそのときの嘱目だった。だが芭蕉は、雪の事実を抹殺し、白魚の白にもっぱら焦点をあて、印象を統一した。まだ薄暗さのただよう曙に、四手《よつで》網《あみ》か刺網かで、白魚は浜辺に打ちあげられている。その鮮かな白さを「白きこと一寸」と詠むことで、その色彩や姿から来る清冽の感覚を、ずばりと表現した。紀行中の句の白眉である。

桑名にあそびて、あつたにいたる

あそび来ぬ鰒《ふく》釣《つり》かねて七里迄　（皺筥《しわばこ》物語）

木因と二人で、桑名から舟で熱田へ向った、その舟中の作。『桜下文集』に、「鰒《ふく》釣らん李陵七里の浪の雪」とあるのが初案。河豚は当時清音であった。東海道五十三次の駅である桑名・熱田間の舟渡しは、七里の渡しと言った。

初案の「李陵七里」は「子陵七里」の誤りである。『後漢書』に、厳光字《あざな》は子陵、退耕して釣った浙江省桐盧県の地を、後人が厳陵瀬と呼び、そこと相接して七里灘（または七里瀬）があった。この故事に釣と七里との縁で、拠ったもののようだが、記憶もやや不確かであった。改案の形は、万葉集巻九、浦島児《うらしまのこ》の長歌に、「水江《みずのえ》の浦島の子が、堅魚《かつお》釣り鯛釣り矜《ほこ》り、七日まで家にも来ずて」（一七四〇）とあるのに拠ったもの。契沖の『代匠記』以後、これは「堅魚釣り鯛釣り矜《ほこ》り」と訓まれているが、寛永板本《はんぽん》は「釣りかねて」と訓んでいて、芭蕉はそれに従ったのである。その「鯛釣り」を「鯀釣り」に、「七日まで」を「七里まで」に、また「難《か》ねる」の意を「兼ねる」に替えて、鯛と違って鯀のような酔狂なものの釣にうち興ずる風狂人のさまに仕立てた。熱田で迎えてくれた連衆に、遊びがてらついぶらりとやって来ましたと、挨拶しているのである。

旅亭桐葉《とうよう》の主、心ざしあさからざりければ、しばらくとゞまらんとせしほどに

此《この》海《うみ》に草鞋《わらんぢ》すてん笠しぐれ　（皺筥物語）

熱田桐葉亭での作。桐葉は林氏、熱田市場町の宿屋の主人で、芭蕉は何時もここを定宿とした。芭蕉を敬愛し、熱田の連衆の中心人物であった。『幽蘭集』に、桐葉・東藤《とうとう》・叩端・如行・工山等と巻いた連句の表六句まで掲げている。『笈日記』に「はじめて此蓬萊宮におはして、〽此海に草鞋を捨てん笠時雨、と心をとどめ、景清が屋敷も近き桐葉子がもとに頭陀をおろし給ふより」云々とある。中七「草鞋を捨てん」は『蕉翁句集』にもあって、後に改めたのかも知れないが、「わらんぢすてん」の句の勢いあるのに及ばない。「此海に草鞋すてん」とは、この熱田に舟から上って、ここにしばらく滞在しようとする意

味。「餅買ふ」に俳諧味がある。『皺筥物語』には、桐葉の脇句、「しわびふしたる根深大根」が付けてある。おそらく神宮参詣の東道役として、桐葉が従ったのであろう。荒れた社頭の近辺の嘱目の景を以て付けたものと推測される。

みちのほとりにてしぐれにあひて

かさもなき我をしぐるゝかこは何と　（栞《しおり》集）

『熱田三歌仙』に「途中時雨」と前書して、「笠もなき我を時雨るゝか何と〳〵」とあり、それが初案であろう。『栞集』は成蹊編で、文化九年十月に成り、梅人の十三回忌追善の集。その中に梅人が伝えた芭蕉翁貞享丁卯（四年）秋筆の真蹟、発句三十四句を掲げてあり、この句はその中の一句である。

「こは何と」に、軽くうち興じた即興体がうかがわれる。同じころの「草枕犬も時雨ゝかよるのこゑ」の句に比して、談林調を残している。

三翁は風雅の天工をうけ得て、心匠《しんしょう》を万歳《ばんぜい》につたふ。此かげに遊ばんもの誰か俳言《はいごん》をあふがざらんや

月《つき》華《はな》の是やまことのあるじ達　（皺筥物語）

『蕉翁句集』に貞享元年としている。『皺筥物語』には、「又、貞徳・宗鑑・守武の画像に、東藤子《とうとうし》讃を乞けるに、何を季に、なにを題に、むつかしの讃やと、ゐみたまひ、やがて書てたびけり。その句其こと葉書」として掲げている。東藤は穂積氏、熱田住の俳人で、初め貞門に属し、後蕉門に帰した。『熱田皺筥物語』(元禄八年)の編者である。詞書の「三翁」は、彼の文によって、松永貞徳・山崎宗鑑・荒木田守武と、草創期・古風期の俳諧の三人であったことが分る。「天工」は天のたくみ、すなわち造化、「心匠」は心のはたらき、すなわち風雅。「俳言」は和歌・連歌に用いられず、俳諧に用いられる言葉で、貞徳によって俳諧の必須条件とされ、俗語、漢語、当世の言葉がそれに含められた。まことにこの三人こそは、月や花や、四時の風雅の道の本当のあるじたちである、との意。この三人を俳諧の三尊として仰ぐことがあったのだろう。「月華」では季にならず、これは雑《ぞう》の句である。

笠は長途の雨にほころび、帋衣《かみこ》はとまり〳〵のあらしにもめたり。侘《わび》つくしたるわび人、我さへあはれにおぼえける。むかし狂哥の才士、此国にたどりし事を、不図《ふと》おもひ出《いで》て申侍る

狂句こがらしの身は竹斎《ちくさい》に似たる哉　(冬の日)

『甲子吟行』には、「名護屋に入《いる》、道のほど諷吟す」と詞書がある。名古屋では、荷兮《かけい》・野《や》

水《すい》・重五《じゅうご》・杜国《とこく》・正平・羽笠《うりつ》の面々が待ち受けていて、宮町の久屋町にあった野水の借宅で句座を開いた。これはそのときの発句であり、そのときの成果が『冬の日』の五歌仙で、『冬の日』は蕉風開眼の撰集とされる。

『竹斎』は烏丸光広作と伝える仮名草子で、藪医師の竹斎が一僕睨之助《にらみのすけ》を従えて、諸国を廻り、到るところで失敗をやらかして狂歌を詠む。名古屋へ来て、家を借り、「天下一の藪くすし竹斎」という看板を出した。「破れ紙子に布裏付、帯は木綿の丸ぐけに」と、その侘びつくした、奇矯な風躰が描かれている。

芭蕉は木因との二人づれの道中姿を、狂句を商う侘人ふたりとして興じていたので、想はすでに大垣からの道中に発していた。二人づれが竹斎・睨之助への連想をそそったこともあったろう。ただし木因とは熱田で分れている。

この句の頭に冠した「狂句」は、もちろん句中の語ではない。『三冊子』や『泊船集』に、始め「狂句こがらしの」と字余りだったのを、後「狂句」の文字を省いたとあるのは、疑わしい。芭蕉は始めから字余り意識はなく、しかもこの二文字を句の頭に置くことで、前書と句との一体感を強調しようとした。「こがらしの」以下の十七文字では、独立の発句としての存在性が弱いのだ。狂歌を作った竹斎の笑うべく憐れむべき立場に立って、自分も狂句を詠むのだ、と彼は宣言する。

「木枯の」には、弊衣をまといやつれ果てた自分の侘姿が籠っている。少し前に美濃の如行亭で、彼は「古人かやうの夜のこがらし」と詠んだが、このとき芭蕉の脳裡にあった古人が、西行だったか宗祇だったか杜甫だったかは別として、この句では引き下げられ、滑稽化されて、竹斎になった。木因と二人の道中では、木因が「歌物狂二人木がらし姿かな」と詠んでいて、芭蕉の「木がらしの身」は、この木因の句に拠ると説く者もあるが、実は木因のこの句こそ、芭蕉の「古人かやうの」に拠っていたのである。「木枯の身」は、木枯に吹かるる身であるとともに、「木枯」それ自身が「身」の象徴なのである。さらにまた、リズムの上では「木枯の」に小休止があって「身は」とつづくのだ。だから「木枯」は一句全体の色調でもある。芭蕉の軽く弾んだ心の色が、この句には示されている。

この句に対して、あるじの野水が、「たそやとばしる笠の山茶花」と脇を付けた。そしてこの「木枯」の句の響きは、五歌仙の最後までつづき、最後の巻の揚句は、「山茶花匂ふ笠の木がらし」(羽笠)と、首尾照応の形を示している。

草枕犬も時雨《しぐる》ゝかよるのこゑ　(甲子吟行)

紀行には「狂句こがらし」の句につづいて出ている。名古屋での吟か。旅の宿に、犬の遠吠えがきこえて来るが、犬もこの夜、時雨の寂しさに堪えながら、かなしい夜の声を発しているのか、と言ったので、旅宿で小夜時雨の音を聴きながら、寂しさの底に居るのは自分のみではない、という含みがある。

「犬もしぐるるか」というのは、時雨に濡れているか、というだけでなく、時雨に涙をしぼっているか、という感じで、悲しむとか、寂しがるとかいった含意の用法である。これは、「時雨」の語が伝統的に人生の無常、哀別離苦に多感な感傷性を帯びていることから、「涙の時雨」「袖の時雨」などの用法も生じた、その情緒的ふくらみを踏まえているのだ。犬もまた自分と同様、時雨の哀感に触れているのか、と言ったのだ。前に「我をしぐるるか」、後にも「人々をしぐれよ」という用法があるが、「しぐるる」という動詞には、そのような主情的な拡張用法がある。

雪見にありきて

市《いち》人《びと》よ此笠うらふ雪の傘《かさ》　（甲子吟行）

紀行には「草枕」の句の次に載せる。『笈日記』には「抱月亭」と前書し、「市人にいで是うらん笠の雪」の形で出、「酒の戸たゝく鞭の枯梅」（抱月）、「朝がほに先だつ母衣《ほろ》を引づりて」（杜国）と、第三まで載せている。抱月は名古屋の人であろう。杜国はもちろん名古屋在住の『冬の日』の連衆の一人。

笠は菅笠で、傘はからかさと解する説があるが、これは表記を替えて、「笠」を繰り返したものと取るべきである。雪が積った笠を、戯れに、雪が積ったまま売ろう、と言ったもの。雪見に浮れ歩く気分をそのままに、句のふりに出している。「市人」は、市が立っている場所に来て、物を売る人、買う人を含めて言ったもの。

雪と雪今宵《こよひ》師走《しはす》の名月歟《か》　（笈日記）

『蕉翁句集』によれば貞享元年作で、「杜国亭にて中あしき人の事などとりつくろひて」と前書があり、『笈日記』にも同じ意味の前書がある。名古屋の富裕な米商人坪井杜国の邸で、俳諧仲間の仲たがいを、芭蕉が間に立って和解させ、手打をやった時の句だという。同じようなことは、最後の旅のおり、大坂でもあった。之道と洒堂との仲たがいを、芭蕉が間にはいって一応は丸く収め、「西門の連衆打込之会」を務めたことを、門人への手紙に書いている。芭蕉の円満な人がらと人望とを思わせる。

見渡すかぎり雪また雪の景色を、「雪と雪」と言った。今宵は雪明りで、時ならぬ師走の名月に照らされているようだ、と言ったもの。必ずしもこの日が十五夜でなくてもよかろう。仲裁が成立して、光風霽月のその座の雰囲気を名月のすがすがしさに比したものである。そういう意図で始めから詠んだもので、それでは動機が不純だとして惜しがるほどの作品ではない。

海辺に日暮して

海くれて鴨《かも》のこゑほのかに白し　（甲子吟行）

十二月、熱田での句。『皺筥《しわばこ》物語』『熱田三歌仙』には「尾張の国あつたにまかりける比、人〳〵師走の海みんとて船さしけるに」と前書を付け、桐葉・東藤・工山との四吟歌仙を載せている。桐葉の脇は「串に鯨をあぶる盃」。夕闇の中を、浜から舟を乗り出して遊んだとき詠んだ。

鴨の声をほのかに白いと感ずる特異な知覚は、その姿のさだかに見えない夕闇を媒介として生じた。ここでは聴覚が視覚に転化されている。鴨の姿が見えないことによって、鴨の声があたかも見えるもののように、暮れて行く海上に浮び出る。それによって、景が立体的に躍動し、いっそう寂寥の感を深めるのである。その昂揚した内的なリズムが、五・五・七の破調を生かしている。鴨の声が消え、仄白いものが消えて行ったあとに、ふたたび果てしもない闇がある。それが「ほのかに白し」の余韻だ。

年暮《くれ》ぬ笠《かさ》着て草鞋《わらぢ》はきながら

（甲子吟行）

十二月二十五日は、芭蕉は故郷の伊賀上野に帰って来て、越年した。紀行の前文は、「爰《ここ》に草鞋をとき、かしこに杖を捨て、旅寝ながらに年の暮ければ」。故郷も芭蕉にとっては旅寝なのである。年を送り新年を迎えるという年中行事を、旅中簡単に、手軽くやってしまったという感慨である。

『山家集』の「常よりも心細くぞおもほゆる旅の空にて年の暮れぬる」の歌を典拠として挙

げている注釈書もある。直接の結びつきを言う必要はあるまいが、作品の底の方に、人生は逆旅《げきりょ》であるという感慨、諸行無常的な人生観が、文様として存在している点で、西行と芭蕉は通い合うものがある。そしてこの句には、何か軽い嬉戯《きぎ》の心さえ揺曳《ようえい》している。旅を人生とする、「軽み」に徹した生き方である。

■天和期年次未詳

雪の中は昼顔かれぬ日影哉　（真蹟懐紙）

昼顔剛勇

真蹟懐紙に「夕顔卑賤　ゆふがほに米搗やすむ哀かな」「朝顔寝言　わらふべし泣べし我朝顔の凋《しぼ》む時《とき》」と並記してある。また『雪のかつら』（里丸《さとまろ》編、文政四年跋）に上五「雪の内の」とし、「ばせを植て」「いづく霽《しぐれ》」の句と並べ、句案の反故《ほご》による、と注記している。また『句解参考』には上五を「雪の日に」とする。どの形でも大差はないが、ここでは真蹟による。

楸邨が『禅林句集』の「雪裏ノ芭蕉ハ摩詰ガ画　炎天ノ梅蘂《しべ》ハ簡斎ガ詩」によると言ったのが当っている。禅家の人が心眼に雪中に咲く昼顔を見ているのである。雪裏の芭蕉や炎天の梅蘂とそれは同じことである。雪中になお昼顔が枯れないで日光を得て咲き出たさまを「剛勇」と形容したのだが、蛇足であろう。現実にはありえない景色を心裡のイメージとして描き出したのだから、昼顔の「剛勇」などというのは見当違いになる。この詞書は、朝顔・昼顔・夕顔の三句を一組にしてそれぞれ二字の形容語をつけたものである。

朝顔寝言《ねごと》

わらふべし泣《なく》べし我朝顔の凋《しぼ》む時　（真蹟懐紙）

前句と同時の作か。朝寝をしてお午《ひる》前後に起き出してみると、朝顔はもう凋んでいる。寝ぼけまなこで、凋んだ朝顔にむかっている自分の姿は笑うべきであるか、または泣くべきであるか、その滑稽さと朝顔を見損った無念さとが、「わらふべし泣べし」なのだが、それも寝ぼけての囈言《たわごと》だと言ったのである。前句と同じく理の勝った詠みぶりである。

■延宝・天和期年次未詳

猫《ねこ》山《やま》

山は猫ねぶりていくや雪のひま　（五十四《ごじゆうし》郡《ぐん》）

『五十四郡』（沾竹編、宝永元年ごろ成る）所収「陸奥名所句合　天和年中」の中に出ている。だが、作風から見て天和より古い延宝年間の作かもしれない。『百歌仙』（旨原《しげん》編、宝暦ごろか）には「山は猶ねむればゆくや雪のひま」、『一葉集』には中七「眠りはいてや」とする。杜撰であろう。

「陸奥名所」の猫山といえば、磐梯山の別峰、猫魔岳か、と阿部喜三男氏は言う。猫が自分の体を舐めるように、この山も猫の性なのか自分の体をねぶりねぶりしながら行っていると見え、ところまだらに雪が融け、地肌が見えている、ということ。貞門風の言葉の洒落にすぎない。

「雪のひま」とは雪の絶間で、雪間ともいう。春の季題。

戸の口

戸の口に宿《やど》札《ふだ》なのれほとゝぎす　（五十四郡）

同じく「陸奥名所句合」の中に出ている。「戸の口」は猪苗代湖の西北岸にある地名。旅宿の戸の口は高貴の宿泊人の名を記した宿札を掲げる所だから、その氏名を名告《なの》るようにほととぎすも高らかに自分の名を名告れ、と言いかけた句。ほととぎすが鳴くことを昔から「名告る」という。地名から、高らかなほととぎすの名告りを連想したもので、やはり理の勝った古風な句である。

男鹿島《おがのしま》

ひれふりてめじかもよるや男鹿島　（五十四郡）

同じく「陸奥名所句合」の一句。男鹿島は八郎潟の西北岸の地名。男鹿という地名に引っかけて、女鹿が寄ってくる、というのだが、その女鹿には魚の「めじか」（メジマグロ、本《ほん》鮪《まぐろ》の幼いもの）を掛けている。そして「ひれふりて」には、魚の鰭《ひれ》と領巾《ひれ》とを掛け、ヒレを振るのは女が男に対する愛情の表現だから、女鹿がヒレを振りながら男鹿の方へ寄ってくる、と言ったのである。結局、掛詞の縁に頼った古風な句である。

黒《くろ》　森《もり》

黒森をなにといふともけさの雪　（五十四郡）

これも同じく「陸奥名所句合」に出ている。「黒森」は山形県西田川郡の黒森という。その「黒森」に今朝は雪が降って、何と言いくるめようが黒森の名はおかしい、ということ。理が勝って何の面白味もない。

白菊よ〳〵恥《はぢ》長髪よ〳〵　（真蹟短冊）

白菊の花弁を古風な比喩で詠んだもの。菊慈童《きくじどう》の伝説を見ても分るように、菊は延命の花とされ、殊に白菊は白髪の老翁を連想させる。白菊の花弁が白髪のように長く垂れていつまでも萎《しお》れないでいるが、諺に「命長ければ恥多し」とあるように、この白髪のような花弁もいわば「恥長髪」ではないか、と言ったもの。つまらない句である。この句の読み方は「恥長髪よ長髪よ」である。

試筆

元日やおもへばさびし秋の暮　（続深川集）

『続深川集』（梅人《ばいじん》編、寛政三年序）は、梅人が採茶庵に秘蔵された草稿によって編集したもので、跋に「此集の句は延宝の末貞享の終りまでの吟なり」とある。年の始めの華やかな気分の中で、ことさら暮秋の淋しさを感じているのである。「秋の暮」は、当時は秋の夕暮より暮秋のことが多かった。季吟の『山之井』にも「暮秋」としてある。新年の華やかさの中で淋しい暮秋を思い寄せるところに発想の観念的な片寄りが感ぜられる。ひっそりとした元旦の静けさが暮秋の寂寥感を誘われるのだというのは、余りに発想を自然なものとして受取ろうとし、却って後世風な解釈におちいっている。この句のやや理詰めな観念風は、やはり芭蕉の通り抜けてきた一過程として受取るべきであろう。

貞享二年

■貞享二年　乙丑（一六八五）　四二歳

山家《やまが》に年を越《こえ》て

誰が聟《むこ》ぞ歯朶《しだ》に餅おふうしの年

（甲子吟行）

「山家」は故郷の伊賀上野。兄の松尾半左衛門の家で、芭蕉は新年を迎えた。新年の年礼に、聟《むこ》が舅《しゅうと》の家へ、鏡餅に歯朶を添えて贈る、古樸《こぼく》な風習があったらしい。その餅を牛の背に負わせて道を行くのは、誰の聟であろうか、という意。その牛に「丑の年」を掛けて、貞門風の古い表現を用いている。その習俗が古風なのだから、この古い技法も不調和ではない。「負ふ」に「追ふ」が掛けてあるとまでは、見る必要はなかろう。

『三冊子』に、「此古体に人のしらぬ悦有と也」とある。わざわざ古風に、稚拙に詠んだとところが、久しぶりに帰った故郷の、昔ながらの風俗に対する懐しさなのだ、と言っているのだ。この芭蕉の言う「悦び」に、故郷を持つ人なら共感するであろう。「誰が聟ぞ」と言ったところに、芭蕉の故郷へ帰って来ての人懐しさの気持が、実に素直に表れている。

子《ね》の日《び》しに都へ行《ゆか》ん友もがな　（蕉翁句集）

伊賀上野にあっての作。王朝の貴族たちの遊戯に、初子《はつね》の日に野に出て、若菜を摘み、小松を引いて、千代を祝う優雅な行事があった。その遊びをしに都へ連れ立って行く友があればよい、というのだが、「子《ね》の日《び》の遊び」などもちろん昔のことで、架空の願望である。だがともかく、しばらく故郷へ落着いていると、たちまち旅心を萌して、都へと心がはやっている様子が眼に見える。

葛城《かづらき》の郡《こおり》竹内に住《すむ》人有《あり》けり。妻子寒からず、家子《けご》ゆたかにして、春田かへし、秋いそがはし。家は杏花《きょうか》のにほひに富《とみ》て、詩人をいさめ、愁人《しゅうじん》を慰《い》す。菖浦《あやめ》に替《かわり》、菊に移《うつり》て、慈童が水に徳をあらそはん事必《ひっ》とせり

初春先《まづ》酒に梅売《うる》にほひかな　（真蹟懐紙）

前年秋に遊んだ大和国北葛城郡竹内村に、この二月、再度遊んだ時の作。この村に豊かに住んで四季折り折りの風流を楽しんでいる人の境涯を讃えた句文である。「春かへし、秋い

そがはし」とは『荀子』にいう春耕秋収の意で、晴耕雨読の生活を示す。前文は全体として漢文調で、句も「酒に梅売」と漢詩の倒叙法の技法を用いている。「初春」を阿部喜三男氏はショシュンと訓み、井本農一氏はハツハルと訓み、中村俊定氏は訓を与えていない。全体、漢詩漢文仕立てである点からみれば、ショシュンと訓むのが妥当か。

前文には杏花を言い、句では梅花を詠んでいる。中国の田園の豪家の境涯を示している。美しく咲いた梅林のほとりに、酒を売る酒家を点じた。この富裕な人は酒造りであろう。新年の瑞気を梅と酒で示して相手を寿《ことほ》いでいる句である。

世にゝほへ梅花一枝《いっし》のみそさゞい　（住吉物語）

竹内一枝軒にて

一枝軒玄随は竹内村の医者。その家に招かれて、玄随の人柄を讃えて作った挨拶句。あなたは一枝軒のその名の通り、一枝に巣食うみそさざいのように、この竹内村に自適の境涯を送っている。だが、いち早く春に咲きいでたこの梅の花のように世に匂い出て、広く感化を及ぼして下さい、というほどの意。一枝軒の名にすがって詠んだ古風な句である。

『夏炉《かろ》一路《いちろ》』（鳥酔《ちょうすい》編、宝暦七年刊）に玄随の孫、明石随庵所持の真蹟によってこの句を出しているが、上五を「世に匂ひ」とし、次のような前文を付けている。

良医玄随子ハ三度肱を折て、家を医し国を医す。其居を名付て一枝軒といふ。是彼桂林の一枝の花にもあらず、微笑一枝の花にも寄らず。南花真人の謂所一巣一枝の楽み、偃鼠《えんそ》が腹を扣《たたい》て無何有の郷に遊び、愚盲の邪熱をさまし、僻智小見の病を治せん事を願ふならん。

少し語句の注釈を添えておく。「三度肱を折て」は『説苑』に「三タビ肱ヲ折リテ良医ト成ル」による。「家を医し国を医す」は『国語』の「上医ハ国ヲ医ス」。「桂林の一枝」は、詩林中の第一の意。「微笑一枝」は釈迦が霊山に会した時、華をひねって衆に示すと迦葉《かしょう》一人だけが悟って微笑したという拈華《ねんげ》微笑《みしょう》の故事による。「南花真人」は荘子のこと。「一巣一枝」は『荘子』逍遥遊《しょうようゆう》篇に見える「鷦鷯《しょうりょう》深林ニ巣《す》クフモ一枝ニ過ギズ」（小さなみそさざいが自分の分を知ってただ一枝を以て満足すること）、「偃鼠が腹を扣て」は同じく「偃鼠《どぶねずみ》河ニ飲メドモ満腹ニ過ギズ」（どぶねずみは大河で飲んでもただ満腹すれば腹を叩いて満足する）による。なお芭蕉の「氷苦く」の句を参照。「無何有の郷」は同じく『荘子』にいう理想郷。

旅がらす古巣はむめに成にけり　（鳥之道）

『鳥之道』（玄梅《げんばい》編、元禄十年序）に、「此句は、翁いつの比の行脚にか、伊賀の国にてとしの始にいへる句なり」と注記している。土芳の『蕉翁句集』『蕉翁全伝』には、この年の作としている。ことに『全伝』には、「此句ハ作影亭ニテ梅鳥ノ画屏ヲ見テノ作也。是ニ哥仙有」と記している。この歌仙は伝わらない。作影亭とは誰のことか分らないが、少青年時代からしばしば訪れることのあった、ごく親しい家であろう。それでなければ「古巣」などと、こだわりなく言うことは出来まい。

「旅がらす」は、故郷を出て漂泊の生活を送っている自分を喩えた。「古巣」は、崇徳院の「花は根に鳥は古巣に帰るなり」の歌が響いていよう。十年を経て旅鳥が古巣へ帰ってみると、今まさに梅の花の盛りになっている、と言ったもの。訪れた旧知の人の家に、梅と鳥とを描いた屏風に讃を頼まれ、同時にその人への挨拶の意をも籠めた句で、八方心を配った表現が、やや句の主題を曖昧にしている。昔親しく遊んだ人が、今は昔にまさって賑かに暮らしている、という意味に『蒙引』(杜哉《とさい》著)は解しているが、そこまで言ってよいかどうか分らない。だが、古巣の華かな変貌と、相変らずの旅鳥に過ぎない自分との対比を、ここに描き出していることは確かであろう。

春なれや名もなき山の薄霞　(甲子吟行)

奈良に出《いず》る道のほど

二月中旬に、芭蕉は伊賀を立って奈良へ出た。その道中の吟だが、初案は「朝霞」(野ざらし紀行真蹟）であった。

「春なれや」は、もう春なのだなあ、というほどの詠歎の気持である。大和国原を囲む山々に霞が立ち籠める景色は、大和盆地特有の春景色だが、大和の山々の春霞は、昔からさまざまに詠まれている。例えば、「ひさかたの天の香具山この夕べ霞たなびく春立つらしも」（万葉集、人麻呂歌集）、「ほのぼのと春こそ空に来にけらし天のかぐ山霞たなびく」（新古今集、後鳥羽院）など。これらの古歌は、芭蕉の詩嚢の中にあったはずだが、香具山のような名山でなく、「名もなき山」と言ったところに、芭蕉の俳諧があった。それは「畳なづく青垣」と古くから言ったように、畳み重なった山なみである。この句の柔かな語感は、大和の山々のなごやかな曲線を、さながら思い浮ばせるものがある。

二月堂に籠りて

水とりや氷《こほり》の僧の沓《くつ》の音　（甲子吟行）

二月、奈良での作。東大寺二月堂で、毎年二月一日から十四日まで、修二《しゆに》会《え》または二月堂の行《おこない》と言って、国家安穏を祈禱する方法が種々行われる。この間、七日と十二日の夜に、堂の傍の若狭井から水を汲み取る儀式がある。二月堂の創建者釈実忠に、若狭の遠敷《おにゆう》明神がはるかに閼伽《あか》井《い》を供与したという伝説に基づくもの。雅楽のうちに法螺貝を吹きなし、杉の枯葉を篝火に焚き、籠りの僧が大松明《たいまつ》をふりかざして、二月堂の回廊を馳けのぼる。余寒の厳しい中に、夜中の二時前後から行われ、関西ではお水取がすまないと暖かくならぬという。土芳の『全伝』に、「二月中頃ヨリ薪ノ能見ニトテ奈良ニ……」とあるので、芭蕉は十二日の夜の水取を拝観したのであろう。

僧たちが深夜の回廊を馳けまわる木履《ぼくり》の音が、氷るような夜気の中を響きわたった。その厳しい寒さがこの行事のおごそかな空気そのものであり、その感じを言い取ろうとして、芭蕉はあえて「氷の僧」という奇矯な表現をしたのである。『芭蕉翁発句集』には「こもりの僧」となっていて、「氷の僧」はその誤りとの説もあるが、この両者は誤りようがない。『芭蕉庵小文庫』『泊船集』などすべて「氷の僧」である。行法堅固で、種々の荒行を伴う、僧の真摯な姿に、「氷」のような冷厳さを感じ取ったのである。「籠りの僧」では、情景を静的に言い取っただけで「氷の僧」の表現の鋭さにはしかない。

梅林

梅白しきのふや鶴《つる》を盗《ぬすま》れし　（甲子吟行）

紀行に前文「京にのぼりて三井秋風が鳴滝《なるたき》の山家をとふ」として出ている。この年二月、奈良から京に上ったのである。真蹟懐紙に、「鳴滝秋風子の梅林にあそぶ」と前書してあり、秋風が脇句「杉菜に身する牛二ツ馬一ツ」と付けた。芭蕉が秋風の梅林を林和靖《りんわせい》のそれに比したのに対する謙退の心である。優美な鶴どころか、むくつけき牛馬がつながれて、杉菜に身をすっています、という意。

林和靖は宋の隠士、西湖の孤山の麓に隠棲し、梅を愛し、鶴を飼った。常に鶴を子とし、梅を妻とすると言った。その高士林和靖の山荘をも思わせる鳴滝のこの秋風別荘に来てみると、その梅はまっ白に咲き盛っているが、鶴が見えない。おおかた昨日、飼っていた鶴を盗まれたのであろう、との意。挨拶の句だが、喩えが巧に過ぎ、いささか嫌味である。

『去来抄』に言う。「去来曰、ふる蔵集に此句をあげて、先師のうへをなじりたふし《(ママ)》也。これらは物のこゝろをわきまへざる評なり。此句、追従に似たりと也。凡、秋風は洛陽の富家に生れ、市中を去り、山家に閑居して詩歌をたのしみ、騒人《そうじん》を愛するときゝて、かれにむかへられ、実《まこと》に主を風騒隠逸《いんいつ》の人とおもひ給へる上の作有。先師の心に佞諂《ねいてん》なし。評者の心に佞諂あり。其後はしば〳〵まねけども行たまはず。誠にあざむくべし、しゆべからず。又、句体の物くるしきは、その比の風なり。子《し》亥《がい》一巡の後評とは、各別なるべし」。

この去来の言は、『古蔵集』の原本とは違っている。だがともかく、当時富豪秋風におもねった句だという道徳的批判があったらしい。芭蕉も秋風が風雅一遍の隠士でないことが分って、二度とさそわれても行かなかったという。「句体の物くるしき」とは、比喩が少し大袈裟なこと、もののしいことを言っているのである。最初から諷する意があったとは当らない。

樫《かし》の木の花にかまはぬ姿かな　（甲子吟行）

紀行では、「梅白し」の句に続いて出ている。『曠野』には「ある人の山家に至りて」と前書をつけ、誰の家とも明記していないが、『吐綬鶏』（秋風編、元禄三年刊）には「秋風の山家にまかりて」とあって、「梅白し」と同じ時の作と推定される。真蹟懐紙その他に、「家する土をはこぶつばくら　秋風」の脇句が見える。

志《し》田《だ》義秀《ぎしゅう》は、この年梅のころと桜のころと、二回にわたって秋風の山荘を訪れたものと推定している。だが、竹人の『芭蕉翁全伝』に、「京に入て三井秋風が別墅《べっしょ》にある事半月ばかり」とあり、滞在が梅の時期から桜の時期にまで及んだという、阿部正美氏の説に従うべきだろう。

これも秋風に対する挨拶の意を籠めている。樫の木は秋風邸での嘱目だが、時あたかも世上は桜の花の盛りで、それにはいっこう構わぬかのように、質樸な姿で立っている樫の木を、秋風に擬して、世の浮薄にかかわらず、暮しぶりの質実なのを賞したのである。その含意があらわで、上々の作とは言えない。秋風邸での二句は、たとえば次の伏見での任口上人に逢った桃の句と比較しても分るように、自然に流露する真情の籠らない、こしらえられた挨拶句である。

伏見西岸寺《さいがんじ》任口《にんこう》上人に逢て

我がきぬにふしみの桃の雫《しづく》せよ　（甲子吟行）

春三月、京都滞在中、伏見を訪れて作った。任口は東本願寺門下の西岸寺第三世宝誉上人。俳号を任口と言い、松江重頼門で、芭蕉とは旧知の間柄であった。

挨拶の句である。伏見は桃の名所だから、名物の桃の花に寄せて、敬愛すべき任口の人柄に触れ、心の潤《うるお》いをえたいということ。芭蕉が八十歳の老僧の枕頭に侍ってか、または方丈の一室で対坐してかの吟詠である。芭蕉が西岸寺を訪れたのは、久闊を叙するとともに、老いを見舞うという気持があったであろう。相手の老いを思う気持が、かえって華かな桃花のイメージを呼び起したのだ。華やかな中に寂色がある。

任口とは風雅の上の付合いで、任口は軽口や冗談の一つもたたくような磊落《らいらく》な人柄だったらしく、人間的な親しみを籠めて言っているのである。「桃の雫」の比喩には、自然の感情の流露があり、老僧への敬慕や愛情やいたわりや、芭蕉の複雑な感懐のすべてを吸収している。衣《きぬ》に雫するという表現には、再会しえたという喜びと、相手の老衰を悲しむ流涕《りゅうてい》の気持とが籠められているようだ。任口は翌年四月十三日、八十一歳で死んだが、百回忌追善集に『桃のしづく』がある。

湖水の眺望

辛《から》崎《さき》の松は花より朧《おぼろ》にて　(甲子吟行)

三月作。おそらく大津東今颪町の千那《せんな》の別院での作。千那は堅田の真宗本願寺派本福寺十一世住職。初案は「辛崎の松は小町が身の朧」であったらしく、これは煙雨の中の朦朧とした唐崎の一つ松に、孤独な小町の身の行く末を思い寄せたもの。改作して「花より朧かな」だったらしいが、五月十二日付千那宛の芭蕉の書簡には、そのもとにての句は「朧にて」の形でお覚え願いたいと言ってやっている。

この句は当初から「慥《たしか》なる切字なし」などと言われ、それに対して其角は「朧にてと居《すえ》られて、哉よりも猶徹《てつし》たるひゞきの侍る」と弁護したが、芭蕉は「一句の問答に於ては然るべし。但シ予が方寸の上に分別なし。いはゞ、さゞ波やまのゝ入江に駒とめてひらの高嶺のはなをみる哉、只眼前なるは」と言った(雑談集)。この歌は源三位頼政の歌で、正確には上三句「近江路やまのの浜辺に駒とめて」(新続古今集)である。また出羽の呂丸が「此は第三の句也。いかでほ句とはなし玉ふや」と疑問を呈したのに対し、去来が「是は即興感偶にて、発句たる事うたがひなし。第三は句案に渡る。もし句案に渡らば、第二等にくだらん」と明快に断じたが、芭蕉はこの名評すら余計な言葉と感じたのか、「角・来が弁、皆理屈なり。我はたゞ花より松の朧にて、おもしろかりしのみ」と言った(去来抄)。「かな」と言い切っていないところに、うち煙る湖上の雨情に触発された気持の余韻が、表れているようだ。「眼前なるは」とは、歌論でいう眼前体（見様体《みよう》）を心に持って言ったので、眼前にただ今さし当っての景色を、見たままに詠んだということである。前者は元禄二年以前、江戸での言葉、後者は元禄七年、「軽み」を説いていた時、京での言葉である。

句中には、「松」「花」「月」「雨」が、あるいは実景として、あるいは虚像として、あるいは言葉として、あるいは裏にかくれて、存在する。初案の小町の幻影は消えても、濃淡さまざまのイメージによる、幽艶な情緒が生み出されている。湖上の風景を幽艶に描き出すことで、千那亭での挨拶の意も含まれている。

この句には「山はさくらを絞る春雨」という千那の脇句が伝えられている。ただし、この脇句はその場で付けられたものではない。

昼の休らひとて旅店に腰を懸《かけ》て

つゝじいけて其陰に干《ひ》鱈《だら》さく女　（泊船集《はくせん》）

『泊船集』（風国《ふうこく》撰）所収「芭蕉翁道之紀」に見える。これは『甲子吟行』の定稿に到る過程の草稿で、「辛崎」の句に続いて出ている。『熱田三歌仙』には「旅店即興」と前書がある。『句選年考』に、「大津より水口に出づる道の程の吟と見えたり。或人曰く、近州石部茶屋にて、と前書ありと」とあるのは、何か拠る所があったか。

田舎の茶店で、昼食をしたためようとしたときの句か。そこらの山から取って来たらしい躑躅《つつじ》を、無造作に生けた傍に、茶店の女が昼食の菜の干鱈を割いている。そういう嘱目を、そのまま詠んだ句だが、躑躅と干鱈との対照に、ある鄙《ひな》びた情緒があり、感覚的にも新鮮である。その情景を、芭蕉は頭の中で一幅の画にしてみたのだ。

水口《みなくち》にて二十年を経て故人に逢ふ

命二ツの中に活《いき》たる桜哉　（甲子吟行）

大津から熱田へ赴く途中、近江の甲賀郡水口村での作。故人は伊賀の土芳《どほう》。当時二十九歳で、芭蕉が伊賀を出奔した寛文六年は、十九年前で、土芳は十歳だった。それ以来逢うことのなかった二人で、芭蕉が帰郷したときも、土芳は播磨へ出かけていて逢えなかったのである。二十年前の少年も、いつか俳諧をたしなむようになり、芭蕉の俳諧を慕っていた。彼は播磨から帰ると、すぐ芭蕉の行く先を追って、近江路で待ち受けた。よくよく一途な思慕というべきであった。

その再会の喜びは、芭蕉にもあった。かつて芭蕉に親しんだ少年が、何時か男盛りとなって、芭蕉の前に現れた。二つの命が二十年を隔てて再会しえたという運命への感動が、この句のモチーフとなっている。西行の「命なりけりさやの中山」の歌が、遠く響いている。命二つの間に、もう一つ命を持った、生きた桜が、爛漫と咲いている。嘱目の生き生きと華やかで充ちあふれるものを以て、旧友土芳への挨拶としたのだ。「生けたる」でなく、「生きたる」である。

吟行

菜畑に花見《はなみ》貌《がほ》なる雀哉　（泊船集）

同じく「芭蕉翁道之紀」に出ている。『こがらし』（壺中・蘆角編、芭蕉翁追悼）に「此句も画賛なるよし」と附記してあるのは、後に流用したことがあるのだろう。真蹟懐紙に、「此中庵にいざなわれて」と前書があるのは、伊賀の蓑虫庵（土芳の庵号）で作ったことを意味しまい。むしろ水口で土芳に逢って後の句であることを示すものか。

菜畑に嬉戯する雀たちを、「花見貌」と言ったところに、雀に対する親しみの情が出ている。

大津に出る道、山路をこえて

山路《やまぢ》来て何やらゆかしすみれ草　（甲子吟行）

三月中の作。紀行には伏見西岸寺での句の次に置いている。だが、『皺筥物語』に「白鳥山」と詞書して、初五「何とはなしに」の形で、三吟歌仙の発句として詠まれている。白鳥山は、熱田白鳥町にある法持寺の山号。この句は、紀行記載の通り、京から大津へ越える山道（小関越え）で詠まれ、のち熱田での歌仙の発句として流用されたのか。あるいは、初め熱田で詠まれたものをのち紀行文の中に大津山中での吟として、改作して記載したものか。おそらく熱田での作を、紀行では逢坂を越えて大津へ出る途上の吟に仕立てた。江戸へ帰って直後、五月十二日に、近江堅田の千那宛に、「山路来て」の形を書き送っているので、このときまでに改案したとする阿部正美氏説がその事情の考察に詳しい（芭蕉伝記考説）。熱田白鳥山で歌仙を巻いた日付は、三月二十七日。脇句は叩端（熱田の人）の「編笠しきて蛙《かわず》聴居る」、第三は桐葉である。

初案は、ふと目にとめた菫に心の揺ぐものを感じて、口端に出たつぶやきに似ている。話し言葉に近い表現で、西行法師の口語的発想に近い。だが、「何とはなしに何やら」では、さだかに捕えられない自分の心の動きを、そのまま言葉にしただけで、その頼りなさに対する反省が、芭蕉の心のうちにあった。「山路来て」で、はっきり場所と時とが限定され、具象的になる。そして「ゆかし」には、菫の花の姿態に、ふとなつかしさを感じた心の揺ぎが出ている。

蝶《てふ》の飛《とぶ》ばかり野中の日かげ哉　（笈日記）

『蕉翁句集』にこの年の句とする。『笈日記』には尾張部に見える。『笈日記』『蕉翁句集』に「野中の日影」と前書があるのは、あらずもがなである。

広い野原に、いっぱいに春光がみなぎって、動くものは黄色や白の蝶ばかりという、明るい句である。

鳴海潟眺望

船《ふな》足《あし》も休む時あり浜の桃　（船庫《ふなぐら》集）

桃の咲く三月ごろ、鳴海に行ったのはこの年の外は考えられない。『知足《ちそく》斎日々記』によると、芭蕉が鳴海の下里《しもざと》知足を初めて訪うたのは四月四日である。三月に、熱田の桐葉の宿に滞在中、鳴海へ出遊したものかと、阿部正美氏は見ている。浜辺には桃が咲き盛った、春たけなわのころ。のどかな春の海がひろがり、沖を行く船も時に船足を休めているかと思うほど、進みもにぶく、駘蕩《たいとう》とした眺望である、というほどのこと。鳴海潟は遠浅の海である。

杜若《かきつばた》われに発句のおもひあり　（千鳥掛《ちどりがけ》）

四月四日に、熱田の叩端・桐葉同道で、鳴海の知足を訪れ一宿。この日、鳴海の連衆、業《ぼく》言《げん》・自笑・如風・安信・重辰等が知足亭に集まり、九人で歌仙を巻こうとして、二十四句で止んだ。脇は知足の「麦穂なみよるうるほひの末」。知足は剃髪後寂照湛念と言い、醸酒業で、屋号千代倉。『知足斎日々記』の日記を残し、芭蕉の動静を知ることが出来る。息子の蝶羽が父の遺志を遂げて『千鳥掛』を刊行した。

この句は、庭前の杜若を見て、俳句を詠もうとする気持が萌して来たことを言ったもの。杜若を前にしての俳席であって、杜若を賞することに、主への挨拶の意があった。業平が八橋で、杜若を見て歌を詠んだ伊勢物語の故事が、この句に影を落している。だから芭蕉のこの句にも、「はるばる来ぬる旅をしぞ思ふ」といった心が、裏にかくされている。

いざともに穂《ほ》麦《むぎ》喰《くら》はん草枕　（甲子吟行）

紀行の前文、「伊豆の国蛭《ひる》が小嶋の桑門、これも去年の秋より行脚しけるに、我が名を聞て、草の枕の道づれにもと、尾張の国まで跡をしたひ来りければ」。どこで道づれになったのか分らないが、この僧と尾張の国まで行を共にした。さあ共に、今丁度穂に出た麦を食べて、旅の宿りを重ねましょうと、呼びかけたもの。陰暦四月、麦秋のころの、旅にももっとも快適な時候である。

梅こひて卯《う》の花《はな》拝むなみだ哉　（甲子吟行）

紀行の前文、「円覚寺の大顚《だいてん》和尚、今年睦月の初、遷化し玉ふよし。まことや夢の心地せらるゝに、先道《まず》より其角が許《もと》へ申遣しける」。大顚は其角の参禅の師で、俳号幻吁《げんく》と言った。この年正月四日に遷化した。其角宛の書簡には、「月まだほのぐらきほど、梅のにほひに和して遷化したまふよし、こまやかにきこえ侍る」とある。

「梅」は大顚の人がらの象徴であるが、円覚寺境内の梅の花の印象があり、その梅をことに大顚が愛したか、あるいは大顚に人にはやされた梅の句があったか、そういうことも考えられる。ことに大顚の遷化が、梅の花の時期であり、それを自分は旅にあって、卯の花の時節まで知ることなく、梅を恋うて代りに眼前の卯の花を拝み、哀悼の涙にむせている、という意を含めている。

団扇《うちは》もてあふがむ人のうしろつき　（皺筥《しわばこ》物語）

前文に、「其起倒子が許にて、盤斎老人のうしろむける自画の像に」とあり、句に「うばそく芭蕉」と署名して、「とかきてをくり給ふ」とある。『桃舐《ももねぶり》集』（長水編、元禄九年刊）には下五「うしろむき」とし、「是は盤斎法師みづから背向の姿をかきて、世の中をうしろになして山里にそむきはてゝや墨のころもで、と侍るを見て、殊勝さにかくいへる也」と附記してある。『蕉翁句集』には、「盤斎背《うしろ》むきの像　団扇とつてあふがん人の後むき」の形で載せる。

起倒子は熱田に近い星崎の医師。盤斎は加藤氏。和学者で、古典の注釈が多く、晩年熱田に住んで、延宝二年に終った。俳諧は貞徳門、奇行を以て知られた。その後向きの自画像に、自ら『桃舐』に記すような和歌を讃していたので、芭蕉がさらに求められて、句を讃したのである。俗世間に背いた後向きの姿を、団扇であおいで差上げよう、と言ったもの。「うしろつき」はうしろ姿である。団扇を出したのが、飄逸でまた適切である。画讃の句だから、初案、後案などあるものでない。「団扇とつて」「うしろむき」は杜撰というべきである。

杜国におくる

白《しら》げしにはねもぐ蝶の形見哉　（甲子吟行）

四月上旬、芭蕉は熱田を立って江戸へ向った。そのとき名古屋の杜国に贈った留別の発句である。

前年の冬、『冬の日』五歌仙を巻いた名古屋の連衆とは、このときは会ったという記録がない。わずかに杜国との交渉を示すこの一句があるだけである。ずっと技倆《ぎりょう》の劣る熱田の連衆とは会って作品を残しているし、このたびは始めて鳴海の連衆とも会っている。だが、その中でもっとも芭蕉と連句の呼吸の合った名古屋の連衆と、今度はどうして会って歌仙を巻く機会を持たなかったのだろうか。

尾張の連衆のうち、芭蕉が一番愛した弟子は、杜国だった。この留別句を見ても、少くとも、杜国だけは会っているはずである。その杜国と分れたのが名古屋でか、熱田でか分らない。だが、場所は何処であれ、この句は別離の堪えがたいまでの悲痛さを強調している。

白芥子《しらげし》を杜国、蝶をわが身に喩えた。白芥子とわざわざ色を言ったのは、杜国の人がらの純真さを愛したからであろう。その白芥子にしばらく宿っていた蝶が、別れのつらさに、形見として翅をもいで与えたというのである。蝶が翅をもぐというのは、自分の心の痛み、という以上に切実な疼きの表現である。その疼きを表現しようとして、翅もぐというむごたらしい言い方を、あえてしたのだ。そこに芭蕉の杜国に対する切ない気持があった。

加藤楸邨氏が、「蝶の離れる時白罌粟《しらけし》が、はらりと散ったのであろう。それを蝶が羽をもぐととっさに感じとり、自分を蝶に杜国を白罌粟に比して、とらえた袖もちぎれんばかりの、離れがたい気持ちを、『羽もぐ』と表出したものであろう」（芭蕉全句）と言っている。思いつきは面白いが、私は思いの切なさが、あえて自然にはありえない情景を導き出したのだと思う。芭蕉のその心の痛みを、この奇異な表現のうちに読みとるべきである。

牡《ぼ》丹《たん》蘂《しべ》ふかく分《わけ》出《いづ》る蜂の名《な》残《ごり》哉　（甲子吟行）

紀行には前文「二たび桐葉子がもとに有て、今や東《あずま》に下らんとするに」とある。「二たび」とあるのは、最初のときの記載が紀行にはないが、「熱田に詣《もうず》」と書いたとき、桐葉《とうよう》の旅亭に泊ったことを、読者が諒解しているものとして、書いたものである。『皺筥《しわばこ》物語』には「牡丹蘂分《わけ》て這出《はひいづ》る」とあり、『夢の跡』（車大編）には、「牡丹蘂深く這出る蝶の別れ哉」とあって、桐葉・叩端との三吟歌仙を載せ、桐葉の脇句は、「朝月涼し露の玉ぼこ」である。この『夢の跡』の形が、あるいは初案であろう。

牡丹は桐葉、蜂は自分を喩えている。桐葉居の庭に牡丹が咲いていたのである。「蘂深く」には、厚いもてなしを謝する気持がある。その蘂の中を分け出で、花粉にまみれて、蝶が飛び立つ。心は満ち足らって立って行く、と主に挨拶しているのだ。

「蘂深く分出る」と言えば、蝶より蜂の方が適切である。あるいは、杜国への留別吟で自分を蝶に喩えているから、同じ比喩を避けて、蜂に直したのでもあろう。するとこの句の初案のあとに、「白げし」の句は成ったと推測される。牡丹と白芥子、蝶と蜂と、一対をなす留別吟である。これには相手の心づくしへの感謝があり、あれには別離の心の疼きがある。

思ひ出す木《き》曾《そ》や四月の桜《さくら》狩《がり》　（皺筥物語）

四月に入って、熱田から東武へ下ろうとして作る。『皺筥物語』の前文に、「これより木曾に趣、深川にかへり給ふとて」とある。『幽蘭集』には、初五「おもひ立《たつ》」とあるが、杜撰であろう。

芭蕉は天和三年甲州に遊んだ時、木曾まで足を延ばして、遅い四月の桜を見たのであろう。その美しさを、もはや花時は過ぎた尾張にあって思い出し、出立を急ごうとするのである。「思ひ出す」に、回想だけでなく、現在のはやる心を汲むべきであろう。

甲斐《かひ》の山中に立《たち》よりて

行《ゆく》駒《コマ》の麦に慰《なぐさ》むやどり哉　（甲子吟行）

野ざらしの旅のあと、美濃・信濃を経て、甲斐にはいった。甲斐には知人も多かったが、その家へ宿った折の挨拶の句であろう。

「行駒の麦に慰む」に、芭蕉の気持は十分表れている。麦に慰んでいるのはもちろん駒で、活潑な若駒がうまそうに穂麦を食いちぎっている動作を想像すべきだろう。駒は上古から甲斐の名産で、駒を言うことに、土地への褒美の心、挨拶の気持も含まれている。ここでは山家で思わぬもてなしを受けた謝意を、麦に慰む馬に托して述べているので、慰んでいるのは誰よりも自分であることを示しているのだ。挨拶の句ながら、景情ふたつながら具《そな》わり、旅情が滲み透っている。

甲斐山中

山賤《やまがつ》のおとがい閉《とづ》るむぐらかな　（続虚栗《みなしぐり》）

『蕉翁句集』はこの年の作としている。江戸への帰途、甲州の山中で出会った山賤が、口を噤《つぐ》んだまま、問いかけてもろくに返事をしない。無愛想だが、不快ではなく、質実なのである。上の五・七と結句「むぐらかな」は、文脈の上ではつながらない。だが、俳諧にはよくある手法だ。木樵《きこり》・杣人《そまびと》の黙々たる様の背景に、雑草の生い茂った風景を与え、その両者の闇々裡の黙契が、「おとがい閉るむぐらかな」の接続なのである。

夏衣《なつごろも》いまだ虱《しらみ》をとりつくさず　（甲子吟行）

紀行の前文「卯月の末、庵《いおり》に旅のつかれをはらすほどに」とあって出ている。すなわち、深川芭蕉庵に着いての述懐である。八ヵ月ぶりに、草庵に落着いたが、まだ旅中に着いた夏衣の虱も、取り尽していない。着いたばかりのあわただしさと疲れの中に、わが身はある、というほどのこと。

虱のような賤しく滑稽なものを出して、それによって、ほっとした安堵の思いを、それとなく籠めている。虱に中国の隠者たちの生活を思い寄せたなどと取っては、臭い解釈となる。句の印象のままに、あっさりと解したのがよい。

たびねして我《わが》句をしれや秋の風　（野晒紀行絵巻、奥書）

紀行絵巻（大橋図書館本）前文に「此一巻は必記行《(ママ)》の式にもあらず、たゞ山橋野店の風景、一念一動をしるすのみ。爰に中川氏濁子《じょくし》丹青をして其形容を補しむ、他見可恥《はずべき》もの也」とある。この年秋の成立であろう。

　芭蕉の言葉に、「東海道の一筋もしらぬ人風雅に覚束なし」というのがある。旅寐して、人生の喜怒哀歓に深く触れることが、正風の連衆の資格と言ってもよかった。自分の句を分ってくれる人、ともに風雅を語るに足る人を、彼は欲した。その願いが、この句に示されている。中川濁子は大垣藩士で、天和年間、江戸勤番中に入門した。

雲折〳〵人をやすむる月見哉　（春の日）

『春の日』（荷兮《かけい》編）は貞享三年仲秋下浣《げかん》刊だから、この秋の句は前年秋、またはそれ以前と推定される。『芭蕉翁真蹟拾遺』（大虫《だいちゅう》編）によると、「西行のうたの心をふまえて」と前書した真蹟があったといい、また『わたりけしき』（艾園《がいえん》編）に、真蹟からの写しとして、「西行法師なか〳〵にとき〴〵雲のかゝるといふ事をもちて」と前書があるという。してみると、支考が「何の古哥もへちまも入まじき句也」（東西夜話）と言っているにもかかわらず、やはり西行の歌によるところがあったのだろう。その歌は、「なかなかに時々雲のかかるこそ月をもてなすかぎりなりけれ」（山家集）である。『真蹟集覧』（松栄軒編）には、「終夜の陰晴心尽《こころづく》し成《なり》ければ」と前書がある。

　中秋名月の夜、雲が去来してしばしば月をかくし、月見の人たちを休ませる、という意。

西行の歌に言うように、それが「月をもてなす限り」である。「もてなす」は、もてはやす、すなわち賞美すること。時々人の心を休ませるので、時々雲を出て姿を見せたとき、賞美の心がいっそう深いのである。「花はさかりに、月は限なきをのみ見るものかは」（徒然草）と同じ心ながら、詩歌としてはやはり理窟っぽいというべきだろう。

霊岸島に住ける人みたり、更《ふけ》て我草の戸に入来るを、案内《あない》する人に其名をとへば、おの〳〵七郎兵衛《しちろびょうえ》となむ申侍るを、かの独酌の興によせて、いさゝかたはぶれとなしけり

盃にみつの名をのむこよひ哉　（真蹟集覧）

真蹟詠草として前句に並記しているので、この年中秋名月の句とする。「こよひ」に今宵の月（名月）の意を含めている。

「かの独酌の興」とは、李白の「月下独酌」の詩のこと。「花間一壺の酒、独酌相親しむ無し。杯を挙げて明月を邀《むか》へ、影に対して三人を成す。月既に飲を解せず、影徒《いたずら》に我身に従ふ。暫く月と影とを伴うて、行楽須《すべから》く春に及ぶべし。我歌へば月徘徊し、我舞へば影零乱《れいらん》す。醒時《せいじ》は同じく交歓し、酔後各〻分散す。永く無情の遊を結び、相期するは邈《はるか》なる雲漢」。友なく独酌していると、身と影と月とが三人の飲み仲間をなしている、という。

霊岸島から来た三人の客が、みな七郎兵衛だというのは、身一つながら、身と影と月と三

人を成しているのに似ている、と戯れているのだ。三人とも同じ名だから、身と影と月とが訪ねて来たようなもので、自分は独酌の盃に七郎兵衛の身と影と月と三つの名を酌むことになると興じているのである。案内する人に連れて来た三人の霊岸島住人は、新川の酒問屋で、酒持参で草庵を訪れたのだろうか。句としては、言葉の洒落で、とりたてて言うこともない。

菊花ノ蝶

秋をへて蝶《てふ》もなめるや菊の露　（笈日記）

『蕉翁句集』にこの年の句とする。『笈日記』は尾張部に、巴丈亭画讃四幅の一としている。「菊の露」は、南陽県甘谷の菊水の故事。菊の露を菊水に汲んで、それを飲むと長寿を保つという。春に現れた蝶が夏、秋を経て、深秋の時候となり、菊の露を舐めて生き延びようとするか、との意。菊にとまる蝶の画の讃で、「菊の露」に、讃を求めた人の寿を祝う心が含まれている。この故事は後に『奥の細道』の折も加賀山中温泉の句に作った。談林調の句。

竹画讃

木枯やたけにかくれてしづまりぬ　（鳥之道）

『芭蕉翁句集』にこの年の句とする。

露伴が「『寒巌疎竹』の画である。その画を見てゐて感が木枯に動いて行つたのである」というに尽きる。その画の蕭条たる気韻が、木枯を導き出して来たのだろうが、現実はまさに木枯の季節であった。画讃の句でここまで詩想を純化しえたことは珍しい。写生の句とはどこか違った味わいがある。抽象化された風景句だ。画讃とは、いわば画に対する付句であり、その画家への挨拶である。画の余韻を捕えて、一つの見事な心象風景句を作り出した。

古　園

花みなかれてあはれをこぼすくさのたね　（栞《しおり》集）

『蕉翁句集』にこの年とする。『孤松』に「霜の後むぐらをとひて」、『幸陀稿本』に「葎《むぐら》の宿をとひて」、『水の音』所収の真蹟短冊に「荒園」と前書がある。

霜の後、草の生い茂った古園を訪うた。花がみな枯れて、草の実ばかりがこぼれ、はじけて、哀れを見せている、というほどの意。「哀れをこぼす」と言ったのが表現のあやで、草の種がさまざまに哀れを尽して見せているのである。知的なはからいが感じられ、句としては痩せている。

月白き師走は子《し》路《ろ》が寝《ね》覚《ざめ》哉　（孤《ひとつ》松《まつ》）

『蕉翁句集』にこの年の句とする。

師走の月は皎々と冴えて悽愴の感が深い。ことにその年の終りだから、ひとしお身に入《し》みて感じられる。子路は孔子が最も愛した弟子の一人。「子路、行行如たり」というのが、孔子の評語である。鄭玄《じょうげん》の注に、「行行は剛強の貌」とある。子路は直情径行であった。孔子は「由の若《ごと》きは、其の死を得ざるがごとく然り」と言った。畳の上では死ねないね、と言ったのだ。果して子路は、衛の国の内乱に捲きこまれて、自ら進んで非業の死を遂げる。内乱の報を聞いたとき、孔子は衛にいなかったが、「高柴は生きて帰ってくる、子路は死ぬだろう」と言った。子路の死は孔子にとって、たいへんな悲しみであった。この子路の志の壮烈さを、芭蕉は師走の月にたとえた。月だから寝覚を対したので、寝覚めていて反省している貌ではない。寝覚の子路を、直接師走の月に向わせたとき、そこにすがすがしさと言っては足りず、すさまじさと言っては言い過ぎてしまう、一つの情緒が浮び上って来るだろう。「月白き師走」と「子路が寝覚」に、強く響き合うものを感じ取ればよいのである。

芭蕉は後に「義仲の寝覚の山か月悲し」という句を作っている。意中の古人と寝覚と月とを取り合せながら、二様の句ぶりを示している。「義仲の寝覚」は「燧山」という具象であり、「子路の寝覚」は、芭蕉想裡の抽象である。この抽象の手法は、極まると、「から鮭も空也の痩も寒の内」の名吟となる。

もらふてくらひ、こふてくらひ、やをらかつゑもしなず、とし
のくれければ

めでたき人のかずにも入《いら》む老のくれ　（栞　集）

『貞享三年其角歳旦帳』に、結句「年のくれ」として出ているから、それが初案で、作句は二年歳末であることが分る。『先手後手集』（風陽・兎什編、明和四年刊）には、「自得箴《じとくのしん》」と前書がある。

前書は自嘲というより、あなたまかせで自然に心足らう境地に到った、その述懐であろう。野ざらしを心に旅立った心の境位のけわしさから見れば、たいへんな転換である。そのような心境で、老に自適するめでたい人の人数に、この暮は自分も加わろう、というのである。「老」の自覚をはっきり示そうとしたのが、改案である。

貞享三年

■貞享三年　丙寅（一六八六）　四三歳

幾霜に心ばせをの松かざり　（貞享三年其角《きかく》歳旦帳）

「めでたき人の」と同じ時の作。季題で歳末と新年とに分れる。『栞集』真蹟には、「誰が聟《むこ》ぞ」の句に続けて、「またのはるはあむにありて」と前書がある。

幾たびも霜雪を凌いで、門松が変らぬ色の志操を見せている。「心ばせ」と「はせを」（芭蕉）とを言い掛けて、わが芭蕉庵の松飾りという意を含む。当時の芭蕉としては古風であるのも、歳旦帳に求められた句だからであろう。

古畑や薺《なづな》摘《つみ》行《ゆく》男ども　（柱《はしら》暦《ごよみ》）

『蕉翁句集』に貞享三年とする。

「古畑」は去年のままに、まだ打棄てられてある畑。そこに生え出た薺を、男どもが明日の七草粥の料に、摘みながら行く。昔の都びとたちの若菜摘と違って、春日野ならぬ古畑の、何の風流もない景色に、わびしい俳諧味を見出したもの。若菜摘と言えば、やはり『古今集』以下の数多い歌を、対照的に思い浮べながら詠んでいるのだ。だが、芭蕉の句としてはややウィットに乏しく、情景が浮き上って来ない。芭蕉の本領は、「よく見れば薺花さく垣ねかな」に表れている。

煩《わづら》へば餅《もちひ》はくはじもゝの花　（蕉翁句集）

『蕉翁句集』にこの年の作とする。中七「餅こそ喰はね」（芭蕉句撰拾遺）、「餅をも喰はず」（夜話ぐるひ、支考・宇中編、元禄十六年自序）ともあるが、拠る所が分らないので、『蕉翁句集』に従う。

桃の節句の句で、餅は草餅である。「煩へば」は微恙《びよう》あって、というほどのこと。この日のための草餅も、わざわざ庵に届けてくれた人があったが、手をつけまい。ただひたすら、桃の花を見ていよう、との意。「餅をも喰はず」はただ平叙しただけ、「餅こそ喰はね」は理を強調しすぎている。「餅はくはじ」はその中間で、軽く気持を示して、何かつぶやくような体なのがよい。

観《くわん》音《のん》のいらかみやりつ花の雲　（末若葉《うらわかば》）

『蕉翁句集』にこの年の作とする。『末若葉』（其《き》角《かく》編、元禄十年刊）に、「かねは上野か浅草かと聞えし前の年の春吟也。尤病起《びようき》の眺望成べし」云々とある。『蕉翁句集』には結句「花曇り」とする。

『末若葉』の文により、深川芭蕉庵からの眺望である。桃の節句の頃は煩っていて、桜の花盛りの頃は起き出していたのか。尤も、時期は相接している。当時は深川から浅草まで一望に見渡すことが出来、花の雲の中に浅草観音の大屋根がそりを打って聳えている。病起に、その大景を見はらして、浮世の賑わいを思いやっているのである。

やまざくら瓦ふくもの先《まづ》ふたつ　（笈日記）

『蕉翁句集』はこの年とする。『笈日記』には、集中の落梧《らくご》撰「瓜畠集」に出ている。安川落梧は岐阜の商人で、「瓜畠集」の編集中、元禄四年に死んだ。『芭蕉句解』には「よし野にて」と前書する。

これは芭蕉が愛読した木下長嘯子の『挙白集』「山家記」の中に、「常に住む所は瓦葺けるもの二つ、函丈二間をばことにしつらひて」云々とある文による。「瓦葺《ふ》くもの」は、斎宮の忌詞に寺を瓦葺ものということがあるとして、吉野の一二の堂などと説く者もあるが、これが吉野で詠まれたという証拠はない。『挙白集』に、それが長嘯子の常に住む所とあるので、やはりさっぱりとしつらえられた隠者の閑居であろう。山桜の咲くほとりに、ひそやかに住みなした家二棟が、庵を並べているのである。山桜は品種の名としてはかならずしも山に咲くことを要しないが、ここではやはり山一面に咲いていて、その麓に瓦葺の家二棟が見えるのであろう。

作句の事情が不明で、表現も不十分であり、いま一つ解が中核に届かないうらみがある。

花咲《さい》て七日鶴見る麓哉　（ひとつ橋）

三月廿日即興

『ひとつ橋』は鈴木清風《せいふう》編、貞享三年九月序。清風は出羽尾花沢の豪商で、紅花大尽と言われ、たびたび江戸へもやって来た。この年三月にも江戸へ出て来て、仮寓に芭蕉等を招いて歌仙を巻いたものと見える。その時の発句で、脇は「懼《おぢ》て蛙《かはづ》のわたる細橋」（清風）。以下、挙白・曾良《そら》・コ斎・其角《きかく》・嵐雪《らんせつ》が同座している。

花七日と言って、桜は咲いて七日過ぎると散りはじめると言われる。鶴は下りて、七日はその地に止まると言われる。その二つの意を兼ねて、花も咲き鶴も栖むこの地に、七日ほどは眼福を楽しむことができる、と言ったもの。その場所が、山の麓だったのである。おそらく清風の江戸の仮寓だから、山と言っても待乳山《まっちやま》か愛宕山《あたごやま》か、上野東叡山あたりの麓なのであろう。市中の丘だから、麓というのは誇張だが、誇張することでこの句の情景を田園化するのである。

　その嘱目の風景を詠むことが、清風への挨拶となるのだ。鶴は飼われているものだろうが、あたかも下り立ったもののように詠んだので、渡りの鶴ならもう飛び立ってしまった時候だろう。だが、挨拶句として、あまり気がはいっていない、低調の句である。

古池や蛙《かはづ》飛《とび》こむ水のをと　（春の日）

貞享三年作。ただしその前に中七「蛙飛ンだる」（庵桜《いおざくら》、西吟《さいぎん》編、貞享三年三月下旬奥書）の形で、伝えられていた。この形では、口拍子の、軽い即興頓作《とんさく》であって、音《おん》のはねかえりによる俳意の強調がある。西吟は談林の俳人だから、これは杜撰とも見られ、そうでないとしたら、後にこの形に改作されて、正風開眼の句として喧伝《けんでん》されるに到ったのである。

　この句の古池は、もと杉風《さんぷう》が川魚を活かして置いた生簀《いけす》の跡で、芭蕉庵の傍らにあったと思われる。其角がそのとき初五に「山吹や」と置くことを進言したという伝説がある（支考、葛の松原）。山吹と蛙との取合せは伝統的で、二物映発の上に、晩春の濃厚な季節情趣がただよい、句柄が重くねばっている。それに対して、「古池や」は、自然に閑寂な境地をうち開いている。

　この句のこの形での初出は『蛙合《かわずあわせ》』（仙化《せんか》編、貞享三年閏三月刊）である。この春、芭蕉庵に素堂と蕉門の俳人たちが相会して、蛙の句合を行って衆議判にかけたもの。この句がこの催しに発表されたとき、一座はあっと固唾《かたず》を呑んだに違いない。それは新しい啓示だった。彼等は談林的に笑い抜いたあとの笑い切れぬ人生のさびしさ、人間存在の寂寥相を、次第に感じはじめていた。しかもそれは、まだはっきり表現を得てはいなかった。彼等は啓示に対して、用意された人たちだった。それは、人々の会得の微笑をさそい出した。人間の普遍的な感情や思想にねざしたものだから、伝播の速度は意外に早かった。「お前もか」「俺も」と、人々の心から心へ、その境地は拡がって行った。眼前只今の景を素早く詠んだこの句のウィットの力である。同時にそれがこの句の、歴史的な意味でもあった。

隣菴《りんあん》の僧宗波《そうは》たびにおもむかれけるを

ふるすたゞあはれなるべき隣かな　（栞　集）

貞享三年閏三月作。閏三月十六日付で、上洛の途に就く宗波・鉄道の二門人に託した鳴海の寂照（知足）宛の芭蕉の書簡に、二、三日留めてやってくれと頼んでいる。その中に「此僧二人拙者同庵ニ而」とあるが、宗波は前書にあるように「隣菴の僧」である。二人は二十三日に、寂照を訪ねて泊っている（知足斎日々記）。宗波は本所原庭の定林寺の住職である。

鳥の巣立ったあとの巣が「古巣」で、「鳥の巣」とともに春の季語である。隣庵の主が旅立ってしまったあとの空家を、「古巣」と言った。日ごろ往き来して、親しんでいた人がいなくなる空虚感を予想して、「あはれなるべき」と言った。
宗波出立の折の餞別《せんべつ》句である。「古巣」があわれと言いながら、実は自分の心の寂しさを訴えているのである。

東にしあはれさひとつ秋の風

（伊勢紀行跋真蹟）

貞享三年八月、京都の向井去来・千子《ちね》の兄妹が伊勢に詣でた時の紀行文『伊勢紀行』を、芭蕉のもとに送って来たのに、跋として一文を与え、その結びにこの句を書いた。その真蹟懐紙によれば、その跋文は次の如くである。

ねなし草の花もなくみものらず、たゞいやしきくちにいひのゝしれるたはぶれごとあり。さるを其角ひとゝせ都の空にたび寝せしころ、向日氏《（ママ）》去来のぬし、むつましきちぎり有て、酒のみちやにかたる折々、甘き、辛き、しぶき、淡き心の水の、浅きより深きを伝て、将に一掬して百川の味ひをしれるなるべし。今年の秋、いもうとをゐていせに詣ヅ。しら川の秋風よりかの浜荻折《おり》しきて、とまり〳〵のあはれなること共かたみに書《かき》顕して、我草の戸の案下に贈る。一たび吟じて感を起し、ふたたび誦して感を忘る。みたびよみて其無事なることを覚ゆ。此人や、この道に到れり、尽せり。

句は『伊勢紀行』板本には「東西のあはれさひとつ」とあり、『笈日記』には「西東あはれさおなじ」とあり、『芭蕉句選』には「西東あはれも同じ」とある。真蹟の形を採る。紀行中に、去来が洛東白川口で詠んだ「白川の屋根に石おく秋の風」に、昔能因法師が詠んだ歌、「都をば霞とともに立ちしかど秋風ぞ吹く白河の関」を思い寄せ、東西の白川で詠まれた二つの「秋の風」の吟詠は、同じ「もののあはれ」がただよっていると言い、そのように京の去来と江戸の自分との間にも、秋風のあわれを感じる、同じ風雅の道が通っている、という意味を含めた。概念的発想ながら、挨拶句としては時宜にかなっている。能因の白河の吟と去来の白川口の吟と、思い寄せたところにこの句の機知の働きがある。

寄二《ス》李下一

いなづまを手にとる闇の紙燭《しそく》哉　（続虚栗）

『蕉翁句集』に貞享三年とある。李下は芭蕉が深川に庵を結んだとき、一株の芭蕉を贈った人。『三冊子』に、「この句師のいはく、門人この道にあやしき所を得たるものにいひて遣す句也となり。そのあやしきをいはんと、取物かくのごとし。万心遣ひして思ふ所を明すべし」とある。李下は蕉門初期の俳人で、芭蕉から「あやしき所を得」た作者と見られていたらしい。それはたとえば、「破茅　風妖て薄に夜の雨すごし」（虚栗）、「深川夜泊　木がらしや夜の木魚に吹やらぬ」（続虚栗）のごとき傾向を指すのだろう。奇を狙った風ではあるが、その機才をも示していよう。土芳が録した言葉は、その得た「あやしき」境地を賞揚しているようだが、芭蕉の性向から言って、その奇を好む傾向への諷諭の気持をも含んでいよう。

紙燭（「夕顔の白ク」の句解参照）を手にして、夜の闇を照し出すと、稲妻を手にして、あたりをぱっと輝かせたような感じがした、という意。「稲妻を手にとる」と奇警な表現をしたところが、「あやしき所」を言ったことになるのだ。この情景は、「夕顔の白ク」の句のように、「夜ルの後架に紙燭とりて」というような情景であろう。厠への廊下伝いに、庭の樹々のたたずまいなど、紙燭に照し出されたときと見ておいてよかろう。

名月や池をめぐりて夜もすがら　（孤《ひとつ》松《まつ》）

貞享三年作。『雑談集』には「丁卯のとし（貞享四年）、芭蕉庵の月みんとて舟催して参りたれば」として、この句があり、この時の情景が分る。ただし四年三月刊の『孤松』に出ているから、「丁卯のとし」とあるのは其角の記憶違いである。句形も「めぐつて」とあるが、真蹟に「めぐりて」とあるのが正しい。

其角・仙化等の門弟たちが、名月の夜芭蕉庵を訪れ、大川に舟を浮べて清遊したときの作。一同舟を上って、池畔《ちはん》の月を賞したのであろう。これも「古池や」の句と同じく、芭蕉庵のかたわらにあった、もと生簀に使った池であろう。

月見などというと、今でこそ風流めくが、当時はもっと深く庶民の生活様式の中に滲透していたろう。月下を逍遥して時刻を忘れるということも、さほど当時の風流人の特殊な経験ではなかったはずだ。月光を浴びながらどこまでも歩いていたい一種の忘我に近い状態が「夜もすがら」だ。「池をめぐりて、夜もすがら」と倒置された表現が、心の躍動のリズムを伝えている。

座《ざ》頭《とう》かと人に見られて月見哉　（こがらし）

『蕉翁句集』に貞享三年とある。

座頭とはもと盲人の琵琶法師の官名だが、後、遊芸・あんま・鍼《はり》を業とする剃髪《ていはつ》の盲人に言った。芭蕉も僧形で、髪がないから、月見の座に、座頭と見違えられ、それもかえって一興と、うち興ずる気持を表している。

ものひとつ瓢《ひさご》はかろきわが世哉　（四山《しざん》集）

芭蕉が庵の瓢の命名を山口素堂に乞い、四山という名を得たときの文を序として、この句が作られた。その文は『四山集』（盾山《じゅんさん》・菰洲《こしゅう》共撰、元禄十六年刊）その他に出ている。素堂の銘は『随斎諧話』（夏目成美著、文政二年刊）に出、「貞享三仲秋後二日　素堂山子書」

とあり、芭蕉の句の年代を推せしめる。その文に言う。

　顔公の垣穂におへるかたみにもあらず、恵子がつたふ種にしもあらで、我にひとつのひさごあり。是をたくみにつけて花入る〻器にせむとすれば、大にしてのりにあたらず。さゝえに作りてさけをもらむとすれば、かたちみる所なし。あるひとのいはく、草庵のいみじき糧入べきものなりと。まことによもぎのこゝろあるかな。やがてもちゐて、隠士素翁にこふて、これが名を得さしむ。そのことばは右にしるす。其句みなやまをもておくらるゝがゆへに、四山とよぶ。中にも飯顆《はんか》山《ざん》は老杜のすめる地にして、李白がたはぶれの句あり。素翁りはくにかはりて、我貧をきよくせむとす。かつむなしきときは、ちりの器となれ。得る時は一壺も千金をいだきて、黛山《たいざん》もかろしとせむことしかり。

　この文の最後の一行、「得る時は一壺も千金をいだきて、黛山もかろしとせむことしかり」から、ただちにこの句を読めば、「瓢はかろき」と言った含意がはっきりする。黛山は泰山で、「人固《モト》ヨリ一死有リ。死或ハ泰山ヨリモ重ク、或ハ鴻毛ヨリモ軽シ」（司馬遷）とあるのに拠る。「もの一つ」とは、ものの乏しい草庵の中の、目につく一つのもの、というほどの意。その瓢も、ふだんは米が僅かにはいっているだけで、まことに軽い私のくらしであると、貧しさの中に住する自分の境涯を言ったものである。

明《あけ》行《ゆく》や二十七夜も三日《みか》の月　（孤松《ひとつまつ》）

『孤松』の刊年から見て、貞享三年あるいはそれ以前の作。真蹟自画讃に「あるところにたびだちて、ふねの中に一よを明し、下弦の月のあはれなるあかつき、篷《とま》よりかしらいだして」と前書がある。『鹿島紀行』以前に、一、二泊の近郊の旅はあったらしい。船の苫《とま》から首を出して、明けて行く空を眺めると、二十七夜の月がかかっている。その形から、宵の空に三日月を仰ぐような気持がする。二十七夜の有明の下弦の月は、上弦の宵の三日月と似ているのである。三日月は月齢の幼い月であり、二十七夜の月は頽齢の月であるが、その二つが似ているという発見に興を発しているのだ。老いては愚にかえるといった感慨か。いささか理に堕ちた興趣の動きである。

『小文庫』には、「常陸へまかりける時船中にて」と前書があって、初五「あけぼのや」とある。翌年の『鹿島紀行』の折の句と思い違えた前書で、初五も杜撰であろう。『蕉翁句集』には、「旅行船中にて」と前書がある。

元起和尚より涌をたまはりけるかへしにたてまつりける

水寒く寝《ね》入《いり》かねたるかもめかな　（栞《しおり》集）

『栞集』所収の真蹟は、貞享四年秋の執筆で、これは冬の句である。

「涌」は「酒」の誤りか。元起和尚は分らないが、これは和尚から酒を賜わったそのお礼の挨拶句である。自分を鷗に擬し、水が冷たくて、浮寝しかねているさまを述べ、その自分に酒を賜わったのは、何より有難いと言っているのだ。深川の芭蕉庵は、小名木川に沿い、大川に近く、鷗とは全く縁の無いものを持って来たのではない。

我くさのとのはつゆき見むと、よそに有ても空だにくもり侍れば、いそぎかへることあまたゝびなりけるに、師走中の八日、はじめて雪降けるよろこび

はつゆきや幸《さいはひ》庵《あん》にまかりある　（栞　集）

十二月十八日の初雪の句。草庵の初雪を見ることを念願しながら、毎年果せないでいたのだ。この日は幸い庵に在って、初雪の興を味わうことが出来たのである。「罷《まか》る」に何か武家言葉のようないかめしさがあり、ことさら荘重めかした語調がある。取るに足らない小庵に在るということを、ことさら荘重めかして、イロニックな味を持たせている。私はこの句の表現から、狂言用語を思い出し、今にも「やい太郎冠者」と聞えそうな、一種の心の躍動を感じ取る。『冬の日』の「初雪のことしも袴きて帰る」（野水《やすい》）の句を、作者は思い出していたかも知れない。名古屋の富商で、町年寄で公私多用の野水の不自由さと、清貧の自分の自由さとを、思い較べていたかも知れない。芭蕉はこの句では、言葉だけちょっと裃《かみしも》袴を

つけてみて、興じているのである。風狂的な生活態度の句。

初雪や水仙のはのたはむまで　（桒　集）

前句の前書は、この句にもかかっている。同じ日、初雪のよろこびを詠んだ句につづいて、ささやかな初雪の情趣の発見が、この句では主になっている。庭前の清楚で気品の高い水仙の、しなやかな葉に、うっすらと初雪を載せた重さの感覚が、この句の主眼である。「たはむほど」（篇突《へんつき》）の形にも伝えるが、時間的経過をほのかに含んだ「たはむまで」の方が、やや理に堕ちた「たはむほど」より勝れていよう。水仙の葉がたわむくらいの初雪でなければいけないが、程度を過ぎてはいけない、その兼合いの面白さである。それは初雪の本意であると同時に、水仙の本意の発見でもある。一つの微細な、同時に微妙な情趣の発見である。

曾良《そら》何某、此あたりちかくかりに居をしめて、朝な夕なにとひつとはる。我くひ物いとなむ時は柴を折くぶるたすけとなり、茶を煮夜はきたりて軒をたゝく。性隠閑をこのむ人にて、交《まじわり》金《こがね》をたつ。ある夜、雪にとはれて

寛文期
延宝期
天和期
貞享元年（天和四年）
貞享二年
貞享三年
貞享四年
貞享五年（元禄元年）
貞享期

きみ火をたけよき物見せん雪まろげ　（雪まろげ）

初出は『続虚栗《みなしぐり》』（貞享四年刊）で、「対友人」と前書があり、結句「雪まるげ」となっている。「雪まろげ」「雪まるげ」どちらでもよいが、『猿蓑《さるみの》』にも「霜やけの手を吹てやる雪まろげ」（羽紅《うこう》）などの例があるから、「雪まろげ」を採った。曾良は後に、奥の細道の旅に従った門弟である。紀行には「芭蕉の下葉に軒をならべて、予が薪水の労をたすく」と書いてある。

雪中に友の来訪を喜ぶ気持が、この句の弾んだ口語的発想に表れている。この寒い日によく訪ねて来てくれた。どんどん炉に火を焚いて、君はあたっていてくれ。私はいいものをこしらえてお目にかけよう、雪まろげを——。こういった気持を表していて、もてなしに風狂の心が籠っている。「雪まろげ」は、雪をころがして大きな丸い固まりにする子供の遊びで、雪を得て童心に返った、芭蕉の気持がうかがわれる。即興体で、三段に切れながら、会話そのままの自然な調子を生かしている。「君火たけ」（笈日記）とも伝えるが、字余りののびやかさに及ばない。

酒のめばいとゞ寝られね夜の雪　（勧進牒）

深川雪夜

ている。

『蕉翁句集』は貞享三年作とする。「閑居ノ箴」（本朝文鑑）に次のような文章を付けて出している。

あら物ぐさの翁や。日比《ひごろ》は人のとひ来るもうるさく、人にもまみえじ、人をまねかじと、あまたゝび心にちかふなれど、月の夜、雪のあしたのみ、友のしたはるゝもわりなしや。物をもいはず、ひとり酒のみて、心にとひ心にかたる。庵の戸おしあけて、雪をながめ、又は盃をとりて、筆をそめ筆をすつ。あら物ぐるおしの翁や。

あとで書き加えたのであろう。閑居に孤独を欲する心と、友を欲する心との葛藤する物狂おしさが述べられている。「心に問い心に語る」一人ごころの狂おしさである。物音もなく降る夜の雪は、ひとしお一人住まいの寂寥感を増す。ひとり酒を飲んで憂いを遣《や》る。すこし温まって寝床へ入ったが、酒のためかえって頭が冴え、いろいろの想念がわいて、寝つかれない。

この句の眼目は「夜の雪」で、ひっそりと静まった真夜中の感じが、ひしひしと迫ってくるようだ。

年の市線香買《かひ》に出《いで》ばやな　（続虚栗）

『蕉翁句集』はこの年の作とする。

年の市には、人びとは正月の用意のものをいろいろ求めに行くのだが、自分は一人暮らしの気楽な境涯だから、節のものをあれこれ調えるということもない。線香でも買いに出ようかな、といった気持の動きである。暮の魂祭の季節でもあるから、線香を買おうか、という解は、こじつけである。むしろ、暮の買物とはいっこうに結びつかないものとして、線香は出されているのであって、その結びつかない線香を取り立てて言ったのは、そこに仄かに匂い出るものがあるからである。

芭蕉は年の市の雑踏に惹かれる心があった。閑寂の境地に住しながら、一方で、雑踏の巷にはいることが好きである。だが、その雑踏の中で、人びとと違って彼には買い求めるべき品物がない。それは人びとから自分ひとり疎外されているようで、彼の心を落着かせない。では私も線香でも買いに、年の市へ出掛けるとしようか、というのだ。暮の魂祭とか何とか、必要があって買うのではない。何も用途はないのだが、草庵に買って帰るものとしては、線香以上にふさわしいものはないのだ。その思いつきに、芭蕉の実に生き生きとしたウイットの働きがある。

小宮豊隆が『近世世事談』に、線香は「寛文の七、五島の一官と云者福州より伝へ、子の一官長崎にて始めて製す」とあることに注目し、寛文七年（一六六七）と貞享三年（一六八六）と、僅かに十八、九年の間隔しかないから、線香は当時珍しいものだったろうと言っている。珍しかったとすると、芭蕉は珍しいものに対する好奇心が非常に強かったことも、これは証明していると思う。賑やか好きの珍しいもの好きは、芭蕉の一面である。この句は何か心を浮きうきさせている芭蕉の童心を示しているであろう。

月雪とのさばりけらしとしの昏《くれ》　（続虚栗）

『蕉翁句集』はこの年とする。

年の暮に一年を振りかえってみると、自分は月よ雪よと、世の中の役にも立たぬ風流三昧に、勝手気ままな月日を暮して来たことだ、という感慨である。「余が風雅は夏炉冬扇のごとし、衆にさかひて用ふるところなし」とは、世捨人芭蕉の心の負目でもあった。

貞享四年

■貞享四年　丁卯（一六八七）　四四歳

誰《たれ》やらが形《かたち》に似たりけさの春　（続虚栗）

『蕉翁句集』はこの年の作とし、中七「容に似たり」と書く。『芭蕉翁発句集』に、「嵐雪《らんせつ》が送りたる正月小袖を着たれば」と前書があるので、この句の意味が分る。正月小袖を着て、われながら誰か別人になったような気がするのだ。この前書がないと、「今朝の春」が主格と解される怖れがあり、「大路長閑に松立わたせるさま、光源氏或は在五中将なんどの衣冠優艶の姿に思ひ合せらるゝ歟《か》」（芭蕉句解）などという解釈も出てくる。これも面白いが、やはり前記の前書によって解すべきものであろう。

自分の晴着姿をみずから顧みて、そこにあるそぐわなさ、こわばりを発見し、滑稽を感じたのである。芭蕉の含羞である。

なお、『泊船集《はくせん》』には、中七「姿に似たり」になっている。頴原退蔵は、「形」「容」もスガタと訓んで差支えないという。だが、「形」「容」はやはりカタチと訓むのが自然であろう。カタチと言っても、容姿・容儀であり、姿と変らない。

忘るなよ藪《やぶ》の中なる梅の花　（泊船集《はくせんしゅう》）

『菜集』によって、この年またはそれ以前の作と推定される。『泊船集』には、編者風国《ふうこく》が、「門人何がし、みちのくに下るを馬のはなむけしたまひて」と前書をつけている。『菜集』には、初五「またもとへ」という形で出、「ひとゝせみやこの空にたび寝せしころ、みちにて行脚の僧にしる人になり侍るに、このはるみちのおく見にゆくとて、わが草庵をとひければ」と前書をつけている。『初蟬』に作者名を「漁夫」としているのは誤りだが、あるいはこの餞別句を贈った行脚の僧の号が漁夫なのか。

その行脚の僧が芭蕉庵を訪うて、奥州へ旅立つというので、庵で嘱目される藪の中の梅花を取り上げて、餞別句を与えた。初案は「またも訪《と》へ」の形だったのだろう。藪中の梅花のような世捨人の自分を、無事に還って来てもう一度、訪ねて来てくれ、と言ったのである。藪の中で人に知られず侘しく咲いている梅の花に自分を擬した。後に「忘るなよ」と改めたが、この方が表現は間接ながら、意味はいっそう強い。

里《さとの》梅《うめ》

さとのこよ梅おりのこせうしのむち　（栞《しおり》集）

『栞集』によって、この年またはそれ以前の句とする。

牛を追う里の子が、梅の枝を牛の鞭《むち》にするとて、折って行く。だが、花を見る人のために、いくつかの枝を残しておいてくれよ、との意。「里梅」と前書があるのは、そのような題で句境を探ったものか。「梅花を折つて頭に挿めば、二月《じげつ》の雪衣に落つ」と『和漢朗詠集』にあるが、梅花を折って牛の鞭にするとは、俳諧の世界であり、また野趣なしとしない。だが、この句は作者脳裏の景であって、芭蕉の経験ではない。


蠣《かき》よりは海苔《のり》をば老《おい》の売《うり》もせで　（続虚栗）

老《ろう》慵《よう》

『蕉翁句集』は貞享四年とする。

西行の歌に、「串に刺したる物を商ひけるを、何ぞと問ひければ、蛤《はまぐり》を乾して侍るなりと申しけるを聞て、おなじくはかきをぞ刺して乾しもすべき蛤よりは名もたよりあり」（山家集）とあるのを踏まえた。牡蠣《かき》は柿に、蛤は栗に通ずるから、串に刺すなら、串柿というこ とがあるから、牡蠣の方がふさわしい、と洒落た俳諧歌である。『去来抄』故実篇に、「去来曰、古事・古歌を取るには、本歌を一段すり上《あげ》て作すべし。譬へば、蛤よりは石花《かき》をうれかしと言西行の歌を取て、かきよりは海苔をば老の売りはせで、と先師の作あり。本歌は同じ生物をうるとも、かきを売れ、石花はかんきんの二字に叶ふといふを、先師は生物を売らんよりのりをうれ、海苔は法にかなふと、一段すり上て作り給ふ也。老の字、力あり。大概かくのごとし」とある。

蛤よりは牡蠣をという西行の歌は、牡蠣が串柿の名に通うという外に、牡蠣は看経《かんきん》の二字に叶うから、同じく生類《しょうるい》を売るなら、牡蠣の方が罪が軽いとしたのである。牡蠣より海苔という芭蕉の句は、老人の肩にかつぐには、牡蠣より海苔の方が軽いということ、生類の牡蠣よりは生類ならぬ海苔の方が罪が軽いということ、それに海苔は法《のり》（仏法）にも音が通ずること、この三つが考えられる。

本歌とした西行の歌が、そもそも俳諧歌なのだから、それに拠って、意味を一段すり上げた芭蕉の句も、軽い滑稽体以上のものではない。老年になってもなりわいとして殺生をするあさましさの歎きは、謡曲『鵜飼』などにも作られている。そのような思いすら、ものういと見る老人の懶惰の心が、「老慵」なのであろう。発想において、少し持ってまわった傾きがある。

よく見れば薺《なづな》花さく垣ねかな　（続虚栗）

『蕉翁句集』に貞享四年とする。

芭蕉庵の即事と見るべき作品で、トリヴィアルなものの発見の喜びである。草庵の垣根に目立たぬ花をつけている薺（三味線・ぺんぺん草）の発見に、日常生活からの瞬間的な解放の安らぎを感じ取っているのだ。「よく見れば」に、詩人のウィットが働いている。蕪村の「妹《いも》が垣根三味線草の花咲きぬ」と較べると、両者の感性の質の相違が分るだろう。

草庵

花の雲鐘は上野か浅草歟《か》　（続虚栗）

『蕉翁句集』は貞享四年とする。前年の「観音のいらかみやりつ花の雲」と句兄弟をなす。どちらも前書に謡曲の詞章を付した資料（真蹟または真蹟の写し）がある。

深川の草庵から、遠く上野・浅草方面の花の雲が見渡される。「花の雲」は、雲と見まごうばかりの遠くの花盛りである。響いて来る鐘は、上野か浅草かと、草庵にいて花見の雑踏の巷を思いやるところに、駘蕩とした江戸の春のものうい情趣が感ぜられる。上野は寛永寺、浅草は浅草寺である。

鸛《コウ》の巣《す》もみらるゝ花の葉《は》越《ごし》哉　（続虚栗）

『蕉翁句集』は貞享四年とする。ただし「鸛」が「靏《つる》」となっている。

花と同時に赤味を帯びた葉を出すのは山桜である。咲いた山桜の梢高く、葉越しにコウノトリの巣があり、花見の客はおのずからその巣も一緒に見やるのである。

鸛の巣の立場からすれば、それは「見らるゝ」のであるが、この「見らるゝ」はおのずから見られる意である。

コウノトリは高い樹上などに営巣するという。句境としては平凡。

山家

鸛《こふ》の巣に嵐の外《ほか》のさくら哉　(焦尾琴《しようびきん》)

貞享四年か。ただし『蕉翁句集』は元禄二年作とする。ただし同書には「靏《つる》の巣の」とあり、『鵲尾冠』には「鶴の巣に」とある。『焦尾琴』にしたがっておく。前句と同時の作か。

コウノトリが巣をかけるほどの木といえば桜の大木である。芭蕉はある人を山家に訪ねて、コウノトリが梢に巣くった桜の古木を見た。それが人に知られず静かに咲きみちているさまに、浮世の外に静かな境涯をおくっている主《あるじ》のさまをふくめて「嵐の外の」といった。山家に隠棲している主への挨拶句である。

幸田露伴は、鸛の巣が空高い梢にあって松風が声をたて、桜の花はその松の嵐をよそにおおどかに咲いていると解して、嵐の外が一句の眼であり、「何とも云へない良い心持の句」と言っている。よい解釈だが、松風をもってきたのは深読みにすぎようか。

物皆自得《ものみなじとく》

花にあそぶ虻《あぶ》なくらひそ友《とも》雀《すずめ》　（続虚栗）

『蕉翁句集』はこの年とする。その草稿には始め「虻なつかみそ」とあったのを改めた。前書は荘子の郭象の註にしばしば見える言葉である。この世に存在するものは、すべて天から得た天性に安んじて、生きている。その小さな一つといえども、無意味に存在しているのではない。その意味から、花に遊ぶ虻どもも、おのれの世界におのれの天性に従って安んじている姿なのだから、雀たちの仲間よ、虻を食ったりしないでくれ、との意。「友雀」の語に、雀たちも自分たち仲間で友垣を作り、群れ楽しんでいる意が含まれていよう。「友千鳥」「友雀」などすべて群をなしている相をいう。

あらゆる生物、いや草木国土さえも、それぞれ自得の世界を持ちながらたがいに環をなしているという老荘風の認識が、芭蕉にはあった。それはヨーロッパ流の人間中心の思想とは、根底から違っているようだ。

永き日も囀《さへづり》たらぬひばり哉　（続虚栗）

『蕉翁句集』はこの年の作とする。『続虚栗』には「艸庵を訪ける比」と前書があって、こ

寛文期
延宝期
天和期
貞享元年（天和四年）
貞享二年
貞享三年
貞享四年
貞享五年（元禄元年）
貞享期

の句と次の「原中や」の句が出ているが、この前書は孤屋《こおく》がつけたもの。孤屋が芭蕉庵を訪ねたとき、この雲雀《ひばり》の句二つを披露され、つづいて自分も「啼く〳〵も風に流るゝひばり哉」と詠んだのである。

永い春の一日中、空には雲雀の声がきこえている。永い日をひねもす囀《さえず》って、まだ囀り足らないようだ、という意。「春日遅々として、鶬鶊《そうこう》正に啼く。悽惆《せいちゅう》の意、歌にあらずば、撥《はら》ひ難きのみ。仍《よ》りて此の歌を作り、式《も》ちて締緒《ていしょ》を展《の》ぶ」と付記された「うらうらに照れる春日に雲雀あがりこころ悲しもひとりし思へば」（大伴家持）の詩境にやや近いものが、芭蕉にもあつた。微かなものに触れて発する心の微動である。こういう作品になると、芭蕉は雲雀を言いながら、自分の心の奥を明そうとする。

原中《はらなか》や物にもつかず鳴《なく》雲雀《ひばり》　（続虚栗）

貞享四年作。「永き日も」と同時の作である。

「原中」は、草ぼうぼうとした当時の深川の郊外風景を、その上空の無辺際のひろがりを籠めて、描き出す。「物にもつかず」は、その上空に鳴く雲雀の声の凝滞《ぎょうたい》せぬ無心さをいう。西行の「雲雀たつあら野に生ふる姫百合の何につくともなき心かな」の歌を本歌としている。この歌は、何に頼るとも定まらない心性を述べたのだが、芭蕉はここでは、物に拘泥せぬ無著《むちゃく》の心として用いた。一首、春の日の駘蕩《たいとう》の趣であるとともに、何か悠久なものに引きずりこまれるような気持がある。

「永き日も」よりいっそう芭蕉の心の奥をうかがわせる。蓼太の『芭蕉句解』に、「草も木もはなれ切たる雲雀哉」を再案した粉骨の作だとある。これでは理に堕ちて、表現があさまである。

起《おき》よ〱我《わが》友にせんぬる胡《こ》蝶《てふ》　（己《おの》が光《ひ》）

『栞集』の真蹟に、「貞享丁卯（四年）の秋」の奥書があるから、四年または三年の作であろう。

　荘周が夢に胡蝶となった故事を本としている。物にとまっている蝶を、寝ている姿と見て、「起きよ起きよ」と呼びかけ、私の閑《しず》かな草庵の友としようと言ったもの。夢に胡蝶となっているのに、起きたら胡蝶は荘周に化するかも知れない。何に化するにせよ、起きて私の友になれ、と興じているのである。

　談林的口吻を残しているが、「我友にせん」は西行的でもある。

　真蹟短冊に「独酌」と前書して、結句「酔《よう》胡蝶」としたものがあるという。あるいは初案か。

奉納

笠寺やもらぬ崖《いはや》も春の雨　（千鳥掛）

『赤冊子草稿』に、「笠寺や窟ももらず五月雨」の形で出し、「此句尾陽笠寺の絵馬に哥仙有、貞享五辰五月吉日と記す。浅井氏是を写す」と付記する。五年は誤りで、四年である。尾張鳴海の寂照（知足《ちそく》）宛の芭蕉の書簡（貞享四年春か）に、「この御寺の縁記《ママ》、人のかたるを聞侍て」と前書してこの句を出し、「武城江東散人芭蕉桃青」と署名し、「笠寺の発句度ゝ被二仰下一候故、此度進覧申候。よきやうに清書被レ成奉納可レ被レ成候。委曲夏中可レ得二御意一候。以上」とある。寺への奉納句を寂照に依頼されて作ったもので、笠寺に行って作ったのではない。「五月雨」の形は、『蕉翁句集』にも土芳《どほう》は「尾刕《びしゅう》笠寺絵馬」と前書して、「窟にもゝらず五月雨」の形で出している。奉納の日付に合せるために、季題を取り換えたとすれば、無茶な話である。この句を発句とする奉納歌仙は、十一月十七日に知足邸に鳴海連衆が集って興行したが、芭蕉は発句だけの脇起歌仙ながら、座にあったらしい。

笠寺は名古屋市南区笠寺町にある。笠覆寺ともいう。本尊の観音が雨露にさらされていたのを、鳴海の長者の侍女某が、自分の笠で覆った。侍女はその後、観音の加護で、藤原兼平中将の北の方となり、観音のために堂舎を建立《こんりゅう》した、というのが縁起である。この縁起によって、芭蕉はこの句を作ったのだ。

実際は寺には窟はない。雨露の漏らぬ窟ともいうべき笠寺も、いま春雨に濡れているだろうが、本尊はあの侍女の殊勝な心から、濡れることもなく今も守られていよう、という意。「笠」「漏る」「雨」が縁語である。「漏らぬ窟」は、僧正行尊の歌、「草の庵をなに露けしと思ひけむ漏らぬいはやも袖はぬれけり」、西行の歌、「露もらぬ岩やも袖はぬれけりと聞かずばいかにあやしからまし」に拠る。要するに、頭ででっち上げた句で、縁語からありもしない「漏らぬ窟」を言い出したのが、わざとらしい。

地にたふれ根により花のわかれかな　（花声集）

坦堂《たんどう》和尚を悼《いたみ》奉る

『花声集』（郁賀など編、文化四年跋）には芭蕉の真蹟が四句模刻してある。同じくその一つ「花咲て七日鶴見る麓哉」が貞享三年作、「よく見れば薺《なづな》花さく垣ねかな」が同四年であるからこの句も貞享三、四年の作であろう。坦堂和尚は伝不詳。芭蕉は禅僧に付き合いが多かったから、その一人であろう。句は崇徳院の御製「花は根に鳥は古巣にかへるなり春のとまりを知る人ぞなき」（千載集）を本歌としている。花が根に鳥が古巣に帰るように、和尚も本来の空に帰した。自分は地に倒れその根もとによりかかって和尚との別れを悲しんでいる、というのである。相手が禅僧だから、空無に帰してその「泊り」を知らぬ、という感想を述べたのである。

まふくだがはかまよそふかつくぐし　（花声集）

前句と同じく貞享三、四年の作。「まふくだ」のことは『今昔物語』巻十一に見える。行基菩薩は前《さき》の世に和泉国大鳥郡に住む人の娘で、その家に真福田丸という下童があった。たまたま仏道を学ぼうと発願して主人に暇を乞うたので、主人はその志に感じて水干袴《すいかんばかま》を着せるように命じた。そこで幼い娘が功徳のためだと、自分でその袴を仕立てて着せた、という物語である。この句はその物語によって作ったもの。つくしは茎に節を持ち、節ごとに袴という輪生葉《りんせい》を付けている。食べる時はその袴を取って煮たり和《あ》えたりする。坊主頭のつくつくしが袴をつけているさまを真福田丸に見立てたものである。

ほとゝぎすなくぐとぶぞいそがはし　（栞　集）

真蹟「貞享丁卯詠草」のうち。『蕉翁句集』に四年とする。『続虚栗』に中七「なきぐ」とあるが、真蹟に従うべきだ。

時鳥が鋭い声で啼きながら、一直線に飛び去って行くせわしさを、単刀直入に言ったもの。そのいそがわしさに、時鳥という鳥の本性を見とめたのである。

五七の日追善会

卯花《うのはな》も母なき宿ぞ冷《すさま》じき　（続虚栗）

　この年四月八日に死んだ其角の母、妙務尼の追善句である。五七の忌日は五月十二日。『続虚栗』には三つ物として出し、脇は其角の「香消え残る短夜の夢」。
　母の忌に籠る家では、卯の花の白さも、すさまじいまでの寂寥の気をただよわせている、と言ったのである。「冷《すさま》じ」は秋の季語とされているが、元の意味は枕草子に昼吠ゆる犬や火おこさぬ炭櫃《すびつ》などの例を挙げているように、不調和でおもしろくないこと、興ざめなことである。転化してものすごい、心細い意となり、凄・凜・荒涼などの字を当てる。この意味で、ふだんは優しい卯の花の白さに、母のない家の感じから、凄冷の気味を引き出したのだ。感覚の鋭敏さを見せている。

　露沾《ろせん》公に申侍る

五月雨に鳰《にほ》の浮巣を見に行《ゆか》む　（笈日記）

　露沾は磐城平の藩主内藤風虎《ふうこ》の二男。宗因門で蕉門の士とも交り、芭蕉の『笈の小文』の旅には餞別吟を贈っている。この夏ごろから、芭蕉は遊意を露沾に申し上げていたらしく、五月雨に鳰の浮巣を見に行こうとは、鳰の海とも言われる琵琶湖を頭に置いて言ったものである。五月雨ごろの出立予定が、初時雨のころに、都合で延期されたのである。

「水鳥の巣」は夏の季題である。その中で「鳰の巣」は最も特徴があり、水草の茎を支柱として、水面に草の葉茎などで台形の「浮巣」を作り、水の干満に従って軽く浮くようになっている。鳰の海と言われる琵琶湖へ、水かさの増した五月雨のころに、珍しいその「鳰の浮巣」を見に行こうと思う、という意味。もちろんそんな理由で行くのではないが、仮にそう言って、もくろんでいる関西旅行を風狂人の無償の行為として意味づけるのである。「水鶏《くひな》なくと人のいへばやさや泊り」「雑炊の名どころなれば冬籠」など、そのような意味あいの句だ。

『白冊紙』に、「(先師) 又いはく、春雨の柳は全体連歌なり。田にし取烏《とる》は全く俳諧也。『五月雨に鳰の浮巣を見にゆかん』といふ句は詞にはいかひなし。浮巣を見に行んと云《いう》所俳也」云々とある。和歌・連歌の世界から、俳諧の世界は一歩脱け出た新しみがなくてはならぬから、どこに俳諧性があるかを、当時の正風俳士たちがいろいろと問題にした。それは、俳諧性を俳言に求めた貞門や、滑稽に求めた談林と違って、正風ではもっと微妙な問題となった。

芭蕉はこの句について、「五月雨」も「鳰の浮巣」も、連歌以来の伝統的題目であって、俳諧性はない。つまり、言葉としては和歌以来の雅言で、俳言でも何でもない。だが、それを雨中に「見に行かむ」という、物ずきな風狂人の心に俳諧性がある、という。こういう興じ方は、和歌でも連歌でもなく、やはり俳諧なのである。「名月や池をめぐりて夜もすがら」とか、「旅人と我名よばれん初しぐれ」とか、同じような意味で俳諧である。

五月雨や桶の輪切《きる》る夜の声

（一字幽蘭集）

真蹟に、「ほとゝぎす啼〳〵飛ぞいそがはし」「髪はへて容顔青し五月あめ」の二句と並記され、この二句はどちらも『続虚栗』に出ていて、貞享四年の作と推定されるから、やはりこの句も同じ年であろう。

五月雨の降りつづく夜、厨のあたりで、桶に巻いた竹の箍《たが》が、音を立てて切れた。夜の静かな闇を不意に乱したこの音を、「夜の声」と言った。「秋の声」が「秋の音」と違うように、「夜の声」も、語感として「夜の音」とは違っている。「秋の声」が、言わば秋の気が籠った蕭殺《しょうさつ》たる音であるように、「夜の声」も、夜の気が籠って、ものすごく、重い響きの籠った音である。「声」は人為的な音ではなく、自然の発する音である。この場合も、五月雨のしとしとと降る中の、おのずからの夜の声である。物理的には、桶が水分を含んで膨張した結果、きつく締めつけた箍が切れたのである。

自詠

髪はえて容顔蒼《アヲ》し五《さ》月《つき》雨《あめ》

（続虚栗）

『蕉翁句集』はこの年の吟とする。同書には「自賛」、『芭蕉翁発句集』に「病中自詠」、真躓懐紙に「貧主自ヲ云」とある。「病中自詠」は、「容顔蒼し」から編者が推定したのかと思う。自画像を書いて讃を作ったのであろう。

如何にも鬱陶《うつとう》しい霖雨《りんう》の季節を表している。「青梅雨」という語がふさわしいような、青葉若葉の照り映える季節でもある。また髪がじとじとと湿気を含んで、長い下げ髪など重苦しく、「あつかはしき五月雨の髪」などと源氏物語に書かれる季節でもある。「髪はえて」「容顔蒼し」が、作者の風貌を彷彿させる。芭蕉はもちろん僧形《そうぎよう》だから、頭をしばらく剃らないで、髪が生えるにまかせている姿である。とくに病中と見なくても、形容枯槁《ここう》したさまをみずから手鏡に映して驚いているのだ。樹々の緑の映発する草庵の一間に、顔面はいよいよ蒼白である。

漢語的表現で、変りはてた容貌の凄味を強調している。近代絵画の自画像に慣れたわれわれには、この句が非常に近代的なものに映る。この句の発想は、草庵生活の一齣《こま》として、己れの風貌の変容に驚くところにある。油絵のようなどぎつさで、彼は全体を青の色調を主として塗りたくる。感覚的に強烈な句。

岱水亭《たいすいてい》影待に

雨折〳〵思ふ事なき早苗哉　（木曾《きそ》の谿《たに》）

『蕉翁句集』にこの年の句とする。岱水は深川在住の芭蕉門人で、『木曾の谿』の編者でもある。

岱水亭の影待《かげまち》に招かれた。影待は日待である。正・五・九月の中の吉日（三・十三・十七・二十三・二十七）に親戚・朋友を招いて、寝ずに日の出を拝んだ。これはもちろん五月の日待で、「早苗」を詠んでいるから、田植を終えての会食である。当時深川には未だ田圃が多く、岱水も田を作っていたと見える。「影待や菊の香のする豆腐串」の句も岱水亭での影待の句で、これは、稲の収穫を終えた九月吉日である。

折々の雨に、早苗は何の心配もいらず、順調に伸びて行くとの意。岱水への挨拶の句でもある。

鰹《かつを》売《うり》いかなる人を酔《よは》すらん　（いつを昔）

『蕉翁句集』にこの年とする。

江戸ッ子が喜ぶ鰹を、威勢のよい呼声で売り歩いている。どういう人にあの鰹は売られて、晩酌の佳肴として、その人を酔わすことであろう、という意。

鰹売の威勢のよさから、鰹を喜ぶ江戸の市民の、あけっぴろげな満足感を、思いやって作っている。

瓜の花雫《しづく》いかなる忘れ草　（類柑子《るいこうじ》）

年代については諸説があるが『芭蕉翁発句集』に貞享四年としているのにしばらく従う。『類柑子』（其角《きかく》著、宝永四年跋）に「瓜の一花」という其角の文があり、その中にこの句の出来た状況を記している。宗対州公の茶道であった河野松波の屋敷を芭蕉、高山某（麋塒《びじ》か）、言水《ごんすい》らが訪ねた時、

床のうちに無絃の琵琶を居《スエ》て、ふるき長瓢《ながふくべ》のわれたるに、花零《オチ》より雫発々《ボチ》と落て、涯となく後《ウシロ》をおびやかしたるしめりやるかたなし。主の涼を味はふる心にくさをうかゞひ居たるに、瓜の花をもて此瓢にいけられたり。花よりもれ蔓より露をむすべるに、水はたあふれて扇を忘る。廬岳の雨を聞心地したり。撥面のうるほへる風情をいはゞ、戸難瀬の滝に尾を曳けん亀のけしきしたり。水声玉ちるばかり、此一花に夏を流して、老人の茗話忘れがたし。月よくさし入、時鳥まぢかふ飛ちがふほどの窓ならば、花をせぬを本意とす也。今は郭公すがりてあるに、久しう取出ぬふくべのけしからずもりて、閑席を犯すまゝに花はいけたりとて、一句づゝのぞまれ侍り。これらの風興今は二昔になん。

とあり、芭蕉のこの句と共に、「花瓜や絃をかしたる琵巴《(ママ)》の上」（言水）、「此花に誰あやまつて瓜持参」（晋子）が並んでいる。その場の物静かなさまがよく分る。長瓢の割れ目から落

ちる雫が無絃の琵琶の面にしたたって塵外にあるような気持にさせ、世上のことを忘れさせるのである。瓜の花の雫がどのような憂さを忘れさせる忘れ草なのであろう、というほどの意味。忘れ草は元来萱草のことであるが、ここではただ名前を借りて用いたもの。「瓜の花」はまくわうりの花で、其角の句の「瓜持参」は水菓子としてまくわうりを持参したものであろう。

門人杉風《さんぷう》子、夏の料とてかたびらを調じ送りけるに

いでや我よきぬのきたりせみごろも　（栞集）

『蕉翁句集』はこの年とする。

パトロン杉風が贈った帷子《かたびら》を着た喜びの吟。さあ見たまえ、私はよい着物を着ているよ、この蟬の羽のような涼しい帷子を、という気持である。帷子は麻地で作り、肌につかず涼しい。きわめて薄い単衣《ひとえ》であるから、蟬の羽衣とか、蟬衣とか言ったのだ。新しい帷子は折り目がはっきり付いていて、糊付もこわく、着ると真四角な形になるから、しなだれた着物を脱いで、これを着てしゃんとした得意の姿を、ややはにかみながらも、ひとに誇示しているのである。その喜びの勢いが「いでや我」の初めの五文字に見えている。

この年新年の「誰やらが形に似たりけさの春」も、人に衣類を貰った喜びの作であった。

『蕉翁句集』その他に、座五「蟬の声」とあるのは、杜撰である。「よききぬきたり、せみ

ごろも」と、「よききぬ」と「せみごろも」の繰り返しに、童子のような無心の喜びの声がある。

さゞれ蟹《がに》足はひのぼる清水かな　（続虚栗）

『蕉翁句集』にこの年とする。

清水に足をひたしていると、小さな沢蟹が足を這い上ってくる。くすぐったい感触と、同時に小動物の可憐さとが、素直に描かれている。「清水」は涌き出る水で、その清冽さを賞して夏の季語とする。

酔《よう》て寝《ね》むなでしこ咲ける石の上　（栞　集）

『蕉翁句集』にこの年とする。真蹟短冊に「納涼」と前書したものがある。河原撫子《かわらなでしこ》が石ころの多い河原に咲いているところか。その石を枕に、酔うて寐よう、というのだが、撫子に乙女の姿を連想するのは、万葉以来のことだから、芭蕉の句としては珍しくエロティックな味が出てくる。

すみける人外《ほか》にかくれて、むぐら生《おい》しげる古跡をとひて

瓜作る君があれなと夕すゞみ　（栞集）

『栞集』の真蹟によって、この年あるいはその前年の作。別に、「古園」と前書した真蹟がある。

かつて深川に住んでいた知人、おそらく隠者の草庵の跡か。その人はすでに外へ移って、雑草の生い茂った跡に空しく立ち、「住む人絶えてなし」の感慨を新たにしているのである。西行が「夏熊野へ参りけるに、岩田と申すところに涼みて、下向しける。人に付けて、京へ西上人のもとへ遣しける」と前書した、「松が根の岩田の岸の夕すずみ君があれなと思ほゆるかな」（山家集）の歌を踏まえている。「君があれなと」は、君があって欲しいと思うのである。「瓜作る」は、そのあたりに田園の風景が展開していることから言ったのだろう。『漢書』に、「邵平ハ故《モト》《ナツ》秦ノ東陵侯ナリ。秦破レテ布衣《ホイ》ト為リ、瓜ヲ長安城ノ東ニ種《ウ》ウ。瓜美《ウマ》シ。故ニ世東陵瓜ト号ク。邵平ヨリ始マル」とある東陵侯の故事が連想されよう。隠栖して畑など作っていたその人を懐しく思っているので、「瓜作る」というのは虚構でもかまわない、仮に設けたその人らしい境地なのである。当時ただ瓜と言えば甜瓜《まくわうり》である。「夕涼み」と言ったのは、穎原《えばら》退蔵が言うように、「低徊顧望去りかねて居る情」である。

昼顔に米つき涼むあはれ也　（続の原）

『蕉翁句集』はこの年の作とする。ただし、初五「ゆふがほに」の形では天和年間か。「元禄職人尽し」とでも言うべき群作があったら、「米搗」の句として恰好のもの。夏の日盛りに、垣根などにからまって咲いている昼顔のほとりで、汗を入れているところである。昼顔は、かくべつ賞するに足らぬはかない花だが、さりとて風情がないわけではない。米搗の取合せとして、一抹の哀れがある。この米搗は、越後あたりからの出稼人だろうか。「細み」の句であり、米搗の生活の一齣を描き出して、「軽み」の句でもある。

真蹟懐紙に、「朝顔寝言　わらふべし泣べし我朝顔の凋時《しぼむとき》」「昼顔剛勇　雪の中は昼顔かれぬ日影哉」「夕顔卑賤　夕顔に米つき休む哀かな」と並記しているのは、初案であろうか。求められて、三つの花を詠み分けたのであろう。始めは夕顔に米搗であったが、これを昼顔にすると情景が生きてくる。朝顔なら楽隠居、夕顔なら隠れ栖む佳人、昼顔で始めて米搗の哀れに点睛を加えたことになる。

嵐雪《らんせつ》がゑがきしに、さんのぞみければ

蕣《あさがほ》は下手《へた》のかくさへ哀《あはれ》也　（いつを昔）

『蕉翁句集』にこの年の作とする。

芭蕉と嵐雪と、隔てのない師弟の情がしみ出ている。同時に、朝顔の本情を巧みに言い取っている。俳諧・発句は、連衆の芸術であり、つきあいの文学であることを、こういう句が一番はっきり示している。今日においては、最も忘れられた俳諧性であり、挨拶的性格である。挨拶とは礼儀作法に終るものでない。心と心との微妙な通い合いである。

月はやしこずゑはあめを持《もち》ながら　（鹿島《かしま》紀行）

貞享四年八月、鹿島に月見をした吟行中の句。紀行に、夜舟を下して鹿島に到ったころ、「ひるよりあめしきりにふりて、月見るべくもあらず。（中略）あかつきのそら、いさゝかはれけるを、和尚起し驚シ侍れば、人々起出ぬ。月のひかり、雨の音、たゞあはれなるけしきのみむねにみちて、いふべきことの葉もなし。はるぐ〵と月みにきたるかひなきこそほゐなきわざなれ」とある。和尚とは、根本寺の前住職仏頂和尚で、この時は寺の側の小庵に移っていて、芭蕉はそこに泊ったらしい。

「月早し」は、雲足の早さから、月が早く走るように見えたもの。雨後の梢には雨滴が溜ってぽとぽとと落ちるのだ。和尚に起されて見たときの印象で、「雨を持ちながら」の表現が、雨後の湿度を微妙に捉え得ている。

鹿島に詣《もうで》ける比《ころ》、宿根本寺

寺にねて誠がほなる月見哉　（続虚栗）

『鹿島紀行』にも同じ形で見える。紀行（前句の引用文の省略したくだり）に、「ふもとに、根本寺のさきの和尚、今は世をのがれて、此所におはしけるといふを聞て、尋入《たずねいり》てふしぬ。すこぶる人をして深省を発せしむと吟じけむ、しばらく清浄の心をうるに丶たり」とある。この「深省を発せしむ」は、杜甫の詩「龍門奉先寺に遊ぶ」に「覚めむと欲して晨鐘を聞く、人をして深省を発せしむ」とあるのに拠る。この気持を「まこと顔なる」と言ったものので、俗界と違って、寺での月見だから、遊戯三昧の月見と違って、おのずから厳粛な気分にさそう、というのだ。理が勝った句である。

根本寺は臨済寺で、芭蕉はここに、江戸で参禅の師であった仏頂を訪ねたのである。この紀行には、曾良・宗波を伴っている。禅寺であり、参禅の師であることが、いっそう作者たちを「まこと顔」にさせるのである。

神前

この松のみばへせし代や神の秋　（鹿島紀行）

鹿島神宮神前での句。神前に鬱蒼とした老松がそびえていて、この松が実生えしたであろう神代のことが、遥かに思いやられる、との意。「神の秋」とは、神宮の崇厳《すうごん》さを秋気満つる中に感じ取ったもの。それだけの句で、句境は浅い。

田家

かりかけしたづらのつるやさとの秋

（鹿島紀行）

稲を刈りかけた秋深い田の面に、一羽の鶴が降り立っているのだ。そのころは鹿島にも鶴が飛来したのか。人を怖れないで、鶴が田圃に悠然と餌を漁っている、如何にも田家らしい、のんびりした秋の景色に興を発したのである。「刈りかけし」だから、水はもう落したあとで、黄金色の穂が波立っている頃である。

これは理想画で、写生ではなかろう。リアリティの迫力を持っていない。

賤《しづ》の子やいね摺《すり》かけて月をみる

（鹿島紀行）

稲刈のあと、夜、干した籾《もみ》を唐臼にかけて、籾摺をやりながら、ふと手を休めて、折からの名月を眺めるのだ。籾摺は農村の庭仕事の一つで、「庭」とは仕事場の意味。籾摺の作業場を臼庭ともいう。朝庭・夜庭と言って、夜を日についでの苦しい作業で、臼摺の夜業が始まると、臼の夜食と言って、ごもく飯などの夜食がでる。これは夜庭の句である。作者が「賤の子」と言ったのは、農事に雇われた作男の類である。苦しい作業の中で、しばしの休息に、月を見上げるのだ。籾摺る賤の子にすらも月を見る風流心を見出すという、観想的な作柄であって、経験というより想裡の景であろう。

なお、『芭蕉杉風両吟百韻』付録には、自筆短冊によるとして、上五「里の子や」とある。「賤」ということさらな境涯の設定がないだけ、この方が自然である。

いものはや月待《まつ》さとの焼《やけ》ばたけ　（鹿島紀行）

『蕉翁句集』に、下五「やけ畠」と表記しているので、少くとも土芳は「ヤキバタケ」と訓まなかったことが分る。

荒地を焼いて開墾したばかりの新畑に、芋を作ってある。芋の葉がすくすくと伸びているが、それも月待つ里の月見の料だという気持を、ほのめかしてある。やはりこれも、月夜の景と見てよかろう。

『鹿島紀行』の句は、おおかた写実性に乏しい。雨が降って、満足な月見ではなかったので、あれこれと田舎の月見の景を、構想して作り出しているようだ。

萩《はぎ》原《はら》や一《ひと》夜《よ》はやどせ山の犬　（続虚栗）

『鹿島紀行』にも同形で出ている。『泊船集《はくせんしゅう》』には、「狼《おほかみ》も一夜はやどせ萩がもと」とあり、『笈日記』には同じく下五「芦の花」とある。『泊船集』の形は別案か。『笈日記』の形は杜撰。

萩は「臥猪《ふすい》の床《とこ》」ともいうので、猪ならぬ山の犬でも、一夜ばかりは泊めて下さい、と言ったもの。紀行に、「萩は錦を地にしけらんやうにて、為仲が長櫃《ながびつ》に折入て、みやこのつとにもたせけるも、風流にくからず。きちかう・をみなへし・かるかや・尾花みだれあひて、さをしかのつまこひわたる、いとあはれ也。野の駒、ところえがほにむれありく、またあはれなり」と書かれている、途中の鎌谷《かまがい》の原のイメージに拠るものである。「野」と題して、曾良の「もゝひきや一花摺の萩ごろも」「はなの秋草に喰あく野馬哉」の二首と、芭蕉のこの句とが掲げてあるのは、おそらくこの野の印象で、「野」の題詠というわけではない。やさしい野に呼びかけて、自分たちを「山の犬」に擬し、礼にならわぬ野人たちと、謙退して言っているのだ。仏頂への挨拶の句ではなかろう。自分たちもここに一夜は野宿させてくれ、という意で、「春の野に菫摘みにと来しわれぞ野をなつかしみ一夜寐にける」（万葉集、山部赤人）の歌が裏に籠っている。「山の犬」は豺《やまいぬ》で、別案には狼とあり、猛獣で、ややイメージはどぎついが、もともと猪の置換えだから、かえって萩の優しさ、なつかしさの強調となる。

聴閑

蓑《みの》虫《むし》の音《ね》を聞《きき》に来《コ》よ艸の庵《いほ》　（続虚栗）

『蕉翁句集』にこの年とある。「蓑虫鳴く」で秋の句。

静閑なこの小庵にも、秋風の季節になって、蓑虫が「ちちよ、ちちよ」と鳴いている。蓑虫のその静かな音に聴入るために、一度やっておいでなさい、という意。蓑虫は鳴く虫ではないが、枕草子の文章以来、秋風が吹くと鳴くものとされる（「蜘何《くもなん》と」の句参照）。「聴閑」とは、蓑虫のあるかなきかの音に聴き入るほどの閑かさを味わいに来られよ、という意である。『栞集』に、「くさの戸ぼそに住わびて、あき風のかなしげなるゆふぐれ、友達のかたへいひつかはし侍る」と前書がある。

土芳の『庵日記』に、「蕉翁、面壁の画図一紙、ふところより取出て、是をこの庵のものにせばやと夜《よも》すがら書《かけ》るはとなり、その讃に」として、この句がある。伊賀上野の土芳の蓑虫庵の名の由来は、すなわちこの句である。

起あがる菊ほのか也水のあと　（続虚栗）

草菴雨《そうあんのあめ》

『蕉翁句集』にこの年とする。

深川は土地がらが低湿だから、雨が降るとすぐ庭など水びたしとなった。出水のあと、傾いていた庭さきの菊が、水が引いたあとに、ようやく起き直った風情を捉えた。「ほのかなり」と言ったので、「何となく黄昏のさまが浮んでくる」と潁原退蔵はいう。「ほのかなり」で、たおやかな菊のほのかな息づかいが聞えるようだ。黄昏によるほのかさであるばかりでなく、菊の姿情そのもののほのかさである。おのずからたゆげに起き上る菊の姿に、何となく女の閨情《けいじょう》を感じ取っているような、ほのぼのとした色気がある。

後に許六筆の菊の花の画に讃して、「日にほころび安《あ》き花は、雨にはたなさけふかし」と前書をつけている。擬人化の気持が、この前書からもうかがわれる。

痩《やせ》ながらわりなき菊のつぼみ哉　（続虚栗）

『続虚栗』には前句につづいている。句柄も前句に匂い合うものがあり、同時の作ではないかと思う。ただし『笈日記』には「菊、如行亭《じょこう》」と前書がある。如行は大垣藩士で、後に画讃として流用したものである。

「わりなし」は、仕方がない、やむをえないの意。不合理やつらさを認容する心である。痩せ細った庭前の菊の身にとっては、蕾をつけるということは、大変な重荷なのだが、詮方なくも蕾をつけてしまったという、つらさの認容である。痩菊が自然のやむにやまれぬ力に屈服して、蕾を持ったという、無力さへの愛憐である。太田水穂は、みごもった痩身の婦人のイメージがあったと見ているが、みごもって捨てられた貧しい女の切ない諦めの心も連想される。

以上二首とも、弱い女性の運命への共感を示した、「細み」の句である。

寛文期
延宝期
天和期
貞享元年（天和四年）
貞享二年
貞享三年
貞享四年
貞享五年（元禄元年）
貞享期

旅人と我名《わがな》よばれん初しぐれ　（笈の小文）

十月十一日、帰郷する芭蕉の餞別会《せんべつ》が、其角《きかく》邸で催され、十一吟四十四《よよし》の発句として詠まれた。紀行の前文は、「神無月の初、空定めなきけしき、身は風葉の行末なき心地して」とある。脇は「亦山茶花を宿〳〵にして」（由之）。これは『冬の日』の「狂句こがらし」に対する脇句「誰そやとばしる笠の山茶花」（野水）を心に置いて詠んでいる。

三年前の野ざらしの旅のおりの、悲壮な決意と違って、この旅立ちの句は、心の余裕がうかがわれる。西行・宗祇の風雅をしたう芭蕉は、旅人の境涯を何時も心に描いていた。そして時雨は、無常迅速なるものの譬えであり、人生の旅人である芭蕉の心の色であった。「旅人と我名よばれん」には、旅立とうとする芭蕉の心のきおいが感じられる。『赤冊子』に「心のいさましきを句のふりにふり出して、よばれん初しぐれ、とは云しと也。いさましき心を顕す所、謡のはしを前書にして、書のごとく章《しょう》さして門人に送られし也。一風情有《ある》もの也。この珍しき作意に出《いず》る師の心の出所を味《あじわう》べし」とある。『千鳥掛』（知足《ちそく》撰、正徳二年）には、謡曲『梅ケ枝』の一節を詞書とし、それに謡本通りの胡麻点がつけてある。能の廻国の行脚僧の姿を自分に擬している気味合があり、句の姿そのものからも、芭蕉の心躍りが感得できる。

不二《ふじ》

一《ひと》尾《を》根《ね》はしぐるゝ雲かふじのゆき　（泊船集）

『蕉翁句集』はこの年とする。

『赤冊子』に、「早稲《わせ》の香や分け入る右は有磯海《ありそ》」の句と並べて、「此句師のいはく、若《もし》大国に入て句をいふ時は、その心得有。みやこがた名有《ある》もの人かゞの国に行て、くんぜ川とかいふ川にて、こり踏《ふむ》といふ句有。たとへ佳句とても、その信をしらざれば也。ありそも其心遣ひをみるべし。また不二の句も、山のすがた是程の気にもなくては、異山とひとつに成べし」と言っている。加賀や駿河のような大国へはいった時に詠む挨拶の句としては、句の位を失わぬことが大切で、地名や風物を詠む時も、有磯海や富士のような大景を詠み、ゆめゆめ誰も知らないくんぜ川などという川や、鮖《ごり》踏むなどという鄙びた卑しいわざを詠むべきでないという。それは挨拶句を詠むときの心得であって、この句は誰への挨拶句か分らないが、相手をあたかも、富士の大景を領する駿河の国守であるかのように仮構して、詠んでいるのである。もてなしを受けた主人の齢を延べる心で、四辺の風景を讃めるという、古い宴歌の作法に由来する。

富士の全山はすでに雪をかぶって真白であるが、麓の一つの尾根に低くかかる雲は、時雨雲かも知れぬ、と言ったもの。雪山の中に、一箇所時雨を降らせている尾根があると、気象の変化を見出すことによって、異山とはちがった富士の雄大、荘厳の景をたたえた。

京まではまだ半空《なかぞら》や雪の雲　（笈の小文）

芭蕉は十一月四日に鳴海の醸造家下里知足の家に宿り、五日、六日、七日と毎日歌仙をまいたが、これは五日、同じく鳴海の連衆の一人、本陣桝屋の主人、寺島業言《ぼくげん》宅でまいた歌仙の発句である、脇は「千鳥しばらく此海の月　業言」で、以下知足・如風・安信《あんしん》・自笑・重辰が同座している。

紀行の前文に、「飛鳥井雅章《まさあき》公の此宿《しゆく》にとまらせ給ひて、都も遠くなるみがたはるけき海を中にへだてゝ、と詠じ給ひけるを、自《みずから》かゝせたまひてたまはりけるよしをかたるに」とある。『如行子《じよこうし》』の前書に、「貞享四年卯十一月五日、鳴海寺島氏業言亭に飛鳥井亜相の御詠草のかゝり侍りし哥を和す」とある。雅章は和歌・書画に堪能であった公卿で、従一位権大納言に至った。延宝七年歿しているが、この歌の初五は、何丸の『句解参考』によれば「うちひさす」である。京から東武へ赴く途中、この鳴海から遥かな京を思いやっての作である。

その詠草が業言邸の座敷に掛けてあったので、それに和する心でこの句を詠んだ。この鳴海の宿に、自分はいまはるばると江戸から辿り着いたが、雪の雲を隔てて、都まではまだ半道ほどである。程遠い前途だ、との意。「半空」は中途、自分の家と目的地との中ほど、ということ。雅章の詠草に和することは、その詠草が主人業言のもてなしであれば、業言への挨拶となるのだ。そしてその「中空」にして、自分はあたたかいもてなしを受けて、しばらく足をとめる、との気持も籠めていよう。「中空」と「雪の雲」とが縁語をなし、その中に鳴海の宿への親しさの気持を示している。

星崎の闇を見よとや啼《なく》千鳥

鳴海にとまりて

（笈の小文）

十一月七日、業言の分家、根古屋、寺島安信邸でまいた歌仙の発句。『笈の小文』には、「京までは」の句より前に書いてあるが、実は二日後である。脇は「船調ふる蜑《あま》の埋火　安信」、以下自笑・知足・業言・如風・重辰。この六人を鳴海六俳仙という。『如行子』に、「ね覚は松風の里、よびつぎは夜明てから、かさ寺はゆきの降《ふる》日」と前書がある。松風の里・呼続・笠寺・星崎は、すべて鳴海附近の地名で、おそらく連衆の間での座談に出た諧謔であろう。前書からすぐ続けて、星崎は星さえ見えない闇の夜がよい、と言ったのだ。

この当日は闇夜で、海を見はらす佳景があいにく見えないことを客のために惜しむ主人に対して、闇夜に啼く千鳥の声を詠んで、かえって慰めている。闇の中の声だけが、実体あるもので、あとは闇一色である。「星崎の」でいったん小休止を置いて、「見よとや」で休まず、続け気味に読み下すのがよい。千鳥の声を賞することが、そのまま星崎の闇夜を賞することになる。この句は「海くれて鴨のこゑほのかに白し」にやや似て、その純粋に感覚的な把握に対して、これは「闇を見よとや」と主情的に把握している違いがある。

寒けれど二人寝《ぬ》る夜ぞ頼《たの》もしき　（笈の小文）

十一月十日に、芭蕉は名古屋の越智越人とともに、三河の保美《ほび》の里に流寓している杜国を訪ねるため、鳴海を出発した。その夜は吉田に一泊したが、『曠野』には、「越人と吉田の駅にて」と前書して、中七「二人旅ねぞ」の形で、この句を掲げている。『笈の小文』の前文には、「三川の国保美といふ処に、杜国がしのびて有けるをとぶらはむと、まづ越人に消息して、鳴海より跡ざまに二十五里尋《たずね》かへりて、其夜吉田に泊る」とある。『曠野』の形は前案、『笈の小文』が後案である。

保美は渥美半島の突端、伊良湖岬の一里ほど手前である。杜国は名古屋御園町の町代で、富裕な米商だったが、空米売買の罪で領分追放となった。前々年の八月のことである。芭蕉は『冬の日』五歌仙の折衲と一座し、その人柄を愛し、その薄倖を憐んだ。二十五里も後戻りして杜国を配所に訪ねようとしたのは、よくよくのことで、普通の師弟愛以上のものがそこにあったと見てよい。越人に書をやって同行を求めたのは、越後から名古屋に移住した越人の世話を杜国がよく見、その俳諧の手引までしてやった関係から、二人の交友がことさら深かったからである。

吉田の駅は豊橋である。芭蕉の今度の旅は、ずっとひとりであったが、この夜は越人と二人旅で、寒い夜ながらたのもしい、というのだ。失意の人を配所に訪うさむざむとした旅ながら、二人でその人のことをしみじみ語り合いながら行く旅の一夜であり、明日はその人に会えるという嬉しさも重なって、「たのもしき」という言葉に陰翳を加えているのだ。

旅宿

ごを焼《たい》て手《て》拭《ぬぐひ》あぶる寒さ哉　（笈日記）

『三河国二葉松』（地誌）、『伊《い》良《ら》胡《ご》崎《ざき》』（子礼編、宝暦九年）に、「吉田の内、下地にて」と前書がある。当地の下地村、今の豊橋市下地町である。芭蕉と越人が泊った前句と同じ旅宿。「ご」は松葉の枯れ落ちたもの。松葉を掃き集めて焚火をし、濡れた手拭をあぶる。鄙《ひな》びた旅宿の一興としたのだ。十日、旅宿に着いた日か、翌朝出立前の句である。朝なら、起きて洗面に使った手拭を、折から庭さきの焚火にあぶるところである。「ご」という言葉を捕えての、即興吟である。

冬の日や馬上に氷る影法師　（笈の小文）

十一月十一日の朝、吉田の旅宿を立って、吹きさらしの天津縄手を通って保美に向う時の吟詠。紀行の前文には「あまつ縄手、田の中にほそ道ありて、海より吹上《あぐ》る風いと寒き処なり」とある。海に沿った田圃の畦道で、冬の田の荒涼とした景色が、芭蕉の脳裏に焼きついた。

初案は「冬の田の馬上にすくむ影法師」(如行子)、次いで「さむき日(田)や馬上にすくむ影法師」(合歓のいびき)、「すくみ行《ゆく》や馬上に氷る影法師」(笈日記)と、次第にモチーフが統一され、表現が純化に近づいた。「馬上に氷る影法師」とは、馬上に氷りついた自分自身の姿が、客観されている。薄氷を張った冬の田に落ちていよいよ寒むざむとした自分と馬との影法師を、初め強調しようとしたが、モチーフを純化し強化しようとして、冬の田の形象を切り捨て、薄曇ったにぶい光の冬の日を点出した。そして田とともに地上の影法師も消されて、実体そのものの寒むざむしさ、馬も一つに氷りついた姿を、ただちに「馬上に氷る影法師」と言った。薄曇った寒い日の、馬上にすくむ、魍魎《もうりよう》のような姿である。連俳では魍魎または罔両と書いて、カゲボウシまたはカゲボウと訓んだ。

伊羅古《いらご》に行道《ゆく》、越人酔《よい》て馬に乗る

ゆきや砂むまより落《おち》て酒の酔《ゑひ》　(合歓《ねむ》のいびき)

「落て」の「て」は「よ」または「そ」とも読めそうで、「落よ」「落そ」を採る人もある。『伊良虞紀行』(下郷学海編、安永六年八月)に、「一かさ高き所は卯波江坂とて、むかし越人、翁にしたがひ酔ふて馬にのられし時、雪や砂馬より落て酒の酔、と翁の口ずさみ給ふとなん」とある。大礒義雄氏の考証によれば、「宇波江」は「宇津江」の誤聞で、その坂を下りたところに「江比間」の部落があり、古絵図に「酔馬」ともあるので、芭蕉はこの名から即興的にこの句を口誦《くちずさ》んだのだろう、という。

馬から落ちて、雪や砂にまみれた酔人越人を頭に描き出して、からかった即興句。越人が本当に落ちたのかどうか、穿鑿《せんさく》することもあるまい。「落ちて」「落ちそ」「落ちよ」——どれでも句意が通ずるのが妙である。

鷹《たか》一つ見《み》付《つけ》てうれしいらご崎　（笈の小文）

十一月十一日、芭蕉と越人《えつじん》は保美の杜国《とこく》の隠家に着いたが、その翌日、三人は馬に乗って伊良湖岬へ出掛けた。越人の書簡（正徳五年九月付）に、「三人彼浜に出て、打よする空《うつ》せ貝ひろひ、さらに絶景の面白さに、かへる事ともにわすれ侍りて」云々とある。

紀行には「影法師」の句につづけて、「保美村より伊良古崎へ壱里斗《ばかり》も有べし。三河の国の地つゞきにて、伊勢とは海へだてたる所なれども、いかなる故にか、万葉集には伊勢の名所の内に撰入られたり。此洲崎にて碁石《ごいし》を拾ふ。世にいらご白といふとかや。骨山《ほねやま》と云は鷹を打処なり。南の海のはてにて、鷹のはじめて渡る所といへり。いらご鷹など哥にもよめりけりとおもへば、猶あはれなる折ふし」とあって、この句が出ている。伊良湖岬は渥美半島の突端で、志摩半島に対し、渥美湾、伊勢湾を抱えこむ恰好になっている。島に似ているので、万葉では伊良虞島とも言ったが、伊良湖島はまた、『潮騒』（三島由紀夫作）の舞台である神の島ともいう。『伊良胡崎』に、「いらご崎にるものもなし鷹の声」とあるのは、真蹟詠草もあるが、初案であろう。

芭蕉はここで、岩かどなどにとまっているか、天翔っているか、分らないが、そこに一羽の鷹を見出した。伊良湖岬は南の果てで、鷹のはじめて渡るところとして、歌にも詠まれていた。そういった知識を持っていた芭蕉は、果してそこに一羽の鷹を見出した。南へ渡る群におくれて、取り残された鷹の孤影と映ったのであろう。それは仲間を離れて、世外に追放された杜国の姿を象徴しているようであった。主観的には「罪なくして配所の月を見る」という運命を甘受しなければならなかった彼の姿が、「鷹一ツ」であろう。初案「似る物もなし」とは、杜国の人物の気品を鷹にたとえたのだろう。伊良湖は万葉集の麻続王《おみのおおきみ》以来、罪を得たさすらいびとが海人《あま》のような侘しい生活を送るところである。鷹と杜国と麻続王とが三重のイメージを作り上げる。

こう考えると、「うれし」とは、悲しみの籠った「うれし」である。そういう作者の感懐が、あらわに表面に出てはいないが、托されているというべきである。

杜国が不幸を伊良古崎にたづねて、鷹のこゑを折ふし聞て

夢よりも現《うつつ》の鷹ぞ頼母《たのも》しき　（鵲尾冠《しやくびかん》）

前句と同じく、伊良湖岬の鷹を見ての発想で、鷹に杜国を寓する気持が、この句はいっそ

うあらわである。芭蕉が夢に杜国を見ることはしばしばで、後年に杜国の死後、「夢に杜国が事をいひ出して涕泣して覚ム」（嵯峨日記）と書き、つづけて「我夢は聖人君子の夢にあらず、終日妄想、散乱の気、夜陰夢又しかり。まことに此ものを夢みることいはゆる念夢なり」とも書いている。この句では、生きて配所にある杜国を夢に見て、掻きさぐっても実体のない、空しい思いをしていたのである。

それが、保美を訪れる機会を得て、夢でない現《うつつ》の杜国に逢うことができた。その気持を、伊良湖岬で見出しえた一羽の鷹に寓して、「現の鷹」と言った。その現実の声に触れることが出来た喜びを、「たのもしき」と言ったのである。前句より、はっきり意図を示してしまっているだけ、余韻に欠けるとは言えよう。

人のいほりをたづねて

さればこそあれたきまゝの霜の宿　（曠野《あらの》）

『如行子』によれば、十一月十三日、保美の杜国の隠家で作る。やって来たのは、その前々日の十一日である。

芭蕉は尾張の連衆、ことに越人の口から、杜国とその住居とのうわさは度々聞いていた。このたびその隠家にたどり着いてみると、話にたがわず、自分の推量通り、荒れるにまかせた茅屋であった。「さればこそ」とは、その瞬間の意気ごんだ表現である。到着した日の第一印象に基づいた作である。「荒れたきままの」は、荒れたい放題にまかせたという意味で、その主観の激越さは、杜国の荒れた侘住居を、ほとんど自分自身の肉体的苦痛として受取っている。「さればこそ」とは、推量通りという以上に、まざまざと夢に見た通りといった、妄念の激しさを籠めている。そこに「霜の宿」といった結句の、なまなましいリアリティがある。芭蕉が念夢の中に見た「霜の宿」に、「さればこそ」ぴたりとうち重なるのである。

麦はえてよき隠《かくれ》家《が》や畠村　（笈日記）

『如行子』には、前句「さればこそ」に続けて、十一月十三日の条に出している。杜国の隠家で詠んだ句で、『如行子』には初五「麦まきて」とあり、続けて脇句「冬をさかりに椿咲なり」（越人）、第三「昼の空蚤かむ犬の寝かへりて」（野仁）と録されている。『合歓のいびき』は、「麦はえて」の形で出、同じく脇・第三を載せている。野仁とは杜国の仮の号である。隠家のあるじとして芭蕉を迎えながら、脇を越人に譲ったのも、世をはばかってのことである。

杜国は始め畠村（今の渥美郡渥美町福江）に住み、後すぐ近くの保美（渥美郡渥美町保美）に移った。すでに移っているのに、旧居の畠村を言ったのは不思議だが、保美をも含めて畠村と言ったのであろう。そこに麦など蒔いて、ひっそりと隠れ栖んでいると言ったので、「麦まきて」に住む人の心ざまを見ているのである。それが「麦はえて」になると、隠れ栖む人の心根より、隠家そのものの景観を主としている。古歌に流謫の人を詠んで、「玉藻刈り食《は》む」「藻塩たれつつ」などといった心根のあわれに通じるものは、「麦まきて」の方にあるだろう。だが、「よき隠家」と、隠家の景観を言ったことから言えば、「麦はえて」とその青々した芽立ちを言うことの方が、ふさわしいと思ったのかも知れぬ。五十歩百歩だが、どちらかと言えば、私は「麦まきて」を取る。ただし、不幸な配所ながら、南を受けたよい地相であることを讃める気持もあって、「麦生えて」とその色づくさまを取り上げて言ったのかも知れない。

此里をほびといふ事は、むかし院のみかどのほめさせ玉ふ地なるによりて、ほう美といふよし、里人のかたり侍るを、いづれのふみに書きとゞめたるともしらず侍れども、いともかしこく覚え侍るまゝに

梅つばき早《はや》咲《ざき》ほめむ保美の里　（真蹟詠草）

保美滞在中、地名に興を発した一句。『鎌倉海道』（千梅編、享保十年刊）にも、「三河の国に褒《ホ》美の里と云所あり。其処に至りて里の名の面白ければ」と前書がある。

何院か分らないが、昔この地を褒められたという褒美《ほび》の名の通り、梅や椿の早咲が咲い

て、南を受けた、暖いよい地相だと讃めているのである。前句「麦はえて」と同じく、杜国が隠れ栖んでいるという思いが、その土地そのものを好もしいところと讃めさせるのだ。早咲の梅・椿で冬季。

しばしかくれゐける人に申遣《もうしつかわ》す

先《まづ》祝へ梅を心の冬籠り　（曠《あら》野《の》）

保美に杜国を訪れたときの作。『曠野』の前書は、杜国へ宛てた句のように受け取れるが、『刷毛序《はけついで》』（巴静編、宝永三年刊）に、「権七に示す」と題した文に付けられた祝句で、権七は奴僕の汎称であり、「家僕何がし」とは保美出身で杜国に仕えた家田与八だろうという大礒義雄氏の考証がある。その文に、「旧里を去てしばらく田野に身をさすらふ人あり。家僕何がし水木《すいぼく》のために身をくるしめ、心をいたましめ、其獠奴阿段《りようど》が功をあらそひ、陶侃《とうかん》が胡奴《こど》をしたふ。まことや、道は其人を取べからず、物はそのかたちにあらず。『下位に有ても上智の人あり』といへり。猶石心鉄肝たゆむ事なかれ。主も其善のわするべからず」とあり、「祝」として、この句が出ている。獠（中国西南の夷）の男子阿段（段は誤り）は、杜甫の詩「獠奴阿段ニ示ス」に出、忠実な奴僕で、危険を冒して山中の水を求めた。詩中「曾テ陶侃ガ胡奴ノ異ニ驚ク」の句もある。この詩に倣って芭蕉がこの句文を作ったことは明かだ。文末に「主も」云々とあるから、杜国・与八の主従に示す意図があった。

「難波津に咲くやこの花冬籠り今を春べと咲くやこの花」（『古今集』序）の古歌を踏まえた、本歌取りの句。王仁《わに》作と伝えるこの歌の「この花」とは梅で、この歌にはことほぎの心がある。それを受けて、主従に、「今を春べと咲」き出る一陽来復の時を待てと、励ましているのである。梅はもちろん、冬のうちに咲く「春信」として、詠みこんだもので、暖い土地柄から、早咲の梅や椿が咲いていたことは、前句を見ても分る。

鳴海出羽守氏雲宅にて

面白し雪にやならん冬の雨　（千《ち》鳥掛《どりがけ》）

十一月二十日、鳴海六俳仙の一人、刀鍛冶の自笑《じしよう》、岡島佐助邸での作。『如行子』に、「同二十日の日なるみ鍛冶出羽守饗《もうけ》に」とあって、「おもしろや雪にやならん冬の雨」とあるのは、杜撰か。この句を発句として、脇は「氷をたゝく田井の大鷺」（自笑）と付け、寂照の第三まで録された。

自笑への挨拶句で、雪に降りかわりそうな雨の庭前を眺めて、それも眺めの一興と、心待ちにしているのだ。嘱目の景物を詠みこんでいないが、雪になりそうな空模様を、雪見のもてなしとして会釈しているのも、ことさらしくなくてよい。

薬のむさらでも霜の枕かな　（如行子）

芭蕉は十一月二十一日鳴海の知足亭を辞し、熱田の桐葉亭へ赴《おもむ》いた。二十五日に名古屋荷《か》兮《けい》亭へ赴いているから、その間の作。『如行子』には、「翁心ちあしくて欄木起倒子へ薬の（事）いひつか（は）すとて」と前文があり『皺筥物語』にも、「一とせ此所にて例の積聚《しやくじゆ》さし出て、薬の事医師起倒子三節にいひつかはすとて」と前書がある。積聚とは俗にいう癪《しやく》で、胸部や腹部に痙攣を伴う激痛、すなわちさしこみで、胃痙攣もその一つである。二十四日付寂照（知足）宛の書簡に、「持病心気《ごころき》ざし候処、又咳気いたし薬給《たべ》申候」とある。『如行子』には、「昔し忘れぬ草枯の宿」（起倒）の脇句を録している。

ただささえ寒い霜夜の旅枕に、病に臥して薬を飲んでいる心細さ、寂しさを言っている。医師の起倒子とは、前からよしみがあったらしいことが、この脇句で分る。

熱田御修覆《みしゆふく》

磨《とぎ》なをす鏡も清し雪の花　（笈の小文）

『幽蘭集』に「貞享四年十一月廿四日」と端書《はしがき》がある。『熱田三歌仙』（暁台《きようたい》編、安永四年自序）に「みしふくありし御やしろにふたゝびまうでゝ」と前書がある。修覆は貞享三年で、同元年に芭蕉が詣でたときは、「しのぶさへ枯て餅かふやどり哉」と荒廃のさまを詠んでいる。

　神宮の神鏡も、御修覆で磨ぎ直されて、折からの雪を清らかに映し出している、との意。『赤冊子』に「此雪の句は、熱田造営の時の吟也。とぎ直すといひて、其心を安くいひ顕《あらわ》し、その位を能《よ》くする」と言い、「梅こひて卯花拝むなみだ哉」の梅とともに、「ものによりて思ふ心を明す。その物に位をとる」と評している。鏡によって御修覆への祝意を述べ、また句の位を表したことを言っているのである。ただし句境は平凡。『皺筥物語』には、「石しく庭の寒きあかつき」（桐葉）の脇句を掲げている。

ためつけて雪見にまかるかみこ哉

（笈の小文）

有《ある》人の会

　十一月二十五日に、芭蕉は名古屋へ行き、荷兮《かけい》宅に宿った。『如行子』に、「同（十一月）二十八日名古や昌碧会」とある。脇句は「ゐている土に拾はれぬ塵《ちり》」（昌碧）以下亀洞・荷兮・野水・聴雪・越人・舟泉が同座して、歌仙をまいた。「有る人」とは昌碧であるが、昌碧同座の句座は、外に十二月九日一井亭興行の「たび寐よし」の半歌仙があるだけである。『春の日』の三歌仙と追加の中には、芭蕉は一座していないが、昌碧も一度も顔を出していない。わずかに発句が一句、申訳ばかりに載せられていて、また『曠野』にも散見する。作句技倆は拙く古風である。名前からして、里村昌琢の流れを汲む連歌師であったろう。おそらく名古屋の有力者で、この雪の日、芭蕉のために一席のあるじもうけをしたのであろう。これは昌碧への挨拶句。自分は雪見に招かれたが、旅中であるから衣服の持ち合せもなく、せめて紙衣《かみこ》の皺を伸ばし、折目を正しくして参上しました、という意。謙退の心があるが、芭蕉にとって昌碧が平生親しい友でなく、本来ならば正装して参上するのが礼儀であるが、貧相な紙衣など着ているのを許されたい、という気持を含む。紙衣は、『冬の日』「狂句こがらし」の発句の前書に、「笠は長途の雨にほころび、帋衣《かみこ》はとまり〳〵のあらしにもめたり」とあり、芭蕉は好んで着用したようだ。紙衣は厚紙に渋を引いて乾かし、揉みやわらげて、衣服に仕立てたもの。当時大いに流行した。天涯孤独の風狂のさすらいびとが、紙衣で招きに応ずるところに、俳諧的おかしみがただよう。

いざさらば雪見にころぶ所迄　（花摘）

真蹟によって掲げたという也有《やゆう》の『鶉衣《うずらごろも》』に、「丁卯臘月初、夕道何がしに送る」と付記してあり、貞享四年十二月初めと知れる。同書には、「書林風月とき〻し其名もやさしく覚えて、しばし立寄《たちより》てやすらふ程に、雪の降出ければ」と前書があり、初五「いざ出む」の形になっている。おそらく初案で、『笈の小文』や『曠野』に「いざ行《ゆか》む」と改め、さらに「いざさらば」の形に決定したのである。

書林風月は、名古屋本町の書肆《しょし》、風月堂で、あるじは長谷川孫助、号夕道。『如行子』十二月三日の条に、「その夜風月亭にまかりて」とあって、「霰《あられ》かとまたほどかれし笠やどり」（如行）を発句とし、「夜の更るまゝ竹さゆる声」（夕道）と脇をつけ、以下荷兮《かけい》・野水《やすい》と付け、五句目の月の定座を芭蕉が付けた表六句が録してある。「いざさらば」の句も、この時作ったと推定される。

この日雪が降ったので、芭蕉のこの句があるが、如行の句は、また笠を被って出立しようとすると、霰が降り出したので、泊って行けと、結えた笠の緒をあるじにまたほどかれて、「笠やどり」（雨やどり）する仕儀と相成った、と言ったもので、風月亭に泊ると決め、気持を改めて句座となったその夜の事情を推量することが出来る。「いざさらば」は、その日の昼間の作である。雪見に浮き立った気持を、そのままに表現したもので「いざさらば」と言い、「転ぶ所まで」と言ったところに、興ずる気持が口拍子のような快い句調となって出ている。自分の浮き浮きと打興ずる気持を、句のふりに出して、あるじへの挨拶としたのである。

箱根こす人も有《ある》らし今朝の雪　（笈の小文）

十二月四日、名古屋での作。紀行には、「蓬左《ほうさ》の人々にむかひとられて、しばらく休息する程」と前文があって、この句と「ためつけて」「いざ行む」「香を探る」の四句が出ている。蓬左とは、熱田神宮より西方の、熱田・名古屋地方を指す。『如行子』に、「四日はみのやの聴雪《ちようせつ》にとゞめらるゝ、その夜の会」とあって、この句を発句とする半歌仙を載せ、『たねだはら』（良交ら編、天明六年刊）には、歌仙全部を載せている。脇「舟に焼火《たきび》を入るゝ松の葉」（聴雪）以下、如行・野水・越人・荷兮《かけい》が同座している。聴雪は家号美濃屋とだけで、如何なる人物か明かでない。

雪の朝、聴雪亭に温く迎えられて、先ほど越えて来た箱根八里の嶮路の物寂しく、寒々しかったことを思い、この雪にあの山路を越える人もあるのだと、思いやっているのだ。そして、見も知らぬ旅人への思いやりの反面に、自分にこの暖い屋根の下を供された今日のあるじ、美濃屋主人の厚情を謝しているのである。

たび寐よし宿は師走の夕月夜　（熱田三歌仙）

十二月九日一井亭興行

十二月九日、名古屋で興行された半歌仙の発句。脇は「庭さへせばくつもるうす雪」（一井）、以下、越人・昌碧・荷兮・楚竹・東睡が同座している。一井については不詳。この句から前夜は一井亭に一泊したことが知られる。

芭蕉は師走の月に、特別の感慨を持っていたようである。「月白き師走は子路が寝覚哉」という句もあり、冴えきわまった月光の持つ一種のリゴリズムを愛したようだ。一井の脇句によれば、薄雪の積った中天に、夕月夜がかかって、旅愁を身にしみて感じさせる。これはあるじへの挨拶だから、「たび寐よし」と言ったが、真情は旅寝のひとり心の寂しさであろう。夕月と孤独の心で相対しながら、旅の空で年も暮れて行くという感慨が、ひしひしと胸に突きあげて来るのだ。そのようなひとり心と、「旅寝よし」の挨拶と、この句には同居しているようだ。

ある人興行

香《か》を探る梅に蔵《くら》見る軒端哉　（笈の小文）

十二月上旬ごろ、名古屋滞在中の作。『笈日記』『蕉翁句集』などに、「防川亭」の前書があって、「梅に家見る」の形で出ているが、防川という人物は分らないし、この時興行した連句も知られていない。

この句の季は「探梅」で冬。漢和《かんな》聯句《れんく》（五言の漢句と五七五または七七の和句とを交える連句）の題目から来ている。「春信」とほぼ同じく、早咲の梅を探ねて、春の便りをいち早く尋ね探る心である。俳諧の題目として用いたのは、おそらく芭蕉が始めで、後にもう一句、「打よりて花入探《さぐ》れんめつばき」の作例も残している。

初案は「家見る」か。穎原退蔵は、防川はおそらく富んだ商賈で、「家見」とは新居などをことさらに見に行くことだから、防川亭も近いころ新築されたものだったのだろう、と言う。その解は納得される。その新居に招かれたのを、たまたま春を探って、梅が香のする方

寛文期
延宝期
天和期
貞享元年（天和四年）
貞享二年
貞享三年
貞享四年
貞享五年（元禄元年）
貞享期

へ尋ね入り、それを風雅な新居の軒端に尋ねあてた、という風に言っているのだ。そのような仮構を作り出したのも、主客のあいだの以心伝心の微笑を伴う挨拶の心である。「蔵見る」に作り替えたのは、家の奥まで探り入って、白壁も真新しい新築の蔵のほとりに梅を見出したという心であろう。蔵の方が、相手が商賈ならいっそうふさわしいとしたのである。

露凍《いて》て筆に汲干ス清水哉　（三つのかほ）

『三つのかほ』（越人《えつじん》撰、享保十一年跋）に、「此句は尾陽昌圭もとにてせられけるを、何の集にやらん、凍解《いてとけ》てとあやまりぬ」と注記している。『筆のしみづ』（和月編、文化年間）に、初五「露冴て」とあり、この句を発句とした二十四句の未完了歌仙が載っている。脇句は「耳におち葉をひろふ風の夜」（鏡鶏）、以下、一蕪・斧鎮・重五・似朴・盛江・扇也・藤音・荷兮が同座している。重五・荷兮以外は聞き馴れない名前で、昌圭の別号が鏡鶏なのだろうか。昌圭は昌碧や昌長（『曠野』の作者）とともに、名前から里村昌琢の流れの連歌師と推測することが出来、この座に集ったのは、荷兮・重五等蕉門俳士を除き、連歌畠の人だと推定される。そのうち昌圭は尾陽の蕉門俳士たちと交りが深く、『春の日』の連句や発句に名を出している。

これはあるじ昌圭への挨拶である。『蕉翁句集』や『芭蕉庵小文庫』に「苔清水にて」と前書があるのは、吉野西行庵跡のとくとくの清水と思い誤ったのであろう。昌圭亭の座敷から庭の清水を嘱目して、西行の作と伝える「とくとくと落つる岩間の苔清水汲み干すほどもなきすまひかな」を心に置いて、連歌師昌圭の風雅をたたえたのである。西行と類比したところが、昌圭への挨拶である。冬のことで、とくとくと落ちてくる露も凍て涸れて、硯に取ろうにも汲み干されてしまったようだ、というほどのこと。初案「露冴えて」は、その清水の清冽さを冴えると表現したのだが、水も涸れて蕭条とした冬枯の庭前の景を言うために、改めたのであろう。連歌師相手の雅会だから、この句も裃を着たようで、自由な感じからは遠い発句になった。

途中吟

山城へ井出の駕籠《かご》かるしぐれ哉　（焦尾琴《しょうびきん》）

『蕉翁句集』にこの年とするのでここに置く。だがこの冬にその方面へ行った事実はない。時雨の季節（十月）には芭蕉は江戸で「初しぐれ」の句を留別として詠んで旅立ち、郷里の伊賀へ入ったのは十二月中旬であるから、この句に詠まれたような状況を考えることは、この年は無理である。

「井出」は井出の玉水で知られた歌枕で、京都府綴喜郡井出町。南山城で、奈良街道の途中の駅である。井出からの戻り駕籠を借りて京へ帰るのか。井出も山城だから「山城へ井出の」云々は理に合わぬが、「奈良の都を立ち出でて、かへり三笠山、佐保の川をうち渡りて、山城に井出の里、玉水は名のみして」（謡曲『百万』）などとあるから、山城と言ったら井出と口拍子に出てくるのである。山城へを目的格を示すテニヲハと取らない方がよい。駕籠で急ぐ気持に時雨を取合せたもので、もともと空想の句である。馬なら木幡《こはた》の里だが、「井出の駕籠」と言ったのが、当世風であり、俳諧である。井出も木幡（宇治村大字）も同じ街道筋だ。「山科の木幡」（万葉集二四二五、拾遺集一二四三）を後には「山城の木幡」（千載集一一七三）と言うようになった。

旅寐してみしやうき世の煤《すす》はらひ　（笈の小文）

紀行では前文に、「師走十日余、名ごやを出て旧里《ふるさと》に入んとす」とある。煤払の日は、十二月十三日だから、このころの作。旧里はむろん伊賀上野である。

世間の人々の煤払いを、旅の空に眺めた。忙しげに動いている人々を見て、世間とは没交渉に漂泊に身をまかせている自分の境涯が改めて意識され、振りかえられるのだ。浮世と自分の境涯と二つの世界の、まったく対蹠的な違いの認識の上に発想された句で、一所に住する生活に附随したあれこれの行事をよその出来事と見過して行かれる、旅寝する身の軽さを言うことが主眼である。

歩行《かち》ならば杖つき坂を落馬哉　（笈の小文）

紀行には前句につづいて、「桑名よりくはで来ぬればと云日永《ひなが》の里より、馬かりて杖つき坂上るほど、荷鞍《にぐら》うちかへりて馬より落ぬ」とあって、この句を出し、「と物うさのあまり云出侍れ共、終に季ことばいらず」と書いている。前文は「桑名よりくはで来ぬれば星川の朝気《あさげ》は過ぬ日永なりけり」という『国華万葉記』の伝宗祇狂歌によっている。

杖突坂は伊勢の四日市市采女町と鈴鹿市石薬師町との間にある坂。芭蕉は伊賀へ帰る途中、ここを馬で通ったのである。真蹟懐紙に、「さや（佐屋）よりおそろしき髭など生たる飛脚めきたるおのこ同船しけるに、折々舟人ヲねめいかるに興ざめて、山々のけしきうしなふ心地し侍る。漸々《ようよう》桑名に付て処々駕に乗《のり》馬にておふ程、杖つき坂引のぼすとて荷鞍うちかへりて馬より落ぬ。ひとりたびのわびしさも哀増《あわれまし》て、やゝ起あがれば、まさなの乗《のり》てやとまごにはしかられて」と詞書があり、「終に季の言葉いらず」と付記している。『笈日記』にもほぼ同じ前文を載せ、「といひけれども、季の言葉なし。雑の句といはんもあしからじ」と付記している。

『去来抄』には、「先師曰、発句も四季のみならず、恋・旅・名所・離別等、無季の句ありたきもの也」云々とあって、この句が挙げてある。外にもいろいろ論ぜられた句だが、落馬の即興として、口を衝いて出たおかしみがあり、季がはいらなかったことも、ことさら咎めだてすることもないと、芭蕉は考えて、あえて挿入しようとはしなかった。要するに即興頓作で「杖つき坂」が名所だからというのは、後でつけた理屈である。

旧里《ふるさと》や臍《ほぞ》の緒《を》に泣《なく》としのくれ　（笈の小文）

貞享四年歳末、伊賀上野赤坂の、兄半左衛門の家での作。故郷とは、彼の幼時を知っている土地である。その故郷の象徴を、彼はたまたま母の手箱か簞笥《たんす》から取り出して見せられた「臍の緒」に見出す。それは彼を生母の回想に結びつけ、故郷の土に結びつける。しかもそれは、あわただしい年の瀬である。行く歳の感慨が、無常迅速の感を深くする。遠く小さく、彼の母の姿があり、彼の幼時の姿があり、それらをすべて吸収して、ここに彼の臍の緒があるのだ。

何の寓意も比喩もなく、単純直截に、太い線で力強く叙述した句。まず「旧里や」と置いて、自分で自分に確かめるように、今故郷の土を踏んでいるのだという、言語に絶する感情を反芻する。その形をなさない感慨を、具体的に形に示すと「臍の緒に泣く年の暮」なのである。「泣く」は感傷ではない。能舞台で俯向き加減に面をくもらせる時のような、流涕の型を思い出した方がよい。単純なようで、この句の感銘は単純でなく、古拙な力強さがある。

貞享五年（元禄元年）

■**貞享五年　戊辰**（一六八八）　**四五歳**
（元禄元年、九月三十日改元）

宵のとし空の名残おしまむと、酒のみ夜ふかして、元日寝わすれたれば

二日にもぬかりはせじな花の春　（笈の小文）

伊賀上野の生家（兄の家）で年を越したのである。許六《きょりく》の『篇突《へんつき》』には、「空の名残惜しまむと、旧友の来りて酒興じけるに、元日の昼まで伏《ふし》て、曙《あけぼの》見はづして」と前書がある。『泊船集』には、「元日はひるまで寝てもち食ひはづしぬ」とある。元日の朝はぬかったが、二日にもぬかるようなことはすまい、という意。歳旦（元日）の句である。

この句は『赤冊子』に、次のように言う。「此句の時、師のいはく、等類の気遣ひなき趣向を得たり。このてに葉は、二日には、といふを、にも、とは仕たる也。には、といひては

余りひら目に当りて、聞《きき》なくいやし、と也。其角が、たびうり《（ママ）》にあふうつの山、といふも、あはんといふ所を、あふとは云る也。喜撰が、人はいふなり、の類成るべし」。等類の気づかいがないというのは、これが歳旦句の従来の趣向をまったくはみ出していることを言ったもの。厳粛な歳旦句の気分を破って、中味にも表現にもユーモラスな軽みがある。

次に「には」「にも」の問題は、土芳が書いている通り、「には」の方が意味は通りやすいが、表現が平板になる。いくらか晦渋さを招いても、芭蕉は平板さを避けたかったのだ。だがこれとて、二日にもぬかる、ということはすまい、という意味だから、文法的に間違っているわけではない。だが芭蕉は、そこにやはり耳立つものを感じた。しかもあえてそれに従ったのは、達意ということ以上に句のリズムや品格等を大事としたからである。そこで土芳は、「極月十日、西吟大坂へのぼるに」と前書のある其角の句「忙しや足袋売にあふ宇都の山」を思い出し、「逢はん」と言うべきを「逢ふ」としたのと同じことだという。さらにまた、喜撰法師の百人一首の歌、「世をうぢ山と人は言ふなり」も同じだと言ったのは、これも「人は言ふらむ」とあるべきものと考えたからである。だがこれらが、「二日にも」と同じことと言うのは、いささか適切ではない。

初春

春立《たち》てまだ九日の野山哉　（笈の小文）

貞享五年正月九日、伊賀上野小川風麦《ふうばく》亭での作。

『初蟬』に「風麦亭にて」と前書。風麦は小川氏、伊賀上野の藩士である。梢風尼《しょうふうに》の父。これは風麦亭に招かれての挨拶の句である。

この年立春は四日だから、これは一月十三日と解する人もあるが、「春立て」は必ずしも立春に限らず、元日でもありうる。するとこの句は一月九日になる。その方が「まだ九日の」の表現として自然である。「算用をよく合せたる句」（去来抄）を芭蕉が作るはずがない。土芳の『全伝』には、「二日にも」の句に「此句正月九日、風麦ニ会シテノ吟也」と付記しているので、風麦亭の会が九日だったことが分る。

春になってまだ九日だから、野山の春色はまだととのわず、幼いたどたどしさが漂っている。冬の気配を残した、その浅春の時候にかえって心惹かれるものを、芭蕉は感じた。そしてそれを、あさあさと表現しようとしたのが、この句である。

あこくその心もしらず梅の花　（蕉翁句集草稿）

「此句は風麦子にて兼日会に句を乞はれし時の吟也」と注記がある。前句と同じく、一月九日の吟。『猿蓑』には風麦の句「暗香浮動月黄昏　入相の梅になり込ひゞきかな」がある。

「あこくそ」は紀貫之の幼名である。かつて「人はいさ心も知らずふるさとは花ぞ昔の香に匂ひける」（古今集）と詠んだが、人の心は知らないが、今私がふるさとに来て見れば、梅の花は昔と変らぬ香に匂っている、という意味。ここではその「ふるさと」を利かせているが、それは芭蕉の生れ故郷伊賀上野のことより、もっと狭く取って、昔幼いころたびたび訪れた小川風麦亭の意味である。「あこくそ」と言われたような少年時代から、この家の梅はなじみであった。昔の貫之の心は知らないが、この家では梅も人も懐しげに私を迎えてくれる、といった挨拶の心の含みがある。「心もしらず」という古歌の句によって、おのずから「ふるさと」の意味が浮び上ってくる。

伊賀の城下にうにと云《いう》ものあり、わるくさき香なり

香にゝほへうにほる岡の梅の花　（有磯海《ありそうみ》）

土芳『全伝』に「此句ハ土芳庵ニテノ吟也」と注記がある。『芭蕉翁発句集』には長文の前書がついている。「伊賀山家にうにといふ物有。土の底より掘出て薪とす。石にもあらず木にもあらず、黒色にしてあしき香有。そのかみ高梨野也これを考て曰、本草に石炭《いしずみ》といふ物あり。いかに申伝へて此国にのみ焼ならはしけん。いとめづらし」。うには伊賀・伊勢・尾張地方で、亜炭・泥炭をいう。当時伊賀古山で掘っていた。高梨野也は京都の医で、俳人。土芳の『横日記』に、「或夜翁ありてはかなきことゞも言出て、此国のうに珍しと杉原取て」とあって、前とほぼ同じ長文の詞書と句を載せている。石炭山の景色を珍しいとして、土芳の庵で一句案じたのである。

「うに掘る」山の、無惨な自然破壊のさまを詠んだ。梅の花よ、石炭は悪い匂いがする。「うに掘る岡」で、負けずに清香を放ってくれよ、といったもの。悪臭と清香、壊れた景色と雅びやかな花とが対照されている。

枯《かれ》芝《しば》やや丶かげろふの一二寸　（笈の小文）

紀行には「春立て」の句と並んで出る。伊賀上野に滞在中の句で、『曠野《あらの》』には「かれ芝やまだかげろふの一二寸」の形で出ているが、どちらが初案か分らない。「まだ」ではあまりにあらわに言い過ぎていて、「や丶」の方が心もちの繊細さを示している。だが、「や」音の重複が少しわずらわしい。土芳の『蕉翁句集』や『全伝』には、「まだかげろふの」の形で録している。

芝はまだ枯色だが、すでに春が萌して来て、一、二寸ほどの陽炎が立っている。「や丶」は次第に程度が進んで来たさまで、ようやく、少しばかりの意を含む。早春の季節の動きを微妙に感じ取っている。

手鼻かむをとさへ梅の盛《さかり》哉　（後の旅）

『蕉翁句集草稿』に「伊賀の山家に有て」と詞書がある。「山家」とは、松尾半左衛門家である。『卯辰集』に結句「匂ひ哉」とあるのは誤伝か。伊賀の田舎であるから手鼻かむ音さえ面白いと言ったもの。梅という古典的な題材に、手鼻のような卑俗なものを詠んだところが俳諧である。

網代民部雪堂《あじろみんぶせつどう》に会《あう》

梅の木に猶《なほ》やどり木や梅の花　（笈の小文）

伊勢山田での句。網代民部は弘氏といい、伊勢の神職で、談林俳人として名があった。芭蕉はその息、雪堂の家に招かれてこの句を詠んだ。親子二代の風流を讃えて、梅の木になお寄生木《やどりぎ》がまつわりついていると言って、挨拶とした。庭前に梅の木があったのである。

路草亭《ろそうてい》

紙ぎぬのぬるともをらん雨の花　（笈日記）

真蹟詠草に「久保倉右近《うこん》会　雨降」とある。路草は伊勢山田の人、久保倉右近の俳号である。この路草亭の花見の俳席に招ばれ、雨に濡れる庭前の桜花を賞して、紙衣が濡れるのもかまわないで手折ろうと言ったもの。あるじの路草の風流を慕って雨の日をも厭わず訪れて来たという挨拶の意味が籠っている。新古今「露時雨洩る山かげの下紅葉濡るとも折らん秋のかたみに」(家隆)の句を取った。紅葉から花に翻し、「春のかたみに」の余情を匂わせている。

菩提山

此《この》山のかなしさ告《つげ》よ野老《ところ》掘《ほり》　(笈の小文)

二月中旬、伊勢朝熊《あさま》山《やま》の西麓にあった菩提山神宮寺を訪ねての作。この寺は古くは栄えていたが、当時はすでに荒廃していた。そのあたりで、野老を掘っている土地の古老に向って、話しかける体で、この山のかなしい歴史を語ってくれ、と言ったもの。野老は山の芋に似て味わいが苦く、根に長い鬚《ひげ》が多いので野老と言い、正月の飾り物にする。景情ともに侘しさを強調している。

楠《くす》辺《べ》

盃に泥な落しそむら燕《つばめ》　(笈日記)

「楠辺」は菩提山に近く、今は伊勢市楠部町。菩提山神宮寺に詣でた折り、茶店などでの即興であろう。「むら燕」は、「飛燕《とぶ》」(砂燕)、「舞燕」(真蹟)などの形も伝えるが、「むら燕」に治定したものであろう。軽い即興体である。

物の名を先《まづ》とふ芦《あし》のわか葉哉　（笈の小文）

龍尚舎《りゅうしょうしゃ》

龍尚舎は神宮の神官、龍野伝右衛門熙近《ひろちか》。博識の倭学者《わがくしゃ》であった。『笈日記』には「荻の若葉」とある。龍尚舎を訪ねた挨拶の句で、「草の名も処によりてかはるなり難波の芦は伊勢の浜荻」（救済法師『菟玖波《つくば》集』）の歌を踏まえたもの。「物の名を先とふ」とは相手の学識を尊重した意味で、家は水辺に近く芦の生えているのが見えたのであろう。その芦をきっかけにして、所によって変る物の名が話題になったのである。

いも植《うゑ》て門《かど》は葎《むぐら》のわか葉哉　（笈の小文）

草庵会《そうあんのかい》

真蹟詠草に「二乗軒《じじょうけん》と云《いう》草庵会」と詞書があり、初五「やぶ椿」とある。誰の草庵か分らない。その草庵での雅会に招かれ、家まわりの景色を詠んで挨拶としたもの。初案では「やぶ椿」と詠んだが、「いも植て」の改案で主《あるじ》の簡素な生活ぶりを描き添えた。葎若葉を生えるに任せて、庵主のものにこだわらない心構えがうかがわれる。

園女亭《そのめ》

暖《のう》簾《れん》の奥ものゆかし北の梅

（笈日記）

園女は伊勢山田の医者斯波《しば》一有の妻で、芭蕉門俳人。この句の初案は中七「奥物ふかし」（菊のちり）。園女亭の表から奥へ通ずる廊下に暖簾が掛っていたのであろう。その奥に物静かな一室があり、梅の花も見え、芭蕉はそこへ通された。「北」とは北堂或いは北の方《かた》、すなわち主婦のいる部屋である。実際の方角を示しているより、主婦の日常起き臥す所を示したのである。芭蕉は園女を後に「白菊の目にたてゝ見る塵もなし」と賞しているが、この時も梅に托して彼女の物床しさを讃えている。

伊勢にて

神《かみ》垣《がき》やおもひもかけず涅《ね》槃《はん》像

（曠　野）

真蹟詠草に「十五日外《げ》宮《くう》の館にありて」と詞書がある。神社の中に思いもかけず涅槃像を見た。当時は神仏混淆の時代だから珍しいことではないが、伊勢神宮だけはもっと厳しく差別しているものと予想したのである。この日、二月十五日は涅《ね》槃《はん》会《え》で、外宮の館にも涅槃像を安置したのであろう。金葉集の「神垣のあたりと思ふゆふだすき思ひもかけぬ鐘の声かな」（六条右大臣北の方）の歌を踏まえて、「鐘の声」を「涅槃像」に転じた。

子良館《こらのやかた》の後《うしろ》に梅有《あり》といへば

御《お》子《こ》良《ら》子《ご》の一もと床《ゆか》し梅の花　（猿　蓑）

紀行の前文に「神垣のうちに梅一木《ひとき》もなし。いかに故有事《ゆえある》にやと神司《かんづかさ》などに尋侍れば、只何とはなし、をのづから梅一もともなくて、子良《こら》の館《たち》の後《うしろ》に一もと侍るよしをかたりつたふ」。真蹟詠草に「梅稀《まれ》に一もとゆかし子良の館」とあるのは初案。「御子良子」は伊勢神宮の供え物に奉仕する少女。供え物を調えるところが「子良の館」である。芭蕉は神宮の境内に梅が一本も無いのを不審に思ったが、たまたま子良の館に一本あることを聞き出した。昔から連俳の達人が大勢訪ねて来ながらこの梅のことに気づかず、初めて自分が聞き出したことを自慢していた。そのことは三冊子に記されている。

伊勢山田

何の木の花とはしらず匂《にほひ》哉　（笈の小文）

貞享五年二月作。山田の益光亭（神宮か）で興行した八吟歌仙の発句で、神宮へ奉納した句。二月四日参宮したときの感を、発句に仕立てて、益光亭での会に提出した。円頂者は神域内へははいれないので、外から遥拝したのだろう。芭蕉は神域から来るある神々しさの感じを、花の匂いに翻案して、「何の木の花とは知らず」と表現した。西行の「何事のおはしますかは知らねどもかたじけなさに涙こぼるる」を本歌としている。どちらも宇治山田の神域の森厳清楚な雰囲気に、発想の根拠を持っている。

だからこれは伊勢の神域の神々しさを詠むことで、同時に主《あるじ》益光への挨拶を兼ねている。この句の「匂」は神域から匂い出てくるものだから必ずしも花でなくてもよいが、益光亭の庭前には折しも梅が咲いていたのであろう。益光の付句は「こゑに朝日を含むうぐひす」とあって、朝日に匂う梅の花に鶯の囀りを付けたもののようである。それにこの花は西行の「願はくは花の下にて春死なむそのきさらぎの望月のころ」の歌を踏まえていると思われる。この句は芭蕉のいわゆる「大国に入っての句」（赤冊子）の代表句ともいうべき品格を持っている。

二月十七日神路《かみじ》山《やま》を出《いず》るとて

はだかにはまだ衣《き》更《さら》着《ぎ》のあらし哉　（其《その》　帒《ふくろ》）

紀行には「伊勢山田」と前書して、「何の木の」の句とこの句とを並べている。『笈日記』にはこの二句を「奉納二句」として「西行のなみだをしたひ、増賀《ぞうが》の信《まこと》をかなしむ」と詞書している。いわばこの二句は句兄弟で、前者は西行の歌により、後者は増賀の事蹟によって想を構えている。

この句は『撰集抄』の次の記事に拠る。「増賀上人（中略）道心フカクテ、天台山ノ根本中堂ニ千夜籠テ是ヲ祈給ヒケレドモ、ナヲ実《マコト》ノ心ヤ付カネテ侍リケン、或時タヾ一人伊勢大神宮ニ詣テ祈請シ給ケルニ、夢ニ見給フ様、道心発《オコ》サント思ハヾ此身ヲ身トナオモヒソト示《ジ》現《ゲン》ヲ蒙《コウムリ》給ヒケル。打驚テオボス様、名利ヲ捨ヨトコソ侍ルナレ、サラバ捨ヨトテ、キ給ケル小袖・衣ミナ乞食ドモニヌギクレテ、ヒトヘナル物ヲダニモ身ニカケ給ハズ、赤ハダカニテ下向シ給ヒケル」。すなわち増賀上人の故事に見倣うには、今はまだ余寒が強く、衣を更に重ねるという「衣更着《きさらぎ》」の季節で、とても難しいことだという諧謔の句。

咲《さき》乱《みだ》す桃の中より初桜　（芳里帒《はりぶくろ》）

『蕉翁句集』にこの年の句とする。桃の花が一面に咲きさかっている中に、わずかに咲きはじめた初々しい桜の可憐さを賞したのである。平凡な句。伊賀上野での句であろう。

薬師寺《やくしじ》月並《つきなみ》初会

初桜折しもけふは能《よき》日なり　（蕉翁全伝）

『蕉翁全伝』にこの年の句とする。薬師寺は伊賀上野の天満宮の境内にあった。『貝おほひ』を奉納した社である。ここで月並の句会の最初の集りがあった。初桜がほころび始めて、今日はまことによい日であると、会の前途を祝福した句である。

丈六にかげろふ高し石の上　（笈の小文）

『芭蕉庵小文庫』所収の「伊賀新大仏之記」に、次の前文を添えてこの句を載せる。

伊賀の国阿波の庄に新大仏といふあり。此《この》ところはならの都東大寺のひじり俊乗上人の旧跡なり。ことし旧里《ふるさと》に年をこえて、旧友宗七・宗無ひとりふたりさそひ物してかの地に至る。仁王門《におうもん》・撞楼《しゆろう》のあとは枯《かれ》たる草のそこにかくれて、「松（も）のいはゞ事とはむ石《いし》居《ずえ》ばかりすみれのみして」と云《いい》けむも、かゝるけしきに似たらむ。なを分《わけ》いりて、蓮花《れんげ》台・獅子《しし》の座なんどは、いまだ苔《こけ》のあとをのこせり。御仏《みほとけ》はしりへなる岩窟にたゝまれて、霜に朽《くち》苔に埋《うずも》れてわづかに見えさせ玉ふに、御《み》ぐし計《ばかり》はいまだつゝがもなく、上人の御影《みえい》をあがめ置《おき》たる草堂のかたはらに安直（置）したり。誠にこゝらの人の力をついやし、上人の貴願いたづらになり侍ることもかなしく、涙もおちて談《ことば》もなく、むなしき石台《せきだい》にぬかづきて、

この文章で、この句の作られた由来ははっきりする。阿山郡大山田村大字富永（阿波の庄）にある神龍寺、一名新大仏寺という。だが今は荒廃して久しく、石台の上には丈六の仏

がなく、そこに丈六ほどの高さに陽炎が立って、大仏の面影を偲ばせるというのである。その大仏は俊乗上人の御像で、自作と伝えるが、もえ立つ陽炎を通して芭蕉は上人を偲んでいるのである。丈六とは高さだけではなく、この言葉から仏像を、さらに仏像を通して上人の肖像を描き出した。赤冊子にこの句（ただし初句「丈六の」）と「かげろふに俤《おもかげ》つくれ石の上」の二句をあげ、「この句、当国大仏の句也。人にも吟じ聞かせて、自《みずか》らも再吟《さいぎん》ありて、丈六の方《かた》に定《さだま》る也」とある。「かげろふに」の方が作者の意図はあからさまに出ているが、「丈六に」の方が意図を裏に潜めて句品が高い。

さま〴〵の事おもひ出す桜かな　（笈日記）

『笈日記』には「同じ年の春にや侍らむ、故主君蟬吟《せんぎん》公の庭前にて」と前文がある。また真蹟懐紙に、「探丸子《たんがんし》のきみ別墅《べつしょ》の花みもよほさせ玉《たま》ひけるに、むかしのあともさながらにて」と前書がある。探丸は芭蕉の故主蟬吟の子、良長の俳号で、その別墅《しもやしき》は玄蕃町にあり、八景亭と称した。芭蕉はこの時、探丸の花見の席に招かれてこの句を作り、探丸は脇句「春の日はやくふでに暮行」と付けた。

芭蕉は、若い日のことを思いだし、感無量の体《てい》で、結句さまざまの思いをこめてこう詠むより仕方がなかった。こういう句は、句の善悪よりもその場に臨んだ作者の言語に絶した思いを汲みとるべきものである。

寛文期
延宝期
天和期
貞享元年（天和四年）
貞享二年
貞享三年
貞享四年
貞享五年（元禄元年）
貞享期

瓢竹庵《ひようちくあん》にひざをいれて、旅の思ひいと安かりければ

花を宿にはじめ終《をはり》や廿日程　（蕉翁句集）

『蕉翁句集』にこの年の句とする。瓢竹庵は伊賀上野藩士岡本正次、俳号苔蘇《たいそ》の邸内の庵である。ここに招かれて二十日ほど滞在したのであろう。『詞花集』に「咲きしより散りはつるまで見しほどに花のもとにて二十日へにける」（関白前太政大臣）とあるに拠る。つぼみはじめてから散るまで二十日ほど、この庵に宿って花の始めと終りを見た、と言ったもの。主への謝意をこめた句である。

旅立日《たびたつひ》

此程を花に礼《れい》云《いふ》わかれ哉　（蕉翁句集）

土芳の『蕉翁全伝』に前句とともに挙げ、「此二句は瓢竹庵休息の時也。是ヨリ吉野の花ニ出ラレシ也」とある。二十日ほども花の宿に過したことを感謝しているのであって、すなわち主苔蘇《たいそ》への留別吟である。

乾坤《けんこん》無住同行二人《どうぎょうににん》

よし野にて桜見せふぞ檜《ひ》の木笠《がさ》　（笈の小文）

紀行の前文に「弥生半《やよいなかば》過る程、そゞろにうき立《たつ》心の花の、我を道引枝折《みちびくしおり》となりて、よしのゝ花におもひ立《たた》んとするに、かのいらご崎にてちぎり置し人のい勢にて出《いで》むかひ、ともに旅寐のあはれをも見、且は我為に童子となりて道の便りにもならんと、自《みずから》万菊丸《まんぎくまる》と名をいふ。まことにわらべらしき名のさまいと興有。いでや門出《かどいで》のたはぶれ事せんと笠のうちに落書ス」とあって、この句と「よし野にて我も見せふぞ檜の木笠」（万菊丸）とを録している。万菊丸はもちろん杜国の仮の名である。「乾坤無住同行二人」とは行脚僧などが笠の裏に書く文句で、広い天地の間、一処にとどまることなく仏と二人移り歩くという意味で、ここでは自分と杜国の二人の意味に転用した。芭蕉の杜国に対する思いの深さを示している。杜国と二人で旅に出るということがよほど楽しかったとみえて、その心躍りがこの句のリズムに見える。檜の木笠に呼びかけた形で、吉野でお前に桜を見せようぞと言ったもの。檜の木笠は、ひのきをうすく削って網代に編んだ笠である。

初瀬《はつせ》

春の夜や籠《こも》り人《ど》ゆかし堂の隅　（笈の小文）

芭蕉と杜国《とこく》は三月十九日に伊賀を発って翌日長谷寺へ詣でた。参籠はその夜である。初瀬参籠《さんろう》の情景は、源氏物語・枕草子などに描かれ、芭蕉の脳裡には現実の上に打ち重なって王朝の艶《えん》なる面影が描き出されていたのであろう。「籠リ人ゆかし」とは、おそらく堂の片隅におぼろに浮び出るような身分の高い女人の姿をみとめたのである。露伴は、『撰集抄』に西行がここで床しい籠り人に出会い、見ればそれは自分が故郷に残してきた妻であったという情景を踏まえている、と言っている。私はむしろ、源氏物語玉鬘《たまかずら》の巻の、玉鬘の面影と見た方が床しさを仄かに置いてふさわしいと思う。とにかくこの籠り人は女性であり、しかも全体を春の夜の柔かな感触で包んでいる。

臍《ほぞ》峠《とうげ》　多武峰《とうのみね》ヨリ龍門へ越《こす》道也

雲雀《ひばり》より空にやすらふ峠哉　（笈の小文）

三月二十一日ごろ、吉野へ行く道中、臍《ほぞ》峠で詠んだもの。

高い峠にさしかかって、空中高く囀《さえず》る雲雀さえ、今は足下に聞いているのだ。雲雀より高いという、童心に還ったような歓びがあふれている。「空に」は「上に」と同じこと。しかも虚空高くという、空間のひろがりを感じさせる。雲雀自身が虚空にあるのだが、それよりも高く自分が中空にあるという思いである。『曠野』その他「上に」の形でも伝えているが、私は「空に」を取る。一句の支える空間がパッと拡ってくるからである。

龍門《りゆうもん》の花や上戸《じやうご》の土産《つと》にせん　（笈の小文）

龍門は大和国吉野郡龍門村の山中にある滝。折から花盛りで、その滝のほとりの花の、如何にも一献傾けたくなりそうな景色の見事さを、上戸への土産話にしよう、というほどの意である。紀行では次の句ともども龍門での句として並べているが、どちらも取り立てて言うほどの句ではない。

酒のみに語らんかゝる滝の花　（笈の小文）

前句に同じく龍門での句。前句と同巧で、普通なら芭蕉は等類として二句並存させることはなかったろう。「かゝる」は、「斯かる」と「懸かる」と両義を兼ねている。

大和国草尾村にて

花の陰謡《うたひ》に似たる旅ねかな　（曠野《あらの》）

草尾村は平尾村の誤り。吉野郡吉野町平尾である。謡曲『二人静』の舞台である菜摘川に近く、「所は三吉野の、花に宿かる下臥も」云々とあり、あるいは同じく『鞍馬天狗』『忠度』『熊野《ゆや》』その他、思い寄せられる謡曲は多く、どれと決める必要はない。「花の陰」の旅寐であることが、謡の気分を導き出すのだが、杜国を伴っての芳野紀行は、芭蕉も日ごろに似ず気持が浮き立っているさまが見受けられる。

ほろ〳〵と山吹ちるか滝の音　（笈の小文）

西《にじ》河《こう》

三月二十三、四日ごろ。紀行にはこの句につづいて、「蜻螟《せいめい》が滝」と、地名だけ挙げて句がない。西河は吉野郡川上村大字大滝にある激湍である。万葉時代には「たき」または「たぎ」は早瀬で、今いう滝は垂水《たるみ》と言った。この滝も大滝とすれば、吉野川の激湍で、普通はそう取っているが、この句の滝はそれでなく、ほど近い蜻蛉の滝（紀行に蜻螟の滝とあるのは誤り）を詠んだのだと思う。激湍でなく、落下する本当の滝である。この滝の水はいったん地下に吸いこまれ、地下水となってほど経て再び地上に姿を現し、吉野川に流れこむ。

吉野川の「岸の山吹」を詠むことは、昔から歌人の常套であった。山吹の花が、とどろくような滝の音に散るかと思うくらいに、弱々しいさまに咲いている。その山吹の弱さ、はかなさの「細み」に滲透した結果が「ほろ〳〵と」である。「真蹟自画賛」に、「きしの山吹とよみけむ、よしのゝ川かみこそみなやまぶきなれ。しかも一重に咲こぼれて、あはれにみえ侍るぞ、桜にもをさ〳〵をとるまじきや」と前書がある。この引歌は、貫之の「吉野川岸の山吹吹く風に底の影さへうつろひにけり」（古今集）をさす。この歌以来、吉野川に「岸の山吹」を詠むことは、常套となった。そのような発想の伝統が、芭蕉のこの句にも影を落している。だが彼は、川岸ののんびりした風情の句を、激しい滝音の句に翻して、散りやすい山吹の細みの美を再発見した。

桜がりきどくや日々に五里六里 （笈の小文）

紀行には「よしのゝ花に三日とゞまりて、曙、黄昏のけしきにむかひ」云々とあって、吉野山中では三日間歩きまわったのである。我ながら御苦労にも、毎日毎日五里、六里と歩いて、桜狩に浮れている、と言ったもの。「奇特や」に、浮れ遊ぶ自分の姿をふと客観視して、苦笑しているのである。

あすは檜の木とかや、谷の老木のいへる事あり。きのふは夢と過て、あすはいまだ来らず。たゞ生前一樽のたのしみの外に、あすは〳〵といひくらして、終に賢者のそしりをうけぬ。

さびしさや華のあたりのあすならふ （笈日記）

同じころ、吉野山中での作。『笈の小文』に、「日は花に暮《くれ》てさびしやあすならふ」とあるものの改作。「生前一樽のたのしみ」とは、白楽天の詩句に、「身後金ヲ堆《うずたか》クシテ北斗ヲ拄《ささ》フトモ、如《し》カズ生前一樽ノ酒」とあるのに基く。

爛漫と咲いた吉野の花のかたわらに、翌檜《あすなろう》の姿を見出して、ひとしお「淋しさ」の感に引きこまれたのである。あすなろうは、明日は檜《ひのき》になろうと言い暮らして、とうとうなれなかったという、檜に似て見劣りのする木である。それは寂しさであるとともに、おかしみでもある。「花のかたはらの深山木《みやまぎ》」（源氏物語、紅葉賀）、「花の辺りの深山木の心地して、心留める人もなかりけり」（撰集抄）などと、昔から言っていて、それを「翌檜」と言い切ったところに俳諧がある。風景句ではあるが、淋しさに華やかさが添い、一抹の人生的感慨がただよっている。

扇《あふぎ》にて酒くむかげやちる桜　（笈の小文）

吉野山の花のもとをあちこち歩き廻りながら、折からの風に撩乱たる花吹雪を現出したのを見て、感を発した句。花のもとで酒宴を開いているわけではないから、実際に落花を賞して酒を汲むことは出来ない。舞や狂言で、扇を盃に見立てて酒を汲むさまをするが、咄嗟の興に、差していた扇でその形をしてみるのである。「かげ」は「花の陰」。「花の陰謡に似たる旅ねかな」と共通した発想契機に立っている。やはり芭蕉のこの旅中における浮き立った気持を見せている。

『駒ざらへ』には、「扇にて酒くむ花の木陰かな」の形を伝えている。「かげ」が「影」

（姿）でなく、「陰」であることの傍証となろう。

声よくばうたはふものをさくら散《ちる》　（砂《すな》燕《つばめ》）

『真蹟拾遺』に、『笈の小文』旅中の句十二句を並記した中の一句であるし、浮き立った句の調子から見ても、この時の作と推定される。句柄も題材も「扇にて」に似て、それが舞う姿を見せているのに対し、これは謡う心を示している。

芳　野

花ざかり山は日ごろのあさぼらけ　（芭蕉庵小文庫）

『蕉翁句集』にこの年の部に出す。

花盛りの吉野山の朝ぼらけに会った気持を素直に述べた。どんな曙の景色かと、常と違った景色を期待する気持があったのだが、常と変らぬ様であったと言ったのである。「よしのゝ花に三日とゞまりて、……いたづらに口をとぢたる、いと口をし」と言いながら、かなり花の句を作っているが、何れも口語調で、平明な表現の、即興体の句が多い。杜国と一緒であることが、彼の口を軽くしているが、同時に西行の口語的な平明調がのりうつったようでもある。

景清も花見の座には七《しち》兵《びやう》衛《ゑ》　（翁《おきな》草《ぐさ》）

『蕉翁句集』はこの年の作とする。

景清は平家の侍大将、悪七兵衛景清で、豪勇の士。『大仏供養』『景清』などの謡曲に作られた。さすが荒武者の景清も、この花見の席では、うって変ったようにくだけた人柄を見せて、ただの七兵衛になりすましている、というのである。武士の花見を見て、感を発したのであろう。滑稽味があり、当時の芭蕉としては古風な発想だが、こういった諧謔が口を衝いて出るような心境に、その時はあった。即興体の句。

しばらくは花の上なる月夜かな　（初《はつ》蟬《せみ》）

『蕉翁句集』はこの年の作とする。

一面の花の上に、しばらくは明るく月が照り、花の山を照らしている。花と月との奏で出す別乾坤である。淡々とした表現で、花と月の外何物もない山中の静寂相を描き出している。

中七に、別伝「花の上行《ゆく》」（しらぬ翁）、「花の上にも」（河内羽二重）があるが、誤伝であろう。「花の上行」もある時間の推移を表現していて、悪くはないが、「花の上なる」と、絢爛たる静寂さの一つの空間を表現している妙味には及ばない。

苔清水

春雨のこしたにつたふ清水哉　（笈の小文）

「苔清水」は奥の千本、西行庵居跡の「とく〳〵の清水」で、『野ざらし紀行』の折も訪ねて、「露とく〳〵心みに浮世すゝがばや」の句を詠んだ。こまやかに降る春雨が木下に伝わって、とくとくと滴り落ちているこの清水であるか、と言ったもの。『野ざらし』の時の句に、作者の心の気負いが見られたのに、これはすっかり沈潜して、他奇もない表現にかすかな呼吸づかいを見せている。

『芭蕉庵小文庫』に、中七「木下にかゝる」とある。「つたふ」でなければ、情景がそぐわない。

高野にて

父母のしきりに恋し雉子《きじ》の声　（曠野）

高野山に登ったのは、父母の供養という意味があったのだろう。松尾家の宗旨は真言宗で、先祖の髻髪《びんぱつ》も、芭蕉の故主蟬吟の位牌もここの納骨堂に納めてあった。また、先月二月十八日には伊賀の実家で亡父三十三回忌法要を営み、また母の没後五年であった。

『枇杷園随筆』に、「高野登山端書」と仮題した芭蕉の遺文があり、その中に、「（前略）猿の声、鳥の啼《なく》にも腸《はらわた》を破るばかりにて、御廟《びよう》を心しづかにをがみ、骨堂のあたりに佇《たたずみ》て、倩《つらつら》おもふやうあり。此処《このところ》はおほくの人のかたみの集れる所にして、わが先祖の鬢髪をはじめ、したしきなつかしきかぎりの白骨も、此内にこそおもひこめつれと、袂もせきあへず、そゞろにこぼるゝ涙をとゞめて」とあって、この句が出ている。納骨堂に参った気分が、この句には揺曳していよう。

この句は、行基が高野で詠んだという「山鳥のほろほろと鳴く声きけば父かとぞ思ふ母かとぞ思ふ」（玉葉集）の歌を踏まえている。古来「焼野の雉子《きぎす》夜の鶴」などと、子をいつくしむ親の心に擬せられる、雉子の声は高く鋭い切ない響きを持ち、父母恋しさのかなしい心をつのらせるのである。

和歌

行《ゆく》春《はる》にわかの浦にて追《おひ》付《つい》たり　（笈の小文）

「オヒツキタリ」と「オヒツイタリ」と二様の訓みがあるが、オヒツイタリの方が悠揚迫らぬ調子が出るという穎原《えばら》説をとる。芭蕉は高野山を下りて紀三井寺《きみいでら》に詣で、この和歌の浦ののどやかな暮春の景を惜しんだ。高野山を下りてまた春にめぐりあうという期待はなかったのに、去ってゆく春にここで追いついたような気がしたのである。和歌の浦は内海で玉津島や片男波《かたおなみ》などの名勝があり、赤人以来の古歌も思い出されて、春を惜しむたよりに事欠かなかった。それを「追ひついたり」と字余りの奇矯な表現でかえって惜春の情と歌枕への愛惜とを深く表現している。

衣更

一つぬひで後《うしろ》に負《おひ》ぬ衣がへ　（笈の小文）

四月朔日《ついたち》、和歌の浦の近くでの句。旅中に四月朔日の更衣《ころもがえ》の時節に出会ったことに、感を発している。昔の人は更衣の時期を今よりも厳重に守った。宮中にはこの日更衣の節会《せちえ》があったが、民間でもこの日が綿入を脱いで袷《あわせ》となる日であり、十月朔日にまた綿入に更《か》える。その重大な節の行事を、旅中であるから極めて無造作に、一枚脱いで背中に負うという行為でやってのけたというおかしみとウィットとが、この句の詩因である。旅の心がすなわち軽みとも言うべき句。

奈良にて

灌仏《くわんぶつ》の日に生《うま》れ逢《あ》ふ鹿《か》の子《こ》哉　（曠野）

四月八日作。芭蕉は和歌の浦から暗《くらがり》峠を越えて奈良へ出た。奈良で灌仏の日に逢った。紀行の前文に「灌仏の日は奈良にて爰《ここ》かしこ詣《もうで》侍るに、鹿《しか》の子を産《うむ》を見て、此日におゐておかしければ」とあってこの句が出ている。釈尊誕生の日に生れる鹿の子を面白いとも目出たいとも感じたのである。鹿の子の可憐さに対する愛情と祝福とが感じられる。

招提寺《しょうだいじ》鑑真和尚《がんじんわじょう》来朝の時、船中七十余度の難をしのぎたまひ、御目のうち塩風吹入て、終《つい》に御目盲《めしい》させ給ふ尊像を拝して

若葉して御《おん》めの雫《しづく》ぬぐはゞや　（笈の小文）

四月九日ごろ、奈良の西郊、律宗の本山唐招提寺での作。裏手の開山堂には、鑑真和尚の脱活乾漆の結跏趺坐《けっかふざ》した盲目の肖像が安置してあり、それは天平肖像の傑作である。四辺には折しも樹々の若葉が照り映え、そのやわらかな若葉を以て、盲眼の涙を拭って上げたい、という意。鑑真が来朝の船中でたびたびの難儀にあい、目のうちに塩風が吹き入って、ついに盲《めし》いたという、その悲しみを受取って、「御目の雫」という一つの虚像を描き出したのである。

「若葉して」は「若葉を以て」の意で、「若葉のころになって」の意ではない。『笈日記』には「青葉して」とあるが、「若葉」の若々しさや柔かさやつやつやつやした感触を表しているのに及ばない。

二《ふた》俣《また》にわかれ初《そめ》けり鹿の角《つの》　（韻《いん》塞《ふたぎ》）

奈良に滞在中、猿雖《えんすい》・卓袋《たくたい》・梅軒《ばいけん》らの同郷の人々が大仏の法会にやって来たのと出会い、一夜語り明した。その時の句を「旧友に奈良にてわかる」として、「鹿の角先一節《まづひとふし》のわかれかな」と『笈の小文』に記している。この句がおそらく初案である。落ちた鹿の角が四月ごろまた生え始め、最初の一節から一枝ずつ別れてゆくように、自分たちもここで別れてゆく、と別離の情を叙べたのである。後案も同じ意味で、鹿の角が二俣に別れ初めたことを言い、自分たちが東西に別れ去ることは句の裏に隠したところが余情を深めている。

草《くた》臥《びれ》て宿かる比《ころ》や藤の花　（猿《さる》蓑《みの》）

大和行脚のとき

四月十一日、高市郡八木の旅宿での吟。初め「ほとゝぎす宿かる比の藤の花」（元禄元年四月二十五日付、猿雖《えんすい》宛芭蕉書簡）と、夏の句だったが、「ほとゝぎす」を抹殺して春の句となった。

奈良から八木に来る途中、丹波市に泊らなかったとすれば、十里の道を一日に歩いて来たことになる。夕方八木の旅籠《はたご》屋に、疲労困憊してたどり着いた彼の目に、藤の花がけだるいようなイメージとして映った。藤の花が暮春の夕暮れのもの憂さの象徴であるかのように、うす紫色に垂れているのである。藤の花は「おぼつかなきさま」をしていると徒然草第十九段に言い、芭蕉も猿雖宛の書翰に、そのことを言っている。そのおぼつかなさは、芭蕉にとっては、旅情のよるべなさでもあった。「頃や」という漠然とした表現も、頼りなさ、はかなさの気持を強めている。

葛城のふもとを過る

猶《なほ》見たし花に明《あけ》行《ゆく》神の顔　（猿蓑）

四月十二日、門人千里の郷里竹内村を訪ねたあと、当麻寺に詣でたのだから、そのとき葛城山の麓も過ぎたわけである。ここに詠まれた神は、葛城の一言主《ひとことぬし》の神で、吐田《はんだ》郷《ごう》村大字森脇の一言主神社に祭られている。昔役《えん》の行者が、葛城と吉野とのあいだに橋を渡そうと思って、日本国の神々に祈り乞うたところ、一言主の神が一夜のあいだに石の階《きざはし》を渡しはじめたが、昼間は容貌が醜いことを憚って渡さなかった、という伝えがあり、「岩橋のよるの契りも絶えぬべし明くるわびしき葛城の神」（拾遺集）という春宮女蔵人左近の歌もある。

芭蕉は未明に宿を立って、葛城の麓を過ぎるころ夜が明けかかって来たのであろう。まだ明けないころは、葛城の神がまだ立ち働いている時刻であり、明け離れて行くとともに、山々の絢爛たる花の顔が浮び上り、それは同時に、神の顔が消え失せて行くことでもあった。作者は曙の花の美しさを賞しながら、消えて行く神のイメージを呼びとめようとする。その愛惜の気持が、「なほ見たし」と、あたかも呼びかけるような言葉の勢いとなったのだ。花が現れることは、神の顔が消えることであり、しかもその花は神が領しているものである。だから両者は一体で、花を賞する心は神を愛惜する心でもある。「花に明け行く神の顔」とは、その一体であるものの二つの貌が、一方が現れることによって一方が消え去るという、交替の時刻の縹渺《ひょうびょう》たる感動を巧みに言い取った、美しい詩句である。

大坂《おおざか》にてある人のもとにて

杜若《かきつばた》語るも旅のひとつ哉　（笈の小文）

芭蕉と杜国は四月十三日に大坂に着き、大江の岸、八軒家の久左衛門の宿に逗留した。この句の詞書に「ある人」とあるのは保川一笑の家である。彼は伊賀の旧友で通称紙や弥右衛門と言い、芭蕉の猿雖宛書簡に、この句を発句として一笑の脇句「山路の花の残る笠の香」と万菊（杜国）の第三「朝月夜《あさづくよ》紙干《かみほす》板に明初て」とを挙げ、二十四句で止んだと言っている。ここで杜若の花を嘱目し、主客は伊勢物語の八ツ橋の条を話題にのぼせたのであろう。「からごろも着つつなれにし妻しあればはるばる来ぬる旅をしぞ思ふ」（業平）の歌と同じく、芭蕉も江戸を立ってはるばる難波の大江の岸に宿ってたまたま杜若を目にし、ひとしお旅情の深いものがあった。そのような思いのようすがを与えてくれた主一笑への挨拶の情をこめた句である。

須　磨

月はあれど留主《る》《す》のやう也須磨の夏　（笈の小文）

芭蕉と杜国は十九日に大坂を立ち、尼ケ崎から船に乗ってその夜は兵庫に泊った。須磨へ行ったのは、二十日である。真蹟詠草に「卯月の中比《ごろ》須磨の浦一見す。うしろの山は青ばにうるはしく、月はいまだおぼろにて、はるの名残もあはれながら、たゞ此《この》浦のまことは秋をむねとするにや、心にものゝたらぬけしきあれば」とあって「夏はあれど留主のやうなり須磨の月」とあるのが初案である。須磨の風光が秋をもっぱらとするのは源氏物語須磨の巻以来の伝統で、芭蕉はあいにく夏であったのを残念がってみせたのだ。紀行の本文にも、「かゝる所の穐《あき》なりけりとかや。此浦の実《まこと》は秋をむねとするなるべし。かなしささびしさいはむかたなく、秋なりせばいさゝかの心のはしをもいひ出《いず》べき物をと思ふぞ。我心匠《わがしんしよう》の拙《つた》なきをしらぬに似たり」とある。句意は、せっかく来てみたけれども、主の留守に訪ねて来たようだ、ということである。

月見ても物たらはずや須磨の夏　（笈の小文）

紀行には前句に続けてこの句を並べている。『芭蕉庵小文庫』には「月を見ても」になっているが、この場合「を」の有無は大した問題ではない。もともと『笈の小文』は草稿だからこういう似通った句を二句並べているので、本来なら等類句だから一つは消し去るべきものである。だから前句の別案としてこの句は立てるにも及ばない。

海士《あま》の顔先《まづ》見らるゝやけしの花　（笈の小文）

紀行では前文に「卯月中比《うづきなかごろ》の空も朧に残りて、はかなきみじか夜の月もいとゞ艶《えん》なるに、山はわか葉にくろみかゝりて、ほとゝぎす鳴出《なき》づべきしのゝめも海のかたよりしらみそめたるに、上野《うえの》とおぼしき所は麦の穂浪《ほなみ》あからみあひて、漁人《あま》の軒ちかき芥子《けし》の花のたえぐに見渡さる」とある。この紀行で須磨・明石の条《くだり》を芭蕉も骨を折って文章を書いているのは、源氏物語以来の伝統を頭に置いてのことである。

この前文から続けて読めば、この句は海の彼方から白み初め、麦の穂や芥子の花が見渡される須磨の夜明け方の景色に、朝早くから起き出た漁師たちの顔がまず打ち見られる、ということである。「海士」は漁師のことで海女ではない。古くから歌や物語に描かれた須磨の海士の侘しい生活が心にあって、「海士の顔先見らるゝ」と言ったのである。須磨のあわれは風景よりもそこに暮している海士たちにある、という心がある。

須磨のあまの矢先《やさき》に鳴《なく》か郭公《ほととぎす》　（笈の小文）

紀行の前文に「東須磨・西須磨・浜須磨と三所《みところ》にわかれて、あながちに何わざするともみえず。藻塩たれつゝなど歌にもきこへ侍るも、いまはかゝるわざするなども見えず。きすごといふうをを網して真砂《まさご》の上にほしちらしけるを、からすの飛来りてつかみ去ル。是をにくみて弓をもてをどすぞ、海士のわざとも見えず。若《もし》古戦場の名残をとゞめて、かゝる事をなすにやといとゞ罪ふかく」云々とある。芭蕉は土地そのものよりも土地の名に惹かれてやって来て、その殺風景な風情にまず失望したのである。「藻塩たれつゝ」は在原行平の歌だが、藻を焼きながら侘しく暮す海士の営みなどどこにも見えず、目前に見るのは鳥を弓でおどすような風景である。その予め構想されたイメージの崩壊が、この場合かえって芭蕉の詩心をかきたてる。荒廃が詩のモチーフとなる。

須磨の海士といえばすぐ古典的な情緒が連想されるが、ここでは「矢先に鳴か」と殺伐な情景を描き出した。その矢先を郭公が鳴き過ぎる。郭公といえばやはり須磨にふさわしい鳥なのだが、矢先に鳴くところに一種凄じさの感慨がある。この句は古典的情緒の虚の世界と、凄じいが生活的で現代的な実の世界とが重なっている。その兼ね合いに危うくこの句は立っている。

ほとゝぎす消《きえ》行《ゆく》方《かた》や島一ツ　（笈の小文）

須磨の鉄枴《てつかい》山に登って作った句。後徳大寺左大臣の「ほとゝぎす鳴きつる方をながむればたゞ有明の月ぞ残れる」（千載集）が、この句の下地になっている。「鳴きつる方」が「消え行く方」になり、「たゞ有明の月ぞ残れる」が「島一ツ」となる。そして「島一ツ」とは、問題なく淡路島である。それはすぐ目の前に横たわっていて、この句では何処か遠い所に横たわる孤島を指しているように見える。だが、それは、目の前に見える淡路島であるとともに、芭蕉の詩嚢に貯えられた、歌枕としての淡路島でもある。時鳥の声を聞いて、創作意識が動き出すとともに、その淡路島のイメージは次第に現実から遊離し、意識の中で後じさりして行き、遠い彼方に浮ぶ「島一ツ」となって定着する。

この句は時鳥の声を主としたもので、姿は従である。その声の消えて行った方、すなわち飛び去って行った方を見ると、そこに消えた声の実体であるかのように、ぽっかり一つの島が浮んでいるのである。

須磨寺やふかぬ笛きく木《こ》下《した》やみ　（笈の小文）

須磨寺を訪ねた時の作。ここには平敦盛《あつもり》の青葉の笛と伝える寺宝がある。その笛を見て、昔熊谷《くまがい》直実が聞いたという笛の音を聞く思いがした。木下闇の幻想である。ただし猿雖宛《えんすい》の手紙に、敦盛の石塔を見てあわれさに涙をとどめかねたと書きながら、「蟬折《せみおれ》・こま笛、料足十疋見るまでもなし。此海見たらんこそ物にはかへられじ」と書いていて、じつはあやしい寺宝などは歯牙にもかけていないのである。

此境はひわたるほどゝいへるも、こゝの事にや

かたつぶり角《つの》ふりわけよ須磨明石（猿蓑）

紀行にはこの句を録していないが、『本朝文鑑』所収の「庚午紀行」の本文に「誠に須磨あかしのそのさかひは、はひわたるほどゝいへりける源氏のありさまも思ひやるにぞ、今はまぼろしの中に夢をかさねて人の世の栄花もはかなしや」とあってこの句が出ている。「はひわたるほど」とあるのは、源氏物語須磨の巻に「明石の浦はただはひわたる程なれば」云々とあるのに拠ったもの。須磨と明石はきわめて接近しているが、蝸牛《かたつむり》に左右の須磨明石を振分けて示してくれよ、と戯れたもの。両方の美しい景色をとくと差し示してくれよといった気持である。猿雖宛《えんすい》の手紙に「てつかいが峯にのぼれバ、すま・あかし左右にわかれ……」とあり、この句は鉄枴山からの眺望である。

明石夜泊《やはく》

蛸《たこ》壺《つぼ》やはかなき夢を夏の月　（笈の小文）

四月二十日。実は明石には泊らず、須磨に夜道を帰って来て泊っている。蛸は明石の名産で、海岸には蛸壺がいくつもころがっている。素焼の壺で、口に近いところに孔をあけ、綱を通して海底に沈め、浮標をつけ、翌朝夜明に引き上げる。芭蕉は月の夜、明石の浜を歩き、蛸壺を見かけたのだろう。そして月夜の海底の蛸壺に思いをはせ、明易い夜のまの蛸の命を思いやって、この句を作ったのである。

「夏の月」は、夏の短夜の明けやすい月だから、古俳諧では入ることの早いのを惜しむ意味から、連想としてはかなさの感じを言葉自身に纏っている。「はかなき夢を」は不完全な句切で、「はかなき夢を夏の月」と続くと、はかない夢をいやが上にもはかなく結んでいるという意味に、何となく受取れる。蛸に対する哀憐の情であり、同時に明石の浜の夏の夜の月の美観が描き出されている。その美観の中に、蛸壺が一つ一つ、蛸どもの夢を乗せて静まりかえっているのだから、その美観には哀れとおかしみがからまっても来るのである。

山崎宗鑑屋舗《そうかんやしき》、近衛どのゝ宗かんがすがたを見れば餓鬼《がき》つばた

と遊ばしけるを思ひ出《いで》て

有難きすがた拝まんかきつばた　（芭蕉書簡）

前掲猿雖《えんすい》宛の手紙に「廿一日布引の滝にのぼる。山崎道ニかゝりて、能因のつか・金龍寺の入相《いりあい》の鐘を見る。花ぞ散けるといひし桜もわか葉に見えて又おかしく、山崎宗鑑やしき、近衛どのゝ、宗鑑がすがたを見れバ餓鬼つばた、と遊《あそ》びけるをおもひ出て、／有難きすがた拝まんかきつばた／と心の内ニ云て、卯月廿三日京へ入」とある。宗鑑の旧跡は、大山崎の離宮八幡北の竹林中にあったという。かつて近衛殿が宗鑑の痩せた姿を見て「餓鬼つばた」と詠んだのに対して、宗鑑が「のまんとすれば夏の沢水」と付けた逸話にもとづく。この場合、芭蕉は俳諧の鼻祖として宗鑑を尊敬し、その痩せ姿を「有難きすがた拝まん」といったのである。故事にすがった発想である。

花あやめ一《ひと》夜《よ》にかれし求《もと》馬《め》哉　（蕉翁句集）

俗士にさそはれて、さ月四日吉岡求馬《もとめ》を見ル。五日はや死ス。
仍而《よって》追善。

五月五日作。その前日、杜国と共に或る人に誘われて吉岡求馬の歌舞伎を見た。ところが翌日あやめの節句の日に、花あやめにも譬えたくなるようなあでやかな求馬の姿も一夜に枯れて死んだということを聞いた。その追善句で、「あやめ」と「もとめ」と語呂を合せている。『蕉翁句集草稿』に「此時万菊も、唐松哥仙よくをどり侍ると前書して、だきつきて共に死ぬべし蟬のからといふ句を書、両人ともに猿雖文通に聞ゆ」と見える。花の盛りの美しい役者が一夜で急死したことから無常迅速の感を発しているのだが、そのとき杜国と一緒であったことから、その思いはいっそう深かったのであろう。杜国とは京で別れている。

木曾路のたびをおもひ立《たち》て、大津にとゞまる比《ころ》、先《まず》せたの蛍を
見に出《いで》て

此《この》ほたる田ごとの月にくらべみん　（三つのかほ）

四月二十四日付猿雖宛杜国の書簡に「猶此するゑはおばすて・さらしな・むさし野・富士までも安く見めぐり候様にといのるばかり御座候」。ただし杜国は京で芭蕉に別れ、大津へは従わなかった。この句は大津に滞在中、瀬田の蛍見に出て、更科《さらしな》の田ごとの月を連想した。この秋訪れる予定の田ごとの月とその時は比べてみようと思ったのである。

ほたる

めに残るよしのをせたの蛍哉　（真蹟詠草）

前句と同じときの句。遊んで来た吉野の印象を、まだ鮮かに眼に残したまま、今は瀬田の

蛍に遊んでいる。瞼《まぶた》の中の吉野の花の爛漫《らんまん》たる中を、蛍が飛び交うのである。前句が現在の瀬田と未来の更科を重ねているのに対して、これは現在の瀬田と過去の吉野を重ねている。

五月雨にかくれぬものや瀬田の橋　（曠《あら》野《の》）

五月末ごろ、大津滞在中の作。瀬田の唐橋の大景である。煙雨の中に湖辺の風景がすべてうち消され、ただ一つ瀬田の橋が隠れずに、墨一色に浮び上っている。「瀬田の橋」だけを「かくれぬもの」として取り立てて言っているのが、印象をあざやかにしている。

大津にて

世の夏や湖水にうかむ浪の上　（前後園《ぜんごのその》）

『前後園』（言水《ごんすい》編）には、元禄二年の自序がある。『一葉集』に「井狩氏水楼」と前書があり、『雪の流』には、「井狩昨卜亭に遊びて」と前書があって、中七「湖水をたゝむ」とある。井狩氏の伝は分らない。

世間は暑い夏なのに、自分は井狩氏の水楼に招かれて、湖水に浮んで浪に揺られているような、涼しい思いをしている、と言ったので、涼しさを強調したところに、あらわに挨拶の意が出ている。

五月末、ある人の水楼にのぼる

海ははれてひえふりのこす五月《さつき》哉　（詠　草）

真蹟懐紙に、貞享五年の近江・岐阜の句と並記しているので、この年と推定される。『一葉集』には「長貞亭」、『芭蕉句鑑』には「長興亭」と前書があるが、誰か分らない。これも水辺の眺望のきく楼に招かれて作った挨拶句で、大景の賞翫が挨拶の意にかなうのである。この「降り残す」は、後に詠んだ「五月雨のふり残してや光堂」の場合とは逆に、比叡だけがまだ雨が残っている意味。湖水は一面に五月晴で、比叡のあたりに梅雨雲が残り、一ところ雨の気配を見せているのである。

元禄元歳戊辰六月五日会

皷子花《ひるがほ》の短夜ねぶる昼間哉　（ながらのさくら）

尚白《しょうはく》筆懐紙によって、この句を発句とする大津の奇香亭で催された歌仙が『ながらのさくら』（西川太治郎編、昭和二年刊）の口絵に見える、その発句。脇句は奇香の「せめて涼しき蔦《つた》の青壁《あをかべ》」。昼顔は夜を眠ってひるま目を覚している、と見て、夏の短夜を眠り足りないかのように眠そうなぼんやりした顔をしているが、そのように私もこの昼間をゆるゆると休息している、ということ。主人の歓待を謝する挨拶句であるが、持って回った言い方で意味を取りにくい。

東武吟行のころ、美濃路より李由《りゆう》が許《もと》へ文《ふみ》のをとづれに

ひるがほに昼《ひる》寝《ね》せうもの床《とこ》の山　（韻《いん》塞《ふたぎ》）

『泊船集』の許六の書入れに「大堀より李由が方《かた》へ文通にてすぐにみの路に趣給ふ句也」と記してある。大堀は近江彦根の郊外で、李由は彦根の西平田に住んでいた。床の山は万葉以来の歌枕鳥《と》籠《こ》山《のやま》（鍋尻山）で、本来ならあなたの近くの床の山ではないが、床の上に昼顔を前にして昼寝してゆこうものを、立ち寄れないで過ぎてゆくのは残念ですと挨拶した句。

千子《ちね》が身まかりけるをきゝて、みのゝ国より去来がもとへ申《もうし》つかはし侍《はべり》ける

無き人の小袖も今や土用干　（猿　蓑）

千子は去来の妹で、この年五月十五日に没した。その便りをきいて美濃路から京の去来へ消息したのである。去来抄に「その事をいとなむたゞ中に来れり」とある。土用干の最中にその句が送られて来たことを言っているのだ。小袖は袖の小さい普段着。亡き人の小袖も早

や今は土用干する時節になって、その袖の香を懐しんでいることだろう、という意。亡くなってからやや日数を経て聞いたので、この追悼句もその日数を頭に置いた間接的表現をとっている。時期にふさわしい表現であることを去来も言っているのである。古今集「さつきまつ花たちばなの香をかげば昔の人のそでの香ぞする」（よみ人しらず）が仄かに匂っている。

其草庵《そのそうあん》に日比《ひごろ》ありて

やどりせむあかざの杖になる日まで　（笈日記）

『蕉翁句集』に「桑門己百庵」と前書がある。己百は岐阜妙照寺の住職、藜《あかざ》が伸びて杖になる日までゆっくり滞在させてもらいます、との挨拶句である。

山路にて

なつ来てもたゞ一つ葉の一つ哉　（曠　野）

元禄元年六月、美濃に入っての作。「夏来ても」は初夏と厳密に時期を限定した季語でなく、六月の作でも差支えない。

一つ葉は山野陰湿の地に自生する羊歯《しだ》類である。蔓状の根茎から、ところどころ一枚ずつ細長い革質、深緑色の葉を生じる。芭蕉は、夏になっても相変らず、ただ一枚の葉をかざしただけの一つ葉の姿に、深い愛憐を覚えた。その一つの存在のさびしさを強調しているのである。『笈日記』には「一葉かな」とも伝えるが、「一つかな」の方がよい。

岐阜山にて

城あとや古井の清水先《まづ》問《とは》む　（笈日記）

真蹟詠草に「喜三郎何がしは、いなば山のふもとに閑居をしめて、納涼のためにたび〳〵まねかれ侍《はべり》しかば」。喜三郎は、岐阜富茂登《ふもと》の庄屋松橋喜三郎。岐阜山（稲葉山、また金華山）は織田信長の居城跡。喜三郎にたびたび招かれたので、城跡の古井の清水をまず訪ねて昔を偲ぼうという意味。『芭蕉句選年考』に、『西行物語』に「主なくなりたりし泉をつたへてゐたりし人のもとにまかりて、いづみにむかひてふるきを懐《おも》ふと云ふ事を詠み侍りしに、すむ人の心くまるゝいづみかな昔をいかに思ひ出づらん」とあるのによる、と説明がある。「すむ人の心くまるゝ」という余意を含んで挨拶句となる。

落梧《らくご》なにがしのまねきに応じて、稲葉山の松の下涼みして、長途の愁《うれい》をなぐさむほどに

山かげや身をやしなはむ瓜《うり》畠《ばたけ》　（笈日記）

寛文期
延宝期
天和期
貞享元年（天和四年）
貞享二年
貞享三年
貞享四年
貞享五年（元禄元年）
貞享期

初案は「山かげに」（詠草）。落梧は岐阜の商人で安川助右衛門。稲葉山の付近にまくわ瓜で名高い真桑村がある。瓜畑の嘱目を詠みこんで、主人の瓜のもてなしによってゆっくり休養しようという挨拶句である。瓜を詠みこんだのがユーモラスである。

真蹟懐紙によれば、落梧の脇句は「石井の氷《こほり》あらふかたびら」。

もろき人にたとへむ花も夏野哉　（笈日記）

『笈日記』に「その比《ころ》ならん、落梧のぬしおさなき者を失へる叓《こと》をいたみて」と前文があってこの句が出ている。芭蕉が落梧を訪ねたとき、主人は子供を亡くした悲しみの中にあったので、彼は悼句を作って慰めたのである。「花もない」に「夏野」を掛けている。草の生い茂った夏野に一輪の花も見られぬ虚しさに、子供を野辺送りした親の心の寂しさの象徴とした。

稲葉山

撞《つき》鐘《がね》もひゞくやうなり蟬の声　（笈日記）

『蕉翁句集』にこの年の句とする。落梧亭に滞在中の句。一山の蟬がかまびすしい中に鐘の声が聞え、その余韻が蟬の声と化して響き渡るようだ、と言ったのである。稲葉山の麓に寺があって、瑞龍寺と言い、折から落梧の子供の死んだ悲しみの中にあったので、鐘の音もことに身に沁みるのである。

此《この》あたり目に見ゆるものは皆涼し　（笈日記）

『笈日記』には俳文「十八楼ノ記」を載せ、この句の序としている。その記によれば、長良川に臨む水楼の主賀嶋《かしま》善右衛門、号鷗歩に招かれて一日を過したのである。その眺めは瀟湘八景や西湖十景もこの楼の「涼風一味」のうちに思い集められていると言い、もしこの楼に名をつければ十八楼とでも言うべきだ、とある。その眺望を讃えて、目に見えるものがみな涼しいと、しごく大まかに言ったのである。「涼し」に賞美の意味がある。具体的に一々くだくだしく言わなかったところがかえって涼しさの感を深くしている。

美濃ゝ国にて辰《たつ》のとし

またたぐひ長良の川の鮎《あゆ》鱠《なます》　（己《おの》が光《ひ》）

『笈日記』に「名にしあへる鵜飼《うかい》といふものを見侍らむとて、暮《くれ》かけて、いざなひ申されしに、人〴〵稲葉山の木《こ》かげに席をまうけ、盃《さかずき》をあげて」と詞書がある。長良川の鵜飼に招かれた時の挨拶句。「またたぐひなからむ」と「ながら」とを掛けている。鮎鱠の風味を賞めたのである。俊成の古歌に「またたぐひ嵐の山のふもとでら杉のいほりに有明の月」（玉葉集）の歌が「たぐひあらじ」と言い掛けている技巧に倣ったもの。

おなじ所にて

おもしろうてやがてかなしき鵜《う》舟《ぶね》哉　（曠《あら》野《の》）

岐阜滞在中、鵜飼見物に行ったときの作。この句は全体、謡曲『鵜飼』の「鵜の段」の文句を下敷にしている。「面白さ」から「悲しさ」への急変が、「鵜の段」の見せ場、聴かせ場になっていて、この二つの言葉は、幾度も主調低音として繰り返される。甲斐石和《いさわ》川の鵜遣の老人の亡霊が、旅僧の前で罪障懺悔《さんげ》に鵜を使うさまを見せるのだが、始めにその面白さを現じて見せ、後に月が出て、闇路へ帰って行く哀愁を浮び上らせる。『笈日記』にこの句の詞書に、「鵜舟も通り過る程に帰るとて」とあり、鵜遣も終り、篝火も消え、酒宴も果て、一夜の興を尽した後の哀愁を、芭蕉は闇路へ帰る老翁の哀れに重ねて、ここに描き出したのである。

秋立日《あきたつひ》

たびにあきてけふ幾日《いくか》やら秋の風　（真蹟集覧）

『真蹟集覧』（松栄軒編、天保十三年刊）に模刻する詠草に、この年岐阜での句と並べて記されている。ながい旅に飽きて、もう幾日かと指折り数えるこの日、涼しい風を肌に感じて今日が立秋であることに気づいたのである。古今集の「秋きぬと目にはさやかに見えねども風の音にぞおどろかれぬる」（藤原敏行）の有名な歌を心に置いて作った句である。凡作。

あの雲は稲妻を待《まつ》たより哉　（曠野）

『曠野《あらの》』（元禄二年三月序）に載っているから、元禄元年秋またはそれ以前の句。夕べの雲にやがて稲妻を待つべき便りを見出したのである。炎暑の一日が過ぎて、涼しい一雨を期待する心である。

三日

何事の見たてにも似ず三かの月　（曠野）

七月三日作。「知足書留」に「名古屋円頓寺にて」として、初五「ありとある」の形で出ている。三日月は古来、蛾眉《がび》・磨鐮《まれん》・玉鉤《ぎょっこう》などと言っていろんな物の形に見立てられているが、今この寺で見る三日月はそのどの見立てにも似ていない、言語を絶した美しさである、という意味。『奥の細道』に「天台止観の月明らかに、円頓融通《えんどんゆずう》の法《のり》の灯かゝげそひて」とあるように、形而下の譬喩を否定して、寺号そのままの円頓融通の光と見たのであろう（大礒義雄氏『愛知学藝大研究報告』十）。つまり円頓寺に対する挨拶句である。そうとでも見なければ、こんなつまらない句を作るはずがない。

賀新宅

よき家や雀よろこぶ背戸の粟《あは》　（千鳥掛）

七月八日、鳴海の富商、下里知足《ちそく》亭で弟知之の新宅を賀した作である。おそらくその新宅も知足亭の隣か裏か、見える所に造られたはずで、背戸の粟はその時の嘱目である。粟の穂がたわわに稔って雀どもが喜びついばんでいるが、まさによい家が出来たと喜び祝っているようである、というほどのこと。『千鳥掛』にはこの句を発句とする表六句を掲げているが、知足の脇句は「秣《まぐさ》にみゆる野菊苅萱《かるかや》」、第三は安信の三吟歌仙である。別に「背戸の秋」（記念題）という形も伝えるが、誤伝であろう。雀と粟との取合せがよく、「よき家」と言い「よろこぶ」と言ったところにおのずから祝賀の気持が溢れている。知足は鳴海衆の中心人物で、芭蕉とは最も親しく、この句も弟に知足が新家を建ててやって分家させたその心遣いをねぎらう意味がある。

鳴海《なるみ》眺望

はつ穐《あき》や海も青田の一みどり　（千鳥掛）

七月十日、鳴海の児玉重辰亭で巻いた六吟歌仙の発句。はじめは「鳴海がたや青田にかはる一みどり」と夏の句を作り、その後「初秋は海やら田やらみどりかな」「初秋は海やら田やら一みどり」「初秋や海も青田の一くもり」などとあったらしい。海も田も青一色に塗りつぶされたということで、鳴海潟の大景の中に、初秋の気の爽快さを賞美し、その賞美の心が、そのまま主への挨拶となる。おのずから天高く、澄みわたった大気の膚触りを感じさせている。

重辰は鳴海六俳仙の一人で、荷問屋であった。そしてこの時の重辰の脇句は「乗行《のりゆく》馬の口とむる月」で、芭蕉の出立の日が近づいたので名残りを惜しむ気持を籠めている。『知足斎日々記』に「十四日　桃青名古屋へ御越、馬にて」とある。

夕がほや秋はいろ〳〵の瓢《ふくべ》かな　（曠　野）

『曠野』にはこの句を夏としているが、『千鳥掛』には「初秋中一　此処に遊《あそび》て」と前書して秋の句としている。大津滞在中に作った夏の句を鳴海で秋の句に流用したのであろう。詞書の「中一」とは中旬の一日、すなわち十一日のこと。夕顔の花は夏だが、瓢は秋である。夕顔の花を見て、秋にはいろいろの瓢になっていようと想像した句を、秋になっていろいろの瓢となったさまを見て、夏にはいちように夕顔の花だったのに、と回想した句に転じた。古今集の「みどりなる一つ草とぞ春は見し秋はいろいろの花にぞありける」(よみ人しらず)の歌によっている。一句の中に切字の「や」と「かな」を重ねて用いているのでいろんな議論が生れたが、もともと他愛ない句だから問題にするには及ばない。

蓮池や折らで其《その》まゝ玉まつり　(千鳥掛)

『風の前』(亀及等編、寛保二年)に載せる千代倉亀世(知足の子孫)の句の前書に「往昔やつがれが庭にして」として引用してあるので、この秋鳴海《なるみ》の知足亭に滞在中の句と分る。庭前の蓮池の花が開いたのを見て、折らないでそのまま精霊会《しょうりょうえ》の供花になる、と言ったもの。芭蕉は十四日に鳴海を立っているが、その前日十三日に知足亭の魂棚が設《しつら》えられたのであろう。

田中の法蔵寺にて

刈《かり》あとや早稲《わせ》かた〳〵の鴫《しぎ》の声　(笈日記)

『蕉翁句集』にこの年の句とする。田中の法蔵寺は、鳴海在田中(今は名古屋市西区新道)。早稲がところどころ刈取られて、その刈あとには早や鴫が降り立って鳴いている。「かたくの」とは、一方では刈られ一方ではまだ刈られないで残っている景色である。西行の歌に「鴫立つ沢の秋のゆふぐれ」とあるように、鴫は秋のあわれをかきたてる鳥で、この句の場合、刈あとに鳴く姿に一種のあわれを見出している。

粟《あは》稗《ひえ》にとぼしくもあらず草の庵《いほ》　（秋の日）

詞書に「貞享五戊辰《ぼしん》七月廿日　於竹葉軒長虹《ちょうこう》興行」とあるので日時と場所が知れる。竹葉軒は杉の薬師堂（名古屋市東区杉村町西杉解脱寺）の境内にあり、長虹は竹夭和尚。和尚に招かれて歌仙を巻いた時の発句。『笈日記』に中七「まづしくもなし」とあって、「とぼしくもあらず」を普通初案とするが、「とぼしくもあらず」の方がよい。『笈日記』には「覓《もとむ》レ閑三句」としてこの句と前掲「刈あとや」「何事の」の三句を記している。いずれも寺において作った句である。

粟や稗は身を養うだけの清貧の生活を示し、その清貧を楽しんで悠々とした生活を営んでいるさまを肯定した口吻が「とぼしくもあらず」である。杜甫の詩「南隣」に「園ニ芋栗ヲ収メ未ダ全クハ貧シカラズ」とあるのに拠ったかと加藤楸邨は言っている。挨拶句として上々のもの。長虹の脇句は「藪の中より見ゆる青柿」。

三》《さんしゅう》鳥巣にあひ給て

かくさぬぞ宿は菜汁に唐がらし　（猫の耳）

芭蕉はこの年の七、八月ごろ名古屋に滞在しているが、その間に三河へ出かけることがあったのか。烏巣は加藤氏、三河国の医者。芭蕉は烏巣の家を訪ねてその質素な生活を讃えた。もてなしに菜汁や唐がらしが出されたので、そのことを句に取入れて、貧しさを隠さないで披瀝するその人柄を賞したのである。この句は句柄から言って烏巣の家を訪ねた句に間違いなく、烏巣が名古屋に出てきてどこかの宿で芭蕉と会った時の句ではない。

おくられつおくりつはては木曾の秋　（曠野）

八月十一日越人《えつじん》と共に、荷兮《かけい》がつけた奴僕を従えて更科紀行の旅に向った。『笈日記』にはその時の芭蕉の留別吟としてこの句ほか三句を挙げている。紀行には中七「別《わかれ》ツ果《はて》は」としている。江戸を立って以来の、人に送られ人を送りした長い旅をかえりみ、これからの旅の果には淋しい木曾山中に秋のあわれを味わうことであろう、と言ったもの。旅に明け暮れた深い吐息が籠っているようである。

草いろ〳〵おの〳〵花の手《て》柄《がら》かな　（笈日記）

同じく岐阜で詠んだ留別吟の一つ。秋の草の花がいろいろあって、それぞれ趣きのある花を咲かせ競い合っている、と言ったもの。「草の花」は秋の季語で、秋の七草その他、野山をいろどる野草の花をいう。時節柄の草花を詠みながら、裏にはここに集ったそれぞれの人たちの人柄を賞した挨拶の意が籠っている。古今集の「みどりなる一つ草とぞ春は見し秋はいろいろの花にぞありける」（よみ人しらず）の歌を下に置いている。

朝顔は酒《さか》盛《もり》しらぬさかりかな　（曠野）

『笈日記』によれば、同じく木曾へ出立の際の留別句で、詞書に「人〴〵郊外に送り出《いで》て、三盃《ばい》を傾《かたむけ》侍《はべ》るに」。郊外の茶店などでの酒盛の句で、前の二句も同じ時の作。朝顔は秋の七草の一つであり、前句の「草いろ〳〵おの〳〵花の手柄かな」の中に含まれる。この酒宴の時刻が午前中であることをこの句は示している。庭先に、自分たちの酒宴を知らぬ顔に、清楚な朝顔の花が咲きさかっているのを目にとめ、別れの心を托したのである。

ひよろ〳〵と猶《なほ》露けしや女郎花《をみなへし》　（曠野）

同じく岐阜郊外での留別吟。『笈日記』には中七「こけて露けし」となっている。初案であろう。やはり茶店で目にとめた草花の一つ。倒れてしまって露にしとどの女郎花のさまを目にとめたのだろうが、改案ではひょろひょろと倒れそうでなお露けき姿に立っているさまとした。女郎花の姿のあわれさに、長旅に旅立つ感慨を托したもの。

あの中に蒔《まき》絵《ゑ》書《かき》たし宿の月　（更科紀行）

紀行では「いでや月のあるじに酒振《ふる》まはんといへば、さかづき持出《もちいで》たり。よのつねに一めぐりもおほきに見えて、ふつゝかなる蒔絵をしたり。都の人はかゝるものは風情なしとて、手にもふれざりけるに、おもひもかけぬ興に入《いり》て、琲碗玉巵《せいわんぎょくし》の心ちせらるも所がらなり」とある。鄙びた大盃に下手な蒔絵をしてあるのに興を発し、私もまたあの月に蒔絵を描きたくなったと興じたもの。月を盃に見立てたのが古風な発想ながら、時に応じての興であった。

桟《かけはし》やいのちをからむつたかづら　（更科紀行）

木曾の桟は、木曾街道上松《あげまつ》と福島との間に架かる。桟の下は底深い渓流で目もくらむばかりの思いである。その桟に命を托して蔦紅葉《つたもみじ》が絡んでいるのを「いのちをからむ」と言ったのだが、それは同時に桟を渡る不安な気持を托した言い方である。紀行に「歩行《かち》より行《ゆく》ものさへ、眼《め》くるめきたましゐしぼみて、足さだまらざりけるに、かのつれたる奴僕《ぬぼく》いともおそるゝけしき見えず、馬のうへに只《ただ》ねぶりにねぶりて、落《おち》ぬべき事あまたゝびなりけるを、あとより見あげてあやうき事かぎりなし」とあるのは、この桟での経験を主として言っているのである。

桟や先《まづ》おもひいづ馬《こま》むかへ　（更科紀行）

平安時代に諸国の御牧で育てた駒を選び、それを八月にはるばる引いて都に上り朝廷に献上して「駒牽《こまひき》」と言い、逢坂山でそれを出迎えたので「駒迎へ」と言った。御牧は信濃、甲斐、武蔵、上野《こうずけ》の四ヵ国で、信濃の駒が最も名高かった。八月十五夜が中心の行事だから駒迎えを思い出したので、木曾の桟《かけはし》を渡る時どんな危うい思いをしたかを思いやったのである。紀行に、連れていた奴僕が怖れ気もなく馬上で眠りながら越えたのを驚嘆しているが、その危うさから駒牽の時の様子が思われたのである。

越人《えつじん》を供《ぐ》して木曾の月見し比《ころ》

俤《おもかげ》や姨《をば》ひとり泣《なく》月の友　（いつを昔）

紀行に「姨捨《おばすて》山」と詞書がある。姨捨山は、芭蕉の当時は冠着《かむりき》山をそれと信じていた。

『芭蕉庵小文庫』に掲げた「更科姨捨月之弁」には、「あるひはしらゝゝ吹上ときくにうちさそはれて、ことし姨捨の月みむことしきりなりければ、八月十一日みのゝ国をたち、道とほく日数すくなければ、夜に出て暮に草枕す。思ふにたがはず、その夜さらしなの里にいたる。山は八幡といふさとより一里ばかり南に、西南によこをりふして、冷じう高くもあらず、かどかどしき岩なども見えず、只哀ふかき山のすがたなり。なぐさめかねしと云けむも理りしられて、そゞろにかなしきに、何ゆへにか老たる人をすてたらむとおもふに、いとゞ涙落そひければ」とあってこの句が出ている。ただし初五「俤は」。

大和物語その他に伝える棄老説話に拠った作で、「わがこゝろなぐさめかねつ更科やをばすて山に照る月を見て」（古今集、よみ人しらず）の古歌以来、更科、姨捨は月の名所となった。芭蕉はここで十五夜の月を賞するために、十一日に岐阜を立って十四日に着いたのである。

期待通り十五夜の月を姨捨山で仰ぐことができた。この句は現実と物語の世界との二重発想で、月光の隈なく照る山中で、芭蕉は同伴した人たちを抹殺し、幻想の「姨ひとり」を「月の友」として、月に対している。山中に捨てられて一人泣いている姨の俤だけが、芭蕉の描き出した月光の世界の住人なのである。「なぐさめかねし」といった姨の心の悲しさを、ほとんど人間普遍の悲しみとして感じ取ったところにこの句の発想があった。

のちに其角の『雑談集』に、「翁北国行脚のころ、さらしなの三句を書とめ、いづれかと申されしに、『俤や姨ひとり泣く月の友』といふ句を可然にしかるべき定めたりと申ければ、誠しか也。一句人目にはたゝず侍れども、其夜の月の天心にいたる所、人のしる事少《マレ》なりと悦び申されけり」と記されている。

いさよひもまだ更《さら》科《しな》の郡《こほり》哉　（いつを昔）

「更科姨捨月之弁」に、前句に続いてこの句を記している。真蹟に「しなのゝさか木と云《いう》処にとまりて」と前書したこの句の短冊があるが、この「さか木」は埴科郡坂城町で、芭蕉はおおよその気持で「更科の郡」と言ったのである。越人が「さらしなや三よさの月見雲もなし」（更科紀行）と作ったのもこの時と推定される。「三よさ」とは待宵・名月・十六夜の三夜《よ》さである。

　十六夜にもなお更科のあたりを去りかねて月を眺めている、という意。「まださらずに」という意味を掛けているが、「いさよひ」とはもともとためろうことである。その月のためろう姿がそのまま自分たちの姿なのである。

身にしみて大根からし秋の風　（更科紀行）

八月十五夜の月を姨捨山に賞したあと、まだ信州にあったときの作。

秋口の大根はまだ辛い。大根の身にしむような辛さに、山深い木曾街道の風土を味わい取っているのである。身にしむものは大根の辛さであるとともに、秋の風であり、木曾の旅情であるとともに、人生感慨でもある。大根は白、秋風は古くから「色なき風」と言われている通り、色彩感覚に移せば白であり、晩秋蕭殺の気が、白の色を主調として、身にしむのである。

木曾のとち浮世の人のみやげ哉　（更科紀行）

栃《とち》の実は、山地では栃餅などに作って食用に供する。都会の人には珍しかろうと、木曾の栃の実を土産にするのである。『更科紀行』の写本に「よにありし人にとらせん木曾のとち」と書いて見せ消ちにしている。初案であろう。

善光寺

月影や四門四宗も只一ツ　（更科紀行）

長野の善光寺に奉納した句。「四門四宗」には諸説がある。だがいずれの説であれ、善光寺がただ一寺で四門四宗を兼ねていることを指す。そのような有難い善光寺の在りようさながらに、ただ一つ空に真如の月が善光寺を照らし出している、という意。

吹《ふき》とばす石はあさまの野分《のわき》哉　（更科紀行）

写本の『蕉翁さらしな日記』（百我写）に、「秋風や石吹颪《ふきおろ》すあさま山」「吹颪すあさまは石の野分哉」「吹落す石はあさまの野分哉」などと並記し、これは推敲過程を示している。小諸か軽井沢あたりでの作であろう。折から野分が吹きすさんで、山麓の小石の吹飛ばされるさまを詠んだもので、荒肌を露出した火山の姿が髣髴とする。

十日菊

いさよひのいづれか今朝《けさ》に残る菊　（笈日記）

九月十日作。『笈日記』に「素堂亭　十日菊」と題して、「蓮池の主翁、又菊をあいす。きのふは龍山《りゆうざん》の宴をひらき、けふはその酒のあまりをすゝめて、狂吟のたはぶれとなす。なを思ふ、明年誰か、すこやかならん事を」とあってこの句を出している。すなわち、昨日は葛飾阿武の素堂亭で重陽の宴を開き、今日はその酒の残りを飲みながら、このような戯れの発句を作った。明年のこの会には昨日集ったうち誰が健かであろうか、という前書で、杜甫の「九日藍田崔氏荘」の詩句に「明年此ノ会誰カ健カナルヲ知ラン」とあるのに拠る。「今朝に残る菊」とは、諺にいわゆる「六日の菖蒲、十日の菊」で、名月の翌日のいざよいの月と重陽の翌日の十日の月と「いづれか」と言ったもの。いずれもあわれが深く優劣をつけがたいのだ。これも「雪の鮒《ふぐ》左勝水無月の鯉」とか「猿を聞人捨子に秋の風いかに」とかいった句合せの形式を模した優劣比べである。それぞれ晴《はれ》の日を過ぎたものの哀感を漂わせているが、その哀愁が尾を曳いて来年のこの日までの老少不定《ふじよう》を連想したのだろう。だがそれは前文には見えていても、句そのものには読みとることはできない。

木曾の痩《やせ》もまだなをらぬに後《のち》の月　（笠日記）

『笠日記』に「芭蕉庵十三夜」として掲げる句文の中に見える。素堂・杉風・越人・路通その他が芭蕉庵に集って、後《のち》の月見の宴を開いたのだが、芭蕉は中秋名月を、月の名所の更科で見たので、この十三夜の月見もこの年は殊に重大に考えていたようである。『笠日記』所載の素堂の序文に「おもふに今宵を賞する事、みつればあふるゝの悔あればなり。中華の詩人わすれたるににたり。ましてくだら・しらぎにしらず。わが国の風月にとめるなるべし」とあるように、「十六夜」「十日菊」「十三夜」共に満ちたあとの虧《か》けた姿を賞する日本特有の風流思想である。「十日菊」の前書にあった「明年此ノ会誰カ健カナルヲ知ラン」とはまたこの夜、後の名月を賞する心でもあった。

句は木曾の旅疲れがまだ癒えない今、早くも後の月見の宴を開いた、という意味。その慌しい年月の推移の中に、おのずから明年を知らぬ老少不定の思いが籠っていよう。

画讃

西行の草鞋《わらぢ》もかゝれ松の露

（笈日記）

『蕉翁句集』にこの年とする。『笈日記』には大垣の画讃の部に載る。『芭蕉句選年考』に「或る行脚の僧の曰《いわく》、松に草鞋の懸りたる図の讃とぞ」とあるが怪しい。画には松の木が露しとどの感じで描かれていたのだろうが、そこに西行の雰囲気を感じ取って「西行の草鞋もかゝれ」と言ったのである。西行が脱ぎすてた草鞋を枝にかけておいた松、と言えばゆかりありげだが、その草鞋は画面にあるのではなく、芭蕉の心裡にあるのだ。芭蕉は画から旅情を汲み取ったのである。ついでに言えば、西行は月・花について、松が好きで、松を詠んだ名歌が多い。

武蔵守泰時

仁愛を先とし、政以テ去レ欲為先ト

明月の出《いづ》るや五十一ケ条

（庭竈集《にわかまど》）

前句と同じ時の作。貞永元年、鎌倉幕府の執権北条泰時が制定した五十一カ条の貞永式目を詠んだ。前書はその式目の一節である。句は、仁愛を先とした泰時の仁政を讃えて、式目の発布を明るい明月の出るのに擬したもの。前句といい、この句といい、時の座興に作ったものでで、もちろん公表を意図したものではなかった。

行《ゆく》秌《あき》やに身に引《ひき》まとふ三布《みの》蒲団《ぶとん》　（韻《いん》塞《ふたぎ》）

『蕉翁句集』にこの年の句とする。「三布蒲団」は「みの」とも言い、一幅の布を三枚縫い合せた蒲団。掛蒲団としては普通より狭く、秋も行こうとする夜寒朝寒の季節に、貧弱な蒲団を身体に掛けて寝るという、芭蕉庵の侘しい生活風景である。

留《る》主《す》のまにあれたる神の落葉哉　（芭蕉庵小文庫）

『蕉翁句集』にこの年とする。陰暦十月、全国の神々が出雲に集まるので、その一と月間を「神の留守」という。その期間の神社の境内に、落葉が散り敷いた様を、荒れたと表現した。あるじがいなくなった屋敷などの荒廃を言うのは、土地の精霊が妄動しだすと考えたからで、伝統的な発想のパターンとも言うべきである。

大通庵の主《あるじ》道円居士《こじ》、芳名をきくことしたしきまゝに、ま見えむことをちぎりて、つゐにその日をまたず、初冬一夜の霜と降《ふり》ぬ。けふはなをひとめぐりにあたれりといふをきゝて

其《その》かたち見《み》ばや枯《かれ》木《き》の杖の長《たけ》
（芭蕉庵小文庫）

『蕉翁句集』にこの年とする。大通庵道円居士の一周忌における追悼句。道円の形見の杖にその姿を偲んでいる。「枯木」だけでは当時季語ではないが、冬枯の木の意味で芭蕉は冬季に使った。その枯瘦の姿の象徴として枯木の杖を出している。『幽蘭集』にはこの句を発句とする追善の歌仙を掲げていて、脇句は夕菊の「ちどり来て啼《なく》よしがきの池」で、以下、苔《たい》翠《すい》・友五・素堂・路通・曾良が同座している。道円については未詳。

御《お》命《めい》講《こ》や油のやうな酒五升
（芭蕉庵小文庫）

『蕉翁句集』にこの年としている。「御命講」は十月十三日、日蓮上人の忌日、いわゆる御《お》会《え》式《しき》の日である。日蓮上人の消息に「新麦一斗笋三本油のやうな酒五升、南無妙法蓮華経と回向致し候」とあるのに拠る。これは信徒から寄進を受けた礼状で、端的活潑な比喩に日蓮の気性が躍如としている。芭蕉も日蓮にならって、人から酒を貰った御礼に作ったのであろう。内弟子たちが米塩の資を持ち寄った芭蕉の生活ぶりから見て、当然考えられることである。「油のやうな酒五升」とは濃い豊醇な酒で、讃め言葉であると共に挨拶の心でもある。日蓮の消息文をそのまま転用したところに、ごく親しい門人に対する茶目っ気が見える。日蓮の語気をユーモラスに転じたのである。童唄に「お正月はよいもんぢや、油のやうな酒飲んで、木葉《こつぱ》のやうな餅食つて、雪のやうな飯食《まま》つて、これでもとつさん正月か」(東京)などとある。童唄のこのあどけない語気が、この句にも生かされている。

菊鶏《けい》頭《とう》きり尽しけり御《お》命《めい》講《かう》　(忘《わすれ》梅《うめ》)

十二月五日付、尚白宛の手紙にこの句が見え、「句ハあしく候へ共、五十年来人の見出《いで》ぬ季節、愚老が拙《つたな》き口にかゝり、若《もし》上人真灵(=霊)あらバ我名ヲしれとぞわらひ候」とある。「御命講」の季語を句に初めて生かしたことを自讃しているのである。十月十三日のその日、信徒たちが花を供えるために、その季節まで残っていた菊も鶏頭もすっかり切り尽されたと言ったので、おのずから御命講の活発な気分を表し、またその季節感を把えている。この日のためにあらゆる花は切り尽され、あとは荒涼たる冬枯の景色だというのである。

冬籠りまたよりそはん此《この》はしら　(曠《あら》野《の》)

十二月三日付益光宛、同じく五日付尚白宛の書簡にこの句を記している。この冬は芭蕉庵で過ごすのだから、昨年のようにまたこの柱に凭《よ》りかかろう、と言った。一年間を旅で過ごしたあと、帰って来てまた毎日をこの草庵のこの凭り馴れた柱に凭り添う、ということに、柱への懐しさの気持が感じられる。

源氏物語真木柱の巻に、「つねにより居給ふ、東おもての柱を人にゆづる心地し給ふもあはれにて」云々とある一節が響いている。

五つむつ茶の子にならぶ囲炉裏《ゐろり》哉　（茶のさうし）

路通の書いた前書に「木曾の秋に痩《やせ》ほそり、芭蕉菴《あん》に籠り居給ひし冬」とあるので、この年の冬の句であることが分る。「茶の子」は茶菓子で、「五つむつ」は囲炉裏に集った頭数。門弟たちが囲炉裏の団欒《まどい》に集った庵の生活が描かれている。

ある人の追善に

埋火《うづみび》もきゆやなみだの烹《にゆ》る音　（曠野）

『蕉翁句集』にこの年の句とする。『笈日記』に「少年を失へる人の心を思ひやりて」と前書して載るので、この夏子供を亡くした落梧へ贈ったものと推測される。火桶の灰の中の埋火に思わず落した涙が煮えることを想像し、激しい悲しみの親心を思いやっている。「なみだの烹る音」と如実に想像したのが、芭蕉の思いやりの深さである。

李下《りか》が妻の悼《いたみ》

被《かづ》き伏《ふす》鋪《ふ》団《とん》や寒き夜やすごき　（鹿島紀行附録）

『曠野』（元禄二年序）に、李下の妻の死を悼んだ去来の「ねられずやかたへひえゆく北おろし」の句があるので、この句もこの年の作と考えられる。妻を亡くした人の寒夜の一人寝の侘しさ、すさまじさを、深く思いやっている。李下は芭蕉庵に芭蕉を贈った親しい門下である。

二人見し雪は今年も降《ふり》けるか　（笈日記）

『笈日記』に「次のとしならん、越人が方へつかはすとて」と前書がある。去年二人で伊良湖岬に杜国を訪ねたとき雪に逢ったことを思い出して、二人で見たあのような雪はあそこでは今年も降ったろうか、と思いやった句。もちろん杜国のことを心に持っているのである。『庭竈集』に「尾張《おわりの》十蔵、越人《えつじん》と号す。越路《こしじ》の人なればなり。粟飯《ぞくはん》・柴薪《さいしん》のたよりに市中に隠れ、二日つとめて二日遊び、三日つとめて三日あそぶ。性酒をこのみ、酔和する時は平家をうたふ。これ我友《わが》なり」と前書があってこの句が出ている。

米買《かひ》に雪の袋や投《なげ》頭《づ》巾《きん》 （路通《ろつう》真蹟）

雪の夜の戯《たわむれ》に題を探《さぐつ》て、米買《こめかい》の二字を得たり

路通真蹟の終りに「右元禄元年季冬仲七」とある。十二月十七日に芭蕉庵に門人たちと会して「深川八貧」の句文が成った。「七賢・四皓《こう》・五老の□処・三笑・寒拾の契り、皆こゝろざしの類するものをもて友とす。西行は寂然《じやくねん》にしたしく、兼好は頓阿《とんあ》に因《ちな》む。是《これ》風雅にるいするものか。東野深川の八子、貧にるいす。老杜《ろうと》の貧交の句にならひて、管鮑《かんぽう》のまじはり忘るゝ事なかれ」。

「八貧」とは芭蕉・依水・苔翠・泥芹・夕菊・友五・曾良・路通の八人で、この夜それぞれ「米買」「真木買」「酒買」「炭買」「茶買」「豆腐買」「水汲」「飯炊」の八種の題を得て発句を作った。その時の芭蕉の「米買」の句がこれである。そのころ深川近辺によく庵に出入りした弟子たちを、竹林の七賢人、飲中の八仙に擬して戯れたもの。このような風狂ぶりは老荘思想が尾を曳いている。

この句は、米の袋を投頭巾のように頭にかぶって、雪を避《よ》けながら米買いに出掛けてゆく自分の姿に興じているのだ。「投頭巾」とは、長方形に縫ってうしろに投げたように折り垂らしてかぶった頭巾である。当時の芭蕉の飄々とした風流生活を物語っている。「雪」に「行き」を言い掛けている。

なお、この時の門人たちの句をついでに挙げれば、「真木買　雪の夜やとりわき佐のゝ真

木買はむ」（依水）、「酒買　さけやよき雪やみ立し門の前」（苔翠）、「炭買　すみ一升雪にかざすや山折《を》敷《しき》」（泥芹）、「茶買　雪にかふはやしごとせよ煎じ物」（夕菊）、「豆腐買　手にすへしたうふをてらせ雪の道」（友五）、「水汲　雪にみよ払ふもをしきつるべさほ」（曾良）、「めしたき　はつ雪や菜食一釜たき出す」（路通）。

さしこもる葎《むぐら》の友かふゆなうり　（雪まろげ）

『雪まろげ』に「深川八貧」の句に続いて出ている。この頃の芭蕉庵の冬籠りの句であろう。閉じこもっている葎の宿をめったに訪ねてくる友もないが、近隣の百姓が冬菜を売りに訪ねてくるのが私の葎の宿の友というべきであろう、という意味。「葎の友」とは熟さない言葉だが、侘しい生活でのせめてもの友、というほどのことである。

皆拝め二見《ふたみ》の七五三《しめ》をとしの暮　（幽蘭集《ゆうらん》）

『幽蘭集』に、芭蕉と八人の弟子たちが同座した歌仙を載せている。「二見の七五三《しめ》」は、伊勢の二見ケ浦で大きな注連縄《しめなわ》を夫婦岩《めおといわ》に張り渡したのを指す。この句は、二見の夫婦岩の初日を描いた絵の画讃であろうか。皆その画中を拝みなさい、と勧めている句。

盗人《ぬすびと》に逢ふたよも有《あり》年のくれ　（有磯海《ありそうみ》）

『蕉翁句集』にこの年の句とする。何の財宝も身につけていない草庵の年の暮の生活ながら、空巣の泥棒に入られた夜もある、という意味。年の暮だから世智辛いとか世俗の険しい波が迫って来るとか、そんな深刻な感慨ではなく、泥棒に入られたことをかえって打ち興じているような句である。芭蕉には「年の市線香買《かひ》に出《いで》ばやな」とか「何に此《この》師走《しはす》の市にゆくからす」とか特異な歳末の経験や見聞を詠んだ句があるが、この句もその一つと見てよい。「盗人」と言いながらそれを苦にしているのではない。悠々とした境涯吟である。

あさよさを誰《たれ》まつしまぞ片ごゝろ　（桃舐《ももねぶり》集）

『蕉翁句集』にこの年の部の末に挙げている。「此句いつのとしともしらず、旅行前にやと此所に記ス」。『桃舐集』に名所の雑の部として載せ、「翁執心のあまり常に申されしは、名所のみ雑の句有たき事也。十七字のうち季を入《いれ》、歌枕を用《モチ》て、いさゝか心ざしをのべがたしと、鼻紙のはしにかゝれし句を、むなしくすてがたく、こゝにとどむるなるべし」と付記している。残すつもりもなかった芭蕉の駄句が弟子たちの手で残され、いろいろ理屈を付けられた一例である。土芳の『赤冊子』や支考の『古今抄』にも名所の雑の句として挙げている。

「あさよさ」は朝に夕に、の意で、朝夕誰に焦《こが》れて待っているのか片思いに、という意味に、歌枕の「まつしま」の名を詠み込んだもの。この年の句ではないであろう。

延宝・天和・貞享期

■貞享期年次未詳

発句なり芭蕉桃青宿《やど》の春　（はせを盥《だらい》）

『はせを盥』（朱拙《しゅせつ》・有隣《ゆうりん》編、享保九年刊）に「貞享年中の吟、素堂・其角と三ツもの有り」と注している。『芭蕉新巻《あらまき》』（蚕臥《さんが》著、寛政五年刊）には「芭蕉桃青が宿の春」とあり、『金蘭集』（浣花井甘井編、文化三年序）には初五「発句あり」とある。華やかな春が来たが、この芭蕉桃青の草庵の春はただただ発句にあるのだと、俳諧の一筋につながる心構えのほどを述べたのである。「三ツもの」は発句から第三までの三句を刷り物にして配ったもので、この芭蕉の発句に、素堂・其角が脇句と第三を付けたのだが、それは残っていない。

さし棹書《ざおかき》たる扇に

鳥さしも竿や捨《すて》けんほとゝぎす　（千鳥掛《ちどりがけ》）

『千鳥掛』の句は大部分貞享年間の句である。鳥さしは、竿の先に餅を付けて小鳥を捕える人たち。扇には竿だけが描かれていたので、さすがの鳥さしも竿を捨てたかと言い、その原因は折柄のほととぎすの声に感じ入ったからだとする。軽い機知を見せた句で、それだけの句である。

ふくかぜの中をうを飛《とぶ》御祓《みそぎ》かな　（真蹟画讃）

穎原《えばら》退蔵の『新校芭蕉俳句全集』の脚注に「紀重就筆の御祓川の図に賛したもので、桃青と署してある。貞享頃の書風」とある。

六月晦日の御祓の句で、これは川祓《はら》えである。藤原家隆の「風そよぐ奈良の小川の夕ぐれはみそぎぞ夏のしるしなりける」（新勅撰集、百人一首）の歌による。そよそよと吹く風の中を、川をのぼってくる鮎などが水面に跳ねるその情景を描いたもの。淡々と詠まれていて興趣に乏しい。

■天和・貞享期年次未詳

鐘消《きえ》て花の香は撞《ツク》夕《ゆふべ》哉　（都曲《みやこぶり》）

『都曲』は編者言水《ごんすい》の跋に元禄三年とあるが、作風からいえば天和・貞享ごろの句である。「鐘つきて花の香きゆる」とあるべきなのを漢詩の倒叙法にならってこう言った。かつて「髭風ヲ吹て」と言ったのと同じ手法である。鐘の音が花の間に余韻嫋々として消えてゆく。花の香と鐘の響きとは嗅覚と聴覚だから、一方が他を消すという関係は実際にはありえないが、あたかも有りうるかのように誇張したもの。芭蕉の感覚の鋭敏さを示しているが、やはり表現が奇矯にすぎるであろう。

人《じん》日《じつ》

よもに打《うつ》薺《なづな》もしどろもどろ哉　（続深川集）

『続深川集』（梅人《ばいじん》編、寛政三年序）に載せる芭蕉の句は延宝末から貞享終りまでの吟という。「人日」とは七日正月で、元日から八日までをそれぞれ鶏・狗・羊・豕・牛・馬・人・穀として、七日は人の日に当るから言うのである。六日の夜から七日の明け方にかけて、七草を俎板《まないた》の上で叩くがその時「七草・なずな・唐土の鳥が日本の土地に渡らぬ先に」云々と言って囃す。叩きながら囃すその音が四方から聞え、次第に乱れ調子になってくるのを「しどろもどろ」と言った。

石河北鯤生《ほくこんせい》、おとうと山店子《さんてんし》、我つれ〴〵なぐさめんとて、芹の飯煮させてふりはへて来る。金泥坊底の芹にやあらむと、其《その》世の侘《わび》も今さらに覚ゆ

我《わが》ためか鶴はみのこす芹の飯《めし》　（続深川集）

年代は前句に同じ。北鯤・山店の兄弟は江戸在住の芭蕉門弟で、芹の飯を作って遠路わざわざ持参してきた。金泥坊は青泥坊の誤りで、杜甫の「崔氏東山草堂」の詩に「盤ニハ剝グ白鴉谷口ノ栗、飯ニハ煮ル青泥坊底ノ芹」とあるのに拠る。青泥は長安の駅名、坊は堤。杜甫時代の侘しい風雅のさまが身に沁みて覚えられる、というのだ。句意は、自分のために鶴が食《は》み残しておいてくれた芹を飯に炊きこんで持ってきてくれたと、兄弟の風雅の心への謝辞を申し述べたのである。前に鳴滝の秋風《しゅうふう》の別荘に招かれて「梅白しきのふや鶴を盗《ぬす》まれし」という句を作り、主《あるじ》を隠士林和靖に比して挨拶したことがある。この句も同様で、兄弟を林和靖に比し、大事に飼っていた鶴が食み残した芹の飯を持ってきてくれた、というのだ。

仙風《せんぷう》が悼《いたみ》

手向《たむ》けり芋ははちすに似たるとて

（続深川集）

年代は前句に同じ。仙風は杉山杉風《さんぷう》の父、杉山一兵衛賢永。没年月は分らない。杉風と芭蕉とは隔てのない師弟であり、その父も芭蕉と親しい間柄だったと想像される。それで、追悼句ながら飄逸な句体でその親しみを表している。本来ならば死者に蓮の葉を供えるのであるが、今はとりあえずありあわせの芋の葉を霊前に手向けた、ということ。当時、芋の葉は七月の季語としているから、亡くなったその季節もおおよそ推量できる。

毒海長老、我《わが》草の戸にして、身まかり侍るを葬りて

何ごともまねき果《はて》たるすゝき哉

（続深川集）

年代は前句に同じ。毒海長老は伝不詳。おそらく禅僧で、芭蕉庵に身を寄せている時亡くなったのである。薄《すすき》が風に揺れるのを「まねく」という。招いて招いて今は静まりかえっているさまを「まねき果たる」と言った。その静寂境に入ってしまった薄の姿を借りて和尚の死を言い取った。殊に親しかったとはいえ、自分の草庵でのことで、芭蕉も何かと慌しい思いをしただろうし、招きはてた果の静かな境地を取戻して、やっと芭蕉が和尚の死をはっきり意識し、その後の虚しさと悲しさとがこみ上げてくるのである。薄に托しての追悼句で、「まねき果たる」を枯薄の姿と見るのはよくない。枯薄だと冬の句だが、これは秋の句であ

る。また、薄が和尚を招いたのではなく、薄がすなわち毒海長老なのである。彼が自分の死までも招き寄せてしまったのである。

人に米をもらふて

よの中は稲かる頃か草の庵　（続深川集）

同じく。人に米を貰ったが新米であった。そのことが、世の中はもう稲刈り時になったことに気づかせる。世間を離れての草庵生活の或る日の感想である。

けし炭に薪《まき》わる音かをのゝおく　（続深川集）

同じく。「をの」は洛北小野で、鞍馬《くらま》炭と並んで有名な小野炭の産地。小野の奥の雑木山で薪を割る音がきこえ、それは炭竈《かまど》に入れて消炭を作るための音であろう、と言ったもの。消炭は薪の火を消して作った軟質の炭で、茶の湯に用いる。『真蹟集覧』に「芭蕉翁が茅舎の吟に消炭に真木わる音か小野の奥と云《いい》しを感和ス　山は浅き火燵をむすぶ菴《いおり》かな」（杏其角）とあり、茅舎は芭蕉庵だから、これは想像の句である。「をのゝおく」といえば王朝風の古典的情趣を伴う。業平が小野に隠れた惟喬親王《これたかのみこ》を訪れた時の歌、「忘れては夢かとぞ思ふ思ひきや雪踏み分けて君を見んとは」（古今集）を思い浮べる。それを「けし炭」と言い

「薪わる」と言って、賤男《しずのお》の業《わざ》を思い寄せたところが俳諧である。

■延宝・天和・貞享期年次未詳

ほとゝぎす今は俳諧師なき世哉

（鹿島紀行附録）

『鹿島紀行附録』は寛政二年、採茶庵梅人《さいたあんばいじん》の蔵する真蹟を白字刷りにして出し、附録として杉風伝来の芭蕉の句八章を添えている。内容から見て延宝・貞享の間の句。

鳴き過ぎるほととぎすの声を聞いて、昔歌人や連歌俳諧師たちによってあんなにも待ちのぞまれ歌われたほととぎすだが、今はそれを句にすべき本当の俳諧師はない世である、と慨嘆を発したもの。俳諧師といってもここでは特殊な滑稽諧謔の世界に遊ぶ人、というのではなく、真の風雅の士がいないという意味で言ったのである。

元禄

元禄二年

■元禄二年　己巳（一六八九）　四六歳

叡《えい》慮《りよ》にて賑《にぎは》ふ民の庭《には》竈《かまど》　（庭竈集《にわかまどしゅう》）

高き屋《や》にのぼりてみればとの御製の有《あり》がたさを今も猶《なお》

仁徳天皇

『庭竈集』の越人《えつじん》の文によると、越人の芭蕉庵滞留中に集った其角《きかく》・嵐雪《らんせつ》その他の門弟たちと一緒に、本朝の聖君賢臣を題詠した時に詠んだ句という。句は初春の句であるが、題詠句であり、季節にかかわらず詠んだ句である。元禄元年秋冬の作だが、便宜的にここに置く。

「庭竈」とは西鶴の『世間胸算用』（元禄五年正月刊）に「家々に庭いろりとて、釜かけて、焼火《たきび》して、庭に敷ものして、その家内《かない》、旦那も下人もひとつに楽居《らくい》して、不断の居間は明置《あけおき》て、所ならはしとて、輪に入たる丸餅を庭火にて焼食《やきくう》も、いやしからずふくさなり」とあり、この頃から新年の季題として作られた。奈良地方で、庭に竈を作り、莚《むしろ》を敷いて一家の者が食事をする風習があった。仁徳天皇の御製として伝える「高き屋にのぼりて見れば煙《けぶり》立つ民のかまどはにぎはひにけり」（新古今集）と、その庭竈とを引っかけて、天皇の聖君ぶりを讃えた句である。

元日は田ごとの日こそ恋しけれ　（橋　守）

『木曾の谿《たに》』『寛政版更科紀行』の紀行本文の終りに書かれ、「其年（元禄元年）越し歳旦」という前書を付けて出してある。この年、閏《うるう》正月または二月初旬の猿雖《えんすい》（推定）宛の書簡に、「去秋は越人といふしれもの木曾路を伴ひ、桟《かけはし》のあやうきいのち、姨《おば》捨のなぐさみがたき折、きぬた、引板《ひきた》の音、しゝを追《おう》すたか《（ママ）》、あはれも見つくして、御事のみ心におもひ出《いだし》候。とし明《あけ》ても猶旅の心《ここ》ちやまず」とあって、この句が出ている。更科の秋はあの田毎の月を見たが、元日の今は田毎の初日が見たい、という意。なお旅心が持続し揺曳していることが見える。

かげろふの我《わが》肩にたつ紙《かみ》衣《こ》哉　（伊達衣《だてごろも》）

『雪まろげ』に「元禄二仲春嗒山旅店にて」と前書がある。真蹟詠草に「冬の紙子いまだ着かへず」と前書があり、『芭蕉翁遺芳』（勝峰晋風編）所載の真蹟歌仙草稿に「於嗒山旅店興行、元禄二年仲春七日　芭蕉書」と奥書があるので、十七日であったことが分る。嗒山は大垣の人で、この日、その江戸の旅亭に芭蕉・曾良・此筋《しきん》らが会して催した歌仙の発句である。脇句は曾良の「水やはらかに走り行音《ゆく》」。

「紙子」は、白い厚紙に柿渋を塗って拵えた保温用の衣服で冬の季題だから、この時は真蹟詠草の前書にあるように、春になってもまだ着かえていないのである。その着古した紙子の肩のあたりから、見ると陽炎が立っている。つくづく春暖の気候になったことが感じられる、という意。こういう席に古紙子を脱ぎかえないで出たことを、いささか恥じ、また謝する気持も籠めている。

紅梅や見ぬ恋つくる玉すだれ　（其木がらし）

二月十五日付桐葉《とうよう》宛書簡に前句と並べてこの句を書いている。とある垣の内に紅梅が咲いている。その紅梅の色香を慕って近づくと、垣の内に玉簾《すだれ》を垂らしてひそかな佇まいである。その内にはどのような美しい上﨟《じょうろう》があろうかと、まだ見もせぬ恋心を募らせるのである。謡曲『鸚鵡《おうむ》小町』に見える「雲の上はありし昔にかはらねど見し玉だれのうちやゆかしき」（十訓抄）の歌を踏まえる。垣ほの梅にまだ見ぬ人を偲ぶのも古今集以来の古典情緒である。物語体の発句を芭蕉は試みたのである。

二見の図を拝み侍りて

うたがふな潮《うしほ》の花も浦の春　（いつを昔）

『二見文台』の裏にこの句を書きつけた真蹟に「元禄二仲春」とある。二見ケ浦の夫婦岩の図の画讃で、おそらく初日の出の絵であろう。岩に砕け散る潮を花と見立てて、二見ケ浦の春景色はこれだ、疑うなかれと言い切ったのである。句作の日付は仲春二月でも、この句は新年の句で、神祇の部に分類される。

おもしろやことしのはるも旅の空　（去来文《きょらいぶみ》）

『去来文』におさめた「よとぎの詞」（元禄三年春執筆）の中に見える。これは、長崎旅行の夢を述べた去来の文章であるが、この句のあとに「と我叟のすさび、何の事やとえさ（と）らぬもひとつのむかしとなりにたり」と続く。「ひとつのむかし」を十年ひと昔ととれば、延宝八、九年に当るが、句の姿や内容からしても、また当時去来とはまだ交渉がなかったことから考えても、そんなに古い句ではなく、元禄二年またはそれ以前の句、という以上は考えられない。

旅から旅へ一所不住のこの身は今年の春もまた旅の空で暮すことになった、それもまたおもしろいことだ、という意味。元禄二年の句とすれば『奥の細道』の旅に出立する前の気持を籠めたもの。格別特記するほどの句ではなく、去来の記憶によって危うく残った、それだけの句である。

むぐらさへ若葉はやさし破《やぶ》レ家《いへ》　（後の旅）

元禄二年春の作。『後の旅』に「此筋《しきん》にのぞまれて茅屋の絵讃有」と編者如行《じよこう》の前書がある。『蕉翁句集』には「茅舎の画讃に」と前書があり、中七「若葉やさしき」とある。此筋は大垣の蕉門俳人宮崎荊口《けいこう》の長男で、この時は江戸にいた。葎《むぐら》は荒れはてた家の形容に使われるが、その葎さえ若葉となれば優しいさまに見えるといったので、描かれた破れ家の住人への親しみの感じをこめている。同時に、主の此筋への親愛の情も暗にこめているのである。ちなみに、単に若葉といえば夏だが、これは葎若葉で、草若葉の中に入り、春の季をもつ。

春雨や蓬《よもぎ》をのばす草の道　（草の道）

『蕉翁句集』に元禄二年とある。
芭蕉庵に近い小道であろう。「よく見れば薺花《なづな》さく垣ねかな」「春雨やふた葉にもゆる茄子種《なすびだね》」「雪間より薄紫の芽独活《めうど》哉」等と同じく、細かなものの発見の喜びが見える。春草が小道のあちこちに萌え出た中に、蓬の伸びがひときわ目につくのである。蓬は餅草で、この場合は摘もうという意識があるわけではないが、どことなく生活的な親しさがある。文法的には草の道が蓬を伸ばしているのだが、心としては春雨に蓬が伸びることが関わってくる。ウィットの働いた可憐な句である。通い馴れた芭蕉庵のほとりの散歩道であることを、この句の温か味が物語っている。

酒のみ居たる人の絵に

月花もなくて酒のむひとり哉　（曠《あら》野《の》）

『蕉翁句集』にこの年の句とする。「月花」といった場合、ふつう雑の句であるが、この句は『曠野』に「花三十句」の中に入れているから、春の句と認めたわけである。『奥の細道』出立前の作であろう。

一人酒のむ画中の人を詠んだもので、「月花もなくて」でその全くの孤独を強調する。酒を飲む仲間がいないというだけでなく、何の眺めるべき景物も彩りもなく独酌している人に、芭蕉は自分自身の境涯を見たのである。

草の戸も住《すみ》替《かは》る代《よ》ぞひなの家　（奥の細道）

貞享期
元禄二年
元禄三年
元禄四年
元禄五年
元禄六年
元禄七年
元禄期
年次不詳

紀行の前文に「松嶋の月先《まず》心にかゝりて、住《すめ》る方は人に譲り、杉風《さんぷう》が別墅《べっしょ》に移るに」とあってこの句がある。『一葉集』には前文「日頃住ける庵を相しれる人に譲りて出ぬ。此人なん妻を具しむすめ孫など持《もて》る人なりければ」とあるのは、その拠るところが明らかでないが、この句の解釈の参考になる。女気のなかったこの草庵に新しく移り住んだ人は、桃の節句も近いので、雛壇など飾り、にわかに花やかな住居になることだろう、という意味で、ささやかなこの草庵にも、人の世の移り変りが認められるとの感慨である。

常陸下向《ひたちげこう》に江戸を出《いず》る時、送りの人に

鮎《あゆ》の子の白魚送る別《わかれ》かな　（伊達衣《だてごろも》）

『続猿蓑』に前書「留別」として載る。『赤冊子草稿』に「此句松嶋旅立の比《ころ》送りける人に云出侍れども、位あしく仕かへ侍ると、直に聞えし句也」とある。芭蕉はこの句を捨てて「行はるや」の句に仕替えたのであろう。「鮎の子」も「白魚」も春。『芭蕉句選年考』に「東武永代橋辺の川にて、アイゴと云ふ小魚、白魚に交りて網にかゝる、漁人鮎の子也といふ」。隅田川では白魚の季節が過ぎて小鮎の季節になることを頭に置いて詠んでいる。

行《ゆく》はるや鳥《とり》啼《なき》うをの目は泪《なみだ》　（奥の細道）

元禄二年三月二十七日、『奥の細道』の旅に出立したときの留別の句。前文に「弥生も末の七日《なぬか》、明ぼのゝ空朧々として、月は在明《ありあけ》にて光おさまれる物から、不二の峯幽《かすか》にみえて、上野・谷中の花の梢、又いつかはと心ぼそし。むつましきかぎりは宵よりつどひて、舟に乗て送る。千じゆと云所にて船をあがれば、前途三千里のおもひ胸にふさがりて、幻のちまたに離別の泪をそゝく」とある。このとき深川から船に乗って、日光街道最初の宿場である千住で船をあがり、そこで見送りの人々と別れた。

別れに臨んで鳥も啼き、魚も目に涙していると、別れの悲しさを強調したので、時節もちょうど春の別れであり、悲しみが加重するのである。行く春の別れには「時ニ感ジテハ花モ涙ヲ濺《そそ》ギ、別レヲ恨ンデハ鳥モ心ヲ驚カス」と杜甫は「春望ノ詩」にうたっている。また、崇徳院の歌に「花はねに鳥は古巣にかへるなり春のとまりを知る人ぞなき」（千載集）というのがある。こういう詩歌をもとにして芭蕉がこの句を作ったというのではないが、そのような伝統的発想を踏まえていることは確かだろう。深川から舟で隅田川を上るとき芭蕉は鳥の声も聞き魚の姿も見たのであろう。また、いろんな動物どもの啼泣のさまを描き出した釈尊涅槃図も連想される。旅先で果てるかも知れないという覚悟を持っての、未知の地方への大旅行であるから、この魚鳥啼泣の図もふさわしいし、この場合、裏には花が隠れ、鳥と魚とが草木国土を代表して、別れの悲しみを述べているのである。

糸遊《いとゆふ》に結《むすび》つきたる煙哉　（曾良《そら》書留）

室八島《むろのやしま》

芭蕉は三月二十九日に室の八島（今の栃木市惣社町大神《おおみわ》神社）に来た。室の八島は歌枕で、野中に清水があって、その水蒸気が煙のように見えたので、古来歌に煙を詠み慣わしている。紀行には曾良が言った言葉を挙げている。句は紀行には採用しなかったが、曾良が書きとめて、後に『雪まろげ』に収録した。

「糸遊」は陽炎のこと。その糸遊に、室の八島の野中の清水から立ちのぼる煙が融け合って一つになっている、と言ったもの。もちろん煙は想像上のものであるが、一応室の八島といえば煙を詠み慣わす古来の仕来りにしたがって、糸遊にからめて詠み出したのである。

入《いり》かゝる日も糸ゆふの名残かな　（初茄子《はつなすび》）

『曾良書留』には前句に続いてこの句を見《み》せ消《け》ちにして「入かゝる日も程ゝに春のくれ」と改めている。だが『雪まろげ』には、曾良は「日も糸ゆふの名残かな」の形を採用している。今や西に入ろうとする日が同時に「糸ゆふの名残」であると言ったもの。日が入れば糸遊も消えてしまうのだ。うすれてゆく陽炎に暮れてゆく春の日の哀愁を見た。『書留』の形だと、糸遊を表面に出さないで、春の暮ののどかで同時にあわれ深い趣を汲みとった。「春の暮」は今日春の夕暮の意に使っているが、古くは暮春の意味に使った。この句の場合、大暮（時候の暮）より小暮（時刻の暮）を主にしながら、気分的に曖昧に使っているようだ。

鐘つかぬ里は何をか春の暮　（曾良書留）

『書留』に前句に続けて記している。室の八島へ来て入相《いりあい》の鐘も聞えないので、何をたよりに暮れてゆく春を惜しんだらよいのか、という意味。この「春の暮」も、暮春の季節ながら、春夕の意によりかかっている。

入《いり》逢《あひ》の鐘もきこえず春の暮　（曾良書留）

『書留』に前句に続けて記しているが、前句と同想別案か。能因法師の歌「山里の春のゆふぐれ来てみれば入相の鐘に花ぞ散りける」（新古今集）を踏まえていると言っている説があるが、意識にはあったであろう。そうするとこの「春の暮」は「春の夕暮」であるが、作句の日付からいって、暮春の情緒も匂っていよう。

以上四句、芭蕉はどの句も『奥の細道』には採録しなかった。その理由は千住での留別吟に惜春の情を吐露しているので、さらにここで春の暮の句を記すのが煩しかったのである。

あらたうと青葉若葉の日の光　（曾良書留）

四月一日（又は二日）、日光での作。紀行の前文に「卯月朔日、御山に詣拝《けいはい》す。往昔《そのかみ》此御山を二荒山《ふたらさん》と書しを、空海大師開基の時、日光と改給ふ。千歳未来をさとり給ふにや、今此御光《みひかり》一天にかゝやきて、恩沢八荒にあふれ、四民安堵の栖、穏なり。猶、憚《はばかり》多くて、筆をさし置ぬ」とある。芭蕉は三月二十九日に鹿沼に泊り、翌日午前東照宮へ着いた時は前夜からの小雨は止んでいた。その夜は日光の宿に泊り、翌二日は天気快晴で、裏見の滝や含満《がんまん》ケ淵を見て回った。

この句は最初「あなたふと木の下闇も日の光」（曾良書留）という形だった。木の下闇までも日光大権現の恩沢が届くという意が、これでは余りに露骨である。「日の光」にはもちろん日光の地名を籠めている。再案は一山の青葉若葉にふりそそぐ初夏の陽光の荘厳なきらめきを詠歎した句で、それはまた日光の神域への讃美となっている。おそらく芭蕉が日光という土地の名から呼び起すイメージは、単に東照宮だけでなく、二荒山（男体・女峰）を中心とし、入口に金碧燦爛《さんらん》たる東照宮を持つところの、神域全体である。古くから二荒神社があり、また密教の霊地であった。それが芭蕉の日光という土地の名に対して抱くイメージであって、単に家康の徳をたたえているのではない。空海開基とは、俗伝に従ったので、実際は天応年間勝道上人である。

「青葉若葉の日の光」というイメージは、おそらく曇り日だった東照宮参詣の時ではなく、快晴だった裏見の滝などを見物した時得たものであろう。二日に山へ登って山全体が光り輝く感動から、「青葉若葉」の詩句がでてきた。自然から直接に得た感動で、溢れるような豊かな日光の乱舞を、この句から受取るのである。

暫時《しばらく》は滝にこもるや夏《げ》の初《はじめ》　（奥の細道）

紀行の前文に「廿余丁《にじゆうよ》、山を登つて滝有。岩洞《がんとう》の頂より飛流して百尺千岩の碧潭《へきたん》に落たり。岩窟に身をひそめ入て、滝の裏よりみれば、うらみの滝と申伝え侍る也」とある。裏見の滝は、滝の裏側の岩洞に入って見ることが出来たのでこの名があるが、明治になって風水害のため滝口の岩が欠けて裏側に出にくくなった。この滝の付近に夏籠《げごも》りすることもでき、芭蕉自身も岩窟の中でしばらく夏籠りしているような清々しい気持をふと覚えたのである。「夏《げ》」とは陰暦四月十六日から七月十五日まで、夏九十日間、一室に籠って修行することで、今は夏に入ったばかりだから「夏の初め」と言ったのである。

日光山に上り、うらみの滝にて

郭公《ほととぎす》うらみの滝のうらおもて　（やどりの松）

裏見の滝見物の時、滝の裏側にあって時鳥の声を聞いたのである。静かな山の中で滝の音を縫ってあちこちに時鳥の声が聞えるのだ。それを滝の「うらおもて」に聞えると言葉の洒落をきかせた。

うら見せて涼しき滝の心哉　（宗祇戻《そうぎもどし》）

裏見の滝を見て詠んだ句。滝を擬人化して心の裏まで見せていると言ったので、何も隠し立てしない清らかさを「涼しき」と讃えたのである。『宗祇戻』（風光編、宝暦三年刊）に真蹟模刻を収め、その手跡は岩瀬郡須賀川諏訪之社にあるという。

陸奥《みちのく》にくだらむとして、下野国《しもつけのくに》まで旅立《たびだち》けるに、那須の黒羽《くろばね》と云《いう》所に翠桃何某《すいとうなにがし》の住《すみ》けるを尋《たずね》て、深き野を分入る程、道もまがふばかり草ふかければ

秣《まぐさ》負《お》ふ人を枝《し》折《をり》の夏野哉　（陸奥衛《むつちどり》）

四月三日、那須余瀬《よぜ》の鹿子畑忠治、号翠桃宅を訪ね、十六日に出立した。その間の一日、芭蕉・翠桃・曾良その他で歌仙を巻いた折の挨拶の発句である。脇句は「青き覆盆子《いちご》をこぼす椎の葉」と主の翠桃が付けている。翠桃とは江戸での旧知であった。黒羽の館代《かんだい》、浄坊寺図書《ずしょ》、号秋鴉《しゅうあ》の弟で、余瀬は黒羽の西にあたる。紀行に「黒羽の館代浄坊寺何がしの方に音《おと》

信《ず》る。思ひかけぬあるじの悦び、日夜語つゞけて、其弟桃翠など云《いう》が、朝夕勤《つとめ》とぶらひ、自《みずから》の家にも伴ひて、親属の方にもまねかれ、日をふるまゝに」云々と書かれているが、この句はない。

秣を背負ってゆく人を草深い那須野での道しるべとして進んでゆく、と言ったもの。那須野の深い草原を踏み分けて、はるばる翠桃を訪ねたという意味をこめて、翠桃が余瀬に隠栖しているその境涯を示唆した。

秋鴉《しゅうあ》主人の佳景に対す

山も庭もうごき入《いる》るや夏坐敷　（雪まろげ）

翠桃《すいとう》宅に滞在中、翠桃の兄で黒羽の館代《かんだい》、浄坊寺図書高勝、号秋鴉また桃雪に招かれた時の作。曾良の随行日記によれば、芭蕉が秋鴉に招かれたのは四日から十一日まで、また十五日にも行って翌日は余瀬へ戻り、その日余瀬を立った。おそらくこの句は四日に初めて招かれた時の挨拶句である。『曾良書留』に秋鴉亭の景色を次のように書いている。「浄法寺図書何がしは那須の郡黒羽のみたちをものし預り侍りて、其私の住ける方もつき〴〵しういやしからず。地は山の頂にさゝへて、亭は東南の(に)むかひて立り。奇峯乱山かたちをあらそひ、一髪寸碧絵にかきたるやうになん。水の音鳥の声松杉のみどりもこまやかに、美景たくみを尽す。造化の功のおほひなる事、またたのしからずや」。

この句は、開け放った秋鴉亭の座敷にあってそこから見える山の景色、庭の景色が爽やかな薫風に生動して、座敷の中に動き入ってくるかと見た。そして主はこの佳景をあたかも自分のものとして領しているようだと挨拶した。初夏の生気と涼味とを一杯に満喫している様を言って夏座敷を讃え、併せて主に招かれたことへの謝辞とした。「動き入るる」というのは自動詞他動詞の混同であって、「動かし入るる」か「動き入る」かでなければならないという説があるが、句の勢いから自然に「動き入るる」となったのである。山も庭もおのずから生動して座敷に自分を入れてしまう、というニュアンスである。

木啄《きつつき》も庵《いほ》はやぶらず夏木立　（奥の細道）

四月五日黒羽滞在中、臨済宗の寺雲巌寺の奥にある旧知の仏頂和尚の山居の跡を訪ねた時の作。仏頂は芭蕉の禅の師で鹿島の人。芭蕉は鹿島紀行の折に訪ねたが、晩年は雲巌寺にあってここで歿した。紀行の前文に「さて、かの跡はいづくのほどにやと後《うしろ》の山によぢのぼれば、石上の小菴、岩窟にむすびかけたり。妙禅師《みようぜんじ》の死関、法雲法師の石室をみるがごとし」とあってこの句を載せる。とりあえず作った一句を柱に残して帰ってきたとある。

木啄は俳諧では秋季とされているが、それは約束としてであって、肌寒い山奥で夏嘱目しても、異とするには当らない。だから芭蕉が夏木立の間に木啄のつつく音を聞いたか、或いは案内の人からここらに木啄の多いことを聞いたかして、即興的に木啄をこの句に詠み込んだと想像できよう。仏頂に対する親愛の念が木啄を得て具象化の機会を見出したもので、そこからこの山深い幽寂境に、仏頂が木啄と共に脱俗的な明け暮れを送ったさまを生きいきと思い描いたのである。木啄を友として夏木立の中の草庵生活を送った仏頂の人柄への慕わしさを言っているのだ。

田や麦や中にも夏のほとゝぎす

（雪まろげ）

四月七日、黒羽浄法寺亭に滞在中の作。『曾良書留』の前文に、「しら川の関やいづことおもふにも、先《まず》秋風の心にうごきて、苗みどりにむぎあからみて、粒《りゅう》〳〵にからきめをする賤《しず》がしわざもめにちかく、すべて春秋のあはれ、月雪のながめより、この時はやゝ卯月のはじめになん侍れば、百景一ツをだに見《みる》ことあたはず。たゞ声をのみて、黙して筆を捨《すつ》るのみなりけらし」。この前文によれば、まもなく越えるはずの白河の関を心に持って作った句のようだ。白河の関で能因法師が「秋風ぞ吹く」と詠んだのに、今は四月で苗代《なわしろ》には稲が緑に、畑には麦が赤らんで秋風の吹く白河の景色とは全く違っている。秋のあわれを今は見ることもないが、夏の景物としてほとゝぎすが啼き過ぎるのがせめてもの心に沁みる景色である。まずこのような心持をこめた句であろうか。表現未熟で、この句だけでは充分に意味が汲み取れない。

夏山に足駄を拝む首途《かどで》哉　（奥の細道）

紀行の前文に「修験《しゆげん》光明寺と云有《いうあり》。そこにまねかれて、行者堂を拝す」。余瀬翠桃宅に近い修験道の寺である。『曾良《そら》書留』には「夏山や首途を拝む高あしだ」の形で出ている。初案である。

行者堂には役《えん》の行者が祭ってある。その像の高足駄に対して、その健脚にあやかりたい気持をこめて拝むのである。いよいよ白河の関を越えるのだから、これから踏み越えるべき奥州路の山々を心に描いて「首途」と言ったのだ。「足駄を拝む」に、芭蕉の前途幾百里の思いがこもっている。

はせをに鶴絵《つる》がけるに

鶴鳴《なく》や其《その》声に芭蕉やれぬべし　（曾良書留）

おそらく黒羽で書いた画讃の句。秋鴉主人が描いた鶴の絵に芭蕉が讃を求められたのであろうか。鶴の声は「九皐《きゆうこう》に鳴く」などと言われるが、その澄んだ声に破れやすい芭蕉の葉は破れるであろうと言ったもの。秋鴉の風雅を鶴に見立て、その清澄さに芭蕉自身の及びがたいという謙遜の気持を述べたのであろう。この「芭蕉」には芭蕉自身を寓していると見るべきだろう。だがこれも表現不足で真意をはかりがたい句である。

野を横に馬牽《ひき》むけよほとゝぎす

（奥の細道）

四月十六日、下野国の黒羽から那須野の原を横切って、殺生石《せっしょうせき》を見に行く途中の作。黒羽の館代浄坊寺桃雪が、馬をつけて送ってくれたが、その馬の口を取る男が短冊を所望したので、優しいことを望むものだと思って書いた一句がこれだと、紀行文にはある。

折から時鳥が、一声けたたましく啼きながら野を横ぎったので、その声の方へ馬の口を牽き向けよと、即興的に言ったもの。即吟の句だから、気鋒《きさき》に乗って、命令形で一気に詠み下した勢いがある。そして、横手に消えてゆく時鳥の声を描き出して、四方に果てもない曠野の広さをおのずから表現しえているのである。

この句は古くから「いくさ仕立て」の句だという評があるが、この句の響きをよく汲み取っている。芭蕉は黒羽に滞在中、郊外に昔の犬追物の跡をしのび、実朝の歌で名高い那須の篠原を分け入って、玉藻の前の古墳を訪ねたり、八幡宮に詣でて、那須の与一の扇の的の昔語りを思い出したりした。那須野で、昔の鎌倉武士たちのイメージで頭を一杯にしたことがこの句の勢いに乗りうつったかのようだ。この時芭蕉は那須野の矢叫《やさけ》びの声を心の耳で聞いているのだ。たわむれに馬上の大将を気取ったような身ぶりがこの句にある。

みちのく一見の桑門同行二人《どうぎようににん》、那《な》すの篠原をたづねて、猶《なお》殺生石みむと急ぎ侍る程に、あめ降出《ふりいで》ければ、先此《まずこの》ところにとゞまり候

落くるやたかくの宿《しゆく》の郭公《ほととぎす》　（真蹟詠草）

四月十六日、余瀬を立って高久《たかく》の庄屋高久角左衛門方に宿った。雨が降ったので二日滞在した。この角左衛門宅で求められて作った句で、この句に曾良は「木の間をのぞく短夜の雨」と付けている。高久は今は那須町内。高久の地名（同時に庄屋の姓）を生かして、天の高い所から落ちてくるような時鳥の声を聞いた、と言ったもの。軽い即興吟である。

那須温泉

湯をむすぶちかひもおなじ岩清水　（陸奥衛《むつちどり》）

四月十八日に高久を立って、那須の湯本五左衛門方へ着いた。翌十九日、午の上刻（正午ごろ）湯本の岡の上にある温泉《ゆぜん》大明神に参詣した。『随行日記』に「温泉大明神ノ相殿ニ八幡宮ヲ移シ奉テ雨神（ママ）一方ニ拝《おがま》レサセ玉フヲ」。「岩清水」は岩に沁み出る清水と、京の石《いわ》清水八幡宮とを掛け、「清水」で夏の季となる。湯も清水も同じく掬《むす》ぶもので、縁語である。湯を手に掬び清めて参詣するこの神社は、両神

を一と所に拝むことができる、と言ったもの。「湯をむすぶ」と「ちかひをむすぶ」（願かけする）とを掛けている。『奥の細道』に採録されていない句はやはり低調である。

結ぶより早《はや》歯にひゞく泉かな　（都《みや》曲《こぶり》）

『都曲』（言水編）は元禄三年の自跋があり、元禄二年またはそれ以前の作。二年とすれば細道の旅中の筈だが、場所はわからない。『一葉集』に座五「しみづ哉」とある。

泉の清冽さを賞して、それを口に含むとたんに、歯にひびくといったもの。あまりの冷たさに、歯に痛みを感ずるのである。泉や清水は、当時「結ぶ」として夏の季語とされた。「結ぶ」とは、もちろん掌にすくい飲むことである。沖縄では手水《ていみずい》という。

殺生石

石の香《か》や夏草赤く露暑し　（陸奥衛）

四月十九日午後、芭蕉は温泉大明神に参詣してから、下の岡の中腹にある殺生石を見た。石からは硫黄の臭気が立ちこめ、近づく獣や鳥や虫はみな死に、あたりには草木も育たない。この句はその嘱目を誇張して夏草も赤く枯れ、置く露も暑苦しい、と言ったもの。それだけの句である。

田一枚植《うゑ》て立去る柳かな　（奥の細道）

四月二十日、蘆野での作。蘆野の「清水ながるるの柳」が田の畔に残っているので、わざわざ立ち寄ったのである。これは西行が「道のべに清水ながるる柳かげしばしとてこそ立ちとまりつれ」（新古今集）の歌を詠んだ柳とされ、遊行《ゆぎよう》上人の伝説が附会されて遊行柳とも言われた。紀行の前文に「今日此柳《このやなぎ》のかげにこそ立より侍つれ」とあってこの句が出ているのは、西行の歌の文句を裁ち入れているのである。

この句は「植ゑて」と「立去る」と二つの動詞が別の主語を取っている。早乙女《さおとめ》たちが田一枚を植えてしまったのをきっかけに、芭蕉が柳のもとを立ち去るのである。西行の歌の「しばしとてこそ」の、しばしという時間の具象化が「田一枚植ゑて」であり、芭蕉が佇んだしばしの時間が、早乙女たちをして、田一枚を植えしめるのである。だから裏をかえせば、芭蕉が主体となって、田一枚を植えしめるのであり、芭蕉が植えたと言っても、不自然ではない。句を読み馴れた者は、心の中でそのような操作を行って、一句の詩的統一を作り上げることができるのだ。

奥州今のしら河に出る

早苗にもわがいろ黒き日数哉　（泊船《はくせん》集）

『曾良書留』の前文に「みちのくの名所〳〵こゝろにおもひこめて、先《まず》せき屋の跡なつかしきまゝに、ふる道にかゝり、いまの白河もこえぬ」とある。芭蕉は、四月二十日に白河の新関を越えてから古関址を訪ねて籏《はた》宿（いま白河市）へ行って泊った。むかし能因《のういん》法師が「都をばかすみとともに立ちしかど秋風ぞ吹く白河の関」の歌を披露する時、わざわざ顔を日に焼いてみちのくへ旅したように見せかけた、という伝説（古今著聞集）を踏まえた発句である。ここはまだ秋風の吹く季節には遠く、田植え時であるが、はるばる旅の日数を重ねて来て顔はすでに黒く焼けてしまった、といったほどの意。この句はのちに次のように直されたから、結局棄てられた句である。

しら河の関をこゆるとて、ふるみちをたどるまゝに

西か東か先《まづ》早苗にも風の音　（荵《しのぶ》摺《ずり》）

『曾良書留』にこの句を挙げ「我色黒きと《（の）》句をかく被直《なおされ》候」と付記しているので、前句を推敲したのは、須賀川の相楽等躬《とうきゅう》宅に二十二日から二十九日まで滞在した時である。なぜなら白河在住の俳人で芭蕉も会えなかった何《か》云《うん》という俳人に宛てた須賀川からの手紙に「又、白河愚句色黒きといふ句、乍《さ》単《たん》より申参候よし、かく申直し候」とあってこの句が書かれてい

るからである。乍単とは等躬の別号である。
句の意味は、白河ではちょうど田植え時で、植えられた早苗に西風か東風かまず風のそよぐ音が聞きとられる、というので、もちろん能因法師の「秋風ぞ吹く」に対して、まだ秋には早いがともかくも白河の風のそよぎだけは聞きとった、と言っているのだ。能因の歌が思い寄せられ、また早苗が詠み込まれている点で、前作「早苗にも」の句と同想であり、これは前句の改作ということになる。「西か東か」は風位を言ったものだが、同時に芭蕉の漂泊の思いが籠められていよう。やや大げさな表現だが「先早苗にも風の音」は心の籠った詞句で、「わがいろ黒き」に勝ること数等である。

しら川の関こえて

風流のはじめや奥の田植うた　（猿《さる》蓑《みの》）

四月二十二日、須賀川の等躬《とうきゆう》の家に泊ったときの作。この日、芭蕉・等躬・曾良《そら》三吟の歌仙を巻き、これはその発句で、等躬の脇句は「覆盆子《いちご》を折《をつ》て我《わが》まうけ草」である。紀行によれば、主が「白河の関はどんなお気持で越えられましたか」と問うた。問いの意味は、そのときどういう一句を作られたか、という意味なのである。昔から白河で一篇の和歌、発句を物するのが、歌人・連歌師たちの常例であった。そこで芭蕉は、「長旅の疲れの上に、風景のよさに魂を奪われ、懐旧に腸《はらわた》を断つ思いで、句心もはかばかしく催しませんでしたが、何も詠まずに越えるのも無念なので」と言って、この句を示した。ただし事実は、白河で「早苗にも」の句を作り、それを等躬に示し、等躬がさらにそれを何云に言ってやっていることは、前に書いた。

白河の関を越え、みちのくに第一歩を印した私たちが耳にした最初の風流は、あの鄙《ひな》びた味わいの田植唄でした、という意味。折から等躬方でも田植が始まっていたので、嘱目のものを取込み、また等躬への挨拶もこめ、さらに奥州の鄙びた風雅を讃える気持も含めて詠んだ。それこそ風雅の根源であるという気持も、等躬の風雅を賞する意味も、裏に籠めているのである。

白川に住《すむか》何云《うん》へ文をつかはすはしに

関守の宿を水鶏《くひな》にとはうもの　（伊達衣《だてごろも》）

四月下旬、須賀川の等躬宅から白河の何云への手紙にこの句を書いた。何云は白河の藩士で等躬と親交があり、等躬から只今芭蕉が滞在中で、白河では前掲「早苗にも」の句を詠んだと報ぜられたので、白河では会う機会を得なかった残念さを芭蕉に言ってやったのである。その来状に答えた手紙で、この句は会えなかった何云への挨拶句である。何云を関守に見立てて、折から鳴いていた水鶏に、関守の宿はどこかを聞いてあなたを訪問すればよかった、と言ったもの。その書状は現存している。

栗といふ文字《もんじ》は、西の木と書て、西方浄土《さいほう》に便《たより》ありと、行基菩薩の、一生、杖にも柱にも此木を用給《もちい》ふとかや。

世の人の見付《つけ》ぬ花や軒の栗　（奥の細道）

四月二十四日作。紀行の前文に「此宿《しゆく》の傍に大きなる栗の木陰をたのみて、世をいとふ僧有《あり》。橡《とち》ひろふ太山《みやま》もかくやと閒《しずか》に覚られて、ものに書付《かきつけ》侍る。其詞」とある。その僧の名は可伸、栗斎《りつさい》とも号し、等躬の邸内に庵を結んでいた。『曾良随行日記』二十四日の条に「昼過より可伸庵ニテ会有。会席、そば切。祐碩賞之」とある。初案は「かくれ家や目だゝぬ花《が》を軒の栗」で、この句を発句として栗斎・等躬・曾良等との七吟歌仙が巻かれ、主栗斎の脇句は「まれに蛍のとまる露艸」であった。

ちょうど軒端の栗の花が咲いているが、それは世間の人が見つけないような目立たない花で、そのさまがひっそりと隠れ住んでいる草庵の主の心に通い合うように思われる、ということ。僧の心ゆきの床しさを栗の花に托したのである。

須賀川の駅より二里ばかりに石川の滝といふ有《ある》よし。行てみん事を思ひ催し侍れど、このごろの雨にみかさりて（ママ）、河を渡る事かなはずといひてやみければ

五月雨《さみだれ》は滝降《ふり》うづむみかさ哉　（荵《しのぶ》摺《ずり》）

須賀川滞在中の作。『曾良書留』に「案内せんといはれし等雲と云人のかたへかきてやられし。薬師也」と付記している。ただし二十九日に須賀川を立った時、この滝を見に行っている。須賀川の南東一里、玉川村大字龍崎にあり、阿武隈川の水の落下する所である。句意は、五月雨に水嵩が増して滝を降りうずめてしまった、と誇張したもの。せっかく案内しようと言った等雲に、想像裡の情景をどえらく表現することでユーモアを添えながら、その気持を慰めているのである。

早苗とる手もとや昔しのぶ摺《ずり》　（奥の細道）

五月二日作。紀行の前文に「あくれば、しのぶもぢ摺《ずり》の石を尋《たずね》て、忍ぶのさとに行《ゆく》。遥《はるか》山陰の小里に、石半土《なかば》に埋《うずもれ》てあり。里の童部《わらべ》の来りて教《おしえ》ける。昔は此山の上に侍しを、往来《ゆきき》の人の麦草をあらして、此石を試《こころみ》侍《はんべる》をにくみて、此谷につき落せば、石の面《おもて》下ざまにふしたりと云《いう》。さもあるべき事にや」とある。信夫《しのぶ》の里の文字摺石は昔から奥州の歌枕で、「みちのくのしのぶもぢずり誰ゆゑに乱れそめにし我ならなくに」（古今集）という河原左大臣源融の歌が名高い。文字摺とはいろんな説が立てられているが、文字といううすものにしのぶの葉を叩きつけてその形を模様にして摺り出したもの。しのぶの葉形は、小《お》忌衣《みごろも》の模様であった。石に草の汁をつけて摺り出すというのは後世の伝承で、芭蕉は土地の言い伝えにすなおに従って石を見に行った。この句の初案は「五月乙女《さをとめ》にしかた望《のぞま》んしのぶ摺」で『書留』には「加衛門加之ニ遣《ツカワ》ス」とあるが、これは『奥の細道』の仙台の条に出てくる画工加右衛門である。のち「早苗つかむ手もとや昔しのぶ摺」と改め、さらに初五「早苗とる」とした。

阿武隈平野の田で、ちょうど田植えをしている早乙女たちの姿を見て詠んだ句。初案の形は、早乙女にしのぶ摺を摺り出す仕方を所望しようと言ったので、気持を露骨に出しすぎている。決定稿では、早乙女たちが早苗をとる手もとに昔の風流の匂いを嗅ぎ出している。「しのぶ」が掛詞になっていて、しのぶ摺りを作った昔の手ぶりが偲ばれるというのだ。こういう句では、芭蕉はひたすら懐古趣味、歌枕趣味にひたっている。

笈《おひ》も太刀《たち》も五月《さつき》にかざれ帋幟《かみのぼり》　（奥の細道）

紀行には「五月朔日の事也」とあるが実際は二日。この日芭蕉は信夫郡飯坂村字佐場野（今は飯坂町）の佐藤庄司の旧跡を訪ねた。庄司は義経に従った継信・忠信兄弟の父である。旧跡のかたわらの医王寺に佐藤一家の石碑を見た。「寺に入《いり》て茶を乞へば、爰《ここ》に義経の太刀、弁慶が笈《おい》をとゞめて什物《じゅうもつ》とす」とあってこの句が出ている。ただし『曾良随行日記』によれば「寺ニハ判官殿笈、弁慶書《カキ》シ経ナド有由。系図モ有由」とあって、実際には見ていない。怪しげな宝物に別に興味はなかったろうが、それでもそれは一句を詠む便りにはなった。「帋幟」は、寛永ごろから民間で武者絵や鍾馗《しょうき》などを紙に刷ったのぼりで、端午の節句に立てる。折しも五月であるから、義経主従の笈も太刀も節句の飾り物とせよ、と言った。そこらには紙のぼりや鯉のぼりなどが五月の空にひるがえる景色が目についたのである。

桜より松は二《ふた》木《き》を三《み》月《つき》越《ご》シ　（奥の細道）

武隈《たけくま》の松みせ申せ遅桜と、挙白《きよはく》と云《いう》ものゝ餞別したりければ

五月四日、岩沼の竹駒明神の別当寺のうしろに、竹垣をした武隈の松を見に行った。江戸を立つ時、蕉門俳人草壁挙白《きよはく》が餞別に「武隈の松みせ申せ遅桜」という句を贈ったので、ここへ来て挙白へ返しの一句を贈ったのである。挙白の『四季千句』（元禄二年奥付）に「むさし野は桜のうちにうかれ出《いで》て、武隈はあやめふく比《ころ》になりぬ。かの松みせ申せ遅桜と云けむ挙白何がしの名残《なごり》も思ひ出て、なつかしきまゝに、散うせぬ松や二木を三月ごし」とあってこれが初案である。紀行に「武隈の松にこそ、め覚る心地はすれ。根は土際より二木《ふたき》にわかれて、昔の姿うしなはずとしらる」とあり、だから「松や二木」と言ったのである。橘季通の歌に「武隈の松は二木を都びといかゞと問はばみきと答へん」（後拾遺集）とあり、その古歌を踏まえて「二木を三月越し」と言ったのだ。桜はとっくに散ってしまったが、散ることのない武隈の松の、その二木をあなたに見よと言われてから三月越しに見ることができ

た、と言ったので、松落葉を利かせてあるので夏の句になる。だが改案では「散りうせぬ松」という句が除かれたから、芭蕉のいう名所の雑の句ということになろう。

笠《かさ》嶋《しま》はいづこさ月のぬかり道　（奥の細道）

五月四日作。名取郡笠島村に入って、藤中将実方《さねかた》の塚はどの辺だろうと人に問うと、遥か右に見える山際の里を、箕輪・笠嶋と言い、道祖神の社や形見の薄《すすき》が今でもある、と教えてくれた。五月雨つづきで道が悪く、疲れてもいたので、よそながら眺めやって過ぎた――と紀行にはあって、この句が出ている。

藤原実方は、一条天皇の御前で藤原行成と口論し、その冠を笏《しやく》で打落してしまったので、勅勘を蒙り、「歌枕見て参れ」と、陸奥守に貶《おと》されて奥州へ遣わされた。長徳四年、笠嶋の道祖神の前を、下馬しないで通り抜けようとしたら、神前で馬が倒れて死んだ。道祖神の社の後ろに名のみの塚があり、傍らに馬の塚もあるという。西行がこの塚の前で、「朽ちもせぬその名ばかりをとどめ置きて枯野の薄形見にぞみる」（山家集）と一首詠んだ。

芭蕉も塚の前に一句を回向《えこう》したかったのだが、それもかなわないので、心を残しながら、この一句を詠んだのである。箕輪・笠嶋の名も、五月雨にゆかりがあるが、その五月雨のぬかり道が、蓑笠の旅人に塚まで行き着くことを拒むのである。そして芭蕉は、地下の実方に挨拶して通り過ぎないではいられないのだ。

『猿蓑』には、「笠嶋や」とあるが、『奥の細道』の完稿はその後に成ったのだから、「笠嶋は」が最後の形である。「は」の軽さを晩年の芭蕉はことに好んだ。

仙台に入《いり》て、あやめふく日也。旅宿に趣き、画工嘉右衛門《かえもん》と云《いう》もの、紺の染緒《そめお》付《つけ》たる草鞋二足餞《はなむけ》す。さればこそ風流のしれもの、爰《ここ》にいたりて其実《じつ》をあらはす

あやめ草足にむすばん草鞋の緒　（鳥《とり》之《の》道《みち》）

五月八日、国分町大崎庄左衛門方を出立する時の句。芭蕉は四日すなわち「あやめふく日」の夕方に仙台に着き、滞在中は大方立町の北野屋嘉右衛門方に厄介になった。嘉右衛門は俳諧をもよくし、大淀三千風の門下。彼は年頃調べておいた仙台付近の名所、歌枕を案内して回った。出立の前夜、彼は芭蕉と曾良に乾飯一袋と草鞋二足を贈り、翌朝また海苔一包を贈った。八日巳の刻（午前十時頃）小雨が晴れたので、塩竈へ向って出立した。二人とも嘉右衛門が贈った草鞋をはき、その草鞋には紺の染緒がつけてある。その色の鮮かさに彼の好意は溢れ、彼こそ真の「風流のしれもの」と思えた。その時彼に贈ったのが、この句である。

家々の軒にはまだ菖蒲がさしてある。あなたに頂いた草鞋の緒に菖蒲を結んで自分たちの健脚を祈ろう、という意味で、菖蒲はもともと魔よけである。主への感謝をこめた挨拶句で

ある。紺の染緒のことは言外にこめ、匂うような紺色と菖蒲の香りとの映りを賞している。

嶋〴〵や千《ち》ゞにくだけて夏の海　（蕉翁文集）

五月九日、塩竈を船出して午の尅《こく》松嶋に着船。瑞巌寺に詣で、雄嶋に渡り、八幡社・五大堂を見て、その夜は松嶋に宿った。松嶋を見ることはこの旅の目的の一つであったが、紀行の中でも松嶋のくだりは改まった態度で文を彫琢し、また『風俗文選』に収める「松嶋ノ賦」も残っている。ただし松嶋では、佳景に眼を奪われて句が口に上らなかったと見え、紀行には句を載せていないが、この句は松嶋で作った唯一の句で、左の前文とともに『蕉翁文集』に収められている。

前文、「松嶋は好風《こうふう》扶桑第一の景とかや。古今の人の風情、此《この》嶋にのみ思ひよせて、心を尽し、たくみをめぐらす。をよそ海のよも三里斗《ばかり》にて、さま〴〵の嶋〴〵、奇曲天工の妙を刻《きざみ》なせるがごとし。おの〳〵まつ生茂りて、うるはしき花やかさ、いはむかたなし」。

句意は、嶋々が千々に松嶋湾内に散在していることと、夏の海の波が千々にくだけて嶋々の岸辺を洗っていることを掛けて言った、湾内の叙景で、さして手柄のない句である。

奥刕高館《おうしゅうたかだち》にて

夏草や兵《つはもの》共《ども》がゆめの跡　（猿　蓑）

五月十三日、平泉での作。紀行には有名な前文とともに出ている。「三代の栄耀一睡の中にして、大門の跡は一里こなたに有。秀衡が跡は田野に成《なり》て、金鶏山《きんけいざん》のみ形を残す。先、高《たか》館《だち》にのぼれば、北上川南部より流るゝ大河也。衣川は、和泉が城《じょう》をめぐりて、高館の下にて大河に落入。康衡等が旧跡は、衣が関を隔て、南部口をさし堅め、夷《えぞ》をふせぐと見えたり。偖《さて》も義臣すぐつて此城にこもり、功名一時の 叢《くさむら》 となる。国破れて山河あり、城春にして草青みたりと、笠打敷《うちしき》て、時のうつるまで泪を落し侍りぬ」。

高館は義経の館で、義経主従は藤原泰衡の大軍に攻められて、全員討死した。その古戦場の跡に立った回顧の詠である。古戦場で命を落したつわものたちの瞋恚《しんい》の執心が残って矢叫びの音の絶えぬ、修羅場の文学の伝統的発想があった。その慰霊の文学の伝統が、この句にも脈々と伝わっているようだ。「兵共が夢の跡」は義経伝説を育んで来た東北の民衆の間に、ずっと続いている心の伝承であり、芭蕉の詩精神がそれを己れのものとすることで、おのずから詩的肺活量の大きさを示している。

紀行の前文に、杜甫の「春望詩」の「国破レテ山河在リ、城春ニシテ草木深シ」を引いている。同じく廃墟の上に立っての回顧の詩として、発想の中核において、つながるものがある。

五月雨《さみだれ》のふり残してや光堂《ひかりだう》　（奥の細道）

五月十三日、平泉中尊寺に詣でての作。紀行の前文、「兼て耳驚《おどろか》したる二堂開帳す。経堂は三将の像をのこし、光堂は三代の棺を納め、三尊の仏を安置す。七宝散《ちり》うせて、珠の扉《とぼそ》風にやぶれ、金《こがね》の柱霜雪《そうせつ》に朽て、既《すでに》頽廃空虚の叢《くさむら》と成べきを、四面新《あらた》に囲て、甍を覆て風雨を凌《しのぐ》。暫時《しばらく》千歳《せんざい》の記念《かたみ》とはなれり」。

藤原三代（清衡《きよひら》・基衡《もとひら》・秀衡《ひでひら》）のミイラを納めた光堂は、四面を囲んで套堂《さやどう》をこしらえ、甍を覆って風雪を凌いで来た。芭蕉は詩人としての特権で、存在する套堂を消し去ってしまい、また曾良の『随行日記』によればこの日は「天気明」なのだが、五月雨を勝手に降らせて、雨と光堂との関係を直接的なものにする。降りくらす五月雨の暗鬱さと、光彩燦然たる光堂とが一つの対照をなしている。霖雨期の暗さの中に光堂を輝かしめる。五月雨がここばかりは降り残したのかと、感嘆の声を発したのである。

「降り」には「経り」の意味が掛けてあって、幾星霜のあいだ頽廃せず、古いながら残っているという気持が重なってくる。遠い世々の五月雨に降り残されて来たという気持である。初案は「五月雨や年〴〵降《ふる》も五百たび」（曾良本奥の細道）であった。平泉文化の豪華な名残を眼前に見て彼は奥州五百年の歴史を回想する。この初案は如何にもまずいが、まずいだけに発想の動機が露骨に示されている。改作されて、その発想が底に沈潜し、深味を増した。

「てや」は疑いの気持を含んでいるが、それも微量で、むしろ感嘆の意味が重い。「五月雨の降り残して、光堂はかくあるにや」というほどの意味で、光堂の存在感の重さを確かめながら、口の中で繰返しているような効果がある。

蛍火《ほたるび》の昼は消《きえ》つゝ柱かな

（曾良《そら》本奥の細道）

『曾良本奥の細道』に、前句に続けて記し、見せ消ちにする。

これは光堂の柱である。紀行に「七宝散うせて、珠の扉風《とぼそ》にやぶれ、金の柱霜雪に朽て、既《すでに》頽廃空虚の叢《くさむら》と成べきを」とある、その霜雪に朽ちた金の柱である。その柱に昼の蛍を見たのは、芭蕉の幻であろう。套堂《さやどう》で光堂を覆って、頽廃は食い止められてあるのだが、芭蕉の詩心は套堂を取り払った廃屋の中の、七宝の散り失せた朽ちた柱に、一匹の昼の蛍を止まらせる。「昼見れば首筋赤きほたる哉」（芭蕉句選）の句は、今日存疑の句とされているが、芭蕉には昼の蛍についてのあるイメージがあったのだろう。昼吠ゆる犬や火おこさぬ炭《す》櫃《びつ》などと同じく、「冷《すさま》じきもの」の一つとしてである。「昼は消えつつ」は、もちろん「御垣《みかき》守《もり》衛士の焚く火の夜はもえ昼は消えつつ物をこそ思へ」（大中臣能宣、詞花集・百人一首）の歌から来ており、火の消えた冷《すさま》じいさまの「昼の蛍」を取り合わせたところに、荒廃した光堂に寄せる芭蕉の感慨があった。

同じく光堂を詠みながら、彼はその光耀と荒廃と、二様に詠み上げようとしたらしい。少くとも「五月雨のふり残してや」だけでは、芭蕉の光堂から受けた感動は尽されなかったのである。ただし句勢が弱いため、芭蕉はこの句を棄ててしまった。

蚤《のみ》虱《しらみ》馬の尿《しと》する枕もと　（奥の細道）

平泉から引き返して、芭蕉は出羽の最上《もがみ》の庄へ越えようとして、尿前《しとまえ》の関にかかり、五月十五、十六日の両日、雨に降りこめられて、堺田の和泉屋という庄屋の家に泊った。家は関守と農業とを兼ね、旅人は乞われるままに泊めたらしく、今の有路氏は和泉屋の後という。堺田は海抜三五四メートルの山中の小部落である。このときの作で、紀行には「大山をのぼつて、日既暮ければ、封人《ほうじん》の家を見かけて、舎《やどり》を求む。三日、風雨あれて、よしなき山中に逗留す」とある。

初案は「馬のばりこく」であった。このむくつけき言葉を耳にして、そのまま句に取り入れたのだろう。芭蕉は実際以上に誇張して、泊ったのはいぶせき小屋であるように詠んでいる。夜のくらがりに、蚤《のみ》・虱《しらみ》にせつかれながら眠られないままに、突如あまりにも近ぢかと、それと分る音響に驚かされた。思いがけないものと、鼻突き合せんばかりに間近く同居する羽目となった自分を、笑いを以て客観化しているのである。

涼しさを我宿《わがやど》にしてねまる也

（奥の細道）

五月十七日、出羽尾花沢に着き、それから二十七日まで滞在した。紀行には、「尾花沢にて清風《せいふう》と云《いう》者を尋ぬ。かれは富《とめ》るものなれども、志いやしからず。都にも折々かよひて、さすがに旅の情《なさけ》をも知たれば、日比《ひごろ》とゞめて、長途《ちようと》のいたはり、さまぐ〵にもてなし侍る」とある。滞在中いつであるかは分らないが、清風亭で催された五吟歌仙の発句で、清風の脇句は「つねのかやりに草の葉を焼《たく》」である。

「ねまる」は、うちくつろいで坐ることの出羽方言。涼しい座敷に招ぜられて、まるで自分の家にいるようなつもりになって、うちくつろいでいます、という意。たまたま家の人たちの、「ねまる」と言うのを耳にして、当意即妙に取り入れ、涼しさを言うことで、主への謝意を表した挨拶句である。口語的な淡々とした軽い発想で、嫌味のない句である。

這出《はひいで》よかひやが下のひきの声

（奥の細道）

同じく清風亭での作。蟇を詠んで夏の季である。万葉集に「朝がすみかひやが下に鳴くかはづ声だに聞かばわれ恋ひめやも」などとあり、芭蕉の句はそれに拠ったもの。「かひや」は養蚕室。清風亭は時あたかも養蚕《ようさん》で多忙であった（清風は紅花商人だから、その頃は紅摘みの時期でもあって忙しかった）。芭蕉は忙しく立働いている屋内の空気に触れて、そうい

貞享期　元禄二年　元禄三年　元禄四年　元禄五年　元禄六年　元禄七年　元禄期　年次不詳

う時期にのんびり訪れた自分をかえりみ、同じくのっそりとした蟇に向って話相手に出て来いと言いかけたのだ。

ついでに言えば、万葉の「かひや」には古来鹿火屋・蚊火屋・香火屋などの諸説があったが、芭蕉は飼屋《かいや》ととってこの句を作っている。

出羽の最上を過《すぎ》て

眉《まゆ》掃《はき》を面影にして紅《べ》粉《に》の花　（猿蓑）

五月二十七日の作。曾良《そら》の『書留』には「立石の道ニテ」としてこの句が出ているから、この日尾花沢を立って立石寺へ赴いた途中の吟である。尾花沢付近は古くから紅《べに》の主産地だったから、道中紅畑から強烈な印象を受けたのだろう。紅花は半夏生《はんげしょう》（七月二日）の頃から咲き始める。芭蕉は尾花沢に、新暦に換算すれば七月三日に着いて十三日まで滞在した。ちょうど紅の花盛りで、鈴木清風家は紅摘みや紅つき、紅干しで多忙をきわめていたから、芭蕉が清風亭に泊ったのは三日で、あとは静かな養泉寺に泊って清風亭に出入りする俳人・村川素英が接待した。

その紅をよんだのがこの句だが、これは清風亭を辞してからの句だから挨拶句ではない。芭蕉はこの花のさまから化粧用の眉掃きを連想した。それは同時に、眉掃きを手にした女の面影がちらつく、ということだ。『猿蓑』の前書はやはり途中吟の感じである。だから清風への挨拶ではないとしても、紅花摘みの最上乙女への会釈の心はあったであろう。

行《ゆ》くすゑは誰《た》が肌ふれむ紅《べに》の花　（西華集《さいかしゅう》）

『西華集』には「此句はいかなる時の作にかあらん、翁の句なるよし人のつたへ申されしが、題しらず」と付記しているが、『一葉集』には「清風亭二句」と前書して、前句と並記している。ただし、尾花沢での作であったら曾良の『書留』に記されたであろう。のちに、尾花沢の紅畑の印象を思い浮べて作った句か。『反故集《ほぐしゅう》』（遊林編、元禄九年自序）は初五「向後《ユクく》は」とし、「作者不知」とする。やはり存疑の句とすべきか。

前句と同じく、女人の姿を連想した。紅の花は染料の材料だから、その染料で染めた衣は行くすえ誰の肌に触れるだろう、という意に露伴はとっていて、唇につけるのではないと言う。生ま生ましさを嫌った解釈であろうが、どう解釈してもこの句のエロティシズムを拭い去ることはできない。「誰肌ふれむ」は乙女の肌が将来、男の肌に触れるという意味を仄めかしていることはもちろんである。「眉掃」の句よりあからさまなだけ句品が落ちる。

閑《しづか》さや岩にしみ入《いる》蟬の声　（奥の細道）

五月二十七日、立石寺《りっしゃくじ》（山寺）での作。芭蕉が着いたのは午後だった。寺は岩に岩が重なって山となり、山上の釈迦堂にも芭蕉は登った。

初案は「山寺や石にしみつく蟬の声」、再案は「さびしさや岩にしみ込蟬の声」、そして最後の形に決着したのは、それが『猿蓑』に撰ばれていないから、『猿蓑』撰以後、おそらく『奥の細道』の定稿の成った時である。変らないのは座五「蟬の声」だけで、初五も中七も、次第に表現の純度を増して来ているさまが見える。そして最後に、「閑かさや岩にしみ入る」の詩句が、蟬声いよいよ盛にして四辺の閑かさがいよいよ深まった夕景の山寺を、彷彿とさせるのである。

おそらくこの句は、紀行中一、二の佳句であろう。蟬の声の他は何も聞えず、前文を注釈として言えば「佳景寂寞《じやくまく》として心すみ行《ゆく》のみおぼゆ」るのである。そしてその蟬の声すら も、そのためにかえって一山の閑かさがいよいよ際立って意識される。よくこの句の引合いに出される梁の王籍の「蟬噪《さや》ギテ林逾《いよいよ》静カナリ、鳥鳴キテ山更ニ幽カナリ」の詩句にも似通った境地をひらいた。さらにその幽寂さの表現は「岩にしみ入」と微に入った表現になっている。蟬の声が岩にしみ入るとは、同時にあたりの閑かさがしみ入ることであり、そこには、ひそまり返った趣で大地に岩が存在する。そこに立つ作者の肺腑《はいふ》にも、自然の寂寥そのものとして深くしみ入るのである。

さみだれを集《あつめ》て早し最上川　（奥の細道）

五月二十九日、大石田の高野一栄方に滞在中、四吟歌仙の発句として作ったものの改作。初案は中七「集て涼し」であった。一栄の脇句は「岸にほたるをつなぐ舟杭」。

一栄宅は最上川に臨んだ船宿で、裏座敷は最上川の景色が眺められた。この辺りは流れが緩かで、そこに船を舫《もや》って置いたのである。「涼し」と言ったのは、褒美の心であり、挨拶の心でもあった。その後芭蕉は、本合海《もとあいかい》から古口まで約三里を船に乗って下った。古口近くで川は両岸が迫って急流となる。日本三急流の一つを五月雨の増水時に下ったこの経験を、芭蕉は句に仕立てようと思ったらしい。そして、これも『猿蓑』編纂の後、『奥の細道』の決定稿が出来上るまでのあいだに、一栄への挨拶句の一語を直すことで果すのである。「涼し」を「早し」と直すことで、この一句は面目を一新した。

両岸の絶壁の鬱蒼とした間を下る濁流の最上川下りの感動が、この句を詠ませたのだが、「集めて早し」とは濁流の量感と速度そのものの即物的、端的な把握である。岸で作った眺望の句が、一字の改訂で、最上川経験の直接の感動の表現に矯《た》め直されたのである。

風流亭

水の奥氷《ひ》室《むろ》尋《たづぬ》る柳哉　（曾良書留）

六月一日、大石田を立って新庄の風流亭に宿り、芭蕉・風流・曾良三人で巻いた三つ物俳諧の発句である。風流は渋谷甚兵衛という新庄の富商であった。「氷室」を詠んで、その富を句に匂わせている。風流の脇句は「ひるがほかゝる橋のふせ芝」。

風流亭の近くに冷たい清水が流れ、柳が茂っている所がある。その水の奥には氷室でもあるのかと想像した。もちろんそういうものはないのだが、そこが余りに涼しく水が冷たいので、それを讃えた挨拶の意味である。氷室は、山蔭の穴などに冬の氷を夏まで貯蔵しておく所。

盛信亭

風の香も南に近し最上川　（曾良書留）

六月二日、風流の本家渋谷九郎兵衛盛信に招かれた時の発句。盛信家は当時新庄第一の富豪で、盛信は俳諧をたしなまなかったらしいが、息子の仁平が柳風また塘夕と号して俳諧をたしなみ、芭蕉の句に「小家の軒を洗ふ夕立」という脇句をつけた。木端を加えての三つ物俳諧が『書留』に録されている。この句の季題は「風薫る」。『増山の井』に「風薫《かおる》」を録して「南薫《なんくん》。六月にふく涼風也。薫風自南来《みなみよりきたる》と古文前集にいへり」と説いている。「風の香も南」と言って、この南薫を意味している。新庄は、最上川より大分北になるので、芭蕉は南からの風に最上川の水辺の匂いを感じ取ったのである。近々と最上川が感じられることを、盛信への挨拶とした。大国に入っての挨拶句の格をはずしていない。同じ日、盛信亭での歌仙の脇句に、芭蕉は「はじめてかほる風の薫物」と作っていて、「風薫る」の季題にひどく執著している様子が見える。

有《あり》難《がた》や雪をかほらす南《みなみ》谷《だに》　（奥の細道）

六月三日に新庄を立って本合海《もとあいかい》から古口、清川をへて狩川まで最上川を舟に乗り、羽黒山へ登り、遥かに石段を下った南谷の別院に宿った。四日の午、本坊に招かれ、別当代会覚《えかく》阿闍梨に謁し、蕎麦切をふるまわれた。そこでこの句を発句として歌仙を巻いた。脇句は、芭蕉をここに案内した門前町の染物屋近藤（図司《ずし》）左吉、号露丸《ろがん》（呂丸とも）で、「住程《すむほど》人のむすぶ夏草」。

これも「風薫る」又は「南薫《なんくん》」を季語とする。『曾良書留』には座五「風の音」とあり、また『花摘《はなつみ》』（其角《きかく》編、元禄三年）には「雪をめぐらす風の音」とある。「めぐらす」を「かほらす」と改め「風の音」を「南谷」と改めた。南谷は地名だが、その「南」を利かせて「南薫」の意を含めた。

谷間にはまだ雪が残り、その南谷からの風が雪をかおらせて吹いてくる。その清らかな感じを「有難や」と言ったので、霊地に対する挨拶であり、同時に会覚阿闍梨に対する謝意を含めている。初案の「雪をめぐらす」とは巧みな舞の袖の形容であるが、芭蕉の句は舞にかかわることはないから、「かほらす」と改め、同時に季の言葉の所在もはっきりさせた。「風の音」を「南谷」に改めたのは、前に言う通り「南薫」を利かせたので、同時に霊場の名をはっきり詠み込もうとしたのである。
だが、穎原退蔵が言う通り、いささか小細工にすぎた。

涼しさやほの三《み》か月《づき》の羽黒山　（奥の細道）

芭蕉は六月五日、羽黒権現に詣で、六日、月山《がっさん》頂上まで登り、小屋に一夜を明した。七日には湯殿山神社に詣でた。以後十二日まで南谷で疲れを休めた（日付は『曾良書留』に拠ったので『奥の細道』とは少し違っている）。紀行には「坊に帰れば、阿闍梨の需《もとめ》に依《より》て、三山順礼の句々、短冊に書《かく》」とあって三山の三句を記している。

この句は『書留』並びに真蹟短冊には初五「涼風や」とあり、これが初案である。「ほの三か月」とは、「ほの見ゆる」と言いかけた心で、「三か月の羽黒山」と続けた。三日月に照し出される霊場を詠んだので、「涼しさや」は山容の讃めことばである。夕景の羽黒山か。

雲の峯幾つ崩《くづれ》て月の山　（奥の細道）

芭蕉は六日に月山の頂上をきわめたが、この月山の句は頂上での景ではなく、月山を眼前にした体の句である。
「月の山」は月山の名であるとともに、月光に照らされた山の意味。その山の全容を眼前にして、昼間の雲の峯の印象を呼び起し、あの雲の峯がいくつ立ちいくつ崩れて、いま現前している月の山であるか、と言っているのだ。月山の雄大な山容への感嘆の言葉である。少年のような喜びがあって、この句に生き生きしたリズムを附与している（なおついでに言えば、標高一九八四メートルの月山の頂上を極めたのは、芭蕉の生涯における登高のレコードであった）。

「月の山」といって地名の月山を掛けているのは、「日の光」と詠んで地名の日光を籠めたのと同じである。ここにはやはり大国に入っての芭蕉の挨拶の気持がこもっている。感動の実体は月光に照された山だが、それが同時に月山であり、出羽第一の名山なのである。紀行の本文に「天台止観の月明《あきら》かに」とあり、それは、妄念を去って曇りのない月のように明智が現れるということだ。雲の峯が崩れて月の山が現れる、と詠んだ裏にはそういった気持も匂っていよう。だが、句柄はあくまで無邪気で、「いくつ崩れて月の山」に童唄のような語感がある。

語られぬ湯殿《ゆどの》にぬらす袂《たもと》かな　（奥の細道）

芭蕉の湯殿詣《もうで》は六月七日で、紀行には「惣而《そうじて》此山中の微細、行者の法式として他言する事を禁ず。仍《よ》りて筆をとゞめて記さず」とある。この句の季題は「湯殿行《ぎょう》」で、貞門時代から夏の季語とされている。

他言することを禁ぜられた御山の神祕さ、尊さに涙にむせんだ、という意味。「湯殿」と「ぬらす」とが縁語である。三山順礼の三句の中で、最も感銘の乏しい句である。

其《その》玉や羽黒にかへす法《のり》の月　（真蹟懐紙）

羽黒神社所蔵の真蹟懐紙に、羽黒山別当執行天宥《しゆぎようてんゆう》法印追悼の句と、その序が書かれている。天宥法印は羽黒山第五十代の別当で、羽黒山中興の功を残したが、鶴岡藩と係争を生じて伊豆大島に流され、延宝二年にその地で客死した。芭蕉の序の終りに「此度下官《やつがれ》、三山順礼の序、追悼一句奉るべきよし、門徒等しきりにすゝめらるゝによりて、をろ〳〵戯言《けげん》一句をつらねて、香《こう》の後ニ手向《たむけ》侍る。いと憚多《はばかりおおき》事になん侍る」とあるので、このとき求められて作ったことが分る。日付は「元禄二年季夏《きか》」となっているが、この句には夏の季語はない。「其玉」とあるのが七月の魂《たま》祭を意味していよう。初案は「無《なき》玉や」で、真蹟は「無」を「其」に直す。

盆の供養の句を予め求められたのか、『泊船集』には「その玉を羽黒にかへせ法の月」と出ているが、改案か。「法印は伊豆で亡くなったが、その魂はこの羽黒へ返してくれよ、法の月よ」と言ったもの。真蹟では、遠く果てたその魂が現在羽黒に返されたことになっている。魂祭の日を現在として詠んだと取れば、真蹟の形でもよい。

月かとへど四《し》睡《すい》の鼾《いびき》哉　（真蹟画讃）

真蹟は天宥法印筆の四睡の図の賛である。『奥羽濃《の》日記』（宝暦七年跋、梅至が奥羽を旅した時の集）に「祖翁の唫詠所ゝ書写」として出している。おそらく『奥の細道』の旅中にもとめられたものであろう。「四睡」とは、中国天台山国清《こくせい》寺の僧寒山・拾得・豊干《ぶかん》の三人と虎とが相寄って睡ったという故事で、その様を描いた四睡の図は、禅の境地を示すものとして好んで描かれた。『芭蕉翁句解参考』に「問へば四睡の眠り哉」とあるのは、誤伝か。四睡図の四者に胸中深く蔵するものは、花か月か、と問うたけれども、四者は答えず、ただ深い鼾がきこえるだけだ、との意。月とか花とかいった風雅の妄想を超越した禅の悟りの境地をそこに見ているのである。この句は「月か花か」で特定の季がなく、雑の句となる。

羽黒山を出《いで》て、鶴が岡重行《しげゆき》亭

めづらしや山を出《いで》羽《は》の初《はつ》茄子《なすび》　（初茄子）

六月十日、鶴ケ岡の藩士、長山五良右衛門重行宅に泊り、その夜から三日がかりでこの句を発句とする歌仙を巻いた。脇句は重行の「蟬に車の音添《そう》る井戸」で、曾良と露丸とが一座している。羽黒山を出て鶴ケ岡へやって来た意味をかけて「山を出羽」と言った。出羽の国の初茄子の饗応を賞美する気持を籠めて、重行への挨拶句とした。この地方特産の小粒で美しい民田《みんでん》茄子であろう、と加藤楸邨が言っている。

暑き日を海にいれたり最上川　（奥の細道）

六月十四日、酒田の寺島彦助亭で、歌仙の発句として成った。彦助はまた安種《やすたね》、令直、号は詮道。酒田湊御城米浦役人である（佐藤七郎氏）。浦役人とは寛文十二年に酒田に下向した河村瑞賢創設の幕府の米置場役人である。芭蕉も親しかった鳴海の本陣、寺島業言《ぼくげん》（伊右衛門、安規）の枝流で、「安」は寺島家の取り字か（藤井康夫氏）。詮道の脇句は「月をゆりなす浪のうきみる」。初案は「涼しさや海に入《いれ》たる最上川」で、夏の挨拶句に「涼しさ」を言うことは多い。『曾良書留』に「暑甚シ」とある。「海に入たる」は、山からあれほど狂奔し、紆余曲折して流れて来た水流を、とうとう海に入れたということ。最上川が最上川自身を海に入れてしまったという、大きなドラマの終局のような、大河の量感を表したかったのである。大体において、芭蕉は最上川に沿いながら、あるいは川舟に乗って、その河口の酒田の湊までやってきたという経験が、この句の裏にある。

その場合、「涼しさや」がやはり表現の躓きになっている。安種亭は元禄年間の大絵図面に出ていて、本町三之丁、いま酒田郵便局のあるあたり。前はすぐ内川で、そこからは最上河口も対岸の袖の浦も眺められた。その後芭蕉は酒田滞在中、河口の日和山に登って最上川の河口から袖の浦を見渡し、遠く水平線のかなたに没する真赤な太陽を見た。その印象が後にこの句を改めさせる。

改作では、沖に今しがた沈もうとする赤い大きな夕日の景観と、最上川の押し流す力との間に、一つの対応を作り上げている。最上川が夕日を水平線の彼方に押し入れようとしているものとして、表現している。「暑き日」を「暑き太陽」と取らず、「暑き一日」と取る解釈もあるが、句の味わいが落ちる。太陽と大河と、あたかも自然のエネルギーとエネルギーとが相搏《う》つような壮観であり、大景によって得た感動の句である。

象《きさ》潟《かた》や雨に西《せい》施《し》がねぶの花　（奥の細道）

六月十七日、象潟での作。『曾良書留』に「象潟　六月十七日朝雨降十六日着。十八日ニ立。」とあって、この句が出ている。かつては象潟は、松島と並ぶ奥羽での名所で、芭蕉は紀行に、「松島は笑ふが如く、象潟はうらむがごとし」と言っている。そしてこの句では、蘇東坡が「湖上ニ飲ム初メ晴レ後雨フル」の詩に西湖を西施に比したのを踏まえて、象潟を西施に比している。西施は呉王夫差に敗れた越王勾践が、国中第一の美女として夫差に献じた女で、政略から敵地へ送られた憂悶の女。心《むね》を病んで面を顰《ひそ》めたさまが美しかったので、争って国中の女がこれに倣《なら》い、「西施の顰《ひそみ》」の故事が生れた。「西施がねぶの花」は、「西施が眠り」をかけているので、それは薄倖の美女が憂い顔になかば眼を閉じたさまを想い描いて、それを象潟の雨景に比しているのである。

この句の初案は「象潟の雨や西施がねぶの花」（継尾集）であった。これだと意味は通りよいが、二つの章句を対照させたに過ぎず、詩としての構造が単純で余情に乏しい。そのテニヲハを二つ改めただけでリズムが生き、味わいが深くなった。

この句はまず、朦朧とけぶる象潟の全景であり、その中から「暗中模索」して雨中に眠る合歓の花を点出し、さらに胸裏に西施の憂悶の姿を描き出す。テニヲハの魔術で、「象潟」「雨」「西施」「合歓の花」の四つのイメージを組合せた、モザイク的、技巧的な作品である。四つのイメージは、リアリティの上でおのずから濃淡の絵様を形作っている。

西行桜

象潟の桜はなみに埋《うず》もれてはなの上こぐ蜑《あま》のつり船　西行法師

花の上漕《こ》ぐとよみ玉ひけむ古き桜も、いまだ蚶満寺《かんまんじ》のしりへに残りて、陰《かげ》波を浸せる夕晴いと涼しかりければ

ゆふばれや桜に涼む波の花　（継尾集）

六月十七日作。『随行日記』に「夕飯過テ、潟へ船ニテ出ル。加兵衛、茶・酒・菓子等持参ス」とある。『書留』には「夕ニ雨止て、船ニて潟ヲ廻ル」と前書してこの句が出ている。船に乗って西行の「花の上漕ぐ」という歌を思い出したのだが、この歌は『山家集』にもなく伝西行作である。蚶満寺を訪ねて、昔西行が歌を詠んだという桜の木のもとで、涼し

い夕風に吹かれながら打寄せる波を花と見ているのである。今は花時でないから「花の上漕ぐ」という風情はないが、せめて波を花と見立てて、古歌を偲んでいるのである。『三冊子』に「此句は古歌を前書にして、其心をみせる作なるべし」とある。

汐《しほ》越《ごし》や鶴はぎぬれて海涼し　（奥の細道）

六月十七日作。『書留』には「腰長汐《こしたけのしお》」と前書してこの句が初五「腰たけや」の形で出ている。初案の形である。象潟が海に通じているあたりの浅瀬を腰長、あるいは汐越といった。真蹟に「腰長の汐といふ処はいと浅くて、鶴おり立てあさるを」と前書がある。汐越は地名ながら、汐が越してくる浅瀬の地形を思わせる効果がある。その浅瀬に鶴が降り立って、脛《はぎ》のあたりまで濡らしている情景に、涼しさを感じ取ったのである。

江上之晩望

あつみ山や吹《ふく》浦《うら》かけて夕すゞみ　（継尾集）

芭蕉は、酒田ではいつも本町三丁目横丁の医師伊東玄順、号淵庵不玉方を宿とした。六月十八日、象潟から酒田へ帰って来て、十九日この句を発句として不玉・曾良との三吟歌仙を巻き、二十一日に終った。不玉の脇句は「みるかる磯にたゝむ帆莚《ほむしろ》」。

この発句は、酒田の湊に船を浮べて夕涼みをした時の作である。その時の大きな眺望を言い取ったので、「温海山」は酒田から南西十里あまり、芭蕉の宿泊予定地である温海温泉のうしろに聳え、「吹浦」は酒田の北方六里ほどにある砂浜で、漁港があり、芭蕉は象潟へ行く途中十五日にここに宿をとっている。ひろびろとした海岸線を見通して、東西を二つの地名で代表させたのだが、必ずしも「あつみ山」と「吹浦」とを望み見たととらなくてもよい。納涼の句だから、あつみの地名に暑さを掛け、吹浦の地名に風が吹く意味を掛けたのである。縁語の技巧だが、大景を眺めながらくつろいだ気分になっている感じはよく出ている。

あふみや玉志亭《ぎよくし》にして、納涼の佳興に瓜をもてなして、発句をこふて曰《いわく》、句なきものは喰《くう》事あたはじと戯《たわぶれ》ければ

初真桑四《よつ》にや断《わら》ン輪に切《きら》ン（真蹟詠草）

『随行日記』に「廿三日、近江ヤ三良兵《さぶろべ》へ被招《まねかる》、夜ニ入、即興ノ発句有」とあり、この時の発句である。「あふみや」は、西鶴の永代蔵にも書かれた酒田の大富豪鐙屋《あぶみや》と従来いわれていたが、これは鐙屋でなく近江屋《おうみや》である。本町二之町に住む酒田三十六人衆のうちの一人である。

この句は『うき世の北』には座五「輪にやせむ」とあり、『泊船集』には中七「たてにや

わらん」とあるが、その座の即興を尊ぶ句の性質からして真蹟の形をとる。饗応のまくわ瓜を賞美した句で、前の初茄子といい、この初真桑といい、「初」の字に、賞美の心が籠っている。

花と実《み》と一度に瓜のさかりかな　（こがらし）

『蕉翁句集』に元禄二年としている。元禄二年とすれば『細道』の旅中の作で、出羽の国のどこかで詠んだものであろう。だが、どこで詠んだのかわからない。

「瓜」はまくわ瓜のことで、その花も実も夏である。一方では瓜の盛りを見せながら、また一方ではその花ざかりを見せている。瓜や茄子などには、よく見かけることである。だが、これだけでは何の奇もないので、何かの事情を踏まえて詠んだ句と思うが、その事情はわからない。たとえば、ある親と子と一度に身の栄えにあったような時にそれを祝って詠んだ句かもしれない。

風かほる《(ママ)》こしの白根《しらね》を国の花　（柞原《ははそばら》）

『柞原集』（句空《くくう》編、元禄五年奥書）に「春なれやこしの白根を国の花、此句芭蕉翁一とせの夏、越路行脚の時、五文字風かほると置てひそかに聞え侍るをおもひ出て、卒爾《そつじ》に五もじをあらたむ」とある。『蕉句後拾遺』に「加賀へ文通に」と前書があり、旅中句空への文通に記された句か。

「こしの白根」とは加賀の白山のこと。越中の立山とならんで古来越《こし》の名山とされ、神聖な山であった。白山から吹き下ろす風を「風かほる」と言ったので、同じ旅の時、月山で「有難や雪をかほらす南谷」と同じく、これも白山の雪をかおらせて風が吹き渡るのである。その白山の雪をかずいた姿を「国の花」と称えているので、白山の姿を心に想いながら、貴方にお逢いできる日を待っているという意であろう。句空が初五「春なれや」と改めたのは、祝賀の句に仕立て直したものか。愚かなことである。

荒海や佐渡《さど》によこたふ天《あまの》河《がは》　（奥の細道）

七月四日、越後出雲崎《いずもざき》での句か。披露されたのは同月七日、今町（直江津）での会吟の折である。

出雲崎は古来舟泊の便のために繁栄した港で、佐渡が指呼のあいだに見える。波のおだやかなところだが、佐渡まで十八里の北の海を、芭蕉が「荒海」と観じたことは、別に不自然でない。それは、承久の順徳院をはじめ、古来大罪人や朝敵が遠流《おんる》された島が浮ぶ海であり、波の音が断腸の思いをさそう大海洋なのである。芭蕉は「佐渡」という島の名を、歴史的な回顧の思いを籠めて言っているのだ。そしてそれは同時に、人間の恒久的な悲しみに対する意識にもつながった。

この句はほとんど強音のa音とo音とで組立てられ、雄渾な調べを持っている。「横たふ」は元来他動詞であるべきものを自動詞として用いた文法的誤用だと言われている。だがこれは、たとえば他動詞「寄する」を、自分を寄せるという意味で自動詞「寄る」と同じように使った場合に準ずべきもので、反射動詞（再帰動詞）的用法として、日本語の自然法から外れているわけではない。学者よりも詩人が、母国語の法則を直感的に把握している一例と見做してよいであろう。

西浜

小《こ》鯛《だひ》さす柳涼しや海士《あま》がつま　（曾良書留）

この句は、西浜というのがどこか分らないので、諸説いろいろである。『曾良書留』には「荒海や」と「早稲の香や」との間に記されているが、秋の句の間に夏の句が挟まれていることになる。七月一日は、もう越後の築地村へ来ているが、夏すなわち六月のうちにこの句を作ったとすれば、それ以前でなければならない。荻原井泉水は、象潟と外海とを隔てる地峡の西側の浜を昔は「西浜」と言ったというが、それなら季節的には合っている。金沢の殿田良作氏は、直江津以西の海岸と言い、『菅菰抄附録』には、金沢の西海岸の宮腰《みやのこし》を言うとあるが、それだと秋の句でなければならない。この句には小春・雲江・北枝・牧童など金沢の俳人が表六句を付けていて、金沢でこの句が披露されたことは確かである。脇句は「北にかたよる沖の夕立　名なし」（奥の細道附録）とある。『随行日記』によれば、六月二十九日、村上に泊って「未ノ下尅、宿久左衛門同道ニテ瀬波へ行」とあり、瀬波とは村上の西方の海岸だから、この時の嘱目かもしれない。名のない脇句は、その時芭蕉を歓待した土地の人として『随行日記』に名前が出てくる喜兵・友兵・太左衛門・彦左衛門・友右などのうち、誰かであろう。二十八日に村上に着いて、二日も滞在したのだから、ここで一句も作らないとも考えられない。曾良の『書留』は、あとになって金沢でこの句を披露した時、書き記したのであろう。

西浜の海岸に漁船が着いて、漁師の妻たちが柳の枝に小鯛の鰓をさしている。柳の葉の緑に、赤い新鮮な小鯛の姿を涼しいと見たのである。芭蕉がわざわざ浜まで出かけたのは、そういう情景を見て、心に留めたかったからである。

文月《ふみづき》や六日も常の夜には似ず　（奥の細道）

七月六日、越後今町（直江津）での作。宿は聴信寺の近くの古川屋にとった。ここへ土地の俳人たちが集って、この句を発句として連句を巻いた。

明日は七夕で、牽牛・織女の二星が相逢うという前夜で、空の様子も常の夜とは異り、何となくなまめいた趣に見える、ということ。七夕といえば、おのずから心ときめきがあるが、この夜早や星の光も天の川のたたずまいも、日頃とは違った感じに見えるのである。なお、直江津では七夕の前夜に盛んな祭が行われたと、土地の古老の回想談を井本農一は言っている。そういうことも或いはこの句に影響しているかもしれないが、さして深くそのことにこだわる必要はない。

薬《やく》欄《らん》にいづれの花をくさ枕　（曾良書留）

細川春庵亭ニテ

『随行日記』七月八日の条に、「雨止。欲立、強而止テ喜衛門饗ス。饗畢、立。未ノ下尅、至高田。細川春庵ヨリ人遣シテ迎、連テ来ル。春庵へ不寄シテ、先、池田六左衛門ヲ尋。客有。寺ヲカリ、休ム。又、春庵ヨリ状来ル。頓而尋。発句有。俳初ル」とある。春庵は高田の医師、号棟雪。むりにその屋敷へ連れて来られたことが、日記の記載によって分る。この句を発句として四句目まで一巡した俳諧が曾良の『書留』にある。棟雪の脇句は「荻のすだれをあげかける月」。春庵の庭は泉水などの趣向をこらした美しい庭だったと、大淀三千風の『行脚文集』にある。

「薬欄」は薬園に同じ。薬草類がいろいろと植えられてあった。その薬草の花のいずれを草枕にして宿ろうか、といった挨拶句。季題は「草の花」で、秋である。草枕の「草」の字を生かした発想で、とりたてて挙げるほどの句ではない。

一家《ひとつや》に遊女もねたり萩と月　（奥の細道）

七月十二日、市振《いちぶり》での作とされている。その作られた事情は、『奥の細道』の本文にあるが、そこに「曾良にかたれば書《かき》とゞめ侍る」と記してあるのに、曾良の『書留』にはまったく書いてないのである。従って、紀行のこの記事は、物語的興味を盛るための虚構の疑いが強い。だが虚構としても、越後路の何処かで田舎わたらいをする遊行女婦《ゆぎょうみょうぶ》に行き逢った経験はあったようだ。そして紀行文全体を一巻の連句と見立てて、ここらに恋の座を持って来て、変化をつけたものと思われる。

同じ家に遊女と同宿するようになった奇縁に打興じている句である。おそらく西行法師の江口の故事が頭にあっただろう。俄雨にあって江口に宿を借りようとすると、女主が貸してくれないので、「世のなかを厭《いと》ふまでこそかたからめ仮の宿りを惜しむ君かな」と歌を詠んだ。そこで女主（遊女妙）の返歌「世をいとふ人としきけばかりの宿に心とむなと思ふばかりぞ」（新古今集）。この物語は『撰集抄』にも書かれ、謡曲『江口』にも作られている。その故事を下敷にして、この句が発想されているのである。そして、「一家」は同じ家という意味ながら、謡曲『江口』の諸国一見《いちげん》の僧が尋ねた江口の君の旧跡が「宇殿の蘆のほの見えし、松の煙の浪よする」さびれた野中であることが重なって、野中の一軒家という幻想的なイメージをうち重ねる。現実の「ヒトツイエ」に、幻想の「ヒトツヤ」が二重映しとなり、さらに観想の「仮の宿」という意味を、三重に重ねてくる。「萩と月」とは、その幻想の一軒家の面影であるとともに、艶なる人と風雅の世捨人とを匂わせてくる。実と虚の入りまじった句柄である。

わせの香や分《わけ》入《いる》右は有《あり》磯《そ》海《うみ》　（奥の細道）

七月十四日作。曾良の『随行日記』に、富山にかからないで東石瀬野・放生津《ほうしようづ》を通り、氷《ひ》見《み》へ行こうと思ったが行かず、高岡へ出たとある。放生津から、庄川を越えて、伏木から氷見あたりまで有磯海であり、芭蕉は遥かに望んだだけで有磯海へは行かなかった。有磯海は何時か固有名詞の語感を持つようになり、歌枕となったが、元来波荒く、巌の多い海岸の景色である。

越中は米どころで、折しも初秋のこととて、早稲の穂が豊かに稔っていた。その早稲の香のただよう中を、分け入るように道を進んで行くのだが、「分入る」という言葉が、おのずから稲穂の垂れしなったさままで彷彿とさせる。この句には匂いたつような明るさがあり、日に映える黄金色の稲穂のかなたに、初秋の海がきらきら輝いている。右手の有磯海を望みながら、行くことを果さなかった愛惜の気持も籠っていよう。

この句は紀行に「かゞの国に入《いる》」として出ているが、有磯海は越中の歌枕である。加越能、三国にわたって前田百万石の領内であるから、ここでは三国を一つながりに見て加賀の国と言ったのである。ことに越中の呉羽山を境にして呉東・呉西と言い、呉東は加賀藩の支藩、呉西は加賀藩の直轄であり、有磯海は呉西であるから、加賀の国と言ってもおかしくはない。『赤冊子』にこの句を、大国に入った時の句の心得に例として挙げている。古来の歌枕「有磯海」を詠み込むことで、大国加賀への挨拶としているのだ。加賀の金沢には一笑を始め、自分を待ち受けている俳人が多く、『奥の細道』にも「酒田の余波《なごり》日を重て、北陸道《ほくろくどう》の雲に望《のぞむ》。遥々のおもひ、胸をいたましめて、加賀の府まで百卅里と聞《きく》」とあって、加賀の国に入ることをひとまず旅の目標にしていたのである。その心躍りがこの句にもやはり出ていると思う。

あか〱と日は難面《つれなく》も秋の風　（奥の細道）

七月十七日作。紀行には「途中唫《ぎん》」と詞書して、金沢と小松とのあいだのように記してあるが、実は金沢での吟であった。浅野川大橋の近くに立花北枝《ほくし》の立意庵があり、そこで秋の納涼の句座が開かれた。「難面《つれなく》」は連歌に通用するいわゆる新在家文字である。

「あかあかと」の語から、真赤な残照の景色を受取る。「難面《つれなく》も」は、心強く素知らぬ顔をしていることで、日を擬人化している気味合いがあり、秋になったのを知らぬ顔に、日は赤々と照りつけているという意味である。だが、そのつれなし顔を裏切るかのように、秋風が爽かに吹きわたるのだ。秋草の咲き乱れた広い野原の西方に、日が傾いたころの景色であり、その草の葉末を吹きなびかせて、秋風のそよぎが肌にも感じられるのである。
　烈日と秋風との感覚的ギャップに想を発した句で、それは実際の寒暑と暦の上の日付とのあいだの食違いでもある。そのような季感の上の齟齬《そご》に想を発した古歌として、藤原敏行の「秋きぬと目にはさやかに見えねども風の音にぞ驚かれぬる」（古今集）があり、芭蕉のこの句と想においてつながっている。

加賀の国を過《すぐる》とて

熊坂がゆかりやいつの玉まつり

（笈日記）

『書留』に「かゞ入」と前書した「早稲の香や」の句に続いて、「盆同所」と前書してこの句を挙げ、中七は「其名やいつの」となっている。「同所」とは、前句と同じく加賀ということで、大盗熊坂長範は俗説に加賀の国熊坂の者といい、大聖寺（いま加賀市）に近い、江沼郡三木村の熊坂がそこだという。だが、芭蕉が大聖寺を通ったのは八月五日で、盆ではない。だから、金沢へ着いた七月十五日に、たまたま加賀生れの熊坂のことを謡曲『熊坂』あたりを機縁として思い出し、この句を作ったのであろう。謡曲『熊坂』に「北国には越前の、麻生の松若三国の九郎、加賀の国には熊坂のこの長範」とある。
　ちょうど魂祭の時期に加賀の国へ入ったので、この辺りには熊坂の縁者もあってその何百年かの法要をやっているだろう、と言ったのである。盗賊の首領を思い出したのだから大国へ入っての挨拶句というわけではないが、やはり熊坂ほどの大泥棒になると大国の位をはずしていない、ということになるのか。芭蕉の発想のきっかけを思うとユーモラスでもある。特に金沢では披露はしなかったかと思うが、曾良には書き留めさせ、のちには推敲もして、支考の『笈日記』に残したのである。『翁草《おきなぐさ》』（里圃《りほ》編、元禄九年奥書）には「熊坂をとふ人もなし玉祭り」の形があるが、拠る所を知らない。

ある草庵にいざなはれて

秋涼し手毎にむけや瓜《うり》茄子《なすび》　（奥の細道）

七月二十日、金沢の犀川ほとりにあった斎藤一泉亭、松玄庵に招かれて作った発句で、初案は「残暑しばし手毎にれうれ瓜茄子」であった。一泉の脇句は「みじかさまたで秋の日の影」。以下、半歌仙を巻いた。

秋とはいえ、残暑がしばらく続いているが、今日はお持てなしの涼しげな瓜なすびをてんでに料理して気ままにご馳走になろう、という即興句。「残暑しばし」「手毎にれうれ」が詩句として熟していないので推敲したもの。簡素なもてなしを気軽に受けて賞美するところに、涼味がおのずから流れるのである。

塚も動け我《わが》泣《なく》こゑは秋の風

（奥の細道）

七月二十二日、金沢での作。芭蕉の来訪を待ちわびていた金沢の俳人に、小杉一笑《いっしょう》があった。彼は茶屋新七と称する製茶販売業者であったが、前年十一月六日に、三十六歳で死んだ。芭蕉はそれを知らないで旅立ち、松島・象潟を見たあとは、一路金沢が目標であった。金沢は裏日本随一の文化都市で、芭蕉に心を寄せる俳人も多かったのである。それで、金沢の宿へ着いたらすぐ一笑へ通じ、ここに始めて一笑の死を知って驚くのである。

二十二日に一笑の追善会が、墓のある願念寺で催された。これはそのときの追悼句で、真蹟の詞書には「とし比《ごろ》我を待ける人のみまかりけるつかにまうでゝ」とある。まだ見ぬ人への追悼句としては、誇張に過ぎると言う人があるが、私たちはこの句を芭蕉の真実の悲しみの証しとする外はない。酒田出発以来、金沢を目標としたことは、一笑に逢うことを目標としたことであり、目的地に着いてみれば、二十日間ひたすら心に抱いていた一笑像が、はや影も形もないのである。一笑への愛情は、数年にわたって昂まって来たもので、それが最後に、激しい感情として表出されたのだ。

塚も鳴動して、我が慟哭の声に答えよ、という意。折から吹いて来た秋風の響きが、さながら自分の慟哭の声かと聞きなされるのである。

小松と云《いふ》所にて

しほらしき名や小松吹《ふく》萩すゝき　（奥の細道）

七月二十五日、加賀小松の日吉《ひえ》神社神主藤村伊豆、俳号鼓蟾《こせん》の宅で詠んだ句で、この句を発句として世吉《よよし》連句一巻が成った。世吉連句とは、四十四句で完尾する古風な連句の形で、鼓蟾らは連歌畑の人であったから、古式の俳諧を試みたのである。鼓蟾の脇句は「露を見しりて影うつす月」。「しほらしき名」とは、小松という地名を言ったので、昔の小松引の行事なども連想されて聞くからにしおらしいと、言ったもの。「小松吹萩すゝき」は曖昧な表現だが、「吹く」は「小松」にも「萩すゝき」にもかかる。小松は地名であると同時に、実際そこに生えている姫小松でもあり、小松を吹く風が、やはりしおらしい様の萩すすきにも吹きわたるというのである。主《あるじ》が古風な連歌の人だから、ここでは小松とか、萩すすきとか、古雅で上品なあたりの景物を詠みこんで、その時に応じた挨拶句としたものである。

廿六日　同歓水亭会　雨中也

ぬれて行《ゆく》や人もおかしき雨の萩　（曾良書留）

『書留』の詞書にあるように、七月二十六日小松の歓水亭（歓生・観生）へ招かれて五十韻の俳諧を興行した。歓水は、本名堤八郎右衛門、歓水は連歌の方の名で、俳号は亨子という。亨子の脇句は「すゝき隠《がくれ》に薄葺家《すすきふく》」。

その日は巳の刻（午前十時）から風雨甚《はなは》だしかった。これは挨拶句で、屋敷やその周辺の景色をほめるのは挨拶句の常套である。これは庭ぼめで、歓水亭は庭が自慢だったと思え、濡れながら庭に出て萩などを賞したことを詠んでいる。濡れて行く自分たちを、「人もおかしき」と客観的に見て打ち興じたところが俳諧である。雨をふくむ萩の風情もおもしろいが、わざわざ濡れてそれを眺める自分たちの姿もおもしろいと言ったのである。

以上二句とも、連歌師である相手の気持に歩み寄ってつくった様子が見える。


加賀の小松と云処《いうところ》、多田《ただ》の神社の宝物として、実盛が菊から草のかぶと、同じく錦のきれ有《あり》。遠き事ながらまのあたり憐《あわれ》におぼえて

むざんやな甲《かぶと》の下のきりぎりす　（猿《さる》蓑《みの》）

七月二十七日、小松での作。この句の初案「あなむざんやな冑の下のきりぎりす」を発句とする三吟歌仙がある。多太《ただ》八幡に詣でたのは二十五日、この句を奉納したのは二十七日、小松出立の前であった。

「あなむざんやな」という発想は、謡曲『実盛《さねもり》』から来ている。実盛の幽霊の懺悔《ざんげ》物語に「樋口参り唯一目見て、涙をはらはらと流いて、あなむざんやな、斎藤別当にて候ひけるぞ

や」とある。その元は、『平家物語』で、「あな無慙《むざん》」とある。その決り文句が、口拍子のように出て来たのである。篠原の首洗いの池は小松から近く、これも高館の句と同じく、古戦場を弔う詩であり、慰霊の文学なのである。

その亡霊の化身かのように、冑のほとりにはきりぎりすがいる。これは、実盛が虫に化したという伝承も連想され、不気味で無慙な感じを深める。当時のきりぎりすは、つづれさせこおろぎのことらしく、陰湿の場所を好んでリーリーと鳴く。まぎれこんだ一匹が、薄暗い宝物室で、微かな声を立てているところと見てよいが、実際は芭蕉の想像かも知れない。前に平泉の光堂で、「蛍火の昼は消つゝ柱かな」と、柱にとまる昼の蛍を詠んだのも、歴史を甦らせた白日夢であった。

山中や菊はたおらぬ湯の匂《にほひ》　（奥の細道）

七月二十七日に芭蕉は山中温泉に行き、八月五日まで滞在した。宿は和泉屋、当主久米之助はまだ十四歳の少年で、その祖父も父も貞門の俳人として知られ、久米之助も、この時芭蕉に入門して、桃妖の号をもらった。これは久米之助に書いて与えた句で、真蹟懐紙に次のような前文がついている。「北海の磯づたひして、加州やまなかの涌湯《わきゆ》に浴ス。里人の曰、このところは扶《ふ》桑《そう》三《みつ》の名湯の其一《そのひとつ》なりと。まことに浴する事しば〳〵なれば、皮肉うるほひ、筋骨に通りて、心神ゆるく、偏《ひとえ》に顔色をとゞむるこゝちす。彼《かの》桃原も舟をうしなひ、慈童が菊の枝折《しおり》もしらず」。ここでは山中を陶淵明の桃源郷にたとえ、また菊慈童（周の穆王の寵童）が王の枕を越えた罪によって流され、菊水を汲んで七百年の齢《よわい》を保ったという酈県《れきけん》山にたとえている。

はじめは中七「菊はたおらじ」だったのを、改めた。すなわち「たおるまじ」とはっきり言ったのだが、三段に切れて句の調子が佶屈になるのでこう改めた。菊はたおるにもおよばない、薬効あらたかな湯の匂いだという意味。菊の芳香で慈童が七百歳も生きのびたというが、この湯の芳香があるかぎり、菊をたおるにもおよばない、というのである。謡曲の『菊慈童』がこの句の下敷である。主につけた桃妖の号も、水上の桃花源のあやしい童子といった気であろう。この句は菊の故事で湯をたたえ、主の長寿延命を寿《ことほ》いだ挨拶句だが、巧みを凝らしすぎている。

加賀山中、桃妖《とうよう》に名をつけ給ひて

桃の木の其《その》葉《は》ちらすな秋の風　（泊船《はくせん》集）

和泉屋の主人久米之助に桃妖という俳号を与えた時の句。前句の解に言ったように、陶淵明の「桃花源記」と、菊慈童の故事から桃妖の名をつけたのである。詩経の「桃ノ夭夭タル灼灼タル其ノ華」とあるのも踏まえている。「其葉ちらすな」といって将来の繁栄を祝福したのである。

山中十景、高瀬漁火《たかせのいさりび》

いさり火にかじかや波の下むせび　（卯辰集《うたつ》）

山中滞在中の句。山中の渓流で鰍《かじか》を捕ることがあったのだろうが、芭蕉がその情景を実際に見て作ったとしなくてもよい。山中十景に高瀬漁火とあるので、その想像句である。鰍はカエルの河鹿《かじか》と混同され、歳時記にも鳴くと解説されているが、もちろん俗説である。これは、漁火の映る波の下で捕られることの悲しさに、鰍がむせび泣いているであろうかと言ったもの。総じて山中の句は低調である。

湯の名《な》残《ごり》今《こ》宵《よひ》は肌の寒からむ　（枠《ははそ》原《ばら》）

八月五日、芭蕉は曾良《そら》と別れ、北枝とともに山中を発って那谷《なた》・小松に向った。同じ日、少しおくれて曾良も発ち、一足先に大聖寺へ向うのである。この句は『都の花めぐり』に「山中湯上《やまなかゆあが》りにて、桃妖に別るゝ時」と前書がある。主《あるじ》桃妖への留別である。これが最後の湯につかり、今宵からは他処の地にあってさだめし肌寒いことであろうという意味。「肌寒」で秋の季となる。

今日よりや書《かき》付《つけ》消さん笠の露

（奥の細道）

『奥の細道』の前文に「曾良は腹を病《やみ》て、伊勢の国、長嶋と云《いう》所にゆかりあれば、先立《さきだち》て行《ゆく》に、行《ゆき》〳〵てたふれ伏《ふす》とも萩の原　曾良　と書置《かきおき》たり。行《ゆく》ものゝ悲しみ、残《のこる》ものゝうらみ、隻鳧《せきふ》のわかれて雲にまよふがごとし。予も又」とあって、この句が出ている。和泉屋を発った時刻は、『随行日記』によれば、芭蕉・北枝は「昼時分」で、曾良は「艮刻（即刻）、立」とある。多分その前日、北枝・曾良・芭蕉の三人で「曾良餞」の歌仙を作っている。和泉屋を発ったのは芭蕉の方が一足先だから、紀行の文章は若干事実と違っている。

江戸を出立以来、芭蕉と曾良とはずっと行動を共にしたから、その時別離の思いも深かった。笠には「乾坤無住、同行二人」と書いてある書付を今日からは消そう、という意である。この文字は一人旅の巡礼でも書いていて、「二人」とは仏と自分と二人という意味なのだが、ここでは曾良と自分と二人という意味にとって、その文字を笠の露で消してしまおう、と言ったもの。この「露」で秋季となる。

石山の石より白し秋の風

（奥の細道）

八月五日、芭蕉と北枝《ほくし》は昼時分に山中を発って那谷の観音に詣でた。紀行には「山中の温泉《いでゆ》に行ほど、白根が嶽跡《あと》にみなしてあゆむ。左の山際に観音堂あり。花山《かざん》の法皇、三十三所の順礼とげさせ給ひて後、大慈大悲の像を安置し給ひて、那谷《なた》と名付《なづけ》給ふとや。那智・谷《たに》組《ぐみ》の二字をわかち侍《はべり》しとぞ。奇石さま〴〵に、古松植ならべて、萱ぶきの小堂、岩の上に造りかけて、殊勝の土地也」とある。これは山中へ行く途中に訪ねたように書いているが、実際は山中から小松へ引き返すその途中に立ち寄ったのである。寺には石英粗面岩質の凝灰岩から成る灰白色の岩山があり、岩窟に観音を祀ってある。その白く曝《さらさ》れた石よりも吹き過ぎる秋風はさらに白い感じがする、と言った。秋に白色（無色）を配する中国の考え方に基いて秋風を白いと感じ、「色なき風」とも言っているが、この時、芭蕉が秋風を白いと感じたのは、曾良と別れた悲しみが気持の底にあって、索莫とした孤独な思いがその感を深くしたのであろう。多くの注釈がこの「石山」を近江の石山ととり、石山寺の石より那谷寺の石がさらに白いという意味にとっているが、そういう比較は詩としてナンセンスである。

庭掃《はい》て出《いで》ばや寺に散《ちる》柳　（奥の細道）

八月九日作。紀行に「大聖寺の城外、全昌寺《ぜんしょう》といふ寺にとまる。猶、加賀の地也。曾良も前の夜此寺に泊《とまり》て」とあって、「終霄《よもすがら》秋風聞《きく》やうらの山」という曾良の句を記しているが、曾良が全昌寺にあったのは五日から七日までだから、芭蕉は八日に着いて九日に発ったことになる。九日の朝「けふは越前の国へと、心早卒《そうそつ》にして堂下に下《くだ》るを、若き僧ども紙硯をかゝえ、階《きざはし》のもとまで追来る。折節《おりふし》、庭中の柳散れば」とあってこの句があり、さらに

「とりあへぬさまして、草鞋《わらじ》ながら書捨つ」と書いてある。

句意は別に注するまでもないが、「柳散る」で秋季となる。禅寺に一泊して発つとき、寺内を掃除するのは仏家の法であった。出立のあわただしさの中で、せめてもの謝意を表したいと一句をしたためたのである。

金沢の北枝といふもの、かりそめに見送りて、此処《このところ》までしたひ来《きた》る。所々の風景過《すぐ》さず思ひつゞけて、折節《おりふし》あはれなる作意など聞ゆ。今既《すでに》別《わかれ》に望みて

物書《かい》て扇引《ひき》さく余波《なごり》哉　（奥の細道）

金沢から連れだって来た北枝が越前松岡まで来て別れるときの句である。『卯辰《うたつ》集』（楚常《そじょう》撰・北枝《ほくし》補、元禄四年）に「松岡にて翁に別《わかれ》侍《はべり》し時、あふぎに書て給《たまわ》る」と前書して「もの書て扇子へぎ分《わく》る別哉」とあるのが初案である。つづいて脇句、「笑ふて霧にきほひ出《いで》ば　北枝」となくなく申侍る」とある。「へぎ分る」とは扇の両面に合わせた地紙をへぎ分る意味で、そこに別れの辛さがこめられている。だがあまり気持があからさまなので、「引さく」とあらためた。別離の句を何かと扇子に書いてみては意に満たないで引きさいてしまう、それほど別れの悲しみが深く、言葉につくしがたいのである。「扇引さく」で「秋扇」「捨扇」あるいは「扇の名残」の意をこめ、季題としている。別れの句として心がこもって

いる。

名月の見所問《とは》ん旅寝せむ　（荊口句帳《けいこう》）

福井洞栽子《とうさい》をさそふ

『荊口句帳』とは仮称で、宮崎家の先祖の荊口その他に関係する懐紙のつづりで、その冒頭に「芭蕉翁月一夜十五句」があり、それにこの句を載せる。福井洞栽は『奥の細道』に「等栽」と書かれ、江戸に来て芭蕉を訪ねたことがある老俳人である。その洞栽の庵を訪ねたことが紀行には書かれているが、句はない。紀行に「その家に二夜とまりて、名月はつるがのみなとにとたび立《だつ》。等栽も共に送らんと、裾おかしうからげて、路の枝折《しおり》とうかれ立《たつ》。（中略）かへる山に初鴈を聞て、十四日の夕ぐれ、つるがの津に宿をもとむ」とある。敦賀の気比《けひ》の明神の名月を見ようと福井を出立した時の作である。福井から敦賀まで二日ほどの日程で、芭蕉は名月の見所を敦賀の気比と心に決めて、旅寝をかさねているのだ。それを仮に「見所問ん」と人に問うように表現したところが俳諧である。

月見せよ玉江の蘆を刈《から》ぬ先　（ひるねの種《たね》）

玉江

福井を出立した八月十二日頃の作。玉江は福井と麻生津との間で、紀行に「漸《ようよう》、白根が嶽かくれて、比那が嵩《たけ》あらはる。あさむづの橋をわたりて、玉江の蘆は穂に出《いで》にけり」。玉江の蘆は、古歌にも歌われている。その蘆を刈らない先に、この蘆の名所で月見をしておけ、と言ったので、旅の途中にふと詠み出した即興句である。

浅水のはしを渡る時、俗あさうづといふ。清少納言の橋はと有《ある》一条、あさむづのとかける所也

あさむつや月見の旅の明《あけ》ばなれ　（其《その》袋《ふくろ》）

紀行に書かれた順序とは逆に、玉江を過ぎて浅水の橋となる。枕草子に「橋は　あさむつの橋、長柄の橋」云々とある。その橋で、やはり古来の歌枕だから、芭蕉はすかさず月の句を詠んでいる。未明に福井を立って、あさむつにさしかかってようやく朝が明け放れてきたのである。「あさむつ」は明け六つでもあり、六つ刻《どき》すなわち午前六時ごろである。「あさむつ」に両義を掛けた即興句である。

ひなが嶽《たけ》

あすの月雨占なはんひなが嶽《たけ》　（荊口句帳）

紀行に「漸《ようよう》、白根が嶽かくれて、比那が嵩《たけ》あらはる」とある。ひなが岳（日野山）は雛岳・日永岳・日野岳とも言い、武生《たけふ》の南東にそびえている。明日の名月の天気をひなが岳にかかる雲によって占おう、という意味。芭蕉は敦賀までの途中の地名を一つ一つ詠み込んで、月の句を作ろうと心がけている。だから一句一句は句柄が軽く、即興体である。紀行もこの辺りは地名を重ねて、道行文のスタイルである。

湯尾《ゆのお》

月に名を包みかねてやいもの神　（ひるねの種）

湯尾峠は、南条郡脇本から今庄へ越える峠で、峠の茶店に疱瘡《いも》の神のお守りを売っていた。諸国にあるいも峠の一つ。疫病神のいもの神も、この芋名月に名を包みかねて現してしまった。月の光がこの神の正体を照し出してしまった、ということ。言葉の洒落からきた即興句。

燧《ひうち》山

義仲の寝覚の山か月悲し　（ひるねの種）

紀行に「鶯の関を過《すぎ》て、湯尾峠を越《こゆ》れば、燧《ひうち》が城《じょう》、かへるやまに初鴈を聞て」とある。燧山は湯尾峠の南東にあり、木曾義仲の城跡である。峠から燧山を遠望して、義仲の寝覚の山か、と言ったもの。いわば「歌よりも軍書にかなし」である。この句の情景はもちろん夜分だが、芭蕉は道中地名に一つ一つ月を詠み込んでいるのだから、昼間の景からの想像である。義仲も秋の夜のねざめにこの山の月を賞したことだろう、という気持を籠めている。

越《こし》の中山

中山や越路も月はまた命　（荊口句帳）

越の中山は有乳《あらち》山の東北にあり、木の目峠を過ぎて帰山《かえるやま》の西にあたる。西行の「年たけてまた越ゆべしと思ひきや命なりけりさやの中山」の歌を下に置いた発想で、この越の山で月を眺めることがもう一度あろうか、やはりそれも命（運命）である、と言ったもの。

気比《けひ》の海

国〴〵の八景更に気比の月　（荊口句帳）

八月十四日作。諸国各地に八景の名をつけた名所があり、この越前の国でも、芭蕉は道中一つ一つ名勝を数え上げながら敦賀まで来て、いまこの気比神宮の月を見ている、というのである。紀行に「その夜、月殊晴《ことにはれ》たり。あすの夜もかくあるべきにやといへば、越路《こしじ》の習ひ、猶明夜《めいや》の陰晴《いんせい》はかりがたしと。あるじに酒すゝめられて、けいの明神に夜参す。仲哀天皇の御廟也。社頭《しやとう》神さびて、松の木の間に月のもり入《いり》たる、おまへの白砂、霜を敷《しけ》るがごとし」とある。

元禄二年つるがの湊に月を見て、気比《けひ》の明神に詣《もうで》、遊行上人の古例をきく

月清し遊《ゆ》行《ぎやう》のもてる砂の上　（猿蓑）

八月十四日、気比神宮での作。紀行の前文に「往昔《そのかみ》、遊行二世の上人、大願発起の事ありて、みづから草を刈《かり》、土石を荷ひ、泥渟《でいてい》をかはかせて、参詣往来の煩《わずらい》なし。古例、今にたえず、神前に真砂を荷ひ給ふ。これを遊行の砂持《もち》と申侍ると、亭主のかたりける」とある。初案は「なみだしくや遊行のもてる砂の露」。

紀行文にあるように遊行二世の事蹟を記念して、代々の遊行上人がここへ来ると海岸の真砂を神前に担い運ぶ行事が行われた。芭蕉がやって来たこの年にもその儀式があって、人々はその印象を語り合っていたのである。月が照って霜を敷いたような神前の砂の清らかさを詠んだ句である。「遊行のもてる」とは上人が担い運んだそのさまを如実に想像して作ったのである。

初案は、神域の尊厳や上人の徳を偲んで、かたじけなさに涙をこぼすという意味で「なみ

だしくや」と言い、砂を涙で濡らすことから「砂の露」と言ったが、すぐ水分を吸いこむ砂に「砂の露」ということはふさわしくないし、さらにまた、涙を言うことは誇張に過ぎる。神域の雰囲気の清浄さだけを言いとれば充分である。改められた所以である。

名月や北国《ほっこく》日和《びより》定めなき　（奥の細道）

八月十五日作。紀行の前文に「十五日、亭主の詞《ことば》にたがはず、雨降《ふる》」とある。せっかく待ち望んだ敦賀での名月が雨で見られなかった。北国日和の定めなさをいささか恨んだ気持が籠っている。ただしそのことを予期して、十四日の待宵の月を十二分に堪能したのだから、さほど恨むことはなかったであろう。

なお『荊口句帳』に収めた「芭蕉翁月一夜十五句」には、後に挙げる「月のみか」の前書として「浜」とあり、「ふるき名の」の句には「みなと」と前書があり、この句には「うミ」と前書がある。この三句は、それぞれ敦賀の浜・港・海を詠み分けたもののようである。この句は単純だが、「北国日和定めなき」といった言葉の裏に、芭蕉の、北国の海（すなわち日本海）に対する印象が籠っているらしい。

中秋の夜は敦賀にとまりぬ。雨降《ふり》ければ

月いづこ鐘はしづみて海の底　(草庵集)

八月十五日作。『四幅対』(東恕編、享保四年刊)には、「おなじ夜あるじの物語に、此《この》海に釣鐘のしづみて侍るを、国守《クニノカミ》の海士《あま》を入《いれ》てたづねさせ給へど、龍頭《りゅうず》のさかさまに落入《おちいり》て、引あぐべき便《たより》もなしと聞《きき》て」と前書して「月いづく鐘はしづめる海の底」とある。金《かね》が崎の地名伝説を宿の主から聞いたのである。鐘はいま海底に沈んでいるが、月はどこに隠れてしまったのだろう、と沈鐘伝説に托して中秋無月を惜しんだのである。

浜

月のみか雨に相撲もなかりけり　(ひるねの種)

八月十五日、敦賀の浜での句。雨が降って月見が流れただけでなく、浜で催される筈の相撲も流れてしまった、と言ったもの。それだけのことに過ぎない。相撲は秋祭のころ行われることが多く、宮相撲あるいは草相撲であり、秋の季感を持つ。

みなと

ふるき名の角鹿《つぬが》や恋し秋の月

（荊口句帳）

八月十五日作。角鹿は敦賀の古名である。「この蟹や何処の蟹、百伝ふ角鹿の蟹」と記紀歌謡にも歌われ、古代の北陸路の大事な宿駅で、また北陸航路の港でもあった。北陸地方の物産は角鹿の港で陸揚げされ、山越えして近江から京に運ばれる。中秋の月を見るにつけ、見ないにつけ、角鹿という古い名を懐しく思うのである。

寂しさや須磨にかちたる浜の秋

（奥の細道）

八月十六日作。紀行の前文に「十六日、空霽《はれ》たれば、ますほの小貝ひろはんと、種《いろ》の浜に舟を走《は》す。海上七里あり。天屋《てんや》何某《なにがし》と云《いう》もの、破籠《わりご》・小竹筒《ささえ》など、こまやかにしたゝめさせ、僕《しもべ》あまた舟にとりのせて、追風時のまに吹着《つき》ぬ。浜はわづかなる海士《あま》の小家にて、侘しき法花寺あり。爰《ここ》に茶を飲《のみ》、酒をあたゝめて、夕ぐれのさびしさ感に堪《たえ》たり」とある。

天屋何某は室五郎右衛門、俳号玄流子、敦賀の廻船問屋であった。敦賀湾の北西部、種《いろ》の浜に舟を走らせて一日遊んだ。「侘しき法花寺」とは本隆寺で、このとき寺に残した等栽の記録が現存する。「須磨の秋」は源氏物語の須磨の巻以来、もののあわれが讃えられているが、この浜の秋のあわれは須磨の秋にまさっている、と讃めた句である。おそらく本隆寺の住持の接待に対する挨拶であろう。「勝つ」とか「負ける」とかいうことは、王朝以来の物合せの伝統を踏んでいる。概念的な句だが、時に臨んでの即吟である。

浪の間《ま》や小貝にまじる萩の塵　（奥の細道）

紀行には前句に続いて出ている。「ますほの小貝」は種《いろ》の浜の特産で、うす紅のさした美しい貝である。浪間の砂原にくれないの小貝が散らばっているが、その小貝にまじってくれないの萩の花が散りこぼれ、小貝とまがうばかりに散り敷いている、と言ったもの。「塵」と言い「屑」と言っても、散りこぼれた萩の花であれば美しく可憐である。

萩の花はおそらく休憩した法花寺の庭に咲きこぼれていたのであろう。だから浜に散らばる小貝と、寺の庭に散らばる萩の塵とまぎれるわけもないが、両者を重ね合せてまぎれるかのように仕立てたのは、詩的フィクションなのである。

いろの浜に誘引《いざなわ》れて

小萩ちれますほの小貝小盃　（薦獅子集《こもじしゅう》）

八月十六日、種《いろ》の浜での作。等栽《とうさい》が寺に残した句文にはこの句が書いてあるから、「浪の間や」の初案という説もあるが、一応別案と見ておく。侘しい法花寺で茶をのみ、酒を温めたと紀行にあり、その縁で小盃が詠まれている。小萩・小貝・小盃と可憐なものを並べ立て、「こ」の頭韻とi音の脚韻とを重ねて、すこぶるリズミカルである。その句のリズムに乗るかのように、「小萩ちれ」と、小萩へ言いかけるような発想をもっている。小貝はまた、小盃をも連想させる。小貝は浜、小萩は庭、小盃は床の上ながら、離れ離れの三つの景物が作者の脳裏で一つになり、種の浜の秋景色を描き出すのである。

種《いろ》の浜

衣《ころも》着て小貝拾はんいろの月　（荊口句帳《けいこうくちょう》）

『荊口句帳』とは、大垣の宮崎家に伝えられた先祖の荊口・此筋・千川・文鳥らに関係する懐紙の綴りである。種の浜に誘われた事情は前述した。「衣」とはこの場合僧衣で、「衣着て」に西行法師を慕う心持が含まれているという阿部喜三男の推定は正しいであろう。西行法師に「しほそむるますをのこ貝ひろふとて色の浜とはいふにやあるらむ」（山家集）がある。芭蕉は「須磨にかちたる浜の秋」とも詠んでいるから、ここでは月を出して「いろの月」と言った。敦賀で名月の日に雨が降ったその翌日で、芭蕉はここで十六夜《いざよい》の月を賞することができたのである。『奥の細道』に「侘しき法花寺」とあるその本隆寺に数日前に曾良も泊っているが、芭蕉もここで月を賞しながら一泊したのであろう。

赤坂の虚空蔵にて

八月廿八日　奥の院

鳩の声身に入《しみ》わたる岩戸哉　（漆《うるし》島《じま》）

八月二十八日、美濃の国不破郡赤坂町の虚空蔵、すなわち金生山明星輪寺宝光院での作。本堂のそばに岩窟があって、そこで芭蕉は、身に沁みわたるような寂しい山鳩の声を聞いた。「身にしむ」は秋の季語で、同時に下の「岩戸」にもかかる。岩戸の冷やかさが身に沁みわたるのである。身に沁む鶉の声は、俊成の名歌で一般化した。芭蕉がここで鶉を鳩に変えたところが新しみといえば新しみであろう。

胡蝶にもならで秋ふる菜虫哉　（己《おの》が光《ひ》）

八月下旬、大垣の如行《じょこう》亭に行って、九月六日まで滞在した間の作。如行は「たねは淋しき茄子《なすび》一もと」と脇を付け、「かくからびたる吟声ありて、我下《しも》の句を次《つぐ》」と付記している。「菜虫」は菜・大根・蕪などが葉をひろげ始める頃、その葉につく虫で、総称して菜虫と言い、菜の青虫とも言う。紋白蝶の幼虫が最も多い。何を仕出かすこともなく、碌々として世を経る自分を蝶にならぬ菜虫に譬えているのだ。自分の境涯への感慨がある。

戸を開けばにしに山有《あり》。いぶきといふ。花にもよらず、雪にも
よらず、只これ孤山の徳あり

其《その》まゝよ月もたのまじ伊吹山　（真蹟詠草）

『笈日記』には斜嶺《しゃれい》亭での句とする。斜嶺は大垣藩士で、高岡三郎兵衛。主《あるじ》への挨拶として、そこから望まれる伊吹山を賞した。『笈日記』には初五「其まゝに」とする。のちに改めたか。月の景色も花の景色も頼まないで、孤山としてそれ自身の姿で立っているのを主の孤高の姿に比したのである。

恕水子《じょすいし》別墅《べっしょ》にて即興

こもり居て木《こ》の実《み》草のみひろはゞや　（後の旅）

大垣藩士、戸田権太夫、俳号恕水（如水とも）の室町の下屋敷に招かれた時の作。その日は『如水日記抄』によれば、九月四日。恕水は家老格の家柄であったと言い、ゆったりとして閑静な別墅であったのだろう。主人のもてなしを謝し、このような俗塵から遠いところで、あたかも山にでも籠っているように、木の実、草の実など拾いながら、簡素なしばらくを送りたい、と言ったもの。屋敷の趣あるさまを述べることで、主人への挨拶の意とした。木の実草の実と言ったことで、おごることのない主人の人柄の奥ゆかしさを、おのずから表

したのである。素直な、嫌味のない詠み口である。

　この時恕水は、「御影《みかげ》たづねん松の戸の月」と脇を付け、以下表六句まで続けたさまが、『後の旅』には見える。「家中士衆に先約有レ之故、暮時より帰り申候」とあって、表六句に止めたのであろう。

はや〳〵さけ九日《くにち》もちかし菊の花　（笈日記）

左柳《さりゅう》亭

　左柳は大垣藩士、浅井源兵衛。『曾良旅日記』九月四日の条に、「源兵へ会ニテ行」とあるので、この日取が分る。『如水日記抄』にある先約の士衆とはこの左柳で、恕水邸を芭蕉・路通・如行は夕方辞して、左柳亭に来たのである。この時の初案は、「はやう咲《さけ》九日《くにち》も近し宿の菊」であった。左柳の脇句は「心うきたつ宵月の露」とあり、「宵月」がおよその時刻を示している。この時の歌仙は、『桃の白実』（車蓋編、天明八年刊）に残っている。

　その座敷に莟の菊が生けてあったか、庭前に菊が咲きかかっていたか、その嘱目の景物を詠んで、あるじ源兵衛への挨拶とした。九日はココノカとは訓まない。九月九日をクニチまたオクニチと言っている地方は、関東にも中部にも九州にも多い。「紺菊も色に呼出す九日《くにち》かな」（桃隣）など、すべてクニチと訓み、九月九日の節句を意味し、氏神祭の日として御《お》九日《くにち》とも言い、供日《くにち》・宮日《くにち》などの意味が重なって来た。五日あとは、もう菊の節句の日なのだから、はやく咲けと菊に呼びかけたのである。「はやう咲け」が初案だろうが、「はやく咲け」と強くうながす意を打出した方が、芭蕉の気持にかなったのであろう。

藤の実は俳諧にせん花の跡　（藤の実）

関の住素牛《そぎゅう》何がし、大垣の旅店を訪《と》はれ侍りしに、彼《かの》ふぢしろみさかといひけん花は宗祇のむかしに匂ひて

『蕉翁句集』に元禄七年とする。関は岐阜県武儀郡で、素牛の故郷である。素牛はのちの惟《い》然《ぜん》坊。宗祇法師の発句に「関こえて爰も藤しろみさか哉」とあり、『曠野』には「美濃国関といふ所の山寺に藤の咲《さき》たるを見て吟じ給ふとや」と付記してある。そのことを思い出して、藤の花は宗祇が連歌に作ったが、藤の実は私たちが俳諧にしよう、と言ったもの。「花の跡」で宗祇の句を匂わせているのだ。藤の花は優雅で連歌の題材にふさわしいが、藤の実は何の役にも立たず、しかも雅ではないが、ぶらりと垂れ下った飄逸なさまが俳諧にふさわしいと言ったのである。入門してまもない素牛に、俳諧の真骨頂を教えようとする構えの句。

かくれ家《が》や月と菊とに田三反　（笈日記）

木因亭《ぼくいん》

『蕉翁句集』に元禄二年とする。『笈日記』も同じ。大垣で古い馴染の木因の家を訪ねた時の句。木因は、杭瀬川の船問屋で家産も豊かであり、別に田を作っていたわけではないが、「田三反」とは、簡素だが不自由のない暮しを仄めかしたもの。『芭蕉句解』に一休禅師の詠という「山居せば上田三反味噌八斗小者ひとりに水のよき所」を引いているが、頴原退蔵は、昔は上田三反あれば簡素な暮しには充分としたものだろうと言う。しかも木因は風雅を愛し、月と菊とを賞でながらひっそりと暮している、とその境涯を讃えたのである。店とは別に、別墅《べっしょ》を持っていて、辺りに稲の稔った田圃が見晴らせたのであろう。一休の歌ではないが、水もよく隠棲には恰好の住居だという含みがある。

蛤《はまぐり》のふたみにわかれ行《ゆく》秋ぞ　（奥の細道）

九月六日作。紀行の最後に「旅の物うさもいまだやまざるに、長月六日になれば、伊勢の遷宮《せんぐう》おがまんと、又舟にのりて」とあってこの句が出ている。十日の伊勢の御遷宮に間に合うように、この日出立した。木因の世話で午前八時頃舟に乗った。これは揖斐《いび》川に通じていて、川口の桑名へ出る。同行は曾良と路通。越人は舟着場で別れ、荊口ほか一人は三里ほど送った。この時の留別句である。桑名や二見ケ浦の縁で「蛤」を出し、「蛤のふたみ」と枕詞のように使った。古歌に「玉くしげ二見」とある用法の俳諧化である。「ふたみ」はまた蛤のふたと身に掛けて言っている。行く者と帰る者と二手に別れるという意味を籠め、さらにまた「別れ行く」と「行く秋」とに掛けた。季節はちょうど晩秋にあたっていた。古い言葉の技巧を使って新鮮な感銘はないが、その時に臨んでの即興吟として、句の調子の軽やかさが人々に或る感銘を与えたのだろう。

内宮はことおさまりて、下宮のせんぐうおがみ侍りて

たふとさにみなおしあひぬ御遷宮　（泊船集）

九月十三日作。「御遷宮」とは伊勢の内宮と外宮で、二十一年目毎に木曾の檜《ひのき》で新殿を建て神座を遷《かえ》す行事である。元禄二年はその年に当って、十日には内宮、十三日には外宮の遷宮式が行われた。芭蕉は十日には間に合わず、十三日にまず内宮に参り、未《ひつじ》の刻に帰って外宮の遷宮を拝んだ。この句では群衆の中に揉まれながら参ったことだけを言っている。群衆の中に溶け込んで、敬虔さに心を浸している。西行が「何ごとのおはしますかは知らねどもかたじけなさに涙こぼるる」と言って他に何も言わなかったのと同様に、芭蕉もここでは尊さの他は具体的に何も言わない。彼にとっても伊勢は特別の思いに誘うところであった。

二見

硯かと拾ふやくぼき石の露　（芭蕉書簡）

元禄二年九月二十二日付杉風宛と推定される書簡に出る。『西行上人談抄』に「西行上人二見浦に草庵結びて（略）硯は石のわざとにはあらでもとより水入る所などくぼみて硯のやうなるが、筆置く所などもあるを置かれたり」とあるのを心に持ってつくった、それだけの句。

いせの国中村といふ所にて

秋の風伊勢の墓原猶《なほ》すごし（花摘）

『蕉翁句集』に初五「秋風の」とし、この年とする。他に「秋も末」（荒小田《あらおだ》）、「秋かぜや」（芭蕉句選拾遺）の形もある。

「中村」はいま伊勢市の内、宇治の東にあたる。その墓原を過ぎた時の感慨で、「猶すごし」が具体的にどういう気持なのか、いろいろの推測説がある。例えば、ここは伊勢の国で、神道の盛んな土地であり、神道には生を尊び死を忌む気持が強いから、一層物すごく淋しい感じがするのだ、云々。日本古典文学大系『芭蕉句集』の大谷篤蔵氏の補注に、伊勢では死穢いたって重く、中世から早駈《はやがけ》という作法があって、病人の息が絶えないうちに早く墓地へ駈け出す、という伊勢特有の風習を言っている（足代弘訓『伊勢葬式の儀御尋御答』による）。両墓制の特殊な形か。

芭蕉は「猶すごし」とだけ言って、具体的な説明を拒否しているので分らないが、それは言葉に出して言いがたい物すごさ、凄じさ、残酷さであったと思われるから、或いはこのような早駈の風習を嘱目したか伝聞したかしたのであろう。凄がって見せただけで、具体性を欠いているから、句としては落ちる。なお『山家集』に「吹きわたる風にあはれをひとしめていづくもすごき秋の夕暮」とあることを付記しておく。

月さびよ明智が妻の咄《はな》しせむ　（勧進牒）

伊勢の国又玄《ゆうげん》が宅へとゞめられ侍る比《ころ》、その妻男《おとこ》の心にひとしく、もの事にまめやかに見えければ、旅の心をやすくし侍りぬ。彼《かの》日向守の妻、髪を切て席《むしろ》をまうけられし心ばせ、今更申《もうし》出《いで》て

『蕉翁句集』にこの年とする。又玄は伊勢山田の俳人。潁原退蔵編『芭蕉句集』に真蹟の写しを載せ、その前書に「将軍明知《あけち》が貧のむかし、連歌会いとなみかねて侘侍れば、その妻ひそかに髪をきりて、会の料にそなふ。明知いみじくあはれがりて、いで君五十日のうちに輿にものせん、といひて、頓《やが》て云けむやうになりぬとぞ」とある。芭蕉が話した日向守明智光秀の妻の物語がこれで分る。この句は、芭蕉が又玄の妻の志を賞でて、行届いたもてなしに感謝しながら、月はますますさびさびと澄み輝いてくれよ、自分は明智の妻の優しい心ばえの話を主《あるじ》夫妻としようと思うから、という意味。又玄の妻を讃えた心が「月さびよ」の初句に的確に浮び出ている。

守栄院《しゅえい》

門に入ればそてつに蘭のにほひ哉　（笈日記）

『蕉翁句集』にこの年の句とする。守栄院は山田浦口町山名にあった浄土宗の尼寺。門に入るとみごとな蘇鉄があり、そのかたわらに蘭が匂いを放っている、と言ったもので、庵主への挨拶である。「蘭」で秋季となっているが、日本では春蘭を主とし、秋蘭はシナ蘭である。蘭が秋季となったのは、七草の一つの藤袴を蘭草と言い、芳香を漂わせるので、古く「らに」と言い、蘭を秋季に分類したのである。そのことから、連歌俳諧でも蘭を秋季としたのだが、もちろんこの蘭は藤袴のことではない。香りの高いシナ蘭とすべきである。

きくの露落《おち》て拾へばぬかごかな　（芭蕉庵小文庫）

『蕉翁句集』に元禄二年とする。菊の露が落ちたので近よってみると、ぬかごがこぼれたのだった。菊の咲く竹垣のあたりに、山の芋が生えて竹垣にからんでいたのが、ぬかごを付けていたのである。どこで詠んだ句か分らず、平凡な句である。

枝ぶりの日ごとにかはる芙蓉かな　（おくれ馳《ばせ》）

『蕉翁句集』にこの年の句とする。同書や『泊船集』に中七「日に〳〵替《かは》る」となっている。『おくれ馳』には「此句自画の芙蓉の賛に見えたり」とあり、『芭蕉翁発句集』には「遊女画讃」と前書してある。「遊女画讃」とは何に拠ったか明らかでないが、「芙蓉の賛」というのも何の他奇もない。芙蓉の花は一日で萎むので、その枝ぶりの様子が日毎にかわる、と解してみても別に面白くもない。芙蓉は花が大きなわりに枝が細く、満開の時には花の重みのため傾いたりする。その芙蓉の性質から、裏面には日毎に客のかわる遊女のさまをかすかに匂わした、とする内藤鳴雪の解（芭蕉俳句評釈）を、解し得ているとすべきか。

蜻《とん》蜓《ぼう》やとりつきかねし草の上　（笈日記）

『蕉翁句集』にこの年の句とする。意味は注を要しない。雑草の一つに蜻蛉がとまろうとする。そのたびに草はなびき、蜻蛉はとりつくことができない。そんな小さな自然の一こまに芭蕉は興味を寄せたのである。竿の先や杭の先に休んでいる景色はよく見かけるが、なびく草にとりつきかねている様もよくあるようだ。芭蕉の自然に対するこまやかな、また愛情の深い目の働きを感じる。

声すみて北斗にひゞく砧《きぬた》哉　（都《みやこ》曲《ぶり》）

『都曲《みやこぶり》』（言水《ごんすい》編）は元禄二年十月に編集を終えているから、同年秋、またはそれ以前の作。砧は漢詩の好詩材で、この句も劉元叔の「北斗星前横㆓旅雁㆒、南楼月下擣㆓寒衣㆒」（和漢朗詠集）などの俤に似ていると、古注に言われている。「北斗に響く」とは、秋の夜の清澄な空気に、砧の音がいよいよ冴えざえと響きわたるのと、空に星の光が澄みに澄んでいることと、両者の相乗された感覚であり、誇張ではない。

蔦《つた》の葉はむかしめきたる紅葉かな　（忍摺《しのぶずり》）

『忍摺』（等躬《とうきゅう》編）は元禄二年刊であるから、この年の秋またはそれ以前の作。木草の紅葉黄葉の色は、濃淡さまざまに野山を染め出すが、その中で蔦紅葉には、鮮かな色ながら何処となくいぶしたような古色が感じられて、「昔めきたる」と言ったのである。古歌に、蔦が年経たもののしるしに詠まれているからではあるまい。妙味のない句である。

茸《たけ》がりやあぶない事に夕時雨　（蕉翁句集）

『蕉翁句集』に元禄二年とし、次の「初しぐれ」の句の前に置いている。この句は「茸狩」で秋であり、「夕時雨」は冬である。だが、「初時雨」は『卯辰集』に「伊賀へ帰る山中にて」と前書をつけて載せ、これは茸狩などに打興じているから、伊賀へ帰ってからではないかと思う。伊賀へ入ったのは、九月下旬と推定される。
茸狩に半日の興を尽くして、夕方家へ帰り着くと、夕時雨がぱらぱらと降って来た、やれやれあぶないことであったと、人々が語り合う口語をそのままに、句の中に生かした即興句である。

初しぐれ猿も小《こ》蓑《みの》をほしげ也　（猿　蓑）

元禄二年作。『猿蓑』冒頭の発句。其角の序に「我翁行脚《あんぎゃ》のころ伊賀越しける山中にて、猿に小蓑を着せて、誹諧の神を入たまひければ」云々とある。『猿蓑』の題号の元となった発句である。伊賀越とは、大和から笠置を経《へ》、伊賀上野を通って伊勢鈴鹿関に通じる道。芭蕉が奥の細道の旅を終え、九月十三日に外宮の遷宮を拝し、山越しして上野の兄半左衛門の家に着いたのは、九月二十日過のことらしい。「初時雨」の季語は初冬に分類されているが、実際に詠まれたのは晩秋である。

山中の樹上か岩頭かに、猿が濡れながらうずくまっているのを見ての感懐で、「猿も」と言ったのは、一行が蓑を着ていたことを、言外に含めている。この句は表面的には軽快な戯れに終始している。「初」には褒美の心がある。「初時雨」「猿も」「小蓑を」「ほしげなり」のすべてにわたって、軽い心の弾みを示している。だが、その軽快なリズムの奥に、単に小猿への哀憐には止まらない、人間存在の根源から発するどこか厳粛な観念を匂わせるものがある。それが芭蕉の詩のウィットなのだ。

人々をしぐれよやどは寒くとも　（蕉翁全伝）

『蕉翁句集』にこの年とする。『蕉翁全伝』に「此句ハ配力《はいりき》亭ニ遊バレシ夜也。はいかいあり。六句ニテ捨ル。路通アリ」と付記する。が『蕉翁句集草稿』には「此句に配力亭に歌仙の半有。よろしからずとて引さき捨しと也」とある。配力は杉野氏、藤堂藩士で芭蕉の門人である。

この日、伊賀の親しい人たちが自分と路通とを呼んでくれ、風雅の集りを持った。どうぞ集った人々へ一時雨ふってくれよ、宿は寒くなろうとも、ということ。「人々をしぐれよ」とあって、「人々にしぐれよ」とないのは面白い。こういうテニヲハの使い分けは微妙で、時雨は風雅の「さび」を代表する景物であり、「人々をしぐれる」とは、一しぐれ降ることで人々をいっそう寂しがらせる、というほどのことである。さびの情趣に人々を十二分にひたらせる時雨の寂しさが、この座の雰囲気を満たすということである。主人の簡素なもてなしは充分すぎるほどであるが、その上に一時雨ふることで、主のもてなしに点睛の実をあげてくれ、と言っているのだ。心の籠った挨拶句であり、芭蕉たちの当時の風雅の理念をよく物語っている。

冬庭や月もいとなるむしの吟

（蕉翁全伝）

『蕉翁句集』に中七「月に」としてこの年とする。誤写か。『蕉翁全伝』に「此句ハ半残興行して一入《いちにゅう》ト云道心ノ庵ニ遊バレシ日也。一折ニテ捨ル、路通在」と注している。半残は芭蕉の姉の子で、山岸氏。藤堂玄蕃家の家臣で、芭蕉に師事した。一入も伊賀の蕉門俳人なのであろう。これは、一入の家を借りて半残が催した俳会での発句である。草も花も枯れた冬の庭に残る虫の声がかすかに聞える。見ると空には糸のような繊月がかかり、虫の声もまた糸のようで微かに絶え入るようである。「糸なる」が月にも虫にもかかって、古風な技巧ながら細やかな神経を働かせている。「冬庭」のさびいろにアクセントを置くことで景色を讃め、挨拶としている。

元禄二年霜月朔日《ついたち》於良品亭《りょうぼん》
誹諧歌仙

いざ子ども走《はしり》ありかむ玉霰《あられ》

（智周《ちしゅう》発句集）

十一月一日、友田角左衛門、号良品の家に招かれた時の作。この時の歌仙が『智周発句集』に出ている。智周は良品の妻梢風尼、芭蕉の門人小川風麦の女《むすめ》である。良品に嫁してから夫妻とも芭蕉に師事した。良品は藤堂藩士、この時の脇句は「折敷《をしき》に寒き椿水仙」。以下

貞享期
元禄二年
元禄三年
元禄四年
元禄五年
元禄六年
元禄七年
元禄期
年次不詳

梢風・三園・土芳・半残らとの六吟歌仙である。

「玉霰」は霰の美称。折から降ってきた霰に、さあ子どもたちよ、そこらを一緒に駈けまわろうよ、と呼びかけた形である。挨拶の気持を含むからこの「子ども」はもちろん友田家の子どもたちであろう。「いざさらば雪見にころぶ所迄」の句と同じく芭蕉の風狂心の発露であり、同時に童心をも物語っている。弾むようなリズムに乗った軽快な句。

山中に子供ト遊びて

初雪に兎《うさぎ》の皮の髭《ひげ》作れ　（蕉翁句集）

『いつを昔』（其角《きかく》編、元禄三年刊）に初五「雪の中に」とある。其角は句の記憶が杜撰だから、必ずしも『いつを昔』の形には決めがたい。元禄三年正月十七日付万菊丸（杜国）宛の手紙に、前年の冬の句と歳旦吟を報告した中にこの句があり、初五「初雪に」となっている。これに従うべきか。

「山中」とは「伊賀の山中」で、芭蕉は伊賀の国そのものを「山家」「山国」「山中」という。とくに山地部でなく、盆地の上野も「山中」である。ここは兄半左衛門の家のあたりに違いない。

『去来抄』に初五「雪の日に」の形でこの句を挙げ、次のように言う。

魯町曰《ろちよういわく》、此句意いかゞ。去来曰、先《まず》、前書に子どもと游《あそ》びてと有れば、子共《ども》のわざと思はるべし。強《しい》て理会すべからず。機関《からくり》を踏破てしるべし。昔、先師此句を語りたまふに、予甚《はなはだ》感動す。先師曰、是を悦ばん者、越人と汝のみと思ひしに、果《はたし》てしかりとて、殊更の機嫌なりし。或曰《あるいはいわく》、雪は越後兎の縁に出《いで》たり。来曰《いわく》、此説の古キ事、神代巻に似たり。或曰、兎の皮の髭つくるは、雪中寒キゆへ也。来曰、如此《かくのごとく》に解せば、暑日《あつきひ》に猿若髭をはづしけりの類《たぐい》なるべし。いとあさまし。

去来は、強いて解釈しようとすると句の心を捕え損うとし、言葉の法を超越すれば理解できるとした。そして解釈の実例を二つほど挙げ、どちらも言うに足らぬ愚解とした。『赤冊子』には、「初雪に」の形で挙げ、

初雪の興也。ざれたる句は作者によるべし。先《まず》は実体《じってい》也。猶あるべし。

と言っている。去来にしろ土芳《どほう》にしろ、この句を明瞭に解しているわけではなく、「子供のわざ」とか「ざれたる句」とか、作者のおおよそのモチーフは、正しく捉えている。だが当時すでに、これは難解句だったのである。『説叢大全』（葛飾素丸、安永二年刊）に「髭を作りたるにもあらず、寒き雪の日に童部の青洟垂らしたるを見て、さぞや寒からんに、兎の皮の髭にても作りかけよかし、と興じたるのみ也」と言っているが、寒かろうといったところ

に、句意を取り損っている。

土芳が「初雪の興也」と言ったのは、的確な評語である。このことを見据えたら、この句の解を誤ることはないはずだ。雪が降った時、それは子供にとって寒さよりもまず喜びであって、彼らは争って外に飛出すものだから、「雪の中に」という形が生きてくる。だが「初雪に」にはいっそう興ずる心の弾みがある。初雪をよろこんで、雪の中を兎のように跳ね回っている子供たちに、兎の毛皮で髭でもつけたらどうだと戯れに呼びかけたのである。このように解しておけば、まずこの句の弾んだ心を捕え得たことになろう。初五と中七との間に表現上のギャップがあるが、「雪の日に」や「雪の中に」より「初雪に」の方が幾分なだらかに接続するだろう。

初雪やいつ大仏の柱立《だて》　（笈日記）

『蕉翁句集』に「奈良にて」と前書して、この年に挙げる。『笈日記』の前文には「中比元《なかごろ》禄巳の冬、大仏栄（営）興をよろこびて」とある。奈良の大仏殿は永禄十年（一五六七）に焼失し、貞享五年（一六八八）すなわち前の年に復旧の釿始《ちょうな》めが始まった。完成したのは二十一年後の宝永六年だから、この時はまだ露座仏だが、復興の工事が始まったのを芭蕉は喜んでいるのである。翌年正月付の万菊丸宛の手紙には「雪悲しいつ大仏の瓦ふき」とあり、初案であろう。文中「拙者も霜月末南都祭礼見物して」とあるのが、奈良へ行ったおおよその日付を示している。
芭蕉が大仏へ詣でた頃、建築は始まっていたが、いつ竣工するのか、前途ほど遠い思いであった。折から雪が降ってきたが、これからまだ長い間雨や雪にさらされていなければならぬ。その痛ましさの思いを「雪悲し」と言ったのだが、「初雪や」と改めて句情が穏やかになった。

竹ノ讃

たはみては雪まつ竹のけしきかな　（笈日記）

『笈日記』に、遠江島田の塚本如舟亭で見た芭蕉の吟草の一つとして掲げている。元禄七年閏五月二十一日付曾良宛の書簡に、如舟亭で川留めに遇って逗留中、「少《すこし》もの書《かき》てとらせ候へ共、唐帋《とうし》など医者の方まで才覚にありかせ候へ共一枚も無二御座一、奉書に竹などをかきてとらせ」とあるのに該当するようである。ただしこの句は雪の句であるから当季ではない。或いは旧作を書いたものかと思われ、『三河小町』（白雪編、元禄十五年刊）に「伏見にて」と前書して出されているのが参考になる。この集は三河新城の人、太田白雪が三河・尾張・遠江など東海地方の俳人の発句を集めているから、拠り所があったのであろう。元禄二年冬、伊賀から奈良を経て上洛した折の、伏見での作か。伏見での作とすれば、貞享三年に亡くなった任口上人を偲んで、伏見西岸寺を訪ねての作とも考えられる。

おのずからたわむ竹の枝に雪まつけしきを見とめた。「花を待つ」、「月を待つ」句は多いが、「雪を待つ」という句は少ない。花や月と同じく雪も四季の代表的景物であるから、待つ心を詠んでもおかしくはない。時鳥を待つ歌や句も古来詠まれている。任口上人を悼む心がこめられているとすれば、「雪まつ竹のけしき」に、故人の来るのを待ち得ない心をこめていよう。「たはみては」に敬虔な心の姿が見えるようだ。

ひごろにくき烏も雪の朝《あした》哉　（薦獅子集《こもじしゅう》）

元禄二年、又は三年の作。真蹟自画讃（逍遥軒所蔵品入札目録）に「今朝東雲《しののめ》の比《ころ》、きそ寺のかねの音枕《ね》にひゞき、起《おき》いでゝみれば白たへのはなの樹にさきて、おもしろく」と詞書があって、初五「つねにくき」の型で出ている。なお『蕉翁句集』には初五「常ににくむ」、『橋守《はしもり》』（荷兮《かけい》編、元禄二、三年の間である。木曾寺とは粟津義仲寺であるから、年代は元禄十年刊）には「にくまるゝ鴉も雪のながめ哉」とあって、傘下の句としているが、杜撰であろう。『薦獅子集』の形が決定稿であるかどうか断定しがたいのは、初五の型に安定性がないからである。

雪の白と烏の黒と映発しあって、常日頃にくいと思っていた烏もこの朝ばかりはなかなか興趣が深い、といっているのだ。前に詠んだ「馬をさへながむる雪の朝《あした》哉」は旅人と馬への憐憫の心だが、これは風景として烏を面白がっているので、想はまったく異っている。憎しみが消え去って、情景として雪中の鳥に打ち興じているだけのことである。

これや世の煤《すゝ》にそまらぬ古《ふる》合《がふ》子《し》　（勧進牒）

元禄二年暮、門人路通に与えた句。『勧進牒』に「つくしのかたにまかりし比、頭陀に入し五器一具、難波津の旅亭に捨しを破らず、七とせの後湖上の粟津迄送りければ、是をさへ過しかたをおもひ出して哀なりしまゝに、翁へ此事物語し侍りければ」と路通の前文がある。ここにいう「五器一具」が「古合子」で、「合子《こうし》」とは身と蓋とが合うものという意から、蓋つきの椀の類をいう。路通が行脚に持って歩いたこの古合子こそ、世の塵に汚れていないものだ、と言ったのである。暮の煤払いの句で、十二月十三日に行われる定《き》まりである。路通が九州へ旅した時、大坂の宿で、頭陀袋に入れた食器を置いてきたのが、少しも壊れないで、七年あとに粟津まで送ってきた、そのことを芭蕉に話すと、その送り主の心ばえに感動した芭蕉が、その心をたたえて「世の煤にそまらぬ」と言ったのだ。古合子が世の煤にそまらぬという言い方で、その器物《うつわもの》の珍しさだけでなく、送り主の心ばえのめずらしさをも同時に称えているのである。

ぜゞ草庵を人〴〵とひけるに

あられせば網代《あじろ》の氷魚《ひを》を煮て出さん　（花摘）

『蕉翁句集』にこの年とする。同書には「丸雪《あられ》せよ」という形で出ているが、初案か。三年正月の万菊丸宛書簡に「膳所《ぜぜ》へ出《いで》越年」とあり、冬から春まで膳所にいたらしい。

氷魚は鮎の子。琵琶湖や瀬田川（宇治川）の特産で、網代でとる。芭蕉は「あられ」と「氷魚」に匂い合うものを感じとっており、どちらも侘しい冬の景物として、草庵にふさわしいと思ったのである。人々が訪い寄った時、その侘しさの極致を味わわせることを、せめてもの持てなしとしよう、と言ったもの。

智月といふ老尼のすみかを尋《たずね》て

少将のあまの咄《はなし》や志賀の雪　（奉納集）

膳所滞在中、智月尼の住みかを訪ねた時の作。その時、智月は「あなたは真砂爰《ここ》はこがらし」という脇句を付け、四句目まで唱和している（智月筆詠草）。その詠草には「大津にて智月といふ老尼のすみかを尋て、をのが音《ね》の少将とかや、老《おい》の後此《この》あたりちかくかくれ侍《はべり》しといふを」とある。智月は川井乙州《おとくに》の養母で、貞享三年夫に死別してから尼となり、坂本の北仰木《おうぎ》の里に隠棲した。芭蕉より十二三年、年長である。親子で風雅に遊び、よく芭蕉の世話をした。この冬、芭蕉が智月の住みかを訪ねて、中宮少将の尼の話などをしたらしい。中宮少将は藤原信実の女《むすめ》で、後堀河天皇の中宮に仕え、晩年尼となって仰木の里に隠棲した。「おのが音《ね》につらき別れはありとだに思ひも知らで鳥や鳴くらん」（新勅撰集）の歌が世に聞え、「おのが音の少将」と言われた。この滋賀の里に、かつて和歌に名を得た少将の尼が隠れ住み、今は俳諧に志の深い智月尼が住んでいることに、興を寄せたのである。昔から花に名を得た滋賀の里に、いま雪の降るころ訪ねてきてしみじみ昔今の話を交わしている、というのだ。少将の尼をもってきたところに、おのずから主の智月の境涯を髣髴とさせ、さらに滋賀の雪を言うことで、辺りの閑寂なさまを浮き立たせる。

明《あけ》てまいりたれば

長嘯《ちやうせう》の墓もめぐるかはち敲《たたき》　（いつを昔）

膳所滞在中の十二月二十五日、京へ出て去来宅に泊った時の作。『いつを昔』にはこの句の前に「鉢たゝき聞にとて翁のやどり申されしに、はちたゝきまいらざりければ」と前書して「箒こせまねてもみせん鉢叩」という去来の句が出ている。

「明てまいりたれば」という前書は、去来の「鉢扣辞」（本朝文選）を見れば分る。それによれば、この句は二十五日の早暁、京都の去来の家で鉢叩を待ち侘びた時の句である。その家は嵯峨の落柿舎ではなく、たぶん中長者町堀川の去来の本宅であろう。長嘯は木下長嘯子であり、その著『挙白集』は芭蕉の愛読書の一つで、その中に「鉢叩辞」と歌とがある。その墓は洛東高台寺にある。芭蕉は鉢叩の来るのが余り遅いので、因縁の深い長嘯子の墓までもめぐってくるのか、と興じたのである。夜も明けかかる頃ようやく鉢叩の来るのを聞いて、この句を作った。現代人にはこの情趣は汲みにくいが、鉢叩に興ずる芭蕉の心の動きははっきり出ている。花を待つとか、ほととぎすの一声を待つとか言えば和歌以来の情趣だが、鉢叩の声を待つところに芭蕉の俳諧心がある。

鉢叩とは、十一月十三日の空也忌から大晦日までの四十八日間、空也堂の僧が洛中洛外をめぐり、竹の枝で瓢箪を鳴らしながら念仏和讃をとなえる行事である。当時の俳諧師たち、ことに蕉門の連中は、鉢叩に興を動かしたようである。

何に此《この》師《し》走《はす》の市にゆくからす　（花摘）

元禄二年歳末、近江膳所《ぜぜ》での句。歳旦吟「薦《こも》を着て」とともに、去来の歳旦帳の引付《ひきつけ》（附録のようなもの）に載せたらしい（尾形仂氏『松尾芭蕉』）。『赤冊子』に、「此句、師のいはく、五文字のいきごみに有となり」とある。冒頭、主題の中心に切りこんだ勢いの烈しさがある。表現の一本に通った勢いが、結局「烏」まで持続している。芭蕉は元来、賑やかな場所が嫌いではない。この句も、初めて年を越す膳所の町の雑踏の方へ、心は引き寄せられている。「何にこの」と、烏を咎めるような口吻で、実は顧みて自分のことを言っているのだ。何の反省もなく、一直線に年の市をさして飛んで行く烏への、羨望さえ感じられる。あの貪欲な烏と同じように、飛んで行きたくて浮れている自分の気持を、「何故?」「何を好んで?」と、自分でいぶかり、自分に問いかけているのである。

元禄三年

■元禄三年　庚午（一六九〇）　四七歳

都ちかき所にとしをとりて

薦《こも》を着て誰《たれ》人《びと》います花の春　（其角）

元禄三年歳旦吟。近江の膳所《ぜぜ》だから「都ちかき所」と言えよう。去来等の歳旦帳の引付の巻頭に記され、京の他門の人々から薦被りの句を巻頭に据えるとは何事だと非難があったという。歳旦帳の詞書は「みやこちかきあたりにとしをむかへて」であったらしい（尾形仂氏『松尾芭蕉』）。

聖徳太子と片岡山の饑人との説話をはじめ、乞食《こつじき》の境涯に身を隠した高僧や貴人の説話は、『発心集』『往生要集』『撰集抄』などに多く伝えている。薦を着た乞食に、誰人か高僧・貴人を想像しているのだから、「都ちかき所」の詞書が生きてくる。乞食を点出しているにもかかわらず、「花の春」と結び、歳旦句として華やかに仕立てている。「花」は桜でありながら春の花一般でもあるという、二重規定を持った季語である。新年だから桜にはまだ早いとしても、桜の花の華やかなイメージを想い描くことが要請される。その中に、薦被りを描き出し、さび色を点出する。芭蕉はその花の下の乞食の中に、一瞬かくされた尊貴、あるいは過ぎ去った栄光を思い描いた。

木曾の情《じやう》雪や生《はえ》ぬく春の草　（芭蕉庵小文庫）

元禄三年三月作とする尾形仂《つとむ》氏説（『松尾芭蕉』日本詩人選）に従う。去来の『旅寝論』に「一とせ人々集りて、木曾塚の句を吟じけるに、先師一句も取給はず。門人に語りて曰《いわく》、都《すべ》て物の讃、名所等の句は、先其《まずその》場をしるを肝要とす。西行の讃を文覚の絵に書、明石の発句を松島にも用ひ侍らんは、浅ましかるべし。句の善悪は第二の事也、となり。我むかし先師の木曾塚の句を拙《つたな》き句なりと思へり。此《この》時はじめて其《その》疑ひを解《とき》ぬ。乙州《おとくにが》木曾塚の句はすぐれたる句にあらずといへ共《ども》、此をゆるして猿蓑集に入べきよしを下知《げじ》し給ふ」とある。尾形氏は、人々が集って木曾塚の句を吟じたのは、元禄四年一月以外に考えられないとし、その時点で去来が「むかし」と言ったのを、前年の三月末と推定し、「先師の木曾塚の句」をこの句とする。また乙州が詠んだという木曾塚の句は、「その春の石ともならず木曾の馬」（猿蓑）の句をさす。従来この句の制作年次は明らかでなく、句の詠まれた事情も前書がないので不明であったが、この尾形氏の隙のない推論で、おおよそそれらの疑問は決着する。

『芭蕉庵小文庫』には編者史邦の序文にこの句を引用し、「と申されける言の葉のむなしからずして、かの塚に塚をならべて、風雅を比恵・日良の雪にのこしたまひぬ」といっている。この句は従来、木曾路での嘱目吟か、江戸で木曾路を思いやった句か、近江膳所《ぜぜ》・義仲寺の木曾塚での吟か、あるいは木曾義仲の画讃か、色々の説があったが、編者の序文に「かの塚に塚をならべて」とあるのが、芭蕉の遺言で遺骸が木曾塚の隣に葬られたことを意味する以上、それは木曾塚を意味するだろう。芭蕉が画讃句や名所の句に「先其場《まずその》をしるを肝要とす」と言って乙州の句を採ったのは、その句が義仲の馬に乗ったままの最後の情景をよく踏まえているからである。芭蕉が「木曾の情」といったのも、義仲の人間像をよく見据えているからである。その生涯をみれば、雪深い山国に雪をしのいで生えぬいた春の草のような生命力の逞しさがある、それが木曾義仲の本情である、といったのである。そのような義仲の生き方への共感がこの句には出ている。芭蕉の句としては拙い句ではあっても、「其場」をはずしていないのがとりえである。

路通がみちのくにおもむくに

くさまくらまことの華《はな》見《み》しても来《こ》よ　（茶のさうし）

元禄三年四月十日付、此筋・千川宛書簡に「且又路通正月三日立別《たちわかれ》、其後逢《あい》不レ申候。頃《けい》日《じつ》ハ用事有レ之江戸へ下り候よしニて、定而追付《さだめておつつけ》帰可レ申候」とある、その時の吟。この年、路通は奥州へ旅をした。前年の芭蕉の『奥の細道』の旅の話を聞いて、旅心をそそられたのであろう。正月三日に発って行ったその時の餞別吟である。「まことの華見」と言ったことに、素行の定まらない路通への諷戒の気持が、いくぶんこめられていた。都会での浮薄な心を捨て、東北の侘しい旅へ出て本当の風雅を身に嚙みしめよ、と言ったのである。

膳所《ぜぜ》へゆく人に

獺《カハウソ》の祭見て来よ瀬田のおく　（花摘）

『蕉翁句集』にこの年とする。『泊船集書入』に「洒堂《しやどう》餞別」と前書があるが、その拠る所を知らない。七十二候の一つに「獺魚をまつる」があり、雨水の節の第一候で、陽暦で二月十九日頃から二十三日頃までの五日間である。獺がとった魚を川岸に並べてなかなか食べないのを、先祖を祀るように言ったもので、陰暦一月の季題である。

芭蕉は三日に膳所を引上げ、伊賀へ帰ってきた。膳所へ行く人に、瀬田の奥まで足をのばして獺の祭を見てきなさい、と戯れた餞別句。瀬田の奥とは、膳所から言えば、瀬田川の下流である。祀った魚を拾ってきて土産に持ち帰って欲しい、とまで考える必要はない。軽い諧謔の句。

うぐひすの笠おとしたる椿哉　（猿蓑）

『蕉翁全伝』に「此句、西島氏百歳子ノモトニテノ事也。二月六日歌仙一巻有」とあり、『なにふくろ』（一峨編、文化九年）にその歌仙を掲げている。脇句は乍木《さぼく》の「古井の蛙草《かはづ》に入声《いる》」で、百歳が三句目に付けている。

古歌に、梅の花をうぐいすの笠と詠んだ歌は、古今集の「鶯の笠に縫ふてふ梅の花折りてかざさむ老かくるやと」を始め、数多い。その梅を椿に変え、椿の花がそのままの形で落ちる落椿の性質から、「笠を落した」と見たところが俳諧であり、軽いおかしみである。

花見

木《こ》のもとに汁も鱠《なます》も桜かな　（ひさご）

『風麦《ふうばく》芭蕉交筆懐紙』（前半を風麦、後半を芭蕉筆という懐紙）によれば、元禄三年三月二日、伊賀上野の藤堂家藩士小川風麦亭で催された歌仙の発句で、風麦の脇句は「明日《あす》来る人はくやしがる春」であった。三月中下旬ごろ、近江膳所に出た芭蕉が珍碩《ちんせき》・曲水ともう一度この句を発句にして三吟歌仙を巻いた。それが『ひさご』に再録され、その時の珍碩の脇句は「西日のどかによき天気なり」であった。だからもともとこの句は風麦への挨拶句で、それを近江で流用して、手練《てだ》れの作者を相手に模範的な連句に仕上げてみようとした。風麦は前に言ったように、梢風尼の父である。

　風麦亭の庭の桜の下での遊宴である。のどかな花下の楽しみのさまを言ったもの。「汁も鱠も」とは当時慣用された一種の成句だったと潁原退蔵が言う。何もかも、という意味だが、その成句を利用して落花の散り乱れるさまを描き出した。『赤冊子』に「この句の時師のいはく、花見の句のかゝりを少し得てかるみをしたりと也」とある。「かかり」とは吟(諧調)で、「汁も鱠も」のような耳に快い俗語によって景を描き出したことを言う。また芭蕉が懐紙の発句は軽きを好んだというのも、そういう句を発句にして二度も連句を巻いたことが、それを物語っていよう。

かげろふや柴胡《さいこ》の糸の薄曇　（猿蓑）

『蕉翁句集』にこの年とする。伊賀滞在中の作。柴胡は薬草で、セリ科の植物。解熱剤に用い、元禄ごろは諸国に栽培されていた。その細い芽立ちを「糸」と言ったのである。細い浅緑の葉の芽立ちに陽炎がゆらゆらと揺れている。現代人には縁遠い景色だが、野芹の茂ったさまを想像したらよかろう。「薄曇」とはこの場合、春特有の景色で、うす霞のこめた野に陽炎が立っているのどかな景色である。柴胡の糸を見出したところが、芭蕉の「ほそみ」である。

土手の松花や木深《こぶか》き殿《との》造《づく》り　（蕉翁全伝）

『蕉翁全伝』元禄三年の条に、「此句ニテ橋木子ニテはいかい有」と前書して出す。ただしこの時の歌仙は伝わらない。橋木（喬木）は藤堂長定、通称修理《しゆり》の号、千五百石の藤堂家重臣。この邸に招かれて、芭蕉は屋敷ぼめの形で挨拶句を詠んだ。土手には松が緑の枝をかかげ、木深い建物に今桜の花が咲いている、という意味。高貴の邸での挨拶句だからか、句柄が重い。

てふの羽《は》の幾度越《こゆ》る塀のやね　（芭蕉句選拾遺）

『蕉翁句集』は「乍木亭《さぼく》」と前書して、年号不知の部に入れる。春に伊賀に滞在した元禄三年または四年の作である。乍木は原田氏、伊賀上野の人。

招かれての挨拶句である。塀の屋根の上を一匹の蝶が越えて庭へ入って来てはまた出たり、同じ動作を何回も繰返している。春の午後の静かな屋敷町の景色である。

作者は、明け放った座敷に主と対座しながら、時を過している。「幾度越る」に、長閑《のどか》な日永の感じがある。

ひばりなく中の拍子《ひやうし》や雉子の声　（猿蓑）

『蕉翁句集』に元禄三年とする。ひばりが鳴き続けている中に、時々雉子がするどく鳴き立てる声が入る。それを「中の拍子」と言った。能楽用語で、合間合間を区切るように奏する拍子である。謡曲をうたう間へ時々鼓が拍子を打ち入れることである。見立ての句で、やや嫌味が感じられる。

畑打《うつ》音やあらしのさくら麻《あさ》　（花摘）

土芳《どほう》の『蕉翁全伝』に「此句木白興行ニ一折有、三月十一日、荒木白髪《（ママ）》ニテノ事也」とある（これは荒木村白髭社が正しい）。この時の俳諧は残っていない。

「畑打」で春季だが、「さくら麻」も季語とされている。ただし「さくら麻」には諸説があってはっきりしない。雄麻《おあさ》の異名ともいい、桜の季節に播くのでこの名があるともいう。麻を播くのは三、四月頃で、苧坪《おつぼ》といって家の前に場所を設け、種まきから収穫まで女手でやる風習がある。ただしここでは麻を播く実景ではなく、「あらし」の縁から桜を出したのである。畑を打つ音があちこちで聞こえ、家の前の苧坪では芽を出した桜麻が強い風になびいている、というほどの意か。一句として見れば、まとまりの悪い句である。

似あはしや豆の粉《こ》めしにさくら狩　（蕉翁全伝）

土芳《どほう》の『全伝』によれば元禄三年、伊賀滞在中の句。「豆の粉めし」は握り飯にきな粉をまぶした弁当。桜狩に鄙びた豆の粉めしを持参するのは、自分には似合しい、と言ったもの。桜狩といえば何か豪奢な感じだが、その時豆の粉めしのような質素なものを持参するのが、俳諧的なのである。

ふる里このかみが園中に三草の種をとりて

春雨やふた葉にもゆる茄子種《なすびだね》　（岨《そば》の古畑《ふるはた》）

この句と同時に作られた「種芋や」の句の、『己が光』に記す前書「午《うま》ノ年伊賀の山中」によって、元禄三年とする。「このかみ」は兄、半左衛門。三草は茄子・唐辛子・種芋である。土芳の『蕉翁全伝』に「此句百歳子ニかせん催サレシ時ノ句也。巻五句ニテ終ル」とある。とすれば、半左衛門方で詠んだ句を流用したのである。『蕉翁句集』に「こまか成《なる》雨や二葉のなすびだね」とあるのが初案か。句意は解を要しない。春雨の情趣をよく捕えている。

此《この》たねとおもひこなさじとうがらし　（岨の古畑）

前句と同時の句。「おもひこなす」は、軽んじるの意。こんな小さな種と軽んじることはすまい、これが秋には、あの辛くて真っ赤な唐辛子になるのだ、ということ。別に寓意はない。「種物」「物種」で春となる。

午《うま》ノ年伊賀の山中
春　興

種芋や花のさかりに売《うり》ありく　（己が光）

前二句と同じ時の作。『岨の古畑』には初五「いもだねや」とある。どちらにしても大した違いはない。山岸半残亭でこの句を発句として四吟歌仙を催したが、その時作った挨拶句ではなく、前に作った句を流用したもの。半残の脇句は「こたつふさげば風かはる也」。

種芋は里芋の種芋。前年収穫した子芋を親芋から切りはなし、種芋として植えつける。やがて生長して、芋名月の折の供え物となるのだが、それを花の盛りに売り歩いている、と打ち興じたのがみそである。

いがの国花垣《はながき》の庄は、そのかみ南良の八重桜の料に附《つけ》られける
と云伝《いいつた》えはんべれば

一《ひと》里《さと》はみな花守の子孫かや　（猿蓑）

『蕉翁全伝』にこの年とする。また次句と並べて「此二句ハ、膳所ニ行トテ出ラレシ道ヨリ、モノニ書付テ半残方迄見セラレシナリ」とあるが、予野の花垣の庄は名張への途中にあり、上野滞在中ここに遊んだ時の句。この前書に記された故事は沙石集などに見える。上東門院が奈良の興福寺の八重桜を召されたので、名を得た桜をたやすく参らせられることは妃の仰せだと言っても不当であると大衆を催してとどめたので、女院はかえって感じ入って伊賀の国予野の庄を花垣の庄と名づけ、これを寺領とし、その株を分けて予野に移して花の盛り七日間は垣をめぐらし、ここの住人を宿直《とのい》として守らせたという。その故事から、予野の庄の人たちはみなその花守の子孫か、と言った。古いゆかりを思って床しく感じているのである。

蛇《へび》くふときけばおそろし雉《きじ》の声　（花摘）

前句と同じくこの年の作。『花摘』には「うつくしきかほかく雉のけ爪かな、と申たれば」と其角《きかく》の前書がある。其角の句は着想の奇によって人をあっと言わせるが、芭蕉はそれ

に対して、同じく雉の鳴き声の裏にひそむ凄味を詠んだもの。其角の句に触発されて作ったもので、同じような例は他にも、「声かれて猿の歯白し峯の月」という其角の句に対して「塩鯛の歯ぐき」を詠んだ例がある。想のどぎつさで人を釣ろうとする其角の句に対して、同想の句ながらもっと内面に発するところを対せしめるのである。

だがこの句は、奇の性質は違うが、同様に奇想である。

四方より花吹《ふき》入《いれ》て鳰《にほ》の海　（卯《う》辰《たつ》集）

膳所の洒落《しやらく》堂を訪れた時の挨拶句で、『白馬』には「洒落堂記」の俳文があって、この句は座五「にほの波」となっている。初案である。

文中に、堂から見る琵琶湖の大景を描いて次のように言う。「抑《そもそも》おものゝ浦は、勢多・唐崎を左右の袖のごとくし、海を抱《いだき》て三上山に向ふ。海は琵琶のかたちに似たれば、松のひゞき波をしらぶ。日えの山・比良の高根をなゝめに見て、音羽・石山を肩のあたりになむ置《おけ》り。長柄《ながら》の花を髪にかざして、鏡山は月をよそふ。淡粧濃抹《たんしようのうまつ》の日々にかはれるがごとし。心匠の風雲も亦是《またこれ》に習ふ成べし」。これによって勢多・唐崎・三上・比叡・比良・音羽・石山・長柄・鏡山と、湖水を取りまく四方の花がすべて吹き入れられるという大景が描かれている。「鳰の海」とは琵琶湖の古名で、琵琶湖の水鳥として鳰が印象的だったのである。膳所の旧名は陪膳《おもの》の浦。

冒頭から単刀直入に「四方より」と言い、「花吹入て」と言って、この単純さが大景を生かしている。千載集の「桜さく比良の山かぜ吹くままに花になりゆく志賀の浦波」（藤原良経）と似た景色を捕えて、俳句的に単純化している。主人珍夕《ちんせき》（珍碩、洒落堂）のもてなしに対する挨拶の句であることは言うまでもない。

望湖水惜春

行春《ゆくはる》を近江《あふみ》の人とおしみける（猿蓑）

元禄三年作。『堅田集』に真蹟として載せるものには、「志賀辛崎に舟をうかべて人々春の名残をいひけるに」と詞書がある。

この句については『去来抄』に有名な挿話がある。この句を見て尚白《しょうはく》が、「近江」は「丹波」でもいいし、「行春」は「行歳」でもいい、と言ったので、去来は、そうではない、「湖水朦朧として春ををしむに便有《たより》べし。殊に今日の上に侍る」と言ったので、芭蕉はたいそう歓び、「汝は去来、共に風雅をかたるべきもの也」と言ったという。

「近江の人と」は、近江の国でその国人とともに、の意である。だから、この句のイメージとしては、一読暮春の琵琶湖の景観が浮んで来なければならない。また「近江の人」は、この清遊に招いた人への挨拶の意を含み、三人称にして二人称を兼ね、貴方がた近江の人という気持が含まれてくる。対詠的な発想の中に、湖南の連衆との暖い連帯感情が匂い出てくる。その上に去来の擁護論に加えて、芭蕉は古来風雅の士はこの国の春を惜しむこと、おさおさ都の春に劣らなかったことを言う。芭蕉の伝統論の展開である。芭蕉の詩囊《しのう》の中には、琵琶湖の春を詠んだ多くの古歌が存在していたらしい。それらとの中に開けていた詩的交通の道から、こういう句が生み出されたのである。

物好《ズキ》や匂はぬ草にとまる蝶　（都曲《みやこぶり》）

『都曲』には元禄三年の跋文があるが、この句はその年、またはそれより以前の句である。匂わない草花にわざわざとまる蝶は、何と物好きな蝶だろうと言った。蓼喰う虫も好きずきといい、好みはさまざまであるが、この物好きな蝶を自分の身に譬える気持があったのだろう。役にも立たぬ俳諧などにうつつを抜かしている自分も、何という物好きなことか、という気持が裏にはある。蝶は荘子以来、俳諧師に縁の深い昆虫であった。

草の葉を落《おつ》るより飛ぶ蛍哉　（いつを昔）

『蕉翁句集』にこの年とする。草の葉から足を踏み外して落ちたと思った蛍が次の瞬間、ふわりと空中を飛んでいる。夕刻の景であろう。「落つるより」は落ちるやいなや、の意。「蜻《とん》蜓《ぼう》やとりつきかねし」の句と同じく、小動物の生態への細やかな観察である。

勢田に泊りて、暁、石山寺に詣《もうず》。かの源氏の間《ま》を見て

曙《あけぼの》はまだむらさきにほとゝぎす　（真蹟）

真蹟は『続蕉影余韻』に出ている。『芭蕉句選拾遺』には「あけぼのやまだ朔日《ついたち》にほとゝぎす」の形で出ているが、初案か。四月の初め、芭蕉が勢多にあったのは元禄三年か四年で、この句もそのいずれかの年と考えられる。

四月朔日は夏の初めで、夏に入ったその第一日の曙に夏の鳥であるほととぎすが初音を聞かせた、というのである。真蹟の形は、紫式部が石山寺に籠って源氏物語を構想したという俗説のある「源氏の間」の縁で、清少納言の枕草子冒頭の部分、すなわち「春はあけぼの。やう〳〵白くなりゆく、山ぎは少し明りて、紫だちたる雲のほそくたなびきたる」を下敷にした。その紫だった曙の空にほととぎすの声を聞いたというのである。『句選拾遺』の形ほど理屈っぽくはないが、発想はやはりこれも理に落ちている。

橘《たちばな》やいつの野《の》中《なか》の郭公《ほととぎす》　（卯辰集）

『卯辰集』が元禄四年四月の奥書であるから、その前年の作と見るのが妥当であろう。花橘は古今集の「さつき待つ花たちばなの香をかげば昔のひとの袖の香ぞする」の歌があり、いつも回想のよすがとして歌に詠まれた。花橘の匂っている折柄、ほととぎすの声を聞いた

が、いつの日か野中を鳴きすぎたほととぎすを聞いたことを思い出す。それは何時どこであったか、定かには思い出せない。だが、それを聞いた時の気分だけははっきりと思い出す。それはさる人への切ない思いを伴っている。「いつの野中」は同じく古今集の「いにしへの野中の清水ぬるけれどもとの心を知る人ぞ汲む」に拠っている。つまりこの句には、「もとの心」そして「昔のひとの袖の香」が匂っているのである。二首の古歌を踏まえて、景と情との模糊とした触れ合いを詠み出した句である。

先《まづ》たのむ椎《しひ》の木も有《あり》夏木立　（猿蓑）

四月初め、近江石山の奥国分《こくぶ》山の中腹にある幻住庵に入庵したときの作。『幻住庵記』の末尾につけてある。その前文に、「倩《つらつら》年月の移《うつり》こし拙き身の科《とが》をおもふに、ある時は仕官懸命の地をうらやみ、一たびは仏籬《ぶつり》祖室の扉《とぼそ》に入らむとせしも、たどりなき風雲に身をせめ、花鳥に情を労して、暫く生涯のはかり事とさへなれば、終に無能無才にして此一筋につながる。楽天は五臓の神《しん》をやぶり、老杜は痩たり、賢愚文質のひとしからざるも、いづれか幻の栖《すみか》ならずやと、おもひ捨てふしぬ」とあってただちにこの句に続く。幻の栖同様の人の世にあって、まずともかくも頼むところの栖がこの椎の木の下の栖だ、というのである。『奥の細道』の旅に出立して以来、流転の生活をつづけて来た彼が、ようやく身一つを入れるだけの庵を見出したのであって、「頼むかげ」「頼む木かげ」は古歌に使い古された言葉である。それは幻の栖において頼むに足る唯一のものであり、椎の巨木がこの句ではいやが上にも大きく感じられるのだ。

夕《ゆふべ》にも朝《あさ》にもつかず瓜の花　（佐郎山《さらやま》）

『佐郎山』は元禄五年十月序、ただし『類柑子文集《るいこうじ》』（其角）に「幻住庵にこもれるころ」と前書があるので、元禄三年夏の作。『西国曲《さいこくぶり》』の露川《ろせん》句前書に「蕉翁自画讃解に美作や推柳子の亭にあそびて、蕉翁の手跡を見る。夕にも朝にも付かず瓜の花　とや。実、朝顔の哀、夕皃のまづしきにもあらず、歓然として此花の本情を云つくす事、凡口に及ぶまじや。二十余年の後、自画を感じて、二度泪を蠟紙のうへにおとす」とある。『目団扇《もくうちわ》』付録の孟遠から于候（備中足守の俳人）に伝えた彦根系伝書「発句菊阿口義桃の杖」には「西行の歌に心性さだまらずと云事を題にて人へよみやり侍る　雲雀たつあら野におふる姫ゆりの何につくともなき心かな　此歌をとりて」としてこの句を出している。西行のこの歌は芭蕉の愛誦歌で、『曠野』の序にも引用しており、この歌によって「原中や物にもつかず鳴雲雀」の句を得ている。

西行の歌は何に頼るとも定まらない心を叙《の》べたもので、この句と心は似ているが、その歌に拠ったととる必要はない。さして特長もない瓜の花の頼りなげなさまを「夕にも朝にもつかず」と言ったので、そのどっちつかずのありさまに現在の自分の境涯を見たのである。この世に執着するとも、この世を捨てるとも、どっちつかずの自分、という考えである。

日の道や葵《あふひ》傾くさ月あめ　（猿蓑）

『蕉翁句集』にこの年とする。「日の道」は太陽の運行する道、すなわち黄道である。五月雨が降り昏《くら》んでいるので、もちろん日は見えない。ただ向日性のある蜀葵《たちあおい》が、自然の性《さが》として日の道の方へ花を傾けている。作者は葵の傾く方に、目に見えない日の道の所在を描き出す。「日の道や」という初五がたいへん力強い。

ほたる見や船頭酔《ゑう》ておぼつかな　（猿蓑）

『蕉翁句集』にこの年とする。『猿蓑』には「勢田の蛍見二句」として、凡兆《ぼんちょう》の句とこの句とを並べる。勢田蛍谷の蛍狩で、船に酒肴《しゆこう》を設けて出かけたのである。この辺りは流れも急で、酔うた船頭のさす棹もおぼつかないさまを見て、かえって興じたのである。凡兆の句は「闇の夜や子供泣出す蛍ぶね」。

我宿は蚊のちい（ママ）さきを馳走かな　（泊船集）

『蕉翁句集』に「我宿は蚊のちいさきも馳走也」の形で、元禄四年の部に出す。『芭蕉庵小文庫』には「蚊のちいさきを馳走也」とし、『芭蕉翁発句集』には「蚊の小さきも馳走哉」とするが、『泊船集』の形がよい。『一葉集』に「秋の坊を幻住庵にとゞめて」と前書し、『誹諧世説』にも同じ時の句とするが、それだと元禄三年の句となる。ここはそれに従う。

訪ねてくれた加賀金沢の蕉門俳人、秋の坊への饗応に、取りたてて言うべきご馳走は何もないが、せめて蚊の小さいのを馳走と思って下さい、という挨拶句である。幻住庵や無名庵を出てからは人の家を渡り歩いて、かくべつわが宿というべきものはなかったから、やはりこれは元禄三年幻住庵での作である。軽い表現ながら、挨拶句の中に作者の境涯や心境があらわれている。

頓《やが》て死ぬけしきは見えず蟬の声　（猿蓑）

元禄三年、加賀の秋の坊が幻住庵を訪れた折に与えた句。『蕉翁句集』によれば、この句は「無常迅速」と前書のある自筆があるという。

「頓て」は間もなく。蟬の命は短いが、いま盛んに鳴いている声を聞くと、そういう気色《けしき》はいささかも見えない、ということで、幻住庵の椎の木には蟬が鳴きさかっていたのである。無常迅速の意を寓して、今日ではそれが余りにあからさまに見えるが、当時門弟たちにはよほど感銘を与えたらしい。

京にても京なつかしやほとゝぎす

（芭蕉書簡）

六月二十日付、加賀の小春宛書簡にある。『一字幽蘭集』には「旅寓」と前書して、初五「京に居て」とある。幻住庵には四月初旬から七月下旬まであったが、この時六月二十日以前に京に出ての作である。現在、京にいながら、たまたま時鳥の声を聞いて京なつかしさの思いがこみ上げたのである。素性法師の作に「いそのかみ古きみやこのほととぎす声ばかりこそ昔なりけれ」（古今集）の歌もあり、時鳥の声が古都の懐古の情を誘うのだ。いま現実にある京都が、時鳥の声によってたちどころに昔の京都と化するのである。今昔二つの京の思いに発想した句である。

川かぜや薄《うす》がきたる夕すゞみ

（己が光）

四条の川原《かわら》すゞみとて、夕月夜のころより有明過《すぐ》る比《ころ》まで、川中に床《とこ》をならべて夜すがらさけのみものくひあそぶ。をんなは帯のむすびめいかめしく、おとこは羽織ながう着なして、法師老人ともに交《まじわり》、桶やかぢやのでしこまで、暇得顔《いとまえがお》にうたひのゝしる。さすがに都の気《け》しきなるべし元禄三年作。八月十八日付加生（凡兆）宛の手紙に「当河原涼《すずみ》の句、其元にて出かゝり候を、終《つい》に物にならず打捨《すて》候を、又取出し候。御覧可レ被レ成候」とある。四条川原の床《ゆか》涼みに出て、帯をきちんと結んだ女や長い羽織を着た男たちの間にまじり、自分はさっぱりと薄柿色（渋色）の帷子《かたびら》を着て川風に吹かれながら涼んでいるのが、取りわけ涼しい、ということ。『赤冊子』に「此句、すずみのいひ様、少《すこし》心得て仕たりと也」とある。「薄がききたる」というのが涼む人の姿や身のこなしをまことに涼しげに感じさせるのである。

合《ね》歓《ぶ》の木の葉ごしもいとへ星のかげ　（猿　蓑）

『蕉翁句集』にこの年とする。七夕の句である。この夜は牽牛・織女の年に一度の逢瀬なのだから、合歓の木の葉ごしにでもその逢瀬を覗き見るようなことはしないがよい、と自分にも言い人にも言っているのである。二星をいとおしむ心である。

合歓は、その字の通り男女の交合を意味し、その譬えに歌われることが多かった。芭蕉の象潟の合歓の句にしてもこの句にしても、どこか色気が漂っている。その姿から言っても、なよやかで優しく、しかも夜になると葉を閉じて眠ってしまう。

また七夕には竹の代りに合歓の木を使うところもある。合歓の葉ごしにのぞくことは、枕屏風ごしに男女の睦《むつ》ごとを覗き見るようなものである。

別の解もあるが、このような意味にとった。

貞享期
元禄二年
元禄三年
元禄四年
元禄五年
元禄六年
元禄七年
元禄期
年次不詳

玉祭けふも焼場のけぶり哉　（笈日記）

元禄八年正月二十九日付許六《きょりく》宛の去来の書簡に「猿みの撰之刻、古翁の御句に」とあるので、元禄三年の作と知れる。その書簡には「伊丹の者の句に　春雨にけふも焼場のもゆる也」と、等類になるのを思って芭蕉が入集予定を取消したことを記している。『赤冊子草稿』には「木曾塚の草庵墓所《むしょ》ちかき心」と前書し、「此、自筆物之句前書也、笈日記ニハ鳥部山と題あり」と注している。木曾塚草庵とは膳所の義仲寺内の無名庵で、その近くに龍ケ岡の墓地がある。『笈日記』に京都の鳥部山としているのは、同じく焼場の縁から誤ったのであろう。魂祭の今日も亡くなった人があると見えて、焼場の煙が立ち昇っている、という意味。亡き人の魂を迎えてまつる日にまた亡くなる人がある、と言って、無常に無常が重なる人生への深い詠嘆を洩らしているのである。『猿蓑』へ一旦入集しようと思ったからには相当の自信作であったろうが、やや概念的発想にすぎていよう。

野水が旅行を送りて

見送りのうしろや寂し秋の風　（三つのかほ）

野水は元禄元年、三年、四年の秋に上洛している。元年秋は問題にならないから、三年か四年の作。この句に野水は「来る春までの柳ちる陰」と脇句を付けている。すなわち餞別の発句である。見送る野水の後姿が寂しく、秋風が身にしみて感じられる、ということ。元禄三年八月下旬、膳所義仲寺無名庵で興行された歌仙「きり〳〵す」の巻には、芭蕉・凡兆・去来とともに、野水も同座している。芭蕉等が『猿蓑』編纂の最も高揚した時期に野水も加わっており、その年の餞別の句ととれば別れを惜しむ気持も最も深かったと思う。

うきわれを淋しがらせよかんこどり（猿蓑）

元禄三年、幻住庵での作か。元禄四年四月の『嵯峨日記』に、この句を「ある寺に独り居て云ひし句」とある。これは元禄二年九月、細道の旅を終って、伊勢長島の大智院に宿ったおり、「うきわれをさびしがらせよ秋の寺」と作ったのを意味する。『幻住庵記』の初稿と思われるものの中に、「かつこどりわれをさびしがらせよなどそゞろに興じて」とあるので、このとき句は出来たものらしい。翌年、嵯峨落柿舎にあって、幻住庵で書き捨てた反古（『幻住庵記』その他）を尋ね出して清書しているうちに、この句が浮んで来て、日記に書き記された。

「うき我をさびしがらせよ」とは、芭蕉がしばしば、孤独の境涯を噛みしめるたびに口頭に乗せた愛誦句であった。それは西行の「とふ人も思ひたえたる山里の淋しさなくば住み憂《う》からまし」に拠っている。「閑古鳥」はもう一首の西行の歌、「山里にたれをまたこは呼子鳥《よぶこどり》ひとりのみこそ住まんと思ふに」に導かれている。世を憂しと観ずることが、芭蕉を孤独の境涯に任せしめているのだが、独りでありながらなお憂しと観ずる自分に、その憂さを脱却するきっかけとして、本当の淋しさを与えてくれというのである。

猪《ゐのしし》もともに吹《ふか》るゝ野《の》分《わき》哉　（あめ子《ご》）

八月四日付千那《せんな》宛の手紙に出ている。九月六日付曲水（曲翠）宛の手紙にもこの句を報じ、初五「猪《ゐ》のしゝの」となっている。「も」か「の」か迷っていたのだろうが、結局『あめ子』（之道《しどう》編、元禄三年自序）の形に治定したのであろう。

　この句は野分の凄じさを詠むのに猪を出しているが、臥猪《ふせい》の床といって猪は日当りのよい窪地の藪などにねぐらを作る。猟師は猪《しし》の寝《ね》壺《つぼ》という。そういう猪の習性を頭においてその寝床にもいたたまれず、吹かれることを詠んだのである。それはささやかな草庵に住む自分も同じ目にあっているのだ。『幻住庵記』に「あるは宮守の翁、里のおのこ共入来りて、いのしゝの稲くひあらし、兎の豆畑にかよふなど、我聞《きき》しらぬ農談」と言っているが、この句は別にその猪を嘱目したわけではない。

賛　雲竹自画像

こちらむけ我もさびしき秋の暮　（笈日記）

『笈日記』に「是は湖南の幻住庵におはす時の作也。君は六十我は五十といへる老星一聚《いっしゅう》の前書侍りけるが、あやまりておぼえ侍らず」と注記があり、元禄三年作と推定される。

雲竹は北向氏、京都の東寺観智院の僧で大師流の書家。芭蕉と交渉が深く、芭蕉の書道の師である。そのうしろ向きの自画像の讃を頼まれて作った。『蕉翁句集』にその前文とも載せる。「洛《らく》の桑門《そうもん》雲竹、自《みずから》の像にやあらむ、あなたの方に顔ふりむけたる法しを画《えがき》て是に讃せよと申されければ、君は六十年《むそじ》余り、予は既に五十年《いそじ》に近し、ともに夢中にして夢のかたちを顕《あらわ》ス、是にくはふるに又寝言ヲ以《もって》ス」。

そのうしろ姿に向って呼びかける形で「こちらむけ」と言った。老の後姿に寂しい影を見出したのである。自分とても寂しさの底にあることにおいて同じなのだから、向い合って語り合おうではありませんかといった、老の翳をひく人間同士の連帯を強調したのである。「秋の暮」は秋の夕暮で、同時に暮秋でもあるかもしれない。そしてまた孤独な人間存在の寂しさの徴《しるし》となる。

幻住庵に在ったのは七月までで、暮秋とすれば或いは無名庵に移ってからの作かもしれない。

白《しら》髪《が》ぬく枕の下やきりぐす　（泊船集）

八月中旬、之道《しどう》が芭蕉を木曾塚の無名庵に訪ねて、珍碩を加えての三吟半歌仙を巻いた時の発句。脇句は之道の「入日《いりひ》をすぐに西窓《にしまど》の月」。

夜床に寝つかれないままに白髪を抜いている。この枕はもちろん箱枕で、くくり枕の上に横向きに寝ながら白髪を抜いている。老人のつれづれなるままの動作だが、その夜の静かさの中に床下のきりぎりすが鳴き出すのである。今言うきりぎりす（昼間チョンギースと鳴くもの、はたおり）でなく、古歌に「つづりさせてふきりぎりす鳴く」（古今集）と詠まれた、リイリイと鳴く「つづれさせこおろぎ」である。秋も次第に深まってきて何かを促すような淋しい声に鳴く虫である。

月見する坐にうつくしき顔《かほ》もなし　（芭蕉書簡）

八月十五日、名月の夜、粟津の義仲寺での作。このころ芭蕉は、幻住庵から義仲寺に移っていた。中秋観月に人々を呼んでいたが、その日は加減が悪く、臥せりながら人々に対面した。そのときおのおの発句を作り、芭蕉はまず「名月や児《ちご》たち並ぶ堂の椽」と作ったが、この句意にみたずとして、「名月や海にむかへば七小町」と改め、なお推敲して、「明月や座にうつくしき皃《かほ》もなし」と決ったと、『初蝉』（風国編、元禄九年）にある。だが、十八日付加生（凡兆）への手紙に初五「月見する」とあり、『夕がほの歌』（宰陀・円入編、享保七年序）に「古寺翫月」と詞書して、この形で、尚白《しょうはく》との両吟歌仙を伝えている。後日巻いたものか。尚白の脇句は「庭の柿の葉みの虫になれ」である。

この日はせっかく多くの人が来たのに、湖畔へ出て観月の宴を張ることもできなかった。芭蕉は「湖水の名月」のさまを言い取ろうと、さまざまに幻想した。初案では謡曲『三井寺』の風情を思い浮べて、月見る「少き人《おさな》」の可憐の姿を現出し、再案では小町物から、湖水に映る中秋名月の変化する美しさを言うのに、七様に変る七小町の美しさを持って来た。

だが芭蕉は、そのどちらにも満足しない。その幻想的な絢爛美に、空虚なものを感じてしまう。彼は大胆に、シテの幽玄の世界を棄てて、ワキの直面《ひためん》の実なる世界に移る。「うつくしき顔もなし」は、別に醜さを言い立てたのでなく、脂粉の香のないありのままの素面ということである。さりげない表現で、「湖水の名月」も控え目にたたえられる。言葉の艶を消した、軽いさりげなさの点で、私は「名月や」より「月見する」の方を好むのである。

月しろや膝に手を置《おく》宵《よひ》の宿　（笈日記）

正秀《まさひで》亭初会興行の時

元禄三年秋の作であろう。大津正秀亭での初めての会に出たときの句。『蕉翁句集』には座五「宵の程」。「月しろ」は、月が東天に出ようとして、空の白く明らむこと。もと月の出に先立って三尊仏の来迎を拝することが出来るという信仰があり、月を待つ心のそのような伝統があって、一座の人々は膝に手を置いて、静かに月の出を待っている。ことに初会だというので、亭主はじめ一同改まった気分で正座しているのだ。「膝に手を置」で、この座の雰囲気を捕えている。亭主正秀への挨拶の意が籠っている。この時の正秀の脇句は「萩しらけたるひじり行燈《あんどん》」であった。

桐《きり》の木にうづら鳴《なく》なる塀の内　（猿蓑）

同年作。九月六日付、江戸勤番中の曲水宛の手紙に「うづら鳴なる坪の内と云《いう》五文字、木ざハしやと可レ有を珍夕にとられ候」とあるので、作年次がはっきりする。すなわち「木ざはしやうづら鳴なる坪の内」と作りたかったが、珍夕《ちんせき》が「椑柿《きざわし》や鞠のかかりの見ゆる家」（江鮭子《あめご》）という句を作っていたので、潔癖な芭蕉は等類の恐れありとして考え直したことが分る。九月六日にはまだ句の形をなしていなかったようだ。坪とは、垣や建物で囲まれた一区画を言い、囲まれた中だから「坪の内」と言う。垣内《かいと》も「塀の内」も同じことだが、塀といえば具体的な土塀などのイメージがある。芭蕉が苦心したのは「木ざはしや」を案じ変えて「桐の木に」としたことであった。渋柿を作ることが多かった当時は、「椑柿」はささやかな豪華さだった。

この句は、俊成の有名な歌「夕されば野べの秋かぜ身にしみて鶉《うずら》鳴くなり深草の里」（千載集）を本歌としている。この歌は荒蕪の感じを詠んでいる。万葉集では「鶉鳴く」は、「古りにし里」の枕詞で、やはり住み棄てて、草ぼうぼうの荒れた里の意味。その語感の伝統が、俊成の歌を経て、芭蕉のこの句まで及んでいる。高い桐の木がのぞいていて、塀にとりまわされた中に鶉が鳴いているのだから、それは退転した豪家で、破れた築地塀の中に鶉が栖むまでに草が生い茂っているのである。鶉は桐の木に止まっているのではない。桐の木はかつての高貴を示す。『赤冊子』に「この句、いかが聞《きき》侍るやとたづねられしに、何とやら一さまある事に思ふよし、答へ侍れば、いささか思ふ処ありて歩みはじめたると也」とあるのは、どういう意味か。ともかく当時、鶉の飼育が武家や富豪の間に流行して豪奢な籠に飼い、その鳴き声を競い合ったという今様風俗に対するアイロニーが、芭蕉にはあったようである。金銀をちりばめた鶉籠の低俗なけばけばしさに対して、芭蕉は鳳凰が住むという高貴な桐の木を対置して、そこに過去の栄耀を見せたのかもしれない。当世風から逃れ、中世的な世界を振返った芭蕉の姿勢がそこに見える。

古歌の世界を踏まえて、伝統の淋しいさむざむとした情趣の中に、「桐の木」「塀の内」を書き添えたところが新しい俳趣と言うべきだろう。

ある智識ののたまはく、なま禅大疵《おおきず》のもとひとかや、いとありがたく覚《おぼえ》て

稲妻にさとらぬ人の貴《たつと》さよ　（己が光）

九月六日付曲水宛の書簡に「此辺やぶれかゝり候へ共、一筋の道に出《いず》る事かたく、古キ句ニ言葉のみあれて、酒くらひ豆腐くらひなどゝのゝしる輩のみニ候」とあり、「ある智識のゝ玉ふ、なま禅なま仏是《これ》魔界」という前書を付けてこの句が出ている。なま悟りで、一知半解の湖南連衆たちの句境へのもどかしさが心の底にあって、この句が出来た。なま禅なま仏なま悟りになるよりも、いっそ無知の方がいいので、生半可の手合いは人生のはかなさをすぐ露や稲妻に譬えるが、無知無心のものはそんな屁理屈はいっこうに考えない。なまじっか悟らない人の大愚の心が尊いことだ、というのである。

草の戸をしれや穂《ほ》蓼《たで》に唐がらし　（笈日記）

『笈日記』に、支考が書いたのだろうが、「元禄三年の秋ならん、木曾塚の旧草にありて敲《こう》戸《こ》の人〴〵に対す」と詞書がある。訪れて来る門弟たちに現在の自分の俳境、すなわち人生の心構えを示したのである。侘しいこの草庵のさまをよく知ってくれ、穂蓼に唐がらしが私の心の象徴だ、こんな乏しい侘しさの中で私は生活しているのだよ――というだけでは、余りに平板である。取り立てて、穂蓼と唐がらしとを言ったその選択に、芭蕉の心が示されている。二つとも生活に有用というほどのものではないが、ちまちまとしたものながら、物の味を際立たせる薬味であり、それは彼の俳諧の味わいに似通ってもいるのである。

堅田にて

病鴈《びやうがん》の夜《よ》さむに落《おち》て旅ね哉　（猿蓑）

九月下旬、千那《せんな》が住職であった堅田本福寺での作。九月二十六日付の膳所《ぜぜ》の茶屋与次兵衛（磯田昌房）宛の手紙に、「昨夜堅田より致二帰帆一候。愈《いよいよ》御無事ニ御連中相替《かわる》事無二御座一候哉。拙者散々風引候而、蜑《あま》の苫屋《とまや》ニ旅寐を侘《わび》て風流さま〴〵の事共ニ御坐候」とあってこの句が出ている。真蹟には「かただにふしなやみて」と前書がある。芭蕉が手紙に、「蜑《あま》の苫屋」に旅寝を侘びてこの句を作ったなどと書いているのは、本当は本福寺に臥していたので、それはこの作品の地色の注釈と受取っておいた方がよい。

堅田での旅寝であることが、近江八景の「堅田の落雁」を響かせる。芭蕉は雁の声を聞いたか聞かなかったか不明だが、一羽列を離れて降りてくる病雁を、寝ていて想像した。堅田に夜寒を侘びているのは、想裡の病雁であるとともに、現実の病む自分でもあった。侘しい自分の境涯の標徴として、病雁を描き出したのであった。

この句は其角の『枯尾花』に「病雁《ヤム》のかた田におりて旅ね哉」という形で出ているので、「ヤムカリ」と訓む説が有力だが、これは中七の形が誤っているのから見ても証としがたい。支考や千那が音読していた証拠は、荻野清が挙げるように別にある。

海士《あま》の屋《や》は小海老《こえび》にまじるいとゞ哉　（猿　蓑）

同じく。『猿蓑』の前句の詞書は、この句にもかぶさるものである。堅田の漁家での嘱目《しょくもく》である。いとどはエビコオロギ。芭蕉が「蜑《あま》の苫屋《とまや》」などと言ったとき、在原行平が「わくらばに問ふ人あらば須磨の浦にもしほたれつつ侘ぶと答へよ」（古今集）と詠んだ風流を思い描いていた。その蜑の家での風流は、素材としてはこの句に現れ、地色としては「病雁」の句に現れている。芭蕉は「病雁」の句を、情趣的にすぐれているとしながら、「病雁」に欠けた景気的な一面を、この句が表現しているのを知っていた。

浜の逍遥に、漁家へ立寄ったおり、笊《ざる》か筵《むしろ》かにぶちまけられた小海老のあたりを、まぎらわしいいとどが跳んでいるのを見たのである。軽い淡彩の即興句ながら、ものさびしい秋の昼間の漁家のさまが描き出されている。それが「海士の屋は」とうち出されたことで、古歌の情趣をほのかに呼び寄せてくるのである。

『去来抄』に以上二句を並べて次のように言う。

『さるみの』撰の時、此内《このうち》一句入集すべしと也。凡兆曰く「病鴈はさる事なれど、小海老に雑《まじ》るいとゞは、句のかけり、事あたらしさ、誠に秀逸也」と乞ふ。去来は「小海老の句は珍しといへど、其物を案じたる時は、予が口にもいでん、病鴈は、格高く趣かすかにして、いかでか爰《ここ》を案じつけん」と論じ、終《つい》に両句ともに乞うて入集す。其後先師曰く「病鴈を小海老などゝ同じごとくに論じけり」と笑ひ玉ひけり。

これはよく問題になるが、芭蕉が二人の鑑識力を試すように書いているのは芭蕉らしくないから、去来の曲筆であろう。この二句は、一つのモチーフが二句に分割表現されたもので、そのことからも芭蕉は、入集は一句でよいと考えたのである。芭蕉は「病雁」の方を秀れているとしながら、なおかつ「海士の屋」がそれに並ぶ作品と考え、決断しかねたのであろう。

蕎《そ》麦《ば》もみてけなりがらせよ野良の萩　（続寒菊）

龍《たつ》が岡　山姿亭

芭蕉が近江膳所在住の頃の句とすれば、元禄三、四年頃であろうか。「龍が岡」は粟津の長等《ながら》山麓にあり、丈草の仏幻庵のあった所である。丈草の墓は今でもここにあるが、この「山姿」という人も丈草にゆかりの俳人のようだ。その山姿亭の辺りには蕎麦畑もあり、萩の咲き乱れた野もあった。その美しい萩だけでなく、地味な花を咲かせる蕎麦も見せて、さんざん私を羨しがらせて下さい、と言ったもの。蕎麦は芭蕉の好物だった。「けなりい」「けなるい」は羨しいの意。

猿引《さるひき》は猿の小袖をきぬた哉　（猿舞師《さるまわし》）

『芭蕉句集』に元禄四年とする。『猿蓑』「市中は」の巻の芭蕉の付句に「さる引の猿と世を経る秋の月」というのがある。この付句の世界を発句に仕立てれば、この「猿の小袖」の句になる。それほど相似しているのだから、この句もあるいはこの付句と同じく、元禄三年の作か。

秋も深まって家々で冬の用意の砧の音が聞える頃、猿引の家では猿の小袖を砧に打っている、というのである。猿と猿引との、心を寄せ合った侘しい生活を思いやった。『猿蓑』には巻頭に有名な「初しぐれ猿も小蓑をほしげ也」の句を載せている。やはり猿に寄せる愛憐の情をうたっている上に、「小蓑」と「小袖」と同じく衣類を詠み込んでいるから、『猿蓑』に入れることは遠慮したのであろう。

朝《あさ》茶《ちゃ》のむ僧しづかさよ菊の霜　（柿表紙）

元禄三年作。『はせを盥』には「堅田祥瑞寺《しょうずいじ》にて」と詞書して「朝茶のむ僧静也《しづか》菊の花」という形で出ている。祥瑞寺は本福寺の隣で、芭蕉は本福寺に泊った九月下旬祥瑞寺を訪ねたのであろう。庭の菊の花に対して僧がしずかに朝茶を喫しているさまを叙べ、詠みぶりは客観的だが、求められた挨拶句であろう。「静也」より「しづかさよ」の方が作者の相手に対する心の姿勢を見せている。また菊の花より菊の霜の方が冷たさを示しているだけに、句境が引緊《ひきしま》って聞える。ただし菊の霜は秋か冬か分らないが、京や近江は寒いから秋のうちに初霜が降ることはしばしばである。

初霜や菊冷《ひえ》初《そむ》る腰の綿　（荒小田《あらおだ》）

元禄三年の作であろう。『荒小田』の注に「此句羽紅《うこう》のもとより、こしわたをつくりてをくられし返事也」。九月末のおとめ（羽紅）宛の手紙に「なか〳〵の御なさけどもわすれがたきのみ、申つくしがたく候。きるものどもよろしく御こしらへ、さむくも御ざあるまじく候。御きづかい被レ成まじく候」とあり、当時彼女がいろいろ芭蕉の着る物を心配していたことが知られる。これは腰綿を贈られた御礼の句で、初霜だから冬の句。「冷初る」は腰にも菊にもかかり、「菊の着綿《きせわた》」をきかしている。「菊の着綿」とは霜を防ぐために菊の花を綿で包みかぶせること。露伴は、菊の着綿は趣向で、初霜の句で腰というところに俳諧がある、と言っている。羽紅は凡兆の妻だが、芭蕉の句も、女の人へ言ってやる優しい心づかいが見える。

旧里《ふるさと》の道すがら

しぐるゝや田のあらかぶの黒む程　（記念題）

『蕉翁句集』にこの年とする。芭蕉は九月二十八日に粟津の無名庵を出て伊賀へ向った。詞書は、その道中であることを示している。「新株《あらかぶ》」は、刈ったばかりの稲の切株である。その新株が黒くなってくるほど、時雨がしとしとと降っているのである。京都あたりの時雨と違って、パラパラと降って去ってゆくような時雨でなく、蕭条と降る伊賀の冬田の風土色を把えている。さびのきいた句である。

きり〴〵すわすれ音《ね》になくこたつ哉　（蕉翁全伝）

『蕉翁句集』にこの年とする。『蕉翁全伝』に「此句ハ初冬氷固宅ニテ在一□（折）」と注してある。氷固は松本氏、伊賀上野の豪商。のち非群と言う。氷固宅で巻かれた歌仙の発句である。

もう冬になったというのに、まだきりぎりすは庭のどこかで忘れ音に鳴いている。その声をこたつに入りながら聞いている。忘れ音とは生き残って時期外れに鳴く侘しげな声で、その侘しさが冬の景物の一つなのである。

こがらしや頬腫《ほほばれ》痛む人の顔　（猿　蓑）

『蕉翁句集』にこの年とする。「頬腫」は俗にいうおたふく風邪で、耳下腺炎のこと。頬腫の人の顔と木枯との間に匂い・うつりの関係を見たもので、木枯によってその痛そうな感じがいっそう強調される。乾《から》びきった冬の情趣である。

信濃路を過るに

雪ちるや穂《ほ》屋《や》の薄《すすき》の刈残し　（猿　蓑）

年代不明だが、『猿蓑』の稿が成ったのは元禄四年四月だから、まず元禄三年またはそれ以前であろう。

芭蕉が冬信濃に行ったことはない。だが更科紀行の折、穂屋の行事（御射山祭《みさやままつり》）のすんだ翌月に諏訪《すわ》を通り、穂屋のあとを見たか、見なくても想像で「穂屋の薄の刈残し」という句の断片が頭に浮んだのだろう。それから程へて「雪ちるや」の初五を置いてこの句を作ったが、そのころ読んだ『撰集抄』に「信濃野のほやのすすきに雪ちりて」とある句がこの初五を置くきっかけになったかもしれぬ。「雪ちるや」と「穂屋の薄の刈残し」との間の微妙な照応をふと感じ取った。「雪ちるや」とはまだ雪がちらちらとちらつく状態で、地面にはだらになって薄の刈残しを見せているのである。「雪ちるや」も「刈残し」も共に少量を示す。薄は秋の厳粛な祭の終末を示し、雪は冬という厳しい季節の到来を示す。穂屋とは薄の穂で作った仮屋で、諏訪の大神が毎年七月、御射山に神幸するに当って作る御狩屋。秋の収穫の予祝の行事として古来名高かった。

旅行

はつ雪や聖《ひじり》小僧の笈《おひ》の色　（勧進牒）

『蕉翁句集』に元禄三年とする。『勧進牒』は四年春の跋、詞書は旅の途中で見た景色ということ。故郷へ帰る道すがらの作か。聖小僧とは高野聖のことである。笈を負って高野山から勧進のために諸国に出る僧で、教化を行い、喜捨を受けたが、のちにはいかがわしい者も多くなり、乞食僧のことをいうようになった。数珠その他の商品を笈に入れて売り歩く者も多かった。だからその笈の色といっても、派手やかな色ではなく、旅のわびしさを匂わせるようなくすんだ色である。だが、そのみすぼらしい笈の上にも、初雪が降りかかって目にしみるのだ。初雪といえば褒美のこころがある。

ふるき世をしのびて

霜の後《のち》撫子《なでしこ》さける火桶哉　（勧進牒）

『蕉翁句集』に元禄三年とする。火桶は木製の火鉢で、古い火桶には外側に絵を描いてあることが多い。これは撫子の花が描いてある古い火桶で、その古風な火桶に、昔この火桶を用いた人へ思いが及ぶのである。霜が降ったあとには、もはや花らしい花は見られないのが普通だが、この火桶に彩色して描かれた撫子によって、まだ花があったことを知る。元禄四年の句に「菊の後大根の外更になし」の句があるが、同想で、元稹の詩句「不三是花中偏ヘ二愛レスルニアラ菊ヲ、此花開キテ後更ニ無レ花」に拠っている。

節《せ》季《き》候《ぞろ》の来れば風《ふう》雅《が》も師走哉　（勧進牒）

果《はて》の朔日《ついたち》の朝から

『蕉翁句集』にこの年とする。「果の朔日」とは十二月一日、「節季候」は今は絶えたが、年の暮に家々を回った祝言職で、編笠の上に羊歯の葉を差し、割竹を叩いて「せっせせきぞろ、まいねんまいとし」などと唱いながら踊る。この節季候がやってくる頃になると、風雅も師走らしくなってくる、と言ったもの。師走といえば俗世間では春を迎えるためのいろいろ忙しい行事があるが、その中にも世間離れしたのんびりした景物として、節季候があるのだ。

『赤冊子』に、

この句、風雅も師走哉、と俗とひとつに云侍る。是、先師の心也。人の句に、蔵焼けてと云ふ句在り。飛ぶ蝶の羽音やかまし、といふ句あり。高くいひて甚心俗也。味べし。

節季候を見て風雅も師走になったと、雅と俗と一つの世界に言い取っている、と土芳は見たのであろう。倉が焼けたけれど意に介しないとか、蝶の羽音すらやかましく思うほどの清閑さの中にいるとかいった句は、高尚めかしているだけに、度すべからざる低俗を露呈している。節季候の句の解釈としては大げさな言い方だが、「心を高く悟りて俗に帰るべし」といった芭蕉の心構えを説いているのである。

住《すみ》つかぬ旅のこゝろや置《おき》火《ご》燵《たつ》　（猿　蓑）

元禄四年正月五日付曲水宛の手紙が『勧進牒』に載せてあるが、それには「いね〳〵と人にいはれても、猶喰《なおくい》あらす旅のやどり、どこやら寒き居心《いごころ》を侘《わび》て」という前書を付けている。前年十二月、芭蕉は京都にあって門弟たちの家を転々としていた。その落ちつかぬ旅情を詠んだもの。『枯尾花』の「芭蕉翁終焉記」（其角）にこの句を挙げて「是は慈鎮和尚のたびの世にまた旅寝してくさ枕ゆめの中にもゆめをみる哉　とよませ給ひしに思ひ合せて侍る也」と書いてある。慈鎮のこの歌はその頃芭蕉が好んで人にも言った歌であったらしい。「旅の世にまた旅寝する」とは、また芭蕉の感慨でもあった。「置火燵」は移動することの出来るもので、切火燵ほどの落着きはない。いねいねと人に言われた、とは誇張だろう。去来、凡兆たち洛中の門人が、そんなことは言わなかったろうし、そんな態度も示さなかったとしても、芭蕉が「どこやら寒き居心」を一人感じていたことは事実であろう。旅人芭蕉の心の一端を示している。

から鮭《さけ》も空《くう》也《や》の痩《やせ》も寒《かん》の内　（猿蓑）

『元禄四年膳所歳旦帳』にあるから、三年暮の作。「乾鮭《からさけ》」は腸を去って、塩引せぬしらぼしの鮭。「空也の痩」は、空也僧、つまり鉢叩《はちたたき》の痩せた姿。十一月十三日の空也忌から、暮まで四十八日間、暁の鉢叩と言って、未明から腰に瓢《ふくべ》をつけ、踊躍《ゆやく》念仏をし、和讃を唱え、鉦《かね》を叩いて茶筌《ちゃせん》を売りながら、洛中洛外を歩く。僧形だが優婆塞《うばそく》である。芭蕉をはじめ元禄の俳人は、ことにこの鉢叩を詠むことに執心した。

乾鮭・空也（鉢叩）という季の景物が、「寒」という現象自体と、根源的に響き合う。からび・やせ・冷えという中世的芸術理念が、それらの季物に滲透している。しかもこの三つの名詞が、すべて乾いた破裂音のk音の頭韻で並び、そこに一種凜烈の気が通っている。「も」「の」「も」「の」という四つのテニヲハもよく働いている。『赤冊子』に、「この句、師のいはく、心の味《あじわい》を云《いい》とらんと、数日はらわたをしぼると也」とある。非常に表現に苦心した、類例の少ない傑作である。

年忘《としわすれ》歌仙

半《はん》日《じつ》は神を友にや年忘レ　（八重桜集）

『蕉翁句集』にこの年とし、「洛御灵（＝霊）法印興行」と前書がある。京都の上御霊《かみごりよう》神社の別当法印小栗栖祐玄・俳号示《し》右《ゆう》宅で巻いた歌仙の発句である。凡兆・去来・乙州《おとくに》・史邦なども参加し、示右の脇句は「雪に土民の供物納《をさむ》る」。

この社頭での年忘れ句会に、この半日をゆっくりと神を友にして過すことである、という意。芭蕉が愛読した木下長嘯子の『挙白集』の「山家記」に「やがて爰を半日《はんじつ》とす。客はそのしづかなることをうれば、我はそのしづかなるをうしなふににたれど、おもふどちのかたらひは、いかでむなしからん」とあり、芭蕉もこの言葉を『嵯峨日記』に「客は半日の閑を得れバ、あるじハ半日の閑をうしなふ」という言葉で挙げていて、そのころ彼の頭に始終あった言葉である。その時集った諸友たちが、年の暮の忙しさの中で、神を友にして「半日の閑」を得たことを言って、主への挨拶としているのである。

千鳥立《たち》更《ふけ》行《ゆく》初夜の日《ひ》枝《え》おろし　（伊賀産湯《いがのうぶゆ》）

『伊賀産湯』に、京の俳人信安の芭蕉三十三回忌追善句「其鵆《ちどり》笠に更行むかし人」があり、その句の前書のなかに、「故翁鴨川の辺に寓居ありて、乙州木節など興を催せし比、予も折〳〵の誹訓を蒙りしもむかし〳〵、或日ひえに川千鳥を画て、千鳥立更行初夜の日枝おろし、と自讃して給りぬ。誠にその景情見るやうに一座感動せり」とある。

初夜とは戌《いぬ》の刻、午後八時頃。鴨川の千鳥がたつ羽音がきこえる。日枝おろしが吹きおろしている。更けてゆく夜の淋しさを描き出した。芭蕉が自讃したというほどの句ではない。千鳥は鴨川の景物で、古歌にも、千鳥なく鴨川と、ほとんど枕詞のように詠まれている。

納《なっ》豆《と》きる音しばしまて鉢《はち》叩《たたき》　（韻《いん》塞《ふたぎ》）

芭蕉が冬京都に滞在して、鉢叩を聞いたのは元禄二年か三年である。鉢叩は十一月十三日以後四十八日間洛中洛外をめぐる。空也念仏の僧で、瓢簞《ひょうたん》または鉢を叩きながら念仏を唱え、茶筅《ちゃせん》を売り歩く。芭蕉は京都の去来の家などに泊って、鉢叩が来るのを待ち受けたりしたが、待つとなると仲々やって来ないので、去来が帚《ほうき》で鉢叩の真似をしてみせたりしたくらいであった。だからこの句は、ちょうど納豆汁をつくるために、俎板の上で納豆をたたきつぶしている時に、鉢叩がやってきたので、しばらく納豆を叩く音を止めよ、鉢叩がやってきたので、そのわびしい音を聞きたいから、という意味。その頃、鉢叩や節季《せき》候《ぞろ》や聖《ひじり》小僧など、貧しくわびしいものに風雅のわびを感じるのが、芭蕉の風狂心であった。

貞享期
元禄二年
元禄三年
元禄四年
元禄五年
元禄六年
元禄七年
元禄期
年次不詳

小町画讃

貴《たふと》さや雪降《ふら》ぬ日も蓑と笠　（己《おの》が光《ひ》）

『蕉翁句集』に元禄四年としているが、三年か。真蹟に「あなたふと〳〵、笠もたふとし、蓑もたふとし。いかなる人か語伝《かたり》え、いづれの人かうつしとゞめて、千歳《ちとせ》のまぼろし、今爰《ここ》に現《げん》ず。其《その》かたちある時はたましゐ又爰にあらむ。みのも貴《とうと》し、かさもたふとし」と前文があり、「応定光阿闍梨《じょうこうあじゃり》之覓《もとめに》」と注記がある。卒塔婆小町の讃として書かれた。この小町は謡曲にあるように、衰老の姿で破れ笠・破れ蓑を身につけたのである。雪の降らない日も蓑笠をつけて、老いさらばえた往年の美女小町の姿に、なにか尊い老の影を見出したのである。「薦《こも》を着て誰人《たれびと》います花の春」の句も思い合せておこう。

大津にて

三尺の山も嵐の木《こ》の葉哉　（己が光）

『蕉翁句集』に元禄三年とする。高さ三尺しかないような低い山でも、冬には嵐が吹きすさんで木の葉を散らしている、ということ。三尺の山とは、庭前の築山か。どんな小さな山でも木の葉が吹きすさんで冬の様相を呈している、その季節の必然を、かえって不思議とみたのである。

石山の石にたばしるあられ哉　（麻《あそ》生《う》）

この石山は近江の石山で、芭蕉が冬湖南地方に滞在したのは元禄二年または三年である。『麻生』に「これは何がし岩本坊といへる許に残し置玉ひける短冊の句なり」と注している。岩本坊とは石山寺の僧の名であろう。石山には石が多く、その石に飛びちる霰を詠んだ。実朝の「あられたばしる那須の篠原」を思わせる。別にこの句の手柄はない。『奥の細道』の旅中、加賀の那谷《なた》寺で「石山の石より白し秋の風」と詠んでいるが、同じ石山でも別の土地である。

比良みかみ雪指《さ》シわたせ鷺の橋　（翁《おきな》草《ぐさ》）

『蕉翁句集』には元禄三年の部に出す。『蕉翁句集草稿』に「湖水之眺望」と前書して、中七「雪かけわたせ」とあり、『雪月花』には「日枝三上雪懸《かけ》わたせ」とある。草稿の形は初案か。『雪月花』の形は杜撰である。

琵琶湖をはさんで比良山と三上山とが北と南に相対している。そのあいだに伝説の鵲《かささぎ》の橋のように、白鷺に雪の橋をかけわたせ、と言った。鷺は真白な鳥だから雪の橋にふさわしい。『句選年考』に「雪片大ナルコト如レシ鷺ノといひ、又正徹は、白鷺の雲井はるかに飛びきえて己が羽こぼす雪の明ぼの、とも詠みて雪を鷺にたとへたる倭漢に多し。然るを、是は鵲の橋といふもあれば、彼是作有りけるか」とあるのは参考になる。比良と三上のあいだは湖水のもっともくびれた部分で、ここに橋をかけることを、人は昔から空想したとみえる。その空想は現在実現されている。

かくれけり師走の海のかいつぶり　（色杉原《いろすぎはら》）

『蕉翁句集』は元禄三年とする。年の暮に大津の乙州の新宅で越年した時の句。「師走の海」はもちろん琵琶湖で、師走という、世情はすこぶるあわただしい時期の湖上である。琵琶湖は鳰《にお》の海ともいうようにかいつぶりが多い。水に潜ったりあらわれたりすこぶる忙しい鳰の性質に、師走の本意を見出したのであろう。眼前にあっと思う間に潜って見えなくなった瞬間の軽い驚きを把えたもの。いきなり「かくれけり」と持って来た倒叙法にその驚きが表れている。軽い嘱目の即興句ながら、詩人のウィットの生動した句である。

旅行

煤《すす》掃《はき》は杉の木《こ》の間の嵐哉　（己が光）

『己が光』（車庸《しやよう》編、元禄五年自序）に出ているので、遅くとも元禄四年以前であるが、四年の十二月にはすでに江戸へ立っているから、三年以前の作であろう。煤掃の行事は十二月十三日で、旅にある身は自分の草庵を煤掃することもなく、杉の木の間を吹きすぎる嵐が落ちたまった細かい杉の葉を塵のように吹きとばす、それが煤掃に似ている、と打ち興じた句である。前に「一つぬひで後に負《おひ》ぬ衣がへ」と作って旅中の衣更の簡略さを詠んでいるが、それに比べて同想ながらこの旅中の煤掃の句は味わいに乏しい。

乙州《おとくに》が新宅にて

人に家をかはせて我は年忘　（猿蓑）

元禄四年正月五日付の曲水宛の手紙（勧進牒）にこの句が挙げてあるので、三年暮の作。その手紙に「まだ埋火の消《きえ》やらず、臘月末京都を退出、乙州が新宅に春を待て」。乙州が新宅に自分を招いてくれたのを、人に家を買わせて、と言ったのが面白い。何事も人さま任せで、何の心配もなく悠々と年を忘れることが出来ることを言って、主への挨拶としているのだ。京都で詠んだ「住つかぬ旅のこゝろや」の句が思い合せられるが、あれは独吟句であり、これは挨拶の心を忘れていない。

元禄四年

■元禄四年　辛未（一六九一）　四八歳

三日口を閉て、題正月四日

大津絵の筆のはじめは何仏

（勧進牒）

元禄四年作。正月五日付の曲水宛手紙に出ている。乙州の新宅での作。芭蕉は大津にいて、大津絵が目に触れる機会が多かった。当時の大津絵は阿弥陀・三尊仏・十三仏などの仏画を主とした略筆の戯画であった。その飄逸《ひょういつ》な筆使いには芭蕉は親しみを持っていた。その大津絵の画工は新年の試筆としては何仏から始めるだろう、という意である。試筆は三ガ日のうちにするのが普通だが、仏画を主とする大津絵では三ガ日を避けて四日に始めるだろうという想像もある。三日間俳句を作らなかった芭蕉は、この句を書くことがまた四日の試筆でもあった。切れ字もなく淡々とした自然の調子で、それはそのまま大津絵のユーモアに通じている。

餞乙州東武行《おとくに》

梅若菜鞠《まり》子《こ》の宿《しゆく》のとろゝ汁　（猿　蓑）

元禄四年正月、大津乙州邸で、商用で江戸へ下る乙州のための送別の席での歌仙の発句。その席には、梅が花咲き、またおそらく、お膳に若菜も添えられてあったのだろう。眼前の嘱目を詠み入れるのは、このような挨拶句のきまりであった。

句意は、これからあなたが下って行く東海道の道中には、初春のこととて梅もあり、若菜もあろう。あの鞠子の宿には名物のとろろ汁もあって、あなたを楽しませてくれるであろう、というほどの意。旅立ちをことほぐ意味を籠めて、道中の眼や口を楽しませる初春の景物を並べ立て、言い立てているのである。早春の東海道の景趣が眼に見えるようである。芭蕉は「ふと云てよろしと跡にてしりたる句也」（赤冊子）と言っている。

伊陽山中初春

やまざとはまんざい遅し梅の花　（真蹟懐紙）

竹人の『芭蕉翁全伝』にこの年とし、「橋木子の会に」として掲げる。伊陽とは伊賀で、大津から伊賀へ帰ったのは正月上旬頃である。橋木子は藤堂長定。

『芭蕉翁頭陀物語』（建部涼袋《りょうたい》、寛延四年刊）に、去来が芭蕉に次のような質疑の書簡を出したとある。「この句意、二義に解すべく候。山里は風寒く、梅の盛りに万歳のきたらん、どちらも遅しとや承らん。又、山里の梅さへ過ぐるに、万歳殿の来ぬ事よと、京懐しき詠にや侍らん」。これに対する芭蕉の返事は去来の質疑をはぐらかしているから、ここでは触れない。この二つの解釈の違いは、眼前に万歳の来訪を見ているのと見ていないのとにある。見ているとすれば、それは正月も遅くなってやっとこの山里に万歳がやって来たことになり、見ていないとするとそれは純粋に正月の句となり、万歳を待ち恋うている心となる。これは詞書からしても新春の句だから、まだ万歳が来ていないととるべきであろう。梅は一、二月を通じて咲くが、もちろんこれは一月で、正月気分の強い松の内の句であろう。

『黒冊子』に、

発句の事は行きて帰る心の味也。たとへば、山里は万歳遅し梅の花、といふ類なり。山里は万歳おそしといひはなして、むめは咲るといふ心のごとくに、行て帰るの心、発句也。山里は万歳の遅といふ計《ばかり》のひとへは、平《ひら》句の位也。先師も、発句は取合ものと知るべしと云るよし、ある俳書にも侍る也。

この「行きて帰る心の味」ということは芭蕉の言葉で、発句の根本の性格を道破したものである。この土芳《どほう》の文章で見ると、彼は芭蕉の言葉の真意を充分に汲みとることができないで、取合せの発句をのべたものと解している。だが芭蕉の真意は、取合せの句にも、「黄金《こがね》を打ちのべたるごとき句」即ち頭よりすらすらと言い下した句にも表れる性格を言ったのである。それをここでは詳説しないが、この句がその説明に最適だと土芳は思ったのだ（拙著『行きて帰る』参照）。

月待《まち》や梅かたげ行《ゆく》小山ぶし　（蕉翁句集）

元禄四年正月作。『蕉翁句集草稿』に「此句にて卓袋宅にて哥仙有」と注する。卓袋は貝増氏、かせやという屋号を持った伊賀上野の商人。月待とは十三夜・十七夜・二十三夜・二十六夜などに人々が集って月の出を待ち、それを拝む行事。その夜、山伏をよんで祈禱させたりすることもあった。「小山ぶし」はまだ年功を経ない山伏である。どこかの月待によばれた小山伏が梅の枝をさげて歩いて行く、という嘱目吟で、たぶん卓袋邸へ行く途中、芭蕉が見た景色であろう。その情景を思い出して、卓袋邸月待の席での歌仙の発句として提出した。この歌仙は残っていない。

不《ぶ》性《しやう》さやかき起されし春の雨　（猿　蓑）

同年二月、伊賀上野の兄半左衛門の家での作。元禄四年二月二十二日付珍碩《ちんせき》宛の書簡に、この句が中七「抱起さるゝ」という形で出ている。初案である。故郷の家へ帰っての安堵感が、示されている。老懶の感じが春雨の情趣によく融け合っていると言うべきだろう。寝床の温もりを去りがたい気持でいるところを起されたというのである。

山吹や笠に指《さす》べき枝の形《なり》　（蕉翁句集）

『蕉翁句集』にこの年とする。土芳《どほう》の『全伝』に「此山吹に一折有、人のフト参リタル時催サレシ也。二句トモニあか坂の庵ニ在□。初の庵の時也」。赤坂の庵とは兄半左衛門宅で、庭前に見た山吹を詠んだのであろう。この時の連句は見つかっていない。なよなよとしだれた山吹を折り取って笠に挿したら似合いそうな枝ぶりだ、と言ったもの。『冬の日』の付句に「たそやとばしるかさの山茶花《さざんか》」（野水）とあるのなどが参考になる。芭蕉のダンディズムを示した軽い即興句。

呑《のみ》明《あけ》て花《はな》生《いけ》にせん二升樽《だる》　（蕉翁句集）

『蕉翁句集』には元禄四年とする。土芳の『全伝』に「此句ハ尾張ノ人ノ方ヨリ濃酒一樽ニ木曾ノうど茶一種ヲ得ラレシヲひろむるトテ、門人多ク集テテ（ノの誤り）時也」とある。句の意味は読んで字の如く、別に注するまでもない。飲みつくして花生にしようというのだから豪壮な句で、古注には「杜律、酒瓶今已作二花瓶一（句彙）」の詩句をひいている。

としぐ〳〵や桜をこやす花のちり　（蕉翁句集）
万乎《まんこ》別墅《べつしよ》

『蕉翁句集』には元禄四年とする。土芳の『全伝』には、万乎別墅で催した花見で三月二十三日とあり、この句を発句として連句一折があったというが伝わらない。万乎は伊賀上野の富商で通称次郎太夫、屋号を大坂屋という。芭蕉の門人で、『猿蓑』その他に入集している。これは落花の句である。今年もまたここへ招かれて花を見、さかんな花吹雪の景色に会っている。その花が塵となり根に帰り、こやしとなって毎年このように花を咲かせている。その自然の摂理に感じ入っている句である。一句の中に桜と花とを重出してみせたところに、芭蕉の巧みがあったと思う。もちろん万乎への挨拶の意を含んでいる。

春の夜は桜に明《あけ》て仕《し》廻《まひ》けり　（韻《いん》塞《ふたぎ》）

『蕉翁句集』には元禄四年としているが、その根拠を知らない。春のあけぼのを賞した句。花見の宴で夜明してしまったのであろう。枕草子の「春はあけぼの。やう〳〵白くなりゆく、山ぎは少し明りて、紫だちたる雲のほそくたなびきたる」の情景を意識していよう。春の一夜が明けて空が白んでくるとともに、一面の桜が浮き出てくる朝景色である。穎原退蔵が、「桜に明て」は「桜を賞して居る中に明けた」のでなく、「これから桜を賞すべく明けた」のだといっているのは、あまりに理に落ちている。桜に托して春のあけぼのの爽かさを言っているのだ。

蝙《かう》蝠《もり》も出《いで》よ浮世の華《はな》に鳥　（西華集《さいかしゅう》）

『西華集』（支考編、元禄十二年刊）に「此句はある僧の旅立けるに、かくいはゞやと申されしが、餞別なくてよからんとていはずなりぬ」と付記する。そのとき支考が同席していたとみえ、そうすればこれは元禄四、五年頃の春の句となる。季題は「華」。浮世は今、花に浮れる季節で、鳥も花の間を飛び廻っている。蝙蝠もこの花に少し飛び廻ったらどうだ、という意味。黒い蝙蝠に、黒衣をまとう僧の意をこめた。僧の旅立ちを修行の旅でなく、西行のように風月に浮れ出る旅と見たのか。人の旅立ちに芭蕉自身が旅心をかきたてられ、心浮き立っている様が見える。

田家《でんか》に有て

麦めしにやつるゝ恋か猫の妻　（猿　蓑）

貞享期
元禄二年
元禄三年
元禄四年
元禄五年
元禄六年
元禄七年
元禄期
年次不詳

『蕉翁句集』にこの年とする。いつも麦飯ばかり食わされている田家の痩猫も、この頃恋にやつれて侘しげな姿である、と言った、ユーモラスな味わいを持った句。猫の妻は、猫の夫と書いてもツマと訓み、どちらでもよいが、この場合は『猿蓑』にはっきり妻の字をあてているから、牝猫のあわれを詠んだのである。

闇の夜や巣をまどはしてなく鵆《ちどり》　（猿蓑）

『蕉翁句集』にこの年とする。「鳥の巣」で春。千鳥は浜辺の砂を凹めて巣を作り、卵を生むという。闇の夜に千鳥の悲しげな鳴声を聞き、今はちょうど千鳥が雛を育てる時期に当るので、巣の所在をくらますために鳴いているのだ、と想像している。闇の中に巣の在り場所を見失って鳴くという解もあるが、闇だからと言って自分の巣を見失うなどということがあろうとは思えない。拾遺集の「夕されば佐保の川原の川霧に友まどはせて千鳥なくなり」（紀友則）という歌が有名で、「友まどはせ」るを「巣をまどはして」と転換したのである。前に芭蕉は鳴海で「星崎の闇を見よとや啼《なく》千鳥」と詠み、闇に聞える千鳥の声に「あはれ」を感じることが深かった。

画　讃

山吹や宇治の焙炉《ほいろ》の匂ふ時　（猿　蓑）

『蕉翁句集』にこの年とする。画讃の句だから実景ではない。宇治川の岸の山吹と宇治の焙炉を取合せたのだが、宇治川には「山吹の瀬」という山吹の名所があるという。宇治は茶どころであり、焙炉にかけた新茶の香りが芳しく匂っている。その香りと山吹の花の黄色に、匂い合い映り合うものを見出したのである。

衰《おとろひ》や歯に喰《くひ》あてし海苔《のり》の砂　（己が光）

『西の雲』（丿松《べつしよう》編、元禄四年跋）に「噛当《かみあつ》る身のおとろひや苔《のり》の砂」とあり、これが初案であろう。『己が光』（車庸編、元禄五年自序）が編纂されるまでには推敲されている。砂を歯にかみ当てた瞬間の即物的な感覚に、「衰」そのものを感じ取った。初案の「身のおとろひ」では衰老の詠嘆であったが、再案ではもっと乾いた表現になっている。歯の一瞬の感覚に集中した具象的イメージを抽象化して、「衰や」と言っているのだ。老いのものうさと言うと爛春の感じだが、海苔の季は早春である。

梅が香やしらゝおちくぼ京太郎　（忘《わすれ》　梅《うめ》）

『忘梅』（尚白《しょうはく》編）は五年正月序になっているから、四年春またはそれ以前の作。句は浄瑠璃十二段草子「姿見」の段の文句取りである。「よみけるさうしはどれ〳〵ぞ、源氏・さごろも・こきん・まんやう・いせものがたり・しらゝ・おちくも・京太郎」とあるが、「しらゝ」は散佚物語で、「おちくも」は御伽草子の小落窪、「京太郎」は現存する。「梅が香」に古物語の名を配した句で、新春の読初《よみぞ》めに、「草子の読初め」と言って女子は「文正の草子」を読んだが、これも深窓の乙女の草子の読初めのイメージと思われる。

ひとり尼わら家《や》すげなし白つゝじ　（真蹟）

真蹟詠草には「曙やまだむらさきにほとゝぎす」「妻こふて根笹かつくや（で書きさしたまま）」が同時に記されている。同じ頃の作と思われ、「曙や」の句が元禄三年か四年なので、これも三年あるいは四年とする。

ひとり住みの尼を、藁ぶきの庵に訪ねると、何となく距てをおいたすげない応対である。折から庵の庭には、白つつじがどこか愛想のないさまに咲いている。ひとり住みの尼のつれない態度とよそよしさに、どこか白つつじの花に似かよった感じを捉えた。「白」が眼目である。

雀子と声鳴《なき》かはす鼠の巣　（韻塞）

『蕉翁句集』に元禄四年とする。「雀の子」で、春。雀の子と鼠の巣とを配して草庵のわびしい様を描き出した。だが、元禄四年の作とすれば、江戸の芭蕉庵の句ではない。伊賀か近江か上方《かみがた》での作。

うきふしや竹の子となる人の果　（嵯峨日記）

『嵯峨日記』の四月十九日の条に見える。去来の別墅《べつしょ》、嵯峨の落柿舎に滞在中の作。この日芭蕉は小督《こごう》屋敷を訪ねた。「松尾《まつのお》の竹の中に小督屋敷と云有。都《すべ》て上下の嵯峨二三所有。いづれか慥《たしか》ならむ。彼《かの》仲国が駒をとめたる処とて、駒留の橋と云《いう》此あたりに侍れば、暫是《しばらくこれ》によるべきにや。墓は三間屋《さんげんや》の隣、藪の内にあり。しるしに桜を植たり。かしこくも錦繡綾羅《きんしゅうりょうら》の上に起臥して、終《つい》に藪中の塵あくたとなれり。昭君村《しょうくんそん》の柳、巫女廟《ふじょびょう》の花の昔もおもひやらる」。その藪の中の墓を見て、薄幸の美女の最期を哀れんだのである。小督は高倉天皇の寵《ちょう》妃《き》で、のち嵯峨に隠れ、仲国が天皇の命で尋ねてきて、想夫恋の琴の音に探しあてた一節が平家物語に出ている。のち彼女は大堰川に入水《じゅすい》して果てた。その「うきふし」と竹の節とを言い掛け、藪の中の墓なので、「竹の子となる人の果」と言った。ちょうど筍の季節であった。

嵐山藪の茂りや風の筋　（嵯峨日記）

前句に続いて四月十九日作。嵐山の辺りは竹藪が多い。藪がさわさわと靡《なび》いて、吹き通る風の筋が見えるのである。「茂り」によって夏。

柚《ゆ》の花や昔しのばん料理の間　（嵯峨日記）

『嵯峨日記』四月二十日の条に見える。前文に「落柿舎は昔のあるじの作れるまゝにして、処々頽破《たいは》ス。中〳〵に作《つくり》みがゝれたる昔のさまより、今のあはれなるさまこそ心とゞまれ。彫《ほりもの》せし梁《うつばり》、画《えがけ》ル壁も風に破れ雨にぬれて、奇石怪松も葎《むぐら》の下にかくれたるに、竹縁《たけえん》の前に柚《ゆ》の木一もと、花芳《かんば》しければ」とある。『芭蕉庵小文庫』に「柚の花にむかしを忍ぶ料理の間」、『蕉翁句集』に「柚の花にむかししのべと料理の間」、『蕉翁句集草稿』に「柚の花にむかし忍ばん料理の間」などと小異があるが、『嵯峨日記』にしたがう。「料理の間」とは、料理の膳立てなどをするための部屋。わざわざそんな部屋を作った豪華さに、昔の花やかさを偲ぶのである。この句は古今集の「さつき待つ花たちばなの香をかげば昔の人の袖の香ぞする」（よみ人しらず）の歌を本歌としている。花橘の香りがむかし相見た佳人を思い出させるというのをひるがえして、ここでは柚の花に昔の料理の間を思うとした。巧みな俳諧化であり、ことに柚子は日本の料理に欠かすことの出来ない物である。この柚子も、昔ここで割烹した人がその花の蕾をとって吸物の吸口などにしたであろう、と想像する。西行の歌に「軒近き花たちばなに袖しめて昔をしのぶ涙つつまん」とあるが、やはり古今集の歌の本歌取りで、「むかしを忍ぶ」という句は、或いはこの歌から取ったのかもしれない。

ほとゝぎす大竹藪をもる月夜　（嵯峨日記）

前句に続いて四月二十日の条に出る。『芭蕉庵小文庫』に座五「もる月ぞ」とあり、初案かもしれない。月も月夜も同じ意味。「月ぞ」では月光の強調が余りに露骨だが、「月夜」となると半ば虚辞めいた「夜」の語を入れることで、全体に水のような静寂相を漂わせる。嵯峨の竹藪は有名だが、芭蕉の「落柿舎の記」に「洛の何某《なにがし》去来が別墅《べつしょ》は、下嵯峨の藪の中にして、嵐山のふもと、大井川の流れに近し。此地閑寂の便りありて、心すむべき処なり」とある。大竹藪という一見無造作な表現が、この句のスケールを大きなものにしている。時鳥が鳴き過ぎ、ふりむくと藪のすきまを月光が洩れている。斜めに竹藪をつらぬく月光と、一声を残して飛び去る時鳥との、光と声との交錯が、一種凄味を帯びた幽寂境を作り出す。

手をうてば木魂《こだま》に明《あく》る夏の月　（嵯峨日記）

四月二十三日の条に出ている四句の中の一つ。「夏の夜や木魂に明る下駄の音」を見せ消ちにしてこの句を書いている。夏の夜は短く、たちまち明けてきて朝の空には残月がかかる。朝起きて打つ拍手《かしわで》の音がこだまになって、夜は白々と明けてくる。「木魂に明る」と言ったところがこの句の眼目で、この一句に夏の夜明けの本情を把えている。

たけのこや稚《をさな》き時の絵のすさび　（猿　蓑）

前句に続いて『嵯峨日記』四月二十三日の条に出ている。落柿舎の周辺の竹藪を歩き、筍を見て、幼い頃の手すさびに筍の絵をよく描いたことを思い出すのである。このあたりの芭蕉の句は概して軽いが、落柿舎にゆったりとした気分で滞在して作った手すさびの句といった感じである。

一日《ひとひ》〳〵麦あからみて啼《なく》雲雀《ひばり》　（嵯峨日記）

同じく四月二十三日の句。「麦の穂や泪に染《そめ》て啼雲雀」の左脇に細書しているので、改案したのであろう。麦の穂がだんだん赤らんでくるのを、あの雲雀が涙に染めて赤くなったのだろう、という古風な見立てで、表現が嫌味なので改案したもの。素直な表現として解する必要はない。「一日〳〵」と時間的な経過を述べ、麦秋のゆったりした気分を詠みとった。

能なしの寝《ねむ》たし我をぎやう〳〵し　（嵯峨日記）

同じく四月二十三日作。行々子（よしきり）に向って話しかける形の句である。「能なしの（我は）眠たし。（その）我を（眠らせてくれよ。）行々子（よ）」と言葉を補えば、一応意味は通じるだろう。半醒半睡のままつぶやく、片言めいた面白さがある。「俺をどうしろというのか、放っておいてくれよ」という言葉が、口の中で消えてつぶやきになったような感じである。行々子は水辺の蘆の茂る間に群棲して、ギョギョシ、ギョギョシとやかましく鳴き立てる鳥である。

「ねむたき」でなく「ねむたし」と切って、全体としてシ音が脚韻となり、快適なリズムを作り出している。「我をぎやう〳〵し」という言葉の連鎖が、繋がらないようで繋がるところも不思議な表現効果である。行々子を叱ることで、行々子に向ってひらかれている詩心が感じられる。

五月雨《さみだれ》や色紙《しきし》へぎたる壁の跡　（嵯峨日記）

『嵯峨日記』の五月四日の条にある。「宵に寝ざりける草臥《くたびれ》に終日臥《ふす》。昼より雨降止ム。明日は落柿舎を出《いで》んと名残をしかりければ、奥、口の一間《ひとま》〳〵を見廻りて」とあってこの句が書かれ、日記は終る。『笈日記』に中七「色紙まくれし」とあるのは杜撰であろう。

芭蕉は出立の前の日、建物の奥の間や玄関口に近い間や、あちこち見て回ったが、その中には色紙をはがした跡形がはっきりついている。鬱陶しい五月雨の季節で、薄暗い中に荒れた黴くさい部屋部屋を見て回る。はがした色紙に、もと富豪の持物だったというその持主の趣味なども想像されるのである。

粽《ちまき》結《ゆ》ふかた手にはさむ額髪《ひたひがみ》　（猿　蓑）

四年夏『猿蓑』（元禄四年七月三日刊）編纂中の作。『赤冊子』に、

この句、ものがたりの躰《てい》と也。去来集撰の時、先師の方より云送られしは、物がたりの姿も一集にはあるべきものとて送ると也。

すなわち俳諧撰集の単調を破るために、その中にはたまに物語体の句もあった方がよいとして、撰者のもとへ芭蕉から言って来た句である。「去来文」（浪化宛の去来の手紙、元禄七年五月十三日付）にはこの句について、「此も源氏の内よりおもひよられ候。如《かくのごとき》レ此にも、

同門の内にも嫌《きらいもうし》申候人も候へども、翁如《かくのごとく》レ此にて、たゞ人によりてすゝめたく候。第一は、其レに心付候へば、句体にふるび付申候。ふるび付候は、俳諧第一の病にて候」。源氏物語総角《あげまき》の巻に「うしろでは知らず顔に、額髪をひきかけつつ、色どりたる顔づくりをよくして、うちふるまふめり」。支考の『古今抄』にはこの句を「画図の体」として挙げ、「菱川（師宣）が色絵をつくす」と評している。たぶん額髪を手にはさむ女の様子に、浮世絵を連想したのだろう。

この句は源氏物語などの場面から想像したとしても、必ずしも総角の巻に限ったわけではない。王朝の貴族の女たちのそのような姿を面影に思い浮べればよいのである。額髪とは、婦人の額から左右の頰あたりまで長く垂れた髪で、末を切り揃えてある。邪魔になるのでかき上げたり、耳にはさんだりした。その動作に色気を感じ取ったのがこの句である。

己が火を木々の蛍や花の宿　（己が光）

『蕉翁句集』に元禄四年としている。『己が光』（車庸《しやよう》撰）自序に、元禄五年の夏、瀬田石山の蛍見に行き、その里の茶屋に宿った折、「此宿にも翁の吟行残されしとて持いづる」句とある。石山の源氏蛍はもちろん名物であった。

木々の蛍はあたかも己れの火をその木々の花として、その花の宿である木の間にとまっているのか。もってまわった表現の、見立ての句である。

丈山之像謁

風かほ（ママ）る羽織は襟《えり》もつくろはず　（芭蕉庵小文庫）

六月一日作。曾良の『近畿巡遊日記』に、その日芭蕉は去来・丈草・曾良と共に、洛北一乗寺村の石川丈山の旧居詩仙堂に遊んだ、とある。
「風薫る」とは連歌の作法書『至宝抄』（里村紹巴《じょうは》）に「唐《もろこし》の言葉より出《いで》申候」とあり、「薫風」の訳語で、夏の季題である。南から渡ってくる薫風の涼しさに、襟もつくろわない石川丈山の高逸の風格を取合せたもの。羽織の襟をつくろわないといったところに、芭蕉の丈山への親しみの気持が示されている。ちなみに丈山忌は五月二十三日である。

みな月はふくべうやみの暑《あつさ》かな　（葛の松原）

『葛の松原』（元禄五年刊）には「いづれの年の夏ならん」として出ている。『蕉翁句集』には元禄四年の部にある。『瓜作』（琴風編・元禄四年序）に「昼は猶《なお》腹《フウ》病煩《ヤミ》の暑サかな」とあり、初案か。『葛の松原』に、源氏物語の巻々に心をとどめるべきむねを記している。「ふく病やみ」は源氏物語帚木の巻に「月頃ふびやうおもきに堪へかねて、極熱《ごくねち》の草薬《そうやく》を服《ぶく》して」とあるのに拠る。「ふべう」とは風病、すなわち風邪、感冒のことだが、のち腹病とあやまった。腹病とは黄疸とも、痢病ともいい、高熱になやむので、六月の季節は腹病やみが高熱になやむような耐え難い暑さだ、といったもの。暑さの誇張的表現に、源氏物語に根拠のあるふく病やみを持ってきたところがみそである。額に鉢巻きをして苦痛に耐えている病人のイメージを借りて、極暑の苦しさを表現した。

（芭蕉庵小文庫）

なでし子にかゝるなみだや楠《くす》の露

正成《まさしげ》之像
鉄肝石心此人之情

『蕉翁句集』に元禄四年とするが、確証を得ない。「鉄肝石心」とは正成の変らぬ忠誠心を述べたもの。この句から見て、「正成之像」とは桜井駅での楠公父子訣別の図であろう。「なでし子」に愛児正行《まさつら》のイメージを重ね、「楠の露」に子を思う正成の親ごころを掛けた。『笈の小文』の時、惣七（猿雖）宛の元禄元年四月二十五日付の手紙に、この旅の道程を詳しく報告し、それに付けた万菊丸（杜国）のメモ「古塚　十三」の中に「良将楠が塚」を挙げているから、この時芭蕉は湊川の楠の塚を訪ねたのだろうが、この時の作というわけではない。画讃の句だが、比喩があらわで、ゆかしさがない。

変動をはっきりと感じさせる句である。

初秋や畳《たたみ》ながらの蚊屋の夜着《よぎ》 （西の雲）

『蕉翁句集』にこの年とする。蚊はもう余り出なくなって、蚊帳は畳んだままに足元に置いてある。だが、さすがに夜分は冷えてきて秋の気配を感じさせるので、掛け蒲団がわりに、畳んだままの蚊帳をうちかけるのである。初秋のころのささやかな動作に、かすかな気温の変動をはっきりと感じさせる句である。

秋風のふけども青し栗のいが （こがらし）

『蕉翁句集』に元禄四年とする。『赤冊子』に「此句、いがの青きをおかしとて句にしたる也。吹け共青《どもあお》しといふ所にて句とはなして置《おき》たり」と芭蕉の言葉を伝えている。この言葉で芭蕉の作意ははっきりする。だんだん秋の色になってきた景色のなかで、栗のいがだけが周囲に逆らった感じで、青さを保っている。その頑固さを面白いとしたのである。『芭蕉庵小文庫』には初五「はつ嵐」となっているが誤伝か。

牛《うし》部《べ》やに蚊の声闇《くら》き残暑哉 （赤冊子《あかそうし》）

『蕉翁句集』にこの年とする。『星会集』（輪雪編、宝永六年序）に「牛部屋に蚊の声よはし穐《あき》の風」の形で出、これが初案である。路通・史邦・丈草・去来・野童・正秀との七吟歌仙の発句で、京での作であり、脇句は路通で、「下樋《したび》の上に蒲萄《ぶだう》かさなる」。『赤冊子』に、「此句、蚊の声よはし秋の風、と聞へし也。後直りて自筆に残暑かな、とあり」とある。

この形は『赤冊子』にだけしか伝えられていない。初案の形も悪くはないが、残暑の感じがいっそう的確と思い直したのであろう。「蚊の声弱し」は「秋の風」とよく映り合っているが、芭蕉はそれより「蚊の声闇き」に執著した。「蚊の声闇き」とは、音を光の明暗で示した芭蕉独特の表現で、「闇き」とは蚊の声の音色を示すと共に、牛部屋のほのぐらいさまを示している。そしてそれには「秋の風」よりも「残暑」といった方が、表現が的確である。推敲することによってこの句は、牛部屋の暗さも温度もほのかな蚊の声も、すべて集中的に捉えている。

むかしきけちゝぶ殿《どの》さへすまふとり

（芭蕉庵小文庫）

『蕉翁句集』は元禄四年とするが確証がない。「ちゝぶ殿」とは秩父の武将、畠山重忠である。『古今著聞集』に、東八ヵ国のうちをすぐった大力長居と重忠が相撲をとって、取りひしいだ話が出ている。そのことを踏まえて、伝え聞く昔はあの秩父殿さえ相撲取ではないか、と言ったのである。支考の『俳諧古今抄』に「即興体、景清も花見の座には七兵衛　むかしきけ秩父殿さへ相撲取　右二章は一座の談笑にして本より切字の論に及ばず、前章は七兵衛の平懐をかしがり、後章は殿の字の殷懃を崩す。爰を俳諧の骨折と知るべし」云々とある。古典に原拠をとりながら、軽い即興体のおかしみが漂っているところが、この句の面白味である。「相撲」で秋。

九《ここの》たび起《おき》ても月の七ツ哉　（雑談集）

『蕉翁句集』に元禄四年の部に出、「旅窓長夜」と前書がある。九たびというのは、何度もということで、秋の夜長を幾たびとなく起き、その度に月を仰ぐが、まだ明けきらぬ七つ時（午前四時頃）の月とみられるのである。数字を出しただけで、さして面白味のない句。

菴《いおり》にかけむとて句空が書《かか》せける兼好の絵に

秋のいろぬかみそつぼもなかりけり　（柞《ははそ》原《はら》）

句空宛の書簡（元禄四年秋、月日不明）によってこの年の句である。『草庵集』の句空の自序に「函底に兼好の絵あり。是に故翁の句ふたつあり。義仲寺にての吟也」とある。書簡には初五「庵の秋歟《か》」とも並記してあるが、この別案は捨てられた。『湯のかたみ』（不転編、天保元年序）に、北枝の問いに答えた八ヵ条の末に「秋一夜柿三味《シンタ》瓶《がめ》さへなかりけり」とあり、この形では元禄二年奥の細道行脚の折にすでに出来ていたことになる。だが、この記述はあまりにも時が隔っていて、ただちに信を置くことは出来ない。

　徒然草に「後世を思はん者は糂粏《じんだ》瓶《がめ》一つも持つまじき事なり」とあるのに拠る。そして徒然草のこの一文は、『一言芳談抄』に「大源の僧正、往生要集を読まれけるを、法然坊、俊乗坊聴聞せられける時、俊乗坊、糂粏瓶一つも執心とどむまじき事なりと、法然坊へ申されければ」とあるのに拠っている。糂粏とはぬかみそのことで、糂粏瓶のような些細なもの一つ所有しない、一切を捨て、世俗の執着を絶った境涯をいう。その言葉を基にして一句を作り、それを自分の境涯になぞらえた。だがそれは、旅の境涯より義仲寺無名庵のような草庵での生活にいっそうふさわしい。そして、糂粏瓶と言って直ちに兼好の生活を思わせるよりも、やや距離をおいて「ぬかみそつぼ」と言いかえた方が表現の深みを増す。

「秋の色」とは、秋の野山の色どりである。この句には定家の「見わたせば花ももみぢもなかりけり浦のとまやの秋の夕ぐれ」（新古今集）の歌が心にあるようだ。花ももみじどころか、ぬかみそつぼもない無の境涯を描き出す。「秋の色」から兼好の高潔な心境の象徴を読みとるのは、過剰解釈であろう。芭蕉は自分の境涯との類比において、糂粏瓶一つにも執着しない兼好に親愛感を抱いているのだ。軽く生きることが芭蕉の願った生き方だった。面白い画讃の句である。

淋しさや釘にかけたるきりぐす　（草庵集）

前句と同時の作。前掲句空宛の手紙に「像讃之義、発句珍しからず難儀仕候。ケ様之事ニてもかき付可ㇾ申哉」とあって、前句と一緒に「しづかさやゑかゝる壁のきり〴〵す」の句が掲げてある。初案の形である。『草庵集』(句空撰、元禄十三年)にはこの句に次のような句空の文が添えてある。「秋の色ぬかみそつぼもなかりけりといふ句は、兼好の賛とて書たまへるを、常は庵の壁に掛て、対面の心地し侍り。先年義仲寺にて、翁の枕もとにふしたるある夜、うちふけて我を起さる。何事にかと答たれば、あれ聞たまへ、きり〴〵すの鳴よはりたると。かゝる事まで思ひ出して、しきりに涙のこぼれ侍り」。これによれば、この句はやはり兼好の画讃として作られた句で、その画像が壁に掛けられた句空草庵の情景を想像して画讃にするという、変った趣の画讃である。

だが、改作句になると、画讃という意味を払拭してしまった。これは釘に掛けた虫籠を詠んだもので、その淋しい音色に自分の侘しい境涯の象徴を見出しているのだ。「きり〴〵す」は、今の「つづれさせこおろぎ」であり、リイリイと鳴くその声に、衣のつゞれをさせと秋の用意を促すような気持を、古来聞きとっていた。ひとしお秋のあわれを感じさせる音色の虫である。

十五夜

米《よね》くるゝ友を今宵《こよひ》の月の客　(笈日記)

『蕉翁句集』にこの年とする。八月十五日の夜、無名庵に集った乙州《おとくに》・正秀《まさひで》・洒堂《しゃどう》・丈草《じょうそう》・支考《しこう》・木節《ぼくせつ》・惟然《いぜん》・智月《ちげつ》尼などと湖上に漕ぎ出した時の作（支考「月見賦」）。今宵の集りの料《りょう》に米をくれる友を、この名月の客として迎えよう、と興じたもの。「米くるゝ友」とは、徒然草に「よき友三あり。一は物くるゝ友」云々とあるのを踏まえている。「月見賦」によれば、この夜は酒を携えた乙州、茶を持ってきた正秀など、それぞれが持寄った馳走の品々で月見の宴を催しているのである。軽やかに心を遊ばせた風狂の句体である。

三井寺の門《もん》たゝかばやけふの月　（西の雲）

前句と同じ時、義仲寺での作。この夜、無名庵に集った大勢の門弟たちと湖上に漕ぎ出したことは、支考の「月見賦」に見える通りであるが、興に乗って、千那《せんな》・尚白《しょうはく》を訪ねたのは五更も過ぎたころであった。月の美しいのに乗じてこれから三井寺の門を敲《たた》こう、と打ち興じたもので、謡曲『三井寺』に「少《おさな》き人をともなひ申《もうし》、皆〳〵講堂の庭に出て月を詠《なが》めばやと思ひ候」とある句を踏まえ、さらに賈島《かとう》の「鳥ハ宿ル池辺ノ樹　僧ハ敲ク月下ノ門」の詩にも拠っている。これも風狂の句体である。

十六夜《いざよい》三句

やすくと出《いで》ていざよふ月の雲　（笈日記）

八月十六日作。十五夜の義仲寺での月見の興が後を引いて、翌日堅田の人竹内茂兵衛成秀の家で十六夜《いざよい》の月見を催した時の句。「堅田十六夜之弁」にこの夜の模様を描いている。この句を発句として成秀・路通・丈草・惟然らとの歌仙が『既望』に出、その時の成秀の脇句は「舟をならべて置わたす露」。十六夜とは、十五夜よりもややためらって月が出るのでいざよひ」と言ったのだが、それが今宵は何のためらいもなくやすやすと出てきた。かと思うと、また雲に隠れていざよっている、と言ったもの。やはり「いざよひ」の月だな、と十六夜の名辞によりかかって発想した、軽やかに興じた句。

十六夜《いざよひ》や海老《えび》煎《い》る程の宵《よひ》の闇　（笈日記）

同じ時の句。前句の詞書は、この句と次の句にも掛かる。「堅田十六夜之弁」に、「園中に芋あり、さゝげ有。鯉・鮒の切目《きりめ》たゞさぬこそいと興なけれと、岸上に莚をのべて宴をもよほす。月はまつほどもなくさし出《いで》、湖上花やかにてらす」とあってこの句の背景が分る。主がその夜の馳走を支度している宵闇の時刻を詠んだもの。月がいざよっている僅かの時間に海老を煎るのである。琵琶湖の海老は前に「小海老にまじるいとゞ」と詠んだ。鯉・鮒・

芋・ささげなど、この夜のさまざまの馳走の中で特に海老を取出し、それを煎る間を言ったところに、いかにも月を待つ間の心弾んだ短い時間が感じとられる。

その夜浮見堂に吟行して

鎖《ぢやう》あけて月さし入《いれ》よ浮《うき》み堂《だう》　（笈日記）

前句に続いて、その夜は成秀の家から浮御堂へ吟行したのである。輝きわたる月光にもかかわらず、堅田の浦の浮御堂は、扉をとざしたままであった。その錠をあけて、この明るい月を堂一杯にさしいれよ、と言ったもの。月見の興に乗った、うきうきした心がこの句にも見える。

柴のいほときけばいやしきなゝれどもよにこのもしきものにぞ有ける

このうたは東山に住ける僧をたづねて西行上人のよませ玉ふよし、山家集にのせられたり。いかなるあるじにやとこのもしくて、ある草庵の坊につかはしける

しばのとの月やそのまゝあみだ坊　（真蹟懐紙）

元禄四年と『蕉翁句集』にある。岡田利兵衛氏の『芭蕉の筆蹟』には「一応元禄四年九月の帰東出発前の揮毫」としている。山家集の歌と詞は正しくは「いにしへ比、東山に阿弥陀房と申しける上人の庵室にまかりて見けるに、何となくあはれにおぼえて詠める　柴の庵と聞くはくやしき名なれどもよにこのもしき住居なりけり」とある。そのあみだ坊の名を借用して、たぶん東山あたりに草庵を結んだ坊に言ってやった句である。昔西行法師が「世にこのもしきもの」と言った柴の戸の月をあなたも領して、まるであなたもあみだ坊のような境涯ですね、と言った。西行への傾倒をそのまま挨拶句に生かしたのである。

兎苓《とれい》がちゝの別墅《べっしょ》な（つ）かしくしつらひて、園中数株の木実《このみ》にとめるを

祖父《おほぢ》親《おや》まごの栄《さかえ》や柿みかむ　（堅田《かただ》集）

『芭蕉盥』に「元四、堅田柳瀬可休《かきゅう》亭にてと有、中七孫のさかへやと有」と頭注している。可休は兎苓の父である。『堅田集』には兎苓の後裔素苓所持の真蹟による、とある。兎苓は堅田成秀亭での十六夜の歌仙にも一座している。たぶん堅田へ来た芭蕉を案内して、兎苓が父の隠居所へ連れだったのであろう。その時、兎苓のまだ小さい子供たちも同道したかと思え、芭蕉は柳瀬家の祖父、父、孫三代の栄えを称えて、この句を詠んだ。折から柿や蜜柑などの秋のなり物が園中に赤く実っていて、一家の繁栄ぶりを物語っているかにみえるので

ある。

『蕉翁句集』に「祖父親其子《その》の庭や」とあるのは、別案か。山上憶良の「宴を罷《まか》る歌」の「その子の母も」の口調が「其子の庭や」に出ているようである。

名月はふたつ過《すぎ》ても瀬田の月　（西の雲）

『西の雲』に載せる支考の「石山参詣序」に続いてこの句が見える。その文によれば、元禄四年閏八月十八日、石山寺に詣で、瀬田川に舟を浮べてこの句を詠んだのである。『蕉翁句集』には「名月や二有ても瀬田の月」とあるが、杜撰か。

この年八月が閏月で、名月をふたつ経たことになり、ふたつ過ぎても今日のこの瀬田の月は賞すべきものだ、といった。理に堕ちた句である。

鷹の目もいまや暮《くれ》ぬと啼《なく》鶉《うづら》　（芭蕉庵小文庫）

『赤冊子草稿』に「辛未」と頭注しているので、元禄四年作。

昼間は鷹が目を光らせているのを恐れて、草の中に身をひそめていた鶉が、夕暮になり鷹の目もきかなくなって啼きだした、ということ。当時は鶉の啼声を競い合うことが流行したが、鶉の啼声は古くから秋のあわれを想わせるもの、とされていた。それにしてもこれはさして面白味もない句である。

草の戸や日暮《ひぐれ》てくれし菊の酒　(笈日記)

『笈日記』には、堅田浮御堂での句「鎖あけて」の句に続いて出し、「おなじ年九月九日乙州が一樽をたづさへ来りけるに」と前書している。この時乙州は「蜘手《くもで》にのする水桶の月」と脇句をつけている。義仲寺無名庵での作である。

「菊の酒」とは重陽の節句に用いる酒で、菊の花を浮べて飲む。この草の戸では、九日の菊の酒が当日の日暮になって届けられた、というのである。一般には朝から祝うべきものを、ここでは日暮になって飲むのもかえって一興と言ったのだ。携えてきてくれた乙州への挨拶である。また決ったとおりにでなく、時刻をずらせて形ばかりに祝うその自由さが、軽みだとも言える。その意味で、「日暮れてくれし」とは、蕉風の俳諧連衆の意識ではかえって褒美の言葉ともなる。

片田何某が亭にて

蝶も来て酢《す》を吸ふ菊のすあへ哉　(篇《へん》突《つき》)

『篇突』に元禄四年とする。『蕉翁句集』には「粟津に日数ふる間に、茶の湯にすける人あり。一浜の菊を摘《つま》せてふるまひければ」と前書し、『むすび塚』には「湖上堅田の何某木沅医師のこのかみの亭にまねかれて、みづから茶をたて酒をもてなされける。野菜八珍の中に、菊花のなます猶かうばしければ」という前書で出している。また『赤冊子草稿』に「此句前書自筆物の趣也、白船《(ママ)》ニハ菊花讃、折節ハ酢に成菊のさかな哉と有、此句の直しか」と、『泊船集』を引用して、別の形を注記している。

堅田の木沅邸に招かれて出された菊なます（菊の酢和《すあ》え）を賞美した挨拶句。蝶までも酢を吸いにやってくるとは、もちろんフィクションで、荘周の化身の蝶と隠逸な花とされた菊とを取合せたとする日本古典文学大系本の頭注は当っていよう。つまり、主《あるじ》の隠逸の境涯をこの句で称えたことになる。

み所のあれや野分の後《あと》の菊　（真蹟自画讃）

『蕉翁句集』に元禄四年とする。ここでは『俳聖余光』（伊藤松宇編、昭和十七年刊）に拠ったが、『真蹟集覧』（松栄軒編、天保十三年刊）には初五「みどころも」とある。

野分が吹き荒れて、吹き倒された菊にもさすがに一抹の風情が漂っている、と言ったもの。後世の句に「枯菊と言ひ捨てんには情あり」（松本たかし）、「枯菊に尚ほ或物をとどめずや」（高浜虚子）、「枯菊の色をたづねて虻《あぶ》来たる」（同）等がある。そのような枯れ衰えた菊になお残る風情を見出した句に、芭蕉の句は遠く先駆しているものとも言えよう。

十三日

橋桁《はしげた》のしのぶは月の余波《なごり》かな　（よるひる）

『蕉翁句集』は元禄四年とする。『己が光《おのがひ》』に、之道《しどう》、車庸《しやよう》の月見の句とともに掲げて、「以上三句は後の名月石山にまふでゝ」と注している。「月の余波」は、名残の月、すなわち十三夜の月である。橋桁は、瀬田の唐橋で、芭蕉は庵を訪れた客人たちと無名庵から瀬田の唐橋に出て、月を賞した。橋桁の忍草に月がさしているのを一興と見た。「しのぶ」は忍草に偲ぶの意を掛けた。

稲雀《いなすずめ》茶の木《き》畠《ばたけ》や逃どころ　（西の雲）

『蕉翁句集』に元禄四年とする。膳所《ぜぜ》での嘱目の句である。田も茶畠も草庵の近くにあったのだろう。鳴子の音に驚かされた稲雀の逃場所が茶畠というのだ。軽いユーモラスな句。

松茸やしらぬ木《こ》の葉のへばり付《つく》　（忘《わすれ》梅《うめ》）

『蕉翁句集』には元禄七年に誤っているが、『忘梅』（尚白《しようはく》編、元禄五年正月序）の成立時期からして四年秋、またはそれ以前と推定される。のちに元禄七年九月四日夜、支考らが伊賀に芭蕉を訪ねて滞在中、芭蕉から松茸一籠《かご》に添えてこの句を贈られたので、この句を立句として歌仙を巻き、それは『芭蕉翁俳諧集』に出ている。ただし座五「へばりつき」。『続猿蓑』は「へばりつく」。発句として終止形の方が据わりがよい。脇句は「秋の日和は霜でかたまる」(文代)。

取りたての松茸を詠んだもの。見知らぬ木の葉が笠にへばりついているのも、山家らしい情趣がある。『続猿蓑』に初め「いせの斗従に山家をとはれて」と前書し、のちこれを見《み》せ消《け》ちにしている。この前書は、元禄七年の「蕎麦はまだ花でもてなす山路かな」の句にあるべきものを誤ったのである。

松茸やかぶれた程は松の形《なり》　(誹諧《はいかい》曾我《そが》)

『蕉翁句集』に元禄五年とするが、『泊船集書入』に「いが」と頭書がある。松茸の句は伊賀で作られる公算が大きい。ただし元禄五年は江戸だから、「松茸やしらぬ木の葉のへばり付《つく》」の句と同じく、元禄四年とすべきか。『句選年考』には二句とも「伊賀山中の吟なり」とある。松茸の傘の表面に散松葉がかぶさって、その跡が白っぽく変色しているのを、「かぶれた」と言ったのだ。松葉の形にかぶれている、と言ったもの。松茸の軸にかびた跡があって、それで松の幹の恰好に似ている、とする解もある。だがこの「かぶれ」は「かびる」

ではなく、感染であり、転じて変色である。

秋《しう》海《かい》棠《だう》西《すい》瓜《くわ》の色に咲《さき》にけり　（東西夜話《とうざいやわ》）

元禄四年の句。支考《しこう》の『東西夜話』に「先師むかし湖南の曲翠亭におはして、是も水鉢のあたりに此花の咲て侍りしを、此もの殊に句にあるまじき花なりとて」云々と注してある。『正風彦根躰』には「画讃」とする。秋海棠も西瓜も中国からの到来もので、当時めずらしく、どちらも句にあまり詠まれない花や果物であった。そして紅《くれない》の色のあざやかさにどちらもエキゾティックな感じがあって、その相似性をとらえて芭蕉はずばりと言いきったのである。許六が言うように画讃の句かもしれない。

乳《にゆう》麪《めん》の下たきたつる夜寒哉　（葛の松原）

『蕉翁句集』に「曲翠亭夜寒題」と前書して元禄四年とする。乳麪（入麪）は当字で、煮麪の延音。素麪を醬油か味噌で煮て、温かくして食べる。これは夜食に入麪を煮ているところで、鍋の下の榾《ほだ》をかきたてるところ。いかにも夜寒の景に相応しい。

辛未《しんび》の秋、洛にあそびて九条羅生門を過るとて

荻《をぎ》の穂や頭《かしら》をつかむ羅生門　（赤冊子草稿）

詞書によって元禄四年の作。『芭蕉翁発句集』には「東寺を過るに」と前書がある。東寺と九条羅生門とは近い。たまたまその辺りを歩くと、荻が生い茂っていた。昔、羅生門の鬼が渡辺綱の頭をつかみ、綱が鬼の腕を討ち落したというが、今はいっぱいに生い茂った荻の穂が垂れて、歩く自分たちの頭をつかまんばかりである、ということ。「頭をつかむ」と前後の文のつづきが舌足らずである。

秋風や桐に動《うご》いてつたの霜　（赤冊子）

『赤冊子草稿』に「辛未」と頭注している。『芭蕉庵小文庫』には「梧《きり》うごく秋の終りやつたの霜」とあり、『赤冊子』によってこれは初案の形であることがわかる。『泊船集』には「暮秋のけしきを」と前書して初案の形を収める。「桐一葉」といって、秋風はまず桐に動いて秋の到来を知らせるが、後には蔦の紅葉に霜をおいて秋の終りを知らせる、という意。なるほどと言えば、それですむ句。

稲こきの姥《うば》もめでたし菊の花　（笈日記）

『笈日記』に「そのころそのほとりの田家に宿して」という編者のつけた詞書がある。「そのほとり」とは彦根郊外平田の辺りである。芭蕉は九月二十八日に無名庵を発って江戸に向った。秋の句だから、出立してから二日ほどの間の作である。『笈日記』には、平田の明照《めいしよう》寺《じ》に桃隣と泊ったことを誌した続きに、この句を誌している。だが、明照寺に一泊したのは十月に入ってからであるから、その直前に平田に近い農家に一泊したのであろう。菊に長寿の姥を稲の脱穀に老婆が達者で立働いているのを見て、「めでたし」と言った。田家で求められた挨拶句である。取合せたところがややわざとらしい。

鬼灯《ほほづき》は実も葉もからも紅葉《もみぢ》哉　（芭蕉庵小文庫）

『蕉翁句集』は元禄四年とする。鬼灯は秋になって実も葉も殻もすっかり赤くなってしまった、と言ったもの。鬼灯は女児の弄《もてあそ》び物だから作者も幼く言い取ったので、それが鬼灯の本情に適った詠みぶりともいえる。『万葉集』に「橘は実さへ花さへその葉さへ枝《え》に霜降れどいや常葉《とこは》の木」（聖武天皇、一〇〇九）とあるのに類似していることは、古注以来指摘されている。作者がそれを意識したかどうかは別として――。

たふとがる涙やそめてちる紅葉　（笈日記）

『笈日記』に「元禄五年神な月のはじめつかたならん、月の沢ときこえ侍る明照寺《めいしょうじ》に羈旅《きりょ》の心を澄《すま》して」と前書しているが、五年は四年の誤り。紅葉に散るを結べば、冬季となる。

近江犬上郡平田村字月の沢に明照寺はあり、住職の李由《りゆう》は、蕉門俳人であった。乙州《おとくに》や曲翠などの湖南衆に対して、許六《きょりく》や李由は湖東衆として、一つの蕉門グループをつくっていた。この句は、李由への挨拶句として、寺の景色の何となない尊さを述べようとした。参詣する善男善女が仏の慈悲の有難さに流す涙が、この寺の紅葉を真赤に染めて、今はらはらと庭に散り敷く姿をみせている、ということ。寺の幽邃さを強調しようとして散る紅葉を詠んだのだが、あまりに露骨な表現にすぎた。

この句に李由は「一夜静《しずま》るはり笠《がさ》の霜」という脇句をつけた。

元禄辛未《しんび》十月明照寺李由子《りゆうし》宿

当寺此平田に地をうつされてより、已《すで》に百歳に及ぶとかや。御堂奉加の辞に曰《いわく》、竹樹《ちくじゅ》密に土石老《おい》たりと。誠に木立ものふりて殊勝に覚え侍りければ

百《もも》歳《とせ》の気《け》色《しき》を庭の落葉哉　（真蹟画讃）

寺がこの地に移された慶長四年からすでに百年に近い歳月を経て、降りつもった庭の落葉もその長い歳月を経た蒼古とした景色を見せている、という意味。もとめられて書いた実感

の伴わない句で、この真蹟は今も明照寺に蔵している。

作りなす庭をいさむるしぐれかな　（真蹟懐紙）

庭興即事

『蕉翁句集』には「みのゝ国垂井《たるい》の宿矩外《きがい》が許《もと》に冬籠して」と前書して、「作り木の庭をいさめる」という形で出ている。杜撰である。矩外は規外が正しく、美濃の国不破郡垂井の宿の本龍寺の住職。その庭には石を据え、いろいろな木を植えて、心を凝らした作り庭であった。折柄、時雨が降ってきて、木や石や蹲《つくばい》、燈籠を濡らして過ぎ、庭をいきいきと生気づけた。それを時にとっての一興として、主への挨拶句とした。

葱《ねぶか》白く洗ひたてたるさむさ哉　（韻《いん》塞《ふたぎ》）

十月十日ごろ、京津を立って江戸へ向う途中、美濃国不破郡垂井の土山閣本龍寺の住職規《き》外《がい》を訪ねて、この句を詠んだ。垂井は葱もよく、水もよいところで、土地の名物を詠みこんで、規外への挨拶句としたのである。

葱を洗い立てたそのきわやかな純白に、「寒さ」の視覚的な等価物を見ているのである。一本の棒のように詠み下し、単純さの極致において、「もの」の中核を摑み出し、そこに

「寒さ」の本質を把握した句である。

　垂井の清水で洗い立てられた、目にしみるような白さが、芭蕉の賞美の対象となった。寒さのくるのが早い関ケ原の近辺としては、「寒さ」の真髄において句を詠むことも、土地への褒美の意味となったであろう。

千川亭《せんせん》に遊て
折《を》〳〵に伊《い》吹《ぶき》をみては冬ごもり　（後の旅）

　十月、美濃大垣の宮崎千川亭での挨拶句。伊吹山は千川亭から西に見え、最も印象的な雄偉な山であった。非常に天候の変化が多く、たびたび雲間に姿を隠すが、「折〳〵に」とはその山の特色を端的につかんでいる。土地の名山を詠むことは、大国へ行った句作者の礼儀でもある。冬ごもりの折々に、雪をかぶった伊吹の方へ目をやるのだ。

　芭蕉は来訪者だから、冬ごもりをする主体はもちろん主の千川であり、千川の立場に自分を移行させてこの句を発想しているのである。『笈日記』などには中七「伊吹を見てや」とあるが、これだと疑問の意になり、「見ては」だと主の気持になって詠んだことになる。

　僅かにテニヲハ一字の違いで発想の根本が違い、こもる心の深さに違いが生れてくる。相手の境涯に自分を没入させることで、その結果、その人の境涯と家と土地とを讃えるのだ。

耕雪子別墅《べつしよ》（ママ）則時

凩《こがらし》に匂ひやつけし帰花《かへりばな》　（後の旅）

『蕉翁句集』に元禄四年とし、「ミノ耕雪別墅」と前書している。耕雪子は不明だが、千川らと同じく大垣藩士であろう。そこに招かれて作った即興句である。「則時」は「即事」の誤り。

座敷から庭を眺めて、帰り花を見つけたのである。帰り花は梅・桜その他が十月頃の小春の陽気につられて、時ならぬ花を枝に咲かせることである。嘱目の物を詠み込むのが挨拶句の常道だから、芭蕉はその帰り花を早速取り込んだ。凩が吹き、蕭条とした庭の冬景色に、あでやかな色どりを付けようとしてこの帰り花は咲き出たのか、という意。「匂ひ」とは花の匂いではなく、色彩があでやかに映えるさまに言う。ここでは何の花とも分らないが、ともかく「くれなゐ匂ふ」か、「むらさき匂ふ」か、あでやかで品のある色が、一点の色彩を浮き立たせているのだ。

水仙や白き障子のとも移《うつ》り　（笈日記）

『蕉翁句集』に元禄四年とする。『笈日記』には編者支考の書いた前文に「元禄三（四の誤り）年の冬神な月廿日《はつか》ばかりならん、あつ田梅人《ばいじん》亭に宿して、塵裏の閑を思ひよせられけむ、九衢斎といへる名を残して」とある。この時同道したのは支考・桃林（桃隣）で、主梅《あるじ》人が「炭の火ばかり冬の饗応《もてなし》」の脇句を付けた。

座敷には水仙の花が活けてあった。水仙の高雅な白と、障子の真新しい白とが清々しく映り合っていることを言って、挨拶とした。主梅人が清らかに住みなしたその境涯を称えたのである。

其《その》にほひ桃より白し水仙花　（笈日記）

『茶のさうし』に「元禄辛未冬」と前書がある。『笈日記』には「新城《しんしろ》はむかし阿叟の逍遥せし地也。なにがし白雪といふおのこ、風雅の子ふたりもち侍る。二人ながらいとかしこくぞ侍る。阿叟もその少年の才をよみして是を桃先・桃後と名づけ申されしを、支考も名の説かきてとゞめける也」という編者支考の前文がある。白雪は太田氏、三河国新城の人、屋号は升屋といい、庄屋役。古くから俳諧を好み、この年以来蕉門に入った。この時、三十一歳で、二人の子供に芭蕉から桃先・桃後の号を貰った。この句を発句として歌仙を巻き、白雪の脇句は「土屋藁屋のならぶ薄雪」であった。同道した桃林・支考らと共に、まだ少年の桃先・桃後もこの座に加わって句を出している。

この座にも水仙が活けられていた。「にほひ」は色彩だが、色彩や姿のみならず、芭蕉はその匂いの清楚さをも白と感じたかもしれない。前に「鴨のこゑほのかに白し」と詠んだのと同様である。水仙は主白雪の象徴でもあり、水仙を讃えることは主の境涯への讃めことばであった。

だがこの句はわざわざ「桃」と言ったその意図を考えなければならない。それは芭蕉がこの時二人の息子に桃先・桃後の名を与えたことと関連する。『笈日記』の付記に「水仙の花を桃前梅後といへる」というのは、顔潜庵の詩に「翠袖黄冠玉作レ神　桃前梅後独迎レ春」とあるその言葉を誤まってというより、わざと少しずらして「桃前桃後」と付けた。自分の名の桃青を一字与えたわけで、その時一座していた桃林がやはり桃の一字を貰ったのと同様である。だからこの名は桃前・梅後の意を含めて水仙を意味する。将来、桃青の自分などよりよほど清楚にまた匂いやかに咲き出るであろう、とその行く末を祝ったのである。だからこの句座は翁主従を迎えた喜びの句座であると共に、息子たちが俳諧の名を芭蕉から頂いた祝いの句座でもあったのだ。後世の我々にはいろいろと持って回ったその表現が煩わしいが、座の人たちはいろいろと心を配って一句を作った、その工夫に感じ入ったのであろう。

菅沼亭

京にあきて此《この》木《こ》がらしや冬住《ずま》ゐ　（笈日記）

同じく三河新城での作。菅沼織部家の重臣菅沼権右衛門、俳号耕月《こうげつ》の邸に招かれた時の発句。この句を発句として耕月・文考・白雪らと巻いた連句の表六句が『きれ〴〵』（白雪編、元禄十四年序）には虫食いのはなはだしい真蹟をそのまま出している。耕月の脇句は「桶――田楽の――」とだけしか読めぬ。

都の生活に飽きて、東海道を下る途中立ち寄ったこの家の冬住いが、久しぶりに味わう清々しい田舎の家のさまである。折から木枯の季節で、蕭条としてその侘しいさまが私の心に沁みる、というほどのこと。もちろんその侘しさを言うことが主への挨拶なのだが、京と田舎との対比が余りに図式的というべきであろう。

耕月亭にて

雪をまつ上戸《じやうご》の顔やいなびかり　（茶のさうし）

同じく菅沼耕月亭での作。『花の市』には中七「上戸の額」とあるが、誤伝であろう。その日は雪になりそうな空もよいだったようだ。時々稲びかりがして座の人々の顔を照し出す。それは雪になる期待を持った嬉しげな上戸の顔である。もちろん雪見に雪見酒は付き物である。その上戸の顔を特に主とするのは当らない。座には弟子の支考もあり、芭蕉がその家に草鞋を脱いでいる白雪もあって、親しい者が同席しているからこそ、こうした諧謔も口をついて出たのである。それでなければ、主へ酒を所望している卑しい句となろう。すでに酒となっている席での諧謔で、その酒宴にひとしお興を添えるであろう雪への期待を詠んでいると見てよい。

みかはの国鳳来寺に詣《もうず》。道のほどより例の病《やまい》おこりて、麓の宿に一夜を明すとて

夜《よ》着《ぎ》ひとつ祈《いのり》出《いだ》して旅寝かな　（真蹟）

『白眼』（轍士《てつし》編、元禄五年刊）に「一とせ芭蕉此山にのぼりて日をくれ、麓の門谷に一宿、白雪心して山に云やり、臥具かりもとめて、夜寒を労《いたわ》るあした」と詞書がある。轍士は、芭蕉が来た翌五年白雪を訪ね、その事実を聞いたもの。白雪は三河新城《しんしろ》の庄屋太田金左衛門長孝。

あいにく持病が起って、鳳来寺山の麓の宿に臥せった時、同道した白雪は山から夜具を借りていたわったので、芭蕉は「夜着ひとつ祈出して」と諧謔を言ったのである。鳳来寺山の峰の薬師の霊験はこの通りあらたかだ、という意味。時に応じてのウィットで、もちろん白雪の労を謝する挨拶句でもある。なお門谷は鳳来寺登山口の字《あざ》。

木枯に岩吹《ふき》とがる杉間かな　（笈日記）

『蕉翁句集』に「鳳来寺に参籠して」と詞書がある。三河の国新城に滞在中、峰の薬師、鳳来寺を訪ねた時の吟。南設楽郡鳳来寺村の有名な山寺で、境内が岩山で老杉が多い。杉の木

の間から岩山が見えるが、木枯に吹かれて鋭く尖り、そそり立っているようである。幽邃な山中の寒々とした冬のさまを誇張したのである。

元禄三《(ママ)》年の冬、粟津の草庵より武江におもむくとて、嶋田の駅塚本が家にいたりて

宿かりて名をなのらするしぐれかな　（続猿蓑）

元禄三年は誤りで、元禄四年である。真蹟懐紙に「しぐれいと侘しげに降出《ふりいで》侍るまゝ旅の一夜を求て、炉に焼火《たきび》してぬれたる袂をあぶり、湯を汲て口をうるほすに、あるじ情有るもてなしに暫時《しばらく》客愁のおもひ慰《なぐさむ》に似たり。暮て燈火の下にうちころび、矢立取出《とりいで》て物など書付るをみて、一言の印を残し侍れとしきりに乞《こい》ければ」と前書がある。見知らぬ宿に駈込んだような形に記しているが、主の塚本如舟は東海道島田宿の問屋で、街道往来にいつも世話になる宿であり、おまけに如舟は俳諧をたしなんでいた。その如舟への挨拶句で、この詞書にあるような情景を構え出して戯れているのである。時雨に降られて宿に飛びこみ、名前を名乗らされてしまった。それも言ってみれば時雨の本情である、というほどのこと。「宿かりて」が『芭蕉庵小文庫』などでは「宿かして」となっている。これだと、宿をかすのも名を名乗らすのも、主語は時雨である。「宿かりて」だと、時雨は「名をなのらする」の主語ではあるが、宿をかるのは自分である。主語が移動するが、自分はまた宿をかりて名を名乗

らされるのであり、主語の転換はしぜんに無理なく行われる。どちらでも意味は通るが、「宿かりて」の方がすぐれている。

馬かたはしらじしぐれの大井川　（泊船集）

『蕉翁句集』は元禄四年とする。『泊船集』には「島田塚本氏ニ詠草有」と注する。大井川を渡って島田の塚本如舟亭に宿泊したのである。時雨の大井川を、芭蕉は金谷から島田まで駕籠で渡った。増水時の夏と違って、水が涸れて白い川床のあらわれた川原を寒々と時雨が濡らし、侘しく寂しい趣がある。

時雨の降る大井川を駕籠《かご》で渡る時の寒さ、辛さを馬方は知るまい、と言うのだが、それだけでは何の奇もない。時雨は寒々としたさまを言う時でも、その趣を芭蕉は強調することが多い。この句の時雨も風雅の心から言い出されたのだが、それを馬方などには分るまいと解するのも埒《らち》もないことだ。むしろ分るも分らないも超越した馬方の存在を、時雨の大井川の点景として描き出したのである。時雨の大井川をよその景色として見る無心の馬方の存在も、言わば蕭条とした冬景色に趣を添える一点景なのだ。

長月の末都を立《たち》て、初冬のみそかちかきほど沼津に至る。旅館のあるじ所望によりて、風流捨《すて》がたく筆を走らす

都いでゝ神も旅寝の日数哉　（雨の日数《ひかず》）

『雨の日数』（石矢等編、元文二年奥書）に、沼津矢部石矢所蔵の真蹟による、とある。沼津の旅館の主の所望で作った句。芭蕉が膳所を出発したのは九月二十八日で、およそ一と月後の十月下旬に沼津に着き、三十二日目に江戸へ着いたと曲水宛書簡（十一月十三日付）にある。いわゆる神の旅の出発の日は九月三十日で、一と月間神は出雲への旅中にあるのだから、芭蕉が膳所を発って沼津までの一と月間は、だいたいにおいて神の旅寝の日数にも重なり合う。膳所は都ではないが、旅支度をしたのは膳所だから、おおよそのところで「都いでゝ」と言ったのである。神の旅寝の日数を自分もまた都を出て東下する旅中にあった、と軽く感慨を叙べたので、それ以上のものではないが、自分の動静の日付を一口で物語る句なので、前掲曲水宛の手紙にも書きつけ、江戸の門人たちにも江戸へ着くまでの日数として誰彼に披露した。そのことから『己《おの》が光《ひ》』（車庸《しやよう》編）にも「翁つゝがなく霜月初の日むさしのゝ旧艸にかへり申さる。めづらしくうれしく、朝暮敲戸の面〳〵に対して」と前書している。季語は「神の旅」。

よの中定《さだめ》がたくて、此《この》むとせ七とせがほどは旅寝がちに侍れ
共、多病くるしむにたえ、とし比《ごろ》ちなみ置《おき》ける旧友門人の情わ
すれがたきまゝに、重《かさね》てむさし野にかへりし比、ひと〴〵日々
草扉《そうひ》を音づれ侍るにこたへたる一句

ともかくもならでや雪のかれお花

（雪の尾花）

十月二十九日、芭蕉は三年越しで江戸へ帰ってきた。芭蕉庵は人に譲っていたので、一まず橘町の彦右衛門という者の店《たな》（借家）へ入った。その頃訪れてくる門人たちに応えて帰東の感懐を述べたもの。細道の旅へ立った時は再び江戸の土を踏むという予測は期しがたかったが、それをまたこうやって、ともかくも諸君の前にもう一度姿を現したのだ、という気持の訴えである。

「ともかくもならでや」にほっと吐息をついたような帰東の安堵感がある。自分の老衰の感情を「雪の枯尾花」に托している。雪をのせてしなっている枯すすきのように、自分も辛うじてとにもかくにも生きている、といった気持である。芭蕉は、ひとむらすすきのかたわらに野ざらしとなって旅に果てた自分のイメージをよく思い描いていた。ところが今、死にもしないで帰ってきて「雪のかれお花」のような自分を、待っていた江戸の人びとに投げ与えているのである。

葛《くず》の葉の面《おもて》見せけり今朝の霜　（きさらぎ）

『蕉翁句集』に元禄四年とする。『雑談集』（其角《きかく》撰、元禄四年十二月奥書、五年二月刊）には中七「おもて也けり」とあるが、杜撰か。『許野消息』に「葛の葉の表見せけり、此句は一たび嵐雪が翁にそむきし事の直り侍る時に、幸に書て遣はされ候句也。成程表見せたる句也。葛の葉の枯果てうら見る昔も尽はてたるといふ本情にして、今朝の霜の置渡したるを見れば、誠に表見せけり、うら見る秋をうちわすれて、表のけしきの面白きよと申句也。先師発句の中にても算へる句なり」とあって、この句の発想された裏側の事実を知ることができる。「うらみ葛の葉」というように、葛の葉は風にひるがえると白い葉裏を見せるが、今朝は霜が降って面《おもて》ながら白く見せている。江戸帰着直後、詫びを入れてきた嵐雪を許し、彼に書いて与えたのであろう。今はお前の心の裏も表も同じように潔白なのを見ることができて嬉しい、という気持をこめたのであろう。

菊の後《のち》大根の外《ほか》更になし　（陸奥鵆《むつちどり》）

『蕉翁句集』に元禄四年としている。この句は元稹の詩句「不ニ是花中偏ヘニ愛レスルニアラ菊ヲ、此花開キテ後更ニ無レ花」によっている。元稹の詩は、菊の後にはもうめぼしい花がないからことさら菊を愛するというのだが、芭蕉は菊の後に大根があることを言ってその詩を俳諧的に翻した。菊という見る花の後に、大根という食味を数えあげたことに、この句の諧謔がある。清雅な菊に対して、卑俗な大根をあげ、「更になし」という否定的表現でかえって強く肯定的に大根を押出したのが面白い。

雁《かり》さはぐ鳥《と》羽《ば》の田づらや寒《かん》の雨　（西華集）

支考はこの句の前文に「此句ハ武江にありし冬ならん、寒の雨といふ名の珍しければ、をの〳〵発句案《あんじ》たるに、寒の字のはたらき此句に及がたし」と書いている。支考はこの年の秋に入門して、帰東する芭蕉に従い、この冬は芭蕉の橘町の仮寓に同居した。その記載を信ずれば、この句は元禄四年である。

「寒の雨」という題を設けての作。鳥羽は城南離宮のあった洛南の地で、鳥羽田ともいう。鳥羽田の雁や葦鴨《あしがも》・葦田鶴《あしたづ》を詠んだ古歌は多く、「雁さわぐ」にはそのような古歌の集積が働きかけている。古典から引出された景だから、ガンでなくカリと読むべきである。「田づら」は冬田の荒涼とした様にふさわしい。元禄三年に詠まれた曲水・其角両吟歌仙の「鴫まじる鳥羽田に雁のはみ入りて」（曲水）の付句が、芭蕉の意識にあったかもしれない。寒の雨にふさわしい情趣を探って「雁さわぐ鳥羽の田づら」を見出したのである。古雅な絵のような風景を想像した句である。

仙化《せんか》が父追善

袖の色よごれて寒しこいねずみ　（蕉翁句集）

『蕉翁句集』に元禄四年とする。仙化は江戸の俳人、芭蕉門。その父の死を悼む句として、子が喪にこもっている様子を詠みとった。悲しみのため袖も涙にしおれるさまを「よごれて寒し」と言った。「濃鼠《こいねずみ》」とは喪服の色である。ひたすらその着衣の色や汚れを詠んで哀悼の意を表しているのが見事である。

魚《うを》鳥《とり》の心はしらず年わすれ　（流川《ながれがわ》集）

『蕉翁句集』に元禄四年とする。『流川集』（露川《ろせん》編、元禄六年刊）に「神無月六日の夜、武の桃子（桃隣《とうりん》）が文をひらくに、嵐蘭《らんらん》が身まかりけるよし、封紙に見あたりぬ。その先深川の素堂亭に会しておの〳〵年忘れしける事もおもひ出られ、其霜雪の操もなつかしければ、支考がこの志を撰者に申」と前書して、その忘年句会における嵐蘭・翁・素堂・支考の句を挙げている。芭蕉の最も古い門弟の一人嵐蘭が死んだのは、元禄六年八月二十七日であった。それによってこの句の作られた情景は分るが、文中に「その先」とあるのは、支考が年の暮に江戸にあった年だから、元禄四年であろう。句の形は『陸奥鵆《むつちどり》』（桃隣編、元禄十年跋）に結句「としの暮」とあるのは杜撰か。

これは魚鳥の心を羨んだ句であろう。『荘子』秋水篇に「子、魚ニアラズ、魚ノ楽シミヲ安《いず》ンゾ知ラン」とあり、他にも陶淵明《とうえんめい》の詩その他、魚鳥の心の楽しみを推し量った詩句が多い。日本では『方丈記』に「魚は水に飽かず。いをにあらざれば、その心をしらず。とりは林をねがふ。鳥にあらざれば、其の心をしらず。閑居の気味も又おなし。すまずして誰かさとらむ」とある。それらを踏まえて芭蕉は「魚鳥の心はしらず」といったので、悲しみも楽しみもすべてこめて、その心は思慮の外だと言ったのである。いま自分たち四、五人が集ってささやかな年忘れの集いを楽しんでいるのだが、その真意は他の人には分らない。私たち仲間だけのものだ、というのだ。観想の句で、一年の悲しみも憂いも忘れようとする自分たちと、無心の魚鳥との違いが浮び上ってくる。

元禄五年

元禄五年　壬申（一六九二）　四九歳

人も見ぬ春や鏡のうらの梅　（己《おの》が光《ひ》）

『芙蓉文集』所載の元禄五年二月十八日付曲水宛書簡の支考添書に「壬申歳旦」とあるので、この年の作である。その支考の文に「坊かつてうけ給りぬ。壬申の歳旦には、心に乗桴《じょうふ》の歎息ありて、武の深川にあとをかくせしとや。しかれば書面に名残の詞ありて、甲斐ある心地など聞ふ。是は決して鏡の梅なるべし」とあり、『泊船集』の許六《きょりく》書入れには「鏡裏梅ト云句ヨリ出タリ」とある。鏡の裏には花鳥の模様がよく鋳付けてあるが、その鏡の裏の梅は人に見られないでひそかに咲いている春の粧いだ、という意味。裏には、支考が言うように、深川の草庵に人にも知られないでひっそりと住まおうとする自分の心を寓している。概念的な発想の句である。

鶯《うぐひす》や餅に糞《ふん》する縁のさき　（葛の松原）

二月七日付杉風宛の書簡にあり、正月末頃、橘町彦右衛門方にあった頃、滞在していた支考との両吟歌仙の発句に使った。支考の脇句は「日も真《ま》すぐに昼のあたゝか」（百囀）。書簡に「与風《ふと》所望ニ逢候而如レ此申候」とあり、また「日比《ひごろ》工夫之処ニ而御座候」とあるのは、これが支考の所望によって成った句であり、その頃芭蕉は軽みの風を工夫していたと思われ、この句の意図も推測できる。『白冊子』に「花に鳴《なく》鶯も、餅に糞する縁の先と、まだ正月もをかしきこの比《ころ》を見とめ」とあるのは、この句の制作された月を推定する便になる。

正月の頃、縁先に干してある餅にこういうことも起ろうかと思われることを作った。鶯という古来の初春の景物に、「餅に糞する」というような卑俗な景趣を見出したところが、芭蕉の軽みへの志向を物語っている。

『泊船集』に座五「縁の上」とあるが、『赤冊子草稿』にそれを非としている。

鶯や柳のうしろ藪のまへ　（続猿蓑）

『蕉翁句集』に元禄五年としている。鶯の声のする辺りを、無造作に「柳のうしろ」と言い「藪のまへ」と言ったところが軽みである。無造作な句体の面白さというべきであろう。

貞享期
元禄二年
元禄三年
元禄四年
元禄五年
元禄六年
元禄七年
元禄期
年次不詳

東行ノ餞別

此《この》こゝろ推《すい》せよ花に五《ご》器《き》一《いち》具《ぐ》　（葛の松原）

元禄五年春、奥州行脚に出立する支考のため、二月十日に餞別句会が開かれた。『桃の首途』の蓮二（支考）の序に「むかし我師（支考自身を指す）の東くだりに祖父翁（芭蕉を指す）の旅の具とて碁笥《ゴケ》椀といふ物をはなむけにして　〽此こゝろ推せよ花に五器一具　とは西行上人の心をつたへて、世の中よかれ我乞食《こつじき》せむ、とよめる風雅のさびをさとせしのみならで、其師のその弟子にをしふる実情也」とある。「世の中よかれ我乞食せむ」は、西行の詠と伝えられる「春雨や夏夕立に秋日照り世の中よかれわれ乞食せん」という歌を指している。五器は食器のことで、五器一具とは行脚遍参の僧が携える食器一揃いである。五器提げるとは乞食をすることだから、五器一具を提げて旅に出るのは、乞食の境涯に身を落とすことである。自分は今、花どきに旅に出るお前に五器一具を贈る、どうぞ私のこの心を推量してくれ、という意味。あの西行のように、何物をも貪らず、ただ花や月に憧れて風狂の旅を続けたその気持をお前の心として欲しい、というほどの意味である。

緩《かん》 歩《ぽ》

かぞへ来ぬ屋敷〳〵の梅やなぎ　（一字幽蘭集）

『蕉翁句集』に元禄五年とする。緩歩は散歩である。屋敷町の塀越しにみえる梅と柳を一つ一つ眺めながら歩いてきた、ということ。垣ほの梅は古今集時代から歌に詠まれ、その梅が香によって屋敷内に佳人を思いめぐらしたりしているが、ここでは咲き出でた梅と芽ぶいた柳とに到来した春の気分を汲みとっているのだ。静かな屋敷町の清楚なたたずまいを詠み出した句である。

猫の恋やむとき閨《ネヤ》の朧月　（己が光）

『己が光』（車庸《しやよう》編）は元禄五年夏の序があるから、同年春またはそれ以前の作。「猫の恋」は春さきの季題。やかましく啼きたてていた恋猫の声がやんで、閨には朧月の光が差してくる。支考の『古今抄』に中の切れの句法の例として挙げ、「中の切といふは、春の夜の憐れも鳴きあかしぬる猫の恋も、やむ時は何々として、月朦朧と来鵬が寒食の詩の閑情をふくむ」と言っている。この詩は『三体詩』に「蜀魄啼来春寂寞、楚魂吟後月朦朧」とあるのを指す。「猫の恋」という卑俗な俳題を探って芭蕉は工夫をこらしているので、「閨の朧月」に閨怨の情を言外に含めているのである。

桜をばなどねどころにせぬぞ、はなにねぬはるの鳥のこゝろよ

花にねぬ此《これ》もたぐいか鼠の巣　（有磯海）

『佐郎山《さらやま》』（芳水《ほうすい》編、元禄五年十月序）に出ているので、元禄五年またはそれ以前の句。ただし『佐郎山』に初五「花を見る」とあるのは杜撰《ずさん》であろう。

この前書は源氏物語若菜上に「いかなれば花に木づたふ鶯の桜を分きて塒《ねぐら》とはせぬ　春の鳥の桜一つにとまらぬ心よ。怪しと覚ゆる事ぞかし」とあるのに拠る。光源氏が紫の上のもとにのみ通って、女三の宮のもとには来ないことを不審だとして、柏木が夕霧に語るくだりにある。せっかく咲き出でた桜の木を寐ぐらにしないで、いろんな外の花に心を移している、本当に浮気な春の鳥の心だ、というのが詞書の意味。句は鼠どもが巣におちつかないで、天井などを走りまわっている、桜の木におちつかない春の鳥と同じことだ、と言ったもの。結局は深川の草庵に腰がおちつかないで、旅心に駆られる自分の心の落着かなさを言っているのだが、発想が源氏物語などを下敷きにして、あまりに重々し過ぎた。

富花月《かげつにとむ》
草庵に桃桜あり。門人にキ角嵐雪有《あり》

両の手に桃とさくらや草の餅　（桃の実）

荻野清の考証によって元禄五年とする。『未来記』にこの句を発句とする嵐雪・其角との三吟歌仙がある。嵐雪の脇句は「翁に馴《なれ》し蝶鳥《てふとり》の児《ちご》」、其角の第三は「野屋敷の火縄もゆるすかげろふに」。

草の餅は桃の節句の祝いである。三月三日にこの蕉門の二高弟を招いて歌仙を巻いたのである。草庵はいま桃と桜の花盛りであるが、自分に其角と嵐雪とがあるのは、両手に桃と桜とを持っているようなものだ、と言った。其角、嵐雪はいわば芭蕉の子飼いの弟子のようなもので、もっとも親しみをもっていたが、必ずしも芭蕉の忠実な弟子であったとはいえず、芭蕉の心に背くような言動も多かった。前年、芭蕉が江戸へ帰ってきた時、しばらく疎んぜられていた嵐雪が詫びを入れてきた気配があり、芭蕉は嵐雪を許す心を「葛の葉の面《おもて》見せけり今朝の霜」という一句にこめた。少年時代から知っていたこの二人には、芭蕉の気持も特別のものがあったと思われる。だからこの雛の日のこの歌仙は、いわば古くからの師弟の水入らずの歌仙なのである。

この二人の揃った顔をみて、芭蕉も手放しで喜びを詠いあげているようだ。作品としての価値より、そのような芭蕉の私情をのぞかせた句として興味がある。

うらやましうき世の北の山桜　（北の山）

『北の山』（句空《くくう》編、元禄五年自序）によって元禄五年の作とする。『うき世の北』（可吟編、元禄九年序）に「是ははせを庵の叟、武の深川より越のしらねにおくり申されし奉納の句也」と注している。句空が『北の山』を編纂するについて、芭蕉に序と句とを求めたらしく、芭蕉が序を断って句を二句出したことが、この年正月十六日付の句空宛と推定される書簡の断片に書かれている。その二句が、この句と前年冬に詠んだ「ともかくもならでや雪のかれお花」であった。そのうち「うらやまし」の句は句空のためにわざわざ作って与えたものであることがわかる。『北の山』にはこの句を立句とする句空・去来の脇起半歌仙が載っている。

金沢の卯辰山《うたつやま》柳陰軒《りゅういんけん》に隠棲している句空の境涯を思いやって「うらやまし」といったのである。「うき世の外」というべきところを、「うき世の北」といったのがこの句の働きで、北国の加賀に住む句空の生活を示している。卯辰山の山桜を賞しながらの静かな生活を思いやっている。『うき世の北』にこれを白山奉納の句としているが、白山は加賀を代表する名山だから、この「うき世の北の山桜」には白山を背景とした山桜という気持がこもっているかもしれない。大国への挨拶句には、その国のきこえた名所を詠むのが大事だからである。

不卜《ふぼく》一周忌　琴風興行

杜鵑《ほととぎす》鳴《なく》音《ね》や古き硯ばこ　（陸奥鵆《むつちどり》）

不卜は元禄四年四月九日没。従ってその一周忌の追善句会の日時は翌五年四月である。

不卜《ふぼく》は岡村氏、江戸の俳人で未得門。琴風は生玉氏、摂津の人。江戸に出て不卜門に入り、のち其角門となった。不卜は芭蕉からいえば他門の俳人ながら、其角との縁でその追善の句座に出席したのであろう。そこには生前不卜が愛用した硯箱もあって、故人を偲ばせた。折からほととぎすの来鳴く季節で、その声は硯箱とともに故人を偲ぶよすがである、ということ。

ちなみに、この不卜の弟子に立羽不角があり、化鳥風俳諧を唱導し、其角の洒落風と並んで宝永期の堕落俳諧の中心となった。

鎌倉を生《いき》て出《いで》けむ初鰹《ガツヲ》　（葛《くず》の松原）

『葛の松原』（支考著）に「かまくらの初鰹は、支考が東より帰けるとき、かゝる事ありとて見せ申されし」云々とある。支考は元禄五年六月に奥州旅行から江戸へ帰った。その四月頃つくられたこの句を、支考は示されたのであろう。『芭蕉翁真蹟集』には初五「かまくらは」とある。『葛の松原』には「生て出るをいふに鎌倉の五文字、又、その外あるべくとも承わらず」という支考の評を芭蕉は喜んだという。『赤冊子』に「塩鯛の」の句について、「師の曰、心遣はずと句になるもの、自賛にたらずと也。鎌倉を生て出けん初鰹、といふこそ、心のほね折、人のしらぬ所也」とある。単純な句ながら芭蕉自讃の句であった。鎌倉の海でとれた初鰹をその日のうちに江戸へ運び、その生きのよさを賞味するのは江戸っ子の見栄であった。その新鮮さへの賞美の心が、「生て出けむ」によく表れていると、芭蕉は見たのである。

ほとゝぎす啼《なく》や五尺の菖《あやめ》草《ぐさ》　（葛の松原）

『葛の松原』に「鶯や餅に糞する」の句に続けて、「かの僧の和及（元禄五年正月十八日歿）はかゝる事きかずなりぬるぞ、今は恋しき人の数なり」とあるので、五年夏の作か。この句は古今集の「郭公なくや五月《さつき》のあやめ草あやめもしらぬ恋もするかな」とあるのに拠り、また後鳥羽院御口伝に「五尺のあやめ草に水をいかけたるやうに歌はよむべしと申しけり」とある言葉をも用いている。これは連歌の仕立て方を教える言葉として、連歌師たちにしばしば利用された。すっくと伸び立った五尺のあやめ草が水をあげた爽やかな姿と、一声颯爽と啼き過ぎたほととぎすの声を配して、その両者を衝撃させ、夏の暁の趣を摑み出そうとしたものである。その阿吽《あうん》の呼吸によって打ち開かれる微妙な一つの空間を感じとればよいのである。

水《み》無《な》月《づき》や鯛《たひ》はあれども塩くじら　（葛の松原）

『蕉翁句集』に元禄五年とする。六月の極暑の頃は、鯛のような美肴よりも下魚の塩くじらのような食物が、かえって私の口に合う、という意味。塩くじらは、鯨の黒い皮と脂肪の白い部分と肉の赤い部分をつけた厚さ五、六センチの切り身を塩漬にし、それをうすく切って食べる。皮くじらともいっている。庶民的な食物だが、上品な鯛よりも夏はおいしいものとした。芭蕉の日常の嗜好を少しばかりのぞかせた句。

納涼《どうりよう》の折々云捨たる和漢、月の前にしてみたしむ

破《は》風《ふ》口《ぐち》に日影やよはる夕涼み　(三日月日記)

この年夏六月ごろ、近所の素堂と納涼の折々和漢俳諧の両吟歌仙を試み、八月八日(すなわち名月の前)に満尾したが、その時の発句で、脇句は素堂の「煮《に》レバレ茶ヲ蠅避《さ》クレ烟ヲ」。「破風」は、屋根の両側に垂木の外に取付けられた山型の板である。その破風口から西日が差してくるが、その日影はすっかり薄れている。夏の夕の納涼の感じを、ふと見出した破風口の入日に把えたのが面白い。『流川集』に「唐《から》破風の入日や薄き夕涼」と出ているが、唐破風は破風の屋根が端をはね上げた曲線状の破風で、豪華な桃山建築の特色であるから、この句には相応わない。『泊船集』許六書入本に「破風口や日影かげろふ夕すゞみときゝ侍りぬ」とあり、初案か。

素堂子の寿母《じゆぼ》七十《ななそじ》あまり七としの秋七月七日をことぶくに万葉

の七種《くさ》をもて題とす。是《これ》につらなる者七人、此縁にふれてを
の〳〵又七叟《しちそう》の齢《よわい》に習はん

萩

七《なな》株《かぶ》の萩の千《ち》本《もと》や星の秋　（真蹟）

真蹟に、芭蕉・嵐蘭・沾徳・曾良・杉風・其角・素堂の七人がそれぞれ秋の七草の一つを詠んだ句を並べ、最後に「壬申歳《じんしんのとし》」とある。元禄五年である。「万葉の七種」とは山上憶良の歌により、萩、尾花、葛《くず》、撫子《なでしこ》、女郎花《おみなえし》、藤袴《ふじばかま》、朝顔の七種。「七叟」とは唐の会昌五年三月二十一日、白楽天が七十歳以上の友を会した七草尚歯会参加の七老人。これは素堂の母の喜寿の賀に集ったのだから、すべて七ずくめの趣向であった。

句の意味は、七株の萩がやがて千本の萩となるまで、我々七人も長寿でありたい、ということ。素堂の母や七叟の齢《よわい》にあやかって、自分たちも末長い栄えを得たいという気持をこめている。

三日月の地はおぼろ也蕎《そ》麦《ば》の花　（一葉集）

『三日月日記』に見え、八月の作と認められる。『三日月日記』の草稿は、出羽の露《ろ》丸《がん》に与えたが、その草稿に勝手な変改を加えて支考が刊行した。この句は諸書によって異同が多

く、『三日月日記』には「三か月や地は朧なる蕎麦畠」とあり、これは初案の形であろう。また『うき世の北』(可吟《かぎん》撰、元禄九年)には「三日月に地はおぼろ也蕎麦の花」、『泊船集』には「三ケ月の地は朧なりそば畠」とある。いずれも完全な信憑性を持たないので、ここでは表現として最も妥当性を持つ『一葉集』の形を採る。

江東方面の一面のそば畠が想像される。「地は」という表現がかなり広い平地を浮び出させる。薄暮の中にそばの花が一面に白さを浮き立たせて、地上におぼろの様を作り出す。「おぼろ」とは春の月に言うのだが、ここでは蕎麦の花をおぼろと見なし、柔かな夕べの感じを描き出した。空には三日月が仄かにかかっているが、「三日月に」或いは「三日月や」は、「三日月の」と言いさして「地は」と続けた微妙な呼吸に及ばない。また「おぼろ」を作るものが蕎麦の花の白さである以上、「そば畠」よりも「そばの花」の方がよい。

芭蕉葉を柱にかけん庵《いほ》の月　(蕉翁文集)

元禄五年五月、深川の新芭蕉庵が再興されたので、八月に「移芭蕉詞」をつくりこの句を添えた。むかし芭蕉庵に入った折、一本の芭蕉を植えたところ、この地の風土が芭蕉の性に適ったのか、繁り合って庭を狭めたので、人々は芭蕉庵と呼ぶようになった。先年みちのく行脚に発った時、芭蕉庵は他人に譲ったので、籬《まがき》の隣に地を変えて芭蕉を移した。それから三年が過ぎ、この深川六間堀の辺りをまだ立ち去らず、水辺にのぞんで三間の陋屋をつくることができた。そして今度、名月に風情を添えるため、まず芭蕉を移植した。昔から芭蕉の趣について色々に言っているが、「唯このかげに遊《あそび》て、風雨に破れ安きを愛するのみ」とこの一文を結んでいる。

句の意味は、庵にさし込む月光のよそおいに、芭蕉の葉を柱の花活けに投げ入れよう、ということ。文章のいかめしいのに比べて句は単純である。

此《この》寺は庭一《いっ》盃《ぱい》のばせを哉　（誹諧曾我）

『蕉翁句集』に元禄五年とする。小さい庭のある小さい寺らしい。芭蕉だけが庭一杯に大きな顔をして拡っている。自分が芭蕉だから自分が大きな顔でのさばっている、という意味で、ユーモラスなものを感じとっているのだ。

名月や門《かど》に指《さし》くる潮《しほ》頭《がしら》　（三日月日記）

八月十五夜、深川芭蕉庵の月見の句である。庵は隅田川と女木川《おなぎ》（小名木川）との出会う北角の三叉《みつまた》のほとりである。名月の夜は大潮である。春の大潮は昼に高く、秋の大潮は夜に高い。ことに八月十五夜はその絶頂で、満々と門まで潮が差してくる。門辺に差してくる潮の穂先を把えて、満月の夜の自然の大きな躍動をとらえている。

題野菊画

なでしこの暑さわするゝ野菊かな（旅舘《りよかん》日記）

許六自筆の『旅舘日記』によって、これは元禄五年秋の作と推定される。なでしこは秋の七草の一つながら、暑い夏の盛りの花である。野菊が咲いて秋らしい爽かな気分がみなぎってくると、なでしこの時分の暑さの盛りを忘れてしまう、というそれだけのことである。

この句をめぐって許六と野坡とが論争したことが『許野消息《きよやしようそこ》』（嘯山《しようざん》編、天明五年刊）に見える。許六がこの句を賞めたのに対して野坡は、これは「格を定めたる句」で、「暑さわするゝ野菊かな」と続く句作ができると、上五には暑いものをもってくることに決まってしまうといって、この句を「翁再来ありとも拙者において神妙とは申すまじく候」と言っている。「格を定めたる句」とは大げさな言い方だが、許六が賞めるほどの句でないことは確かだろう。

霧《きり》雨《さめ》の空を芙《ふ》蓉《よう》の天気哉（韻《いん》塞《ふたぎ》）

『韻塞』は許六の編著で、元禄九年の自序。許六の絵に芭蕉が賛をした真蹟があるので、元禄五年と中村俊定氏は推定している。許六はこの年上京し、八月九日深川の草庵で初めて芭蕉に面会した。江戸滞在中しばしば会い親しみ、指導を受けたので、許六の絵に芭蕉が賛したのはこの時のことかと思われる。許六は彦根藩士、参観で江戸に滞在中であったが、翌六年彦根に帰藩する時、その餞別に「許六離別詞」を書いて与えた。これは別名「柴門辞」ともいう有名な一文で、その中に「画はとつて予が師とし、風雅はをしへて予が弟子となす」とある。

よわよわとした芙蓉の花には、霧雨の降る空模様こそふさわしい天気だというべきだ、という意味。『笈の底』（信天翁著、寛政七年成る）に「快晴の日影には良《ヤヤ》もすれば花萎み、葉迄も塩垂《シオタル》る品なれば、陰雲の覆ひたる日は誠に此物の天気と云べし」とあるのを、諸注参考としてあげている。

青くても有《ある》べきものを唐辛子　（深川集）

深川夜遊《やゆう》

九月作。この月十六日、近江の浜田洒堂《しやどう》（珍碩・珍夕）は江戸へ下って、翌年正月まで芭蕉庵に滞在した。洒堂の江戸入りを歓迎する句会が芭蕉庵で催され、その時の四吟歌仙の発句である。脇句は洒堂の「提《さげ》ておもたき秋の新ラ鍬《ぐは》」で、他に嵐蘭《らんらん》と岱水《たいすい》とが同座した。

庭前に植えられた唐辛子が赤く色づいているのを見ての作か。青いままであってもよいものを、なぜ赤くなってしまうのか。唐辛子の本性は辛《から》さにあって色にはない筈だ、といった感じの句で、唐辛子に托して芭蕉は人間世界にありがちなことを寓しているようである。この場合は洒堂を喩す意味がなかったか。洒堂は湖南連衆の中でも、芭蕉が目にかけた一人だが、湖南連衆は曲水・乙州・正秀など素人のよさを持ち、芭蕉はその人柄を愛した。この時洒堂は、俳諧師として立つ決意を持っていたのではなかったかと思う。それを危ぶむ心が「青くても有べきものを」と芭蕉に言わせ、さりげない諷戒を垂れたのではなかったか。その後の洒堂の生き方を考えると、芭蕉のその時の気持をそこまで考えてみたくなる。洒堂の脇句は「提げておもたき」と、初めて持つ新鍬の重さを詠んでいるのも、新しい任の重さを籠めているのかと思う。

だがこの句の解としては、そこまで考えなくても、素直に受取ってそのウィットを読みとればよいであろう。

女木《おなぎ》沢《ざわ》桐奚《とうけい》興行

秋に添《そう》て行《ゆか》ばや末は小松川　（陸奥鵆《むつちどり》）

『芭蕉句選年考』に「九月尽の日女木三野《（ママ）》に舟さし下して」と詞書があるので、九月二十九日の作である。

女木川また女木沢は、隅田川の三叉《みつまた》から行徳船入までの運河で、この日芭蕉は洒堂を連れ、舟に乗って桐奚を訪ねた。その時の発句で、脇は桐奚の「雀の集る岡《タカ》の稲村」。

小松川は、女木川の末で、今の荒川放水路の辺り。秋も末になって、今日は九月尽日だが、その去ってゆく秋に寄添い自分も行きたいものだ、と言って、行く秋に川に沿って行く意味を重ねている。「末は小松川」とは、小松の名にめでて、行きゆきて末は小松川まで秋色を訪ねて行こうもの、と言ったので、小松川がすなわち桐奚宅のある所であり、挨拶の意を含ませている。季題は「行く秋」。

座右之銘
人の短をいふ事なかれ　己が長をとく事なかれ

物いへば唇寒し秋の風

（芭蕉庵小文庫）

元禄五、六年の作と志田義秀が考証している（『芭蕉俳句の解釈と鑑賞』後篇）。芭蕉の真蹟（『水の音』所収）に「ものいはでたゞ花をみる友も哉、と何某靏亀が云けむ、我草庵の座右に書付ける事をおもひ出て」と前書してこの句を載せ、他にも同じような真蹟がある。この靏亀の句を書付けたのは、『奥の細道』出立のとき人に与えた旧芭蕉庵でのこと、この句を座右の銘として書きつけたのは、元禄五年五月に成った新芭蕉庵でのことと考えられる。そうするとこの句は五年か六年の詠出ということになる。そして元禄七年最後の旅の時、尾張の鼠弾も京の去来も、この句を芭蕉に書いてもらっているようだ。

「人の短を」云々は、崔瑗の座右銘に「無レ道二人之短一、無レ説二己之長一、施レ人慎勿レ念、受レ施慎勿レ忘」（文選）とあるのを取ったもの。「物いへば唇寒し」とは、『左伝』僖公五年の条の「唇亡歯寒」、或いは『史記』の「言也牙歯寒」に拠るものと志田は言う。門弟に訓戒を与えた句といっているが、むしろ自戒の句であろう。秋の冷気が唇にしみて寒いという感覚的な季節感をもとにして、人生的感懐を述べたものである。そう解しなければ、この句の感銘は余りにもあさまなものになる。

大門通過《おおもんとおりすぐ》るに

琴箱や古ものの店《だな》の背戸の菊　（蕉翁句集草稿）

『蕉翁句集』に元禄四年とするが、吉原の句だから芭蕉が江戸にあった元禄五、六年の句であろう。『蕉翁句集草稿』に「此、自筆物に、大門通過るにと前書有」と注している。もとの吉原の大門通りに古道具屋が多かった。その通りをひやかしながら歩いていると、或る古物店の店先に何か由ありげな琴箱があり、奥の背戸には菊を作っているさまが見通しになっていた。琴箱と菊との取合せに、或る奥床しさを感じとったのである。

行《ゆく》秋のなをたのもしや青蜜柑　（うき世の北）

『蕉翁句集』には元禄五年作としている。ただし『猿丸宮集《さるまるみやしゅう》』（三十六編、元禄六年三月自序）に「乙州《おとくに》が首途《かどで》に」と詞書して「行《ゆく》もまた末たのもしや青密柑《ママ》」という形で出、初案とされている。だが五年秋には、乙州は湖南を立って金沢に行き、秋のうちに大津に帰ったらしい（日本古典文学大系『芭蕉句集』補注に、今栄蔵氏説として掲げる）。同集には、その句の前に「帰りては又旅の用意」と前書して「延々て夜寒になりぬ足の灸　乙州」の句があり、また金沢の北枝、三十六の餞別句も出ているので、この乙州の旅は元禄五年秋と考えられる。

初案の餞別吟が、改作された形では、晩秋の感慨になった。「行秋」といえば万物凋落して色彩をとどめない侘しい風景なのだが、その中に青蜜柑を見出して、これから色づいてゆく頼もしさを感じとったのである。「青蜜柑」は、現在は青いままの早生《わせ》蜜柑が街頭に売られているが、ここはそれではなく、まだ黄熟しないで樹上に青いまま生《な》っている姿をいう。

元禄壬申《じんしん》冬十月三日許六《きょりく》亭興行

けふばかり人も年よれ初時雨　（韻塞）

許六の自筆稿『旅舘《りょかん》日記』に「十月三日旅亭をたゝかれける日、初しぐれのふりければ」とある。許六は上京して、当時麴町喰違橋御門内井伊家中屋敷に滞在していたが、そこで催された歌仙の発句として作ったもの。一座には主の許六の他、洒堂《しゃどう》・岱水《たいすい》・嵐蘭《らんらん》があり、許六の付句は「野は仕《しつ》付けたる麦のあら土」であった。

折から降りかかった初時雨に、おのおの方も今日ばかりは老《おい》の心境になって、この侘しい初時雨の情趣をとくと味わって下さい、と言ったもの。当時、連俳の士は時雨を賞する心が深かったが、ことに初時雨には特別の感懐を抱いた。「初」の字に賞美の心がこもっている。

口《くち》切《きり》に境《サカイ》の庭ぞなつかしき　（深川集）

支梁亭《しりようてい》口切

この年十月、江戸深川に住む支梁亭の口切の茶事に招かれて巻いた歌仙の発句である。支梁の付句は「笋《たけのこ》見たき藪のはつ霜」で、座には嵐蘭・利合《りごう》・洒堂・岱水・桐奚・也竹《やちく》がいた。「口切」とは陰暦十月初め、壺に密封しておいた茶の封を切って初めて使う茶事である。挨拶の句である。「境」は泉州堺で、茶人の紹鷗や利休などの遺跡があり、数寄屋造り茶庭に凝った建物が多かった。その堺の庭が懐しく思い出されると言って、支梁亭の茶室・露地のたたずまいを讃めたのである。『芭蕉句解』に「泉州堺に利休居士指図の露地あり。句意是等による歟。此露地は蒼海満〳〵と見え渡りたるを、悉く植《うえ》かくし、手水《ちょうず》など使ふとき少し見せたり。ある茶伝の書に、海すこし庭に泉の木の間かな　宗祇」とある。

穎原説に言うように、支梁亭の露地も深川の海に近く、海の方を木で植え隠し、僅かに海を見えるようにした、利休指図の露地の趣があったのかもしれない。

炉《ろ》開《びらき》や左官老《おい》行《ゆく》鬢《びん》の霜　（韻《いん》塞《ふたぎ》）

『蕉翁句集草稿』に「元禄五申《さる》」とある。炉開は十月朔日の行事で、この場合普通の炉か茶事の炉かはっきりしないが、どちらでもよい。石灰炉《しっくいろ》で、毎年やってくる左官が、この日この炉開にやってきたのである。一年見ない間に左官の鬢のあたりがいちじるしく白くなり、老いが目立ってきた。自分の老いをも顧みて、老左官の白毛に歳月の移ってゆく感慨を催しているのだ。年に一度か二度の出会いながら、老いた職人と自分とは同じく孤独の底に住しているという、一種の連帯心がここには漂っている。

埋《うづみ》火《び》や壁には客の影ぼうし　（続猿蓑）

『赤冊子草稿』に「元禄申《さる》」と頭書して「此句、自筆に曲翠ノ旅館に（ても）有」と注している。この年の冬、膳所《ぜぜ》藩士曲翠の江戸在勤中の宿所を訪ねて作った句。翌年十一月八日付曲翠宛の手紙に「此ほどの御なつかしさ筆端難レ尽事共ニ而、壁の影法師、練塀の水仙、中さバ千年を過たるニ同じかるべく候」とある。その時は師弟対座してよほど心に残るひときを過したのであろう。「壁の影法師」は芭蕉のこの句、「練塀の水仙」は曲翠の「練塀やわれて日のもる水仙花」（薦獅子集）――のちに改作して「水仙や練塀われし日の透間《すきま》」（続猿蓑）――の句である。

貞享期
元禄二年
元禄三年
元禄四年
元禄五年
元禄六年
元禄七年
元禄期
年次不詳

埋火を囲んでの主客の対座であるが、芭蕉はこの時の客でありながら、主の立場になって「壁には客の影法師」と言っている。影法師と言った時、芭蕉はいつもそこに暗い翳《かげ》を詠みとっている。連歌以来、魍魎（罔両）と書いてカゲボウと読ませているのは、昔の人が影法師にどういうイメージを抱いていたか、を想像させる。

芭蕉の影法師の句には冬の句が多いようだ。この場合も影法師といったのが、その座の何かしらうち沈んだ雰囲気を想像させる。

塩《しほ》鯛《だひ》の歯ぐきも寒し魚の店《たな》　（薦獅子集《こもじしゅう》）

元禄五年十月作。十二月三日付意専《いせん》宛の手紙に見える。其角の「声かれて猿の歯白し峯の月」から想を得て作った。これは其角の奇才を十分に発揮した句で、芭蕉も一応は感心したが、芭蕉は自分の境地は別だとして、この句の兄弟句となるべきものを作り、其角に示そうとしたのである。

この二句で共通の情景は、むき出した歯ぐきである。だが其角のは、巴峡の哀猿の奇想となり、芭蕉のは平凡な「魚の店」の嘱目となった。『赤冊子』に芭蕉の言葉として、「塩鯛の歯ぐきは、我老吟也。下を魚の棚とただ言たるも自句也」とある。老吟とは苦吟というほどのことはないが、老境に至ってはじめて吟ずることのできるおのずからの境地だというほどのことだろう。平凡に言って、かえって句の含意を深めている。「軽み」とも言える。しかも、其角の奇想を思わせる「歯ぐきも寒し」の鋭い感覚は、その平凡な情景の中にちゃんと所を得ているのである。

月花の愚に針たてん寒《かん》の入《いり》　（蔦獅子集）

『蔦獅子集』（巴水編）には元禄六年冬の自序があり、この句は寒の入の句だから、五年冬、またはそれ以前と推定される。この日は寒固《かんがため》の日で、地方によっては針の治療をすることがあった。そのことを踏まえて、月よ花よと浮れている自分の愚かさに針をたてようというたわむれなのである。花月の風流は世俗の立場からみれば虚心《うつけごころ》で、そのような無意味なことに心を労して、うかうかとこの歳月を空費してしまった、という感慨を籠めている。だがその愚かさもいわば断ちがたい妄念であって、どうにもならないことだという諦念が裏にはある。

　大谷篤蔵氏は「宋儒、張横渠がその書室の東西の窓になづけて、東を「砭愚《へんぐ》」、西を「訂《てい》頑《がん》」と命じた故事（張横渠「西銘」『古文後集』所収）によるか」という。砭は鍼をさして病をなおすことで、砭愚とは愚かさを治療するという謂。『古文真宝』は俗書ながら、当時のベストセラーの一つである。芭蕉も目を通していたはずである。

深河大橋半《なかば》かゝりける比《ころ》

初雪やかけかゝりたる橋の上　（其《その》便《たより》）

深川新大橋が竣工したのは、元禄六年十二月で、この句は半ばかけかかったころの句だから、前年冬と思われる。両国橋の下手、浜町から深川にかけた橋で、この橋ができると、深川の芭蕉庵から日本橋・京橋方面へ行くのに大変便利になるので、芭蕉もその竣工を心待ちにしていた。現在の新大橋である。

工事中の橋に、うっすらと初雪が積ったさまを詠んだ句。大川にまだ半分ほどしかかけられていない木の橋で、その新しい木目と降ったばかりの初雪とが匂い合って、心惹かれるのである。初雪とか初時雨とか初雁とか、初の字が付くと、やはり賞美の心が漂っている。特にこれは芭蕉が関心の深い橋だから、無事完成を願う気持も心のどこかにあったのだ。

寒山自画自讃　在許六家蔵

庭はきて雪をわするゝはゝきかな　（篇《へん》突《つき》）

『芭蕉袖日記』（素綾編、文化元年刊）に元禄五年とする。この真蹟自画讃は、『蕉影余韻』に載せられ、箒をもった後向きの像が描かれている。寒山が寺の庭の雪を掃きながら雪を忘却してしまった、悠々とした無我の境地を描き出した。許六に書いて与えたものだが、許六は芭蕉晩年の弟子で、芭蕉は「許六離別詞」に、「画はとつて予が師とし、風雅はをしへて予が弟子となす」と言っている。寒山の絵には、箒を持っているのが普通である。露伴によれば「これ庭を掃ふか落葉を掃ふか」という禅の問いがあるそうだが、掃くのは庭か雪かと問いかけてこの句があり、その雪を忘れさったところに、禅機を見出しているのである。庭も雪も消え去ってしまった大自在の心境を寓したのであろう。

壬申十二月廿日即興

打《うち》よりて花《はな》入《いれ》探《さぐ》れんめつばき　（句兄弟）

青地周東（当時彫棠《ちょうとう》）宅へ招かれて催した歌仙の発句。其角・黄山・桃隣・銀杏が同座した。芭蕉十七回追善集（粟津原）に「遥過にし年の寒比《さむきころ》、青地氏周東のもとへ芭蕉・其角・桃隣見え来り、即興催されけるに、翁　打寄りて花入探れ梅椿　予も其席に交りて、此句の季を尋ね侍れば、探梅の句なるよし申されける」とあり、『花入塚』（蓬生庵青梔撰、安永五年自跋）には、彫棠からの聞書として「人〳〵脇の季節をうかゞふに、冬季しかるべしとなり。独其ゆへを窺ふに、翁の曰《いわく》、すべて探梅を冬季に用る事詩家の格なりと、その教諭を得て初雪の脇し侍りて、一巻なりぬ」とある。彫棠の脇句は「降こむまゝのはつ雪の宿」。「探梅」の題は、『漢和法式』に「春信」と共に冬とする。早咲の梅を尋ねて野山へ出かけ、春の便りをいち早く尋ね探る心である。その漢和聯句の題目を芭蕉が俳諧に流用したもので、同座の人たちはその気持を知らず、十二月に梅、椿のような春の季語を用いているのを不審として芭蕉に尋ねたのである。本来野外に春の便りを探る意味を翻して、部屋の内の花入れに探れと言ったのだ。そのとき、床の花入れに早咲きの梅、椿が活けてあって、その嘱目によって芭蕉はこの句を作った。前に『笈の小文』の旅のとき、名古屋の防川亭で「香を探る梅に蔵見る軒端哉」の句を作ったのに続いて、探梅の二句目の作例である。探梅と観梅との微妙な情趣の違いを発見したのが芭蕉なのである。句自身はさしたることはないが、新しい季語の発見を始終心掛けていた芭蕉の気持を窺わせる。

中々に心おかしき臘月《しはす》哉　（芭蕉書簡）

元禄五年十二月筆、曲水宛の書簡にこの句を挙げてある他に出典を見ない。師走は俗事多忙で、せわしなく過ぎてゆく一と月だが、その忙しい中にも、かえって趣が感ぜられ面白い、との意。情趣があるといい、ないというのも、結局は心様《ざま》一つにかかり、自分は浮世の気忙しさに自然に巻込まれたさまの師走にかえって心惹かれている、といったのである。句としてさほど優れているとは言いがたいが、芭蕉の心のあり方がうかがわれて面白い。

忘年書懐　素堂亭

節季候

節季候《せきぞろ》を雀のわらふ出立《でたち》かな　（深川集）

『深川』（洒堂《しやどう》編、元禄六年自序）は、近江の洒堂が元禄五年九月から翌年正月まで深川の芭蕉庵に滞在した記念の集であるから、この句の制作年次は元禄五年十二月である。素堂亭での忘年会に作った句で、その席には主素堂の他、洒堂・曾良・嵐蘭も同席した。

節季候は、歳末の門付《かどつけ》である。編笠の上に羊歯の葉をさし、赤い布で顔を覆い、二、三人連れでやってきて、祝言をとなえながら歌い踊った。その出立が異様だというので、雀たちが集ってきて、笑い囃すと言っているのだ。俳諧の季題に「梟の囮」があり、昼間それを枝にとまらせておくと、小鳥たちが集ってきて、目の見えない梟を笑うので、そこで鳥もちで捕えるという。その梟に節季候を見立てて、雀らが笑う出立だといったのである。他愛ない句であるが、ユーモラスで、これも芭蕉のいう「心をかしき臘月」の一つであったろう。

せつかれて年《とし》忘《わすれ》するきげんかな　（芭蕉庵小文庫）

『蕉翁句集』には元禄五年作とある。すると江戸深川芭蕉庵での句である。人に促されて年忘れの会をするような、世間離れのした生活である。芭蕉庵の歳末の様子を少しばかり覗かせてくれる。

蛤《はまぐり》の生《いけ》るかいあれとしの暮　（薦獅子集《こもじし》）

『蕉翁句集草稿』に「壬申」と頭注している。元禄五年。『陸奥衛』に「蛤も」とあるのは杜撰。『芭蕉句選年考』に「自画讃に、楪《ユズリハ》の上に蛤二《フタツ》書きて此句有り」とある。蛤は正月の吸物に使われる。「生けるかい」は、「貝」「効験《かい》」に掛けている。蛤が生きたかいがあって、年の暮に正月の料として珍重される、というのが、表面の意味で、裏には新しい年を迎える自分も生きがいのある生を送りたいものだという願いをこめた。自画讃に書いた楪は正月の飾り物だから、蛤の栄えを描いていることになる。芭蕉の心境句としても、いささか理屈っぽい。

元禄六年

■元禄六年　癸酉（一六九三）　五〇歳

元旦

年《とし》ぐや猿に着せたる猿の面《めん》　（薦獅子集）

『糸切歯』（石橋著、宝暦十二年自跋）に、元禄六年歳旦集に挙げる句と注している。『赤冊子』に「此歳旦、師のいはく、人同じ処に止て、同じ処にとしぐ落入る事を悔て、いひ捨たると也」とある。

新年にやってくる猿廻しの句で、猿を廻して米銭を乞う門付《かどつけ》である。人間のやることは、この猿のように毎年新年になると猿に仮面をつけて舞を舞わせる、毎年同じことをやらせ、同じ所にとどまっている、仕方のないものだ、という感慨である。「猿の面」とは猿に扮する者がかぶる猿の顔を刻んだ面か、あるいは猿芝居で猿が扮する人間の仮面か。たぶん後者で、猿が仮面をかぶっても、猿は猿だというのだ。現在、猿廻しに面をかぶせるということは考えられないが、昔はそういうこともあったのか。洒堂《しゃどう》書簡（『芭蕉門古人真蹟』所収）にこの句を挙げ、「年々かはらぬ事をわらい被申候」とある。『赤冊子』にいう芭蕉の言葉のように、毎年同じ所に停滞している人間の、変りばえのなさへの自嘲に似た思いである。

　許六の『俳諧問答』に「名人はあやふき所ニ遊ぶ。俳諧かくのごとし。仕損《しそんず》まじき心あくまでであり。是レ下手の心ニして、上手の腸にあらず。師が当歳旦ニ、とし〳〵や猿にきせたる猿の面といふ句、全ク仕損《しそんじ》の句也。ふと歳旦ニ猿の面よかるべしと思ふ心一ツにして、取《とり》合《あわせ》たれバ、仕損の句也。予が云、名人師の上ニも仕損じありや。答テ云、毎句あり。予此一言を聞て言下に大悟ス」とあり、芭蕉が失敗作と考えていたことを伝えている。歳旦に猿の面をふと思いついたまでで、観念的に似合わしいと思っただけのことだと言うのだろう。また『去来抄』故実篇に、卯七《うしち》に「蕉門に無季の句興行侍るや」と聞かれて、「詞に季なしといへども、一句に季と見る所有て、或は歳旦とも、名月とも定るあり」と言い、この句を例に挙げている。「年〳〵」でも「猿の面」でも季の言葉とはいえないが、句の情趣によっておのずから歳旦の句と受取られるのである。

　蒟《こん》蒻《にゃく》にけふは売《うり》かつ若菜哉　（薦獅子《こもじし》集）

真蹟に前句と同紙にしたためてあり、同年の句と推定される。『赤冊子』に「この句、はじめは、蛤に、などと五文字有。再吟して後、こんにやくになり侍ると也」。

『芭蕉翁一周忌』（嵐雪《らんせつ》編、元禄八年自跋）に、この句を発句とする嵐雪との両吟歌仙が見え、嵐雪は「吹揚らるゝ春の雪花」と脇句を付けている。七草の日だから特に若菜が売れる、と言ったもので、蛤でも蒟蒻でも、どちらでもよいわけだが、比較すれば蒟蒻の方が侘しさがある。それに蒟蒻は芭蕉の好物でもある。市井の些事に情景を探った、軽みの句である。

春もやゝけしきとゝのふ月と梅　（薦獅子集）

許六《きょりく》『旅館《りょかん》日記』に元禄六年正月十一日興行、御城御連歌の記事に続いて、「梅月」と題して出ている。『浪化《ろうか》日記』に「ことし（元禄七年）の春むさしの便に境ひもへだゝりぬれば、侍るも心にまかせず、わすれずやとこまかにせうそこありて、春もやゝの自画下し給りぬ。はからざるにながきかたみとはなりけり。（下略）おもひきや絵讃の梅を冬の宿　北枝拝吟」の追悼句をのせた。また『枇杷園随筆』『白雄夜話』にも、この自画賛について触れている。梅と月の自画賛の句である。

　月も朧になり、梅も莟がほころびてきて、春の気配もようやく濃くなり、景色が調ってきた、といったもの。春の季節の胎動をいちはやく見てとった感慨を画讃に托していったもの。『奥の細道』の句に「一家に遊女もねたり萩と月」と作ったのと結句が似ている。「萩と月」といい、「月と梅」といったのも、その時の季節の景物から一種のシンボルとして、二つのものを選択したのである。句柄はどちらも軽く、作者の主観は暖く匂い出ている。

蜆子《けんす》の画賛

白魚や黒き目を明《あ》ク法《のり》の網　（韻《いん》塞《ふたぎ》）

『旅館日記』に「春もや〻」の句と併記されていて、元禄六年正月作であることがわかる。蜆子とは中国五代の禅僧で、江岸に蝦《えび》をとって食ったので、世の人、蜆子《けんす》和尚と呼んだという。手網をもち、蜆をつかんだ蜆子の図は古来よく描かれ、この句はその画賛として、蜆を白魚に換えたもの。白魚が蜆子和尚の、法の網に掬われて、黒い悟りの目をひらいている、といったのである。露伴はこの句を、白魚の成仏を詠んだものといい、「黒き目をあく」に成仏の意があるといっている。全身、白く透きとおった白魚に、一点鮮かに黒眼を点じている。「目を明ク」といったのがみそである。理屈っぽい句である。

当《たう》帰《き》よりあはれは塚のすみれ草　（笈日記）

『泊船集』に「悼呂丸」と前書がある。元禄六年二月二日、京都桃花坊の去来の家で、出羽の人図司呂丸が客死した。この報を受けて去来の許へ言ってやった追悼句である。呂丸は図司左吉、出羽羽黒山の郷士で、羽黒山伏の衣を染める染物業を営んだ。『奥の細道』の砌《みぎり》、芭蕉に入門し、その教えを『聞書七日草』の稿本に遺した。のち江戸に師を訪い、その足で伊勢に詣《もう》で、また上洛して去来居で病を得たのである。

支考の『古今抄』上、追善の格に「当帰は当レ帰ニと訓じて詩にも思郷の名類とせり」と言っている。詩では「当帰」は望郷の手だてとされたわけで、異郷で客死した呂丸の追悼にふさわしい。だが、その「当帰」よりも本当に哀れを催させるのは、塚のほとりにひそやかに咲き出たすみれ草だ、と言うのである。おそらく去来の手で、異郷の京都で葬られたのであろう。呂丸は『奥の細道』の旅の時、羽黒山の別当代、会覚阿闍梨に芭蕉を引合せ、その翌日羽黒山本坊で興行された芭蕉の「有難や雪をかほらす南谷」を発句とする歌仙では主役《あるじ》として脇句を付け、また芭蕉の「めづらしや山を出羽《いでは》の初茄子」を発句とする四吟歌仙にも参加した。そのような縁《えにし》を思い、呂丸の志をあわれんで手向けた句である。塚のすみれ草を思いやったところに、芭蕉の呂丸に対する気持があたたかく表れている。

蒟《こん》蒻《にやく》のさしみもすこし梅の花　(芭蕉庵小文庫)

『小文庫』に「いかなる事にやありけむ、去来子へつかはすと有」と編者史邦の前書がある。『蕉翁句集』に元禄六年とある。この句に付記して「此句は無人《なきひと》のこと抔云《などいう》ついでと云り」と言っている。編者土芳《どほう》はこの句が去来へどういう事情でつかわされたか知っていたようだ。「無人」とは、この年二月二日に京の去来邸で客死した呂丸であろう。この句は故人のことを思い出し、崑蒻のさしみなど手向けて、心ばかりの追善供養を営んだというのである。折しも梅の花の季節で、故人の純粋な心と梅の花とが匂い合っているのであろう。崑蒻のさしみは芭蕉の好物で、酢味噌で食べる伊賀の料理という。

鶴の毛の黒き衣や花の雲　（芭蕉句選拾遺）

芭蕉に「僧専吟餞別之詞」という文があって、この句を付けている。元禄六年三月初めの作で、専吟は芭蕉庵の近くに住んでいた山伏である。俳諧は似春に学んだが、芭蕉とはよく往来した。この春、伊勢熊野に詣でようとして芭蕉庵を訪れ、別れを告げた。芭蕉は餞別の句文を作り、その文の最後にいう。

身は雲外の鶴にひとしく、流《ながれ》に觜《くちばし》をすゝぎ、千尋《せんじん》の岡に翅《つばさ》をふるふて、野に伏《ふし》雲に泊らん、胸中の塵いさぎよし。葎《むぐら》の交《まじわり》をなす事久し。今此別《このわかれ》にのぞみて、ともに岸上に立《たち》て、箱根山はるかに見やる。「彼《かの》白雲のたはめる処《ところ》こそ、旅愁の嶮難《けんなん》さがしきちまたなるべけれ。君かならず首《こうべ》をめぐらせて見よ。われ又此《この》岸上に立《たた》ん」といひて袂《たもと》をわかちぬ。

文中にも専吟を鶴に比しているが、この句でも山伏姿の黒い衣を黒い鶴の毛に比している。「花の雲」とは、遠い彼方に雲とも見紛うばかりに花のたわみ咲いた様子をいう。その箱根山の花の雲の中に、これから消えてゆこうとする黒衣の旅姿を思いやったのである。

粛山子《しゆくざんし》のもとめ、画は探雪なり。琴ト笙ト大鼓ト讃のぞまれしに

散《ちる》花や鳥もおどろく琴の塵　（末若葉《うらわかば》）

『蕉翁句集』に元禄六年とある。江戸での句。粛山子は松山藩家老、久松氏で、其角の門人。探雪は狩野探幽の二男。琴と笙と大鼓の三幅対のうち、これは琴の絵の讃で、大鼓の讃は「青海や大鼓ゆるまる春の声」（素堂）、笙の讃は「けしからぬ桐の一葉や笙の声」（其角）であった。『末若葉』（其角編、元禄十年刊）にはこの句の次に、「みてひとつあそばして山の鳥をも驚かし給へ」と『源氏物語』若紫の巻の文を付記している。『赤冊子』に「この句、若紫の巻によりて、詞を用《もちい》られし句なるべし」とある通り、北山の僧都が光源氏に琴をすすめて「山の鳥も驚かしはべらん」とあるのを踏まえている。一方また、魯の愚公がうたうと梁《はり》につもった塵まで動いたという故事によって、琴の妙音に立ち舞う塵のように花も散り鳥も驚く、と言ったもの。もってまわった重苦しい詠みぶりで、芭蕉の晩年の軽みの境地からは遠い。

城主の君、日光御代参勤《つとめ》させ給ふに扈従《こしよう》ス岡田氏《うじ》某によす

篠《ささ》の露袴にかけしげり哉　（後の旅）

「城主の君」とは大垣藩主戸田采女正氏定である。この年四月九日、氏定は日光霊廟の代参を拝命した。これは譜代大名が将軍の名代で日光に参拝する役である。岡田氏某は岡田治左衛門、俳号千川《せんせん》で、宮崎荊口《けいこう》の二男であった。大垣藩士は荊口父子を始め、俳諧を嗜む士が多く、芭蕉に親しんだ。その千川の送別の句座が千川亭で開かれ、これはその時の発句である。千川の脇句は「牡丹の花を拝む広場《ひろには》」。以下、涼葉・左柳・青山・此筋・遊糸・大舟ら、当時在府中の大垣藩士が加わって歌仙が巻かれた。

句意は、あなたはこれから日光御代参のお供で旅立たれるが、野山に笹が生い茂って、その葉の露で旅袴を濡らすことであろう、ということ。御代参の道中を思いやり、その時点に立って、「袴にかけし」と過去形で詠んだのである。

郭公《ほととぎす》声横たふや水の上　（藤の実）

元禄六年四月作。四月二十九日付荊口宛の手紙に見える。この三月、手許に引き取っていた甥の桃印《とういん》を、長わずらいの末に亡くし、身心くたびれ果てていた。すると杉風《さんぷう》・曾良《そら》など

がやって来て、芭蕉の気分を引き立てようと、「水辺の時鳥」という題で句を作ろうと言い出したので、ふと作った句がこれである。同時に、「一声の江に横《よこた》ふやほとゝぎす」とも作り、どちらにしようか迷って、人々の判定を乞うたりした。

蘇東坡の「前赤壁賦」の「白露横《タワリ》レ江ニ　水光接《ス》レ天ニ」という詩句に拠っている。そして「江に横ふや」の方が原詩から離れることが少なく、鋭角的だが、「水の上」の方が漫々たる大川の水面の拡りをより広く、豊かに感じさせる。白い水蒸気の立ちこめるその水面に、時鳥の一声鳴き過ぎる声の余韻が、あたかも形あるものであるかのように、揺曳している感じである。

この句は「ほととぎす。声横ふや水の上」と訓む。なおこの両句の優劣は、現在でも二派に分れて結着していないことを言い添えておく。

許六《きよりく》が木曾路におもむく時

旅人のこゝろにも似よ椎《しひ》の花　（続猿蓑）

五月六日、森川許六が江戸から木曾路を経て彦根へ帰る時に与えた句。『韻塞』には「木曾路を経て旧里にかへる人は森川氏許六と云ふ。古しへより風雅に情《こころ》ある人々は、後に笈をかけ、草鞋に足をいため、破《やれ》笠に霜露をいとふて、をのれが心をせめて物の実《まこと》としる事をよろこべり。今仕官おほやけの為には長剣を腰にはさみ、乗かけの後に鑓をもたせ、歩行《かち》若党の黒き羽織のもすそは風にひるがへしたるありさま、此人の本意《ほい》にはあるべからず」という長文の前文を添えて、「椎の花の心にも似よ木曾の旅」とあるが、これが初案である。この前文によって、許六のものものしい旅姿は彼の役目柄仕方がないが、その本意である筈もないことを言い、どうぞ目立たない椎の花の心にも似た、許六の心に相応しい旅であってくれ、と言いかけたもの。同時にそれは、ものの本情を知ることを心掛ける風雅の気持を失わないように、という教えを含んでいる。それが改作の形になると、ものの実《じつ》を知ることを喜ぶ旅人許六の心に似て、椎の木も目立たぬ花を咲かせて許六を喜ばせてくれという、椎の花への呼び掛けの形となる。だが実際は許六への呼び掛けである。「旅人のこゝろ」とは、一所に凝滞せず、物に執著せぬ「軽み」の心である。

芭蕉は同時に次の「うき人の旅にも習へ木曾の蠅」の句も作って与えた。『韻塞《いんふたぎ》』には「両句一句に決定《けつじよう》すべきよし申されけれど、今滅後の形見にふたつながらならべ侍る」とあるが、『続猿蓑』にはこの「うき人」の句は出していない。この句は「椎の花の」を「旅人の」と改作した時、不要の句となる。言葉は違うが、同じモチーフの句だからである。椎の花も木曾の蠅も、侘しい景物として作者に選び取られているものだから。

うき人の旅にも習へ木曾の蠅《はへ》　（韻　塞）

前句に同じく木曾路へ出で立つ許六への送別句。『韻塞』（許六等編、元禄九年自序）には、前句の初案「椎の花の心にも似よ」と並べているが、この句は後に捨てた。前句を「旅人の」と改作した時、この句のモチーフはより的確に生かされているからだ。「うき人」は古来、つれない人の意味で、男女関係によく使う言葉だが、ここでは芭蕉はその意味を転じて、これからは五月蝿《さばえ》なす蝿どもがうるさくつきまとうだろうが、その憂さに耐える風流人というほどの意に用いた。駅路駅路に蝿が多く厭わしいことは、旅をしなれた芭蕉の何度も経験したことである。そのような愁を無と感ずる風雅人の構えを、この才気ある愛弟子に要望した。

夕顔や酔《ゑう》てかほ出す窓の穴　（続猿蓑）

八月二十日付白雪宛の書簡に見える。『続猿蓑』には「ばせを庵の即興」と前書する沾圃の句に続き、この句も同じ時の即興句である。夕顔の花が夕ぐれの薄暮の中に白く浮き上り、いささかの酒に酔った主人の顔が窓からひょいと出る。自分を客観視して、窓の外から眺めるように描き出したところに、ユーモラスな味いが出る。

元禄七年五月十四日付芭蕉宛去来の書簡に「御発句去年より被㆓仰下㆒候内」として、座五「竹すだれ」の形で出ている。初案であろう。「窓の穴」の方が「かほ出す」に相応しく、軽みもあり、ユーモア味も勝っている。

子ども等よ昼顔咲キぬ瓜むかん　（藤の実）

元禄六年八月二十日付白雪宛の書簡に「此夏ノ句」として「夕顔に」の句とこの句の初案とを挙げている。「いざ子共昼（顔）咲かば瓜むかん」とあり、また中七「ひるがほ咲ぬ」（真蹟短冊）と改められ、最後に初五「子ども等よ」の形となった。元禄二年の句「いざ子ども走《はしり》ありかむ玉霰」の形との類似を避けたとも考えられるが、「いざ子ども」の言葉の気負いは「玉霰」にこそふさわしく、「瓜」や「昼顔」では強すぎると考えたのであろう。芭蕉庵の辺りに集って遊んでいる子供たちに呼びかけた形である。ちょうど到来物のまくわ瓜が水に冷やしてあるから御馳走してあげよう、みんな家においで、と呼び入れているところ。それを、折しも昼顔が咲く真昼時分だから瓜をむこうと言ったのが、言葉の綾である。言葉がそのまま句になったような無邪気な句だが、やはり中七に言外の心持が添えられ、無邪気な童心ばかりとも言えないだろう。

晋の淵明をうらやむ

窓《まど》形《なり》に昼寝の台や簟《たかむしろ》　（続猿蓑）

前句と同じく去来の手紙に記されているので、この年の夏の作であろう。「窓形に」とは、窓があいているので、風通しのよいその所に、窓の形のままに、ということ。すなわち窓のそばに昼寝の台を置いてたかむしろを敷き、寝ころぶのである。陶淵明がかつて夏の日、北窓のもとで昼寝を楽しみ、太古の人のような気持がする、と言ったのに習う心である。「嘗テ言フ。夏月虚間、高‐臥ス北窻之下一ニ。清風颯トシテ至ル。自謂フ二羲皇上ノ人一ト」とあるのに拠る。

簟は、竹を細かく割って莚のように編んだもので、その冷たい感触を喜ぶのだが、『至宝抄』（里村紹巴）に、「末夏」の季語として「林の鐘」「風薫る」「雲の峯」「簟莚」などを挙げ、「さして連歌には不仕候。（皆唐《もろこし》の言葉より出申候）」とある。芭蕉時代には珍しい季語であったわけで、それが中国趣味の言葉であったことは芭蕉の詞書からも知れる。

小まちがうた

高《たか》水《みづ》に星も旅寝や岩の上　（真蹟）

『芭蕉庵小文庫』（史邦編、元禄九年刊）には、芭蕉の「吊《とぶら》フ二初秋七日雨星一」という文が見える。

元禄六、文月《ふみづき》七日の夜、風雲天にみち、白浪《はくろう》銀河の岸をひたして、烏鵲《うじやく》も橋杭《はしぐい》をながし、一葉梶《いちようかじ》をふきをるけしき、二星《じせい》も屋形をうしなふべし。今宵なを只に過さむも残《のこり》おほしと、一燈かゝげ添《そう》る折ふし、遍昭、小町が哥を吟ずる人あり。是によつて此《この》二首を探《さぐり》て、雨星の心をなぐさめむとす。

とあり、続いて芭蕉のこの句と杉風の「遍昭が歌　七夕にかさねばうとし絹合羽」が出ている。「小まちがうた」は、『赤冊子』に「此句は小町が、石のうへに旅寝をすればいとさびし《（む）》苔の衣を我に借さなん、と云《いう》心を取《とり》ての句なるべし」とあり、「遍昭が歌」は「世をそむく苔の衣はたゞ一重かさねばうとしいざ二人ねむ」を指す。

せっかくの七夕の夜、雨が降って水嵩が増し、星も見えないが、この夜を徒らに過すのも残念だと言うので、杉風らと庵に灯をかかげて七夕をまつった、その時の句である。小町と遍昭との掛合い歌を踏まえて作った句である。

水嵩が高く、星も天の川を渡って逢うことができないので、小町の歌にあるように、織女は岩の上で一人寒々と旅寝をすることだろうか、というのである。戯れの即興句である。

しら露もこぼさぬ萩のうねり哉　（真　蹟）

杉風《さんぷう》の『採茶庵《さいたあん》什物』に掲げる詞書に、「予《よが》閑居採茶庵、それが垣根に秌萩《あきはぎ》をうつし植て、初秋の風ほのかに、露置わたしたる夕べ」とあって、中七「こぼれぬ萩の」の形で出ている。この「初秋」はたぶん元禄六年のことであろう。翌年伊賀でも画讃の句としてこの句を書いている。

萩の枝の撓《たわ》みうねる様を「しら露もこぼさぬ」と巧みに言い取った画讃句。といっても、杉風居の垣根の萩に、初秋の風が渡ってきた様の嘱目で、言外には秋の到来を告げる初風を中に籠めている。「目にはさやかに見えねども」といったその風の姿が「萩のうねり」である。そのそよぎの仄かさが「しら露もこぼさぬ」なのである。

蕣《あさがほ》や昼は錠《ぢやう》おろす門《もん》の垣

閉関《へいかん》の比《ころ》

（藤の実）

この年の七月中旬、盆過ぎの頃から八月中旬までの約一ヵ月の間、芭蕉は草庵の門を閉じて世間との交りを絶った。「閉関の説」に芭蕉はその心境を述べているが、その最後に「南《なん》華《か》老仙の唯利害を破却し、老若をわすれて閑《かん》にならむこそ、老の楽《たのしみ》とは云べけれ。人来れば無用の弁有《あり》。出《いで》ては他の家業をさまたぐるもうし。孫敬が戸を閉て、杜五郎が門を鎖《とざ》むには、友なきを友とし、貧《まずしき》を富《とめ》りとして、五十年の頑夫自書《じしよし》、自《みずから》禁戒となす」と述べている。結局は老懶人に倦んだことに尽きるが、それも一と月で解除しなければならないほど、何かと世俗のことに関りがあった。この句は、七月閉関の頃作って門弟たちに示したもので、「閉関の説」の末尾に記してある。

朝顔が門の垣根にまといついて、毎朝花を咲かせる。朝顔は昼は凋むので、「あさがほや昼は」と言った。この発想は、万葉集の歌「冬ごもり春さりくれば」といった呼吸に似ている。昼間は門戸を閉ざして、自分は庵に閉居している。朝顔が凋んだ昼間は、もはや垣根の辺りを逍遥することもなく家の中にこもっている、というほどの意味合いである。朝顔だけを自分の友として暮している、侘しさに徹した閑寂な生活を示すと共に、草庵としては大げさな「鎖おろす」という表現に、その決意の固さを示している。

深川閉関の比

蕣《あさがほ》や是も又我が友ならず　（けふの昔）

詞書によって前句と同じ頃の句。『梅の嵯峨』（三惟編、元禄十二年刊）に「此句ふるき反古にあり、故翁の手跡也」と注がある。いったん作られたが捨てられた句であろう。

前句は訪問客を断って錠をおろした門の垣に朝顔ばかりを友としている、とも読めるが、この句はその朝顔すらも実をいえば自分の友ではないのだという、徹底した孤独への希《ねが》いを言おうとしたのだろう。朝顔は「あさがほに我は食《めし》くふおとこ哉」という句もあり、実は芭蕉が最も親しんだ秋の草花なのである。

なまぐさし小なぎが上の鮠《はえ》の腸《わた》　（笈日記）

『笈日記』に「去年の夏、阿叟の桃花坊におはす時、人〻よりいて物語し侍るに、支考が集つくらば、なにがしの桐火《きりび》桶《おけ》に似せて侍らん。たとへば」とあって「むめが〻にのつと日の出る山路かな」とこの句を出し、「梅が香の朝日は余寒なるべし。小なぎの鮠のわたは残暑なるべし。是を一躰《たい》の趣意と註し候半《そうらわん》と申《もうし》たれば、阿叟もいとよしとは申されし也」とある。ここにいう去年の夏とは元禄七年の夏、芭蕉が京都の去来邸に滞在した時で、その時の物語を支考も同座して聞いたのである。「むめが〻」の句はその年の春、「なまぐさし」の句は前年の秋なのであろう。「小なぎ」は、小水葱と書く。水葱《なぎ》（水葵）に似て小さく、初秋の頃水田や小川に碧紫色の花をつける。昔は春の野に出て小水葱のやわらかい若葉を摘んで、羹《あつもの》などにし、歌にも詠まれ、「小なぎ摘む」という春の季題もあった。万葉集には「植ゑ小なぎ」とも詠まれ、栽培もされたらしい。この芭蕉の句は小なぎが季語と思われ、その開花期で初秋としたのであろう。ただし『増山井』には、小なぎは八月（仲秋）とする。

　水辺の小なぎの葉に小さな鮠が腸《はらわた》を出したまま引っかかっている。その景色を「なまぐさし」と言ったので、その生臭さがいわば水辺の残暑の情なのである。腸のはみ出た鮠とは、村の悪童たちが釣り捨ててどこかへ行ってしまったのである。鮠はそれほど脆い淡水の小魚であり、村童たちも食用に釣ったり掬ったりしたわけではない。残暑の頃の川遊びで、飽きればそのまま放擲してどこかへ行ってしまう。そのような子供たちの散ってしまった、ささやかな狼藉の跡の景色である。

初《はつ》茸《たけ》やまだ日数へぬ秋の露　（芭蕉庵小文庫）

『猿舞師《さるまわし》』（種文編、元禄十一年自序）に、岱水・史邦・半落・嵐蘭との五吟歌仙の発句として出ている。岱水の脇句は「青き薄ににごる谷川」。嵐蘭はその年八月十三日に病を得、二十七日に没しているので、この歌仙は八月十三日以前の秋の興行である。おそらく岱水邸で、京から下ってきた史邦を迎えての一座だが、その前に沾圃邸での歌仙に史邦は発句を出しているので、この時は第三を付けた。

その席の御馳走に、いちはやく初物の初茸が出されたのである。その初茸に置いた露もまださほど秋の日数を経ていない、と初物を賞美し、併せて主の心のこもった持てなしに挨拶した句。初茸は松茸その他に先がけて、赤松林などに初秋の頃から生ずる。秋の露に、その屋外の景を思い描いているので、それに思いを寄せて「青き薄」云々の岱水の脇が付けられた。

残暑

夏かけて名月あつきすゞみ哉　（萩の露）

『萩の露』（其角編、元禄六年刊）の中に諸家の名月の句を集めているが、この句はその中に収められている。同年八月二十日付の白雪宛の手紙に、「名月」と詞書してこの句が出ている。

夏から引続いての暑さで、今宵中秋名月も納涼をかねた月見の宴となった。納涼と月見とをかねると言ったところが興味の持ちどころで、軽い即興体である。この年はよほど残暑が厳しかったらしい。因みに元禄六年八月十五日は、新暦に直せば九月十四日である。まだ彼岸前だから、当然残暑の季節である。

深川の末、五本松といふ所に船をさして

川上とこの川しもや月の友　（続猿蓑）

『蕉翁句集』に元禄六年とする。五本松は、小名木川に沿った大島町付近の老松五本松の辺りである。『千どりの恩』（千梅・梅尺編、延享元年）に「武の江東小名木沢の五本松は昔芭蕉の翁逍遥の地、千先生（千那）旅舎の旧地也」とある。前年にも芭蕉は小名木川を遡って砂村まで行き、「秋に添て行《ゆか》ばや末は小松川」の句があった。

この「川しも」とは小名木川に沿った芭蕉庵の辺りを指し、「川上」は桐奚か利合などの句友の住む所を指していよう。或いは葛飾の山口素堂かもしれない。川上の友を思い、川下の自分を顧み、両者処を隔てていながら、この爽かな月の下に友を思っているだろう、というのである。白楽天の詩の「雪月花ノ時最モ君ヲ懐フ」という有名な詞句も思い浮べているかもしれない。

名月の夜やおもく〵と茶臼《ちやうす》山《やま》（射水川《いみずがわ》）

『射水川』の序文中に「うとまるゝ身は梶原か厄払」の句と並記してある。『袖草紙』には「さいつころ」（原本不詳）からの採録として「重《おも》く〵と名月の夜や茶臼山　桃青」を発句とする立圃との歌仙を掲げ、立圃の脇句は「肌寒しとてかり着初《ぎはじむ》る」である。芭蕉晩年の弟子で宝生家十世の家元、服部沾圃《せんぽ》が立圃に母方の縁《ゆかり》があり、元禄六年春芭蕉後見のもとに立圃二世をついだという（勝峯晋風説）。その沾圃のことなら、これは元禄五、六年の作となる。疑問も残るが、しばらく立圃＝沾圃としておく。沾圃は『続猿蓑』の編者であり、里圃・馬莧《ばけん》らの能狂言師と共に芭蕉の指導を受け、「軽み」を実践した連衆である。号からすれば露沾門か。もし彼が立圃二世を名のったとすれば、なぜ『続猿蓑』で立圃の名を用いていないかとも言えるが、蕉門の撰集に立圃の名で参加して芭蕉の捌きを受けるのも、憚られたのであろう。ただしこの歌仙は、偽作との懸念も消しがたい（『校本芭蕉全集』発句篇、頭注）。

貞門風の古調にわざわざ詠んでいる。それは立圃との両吟の発句としての心遣いである。「茶臼山」は茶臼の形をした丘で、大坂のものが名高いが、そう呼ばれている山は各地にある。茶臼山の名から「おもく〵と」と言ったのが貞門風なのである。中秋の夜、満月の光を一杯に浴びながらどっしりと茶臼山が横たわっている、と言ったもの。沾圃を後見してやろうという気持がこういう古調を作らせたのか。

十六夜《いざよひ》はわづかに闇の初《はじめ》哉　（続猿蓑）

『蕉翁句集』に六年とする。八月十六日の夜、江戸勤番の大垣藩士中川濁子《じよくし》邸での句座において詠んだ発句。この座には芭蕉・濁子の他に、岱水・依々・馬莧・曾良・涼葉が同座した。濁子の脇句は「鵜船の垢をかゆる渋鮎《さびあゆ》」。この時は中七「とり分《わけ》闇の」であったが、のち推敲した。

今夜は昨夜の名月に比べると月の出がやや遅く、月も少しばかり欠けているので、僅かながら闇夜の兆す始めだ、と言ったもの。初案の「とり分」は殊更ことわって言う理が感ぜられるが、「わづかに」と言うと、一日違っての微妙な相違を感じ取っている。

鶏頭や雁《がん》の来る時尚《なほ》あかし　（初蟬）

『蕉翁句集』に元禄六年とする。おそらく傍証はなくても正しいであろう。この「鶏頭」は葉鶏頭か、それとも鶏頭か。葉鶏頭は雁来紅とも書き、雁の来る時最も赤くなるというので名づけられている。それだとこの句は、故人の気づいていたことをもう一度言ってみたに過ぎない。眼前に見るその紅に誘い出された発想としても、少し間抜けている。これは或いは葉鶏頭ではなく鶏頭であろうか。或いは『泊船集』に前書を付けているように鶏頭の「画讃」であろうか。そうだとしてみても、この句がかくべつよくなるわけではない。

秋風に折《をれ》て悲しき桑の杖　（笈日記）

悼松倉嵐蘭《らんらん》

嵐蘭は八月二十七日に急死したが、其角・嵐雪とともに芭蕉の最も古い門人の一人で、その追悼の文中に次のように言っている。

いける時むつましからぬをだに、「なくてぞ人は」としのばるゝ習《ならい》、まして父のごとく子のごとく、手のごとく足のごとく、年比云《としごろいい》なれむつびたる俤の、愁《うれい》の袂にむすぼゝれて、枕もうきぬべきばかり也。筆をとりておもひをのべんとすれば才つたなく、いはむとすれば胸ふさがりて、たゞをしまづきにかゝりて、夕の空にむかふのみ（悼ニ松倉嵐蘭ニ）。

芭蕉は日常桑の杖を愛用したが、ここでは文中に言うように、父子のごとく又手足のごとく馴れ睦んで心頼みとしたという意味で、「桑の杖」と言っている。嵐蘭は八月中旬に鎌倉で月を賞し、その帰りに発病して死んだので、文字通りぽっくりと死んだ印象であった。「秋風に折て悲しき」とは、日頃丈夫だった人が思いがけず急死したことへの嘆きをこめている。

みしやその七日は墓の三日《みか》の月　（笈日記）

九月三日詣墓《はかにもうず》

前句に続いて出ている。嵐蘭の初七日に、その墓に詣でて作った。その日は三日月が空に懸り、墓に眠る貴方もこの三日月を見たであろうか、と問いかけた形の句。この初七日に私は貴方の墓にやって来たが、この三日月を親しかった貴方と一緒に見ることのできないのが寂しい、という程の気持をこめている。

入《いる》月の跡は机の四隅《よすみ》哉　（句兄弟）

東順伝（文略）

八月二十九日に死んだ其角の父、榎本東順の追悼句で、「東順伝」の文の最後に付けている。東順は医者で、文中「机をさらぬ事十とせあまり、其筆のすさみ車にこぼるゝがごとし」とある。句は東順の死を「入月」に擬し、後に常用の机が残ったことを言う。露伴が「人亡び物存するの風情」と言っているように、物が存することによって人の不在がいっそう明らかに表現される。しかもその物は「四隅」の語で表現されるような幾何学的図形で、円形の月の不在と対照され、それによって東順その人の不在感をいっそう強調する。東順が生前、その前を去らなかった机が人を離れることで、その無機物的性格をあらわにする。その空虚から来る寂寥感が「四隅」という言葉で遺憾なく把えられている。この故人の遺愛の机を用いて祭壇をしつらえることでもあったのか。

古将監《こしようげん》の古実《こじつ》をかたりて

月やその鉢木《はちのき》の日のした面《おもて》　（翁　草）

元禄六年十月九日、服部沾圃《せんぽ》邸に招かれての句。『翁草』には「旅人なればおのづから冬　沾圃」「水鳥筆　廻文《めぐらしぶみ》のむらに来て　其角」と第三までを掲げている。脇句は必ず発句の季に合せる規則であるから、沾圃が冬の句を付けたのは、発句を冬と見なしたのであろう。「月」だけでは秋だが、謡曲『鉢の木』に雪景色が籠められているから、「鉢木の日」で冬季となる。ただし冬の句は二句続きまで許されるのだが、第三も「水鳥」で冬の句になっているのは、発句の冬季が句の表面に季語として現れていないので、冬季の三句続きにはならぬとしたものか。この発句の季如何、第二第三に冬の句を用いることの可否については、芭蕉もいろいろ考えた末、このように裁断したものと思う。

「古将監」は宝生八世重友で、その子沾圃は宝生十世、服部暢、栄九郎と称した。野々口立《りゆう》圃《ほ》に母方のゆかりがあるので、芭蕉の後見のもとに立圃二世を襲《つ》いだともいう。『続猿蓑』

の編纂には関係が深く、馬莧や里圃《りほ》などと共に、芭蕉捌きの歌仙に一座している。里圃は沾圃と同じく宝生流の能役者であり、馬莧は鷺流の狂言師である。元禄六、七年には、芭蕉はこれらの能役者・狂言師たちを相手に「軽み」を実践しようとした。

この句は、貞享二年八月に没した古将監重友の古実を、その子と語り合ったことをきっかけにして作った発句である。能の「古実」とは演出上の先例であって、かつて演じた古将監の型を思い出しているのであろう。「した面」は直面《ひたおもて》で、『安宅』『鉢の木』など現在物の男ジテに面をつけないで演ずることである。「鉢木の日」とは古将監が『鉢の木』を舞った日ということで、その印象が芭蕉にもよほど強かったのだ。シテのその現在物の詞に「あゝ降つたる雪かな」とある通り、一面に積った雪の中に、月に照し出された現在物の直面が浮び上る。もちろん雪も月も舞台の上の景、いわば想裡の物である。だがその「鉢木の日」によって、芭蕉はこの句を冬の句と仕立てた。古将監のその日の演技に芭蕉が「花」を見出したとすれば、この句は一句の中に月雪花がこもっているということになる。その場と場の雰囲気に即した、表現は軽いながら含意の深い即興句というべきであろう。

老《おい》の名の有《あり》ともしらで四《し》十《じふ》雀《から》　（続猿蓑）

元禄六年十月九日付、許六《きょりく》宛書簡に出ている。書簡には「保生《ほうしょう》佐太夫三吟に」と詞書して、「少将の尼の哥余情《うたのよせいに》候」と付記している。この三吟は現在知られていない。

保生佐太夫とは宝生第十世、俳号沾圃。「少将の尼」とは藤原信実の女、中宮少将で、「おのが音《ね》につらき別れはありとだに思ひもしらで鳥や鳴くらむ」(新勅撰集)の歌によって、「おのが音の少将」と称された。この歌の意味は、未明に鶏が鳴き、自分の鳴く音で後朝《きぬぎぬ》の朝の辛い別れがあるのだとは思いもしないで、明るい声で鳴いていることよ、というのである。その歌の余情を汲んで、四十雀が明るい声で囀っているが、四十といえば初老であり、老の坂にさしかかっているのに、その四十を自分の名に負いながら、そんなことはつゆ知らないかのように振舞っている、という意味。少将の尼の歌の「鳴く鳥」と同じく、自分の在る状態を知らないのである。四十の坂をとっくに越えて五十になった芭蕉が、自分で自分に言い聞かせるような調子がある。

岱水亭《たいすい》にて

影《かげ》待《まち》や菊の香のする豆《とう》腐《ふ》串《ぐし》　(杉丸太《すぎまるた》)

『蕉翁句集』に元禄六年とする。「影待」は、正・五・九月の吉日に斎戒して夜通し眠らず翌朝の日の出を拝む行事で、江戸時代にはそれを名目にして知人たちを招き酒食をふるまい、また眠気ざましにいろいろの遊び事をした。この句は岱水亭の影待の行事に招かれたのである。豆腐串はその時出された田楽豆腐で、座敷には菊の鉢が飾られてあったのだろう。その菊の香が豆腐の田楽の青竹の串にまで染みている、と言ったので、主への挨拶である。

岱水の家は江戸深川にあった。

八町堀にて

菊の花咲《さく》や石屋の石の間《あひ》　（翁　草）

「八町堀」は寛永年間に船入場として掘割を造ったその北岸で、いま中央区。与力・同心などが住み、また石屋が多かった。芭蕉はそこを通りがかって、道に面した石置場の石の間に菊の花が咲いているのに目をとめた。こんな所に菊の花が、と驚いて眺め入った風情である。「寒菊や粉糠《こヌカ》のかゝる臼の端《はた》」に似て、生活の片隅にふと可憐なものを見出でた驚きである。

行《ゆく》秋のけしにセまりてかくれけり　（去来書簡）

元禄七年五月十四日付、芭蕉宛去来書簡に「御発句去年より被㆓仰下㆒候内」として出ている。芥子《けし》の種を重陽または中秋名月の夜に蒔けば、花が大きく実がたくさん採れると『和漢三才図会』や『滑稽雑談』に言っている。秋のうちに芥子の種を蒔こうと思っていたのに早やもう秋が過ぎて行こうとしている、ということを、蒔こうと思う自分でなく芥子の実の立場から詠んだもの。芥子の実に「行秋」が促し迫るのである。「かくれけり」とはその秋がとうとう終ってしまった、すなわち種をまく時期を失してしまったということである。単純な内容ながら表現をひっくり返して言っているので、『翁草』（里圃《りほ》編、元禄九年奥書）には意味を取り損じて「幾秋のせまりて芥子に隠レけり」として掲げている。

榎《え》の実ちるむくの羽音や朝あらし　（笈日記）

『蕉翁句集』には元禄六年とする。『泊船集』には座五「初あらし」とある。「初あらし」だと、榎の実と季重なりである。

一陣の朝嵐が吹いて、椋鳥《むくどり》の群がぱっと立つ羽音が聞え、それと同時に榎の実がはらはらと散りこぼれる音が聞える。榎の実は晩秋に赤黄色い実をつけ、椋鳥その他の小鳥が好んで啄むのである。

菊の香や庭に切《きれ》たる履《くつ》の底　（続猿蓑）

『続猿蓑』に、

元禄辛酉（癸酉）之初冬九日　素堂菊園之遊

重陽の宴を神無月のけふにまうけ侍る叓《こと》は、その比《ころ》は花いまだめぐみもやらず。菊花ひらく時則《すなわち》重陽《ちようよう》といへるこゝろにより、かつは展《てん》重陽のためしなきにしもあらねば、なを秋菊を詠じて人〴〵をすゝめられける叓になりぬ

と前文がある。「菊花開く時則ち重陽」とは蘇東坡の詩句である。「展重陽」とは、国忌などのため宮中で重陽の宴を一ト月延ばして、残菊の宴として行ったこと。菊の句であるが、『続猿蓑』には冬の部に載せてある。この素堂亭の重陽の宴には其角・桃隣《とうりん》・沾圃《せんぽ》・曾良・馬莧などが集ってそれぞれ菊の句を作っている。芭蕉宛の去来の書簡（前掲）には座五「沓の尻」とある。初案かもしれない。

菊花の宴を催した主《あるじ》の庭を逍遥して、たまたま切れた履の底を見出し、ものに構わぬ主の性格を仄めかした。菊花の宴だから中国めかして「履」といったので、それによって主の陶淵明めいた隠者の風格が浮び上ってくる。草履ではこの場合、句のさまにならないのである。

金《きん》屏《びやう》の松の古さよ冬籠　（炭俵）

十月九日付許六宛書簡に、前句と共に出、「野馬と云もの四吟に」と詞書がある。野馬とは志太野坡《やば》の前号で、この四吟は野馬の他に孤屋・利牛が同座したのだと思うが、残されていない。『炭俵』素龍の序に、撰者三人（孤屋・野坡・利牛）が寒い冬の夜芭蕉庵に来て、

火桶に消炭をおこしたりしたので、庵主の口がほどけ、「金屏の松の古さよ冬籠」と口から出た声が三人の耳に入り、魂すわり、撰集を思い立った、とある。

『赤冊子』に中七「まつのふるびや」の形で、「この句、はじめは、山を画《えが》きて冬籠り也。後直りし也」とある。元禄二年に、伊賀の平沖という者の宅で、「屏風には山を画書《ゑがき》て冬ごもり」（芭蕉翁全伝）と作ったことをいう。四年前の旧稿を直して、歌仙の発句に流用したのである。野馬・孤屋・利牛は越後屋の手代で、これらの町人作家を相手に芭蕉は市井の風趣を探り、軽みの俳諧を実現しようとした。その多くは『炭俵』に出ているが、この歌仙は出来が悪くて破棄したのであろう。「松の古びや」の形は、『陸奥鵆』にも出、さらに『笈日記』には「金屏に松の古びや」となっているが、芭蕉が推敲したともいえない。どちらも、さして優劣はない。

芭蕉には金屏風趣味はないから、それは芭蕉庵の冬籠りではない。金屏に描かれた松も、古色を帯びた富家の座敷の様である。初案の平沖宅の形では、「金屏」とはなっていないから、歌仙の発句に仕立て直した時、そういう富家の状景を想像したものである。金屏とはいえ、その豪華さにおいてではなく、寂《さ》び古びた落着きにおいて冬籠りの一状景を思い描いたのである。

贈　洒《しや》　堂《どう》

湖水の磯を這出《はいいで》たる田螺《たにし》一疋、蘆間の蟹のはさみをおそれよ。

牛にも馬にも踏まるゝ事なかれ

難《なに》波《は》津《づ》や田螺の蓋も冬ごもり　（市《いち》の庵《いおり》）

この年夏、膳所《ぜぜ》から大坂に移って俳諧の門戸をはった洒堂に贈った句。琵琶湖のほとりから出た洒堂を田螺に譬《たと》え、蘆《あし》が茂る難波津の蟹のはさみに挟まれたり、行き交う牛や馬に踏まれないように用心せよ、という前文である。「牛の子にふまるな庭のかたつぶり角《つの》あればとて身をな頼みそ」（夫木抄）の歌を踏まえている。其角の句に「文七にふまるな庭のかたつぶり」とあるのも参考になる。

発句は、古今集序の「難波津に咲くやこの花冬ごもり今をはるべと咲くやこの花」に拠る。なじみのない大都会の大坂で、門戸を張って初めての冬を過す洒堂のことを思いやって、戒めている句である。前の年の秋、江戸へ下った洒堂に与えた「青くても」の句を思い合せるとよい。

初《はつ》時雨《しぐれ》初の字を我《わが》時雨哉　（粟《あわ》津《づ》原《はら》）

『粟津原』（桃隣編、宝永七年刊）の一蜂の句の詞書の中に、「其翁或かたへ伴ひし比《ころ》、初てなれば、初時雨初の字を我時雨哉、と挨拶せられしも、はや句の字数と年経ル事よ」とある。宝永七年から十七年前は元禄六年になる。『蕉翁句集』に「人の方へ初而《はじめて》行給ふ吟と聞ユ」とある。

初時雨が初めて降り過ぎる、その微かな風情を私はことさら賞美するのだという意味。「我時雨哉」とは、これこそ時雨の中の時雨として私の最も好む情趣である、という程のこと。初対面の人に、「初時雨」に対する自分の偏愛を述べて挨拶としたのである。『猿蓑』の巻頭に「初しぐれ猿も小蓑をほしげ也」の発句を置いた自分の気持を、これは物語っている。

雑《ざふ》水《すい》に琵《び》琶《は》きく軒の霰《あられ》哉　（有《あり》磯《そ》海《うみ》）

『蕉翁句集』に元禄六年とする。「雑水」は庶民的な冬の保温食で、芭蕉の好物であったようだ。其角の句に「翁の堅田に閑居を聞て　雑水のなどころならば冬ごもり」（猿蓑）とあるのは、芭蕉の嗜好を充分承知の上で詠んだ句である。

この句は雑水と霰とに、匂い合い移り合うものを感じて詠んでいる。降り出した霰が板屋の軒を打つ音を、琵琶の音のように聞いている。侘しさの中に一種の華やぎを聞き取っているのだ。

范蠡《はんれい》が趙南のこゝろをいへる山家集の題に習ふ

一《ひと》露《つゆ》もこぼさぬ菊の氷かな　（続猿蓑）

『蕉翁句集』に元禄六年とする。詞書の「趙南」は「長男」の誤り。范蠡は、越王勾践《こうせん》を助けて呉王を破った名宰相。越の天下平定ののち、功成り名遂げて身を退くのは天の道と心得、官を辞して五湖のほとりに退隠し、巨富を積んだ。范蠡の死後、その二男が人殺しの罪を問われた時、長男は弟の生命を助けるため千金を持って楚国に赴いたが、急に金が惜しくなりそのまま持ち帰ってしまった。その故事を踏まえて西行は「范蠡長男の心を　すてやらで命をこふる人はみな千々の黄金を持てかへるなり」（山家集）と詠んだ。その題にならって作った句である。

黄金色の寒菊に置いた露が、一夜の寒気に一滴もこぼれず、そのまま凍っている。それを「一露もこぼさぬ」と言ったので、弟の命のために一枚の黄金も費さなかった長男の心に譬えているのだ。一滴も惜しんでこぼさなかった結果、花を凍らせ、花の命を死なせてしまった。その吝嗇《りんしょく》の心を、冬の景物に托して詠んだ。最晩年の句としては余りに想があからさまなので、或いは元禄四、五年頃の作かもしれない。

神無月廿日、ふか川にて即興

振《ふり》売《うり》の雁《がん》あはれ也ゑびす講　（炭俵）

深川芭蕉庵で、野坡・孤屋・利牛を相手に四吟歌仙を催した時の発句。十月二十日は夷講の日である。この時の野坡の脇句は「降《ふっ》てはやすみ時雨する軒」。

この日、商家では夷像《えびす》を掲げ、鯛や菓子など供えて商売繁昌を祈り、客を招いて酒宴を開いた。その日をあてこんだ振売の声が聞えるのである。景気のいい夷講の賑わいの中に売られてゆく雁のあわれさ、或いはまた雁を振売りする人のあわれさを対照させた。だから脇句では、降り過ぎる時雨をあしらって、その侘しさを強調しているのである。市井の些事に目をつけた軽みの句である。

ゑびす講酢《す》売《うり》に袴《はかま》着せにけり　（続猿蓑）

元禄六年の作か。夷講の宴席では、座にある盃盤器物までも千両、万両と縁起のよい値段をつけて仮に売出し、売買が成立したところで手を打って祝った。その夷講の売買の席に、酢の行商人のような人もかしこまって袴をつけて侍っている。去来の「行がゝり客に成けり蛭子講《えびすこう》」や其角の「まな板に小判投げけり夷講」などの句が、当時の夷講の情景を描き出している。この酢売の句も夷講の饗宴の一情景なのである。

菜根《さいこん》を喫して終日《ひねもす》丈夫に談話ス

もの〻ふの大根苦《にが》きはなし哉　（真蹟）

土芳の『全伝』に「花見にとさす船おそし柳原」の句と並記して、「此二句ハ玄虎武江ノ旅舘ニ会ノ時也。大根ハ酉ノ冬、花ハ戌ノ春ト也。大根ニ一折。花、六句ニテ終ル」と注し、また「所思トモアリ」と付記している。竹人の『全伝』も同じ。「酉ノ冬」とは元禄六年冬である。玄虎は藤堂長兵衛守寿、玄翁ともいう。伊賀上野の藤堂藩士で、千五百石。芭蕉門人で、『有磯海』や『続猿蓑』に入集している。この句を発句として玄虎・舟竹の三吟で連句一折があった。玄虎の脇句は「一とほり行《ゆく》木がらしのおと」。

この詞書は『菜根譚』に「丈夫ハ喫《きつ》ス二菜《さい》‐根《こん》ヲ一」とあるのに拠る。かつて桃青《とうせい》時代に「富家ハ喰《くら》ヒ二肌‐肉ヲ一、丈夫ハ喫ス二菜‐根ヲ一、予ハ乏し」と詞書した「雪の朝独リ干鮭を噛《カミ》得タリ」の句がある。丈夫たる者は菜根の粗食に甘んずる気概を持たなければならぬ、というのが原文の趣意。苦い大根を喫しながら、終日侍づきあいの固苦しい話に終始した、という意味である。『金蘭集』には中七「大根からき」となっている。「からき」も「苦き」も要するに甘味のないことの形容である。と言っても、その甘味のないことを難じているわけではない。もちろん挨拶句だから難ずるわけもないが、相手が高い身分とは言え、師弟の心安さがこんな軽口を言わせるのである。武士の身分を脱した芭蕉が、武士たちにこんな諧謔を言うほどの心のゆとりや年功が詠み取られる。

大根引《だいこひき》といふ事を
鞍《くら》壺《つぼ》に小坊主乗るや大根引　（炭俵）

十一月八日付曲翠宛の書簡に、「頃日漸寒ニ至り候而《このごろややさむ》、少し云捨など申ちらし候」とあって、この句と「振売」の句とが掲げてある。どちらも当時芭蕉の意識を占めていた「軽み」の句として、ややその意に適っていた句であろう。『炭俵』には「大根引と云ふ事を」として、この句ほか二句が挙げてある。大根引の題は当時珍しかったので、芭蕉は軽みの主張からして、こういう世俗的な題材を探ることに非常に興味を持っていた。

大根畠で百姓が大根引にいそしんでいる。かたわらにその荷を積んで帰るべき馬が立っていて、その鞍壺には、その百姓の子供と思われる小坊主がちょこなんと乗っている。『赤冊子』に、「此句、師のいはく、のるや大根引、と小坊主のよく目に立つ所、句作《くづくり》ありとなり」とある。この句のモチーフを説明したもので、小坊主を中心に引立たせて、軽いユーモアを感じさせるところが眼目である。この「乗るや」に、鞍に乗った小坊主をはたで囃し立てているような浮き浮きした調子がある。また『去来抄』の同門評に、この句を絵の構図として説明し、「大根引の傍に草はむ馬の首うちさげたらん鞍坪に、小坊主のちよつこりと乗たる図あらば、古からんや、拙なからんや」と言っている。芭蕉が当時「浅き砂川」とか「甘味をぬく」とか言っていた軽みの境地の作例として、しばしば話題に上った句のようだ。

寒菊や粉《こ》糠《ヌカ》のかゝる臼の端《はた》　（炭俵）

「寒菊随筆」に「はせを庵にて」という前書をつけ、野坡との両吟歌仙の発句である。ただし『きのふはけふの昔』に、この歌仙は芭蕉の意に満たない句が多く、三十二句でとどめたと言う。野坡の脇句は「提《さげ》て売行《うりゆく》半《はし》タ大根」。この歌仙は『初便』にも収め、「臼の傍《ハタ》」と振り仮名をつけているので、読み方がはっきりする。十一月八日付荊口宛の書簡に「頃日愚句」として、「金屏の」「鞍壺に」「菊の香や」の句と共に「寒菊や醴《あまざけ》造る窓の前」という句が挙げてある。この句は他に初見がないので「粉糠のかかる」の句が出来てから捨てたのであろう。どちらも寒菊をあしらった農家の様である。

臼の端いちめんに粉糠がかかり、そのそばに寒菊が咲いている。だから結果としては、寒菊にも粉糠が及んでいる。冬の庭仕事としての米搗きの情景である。日常的なありふれた情景の中に、軽みの世界を探り、心の粘りを去った淡々とした詠みぶりの中に、寒菊の侘しい風情がよく生かされている。

新両国の橋かゝりければ

みな出《いで》て橋をいたゞく霜《しも》路《ぢ》哉　（泊船集書入）

新両国の橋、すなわち新大橋が架ったのは元禄六年十二月で、七日から往還を許された。

浜町と深川間に架けられ、深川の住民たちにとっては、日本橋その他江戸の中心部へ行くのにたいへん便利になった。この橋が出来たらありがたいとは、芭蕉・杉風らはもとより近所の人たち全て言い言いしていたことである。その住民たちの心を汲んで芭蕉は「橋をいたゞく」と言ったのである。ありがたいという敬虔な気持が「橋をいたゞく」という表現をとらせた。『芭蕉句選』に「有がたやいたゞひて踏《ふむ》はしの霜」とあるのは別案であろうか。この方が意はよく通るが、これは自分一個のことであり、「みな出て」は深川の町民全てに代って詠んでいる。芭蕉の真意は、それが全体の切願であったことを表現したかったのかと思う。それだと「みな出て」の形をとるべきだが、表現の自然さにおいては『芭蕉句選』の形がよい。同じく「有難や」と言った句に、『奥の細道』の時の出羽羽黒山での句「有難や雪をかほらす南谷」がある。

毟《ケゴロモ》につゝみてぬくし鴨の足　（続猿蓑）

『蕉翁句集』には元禄六年とする。

去来の『旅寝論』に「凡《およそ》ほつくは一物の上になき物にあらず。今証句少〳〵あげて是《これ》を弁ず。先《まず》一物の上になりたる句は」と言ってこの句を挙げ、「此《この》句は殊に一物の上にて作したりと支考に語《かたり》て興じ給ひし句となん」と言っている。蕉門の作家にも凡兆・洒堂《しやどう》・許六《きよりく》など、取合せの発句に長じた作家がいて、結局発句とは取合せるものか、一物の上では発句はないものかどうか――が論ぜられることがしばしばであった。許六のごときは芭蕉の教えとして「発句は取合《とりあわ》するもの也。二《ふたつ》とり合《あわせ》て能《よく》とり合するを上手といへり」とあったと言い、そのようなこともあったろうが、また洒堂が江戸へ下った時芭蕉は彼に「汝がほつ句皆、物二ツ三ツを取合《とりあわせ》てのみ句をなす。発句は只黄《こがね》を打《うち》のべたる様《よう》に作すべし」と教えている。相手により時と場合によって、芭蕉もいろいろに言っているのだが、最高の発句は「黄金を打のべたる様」な句だとしたのである。それは一物の上に作っているか否かに論なく、二つ三つ取合せたように見える発句でも、黄金を打ちのべたような表現になるのが理想で、そうなればそれはただの取合せの発句とは言えないのである。

この句は「鴨の足」という一物だけで作ってみたのだと、芭蕉は支考に笑いながら言ったという。これは「鴨の足」と「氅」との取合せだと論ずる人もあるだろうが、去来は、鴨の足と氅では、「曲輪《くるわ》の内」のことだと言う。鴨の足が氅に包まれて暖かそうだ、と言ったので、ことごとしく論じ立てるには他愛ない句と言うべきだろう。芭蕉も支考に笑いながら言ったのであって、この句がよい句だと言っているわけではない。これは生きた鴨を詠んでいるのではなかろう。

芹《せり》焼《やき》やすその田井の初氷　（其《その》便《たより》）

『芭蕉句選年考』に、『鄙懐紙』によってこの年十一月の作とする。

江戸詰めの大垣藩士、中川濁子《じよくし》邸を訪ね、やはり江戸へ出府している上田涼葉《りようよう》も交じえて、三吟歌仙を巻いた折の発句である。濁子の脇句は「挙《こぞ》リて寒し卵生む鶏」である。江戸詰めの大垣藩士たちは芭蕉をことに敬慕し、しばしば指導を受けたらしい。この年十一月八日付大垣の荊口宛書簡に、この日の会の消息を漏らしている。この濁子の藩邸での会には、芹焼の馳走があった。芹焼は芹を入れた鍋料理で、雁・鴨などの肉に芹・慈姑《くわい》・麩・蓮根・蒲鉾などを入れ、醬油味で煮ながら食べるもの。香味の高い芹を入れることは、肉の匂いを消すための絶対条件で、冬の料理である。『赤冊子』に「この句、師のいはく、たゞ思ひやりたる句也と也。芹やきに、名所なつかしくおもひやりたるなるべし」とある。その座に出された芹焼から「すそわの田井の初氷」を思いやった、ということで、そのような古典的情景を思いやったことが芹焼への褒美となり、主人への挨拶となる。

「すそわの田井」には典拠がある。「筑波嶺のすそみの田居に秋田刈る妹がりやらむ黄葉《もみじ》手折《お》らな」（万葉集巻九）の歌以来、しばしば歌に詠まれ、常陸の歌枕とされた。「田居」とは、台地にある村居に対して、収穫時に人々が降りて泊る低地にあった。方丈記に「ぬかごをもり、芹をつむ。あるはすそわの田居にいたりて、落穂をひろひてほぐみをつくる」とあり、長嘯子の『挙白集』の「東山山家記」に「からごろもすそわの田井にねぜりをつみ、外面の沢に慈姑《くわい》をぞ拾ふ」とあり、同じく「西山山家記」に「けふは大原野のすそわの田井に根芹をつむす（ママ）ことなる」とある。これらが芭蕉の頭にあったのであろう。田居はいつか田井にと感ぜられるようになり、芭蕉もその積りで使ったのだが、必ずしも井は井戸を意味せず、池でも川でも溝でも用水池でも、およそ使うべき水のある所は「井」である。
だからこの句の「すそわの田井」は、戸外の風景ではなく、古典的な風景である。当時非常に世俗的で新しくさえあった芹焼という料理から、絵のような古典的風景を導き出したことが、暗黙のうちに相手の風雅な生活への讃辞となっている。非常に美しい句ではあるが、これは頭で拵え上げられた情景である。

煤《すす》はきは己《おの》が棚つる大工かな　（炭　俵）

芭蕉宛の去来の書簡（元禄七年五月十四日付、前掲）に出ているので、この年の句。「煤はき」は十二月十三日。この日は正月祭りの準備の日で、神棚を始め、家の中の煤払いをする。差支えがあっても、神棚だけは必ず煤払いをする。大工はふだん他人の家の棚を吊ったりするが、自分の家のことは構わない。いわゆる「紺屋《こうや》の白袴」である。それがいよいよ、煤はきの日になって、ふだんから女房にせつかれていた自分の家の棚を吊り、日頃気にかかっていた用事を果す。その軽い滑稽が狙いで、やはり卑俗な題材を探った軽みの句である。

いきながら一つに冰《こほ》る海鼠《なまこ》哉　（続別座鋪）

『木曾の谷』（岱水《たいすい》編、宝永元年序）の野坡《やば》の序に、ある日芭蕉が岱水に向って「硯やある、発句せしに、是が脇・第三すべきよし、自手して書付給ひしより、四句め五句めとうつり行、漸一折にも不レ満、かい置給へる」とある。十二句までが岱水との両吟で、その後はのちに岱水が杉風と共に付け継いで満尾せしめた。岱水の脇句は「ほどけば匂ふ寒菊のこも」。年次は元禄六年である公算が大きい。

桶の中の海鼠がまるで凍りついたように一かたまりになっている様に、あわれを覚えたのである。

うとまるゝ身は梶原《かぢはら》か厄払《やくはらひ》（射水川《いみずがわ》）

『射水川』（十丈編、元禄十四年自序）の序文に「一とせ洛の法師をすかして古翁の吟詠二章を得たり云々」とあって「名月の夜やおもおもと茶臼山」の句とこの句とが掲げてある。「梶原」は判官物の芝居の仇役《かたき》梶原平三景時で、江戸の人々に嫌われ者の代名詞であった。「厄払」は、節分の夜江戸の町々を触れ歩く門付《かどつけ》で、常は梶原のように嫌われている哀れな身分だと言ったのである。芭蕉の晩年、元禄五、六年の作であろう。

分《ふん》別《べつ》の底たゝきけり年の昏《くれ》（翁　草）

『蕉翁句集』に元禄六年とする。「分別の底を叩く」とは、あるたけの知恵を絞り尽したということ。年の瀬を越すのに、世の人たちは分別の限りを尽すというのだ。表面は世態人情のさまを言いながら、一抹のユーモラスな味わいを感じさせる。『芭蕉翁発句集蒙引』（衛足杜哉稿）に「一とせをいひ尽して先俳諧の半櫃も空になりたりとのをかしみならん。歳暮に分別の二字をかけ合せて世俗に作り給ふ所感ずべし」と言っているのは面白い。

有《あり》明《あけ》もみそかにちかし餅《もち》の音　（笠日記）

同年暮の作。『笠日記』に、「兼好法師が歌に、ありとだにひとにしられで身のほどやみそかにちかき有明の月」と注があり、この歌が本歌になっている。だが、詩句の裁入とは感ぜしめないほど、発想が自然で、日常的で、軽い。三十日《みそか》に近い月であるから繊月《せんげつ》であり、多忙な師走の人にはありと知られぬ月である。あちこちと聞える忙しそうな餅搗の音の中に、忘れられた月が今にも消え入りそうな光を放っている。その対照が、いっそう寂寥の感を深める。これは、あるかなきかに世を渡っている芭蕉の、行く年を惜しむ心であり、老の感慨でもある。市井にあって、かえって孤独の思いを深め、景気のいい物音の中にかえって寂しさをかみしめている芭蕉の独自の声である。

路通の『芭蕉翁行状記』に、「今は夢、師去年《コゾ》の歳暮に」と路通のつけた詞書があって、「月代《シロ》や三十日にちかき餅の音」という形で出、『翁草』にも同じ形である。初案か、杜撰か、分らない。路通はこの句の響きに「今年限りなるべき教へ」を聞きとったというが、この句の調べにはかなしい声が確かにある。この句には何か縹渺とした思いに人を誘うものがある。

元禄七年

■元禄七年　甲戌（一六九四）五一歳

蓬《ほう》萊《らい》に聞《きか》ばや伊勢の初便《だより》　（炭俵）

「元禄七の春」と詞書した真蹟がある。新年の蓬萊飾りに、神々しい伊勢の神域からの初便りを聞きたいものだ、と言ったもの。一月二十日付意専宛の手紙に、「便り一字、慈鎮和尚より取伝へ申候」とあり、また二月二十五日付許六宛の手紙に、「彼《かの》いせに知人音信《おとずれ》てたより嬉しきとよみ侍る、便《たより》の一字を取つたへたる迄に候」とある。慈鎮和尚の歌は「この春は伊勢に知る人おとづれて便うれしき花柑子かな」（夫木抄）である。

蓬萊飾りには、伊勢海老はつきもので、その他ホンダワラ・ヒジキなどにも伊勢への連想があり、それらを見て心が伊勢の国へ及ぶのは自然である。また、守武に「元日や神代のことも思はるゝ」という句もあって、元日と伊勢とは自然に連想が繋がる。『去来抄』先師評に、この句についての芭蕉と去来との問答があり、その時芭蕉は「いせに知る人音信《おとず》れて便りうれしきと、「慈鎮和尚のよみ侍る、便りの一字の出処にて、聊《いささ》か歌のこゝろにたよらず。汝が聞く、清浄《しょうじょう》のうるはし（く）神祇のかう〴〵しきあたりを、蓬萊に対して結したる迄也」とあるので、句の作意は尽されている。

一とせに一度つまるゝ菜づなかな　（泊船集）

『赤冊子草稿』に「若な」を墨消して「薺」に改め、「此句其年対面之上、思ふ所を尋侍れば、一度はよろしきかと思ひ侍れども、さのみの事なく、できざるよし被レ申侍る也」と付記している。『赤冊子』には「此句、その春文通に聞え侍る。その後直《じき》に尋《たずね》侍れば、師のいはく、其頃はよく思ひ侍るがあまりよからず、打捨し、と也」とある。結局、芭蕉が捨てた句である。この句の解としては能勢朝次が、なずなは七草の時一度だけ摘まれ賞玩されるだけで、その他はペンペン草と言われ、雑草扱いされるはかない草だと、なずなの身の上を哀れに思いやった句、と言っている（三冊子評釈）。だが潁原退蔵は、一年にただ一度もてはやされるなずなの手柄がこの眼目であり、なずなの侘しさ、寂しさがどこか句の余情として流れている、と言う（芭蕉俳句新講）。潁原説の方がよい。ことにこれは新年の句だから、なずなが年に一日を例外として打捨てられることを強調したのでなく、年に一度でももてはやされることを讃えたのである。しかも、そこに漂う哀愁に、いとおしみを感じたのである。ただし表現上、能勢説のように取られることもありがちであったろう。その惧れがそのままこの句の欠陥となっている。

むめがゝにのつと日の出る山路かな　（炭俵）

元禄七年一月頃の作。これを発句として野坡《やば》と両吟を試みている。野坡の脇句は「処〱に雉子の啼《なき》たつ」。未明に出立して山路にかかったころ、突然上る日の出に出逢ったのである。近くに梅の木があり、まだ余寒のきびしい中に、花の香が匂って来た、その中に朝日の光線がさっと差して来たのだ。山路の早朝の冷えびえとしたすがしさのなかに、この情景を思い描くとよい。「のつと」という俗語を使って卑俗に堕ちず、このころ芭蕉が唱道していた「軽み」の代表的な句柄である。「のつと」に不意をつかれた驚きが示されている。

露伴が「梅が香に招かれて日の出づるが如くなる、正に是れ俳諧の極真極高のところ、一歩を過れば甚だ俗甚だ陋なるに堕つ」と言ったのに尽きる。支考が『笈日記』に「梅が香の朝日は余寒なるべし」と言い、許六が『篇突』に「梅が香の旭は陽に向つて仁徳を発し……人々香の字になづみて明徳を失ふ」などと言っているのは、言わずもがなであろう。

二月吉日とて是橘《ぜきつ》が剃髪、入医門《いもんにいる》を賀す

はつむまに狐のそりし頭哉　（末若葉《うらわかば》）

是橋は榎本東順《とうじゆん》・其角《きかく》の親子に仕えた下僕で、是吉といった。俳号はこの名の音をとった。東順の医術の見よう見まねでいつか医術を覚え、この年開業して鵜沢長庵と称した。俳諧をもたしなみ、『いつを昔』（其角撰、元禄三年刊）に「其角奴是吉」として出ているのが初見という。同じく「山里の砧やさむく啼《なく》狐」という是吉の句も見える。軽口の巧みな男であったと想像され、そういう是吉が剃髪して医となったことを祝う句であるから、芭蕉のこの句も軽口を叩くような調子に仕立てた。

当日は初午で、また「是橋」の音からも狐を連想することとなった。これは是橋を狐と見立てたもので、相手が軽口で人をかつぐのが巧みだった是橋とすれば、狐と見立てた諧謔も時にとっての一興で、狐が劫《ごう》を経てついに一廉《ひとかど》の医者に化け得たと興じたユーモアに、おのずから祝賀の意も親愛の情もこもっている。

圃角《ほかく》扇ニ讃ヲ望《のぞみ》テ

前髪もまだ若草の匂ひかな　（翁《おきな》草《ぐさ》）

『翁草』（里圃《りほ》編、元禄九年奥書）にあるので、芭蕉の最晩年の句と思われる。圃角はおそらく沾圃《せんぽ》或いは里圃の門弟か縁者で、能役者であったろう。扇に何の絵が描かれていたか分らないが、たぶん若草の絵であろう。「前髪」と言ったのは、圃角がまだ前髪姿の能役者だったからで、その瑞々しい美少年ぶりを讃えたのである。若衆姿の前髪をやわらかで匂いやかな春の若草に譬えたところが、圃角への挨拶である。

　　何某《なにがし》新八去年《こぞ》の春みまかりけるをちゝ梅丸子《ばいがんし》もとへ申つかはし
　　侍る

梅が香に昔の一字あはれ也　（笈日記）

　この句は『笈日記』大垣の部に「文通」として出ている。梅丸は大垣の人で初め木因《ぼくいん》門、のち蕉門となった。二月十三日付梅丸老人宛の手紙にこの句を記し、「一歳《ひととせ》の夢のごとくにして、猶俤《おもかげ》立さらぬ歎のほど、おもひやる斗《ばかり》ニ候」と書いている。すなわち一周忌の追悼句で、この手紙が元禄七年に出されたものであることは『校本芭蕉全集』書簡篇（今栄蔵氏）の説の通りである。「昔の一字」とあるのは、梅の花の古歌なら「人はいさ心も知らずふるさとは花ぞ昔の香に匂ひける」（紀貫之、古今集）、或いは「君恋ひて世を経《ふ》る宿の梅の花昔の香にぞなほ匂ひける」（土佐日記）、梅の花の歌以外では「月やあらぬ春や昔の春ならぬわが身ひとつはもとの身にして」（在原業平、古今集）、「さつき待つ花たちばなの香をかげば昔の人の袖の香ぞする」（よみ人しらず、古今集）などがすぐ思い浮ぶ。この中のどの歌ということはないであろう。

　梅が香や花橘の香は「昔の人」の思い出を誘うよすがとして、いつも歌に詠まれていた。この句で梅が香を言ったのは、詠み贈った相手の人が梅丸だったからだ。二月十三日は折から梅の盛りの頃なので、ここに詠まれた「昔の香」或いは「昔の人の袖の香」などの詞句を思い出しながら、故人を偲ぶというのである。

梅がゝや見ぬ世の人に御意を得る　（続寒菊）

『続寒菊』（杏廬編、安永九年奥書）に「此句は楚舟亭におはしたる時、はじめてまみへたる人に対して、とのはし書有」と付記している。楚舟は江戸の人で子珊と親しく、その句は『炭俵』『別座鋪』に見えている。それでこの句も芭蕉が江戸にあった元禄六、七年の春の作と推定される。

「見ぬ世の人」とは『徒然草』の「見ぬ世の人を友とするぞこよなうなぐさむわざなる」を踏まえたとする『校本芭蕉全集』の頭注（荻野清・大谷篤蔵）に従うべきであろう。更にまた「梅が香」は古来「色よりも香こそあはれと思ほゆれ誰《た》が袖触れし宿の梅ぞも」（古今集、巻一）などといわれていることを思い寄せるがよい。この古今集の歌は昔の女人の面影を偲んでいるのだが、そのような雅やかな古《いにし》えびとを見る心地がする、と言ったのだ。すると楚舟亭ではからずも会ったのは、そのような古人を思わせる臈《ろう》たけた人ではなかったか。「御意を得る」という言い方は、相手の身分や品位・格式を立てた言い方である。

はれ物にさはる柳のしなへかな　（有磯海）

元禄七年正月二十九日付、去来宛の手紙の追て書に「頃日　初《はじめて》　発句致候」と前書して、「腫物に柳のさはるしなへ哉」の形で出ている。同年五月十四日付の芭蕉宛去来書簡、『芭蕉庵小文庫』『泊船集』『蕉翁句集』なども同様で、『小文庫』には「此句浪化子のありそ海に、さはる柳のしなへかなと去来が書誤りて入集しはべるとて、常に此ことをくやみぬるまゝ、このつゐでとなしぬ」と付記している。『去来抄』同門評には次のように言う。

浪化《ろうか》集に、さはる柳と出《いず》。是は予が誤り伝ふる也。重《かさね》て史邦《ふみくに》が小文庫に、柳のさはると改め出《いだ》す。支考曰《いわく》、「さはる柳也。いかで改め侍るや」。去来曰《いわく》、「さはる柳とはいかに」。考曰、「柳のしなへは腫物にさはる如しと比論（ママ）也」。来曰、「しからず。柳の直《じき》にさはりたる也。さはる柳といへば両様に聞え侍る故、重て予が誤をたゞす」。考曰、「吾子《ごし》の説は行過たり。たゞ、さはる柳と聞《きく》べし」。丈艸曰、「詞のつゞきはしらず、趣向は考がいへる如くならん」。来曰、「流石《さすが》の両士、爰《ここ》を聞給はざる、口をし。比論（ママ）にしては誰々も謂《い》はん。直《じき》にさはるとはいかでか及ばん。格位も又格別也」ト論ず。許六曰、「先師の短尺に、さはる柳と有。其《その》上、柳のさはるとは首切《くびきれ》也」。来曰、「首切の事は予が聞《きく》処に異《こと》也。今、論に不及《およばず》。先師之文《ふみ》に、柳のさはると慥《たしか》也」。六曰、「先師あとより直し給ふ句おほし。真跡、証となしがたし」と也。三子皆、さはる柳の説也。後賢相判じ給へ。

許六の『宇陀法師』には次のように言う。

首きれ連哥と云事有。此習《このならい》しらざる故にあらたむる人なし。『小文庫』に先師の句、

はれ物に柳のさはるしなへ哉

此句あやまり覚えて、書〻に迷はし侍る。是《これ》、首きれ連哥也。

はれ物にさはる柳のしなへ哉

とこそはつゞき侍れ。其上《そのうえ》、腫物《はれもの》にきつと柳のさはりては、一句おかしからず。「はれ物にさはる柳」と自筆の短尺に有。

このように、芭蕉の門人の間で意見が真っ二つに割れていた問題句である。すなわち去来・史邦は「柳のさはる」を採り、支考・丈草・許六は「さはる柳の」を採る。去来は先師の文を証とし、許六は先師の短尺を証として譲らない。意見の分れは、この句の作意をどう取るかにかかっている。支考らは「はれ物にさはる」を比喩ととり、腫物に手でそっとさわるように柳のしなやかな枝がそっと体に触れる、と解した。それに対して去来は、柳が直接腫物にさわったのだ、と取った。だが、柳が実際に腫物にさわったと言ってみても、かくべつ何の面白味もない。比喩ととっても格別面白くなるわけではないが、この方が表現は自然であろう。柳の枝のしなやかな様を言おうとして、卑俗な腫物を持ち出したところは俳諧味

だろうが、狙いが露骨でありすぎる。芭蕉は初め「柳のさはる」と詠んで去来にも報じたが、のち「さはる柳の」と推敲して短冊に書いたのであろう。門人たちが自説を譲らず、大声で論じ立てたにしては、つまらない句である。

春雨や蜂の巣つたふ屋ねの漏《もり》　（炭俵）

『蕉翁句集』にこの年とする。ただし中七「蜂の巣ふたつ」とあるのは杜撰《ずさん》である。屋根の雨水が蜂の巣を伝って落ちる様を詠んだ。『許野消息《きょやしょうそこ》』の野坡書簡に「春雨の蜂の巣、是はまことに世の人さほどに沙汰をせぬ句なりといへども、奇妙天然の作なりと、翁つねぐ〵吟じ申され候。此蜂の巣は去年の巣の草菴の軒に残たるに、春雨のつたひたる静さ、面白くいひとりたる、深川の菴の体そのまゝにて、幾度も落涙致申候」とあるのに情景が尽されている。新古今集大僧正行慶の「つくづくと春の眺めの淋しきはしのぶにつたふ軒の玉水」という歌を古注は挙げるが、この歌に拠ったとまで言う必要はあるまい。ただし、「しのぶにつたふ」と「蜂の巣つたふ」と、和歌と俳諧の情景の違いをよく示している。

春雨や蓑吹《ふき》かえす川柳　（はだか麦）

『蕉翁句集』は元禄七年の部に入れている。七年にしては表現未熟の句だが、頴原《えばら》退蔵が言

貞享期 元禄二年 元禄三年 元禄四年 元禄五年 元禄六年 元禄七年 元禄期 年次不詳

うように「恐らく芭蕉が案じついたまゝ意に満たず、打捨てておいた作を、歿後門人が濫《みだ》りに拾つたもの」（芭蕉俳句新講）だろう。『はだか麦』は曾米編で、元禄十四年の跋がある。

芭蕉庵に近い大川端などの景か。「川柳」は川の土手に植えられた柳の並木であろう。「蓑」は土手を歩く人か、舟をやる船頭か、どちらかである。強い風が吹いて蓑を吹返すのだが、多くの解釈では川柳を吹いた余り風が蓑を吹返すと取り、それにしては無理な言い方だとしている。表現は不充分ながら、湿気を帯びた南からの強風に蓑も吹返され、川柳も吹き靡《なび》く、と言ったのであろう。

この頃柳の句が多いが、その中の仕損じの句にこんな句もあったのか。


八九《はっく》間《けん》空で雨ふるやなぎかな　（花はさくら）

沾圃《せんぽ》・馬莧《ばけん》・里圃《りほ》を相手に巻いた四吟歌仙での立句である。沾圃は『続猿蓑』の選者で、主人役をつとめ、沾圃・里圃は宝生流の能役者。馬莧は鷺流の狂言師である。沾圃の脇句は「春のからすの畠ほる声」だが、この歌仙には別に芭蕉の添削の跡の見られる自筆草稿があって、それによると脇句は馬莧の「春のからすの田を□たる声」としている。

この句について次のような逸話がある。

素行曰く、八九間空で雨降柳哉といふ句は、今のよそほひはしりぬ。落所たしかならず。

西華坊（支考）曰く、この句に物語あり。去来曰く、我も有り。坊曰く、吾まづあり。木曾塚の旧草にありて、ある人この句をとふ。曰く、見難し。この柳は、白壁の土蔵の間か檜皮《ひわだ》ぶきのそり上り、片枝うたれてさし出でたるが、八九間もそらにひろごりて、春雨の降りふらぬけしきならんと申したれば、翁は障子のあなたよりこなたを見おこして、さりや、大仏のあたりにてかゝる柳を見をきたると申されしが、続猿蓑に春の鳥の畠ほる声といふ脇にて、春雨の降りふらぬけしきとはましてさだめたる也。去来曰く、我はその秋の事なるべし、我が別墅におはして、此の春柳の句みつあり。いづれかましたらんとありしを、八九間の柳、さる風情はいづこにか見侍りしがと申したれば、そよ、大仏のあたりならずや。げにと申す。翁も、そこなりとてわらひ給へり。（支考『梟日記』「牡年亭夜話」）

これによって、この句は京都の大仏のあたりに柳の巨木があって、その時の経験にもとづく句である。「八九間」は高さと共に広さをこめ、八九間ほどの空間に雨脚がきらきらと見えるが、地を濡らすほどの雨ではないのだ。柳の浅緑をバックとして、雨を見とめることができるほどの、銀糸のような細雨である。

「八九間」の語は陶淵明の詩に「方宅十余畝、草屋八九間、楡柳蔭《シ》二後簷一、桃李羅《ス》二堂前一」とある。芭蕉は、その「八九間」をここでは柳の高さと拡りに転用した。『花はさくら』（秋屋撰、寛政十三年）に伊賀伝来の芭蕉の遺稿として、「春興　春の雨いと静に降てやがて晴たる頃、近きあたりなる柳見に行《ゆき》けるに、春光きよらかなる中にもしたゞりいまだおやみなければ」という前書を付けている。それを疑う根拠はないが、後に芭蕉がそういう詞書を付けたこともあったというだけで、「雨ふる」が雨後の柳のしたたりだとすれば、この句の面白さが半減する。

これは、一本の柳の巨木が作り出すある空間の、回りとははっきり区別される、ある情緒の拡りである。「八九間」と言い、「空で」と言ったところに、軽みへの志向を読みとることができよう。

傘《からかさ》に押《おし》わけみたる柳かな　（炭俵）

『蕉翁句集』にこの年とする。『鄙懐紙』に「雨中」と詞書している。川べりの柳の垂れた枝を、持っている傘で押分けるようにして前方の水面を見たのである。格別に何かを意図しての動作ではない。何ということなく、そっと押分けて見たので、雨中ではなく雨後であろう。つまり開いた傘ではなく、閉じた傘であろう。柔らかに芽ぶいた柳の枝のしなやかな感じを出している。

花見にとさす船おそし柳原　（蕉翁句集）

土芳・竹人の両『全伝』に「ものゝふの大根苦きはなし哉」の句と並べ、「此二句ハ玄虎武江ノ旅館ニ会ス時也。大根ハ酉ノ冬、花ハ戌ノ春ト也。……六句ニテ終ル」と注記している。ただしこの連句は伝わらない。玄虎のいた藤堂藩邸は柳原にあった。柳原は筋違橋から浅草橋に至る神田川に沿った堤である。芭蕉は深川から神田川を船で遡って柳原へ向って行く。「船おそし」とは、船足の遅いのをもどかしがっているのではない。春日遅々としてのどかな気分を言ったのである。船中の春風駘蕩としたさまを詠んで、そのまま玄虎への挨拶としたものである。

四つごきのそろはぬ花見心《ごころ》哉　（炭　俵）

うへのゝ花見にまかり侍《はべり》しに、人〴〵幕打《うち》さはぎ、ものゝ音、小うたの声さま〴〵なりにける。かたはらの松かげをたのみて

元禄七年、上野の花見に行っての所見。中には幕を打って歌舞音曲の賑かな花見の中に、自分たちは花の下ならぬかたわらの松蔭を頼んで、甚だ貧相な花見をした、というのである。「四つごき」とは大中小の入れ子になった食器。行脚僧が携えるもので、自分はその質素な四つ御器さえも満足に揃っていない貧しい花見をしている。だが、それこそ自分にふさわしい花見心である、と言った。騒々しい花見風景のかたわらに、ひっそりと侘しいさまの花見をしたとの感慨である。『炭俵』は当時芭蕉が唱道した「軽み」の理想の行きわたった撰集だが、この句も江戸の市井のさまを描いた「軽み」の発句である。

青柳《あをやぎ》の泥にしだるゝ塩干《しほひ》かな　（炭俵）

『蕉翁句集』にこの年とする。『陸奥衛』などに「重三」と前書しているが、重三とは三月三日で、この日は干潮が大きく、潮干狩の日とされた。堤などに植えられた柳の枝が、干潟の泥の上に垂れさがっているその下で、潮干狩の人たちが三々五々と散らばっている景色である。浅緑の青柳と泥の色とを対照させて、潮干狩ののどかな情景に色彩を添えている。

灌《くわん》仏《ぶつ》や皺《しわ》手《で》合《あはす》る珠《じゆ》数《ず》の音　（赤冊子）

『続猿蓑』に初五「ねはん会《ゑ》や」とある。『赤冊子』に「灌仏も、初は、ねはん会や、と聞えし。後なしかへられ侍るか。此類猶あるべし。皆師の心のうごき也。味ふべし」。

灌仏は四月八日、涅槃会は二月十五日だから、春の句を改作して夏の句にしたことになる。この両者を比較すれば、「ねはん会」では憂え悲しむ「入涅槃《ねはん》」の気分に老人の色調を添えて、配合の度が強すぎるのに対して、灌仏の陽気な明るさに数珠をつまぐる老婆の姿を重ねて、微妙な調和と融合を打出している方がまさっている、という能勢朝次説に同感である。

贈桃鄰《とうりん》新宅自画自讃

寒からぬ露や牡丹の花の蜜　（別座鋪《べつざしき》）

『蕉翁句集』に元禄七年とある。桃鄰《とうりん》（桃隣）は天野氏、伊賀上野の人で、芭蕉の縁辺という。甥ともいっているが、芭蕉より五歳年長であるからこれは間違いであろう。江戸に出て神田に住み、俳諧宗匠としての門戸を張った。この年、その新居落成を祝って、自画に讃をして贈った。「密」は「蜜」の当時の慣用である。

桃鄰の新宅の華美を、富貴草ともいわれる牡丹に擬した。『句選年考』によれば、この画は牡丹に杜鵑《ほととぎす》を描いたものというが、分らない。「露」といえば冷やかなものだが、牡丹の花の蜜なら、いわば「寒からぬ露」というべきであろう。新居の富貴を牡丹に譬《たと》え、その家にやどる主を「花の蜜」と讃えた。親しい間柄だから、その富貴に対する若干の皮肉もこめられていよう。せめて君はその花にやどる蜜のごときものであり給え、と言っているのである。その真の意図をとらえるのに、いささか難渋する句作りであり、上々とはいえない。

烏《い》賊《か》売《うり》の声まぎらはし杜宇《ほととぎす》　（韻《いん》塞《ふたぎ》）

『蕉翁句集』にこの年とする。夏の初め江戸の市中で、ほととぎすの一声を耳をすませて待っていると、折から甲高い烏賊売りの声が通り過ぎる。ほととぎすの声をそのために聞き漏らしそうに感じられたので、「まぎらはし」と軽く言い咎《とが》めたのである。時節柄、ちょうど槍烏賊の大量に獲れる時である。市井のほととぎすの句で、古典的な題材を市井の風物の中に描いた軽みの句である。

木《こ》隠《がくれ》て茶つみも聞《きく》や時鳥《ほととぎす》　（別座鋪《べつざしき》）

『別座鋪』所収の素龍の「贈ニ芭叟一餞別辞」中に見え、それによってこの年四月中の作とされる。その文に「今年猶《なお》、後のさつきを郭公知ておこたる夜比にや、初音聞侍《はべら》ずとかこちて、此比《このごろ》の愚詠を、むら雨やかゝる蓬《よもぎ》のまろねにもたへて待《また》るゝほとゝぎすかな、と吟じつれば、折のよきにや、めでくつがへりて、ぬしも今宵句をさぐり得たりと　木隠れて茶つみも聞や時鳥　これなん佳境に遊びて、奇正の間をあゆめる作とは知られにけり」とある。茶摘は八十八夜前後に始まり、これは二番茶の季節であろう。茶摘女たちの姿は、茶の木の陰に隠れてちらほらと見えるだけだが、今啼き過ぎた時鳥の声を彼女たちも耳にしたことであろう、という意。茶摘と時鳥との取合せだが、わざわざ耳をすませて聞いたのではなく、木隠れて聞いているとその様子を想像したところが、この句の眼目である。

卯の花やくらき柳の及《および》ごし　（別座鋪）

前句「木隠て」と同じく、素龍の「餞別辞」中に引いている。その中に「柳暗花明《やなぎはくらくはなあきらか》なりといへる碧巌に似かよひ侍るを、夏の小雨をいそぐ沢蟹と、卒爾に脇をさへづる折も有つゝ」とあり、素龍の脇が付けられていた。「柳暗花明」の語は、『碧巌集』の他に、王維の「早朝詩」に「柳暗百花明、春深五鳳城」と見え、また陸游の「游㆓山西村㆒詩」に「山重水複疑㆑無㆑路、柳暗花明又一村」とある。

柳は暗く茂り、花は明るく日に映えている、春の農村の明るい景色を言ったもの。芭蕉の句はその花を白い卯の花に限定し、その卯の花垣に向って一本の柳が及び腰で手を差伸ばすさまに枝垂《しだ》れている、と言ったもの。卯の花と柳を擬人化して、柳が及び腰で卯の花にたわむれかかろうとするところに、ちょっとしたエロティシズムが漂うが、句体はややいやらしい。

紫陽草《あぢさゐ》や藪を小庭の別座鋪《べつざしき》　（別座鋪）

五月初旬、芭蕉が最後の旅に江戸を立つ直前、江戸深川の人子珊《しさん》が芭蕉を招いて催した餞別の会の発句。子珊の脇句は「よき雨《あま》あひに作る茶俵」で、この時他に杉風《さんぷう》・桃隣・八桑《はちそう》が同座している。この時の事情を『別座鋪』の序に、子珊が「麻の生平《きびら》のひとへに衣打かけ、身かるく成行程、翁ちかく旅行思ひ立給へば、別屋に伴ひ春は帰庵の事を打なげき、（中略）折節庭の夏草に発句を乞て、咄ながら歌仙終ぬ」と記している。

藪をそのまま何の作意も設けないで小庭とした離れ座敷で、その庭には紫陽花がいま咲き盛っている。嘱目をそのまま句にして、主《あるじ》の淡白な好みを讃えたもの。芭蕉は余り技巧をこらさないこの句を、軽みの実践として子珊らに示したもののようである。この席上で彼は「今思ふ体は浅き砂川を見るごとく、句の形、附心、ともに軽きなり」と、軽みについての信念を吐露している。

五月十一日、武府ヲ出て古郷に趣《おもむく》。川崎迄人〴〵送けるに

麦の穂を便《たより》につかむ別《わかれ》かな （赤冊子草稿）

五月八日に芭蕉が江戸を立って最後の旅に向った時、人々が川崎まで送った時の留別の句。ここで二タ時ばかり離別の小宴をはったらしい。この時の利牛《りぎゅう》・野坡《やば》・岱水《たいすい》の餞別吟は『炭俵』に出ている。この旅の供には、芭蕉と寿貞との間に出来た子かといわれる次郎兵衛が従った。『陸奥衛』には中七「力につかむ」とあるが、「便につかむ」の方がよい。ちょうど麦秋の季節で、その辺りの嘱目に黄熟した麦畑が見えた。露伴は離別に柳を折ることは中国のことで、その柳を麦で言ったところが俳諧だと言っている。離別のしるしに物を贈り合うのが常だが、それを無形の詩歌でゆくのが餞別吟、留別吟である。だが、これは別にその時柳の枝ならぬ麦の穂をちぎり折った、というのでなく、仮にそうした句を詠むことが留別の意に適うのである。「便につかむ」という表現には、老病に苦しむ芭蕉の、そん

な物にもすがってゆくという弱々しさがある。

箱根の関越《こえ》て

目にかゝる時やことさら五月富士《さつきふじ》

（芭蕉翁行状記）

『行状記』には前句「麦の穂を」に続いて記す。芭蕉が箱根を越えたのは閏五月十三日頃で、この月二十一日付の曾良宛の手紙に、「はこね山のぼり、雨しきり二成候而、一里程過候へバ少小《すこし》ぶり二なり候間、はたまで参」。

ふと雲が切れて五月富士が姿を現すこともあったのか。『蕉翁句集』に「五月三十日、富士先《まず》目にかゝるに」とあるのは、五月十三日の誤りか。或いは『伊勢物語』に「富士の山を見れば、五月のつごもりに雪いと白う降れり」とあるのを連想したものか。陰暦五月の富士は大分雪も消え、山の地肌が現れて夏山めいてくるが、ちょうど五月雨の季節で、雲に隠れることが多い。だから、雨の晴間にたまたま現れたその姿を珍重するのだ。その心が「目にかゝる時やことさら」である。

しどけなく道芝にやすらひて

どむみりとあふちや雨の花曇

（芭蕉翁行状記）

『蕉翁句集』には「道芝にやすらひて」と前書がある。「しどけなく」は路通の書き加えたものか。

箱根と島田との途中の吟。「道芝」とは、道のふちに生えた芝である。道芝に休んで遠くを見ると、空はどんより曇っておうちの花がけぶるように紫の色を浮き立たせている。景そのものがどんよりとけだるさを誘うようで、それが句のリズムに乗り移っている。「どむみりとあふちや」と「雨の花曇」とは、いわば言葉の重複で、一つの風景画を描くのに淡い絵具を塗り重ねたような感じである。その色は同時に、けだるいような作者の心の色でもある。

駿河《する》河《が》路《ぢ》や花《はな》橘《たちばな》も茶の匂ひ　（別《べつ》座《ざ》鋪《しき》）

五月十五日から三日間、大井川の水が出たので、芭蕉は島田の塚本如舟《じょしゅう》亭に滞在し、その時子珊《しさん》に「笋」の句を書き送っている。だから島田に到るまでの道中吟である。「駿河路」と地名を詠み込んでいるが、街道筋の上り下りに何度も踏んだ親しい土地であり、芭蕉はその土地の二つの名物、茶と橘とを持ってきて、讃美の気持をあらわした。ちょうど製茶の時期で、茶の葉を蒸す香ばしい匂いが漂ってきた。それが花橘の香に重なって、旅人を豊かな気持に誘うのである。足をとどめた如舟亭での挨拶句かと思え、この場合、如舟を単に個人としてではなく、大国駿河を代表する人、主観的には国の長たる者として挨拶している。それは芭蕉の旅中の挨拶句にしばしば見られることである。如舟は川庄屋で、邸内に宗長庵を建て、島田における代表的な風流人であったらしい。

筝《たけのこ》道中より聞ゆ

鶯や竹の子藪に老《おい》を鳴《なく》　（別座鋪）

『別座鋪』には前の句と並べて出しているから、島田からの便りに記されていたらしい。筍の生え出た竹藪に老鶯が鳴き立てているのに托して述べた、芭蕉自身の老の感慨である。老鶯は、もと漢詩に言った言葉で、狂鶯とも乱鶯とも残鶯ともいうが、時期外れというだけで、別に声は狂ったり乱れたりすることはない。だから「老を鳴」は、聞く者の主観である。繁殖期に入って笹藪や森林などに巣を営む。道中か宿所かでたまたま竹藪に鳴く鶯を聞き取っての句である。支考の『十論為弁抄』に「ある時故翁の物がたりに、此ほど白氏文集を見て、老鶯といひ病蚕といへる此詞のおもしろければ」と言って、この句と「病蚕」の句とを作ったことが見える。

さみだれや蚕《かひこ》煩ふ桑《くは》の畑　（続猿蓑）

支考の『十論為弁抄』に「老鶯」の句と同じく、白氏文集を見て作った句とある。同書に

「蚕は、熟語をしらぬ人は心のはこびをえこそ聞まじけれ。是は筵の一字を入《いれ》て家に飼たるさまあらんと、其句のまゝに申捨られしが、例の泊船集に入たるよし、今に其集をくやむ事は、それらの麁骨《そこつ》おほければとぞ。げにも煩ふに筵とあらば、故事にも古語にも及まじ。これらを裁入の鑑とすべし」とある。これによれば、この句は「筵」の一字を入れそこなった仕損じの句というが、このままで鑑賞にたえないわけではない。養蚕のとき、病蚕は選り分けて戸外に捨てるもので、この句は桑畑に捨て蚕を配した句である。さみだれ時に、捨てられた蚕が桑の木に這い上ってうごめいている景色に、あわれを見出したのである。

露伴は白氏文集巻五に「陶潜ガ体ニ効《なら》フ詩」十六首の一「東家ニ采レル桑ヲ婦、雨来テ苦《はなは》ダ愁悲ス、簇《あつ》二メテ蚕ヲ北堂前一、雨冷不レ成レ糸ト」と情が似ている、と言っている。実景に触れて作った句ではなく、こういった詩にすがった作であろう。

五月の雨かぜしきりにおちて、大井がは水出《いで》侍りければ、しまだにとゞめられて、如舟、如竹などいふ人のもとにありて

ちさはまだ青ばながらになすび汁　（芭蕉翁真蹟集）

塚本如舟亭滞在中の句。『笈日記』には、この句ほか二句を「額」として掲げているが、逗留中に額に書いたという意味であろう。如竹とは杉本氏で、如舟の家に泊りながら如竹の家に招かれることもあったのである。

主の持てなしへの謝意を籠めた句。「ちさ」は、ここでは「搔萵苣《かきちさ》」で、春の柔らかい葉を下葉から搔き摘んで食べる。苦味があり、茹でて食べるのが普通である。夏になると黄色い頭状花を開くが、この時はもう夏になっているのにまだ柔らかい青葉の料理を出され、終り初物としてその珍しさを賞したのである。一方、茄子汁《なすびじる》は初茄子で、もちろん珍重すべきものである。つまり、初物にも終り初物にも、心の籠ったもてなしを感じ取ったのである。

さみだれの空吹《ふき》おとせ大井川　（有磯海）

島田の如舟亭に滞在中に詠んだもの。大井川の水が出て、川止めに遭っていたのである。濁流さかまく大井川の水の量感への感嘆であり、それが大井川へ呼びかけるような表現を取らせている。「吹き落せ」はもちろん風だが、大井川に向って言っているようにしたところが「手の利いた句」なのだと、露伴は言っている。雨空の色も濁流の色も一つに、ものすごい力で押流している力の表現である。

吹落せ大井川へ、と言っているのではなく、吹落せ大井川よ、と呼びかけているのである。そう取らなければ句の勢いが砕けてしまう。川止めに遭った芭蕉の焦躁感がこの句の動機なのではない。もちろん彼を川止めにあわせた主体は大井川だが、芭蕉はここでは大井川を讃嘆しているのであって、それが大国の大河を前にしての句の発想の自然であり、定石である。なお『笈日記』に「さみだれの雲吹おとせ」とあり、この方が意は通りやすいが、

「空」の方が一句の包容する空間が大きくなる。

世を旅にしろかく小田の行戻り　（笈日記）

『笈日記』に「元禄七年前の五月なるべし、尾張の国に入て旧交の人〴〵に対す」と前文がある。元禄七年閏五月二十一日（推定）付杉風《さんぷう》宛書簡に「名古屋へかけより候而三宿二日逗留」とあるのは、五月二十二日夜から二十五日朝までの三泊正味二日（『校本芭蕉全集』書簡篇頭注）と考えられ、この荷兮方に逗留中にこの句を作ったと書簡にはある。『ゆずり物』（杜旭編、元禄八年奥書）にこの句を発句として荷兮・巴丈・越人らとの歌仙があり、発句は初五「世は旅に」とあり、荷兮の脇句は「水鶏《くひな》の道にわたすこば板」である。

旅に終始した自分の生涯を顧みて、「世を旅に」と言った。目的もなくあちらこちらを行き歩いた境涯は、いま眼前に、田に水を入れて行きつ戻りつしながら掻き均《なら》している農夫のさまに似ている。それで自分は、この街道を行きつ戻りつして何度も皆さんに会い、今またこうして皆さんのもてなしを受けているのです、という挨拶の心をこめて詠んだ。農夫の代《しろ》掻《かき》を見て、私の境涯も同様に辛い苦しいものであったと言っているのではない。『笈日記』の前文にあるように、「旧交の人〴〵に対す」る感慨である。「またお会いしましたね、ご縁ですね、あなた方とは。それも私が代掻く農夫のように行ったり来たりしているからですね」といった気持があろう。この時出会った旧交の人々は、前記三人の他に、長江・桃里・

傘下・桃首・大椿・初雪などであった。

野水《やすい》隠居所支度の折ふし

涼しさを飛騨の工《たくみ》がさしづかな　（芭蕉書簡）

五月二十三日、名古屋滞在中、岡田野水が隠居所を建てようと準備中に訪ね、つくった句。前句と同じく杉風宛書簡に、「すゞしさの指図にみゆる住居哉」の句と並べて記し、その後に「句作二色之内、越人相談候而住居の方をとり申候。飛騨のたくみまさり可レ申候」とある。越人と判断が相違したのである。「可レ申候」は「可レ申哉」の誤写という説がある（荻野清）。誤写だとすれば杉風の意見を尋ねたもので、それでも芭蕉の気持は越人とは反対に傾いていた。たぶんこの時芭蕉は「飛騨の工」の方を野水に書いて与えたので、「住居」の方は別案として杉風に書き送ったのである。「飛騨の工」を持ってきたウィットが芭蕉は気に入ったのであろう。

すゞしさの指図にみゆる住居《すまゐ》哉　（芭蕉書簡）

この句の成立は前句の所に説いた。この句はいろいろの形を伝えていて、「閑居をおもひ立《たち》ける人のもとに行て、涼しさはさし図に見ゆる住居哉」（笈日記）、「野水亭にて、涼しさは指図にも知住《しる》居哉」（春草乃日記）、「野水閑居をおもひ立けるに、涼しさは柱にみゆる住ゐ哉」（蕉翁句集）などがある。『蕉翁句集』は「飛驒の工」とこの句と二句並べて、「此両句之内いづれに決したるか」と付記している。『楚巾書留』（元文五年八月起筆、原本不詳、穎原退蔵校岩波文庫『芭蕉俳句集』による）という書に、野水と親交のあった楓扇《ふうせん》の談として「かくれ家やさし図を見るも先すゞし」とあり、これが初案らしい。芭蕉が採択しなかったらしいこの句にさまざまの形が伝わるのは、いろいろ芭蕉が句案したさまを示すと共に、「飛驒の工」の句よりもよしとした越人の吹聴が与っていよう。この時まだ野水の隠居所は出来ていなかったのである。野水邸の敷地の一劃に引かれた地割りを見て、完成した折の涼しげなさまを思いやっているのだ。だがこれは、芭蕉がさして気を入れて作った挨拶句とも思えない。

露川《ろせん》が等《ともがら》さやまで道おくりして、共にかりねす

水鶏《くひな》なくと人のいへばやさや泊り　（有磯海）

閏《うるう》五月の初、伊勢境に近い尾張領海部郡の佐屋に赴《おもむ》き、山田庄右衛門邸に泊って、この句を発句とする三吟の半歌仙を巻いた。『笈日記』には「隠士山田氏の亭にとゞめられて」とある。主は俳諧をたしなまなかったと見え、脇句は案内役の露川がつとめ、素覧が同座し、十八句目まで巻いている。露川の脇句は「苗の雫を舟になげ込《こむ》」と、やはり水郷らしい佐屋

風景である。

水鶏を詠むことは、水辺の蘆など生えた、鄙《ひな》びた閑かな土地への挨拶である。水鶏が啼くから聴きに行こうと誘われたという意味だが、もちろんこの句の中での仮構である。「言へばや」の「や」は虚辞。予定にない泊りを重ねてしまった意が言外にあり、芭蕉の疲労が甚だしかったのであろう。

古来「水鶏たたく」と言われているのは緋水鶏で、夏の朝夕、コッコッと高声に鳴く。木曾川畔の蘆間に近い隠士の邸宅の幽閑を、水鶏の啼くことで賞したので、それも人が言ったからとさりげなく、淡々と表現しているのが面白い。

涼しさや直《すぐ》に野《の》松《まつ》の枝の形《なり》　（笈日記）

雪芝亭《せつし》

竹人『全伝』に「閏五月十一日雪芝宅歌仙一巻」とある。雪芝は広岡氏、別号野松亭、芭蕉の門人で伊賀上野中町に住み、酒造業を営んだ。屋号は山田屋といい、芭蕉の縁者ともいうが、定かでない。『故郷塚百回忌』の呉川の句の前書に「わが祖父雪芝亭に松栽《うえ》させける時に、芭蕉のおはして、涼しさや直に野松の枝の形と吟じ給ひしも、元禄七年にして、遷化ありし年を同じうし、既に百年になれど、いまも亭々と軒端に高し、をのづから野松の家の人ともいへり」とあるが、この句の作られた事情を語っている。庭に移されたこの野松は、野松のままの少しも人工を施さない枝ぶりに、野趣横溢の涼しさが感じとられる、と言ったもの。「直に」を「植えられるとすぐに」と解する人もあるが、採らない。小賢しい作意を厭う芭蕉の心はそのまま「軽み」に通ずるのである。野にあるさまをさながら移したこの枝ぶりの自然さに托して、それとなく主の清々しい心根を賞しているのだ。

柴付《つけ》し馬の戻りや田うへ樽　（蕉翁句集）

土芳《どほう》『全伝』に「此句ハ猿雖方ニ遊テノ事也」と注し、『句選拾遺』に「元（禄）七戌、蔵田氏ニ遊ての事也」と頭注する。ただし猿雖は窪田氏だから、「蔵田氏」は誤り。伊賀上野の商人で、芭蕉より四歳長じ、深い親交があった。内神屋《うちのかみや》といい、東麓庵・西麓庵を作った。句意は、朝柴をつけて売りに出た馬が、戻りには田植樽を振分けにして戻ってくる、と言ったもの。田植の後のさなぶり用の酒樽である。商が同時に農を兼ねることもあるから、これは猿雖邸の馬ともいえるし、また親しい仲だから、半日遊びに来ていて、農家の馬が荷を背負って行くのを往きも帰りも見たのだともいえる。そのような往来の嘱目に軽く感を発したと取っておいた方がよいであろう。時はあたかも田植時であるから、馬が樽を背負っていれば田植の振舞酒であろうとは直ぐ分るのである。

我に似《に》な二ツにわれし真桑瓜

（初《はつ》蟬《せみ》）

『蕉翁句集草稿』に「此句はいが逗留之内、門人槐之道《しどう》訪ひけるに遣《つかわさ》れし句也」とあり、『蕉翁句集』は元禄七年の部に収める。之道は槐本氏、大坂道修町《どしょうまち》の商人で通称伏見屋、のち諷竹と号した。元禄元年蕉門に入り、俳諧師としても大坂に門戸を張っていた。この年芭蕉を大坂に迎えるについて、伊賀上野にやって来て、直接訴えるところがあったらしい。彼はそのころ湖南から大坂へ移ってきた洒堂と仲が悪く、いろいろ揉め事があって芭蕉に訴えたらしいのである。大坂へ行って芭蕉は両者の仲介に立ち、ついにうまく取捌《さば》いて、九月二十一日「両門の連衆打込之会」を車庸亭で開き、その会は芭蕉をして「拙者働《せつしやがはたらき》」と自負せしめたのである。

伊賀で芭蕉は之道をこんこんと諭すところがあったと思うが、その寓意がこの句には利かされているのではないか。試みに解いてみれば、この時師弟の前には縦二つに割られた真桑瓜が出されている。「瓜二つ」の譬えのように寸分違わない二片である。之道の話に芭蕉は、あなたの気持は若い頃の私にそっくりだ、私も昔は人の仕打ちが許せなくて困ったことがある。彼を許しておやりなさい、寛大な気持におなりなさい、私に似てはいけません、と諭したのである。のち芭蕉はこの之道邸で寝ついてしまい、近くの花屋の座敷に移って永眠した。

この句の解釈はふつう、自分は無能無才でこの一すじに辛うじてつながっている者だが、あなたは私のような痴愚に見習わないで下さい、と商人の之道に訓戒を与えたものと取っている。

私は、この時之道がわざわざ伊賀までやってきた理由を推測し、別の解を立ててみた。

柳小折《コリ》片荷は涼し初真《ま》瓜《くは》　（市《いち》の庵《いおり》）

閏《うるう》五月廿二日　落柿舎《らくししゃ》乱吟

芭蕉が去来の別荘嵯峨落柿舎に滞在中、大坂から洒堂《しゃどう》が訪ねてきたので巻いた歌仙の発句。去来・支考・丈草・素牛が同座している。乱吟とは連句を付ける順序を決めないで、身分や年齢にもかかわらず出勝ちに付ける方法である。この時の洒堂の脇句は「間引捨《まびきすて》たる道中の稗《ひえ》」。

支考の「東西夜話」に「なにがし実相院などいへる山伏の、旦那もどりのさまなりと見て置べし」とある。この句が独立句ならそういう見立ても面白いが、これは遠路はるばる訪ねてきた洒堂への挨拶句だから当らない。「柳小折」は旅の具を入れた柳行李で、それと土産の初真瓜とを振分けにして担いで来たのだ。「涼し」と言い、「初」と言ったのは真瓜への褒美の言葉であり、従ってそれを持ってきた洒堂の志への挨拶となる。だから洒堂は、脇句に、やってくる道中の情景を付けたのである。前句の之道と同じく、洒堂も芭蕉へ訴えるところがあったろう。

二人に同じ真桑瓜で挨拶したところに、芭蕉のある気持がうかがわれる。

六《ろく》月《ぐわつ》や峰に雲置《おく》あらし山　（句兄弟）

六月、去来の落柿舎に滞在中の作。六月二十四日付杉風宛の書簡に「六《ロク》月や」と振仮名を付けてある。『笈日記』には「嵐山」、『或時集』（嵐雪撰、元禄七年）には「雲の峯」と詞書がある。「みなづき」と訓み和らげては、其角から「豪句」と評されたこの句の勢いが死んでしまう。支考は「語勢に炎天のひゞき」があると言った。『或時集』の詞書のように、これは真夏の雲の峯を「峰に雲置く」と言ったので、ロクグヮツと音読した強い響きに応ずるように、この中七は非常に重厚な表現である。『赤冊子』に「雲置嵐山といふ句作《くづくり》、骨折たる処といへり」とあって、芭蕉自讃の苦吟の作である。蕪村は「其の比《ころ》や蕉翁山城の東西に吟行して、清滝の浪に眼裏の塵を洗ひ、嵐山の雲に代謝の時を感じ」（洛東芭蕉庵再興ノ記）と言い、志田義秀は「この句には代謝の余情がある」と言っている。嵐山といえば春の花、秋の紅葉の季節を連想させるが、ここでは炎夏六月の雲の峰を見出して、真夏の嵐山の風景を讃えた。そこに亭主去来への挨拶の心が籠っている。

清滝や波にちり込《こむ》青松葉　（笈日記）

貞享期
元禄二年
元禄三年
元禄四年
元禄五年
元禄六年
元禄七年
元禄期
年次不詳

六月二十四日付杉風への書簡に、「六月や」の句に次いで、「清滝や波に塵なき夏の月」の形で出ている。それが改案されて「大井川浪に塵なし夏の月」の形になった。ところがこの年十月九日、死の床にあった芭蕉が去来に向って、この句は先ほど園女の邸で詠んだ「白菊の目にたてゝ見る塵もなし」と紛らわしいから作りかえた、と言って示したのがこの形である。支考には「是もなき跡の妄執とおもへばなしかへ侍る」（笈日記）と言ったと伝えている。

初案の形では「清滝」の「清」に対して、同じく「塵なき」が清浄さを意味して重複の感じがあるので、「大井川」と改めたらしい。だがそのために句の勢いが弱まり、芭蕉の満足する表現には達していなかった。だから園女亭での句との等類を言う前に、芭蕉はこの句の表現に不満を抱いていたことが、改作の理由である。むしろこの句を改作することを前提として、園女《そのめ》亭で「白菊」の句を挨拶として作ったのである。

大井川（大堰川）は桂川の栂尾、嵯峨あたりより上流を言い、平安時代からたびたび大井川行幸があって、古くからの納涼の地であった。清滝は地名であるが、直下する滝ではなく激湍である。「塵なき」と詠んだ場合、それはいかにも静止的な表現で、激湍の状態と矛盾しているし、塵がないという間接的表現がまどろっこしい。「大井川」とすれば重複の感じは消滅するが、全体の表現にたるみが見えてくる。その両者の欠陥を一挙に解決したのが「波にちり込む青松葉」である。芭蕉が死の床に到るまで絶えず舌頭に千転して得た表現である。

この句の季題は「常磐木落葉《ときわぎ》」または「松落葉」である。常磐木落葉とは古葉の落ちることで、青葉が落ちることではない。これは滝しぶきで青松葉が散らされるのだから、松落葉の本来の意味から外れているが、それに準ずるものとして夏季とした。飛散する滝しぶきに、青いまま松葉がちぎれ飛ぶ情景を吟じ出して、爽快の感を与える。また、もとの句が「夏の月」を言って夜景であったのを、昼間の景色に転じ変えた。「夏の月」の方が古典的境地ではあるが、改作された形は昼間の景色として、鮮かさと生々しさとを加えている。

清滝の水くませてやところてん　（泊船集）

『笈日記』に「野明亭《やめい》」と詞書し、中七「水汲《くみ》よせて」として出ている。野明は蕉門俳人で奥西氏、坂井作太夫と称し、黒田家を浪人して嵯峨に住んだ。去来の母方の主筋に当り、去来と親しかった。『泊船集』には「清滝や波にちり込青松葉」の句の注記中に出ていて、「とありしは野明に引さきすてさせたまふ。笈日記ニ水くみよせてといふはあやまりなるよし」と付記している。ただしこれは編者風国が「大井川浪に塵なし夏の月」の句と混同した誤りである。『笈日記』の形は彼が言う通り杜撰であろう。

主野明への挨拶句である。ところてんをもてなされたので、あの清く冷い清滝川の水を汲ませて冷したのであろう、と主ぶりを謝したのである。

貞享期
元禄二年
元禄三年
元禄四年
元禄五年
元禄六年
元禄七年
元禄期
年次不詳

すゞしさを絵にうつしけり嵯峨《さが》の竹　（住吉物語）

野明亭《やめいてい》

前句と同じく野明亭を訪れた時の挨拶句。嵯峨は竹の名所で、野明亭の辺りにも竹が茂っていた。竹は姿と言い、風に葉のそよぐ音と言い、涼しさそのものであるから、野明亭の座敷から見た竹の景色を、まるで涼しさを絵にしたようだと讃えたのである。景色を賞め、ことに涼しさを言うことが、夏の句では挨拶の意に適うのだ。

夕顔に干瓢《かんぺう》むいて遊《あそび》けり　（芭蕉書簡）

元禄七年六月二十四日付杉風《さんぷう》宛の書簡に、「嵯峨」と詞書した四句の中に出ているから、嵯峨落柿舎滞在中の作である。「夕顔」だけで花を指す。他の瓜類は、かくべつ花とも実とも断らない時は実を意味するのが普通だが、夕顔だけは『源氏物語』以来花を主とするのである。干瓢は、夕顔の実を長く紐状に剝いて日に干したもの。夕顔棚のその白い大輪の花を前にして実を剝いている、ということに一種のおかしみを見出した。おそらく落柿舎でそんな他愛ない戯れ事に師弟が打ち興じているのであろう。その師弟の親しさを、江戸にいるもう一人の親しい弟子杉風に見せつけているところに、芭蕉の茶目っ気が見える。

朝露によごれて涼し瓜の泥　（笈日記）

六月二十四日付杉風宛書簡に、「朝露や撫《なで》て涼しき瓜の土」とあるのが初案である。『笈日記』には「去年の夏なるべし、去来別墅《べつしよ》にありて」と支考の前書が付けられている。『赤冊子』に「此句は、瓜の土、とはじめあり。涼しき、といふに活《いき》たる所を見て、泥とはなしかへられ侍るか」とある。微細のことながら「泥」が「土」にまさるのは、畑から取ってきた朝の涼味を「泥」の方がよく示しているからである。「土」といえば泥が乾いてしまった昼の感じになる。

人〴〵つどひゐて、瓜の名所なむあまたいひ出たる中に

瓜の皮むいたところや蓮台野《れんだいの》　（笈日記）

『笈日記』に前記「朝露に」の句に続いて掲げてあるから、同期の作であろう。たとえば落柿舎で門弟たちと真桑瓜を馳走になりながら、瓜の名所とはどこだろうと他愛ない話題に打ち興じ、それぞれどこの瓜が旨いなどと言い合ったのである。その時芭蕉は蓮台野の名を挙げた。洛北船岡山の西にあり、墓所であるから誰かの墓参に行ったことがあるのか。茶店に腰を下し、そこで特産の甘い真桑瓜を食べた。皮をむいた、とは食べたことで、その食べた所が蓮台野だった。蓮台野こそ瓜の名所ですよ、と言ったのである。この句の作意を、しい

て仏教に結びつけて解する人があるが、当らない。これこそ「軽み」の句そのものである。同座の人たちに言いかけた口吻そのままに詠んだ句である。

松杉をほめてや風のかほ（ママ）る音　（笈日記）

小倉《おぐら》ノ山院

『笈日記』に「嵯峨五句」の一句として記す。『蕉翁句集』に「小倉山常寂寺ニて」と前書がある。洛西嵯峨小倉山にあり、正しくは常寂光寺と言い、定家の小倉山荘の跡と伝える。また庭には老松があって、定家が詠んだ「軒端の松」と言っている。二尊院にも定家山荘の遺跡と伝えるものがあるので、頴原退蔵は「小倉ノ山院」は二尊院を指すと言っているが、これは『蕉翁句集』に従うべきである。『拾遺愚草』に「頼むかなその名も知らぬ深山木《みやまぎ》に知る人得たる松と杉とを」とあり、『蒙引』には引いているが、その歌の「松と杉」とが小倉山のものかどうかはともかく、芭蕉がその歌を念頭に置いてこの句を詠んだものではあるだろう。人知れず生えている深山木の松と杉とが、定家というこの上ない人を得て知られたように、この山院は今日においても、松や杉を賞めるかのように颯々とした声を立てて薫風が吹き過ぎる、と言ったのである。故人定家に挨拶した一句である。

曲翠亭《きよくすいてい》にあそぶとて、田家といへる題を置《おき》て

飯《めし》あふぐかゝが馳走や夕涼　（笈日記）

膳《ぜ》所《ぜ》藩士菅沼曲翠亭に遊んだ時、「田家」の題で作った句。題詠句だから、田家の夕飯時を想像して作っている。暑い時で、端近く涼みながらの夕餉である。『吐句解』（東海呑吐著、明和六年稿）に、後水尾院の歌「たのしみは夕顔棚の下涼み男はてゝら女《め》はふたのして」を挙げているが、この句の情景に通じるものがあろう。「てゝら」は褌《ふんどし》、「ふたの」は腰巻である。裸または裸に近いさまで、女房は炊きたての飯を渋団扇であおいで冷まし、かくべつの馳走もない膳の上ながら、飯をあおいで差出す気持がせめてもの馳走だというのである。

卑俗な世界を詠んだ『炭俵』の軽みを意識した詠みぶりで、同書には「子は裸父はてゝれで早苗舟」（利牛）といった作品がある。上方《かみがた》へ来て軽みを大いに吹聴しようという芭蕉の気負いが、こういう句を試みさせたのだ。

夏の夜や崩《くづれ》て明《あけ》し冷し物　（続猿蓑）

六月十六日、近江膳所の曲翠亭で成った五吟歌仙の発句。曲翠の脇句は「露ははらりと蓮の椽先」。臥《が》高《こう》・惟然・支考が同座し、その夜の様子を支考は「今宵賦」（続猿蓑）に描き出した。

十六夜の月見の饗宴が明け、興過ぎて後の何かしらじらしい感じが詠みこまれている。その感じを、崩れた「冷し物」という具体的なもので捉えているのだ。「冷し物」は、野菜・果物などを冷した夏の料理。一夜を語り明し、飲み明した座の空気も崩れてしまっている。「崩れて」は「冷し物」の形容でありながら、この座の空気でもあり、作者の心の色でもあり、短夜の白々と明けて来た時刻そのものでもあるのだ。

皿鉢もほのかに闇の宵涼み　（其《その》便《たより》）

『其便』（泥足《でいそく》編）は元禄七年七月の序だから、この年の作であろう。月の十六日から二十日ごろまで、月の出の遅い宵の間の暗いころ。端近く膳の上には食べ物を入れた皿や鉢が残ったままである。暗くなった部屋にはまだ灯もつけないで涼を入れているのだ。風もようやく冷えびえとしてきた。闇の中に皿鉢のたぐいが白く仄かに見え、その模様が浮き出ていて、陶器のもつ冷やかな感触から、そこに微かな涼味を見出している。

おなじ津なりける湖仙亭に行て

此《この》宿《やど》は水鶏《くひな》もしらぬ扉《とぼそ》かな　（笈日記）

「おなじ津」とは大津のこと。「湖仙」は大津に住む高橋瓢千であることが、大礒義雄氏の架蔵する写本『巾秘抄』（好問堂編、文化十一年成る）中の次の一文（大礒氏は仮に題して「湖仙亭記」という）によって分った。

さゞ波の音近く、三井の鐘聞ゆるあたり、暫《しばし》旅の宿りを求む。主《あるじ》は高橋瓢千といふ。志風雅を好み、身貧のいとはず。風雅は我好所《わがこのむ》にして、貧は我友也。栖は膝を入《いる》るのみにして、狭きうれへ有《あり》といへ共、馬車《うまくるま》の通ひすぎにあづからざる悦び有。足らざるを楽《たのし》みて、淋敷《さびしき》を又友とす。（と有、）

（此筆跡は即《すなわち》湖南高橋三郎兵衛所持す、）

此宿は水鶏も知らぬとぼそ哉　はせを

ここに括弧に入れた部分は芭蕉の文でなく、編者が挿入した説明の箇所である。古典俳文学大系『芭蕉集』（井本農一、堀信夫氏校注）には「瓢千」を「瓠千《こせん》」の誤写か、と言っている。

湖仙は『孤松《ひとつまつ》』（尚白編、貞享四年刊）に三十六句を収め、尚白と親しかったが、『忘梅』（尚白編、元禄五年序）やその前後の諸集に跡を絶っている。七年には俳壇に疎遠になっていたから、芭蕉の訪問も元禄元年夏湖南滞在の折ではないか、とも見られる（『校本芭蕉全集』頭注、荻野清・大谷篤蔵氏）。大礒氏もそれに同意しているが、『蕉翁句集』は元禄四年とする。だが支考が元禄七年の句としているのは、あまり人も訪れない三井寺に近い湖畔の庵に隠れ住んでいるのを、芭蕉が訪問してこの句を作ったと見たのだろう。岩波文庫本『芭蕉俳句集』(中村俊定氏校注)も元禄七年としている。いささか疑問がないわけではないが、湖南の俳人仲間と、もはや往き来のないさまにこの句は見えるから、芭蕉の大津行に従った支考を信じて七年としておこう。水鶏が鳴くことを「叩く」ということから、こつこつと戸を叩いて訪れる意に掛けて、その水鶏さえも戸を叩かない、すなわち誰もめったに訪れてこない意味をこめた。俗界を遠く離れた湖仙の閑居を賞したのである。水辺の水鶏を点じて挨拶句に仕立てたところに、芭蕉のウィットが働いている。

納涼　二句

さゞ波や風の薫《かをり》の相《あひ》拍《びやう》子《し》　(笈日記)

『笈日記』湖南部に「去年の夏又此ほとりに遊吟して、游刀亭《ゆうとう》にあそぶとて」という支考の前文がつけてある。去年とは元禄七年の意である。游刀は膳所に住む能太夫で、蕉門俳人。游刀亭は湖畔にあったらしく、さざ波が寄せると共に薫風が渡ってくる。その波音と風の響きとが相《あひ》の手になって、まことに快い住まいであると讃えた。主が能役者であるから、そのことを籠めて「相拍子」と挨拶したのである。

湖やあつさをおしむ雲のみね

（笈日記）

前の句の詞書はこの句にもかかる。この亭は涼しい風が渡ってくる湖水に面しているので、湖水のかなたの雲の峰も暑熱を運んでくるわけではなく、それは湖水の涼風に打消されて暑さを出し惜しみしているかのように見える。涼しさを言ったのが主への挨拶となっている。

秋ちかき心の寄《よる》や四畳半

（鳥之道）

六月二十一日、大津木節庵《ぼくせつあん》での四吟歌仙の発句。曲翠亭での宴に同座した惟然・支考を伴って、この日は医者の木節亭に遊んだ。木節の脇句は「しどろにふせる撫子の露」。四畳半の茶室に、四人の師弟が膝をつき合せて坐っている。寿貞の訃《ふ》を聞いたばかりの悲しみの中にあった芭蕉は、この狭い一室でのうちわの集いに、心の暖まるような空気を感じた。この句には、何か近づく身の秋を感じさせるような寂寥の気が、濃くみなぎっている。表現はきわめて平俗で、軽みの実践であり、直接的で平明な表現の中に、心の深いところからこの句が出ているのを思わせる。この句あたりから芭蕉は人生と芸術との終着駅に向って、ひたすらに道を急ぐさまである。

その後、大津の木節亭にあそぶとて

ひやくと壁をふまへて昼寝哉　（笈日記）

七月、木節亭での作。路通が「粟津《アワヅ》の庵に立よりしばらくやすらひ給ふ、残暑《ザンショ》の心を」（芭蕉翁行状記）と書いているが、京から伊賀へ行く途中、粟津へ立寄ったので、その時もう一度木節亭を訪ねた。支考は「此句はいかにきゝ侍らんと申されしを、是もたゞ残暑とこそ承り候へ」云々と言っている。まさに残暑の季節で、壁を踏まえて昼寝をしていたが、足の裏からひやひやとした秋の気が早くも感じられるのだ。その冷さの感じが、残る暑さの中の秋なのである。当時はまだ「昼寝」は季語とされていない。

本間丹野が家の舞台にて

ひらくとあがる扇や雲のみね　（桃舐集《ももねぶり》）

元禄七年六月、大津の能太夫本間主馬、俳号丹野の家に招かれて作った二句の中の一つ。『笈日記』には「本間氏主馬が亭にまねかれしに、太夫が家名を称して　吟草二句」と前書し、中七「あぐる扇や」となっている。この時支考が同行し、この句を発句として安世・支考・空芽・吐龍・丹野と六吟の連句を巻き、十三句目まで作った。安世の脇句は「青葉ぼちつく夕立の朝」。

丹野の家の舞台で彼は舞ってみせた。手をかざして舞う扇が高くあがり、ひらひらと翻る。どこまでも高くあがってそれは雲の峰まで届きそうだ、と言ったもの。その手ぶりの妙を賞しながら、彼が家の名を高く上げるであろうとその将来を予祝している。舞いぶりを讃えた句としては「あがる」の方が自然と思うが、『笈日記』に「あぐる」とあるのは、家名をあぐる意に掛けての方が形が確かだと見たのか。穎原退蔵が「あぐる」は太夫を主格とした述格であるべきで、「扇があがる」では太夫を賞する意が弱くなると言う（芭蕉俳句新講）。さほどとは思われない。むしろ「あぐる」とした方が一種の臭味が伴ってくる。真蹟（観魚荘蒐集展観図録）は、中七「挙るあふぎや」とあり、アガルともアグルとも訓める。

蓮《はす》のかを目にかよはすや面《めん》の鼻　（真蹟短冊）

前句と同じ時の作で、一連の短冊である。『笈日記』には「蓮の香に目をかよはすや」とあり、どちらでも意は通じる。能面をつけると目からは見えず、鼻の穴を通して見るという。そのことから蓮の香を面の鼻の穴を通して視線を通わす、と言った。蓮の香を鼻の穴で嗅ぐのでなく、見ると言ったところがおかしみである。

本間主馬が宅に、骸骨どもの笛鼓《ふえつづみ》をかまへて能《のう》する処を画《えが》きて、舞台の壁にかけたり。まことに生前のたはぶれなどは、このあ

そびに殊《ことな》らんや。かの髑髏を枕として、終に夢うつゝをわかたざるも、只この生前をしめさるゝものなり

稲づまやかほのところが薄の穂　（続猿蓑）

前二句と同じ時の作か。ただし前二句は夏の句、これは秋の句である。芭蕉の湖南滞在は六月十五日から七月七日までで、すでに秋にかかっているから、この句も七月になってからの句かとも思われる。『芭蕉翁行状記』には「丹野がこのめるにまかせて骸骨の絵賛に骨相観の心を前に書て」と前文がある。骨相観とは九想観《くそうかん》の第八で、無益な執着心を去るために骸骨を乾燥して無常の理を悟らしめる手段とした。小町が骸骨と化して詠んだという「秋風の吹くにつけてもあなめあなめ小野とは言はじ薄生ひけり」の歌によっている。美しい姿で舞ったり笛鼓を囃したりしていても、稲妻が一閃して無常迅速の理を悟ってみれば、しゃれこうべの顔の所に薄の穂が生えていた、との意である。

こういう重くれた句はこの時代には芭蕉は好まないのであるが、求められて作ることもあったのだ。

去年《こぞ》の秋文月の始《はじめ》ふたゝび旧草に帰りて

道ほそし相撲《すまう》とり草《ぐさ》の花の露　（笈日記）

詞書にいうように七月の初めの作で、「旧草」とは木曾塚の無名庵のことである。芭蕉は四年ぶりでこの草庵へ帰ってきたが、人住まず雑草が生い茂って、庵への道を覆い隠さんばかりである。そのかすかになった旧道を「道ほそし」と言ったので、諸家が説くように陶淵明の「三径就レ荒松菊猶存」（帰去来辞）や西行の「いそのかみ古きすみかへ分け入れば庭の浅茅に露ぞこぼるる」などが頭にあったであろう。相撲とり草は「おひしば」とも言い、夏のころ盛んに繁茂する雑草で、子供がその花穂を逆さに立て、相撲になぞらえて吹き倒して遊ぶことから名づけられた。力草ともいう。その繖《かさ》形に分岐した花穂いっぱいに露が降りているさまを、荒れはてた古い住家のシンボルとしたのである。

七夕草庵

たなばたや秋をさだむる夜のはじめ　（笈日記）

七月七日、野《や》童《どう》亭での作。野童は京都在住の蕉門作家。芭蕉は五日に無名庵を立って京都へ行き、七夕の夜は野童亭にあった。

七夕の頃となれば、辺りの気配もはっきり秋になったと感じさせる。そのことを「秋をさだむる」と言ったので、従ってそれは人の心を秋になじませ落着かせることでもある。このように自分はこの静かな家で、秋の初めの夜を充分に味わっている、という挨拶の気持をこめているのだ。

甲戌《こうじゅつ》の夏、大津に侍しを、このかみのもとより消息せられければ、旧里に帰りて盆会をいとなむとて

家はみな杖にしら髪の墓参　（続猿蓑）

七月十五日、伊賀上野の兄半左衛門宅に帰った時の作。『赤冊子』によれば、初案は「一家みな」とあった。郷里の兄弟たち親戚たちもいつか老いてしまった。この日は一家揃って墓に参ったが、人々は多く杖にすがり、髪は白くなった。その中にある自分も、例外ではない。老の感慨の中に、老いた誰彼の若い頃の姿が脳裏をかけめぐるのである。

尼寿貞《じゅてい》が身まかりけるときゝて

数ならぬ身となおもひそ玉祭り　（有磯海）

七月、玉祭の時の作。尼寿貞は『小ばなし』に野坡《やば》談として「寿貞は翁の若き時の妾にて、とく尼になりしなり。其子次郎兵衛もつかい被㆑申し由」と見える。彼女は深川の芭蕉庵に引取られていたが、この年六月二日頃に歿し、芭蕉はその知らせを八日にはすでに受取っている。六月八日付松村猪兵衛宛の手紙に「寿貞無仕合《しあわせなき》もの、まさ、おふう同じく不仕合、とかく難㆓申尽㆒候」とあり、また「何事も〳〵夢まぼろしの世界、一言理くつハ無㆑之

候」とある。この旅に連れてきた次郎兵衛は、芭蕉と寿貞との間に出来た子といわれ、まさ・おふうは寿貞の連れ子と思われる。

「数ならぬ身」だなどと自分を卑下しないで、私の手向《たむけ》の供養をどうか受けてくれよ、と寿貞の魂に呼びかけた句である。生前にはかばかしい世話もしてやれなかった相手を、「無仕合もの」と言って嘆いた芭蕉の深い悲しみがこの一句に沁みとおっている。

いなづまや闇の方《かた》行《ゆく》五位の声

（続猿蓑）

土芳《どほう》の『蕉翁全伝』元禄七年の条に「此句ハ文月ノ頃、雖子が方ニ土芳ト一夜カリ寐セラレテ稲妻ノ題ヲ置、寐入ル迄ニ句ヲセヨトアリシ時ノ吟也」とある。雖子とは窪田猿雖。芭蕉より四歳年長の門人で、親交が深かった。『蕉翁句集草稿』に「此句初は宵ヤミくらし五位の声、と有、後直る」とある。この場合は初五「いなづまの」であろう。

闇の夜空に稲妻が光る。すると反対の闇の方に五位鷺が鳴きながら飛んでゆく。暗黒の中に、一瞬の光と、五位鷺の気味悪い声とを、見とめ聞きとめた。凄涼の感をとらえている。

風《かざ》色《いろ》やしどろに植《うゑ》し庭の萩

（猿雖《えんすい》本三冊子）

『蕉翁句集』にこの年とする。『蕉翁全伝』に「此句玄虎子ニ遊バレシ時、庭ノ半ニ作ラレタルヲ云《いえ》リ。表六句有」と注する。句形は結五「庭の秋」（蕉翁句集）、「庭の荻」（蕉翁全伝）とあり、また竹人の『全伝』には「しどろに植《う》る庭の萩」とあるが、みな誤記か。

玄虎子とは藤堂玄虎で、伊賀上野の藤堂藩士。その邸を訪ねた時の挨拶句である。座敷から藤堂邸の庭を眺めて、秋萩がしどろに植えてあるその上を秋風が吹き渡って、紅い花が揺れ動くさまを目にとめた。しどろに乱れたさまがかえっていいので、花が動けばそれは風の色かと思われるのである。「庭の秋」だと、秋の色草を詠んだことになる。『赤冊子』に「此句、ある方《かた》の庭を見ての句也。風吹、とも一たび有。風色や、とも云《いえ》り。度々吟じていはく、色といふ字も過《すぎ》たるやうなれども、色といふ方に先《まず》すべしと也」とある。「風色」と大胆に言い取ったのが成功している。

里ふりて柿の木もたぬ家もなし　（蕉翁句集）

『句選拾遺』頭注に「元七戌、片野氏望翠方ニ八月七日夜会、哥仙有」とある。望翠は片野氏、井筒屋新蔵といい、芭蕉の妹婿で、伊賀上野に住む。この時の歌仙は伝わっていない。

この里の家々は古びてみな柿の木を持ち、赤い実を枝にたわわに稔らせている。かくべつ富裕というわけではないが、落着いた静かな里のさまである、と控えめながら讃えたもの。

名月に麓の霧や田のくもり

（続猿蓑）

『蕉翁全伝』にこの句と「名月の花かと見へて棉畠」「今宵誰よし野の月も十六里」と並記し、「此三句新庵の月見也。新庵を門人ニ見スルトテ多く招テ各句アリ」と記している。新庵とは、この年伊賀門人たちの合力で半左衛門宅地に新築された無名庵である。『続猿蓑』にはこの句と「棉畠」の句とを並べ、支考が「ことしは伊賀の山中にして名月の夜この二句をなし出して、いづれか是いづれか非ならんと侍しに、此間わかつべからず、月をまつ高根の雲ははれにけりこゝろあるべき初時雨かなと、円位ほうしのたどり申されし麓は、霧横《よこたわ》り水ながれて平田渺々と曇りたるは、老杜が唯雲水のみなりといへるにもかなへるなるべし」云々と評している。

空には名月が煌《こう》々《こう》と輝いているが、ここは伊賀の山中だから、麓には霧がかかって田の面はうすらに曇って見える、と言ったのである。伊賀の山中の名月の特色を言い取ったもの。「麓の霧や田のくもり」とは「どむみりとあふちや雨の花曇」の句と同じように、わざと言葉を重複させた句である。麓の霧が流れて田一面に覆いかぶさっているのだ。大谷篤蔵氏は「上野赤坂は台地の突端、北に伊賀盆地を見はるかす位置にある」（日本古典文学大系『芭蕉句集』頭注）と言って、この句の情景を説明している。これは「高きより下瞰した句」（芭蕉句集講義）という解釈を敷衍したものであろう。だから「麓の霧」とは、台地から見下す麓ということになる。

名月の花かと見へて棉《わた》畠《ばたけ》　（続猿蓑）

前句と同時の作。『続猿蓑』の支考の評言には、「その次の棉ばたけは言葉麁にして心はなやかなり、いはば今のこのむ所の一筋に便あらん、月のかつらのみやはなるひかりを花とちらす斗《ばかり》にとおもひやりたれば、花に清香あり月に陰ありて是も詩歌の間をもれず」とある。ちょうど棉の実が裂けて「桃吹く」状態になって一面に真白に見える。それに名月が照りわたり、花かと見紛うばかりである。「名月の」で、いったん休止する。『赤冊子』に前句の姿を「不易」、この句を「新しみ」と言っている。支考の評言に、前掲の文に続けて「しからば前は寂寞をむねとし、後は風興をもつぱらにす、吾こゝろ何ぞ是非をはかる事をなさむ、たゞ後の人なをあるべし」と言っているのも同じことである。「花かと見へて」と言ったところ、いかにも当座の興に乗って生れた句である。それだけ前句より軽いのであり、支考が「今のこのむ所の一筋」と言ったのは、当時流行の軽みの句と受取ったのである。二句とも佳句であるが、いささか支考は讃めすぎのきらいがある。

今宵誰よし野の月も十六里　（笈日記）

八月十五日

前二句と同じ時の作。『笈日記』に「名月の佳章は三句侍りけるに外の二章（前掲二句）は評をくはへて後猿蓑に入集す。爰には記し侍らず」とある。この句は源三位頼政の「こよひ誰すゞ吹く風を身にしめて吉野の岳の月を見るらん」（新古今集、巻四）の歌を踏まえている。十六里とは伊賀上野から吉野への里程で、今宵の名月を吉野の岳で誰が賞しているであろうか、との意である。

いせの斗従《とじゅう》に山家《やまが》をとはれて

蕎麦はまだ花でもてなす山路かな　（続猿蓑）

九月三日夜の作。『笈日記』前文に「支考はいせの国より斗従をいざなひて伊賀の山中におもむく。（中略）三日の夜かしこにいたる。草庵のもうけもいとゞこゝろさびて」とあり、『追善之日記』に「斗従が篤実の志ざしをよみして」とある。山家とは、伊賀上野赤坂の兄半左衛門宅、すなわち芭蕉の生家を指す。山中といい、山家といい、山路といい、すべて山国伊賀の意味をこめて言う。

ここは山家なので新蕎麦もまだできず、蕎麦はまだ花で客人をもてなすありさまです、と貧しいもてなしぶりを言った挨拶句である。時に応じてのいきいきしたウィットに富んでいる。

日にかゝる雲やしばしのわたりどり　（渡鳥集《わたりどり》）

『渡鳥集』（卯七《うしち》編、元禄十五年成、宝永元年刊）には次のような支考の文があって、この句が出ている。「贈二芭蕉翁御句一文　十里亭の何がし、撰集の望ミ有。其名を渡り鳥とかいふなるよし。先師に此句有て西花坊（支考）が笈の中に久しくかくし置ける。此度此名の相あへる事の尊とければ、贈りて此集の観に備へける」。

大挙して渡る渡り鳥が日を覆って暗くなるのを、雲かと思われると言ったもの。今日の我々には想像もつかないような小鳥の大群が渡るのである。

行あきや手をひろげたる栗のいが　（続猿蓑）

九月五日夜、伊賀の元説という人の宅での歌仙の発句。『追善之日記』（支考編）に「此こゝろは、伊賀の人々のかたくとゞむれば、忍びてこの境を出んに、後にはおもひ合はすべきよし申されしが（下略）」とある。伊賀の人々が別れを惜しんで余りに自分を引きとめるので、こっそりとここを立とうと思うが、あとになって彼らはこの句の意味を思い合せて私の真意をさとってくれるだろう、ということで、芭蕉はその気持を支考に漏らしたらしい。「手をひろげたる」とは栗の毬《いが》がはぜたまま梢に残って、あたかも手のひらをひろげたような形で、行く秋を呼び返そうという風に見える。そのように、去ろうとする自分を伊賀の人たちは手をひろげて押しとどめようとする、その行為が身に沁みる、という意味をこめている。そのような意味を、同座した伊賀の衆が全く気づかない筈はなく、支考の説は一人よがりである。「栗のいが」に伊賀衆を掛けていると見れば、下手な語呂合せみたいで、そこまで考える必要はない。

新《しん》藁《わら》の出《で》初《そめ》て早きしぐれ哉　（蕉翁全伝）

九月八日に伊賀を立つ前の句。『土芳《どほう》書留』写に、「此句は、秋の内猿雖に遊びし夜、山家のけしき云出し次手、フト云ておかしがられし句也」と注記してある。「山家」とは、伊賀の郷里である。伊賀は山国だから、季節の移り変りがあわただしい。他国よりも早目に稲刈を終え、新藁が出廻ってくると、もう時雨がやってくる。それが伊賀の山家の本情であり、郷土の侘しさなのだ。それをふと言い出して、郷里をこの上なく懐しんでいるのである。何か追われるようなせわしなさを芭蕉は感じている。山国伊賀の風土の悲しみがこの句には沁み出ている。

顔に似ぬほつ句も出《いで》よはつ桜　（続猿蓑）

土芳『全伝』に「此句ハ此庵ニ後猿蓑草案取扱ハレシ時、句ノシカタ、人ノ情ナド土芳ト云出テ、フトヲモヒヨラレテ書付句也」と注している。元禄七年秋、芭蕉が伊賀滞在中のことで、当季の作ではない。『三冊子』に「此句は下のさくら、いろ〳〵置かへ侍りて、風与《ふと》初ざくらに当り、是初の字の位よろしとて究《きま》る也」とあるのがこの句の制作事情を語っている。いろいろ何桜と置いてみて、初桜に限る、といったのだ。老い衰えた今の自分の顔に全く似ない若やいだ華やかな発句が出てきてほしいという感想に、初桜の取合せがもっとも相応しいとしたのである。「初」とは初雪でも初時雨でも、すべて褒美の心をもつが、とりわけ華やかな桜の中の「初」だから、若やいだ匂いがいっぱいに拡がる感じがある。

冬瓜《とうがん》やたがい（ママ）にかはる顔の形《なり》　（西華集《さいかしゅう》）

『西華集』（支考編、元禄十二年刊）に「此句は伊賀に居給へる時の作也。是には老女に逢ふなどいへる題もあらばやと申されしか」と付記している。支考もこの時、芭蕉に従って伊賀に在った。

生れ故郷に帰ったのだから、幼少年時代からの顔なじみもすっかり顔形が変ってしまって、自分のように頭を丸めた法体もあり、女でも老女風の髪形になっている。ちょうど冬瓜の出盛る季節で、お互に冬瓜のような頭を並べている、というおかしみの句である。かてて加えて、淡泊な味の冬瓜は、どう見ても老人の嗜好品である。芭蕉はそれに「老女に逢ふ」などといった題をつけたら一層おもしろかろう、といったのだ。故郷へ帰って昔の自分を回想するにつれて、ふと若やいだ気分になる折があった。日の入る前の一瞬見せる華やぎである。冬瓜のような老女の顔に、昔の少女時代の面影を思い浮べるのである。

びいと啼《なく》尻《しり》声《ごゑ》悲し夜ルの鹿

(芭蕉書簡)

九月八日夜、奈良での作。『笈日記』に記す支考の文によると、その夜の三更(午後十二時)の頃、猿沢池のほとりを逍遥した時に出来た句である。この行に従ったのは、支考・惟《い》然《ぜん》・次郎兵衛などである。九月十日付杉風宛の手紙には「びいと」と濁点が打ってある。「尻声」とは、あとを引く声である。同じ時の支考の句に、「鹿の音の糸引はえて月夜哉」とあるのが同じ意味であろう。夜の春日野に鹿の声が余韻を引いて哀切をきわめるのである。「びいと啼」と端的に表現し、「尻声」などという俗語を用いたところ、やはり軽みの実践であろう。女鹿を呼ぶ男鹿の高く長く強く響く声であって、昔から秋の哀愁を誘うものとして詠み古されてきたが、この句は「びいと」「尻声」などの言葉で、伝統的な季題情趣を俳諧化している。しかも作者の悲愁感がよくあらわれている。

菊の香や奈良には古き仏《ほとけ》達《たち》

(笈日記)

九月九日、奈良での作。重陽《ちようよう》の日に奈良へ着くことを、芭蕉は考えたらしい。芭蕉の脳裏は、菊の香でいっぱいだったし、それがこの古京での回顧の地色となり、ひいてはこの句の地色となって、「古き仏達」を呼び出す。取合せ物として、眼前の菊を詠みこんだといったものではない。「仏達」という言葉にも、仏への親愛感があふれている。

菊の香やならは幾代の男ぶり　（芭蕉書簡）

前句と同時の作。奈良といえばやはり古典的情趣に魅かれるのである。伊勢物語の冒頭「昔男うひかうぶりして奈良の京春日の里にしるよしして」の一節を思い寄せた。昔男業平《なりひら》の雅びやかな「男ぶり」を思わせるものを、この菊の香の漂う古都に見出した。この「男ぶり」は若衆姿の男ぶりともいえるもので、若かった頃の著作『貝おほひ』に「われもむかしは衆道《しゆどう》ずきの」などと書いたことを思えば、雀百までの感じがある。

くらがり峠にて

菊の香にくらがり登る節句かな　（菊の香）

芭蕉は九月九日に奈良を立ち、生駒山脈を暗峠《くらがり》で越えて大坂へ向った。この日は菊の節句だから、菊の香が漂う路を、その香をたよりに「くらがり」を登っていった、という意味。地名の暗峠をきかせて、仄暗い中を登ったという言葉の洒落である。中国で重陽の日に赤い嚢《ふくろ》に茱萸《はじかみ》を入れて菊酒に浸し、高い山に登って飲めば災を払うとされ、俳諧の季語にも「高きに登る」というのがある。この句の「くらがり登る」には、その登高の意味が含ませてある。

九日南都をたちける心を

菊に出て奈良と難波《なには》は宵月夜《よひづきよ》　（芭蕉書簡）

九月二十三日付、意専《いせん》（猿雖《えんすい》）・土芳《とほう》宛の手紙に見えている。同じく二十五日付正秀《まさひで》宛の手紙に、「重陽之朝奈良を出て大坂に至候故」と前文があって、出ている。支考の『笈日記』には前文「九月九日奈良より難波津にわたる。生玉《いくたま》の辺より日を暮して」とあり、大坂へ入ったのは日暮れであった。路通の『行状記』には、「その日は平野あたりよりほのぐらくて、たど〳〵しくや侍りけむ」とある。また支考の『東華集』に「是は菊に奈良を出て宵月夜に難波に入《いる》といふべきを、出といふ字に入といふ字を略したる也」とあるが、無理なこじつけと思われる。

「菊に出て」は、「菊の日に奈良を立って」の意が籠められている。だが難波に着いたのも菊の日である。奈良と難波と二つの古都を、菊の日の菊の香の漂う上に宵月がかかった景色として、ここに思い描いているのだ。「菊に出て」とは、菊の上に出た二都の宵の月ということでもある。菊の香と宵月と、仄かに匂い合うものが感じ取られる。難波に入ろうとして、現在ただ今の奈良の宵月をも脳裏に描き出している体だ。表現が舌足らずなので、筋を通そうとして諸注まちまちである。

床《とこ》に来て鼾《いびき》に入るやきりぐす　（芭蕉書簡）

九月九日重陽の日に芭蕉は奈良を発って大坂に入り、洒堂の家に泊った。これは洒堂方に宿泊中の作で、九月二十五日付正秀宛の手紙に「又洒堂が予が枕もとにていびきをかき候を床に来て鼾に入るやきりぐ〳〵す」とある。『こがらし』『梟日記』『泊船集』『記念題』などにもこの形で出ている。ところが『赤冊子』に「猪《ゐのしし》の床《とこ》にもいるやきりぐ〳〵す」の形で出し、「この句、自筆に有《あり》。初《はじめ》は床に来て鼾に入るやきりぐ〳〵すといふ句あり。なしかへられ侍るか」と言っている。また、『蟋蟀の巻』（駝岳《だがく》編、寛政五年刊）に「又洒堂が予が枕もとにて鼾をかきしをとありて」と前書して「床に来て」の句形をあげ、さらに「其後文水（あるいは丈水）と当名《あてな》ありて」と前書して「猪の」の句形をあげ、「右二句書たる文を見たる事あり」云々と付記している。これによってみると、芭蕉が後に改作したものらしく、洒堂にでなく文水（あるいは丈水）という人物に作りかえて与えたものとも思われるが、それには何か隠れた事情がありそうである。

この句は『詩経』の「十月蟋蟀入二我牀下一」をふまえている。それを「鼾に入る」といったのが、俳諧化である。洒堂の鼾を言ったのは、芭蕉の洒堂に対するへだてのない親しみの心であった。洒堂のたてる鼾のあいまに、蟋蟀（きりぎりす）の繊細な音色に鳴き、太い響きと細々とした声と交々《こもごも》きこえて、私を眠らせない、と戯《たわむ》れたのである。その鼾を消して猪を出したのが、『赤冊子』に伝える改案である。猪とは、朴訥な洒堂の人柄を言い換えたのだととれないこともない。だがそれにしては発想のきっかけになった鼾が全然消えてしまっている。

芭蕉が伊勢行を後まわしにして大坂へ行ったのは、同じく芭蕉門人である之道と洒堂との仲がおもしろくないので、仲介のためであった。それは芭蕉の裁きで一旦は和解が成立したのだが、後がいけなかったようだ。芭蕉は洒堂宅から之道宅に移り、そこで発病して花屋の座敷に移されて死んだ。芭蕉の看病に之道は他の弟子たちと共にいろいろと尽したが、その間洒堂は現れず、葬式にも参列しなかった。芭蕉があれほど可愛がった洒堂としては不思議で、そこに何か気まずい事情を考えないわけにはいかない。だから、芭蕉は洒堂宅から之道宅へ移った以後のある日、「鼾」の句を改めて「猪」の句に直したことも想像される。それによって洒堂への親しみの気持を打消し、「猪」の句に仕立て直したのである。そうするとこの句は、むくつけき猪のところに優しい蟋蟀が入ってきたという、想像の景気の句となる。だがそれによって原句のウィットも消えうせてしまう。発句はその成立の事情によって生き、それによってウィットも生動するものであることを、まざまざと見せている。

十三日は住よしの市に詣でゝ

升《ます》かふて分別替《かは》る月見哉　（芭蕉書簡）

九月二十五日付正秀《まさひで》宛の書簡に出、「壱合斗《ます》一ツ買申候間かく申候」とある。『住吉物語』の詞書に「住吉の市《いち》に立て、そのもどり長谷川畦止《けいし》亭におの〳〵月を見侍るに」とあるが、畦止亭の会は実は十四日の夜である。その会での句を発句として、畦止・惟然・洒堂・支考・之道・青流との七吟歌仙を催した。畦止の脇句は「秋のあらしに魚荷つれだつ」。

この日大坂の住吉神社で、神に黄金の升で新米を供する祭があり、「宝の市」または「升市」といって境内で升を売り、その升を用いれば富を得るというので、参詣人が買って帰った。句は、その一合升をひとつ買ったら娑婆っ気が出て、十三夜の月見をしようと思っていた風流気も消え失せ、帰ってしまった、という意味。その夜、後《のち》の月見の句会を畦止亭でする約束になっていたところ、悪寒が起ったのでそのまま宿へ帰った。そのことの断りをこの一句に仕立てたので、升のような物を買ったため急に欲っ気が出て分別がかわった、とはそれをユーモラスに言い替えたのである。師の健康を気づかう弟子たちに諧謔を言ってみせたのである。『追善之日記』に「住吉の市とは名のみ聞て、宗因のさらば〳〵となぐられし跡のなつかしくて詣けるに、其日は雨もそぼ降て吟行静ならず、殊になやみ申されしが、けふもわづらはしとてかいくれ帰りける也」とあって、その時の事情が分る。

秋もはやばらつく雨に月の形《なり》　（笈日記）

其柳《きりゆう》亭

九月十九日、大坂の其柳亭の夜会で詠んだ句。この句を発句として其柳・支考・洒堂・游刀・惟然・車庸・之道らとの八吟歌仙が巻かれ、其柳の脇句は「下葉色づく菊の結ひ添《そへ》」。『追善之日記』に「此句の先《まず》へ昨日からちよつ〳〵と秋も時雨哉といふ句なりけるに、いかにおもはれけむ、月の形にはなしかへ申されし」とある。句の初案は、ことさら軽みを出そうとしてやや浅薄に陥っている。改案の句になると、同じく「ばらつく」と俗語を用いて軽みの句であることは同然ながら、晩秋のもの寂びた季節感が沁み出てくる。もう時雨の季節になったかと、冬の近づいたことを振返る。そういえば、月の形も次第に細くなって、九月《くがつ》尽《じん》が近づいてくることを知る。軽い表現の中に、深い寂寥感を感じさせる句である。

秋の夜を打崩したる咄《はなし》かな　（笈日記）

九月二十一日、大坂の潮江車庸亭《しやようてい》での七吟半歌仙の発句。この座に車庸の他、洒堂・游刀・諷竹・惟然・支考らが会して七吟半歌仙を巻いた。車庸の付句は「月待《まつ》ほどは蒲団身にまく」である。『笈日記』に「廿一日二日の夜は雨もそぼ降りて静なれば」と前文があって出され、さらに「此句は寂寞枯槁の場をふみやぶりたる老後の活計、なにものかおよび候半《そうらわん》とおの〳〵感じ申あひぬ」と記している。

この夜は雨もそぼ降って、しめやかな夜だった。「打崩したる」には、「秋の夜を打崩したる」と、「打崩したる咄かな」と、二重の意味がかぶさって来る。寂しいまでに静かさを保っている秋の夜の緊張感が、適度にほぐれて、静かさをうち崩し、なじみやすい雰囲気がかもし出されて来たのだ。「秋の夜を」のテニヲハの使い方は巧妙で、目的格に用いられながら同時に間投詞的で、小休止を与え、下の句を「打崩したる咄かな」とつづけて、砕けた話、打解けた話という意味を添える。車庸亭でのこの俳席が設けられたのは、元から大坂にいた之道（諷竹）と、膳所から移って来た洒堂とが不和であったのを、芭蕉が取りなして、両派の合同俳会を催した。そのため旧来のしこりが解けたなごやかな雰囲気を祝福する気持が、「打崩したる」と詠ませたのである。

あるじは夜あそぶことをこのみて、朝寝せらるゝ人なり。宵寝《よいね》はいやしく、朝起《おき》はせはし

おもしろき秋の朝寝や亭主ぶり　（まつのなみ）

前句の翌朝、二十二日朝の吟。二十一日夜は車庸亭に一宿して、主人も客もゆっくりと朝寝をした。主人みずから朝寝をして客の私にも朝寝を楽しませてくれた。それが何よりの持てなしぶりだ、というのである。おたがいに大事を果したあとのほっとした気持を籠め、あ

るじの前夜の働きぶりをねぎらう気持がないわけではない。

人声や此《この》道《みち》かへる秋の暮　（笈日記）

九月二十五日付曲翠《きょくすい》宛の手紙に、「此道を行《ゆく》人なしに秋の暮」の句を示し、「人声や此道かへる共、句作《づくり》申候」と記しているから、「此道や」の別案として頭に浮んだ句であろう。そして二十六日の泥足《でいそく》の俳会でこの二句を出し、どちらを発句とすべきか選択を人々に任せた。芭蕉にとってこの句は愛着のある表現を含んでいたから、特に門人に示したので、解釈は次の句と一緒にしたい。

所思

此道や行《ゆく》人《ひと》なしに秋の暮　（笈日記）

九月二十六日、大坂新清水《きよみず》の茶店で、和田泥足《でいそく》が催した俳会での、半歌仙の発句。その時、一座したのは泥足の他に、支考・游刀・之道・車庸・洒堂・畦止・惟然・亀柳で、泥足の脇は「岨《そば》の畠の木にかゝる蔦」である。

この句は、二十三日付の意専・土芳宛の書簡に「この道を」という形で出ているから、この席の数日前に出来ていた。さらに二十五日付の曲翠宛の手紙には、「秋の夜を打崩したる咄かな」「此道を行人なしに秋の暮」「人声や此道かへる秋の暮」の三句を記している。翌日持参すべき発句として、芭蕉は「此道や」と推敲し、当日は「人声や」とともに二首持参して、その採択を一座の人たちにまかせた。すると「この道や行ひとなしに　と独歩したる所、誰かその後にしたがひ候半《そうらわん》」ということで、「此道や」に決った。

この二句は、優劣はともかく、芭蕉のモチーフの両面を示している。芭蕉の孤独な心の寂寥感が発した人生詠歎が、「此道や」である。具体的には晩秋の、夕暮のうす暗がりの覆った、冷やかな一本の道がある。それが芭蕉の、五十年の生涯の象徴として、涯知れぬ地点にまで通っている。そのような深い思いが、わざわざ「所思」という詞書を作者につけさせたのだ。

「人声や」になると、人声の発散する暖い人間関係の場が思い描かれている。感覚的には、秋の大気の中の爽かな人語の響きであり、それは同時に、孤独の意識の底から、他者に対してうち開かれた心である。芭蕉の人懐しさの気持が「人声や」にこもっている。

この二句のあいだを、芭蕉の心は行きつ帰りつ揺れていたのである。

松風や軒をめぐつて秋暮ぬ　（笈日記）

九月二十六日、大坂の新清水《きよみず》に泥足が俳席を設けた折の即興吟。『笈日記』（支考編）に「是はあるじの男の深くのぞみけるより、かきてとゞめ申されし」とある。『木がらし』（壷中・蘆角撰、元禄八年）に「大坂茶店四良左衛門亭にて秋をおしむ」と詞書があり、四良左衛門は旗亭浮瀬《うかむせ》の主人である。ここは当時大坂の郊外で、高台にあり、西の海も見渡された。「松風の」（泊船集）、「松の風」（翁草）、「松風の軒をめぐりて」（誹諧曾我）などと、書物によって小異があるが、『笈日記』の形を原拠とすべきである。

即興の句だけに軽いが、清澄な感性の句で、家ぼめの形をとった挨拶句である。相手が茶店の主人だから、「松風」には茶釜の音の連想もあり、蕭颯たる松風に暮秋の感じを聞きとめたに違いないが、そこにはやはり茶亭に対する褒美の意識がこもっている。晩年の句らしい寂寥感は、この即興吟にも沁み出ている。

旅懐

此秋は何で年よる雲に鳥　（笈日記）

九月二十六日作。『笈日記』に、「此句はその朝より心に籠てねんじ申されしに、下の五文字、寸々に腸をさかれける也」とある。

伊賀を出てから、芭蕉はことに身の老衰を感ずることが深かった。思わず口を衝《つ》いて出たような俗語的表現が、「この秋は何で年よる」である。徐々に積み重なってきた歳月が、この秋はどっとばかり押寄せてきたようで、老衰一時に至る感じが、「何で年よる」である。だが心をくだいたのは、下五に置くべき具象的な語句の選択だった。「雲に鳥」は、雲間にかすかに消えて行く鳥で、それは孤影であり、しかも雲の中に吸いこまれて行くような一点として眼に映っているのである。上の五七に対して、「雲に鳥」と結んだのは、一種の衝撃的手法で、それは配合よりももっと強度な、火花の散るような手法である。深い人生の寓意に到達している。

白菊の目にたてゝ見る塵もなし　(笈日記)

九月二十七日、園女《そのめ》亭での歌仙の発句。『追善之日記』に「廿七日、園女が方にひさしくまねきおもふよし聞へければ、此日とゝのへて其家に会す」とある。園女の脇句は「紅葉《もみぢ》に水を流すあさ月」で、他に之道・一有・支考・惟然・洒堂・舎羅・荷中が同座している。

この句は主の園女に対しての挨拶で、「白菊」は俳席での嘱目である。白菊の清浄さを言うことが園女への挨拶になる。山家集の「曇りなき鏡の上にゐる塵を目に立てゝみる世と思はばや」の歌に拠る。原歌の「鏡」、句中の「白菊」、実在する園女を、一体として踏まえたところがこの句の手のこんだ技巧である。「目にたてゝ見る」とは、格別注意を払って見ることで、一点の塵もとどめぬ白菊の純白の美の強調である。この俳席は朝の間のもので、朝寒の身の引緊まるような冷えびえとした空気まで想像させる。句の姿も、黄金を延べたような一本に通った表現で、少しも滞るところがない。

白菊の清さそのものがずばりと竹を割ったように明快に表現され、更に「塵もなし」の否定形がかえって強い響きをもたらしている。

畦止亭《けいし》におゐて即興
月下送児《ちごをおくる》

月澄《すむ》や狐こはがる児《ちご》の供《とも》　（其便《そのたより》）

九月二十八日、畦止亭での作。『追善之日記』に「廿八日、畦止亭にうつり行、その夜は秋の名残をおしむとて七種の恋を結題にして、おの〱発句しける。其一　月下に送児」として掲げてある。このとき畦止亭に集ったのは芭蕉・畦止の他に、洒堂・支考・惟然・泥足・之道の計七名である。例えば洒堂は「寄鹿憶壻」の題で、支考は「寄薄恋老女」の題で作り、その他もそれぞれ恋の題目を立てて発句を作っている。芭蕉の題の「児」とは小人であり、生涯の最後の時にあたって、芭蕉が結題として男色の恋を選んでいることが面白い。
月の清い夜に児《ちご》を送って寂しい野道を行く。どこかで狐の啼き声がすると、児が恐がって男に抱きついてくる。浪漫的な絵のような情趣の句で、芭蕉のいう「物語の体」と言ってもよい。こういう遊びの句を芭蕉は最後まで否定していない。

秋深き隣は何をする人ぞ　（笈日記）

九月二十九日は芝柏亭の俳会に出る予定であったが、身体の調子が悪く出られそうになかったので、当日か前日かに、この句を芝柏亭に送った。このとき芭蕉は西横堀東へ入ル本町の之道亭にあった。

「此の秋は」とともに、芭蕉の生涯の発句の頂点である。これも「偶感」とでもいうべき句である。「何をする人ぞ」とは、どんな生業にたずさわっている人か、の意になるが、別にその職業を詮索しているわけではなく、どういう人なのであろうと床しがっているのである。床しがらせるようなものが隣の気配に感じられたのであろう。「秋深き隣は」には、隣人と自分とのあいだの、それぞれ孤独でありながら、その孤独を通してつながり合うという、連帯の意識がある。ことりとも音しない隣人のひそやかな在り方は、また自分の在り方でもあり、自分の存在の寂寞さを意識することが、隣人の存在の寂寞さへの共感となるのだ。その共感を具象化するものが、もっとも寂しい深秋という季節感情である。

孤独でありながら、隣人を通して他者へ拡がろうとする人懐しさの心の動きが、この句を芝柏亭の俳席の句にふさわしいものにする。心のなかで自分に呟きながら、同時に他へ呼びかけているという、二重の声を、この句は響かせているのである。

病中吟

旅に病《やん》で夢は枯野をかけ廻《めぐ》る　（笈日記）

十月八日作。芭蕉は九月二十九日の夜から下痢をおこし、寝ついたが、十月五日に、手狭な之道《しどう》亭から南久太郎町御堂前の花屋仁右衛門方の離れ座敷に移った。八日の夜、介抱に侍っていた呑舟（之道の門弟）を召して、硯をすらせ、この句をしためた。その後支考を召して、「なをかけ廻る夢心」と、どちらがよいかと尋ねたりした。その五文字はどういうのかと問うこともはばかられて、「旅に病で」が結構だと答えた。だが「なをかけ廻る」の初めの五文字は、当然季の詞がはいるところで、どんな不思議の五文字だったのだろうと、後になって聞かなかったことを残念がっている。其角の『枯尾花』には、この未完の別案が、「枯野を廻るゆめ心」となっていて、季語がはいっているが、其角が病床にかけつけたのは、十一日の夕刻である。

旅に病み、夢うつつの中で、彼は枯野をさまよい歩いている自分の姿を見た。五十年の生涯も、言わば枯野の旅のごときものであった。彼は夢においてさえ、何かを求め、歩きつづけている、自分の妄執の深さを見る。何か知らないが、目茶苦茶に駈けめぐっている、思いつめた自分の姿である。死を間近に予期した彼は、枯野の旅人というイメージの中に、象徴的表現を見出す。

とくに辞世の句だとは言わなかったが、自分の俳生涯にピリオドを打つつもりで、この句を作ったのは確かだろう。

貞享・元禄期

■元禄期年次未詳

折〳〵は酢《す》になるきくのさかなかな　（真蹟自画賛）

『蕉翁句集草稿』に「蝶も来て酢を吸ふ菊のすあへ哉」の「直しか」とあり、この句は元禄三、四年の作だが、直しとも決められない。年代不詳。『泊船集』には「菊花の讃」と前書して初五「折ふしは」とあるが、ここでは真蹟を採る。その花の隠逸《いんいつ》を賞される菊も、たまには摘まれて菊なますとして酒の肴になるという、ただそれだけのことである。

夜すがらや竹こほらするけさのしも　（真蹟自画賛）

『芭蕉翁真蹟集』に「自画讃」として出ている。今朝見ると、竹の葉に真白に霜を置いているが、夜通し降りて竹を凍らせたのであろう、と言ったもの。霜を凌いで立つ厳しい竹の姿を讃えたのである。

かりて寝む案山子《かがし》の袖や夜半《よは》の霜　（其木がらし）

年次不詳だが元禄中であろう。『其木がらし』（淡斎編、元禄十四年跋）に「かげろふの我《わが》肩にたつ紙衣《かみこ》哉」の句と並べて記し、「いづこ行脚の比ならん、いとあはれなり」と注している。

稲を刈った跡にまだ立ったままになっている案山子の袖を夜着に借りて寝よう、この霜の降りる夜半の寒さを凌ぐために、ということ。だが必ずしも旅中の句とは限らないであろう。

雪間より薄紫の芽《め》独活《うど》哉　（翁　草）

『袖日記』に元禄四年の部とするが、不明。雪の間《ひま》から独活の芽が顔を出したという単純な景色。これは山独活（沼波瓊音説《ぬなみけいおん》）か、畑の作り独活（幸田露伴説）か二説があるが、元禄四年とすれば伊賀の山家ではなかろうか。雪間を分けて生い出てきた早春の山菜に清新な喜びを感じた句である。

貞徳翁の姿を讃して

おさな名やしらぬ翁の丸頭巾《まるづきん》　（菊のちり）

『袖日記』に貞享二年とするが、不明。貞徳像の画讃の句だが、丸頭巾をかぶった晩年の長者の姿なのであろう。貞徳は幼名小熊（勝熊）といい、老年になっては長頭丸と称した。貞徳といえばその寛厚の長者としての姿が思われ、幼名など知る人は少い。「おさな名やしらぬ」の「や」は格別の意味はなく、「おさな名はしらぬ」というほどの意味である。貞徳には長頭丸という幼名のような名前があること、しかもこの像は丸頭巾をかぶっていることなどに、アイロニーを利かせているのであろう。

露沾《ろせん》公にて

西行の菴《いほり》もあらん花の庭　（泊船集）

露沾公は磐城平の城主内藤風虎《ふうこ》の後嗣《こうし》で、天和二年に退隠して麻布六本木に住んだ。江戸俳壇の大檀那で、芭蕉も度々まねかれたが、この句は何年の春かさだかでない。おそらく六本木の屋敷での作で、花の咲いた庭の奥には西行庵でもありそうな風情だという挨拶句である。『笈の小文』の旅のときに訪ねた吉野山奥の千本の西行庵を想い寄せ、それに似た木深い様だといったのである。

布袋《ほてい》の絵讃

物ほしや袋のうちの月と花

（続別座鋪《べつざしき》）

『蕉翁句集』に元禄七年とするが、確証はない。『旅袋集《たびぶくろ》』（路健編、元禄十二年序）に中七「布袋のふくろ」として見え、「此句古翁の遺稿なり。今見るも懐かしき記念なれば、巻の首に出し侍りぬ」とある。『続別座敷』（子珊編、元禄十三年刊）には花の題下に収めているので、それならこれは春の句となるが、「月と花」といった場合は普通「雑」の句である。

布袋は中国唐末の禅僧で、大きな袋を負い大きな腹を出した姿が禅画に描かれ、その袋の中には一切を蔵するというから、風雅の種である「月と花」をその中に求めたいものだ、という意味。『続別座敷』の形は後に改作したものか。

■貞享・元禄期年次未詳

此杵《このきね》の折《おれ》と名付《なづく》るものは上《かみ》ツかたにめでさせたまひ、目出度き扶桑の奇物となれり。汝いづれの山より生出《おいいで》て、何国《いずく》の里の賤《しず》が碪《きぬた》のかたみ成《なる》ぞや。むかしは横槌《よこづち》たり。今は花入《はないれ》と呼て、貴人頭上の具に名を改《あらたむ》といへり。人またかくのごとし。高《たかき》に居て驕《おご》るべからず、ひきゝに有てうらむべからず。唯世の中は横槌なるべし。

此《この》槌《つち》のむかし椿歟《か》梅の木か　（芭蕉句選拾遺）

年代未詳。『芭蕉句選拾遺』（寛治撰、宝暦六年跋）に「大津に真蹟所持の人有を、文意写譲りて井筒屋に伝」と付記する。『其木がらし』（淡斎編、元禄十四年跋）には初五「此槌は」として句だけを挙げ、「此二句然子（惟然）の反古の中より出されし也」と注している。「杵の折」とは花活《はないけ》の名である。山崎喜好が、三井高房の『町人考見録』に、石川自安旧蔵の銘物の道具の中に「杵のをれの花生」の名を書きとめていることを挙げている。その大方は京都町人の所蔵となり、芭蕉は京滞在中それを見てこの句文を書きとめた。貞享二年から元禄初年、三、四年頃までのうちである。文中「貴人頭上の具」とあるのは、床柱に下げる掛花入れか吊花入れで、武野紹鷗所持の道具中にも「つちの花入」というのがあり、横槌を流用して花入れに作ることはあったらしい。句の意味は、世の中はそのような横槌と同じく有為転変のあるものだ。この槌も昔は椿の木だったか梅の木だったか分りはしないが、今はこうして花活に化けていろいろな茶花が活けられることだ、というのである。

悦堂《えつどう》和尚の隠室にまいりて

香をのこす蘭《らん》帳《ちやう》蘭のやどり哉　（鹿子の渡）

悦堂和尚は禅僧か。和尚の隠棲《いんせい》している部屋にまいると、蘭の香が漂ってくるような美しい帳《とばり》が垂れていて、あたかも蘭の宿りとも言うべき様《さま》である、というほどの意味。おそらく、薫きしめた香の匂いがしてくるような寺の一室なのである。蘭帳は美人の寝室の帳だが、ここでは和尚の隠室に垂れた華麗な帳であろう。蘭は秋の季題だが、ここでは抹香の匂いのする隠室の形容として言ったもの。和尚の人柄を讃える意味がこもっていよう。少し美辞麗句で飾りすぎた句で、芭蕉晩年の作ではない。「貞享または元禄初年頃か」と岩波古典文学大系本『芭蕉句集』（大谷篤蔵校注）に言っているが、まずはその辺りであろう。

竹　木因亭

降《ふら》ずとも竹植《うう》る日は蓑と笠　（笈日記）

貞享期 元禄二年 元禄三年 元禄四年 元禄五年 元禄六年 元禄七年 元禄期 年次不詳

『笈日記』には「大垣部」に「画讃」として出し、「是は五月の節をいへるにや、いと珍し」と付記する。芭蕉が美濃を訪ねたのは何回もあるが、夏に訪ねたのは元禄元年だけだから、仮にこの年の作とする。

中国の俗説に、五月十三日を竹酔日または竹迷日といって、この日竹を植えると必ず活きると信ぜられた。この事から日本でもこの日に竹を植えることが多かった。ちょうど五月雨の頃で、蓑と笠を着けながら植えるのが季節にふさわしい。だから、たとい雨は降らなくとも「竹植る日」は蓑笠姿でありたい、と言ったもの。『水の友』（松琵編、享保九年刊、正秀追善集）によれば、この句は正秀の別号竹青堂を賀して与えたものという。

『去来抄』故実篇に次のようにいう。

魯町曰《いわく》、「竹植《う》る日は古来より季にや」。去来曰、「不覚悟《かくごせず》。先師句《せんしの》にて初て見侍る。古来の季ならずとも、季に然るべき物あらば撰び用ゆべし。先師、季節の一つも探り出したらんは、後世によき賜《たまもの》と也」。

芭蕉が新題を試みた句である。

寒夜

瓶《かめ》破《わ》るゝよるの氷の寝《ね》覚《ざめ》哉　（真蹟詠草）

『蕉翁句集』に元禄六年とする。『続蕉影余韻』所収真蹟に、貞享時代の句と同紙に同筆で書き、筆蹟も貞享頃と認められるとして、制作年代を貞享に持ってゆく人もある。作風からいってもそう言えるかもしれない。例えば貞享二年作、奈良二月堂における水取の句の「氷の僧」という表現に通じるものが、この句の「氷の寝覚」にはあるかもしれない。

勝手元に水を張っておいた瓶が、夜になっての俄かな気温低下に、氷の張力で割れたのである。その音にはっと覚めて、見に出てゆく。身ぶるいするようなその寒さが「氷の寝覚」であろう。「よるの氷の」で小休止を置くが、「氷」は上にも下にもかかる気味合いがある。他にいくつも例のある叙法である。

年次不詳

年次不詳

朝な〱手習すゝむきりぐす　（摩詰庵入日記）

編者摩詰庵雲鈴《うんれい》は支考門、のち許六門。元禄十三年佐渡行脚の時、門人汎霍《はんかく》に与えた芭蕉の旧詠という。『入日記』に「示汎霍詞」と題して、「名のために風雅を学ぶ人あり、たのしみに学ぶ人あり、そのつとむる所はひとつにして、おの〱志す処は別なり。先師三十余年、東西にやつれ玉ふも皆此ひとつなるべし。今蘭考亭の主の道に入といふも、名のためにはあらざるべし。正に二十年の後、此味をしりたらん時、始てはせを門下の人とはなるべしとぞ。則古翁の旧跡を頭陀より取出て彼に附属す」と記している。すなわち、佐渡に在住する汎霍の発した志を賞し、鼓舞激励するにふさわしい句としてこの発句を与えているのだ。句意は単純で、朝々きりぎりすの声の聞えるすがすがしいうちに手習に励み、筆力が目に見えて進んでくる、と言ったもの。きりぎりすの鳴く声は古来「かたさせすそさせ」と冬の仕度を促す意味に聞きとっているが、これはきりぎりす、別名「筆津虫《ふでつむし》」の名の通り、手習に精を出すように、と促す意味に聞くのである。身も心も引きしまるような秋の朝の気分がにじみ出ている句である。

紫陽草《あぢさゐ》や帷子《かたびら》時《どき》の薄浅黄《うすあさぎ》　（陸奥鵆《むつちどり》）

『蕉翁句集』に「年号不知」の条に出している。帷子は、前に「川かぜや薄《うす》がききたる夕すゞみ」とも詠んでいるように、薄柿色か薄浅黄色のものが多いが、その帷子の季節に、紫陽花の花が同色の薄浅黄色に咲いていることに、軽い興を発したのである。

むめが香に追《おひ》もどさるゝ寒さかな　（荒小田《あらおだ》）

『荒小田』（舎羅《しやら》編、元禄十四年刊）に出る。舎羅は大坂の人で之道《しどう》門、芭蕉の臨終に際して呑舟と共に懇ろに看取った人。この『荒小田』に初めて出る句で、年代不詳。余寒の厳しい早春、梅の花の香が匂ってくると、さすがに春めいた感覚で、寒さが押戻されるような感じがするというのである。単純すぎて只事に近い。

子に飽《あ》くと申す人には花もなし　（類柑子《るいこうじ》）

『一葉集』に「示門人」と前書している。穎原退蔵は「子に飽ク」をいわゆる貧乏人の子沢山で、従って「子に飽クと申す人」とは生活に暇のない人という意に解し、「花よ月よと浮かれるのは世に有る人の事、かう子沢山の貧乏に責め立てられては花も何もあつたものではない。さういつた一種の生活苦についての述懐である」（芭蕉俳句新講）と言っている。だが、「示門人」と前書があれば、何ほどか訓戒の意味が含まれていよう。「子に飽ク」とは子に対する愛情の欠如で、人情に乏しいことであり、「もののあはれ」を知らぬ人であり、したがって風雅にも至らぬ人である。『続五論』に「俳諧はなくてもありぬべし。たゞ世情に和せず、人情に達せざる人は、是を無風雅第一の人といふべし」とあるのは、芭蕉の言いそうな言葉で、まず芭蕉の言葉であることは確かであろう。その気持を句にすればこの句になるのである。

古《こ》法《ほふ》眼《げん》出どころあはれ年の暮　（三つのかほ）

「古法眼」は狩野元信。元信筆の古画が歳末に売り物に出ている。家に伝えた名画を手放すほどの窮乏の様を思いやって、どこの家で売り出したのかと、あわれを催したのである。画賛の句ではない。

海ある所にたばねたる柴を絵書《えがき》て

須磨《すま》の浦の年取《としとり》ものや柴一把《いちは》　（茶のさうし）

画讃の句。須磨の浦といえば源氏物語須磨の巻以来、海人《あま》の住むわびしいところとされている。海のあるところに束ねた柴を描いた絵を、須磨の浦と見立てて詠んだ。この浦におかれた柴一把は、海人の家の貧しい年用意だ、といったもの。「年取もの」とは、正月の用意に歳末にととのえる食料や飲料や燃料などをいう。古典を踏まえた発想のなかに、年取りもののような当代の風俗を織込んだ句である。

鶯やどる竹内《たけのうち》に梅微散《ややちり》て、桜咲《さく》より五月雨の空打晴《うちはれ》て、早苗をとれと啼《なく》鳥の声、夕暮《ゆうぐる》ゝ里の細道、肥たる牛に俣《また》がりて、きせるを採《とり》て蛍を招キ、ひさごがもとは暑しなんどゝて、月を洗へる盃の曲、げにや一瓢《いっぴょう》千金のおもひ出《いで》

たのしさや青田に涼む水の音　（真蹟写）

前書中の「竹内」を門人、千里の故郷、大和竹内村ととった解釈もある。その竹内村なら、芭蕉は『笈の小文』の旅のとき立寄っているが、夏芭蕉がそこを訪れた可能性は、元禄三、四年上方滞在中の頃となる。だが、この句はその竹内とも決めかねる。その竹内でなくても、どこか豊かな農村の人に頼まれて作った一句だろうか。一面の青田にまんまんと水を

湛え、田に引く水の音があちこちに聞え、青田には涼しい風が渡るという単純な景色を単純なままに詠んで、村人の平和な生活の楽しみを出そうとした。ただしこの句の前書は凝りに凝って長すぎ、句はあっさりと淡く、均衡がとれていない感じである。

蝶鳥のうはつきたつや花の雲　（やどりの松）

花の頃は人の心も浮きたって落着かないが、一面の雲のような花盛りに、蝶や鳥も浮き浮きと気が落着かないさまである。『やどりの松』（助給編、宝永二年刊か）以外に所見がなく、年代考証の手がかりがない。

つゝしみは花の中《なか》成《なる》ひらぎ哉　（六《りく》芸《げい》）

おなじく

『六芸』（淡々編、正徳五年刊）には「礼といふ題にて」と前書のある宗因の句に続けて出しているから、「おなじく」というのは、これを礼という題で詠んだということである。昔から「花のかたはらの深山木《みやまぎ》」（源氏物語、紅葉賀の巻）といい、芭蕉もまた「さびしさや華のあたりのあすならふ」と詠んでいる。華やかな桜の木のそばにあっては、全ての木が淋しく、あるいはつつしみ深く見えるのだ。これは地味な柊の木を桜の花の咲く中に見て、常磐木のその慎しみ深い礼節を讃えたのである。面白味のない作品である。

なに喰《くう》て小《こ》家《いへ》は秋の柳陰
（茶のさうし）

柳の木陰に小屋があって人が住んでいる。川の土堤などにこういう感じの小屋がある。思いがけないところに一軒離れてぽつんとあり、一体何を糧に生きているのだろうと思いやったのである。のち芭蕉に「秋深き隣は何をする人ぞ」とあるが、それと同じように、この句もふとした不審が「なに喰て」という言葉になったのだ。「何をする」といい「なに喰う」といっても、何もすること、喰うことに作者はこだわっているわけではなく、そこに住む人に一種の連帯感情を抱いたことが、そういう表現を取らせているのだ。秋の柳だからその葉が少しずつ散る頃の柳で、一層わびしさを増す。幸田露伴が「利根川の岸にこの句の通りと思つた家があつた。写実的の句である」（続芭蕉俳句研究）と言っている。

萩の露米つく宿の隣かな
（泊船集書入）

ある家に宿ると、庭一杯の萩が露に濡れて咲き乱れている。隣には米を搗く音が聞える、という二つの家の取合わせに興を発した句である。「米つく宿」には水車のある家を想像してよいだろうか。『校正泊船集』は写本で、「享保十年」の跋がある。この句は『蕉句後拾遺』（康工編、安永三年自序）にも出ている。なにか鈍い感じの一句である。

初月《はつづき》や向ひに家のなき所　（俳諧古選）

『俳諧古選』（嘯山編、宝暦十三年刊）に「此句湖南ニ有二真蹟一、諸集皆ナ不レ録」とあるが、諸書多く存疑とする。「初月」は陰暦八月二、三日頃の月で、中秋の月初めの繊月を称するのである。宵のうちわずかの間、西の空に低くかかって直ぐ隠れてしまうので、向いに家のない片側町でそれを眺めたというのである。単純な句である。

葉にそむく椿や花のよそ心　（放鳥集《はなちどり》）

『放鳥集』（晩柳編、元禄十四年序）に「此句武陵のコ斎が、うらめしやあちら向たる花椿、といふ先作ありと門人何某がいひて、捨玉ふとかや承侍れど、そのかみなつかしくこゝにしるし侍る」と注している。『続芭蕉俳句研究』に、椿の花がととのった形のままで葉を捨てて散り落ちる、という解（和辻哲郎説）と、椿の花がいかにも葉に親しまぬように唇を開いて外方に向って咲くという解（太田水穂・小宮豊隆説）とが対立しているが、露伴が「椿の花を花瓶に入れようとして見ると、此の句はよくわかる。椿の花といふものは葉と花の調子がよく合はないものである」と言って、太田・小宮説に軍配を上げた。コ斎が挙げた

「うらめしやあちら向たる花椿」の句との等類が問題になったのだから、もちろんそう取るべきである。生け花の嗜みから、椿の花の本意を捉えた句というべきであろう。

古川にこびて目を張《はる》柳かな　（矢矧堤《やはぎづつみ》）

「古川」を、まだ冬の趣のある川と解する説（岩田九郎『諸注評釈芭蕉俳句大成』）もあるが、やはり素直に古くから流れている古びた趣の川と取っておく。「古川に水絶えず」というが、あまり改修されず古くからの形を残している川、したがって辺りの情景も古い物寂びた感じのある小川である。その川に媚びるように春の柳が芽を吹いているというのだ。「目張る柳」と言うから、柳を擬人化して女に見立て、目に張りを入れる化粧をして古川に媚びるような姿態を見せている、と言った。若い女が金のある老人に媚びているような感じがあり、芭蕉らしからぬ句である。

まとふどな犬ふみつけて猫の恋　（茶のさうし）

『蕉翁句集草稿』に「此句、豊前の婦人紫白が菊の道と云集に、翁の句也と有。無覚束。仍而引句」と言って疑いを残している。芭蕉の句とすれば、句体から見て年代は相当さかのぼるかもしれない。紫白女は寺崎一波の妻、肥前田代の人。

「まとふど」とは、全き人ということ。つまり嘘のない正直者の意から、律儀、愚直の意となり、はては馬鹿なこと、抜けていることの意味で用いられた。これは浮れ歩く恋猫が馬鹿正直に門を守って寝ている犬を踏みつけて行った、というおかしみの句である。延宝の句に「猫の妻へついの崩れより通ひけり」というおかしみの句があるから、この句もその頃の句かもしれない。元禄に入ってからの句には「麦めしにやつるゝ恋か猫の妻」「猫の恋やむとき閨《ネヤ》の朧月」のような、おかしみの中にも哀れがある。

塔山《とうざん》産業の為に江府に居る事三月《みつき》、予はかれが朝寝をおどろかせば、かれは予が宵寝《よいね》をたゝきて方寸をくみしり、寝食をともにしたる人に似たり。けふや故郷へ帰るを見おくらんと、杖を曳《ひき》てよろぼひ出たるに、秋の名残もともにおしまれて

むさし野やさはるもののなき君が笠　（続寒菊）

塔山は正確には嗒山、美濃大垣の人で木因門、のち芭蕉門となった。貞享元年十月には大垣で、元禄二年二月には江戸で、芭蕉と一座して歌仙を巻いている。詞書に「産業の為に江府に居る」とあるから、商用で時々江戸に出てきたのであろう。ただし芭蕉がこの句を嗒山に餞別句として贈った年は何年か分らない。前書によれば、嗒山は三月ほど江戸に滞在して、芭蕉庵の近くに宿をとったのか、朝に夕に訪いつ訪われつした、と書いてある。芭蕉

は、彼が帰京するのを見送ろうとしてどこまでか杖を曳いて出た。季節は秋の名残り、すなわち、暮秋であった。この句は「雑」の句だが、『校本芭蕉全集』の校注者（荻野清・大谷篤蔵両氏）は、月を隠して秋季の心を持たせたものか、と言っている。本歌としては、「武蔵野は草のは山も霜枯れて出るも入るも月ぞ障らぬ」（藤原家隆『壬二集』）、「武蔵野は月の入るべき嶺もなし尾花が末にかゝる白雲」（大納言通方『続古今集』）などがある。この句では「月」の代りに「君が笠」を出し、山のない武蔵野を行く、月ならぬ君の笠は、草から草へ末枯野《うらがれの》をどこまでも行くことだろう、と言ったのである。月を隠しているとすれば秋季か。晩秋の武蔵野の末枯れた景色が何となく浮び上ってくるような句である。

山鳥よ我もかもねん宵《よひ》まどひ　（雪の尾花）

『雪の尾花』（遊五編、延享元年刊）に「此御吟は洛西龍安寺ニ遊び玉ひし時也と。泊船集・句撰等にも洩侍るよし」と記し、京都の書肆《しょし》、井筒屋重寛の蔵する真蹟を写したと書いてある。『一葉集』に「龍安寺にて」と前書がある。

この句は百人一首の「あしびきの山鳥の尾のしだり尾のなが〳〵し夜を一人かも寝む」の歌を踏まえ、山鳥よ、自分も宵のうちから眠くなったので長い夜を一人寝よう、と言ったもの。「宵まどひ」とはまだ宵のうちなのに眠くなること。この句が特に龍安寺で詠まれたという理由は分らない。「山鳥」は当時無季とされていたので、これは「雑」の句だが、「ながへし夜」を裏にこめているから、秋季とも言えよう。『一葉集』には寛文・延宝・天和年中としているが、作風から見てやはり早い頃の作であろう。

別れば や 笠 手 に 提《さげ》 て 夏 羽 織　（白《はく》馬《ば》）

『芭蕉句解参考』には「留別」と題し、上五「別るゝや」とあるのが正しい、と言っているが、根拠不明。別れの際の一瞬の動作が描かれているから「別ればや」の方が句に勢いがついて良いだろう。「別れば」を「別れ端」とし、「別れ端《ば》やおもひ出すべき田植歌」（傘下《さんか》）（元禄七年閏五月二十一日、曾良宛芭蕉書簡）の例を挙げる説もある（『校本芭蕉全集』頭注）。だが、それでは別れ際の動作を説明しただけで、句の勢いが死んでしまう。露伴が「見送りの人々に対して『さあこれで別れよう……』と笠を手にさげて挨拶をしてゐるこくめいなところが見える」（芭蕉俳句研究）と言ったのがよい。人々への挨拶句だからこの句が礼儀めいているのも当然、と露伴は言う。挨拶が済むと夏羽織は脱ぎ、笠をいただいて出立するのだ。「別ればや」と言い、「手に提て」と言ったのが、平淡なこの句に命を吹き込んだ。

あとがき

　ともかくも芭蕉の全発句について、注釈を書き終えた。数えてみると、九七三句である。ここでは私は、それらの発句を味わう上に、必要最低限のことを書き留めれば足れりとした。作品について、一篇の綴り方をつづってみても何になろう、というのが、その時の私の気持であった。

　時々手こずらせる句に出逢うことがある。芭蕉の発句は、よほど特殊な句、作ったあとから芭蕉がすぐ棄ててしまったような句、芭蕉にこんな句があったかしらと少し驚かされるような少数の句は別として、おおかたは日ごろ見馴れた句である。だからそれらは、何度も口の中で十七音をころがしてみた句であるのに、いざ注釈を書こうとしてみると、疑問が湧いてくるのだ。そのことは、これまでその句について、突きつめて考えてみることを保留していたものらしい。それは私が、我ながらその安定した解釈にまだ行き着くことが出来ないでいるものである。そういう句が幾つかある。そういう句が私にとって、言わば難解句なのである。

　たとえば、

である。

何か要領をえず、当時から何となく腑に落ちない句、言わば難解句だったことが分るので

の句などは、そういう句であった。これは『去来抄』にも、何のかのと言っているのだが、

初 雪 に 兎 の 皮 の 髭 作 れ

山中に子供ト遊びて

だが、難解な句を解こうとする時は、あまり考えこむな、というのが、私が自分に対する勧告である。難解句を重っ苦しく解いてみても仕方がない。難解句は出来るかぎり軽く、自然に解ける道をさぐり当てることだ。私は『赤冊子』に、「初雪の興也」と言っているのを、この句の解の中での雋語《しゅんご》とした。この一語は私に、この句の初句の形に「雪の中に」とか「雪の日に」とかいろいろあった中で、躊躇することなく「初雪に」の形を選ばせた。これは去来や其角とも違い、また今日の多くの芭蕉の注解者とも違う考え方である。だが私には、この句は「初雪の興」として受取ってみて、初めてその情景が胸に大きく拡って、豊かな一つの空間を描き出してくるのを覚えるのである。そしてそれは、芭蕉が「山中に子供ト遊びて」と詞書をつけた気持につながるものだ。芭蕉が「山中」とか「山家」とか「山国」とか言った場合、それは故郷伊賀であり、そこには常に幾分の卑下と多分の親しみとを伴っている。ことに自分が生れた家、すなわち上野赤坂の兄半左衛門の家を言う場合が多い。ここに言う子供も、半左衛門の孫たち（いたとしてだが）とその近所の遊び友だちの悪童どもだろう。そのような子供の世界に、芭蕉は素直に没入することが出来た。「俳諧は三尺の童

にさせよ」と言った彼は、その無心の世界に触れることを、大きな喜びとしたはずである。
そのように考えれば、この句のモチーフも、情緒も、実にすんなりと分って来た。実は十数年前に、杉森久英氏にこの句の解を問われ、私は明快な答えをすることが出来なかった。今なら躊躇なく、私は氏にこの解を示すだろう。

芭蕉の句の注釈を書きながら、しばしばその句の解釈の由来を思い、感慨をもよおすことがあった。たとえば『奥の細道』市振での句、

　一家に遊女もねたり萩と月

について、謡曲『江口』を下敷にしたことから来る「一家」の意味の重層性について、加藤楸邨氏に話したのは、何時のことであったろう。私が「俳句研究」という雑誌を編輯していた時で、氏が三省堂の『芭蕉講座』の発句篇を執筆中の時であった。氏はこの執筆のために、大学ノートに一句一句メモを取っていたが、私のその考えを氏がその場でノートに控えたことを覚えている。

あるいはまた、

　人声や此道かへる秋の暮
　此道や行人なしに秋の暮

『笈日記』に記す最晩年のこの二句について、私が初めてエッセイ『「人声や」「この道や」』を書いたのは、昭和二十八年九月の「馬酔木《あしび》」誌上であった。それはこれまで、「この道や」の推敲過程としか考えられていなかった「人声や」を、独立の一句として復権せしめ

た一文であった。これは私の芭蕉の俳諧についての根底の認識にかかわるものであった。「懐かしさ」と「やさしさ」とを、私は芭蕉の生き方と文学発想との根本において考えるのである。そして私のこの考え方は、その後二十年を経てみると、ひとびとの考え方の中に幾分滲透して来たのではないかと思われる。

一方に私をそのような回想にさそう発句があるかと思うと、他方において学者たちの新しい発見や考証があって、多大の啓発を蒙《こうむ》っているものがある。たとえば、『奥の細道』の旅で酒田の寺島彦助亭での発句、

涼しさや海に入たる最上川

後に改作して、

暑き日を海にいれたり最上川

の形となった句についてだが、酒田古文書同好会の佐藤七郎、田村寛三氏ら、また同じく酒田在住の藤井康夫氏の努力で、彦助亭の位置と、彦助なる人物のおおよそについて、見当がついたことを挙げなければならぬ。どのような場所からこの句が詠まれたかが、酒田の元禄古図によって分ったことは、たいへんありがたいことだった。そして斎藤茂吉が、晩年に大石田に住んで、最上川に異常なまでの執心を抱き、この句が詠まれた場所を考証しようとして、藤井氏を頼って酒田に足を運び、河口の日和山に寺島邸があって、そこで詠んだのではないかと推論したのは、文献的に否定されることになった。それは仕方のないことだが、私は後に改作して「暑き日を」となったのは、日和山にのぼって日本海の水平線に沈む夕日を

見た経験にもとづいているのではないか、と推論した。結果において、茂吉の直観を是認したことになる。詩人の直観を、文献を超えて納得したのであって、私はこれも面白いと思った。

作品の制作年次について、服部土芳《どほう》の編纂した『蕉翁句集』に従ったものが多い。もちろんこの集には誤った推定も少くないが、土芳と芭蕉との関係の親しさから見ても、是認すべきものが遥かに多いのである。普通には、彼の推定に傍証が得られない場合、年代不明としているが、私は彼の推定の当っている公算が大きいことを思い、年代不明としてあつかわず、その推定に従った。

なお、この下巻の完成は、意外に暇取ってしまったが、河出書房新社の藤田三男氏をはじめ、日賀志康彦、飯田貴司、久米勲氏等の多大の助力で出来上ったものであり、ここに改めて心からの感謝を申し述べておく。

昭和四十九年十月二十九日

山本健吉

解説

尾形仂

本書をもって、芭蕉没後二百八十年に及ぶ芭蕉享受史に一エポックを画した快挙といえば、いささか書肆の宣伝文句めくが、そう言うのには、それなりの理由がある。

芭蕉の発句を集成し、これに注釈を加えようとする試みは、元禄七年に芭蕉が没した直後から、まず門人たちの手によって企てられた。それは、『三冊子』にいわゆる「師の詠草の跡を追ひ」「その心を知る」ためである。芭蕉は、手まわしよく自撰句集『五元集』を残して世を去った其角とは違って、生前みずから一冊の句集も編むことをしなかったので、門人たちの企ては、その遺吟を拾うところから始まっている。師の足跡を全国に尋ねて一六五句を採録した支考の『笈日記』(元禄八)は、その典型的な例といっていい。

だが、最初の芭蕉全集ともいうべき風国の『泊船集』(元禄一一)に四季類題別の形で集成された発句数は、五二二句。また土芳が年代順に丹念に編んだ『蕉翁句集』(宝永六稿)の収録句も五五四で、ともに今日知られる芭蕉全発句の約半数にすぎなかった。一方、同じ土芳の『三冊子』(元禄一六ごろ稿)や去来関係の俳論書などに見える芭蕉の発句をめぐっての論評は、芭蕉の直話を交えた最初の注釈例として貴重だが、これまた取り上げられた句数は一〇〇に満たない。惣じてかれらの仕事は、芭蕉の詠草やその真意を正しく受けとめ後世に伝えようとする門人としての誠情に貫かれていたが、集句にせよ注釈にせよ、量的にはいずれも不十分なままに終わった。

芭蕉句集の編纂と注釈の業が本格的に興るのは、芭蕉五十回忌を契機に蕉風復古の気運が高まって以後のことに属する。句集としては、華雀の『芭蕉句選』（元文四）を先駆に、『芭蕉句選拾遺』（宝暦六）『蕉句後拾遺』（安永三）、蝶夢の『芭蕉翁発句集』（安永三、五）等が相次ぎ、収録句数も松什の『芭蕉翁発句類題集』（天保一五）に及んでついに千二百余を数えるに至った。だが、実のところ、同時にそれは、芭蕉の名を冠した誤伝句・存疑句の増加の歴史でもあったといわなければならない。一方、注釈書も、杉雨の『芭蕉翁発句評林』（宝暦八）以下、『芭蕉句解』（宝暦九）『師走嚢』（明和元）等々枚挙に遑《いとま》がなく、中には何丸の『芭蕉句解大成』（文政一〇）のごとく、千二百四十余句の注解に及んだものもある。ただ、華雀撰四季類題別六七一句を注した積翠の『句選年考』（寛政年間稿）、蝶夢撰四季類題別七五七句を注した杜哉の『芭蕉翁発句集蒙引』（文化一二稿）を除けば、句解として採るべきものに乏しく、いずれも衒学的な古歌・故事の引用と見当違いの寓意の穿鑿《せんさく》に終始したのは、滔々たる芭蕉偶像化の趨勢《すうせい》と歩調をひとしくしたものといえようか。

沼波瓊音《ぬなみけいおん》の『芭蕉全集』（大正一〇）、勝峯晋風《かつみねしんぷう》の『新編芭蕉一代集』（昭和六）等、近代における蕉句編纂の歩みは、いたずらに句数の多きを貪って厳正な校勘を忘れた近世後期の諸句集の弊を是正すべく、直接元禄の古俳書に遡っての出典の究明と、それにもとづく真偽の検討、句形の校異、年次の確定等の文献学的考証を通して進められた。そうした歩みの到達点として以後の芭蕉研究の基礎を据えたのは、潁原退蔵の『新校芭蕉俳句全集』(昭和二二)である。だが、その潁原の『全集』においてすら、五変ないし七変といわれる芭蕉のめざましい作風展開の過程を跡づけるべき年代順配列の実現を見るに至らず、なお四季類題別にとどまったことは、全句にわたる年次考証がいかに困難であるかを物語っている。戦後の芭蕉研究の目標は、潁原の方法をふまえ、土芳の『蕉翁句集』の発見や筆蹟研究・書簡研究の成果を取り込みつつ、もっぱら年代別全集の完成へと向けられた。『定本芭蕉大成』(昭和三七)の九九三句、『校本芭蕉全集』(昭和三八)の九八〇句、岩波文庫『芭蕉俳句集』(昭和四五)の九八二句の年次別配列は、そうした目標に対するそれぞれの答えを提示したものにほかならない。

一方、近世の俳人たちによってかたちづくられた芭蕉の偶像が子規の手によって破壊されて以来、芭蕉の発句は改めて純粋に文学としての立場から問い直され、多くの俳人・歌人・詩人・学者たちの手によってさまざまな注釈が試みられたが、いずれも名句選択の域を出るまでには至らなかった。それらの多くが実景・実感の尊重の上に立つ近代的感性を評釈の武器とした中にあって、志田義秀の『芭蕉俳句の解釈と鑑賞』正・続(昭和二二)、潁原退蔵の『芭蕉俳句新講』(昭和二八)は、厳密な学問的考証を通し作品をその成立の時所に即して理解しようとしたものとして注目されるが、ともに著者の死により、前者は一〇七句、後者は四六二句をもって中絶したのは、やむを得ない。そして、研究者の間からは、その後、年代別句集の完成をめざしためざましい研究の進展を見たにもかかわらず、両氏の遺志を継いで全注釈を完成しようとする試みは、ついに実現を見ずに終わった。

『芭蕉全発句』が、『定本芭蕉大成』以下の成果の批判的摂取の上に立って、年代別に配列した芭蕉の総発句数を九七三句と確定し、その全注釈を完成したことは、近代百年に及ぶ芭蕉研究の歩みに一つのピリオドを打ったことになる。のみならずそれは、支考の一六五句採集、土芳の六五句注釈に始まる積年の課題をここに達成したものということができるだろう。これを芭蕉没後二百八十年に及ぶ芭蕉享受史上、画期的な快挙といった理由の一つもそこにある。

土芳は『三冊子』に、俳諧史における芭蕉の出現を評して、「まことに代々久しく過ぎて、この時俳諧に誠を得ること、天まさにこの人の腹を待てるなり」と言っているが、今、山本健吉氏による『芭蕉全発句』の完成を顧みるとき、いかにも時なるかな、人なるかな、との思いを禁じ得ない。

尤も、本書の完成以前に、制作年代順を追った芭蕉の全句注釈という難事業に挑んだものが、まったくないわけではなかった。その一つは、加藤楸邨氏の『芭蕉講座・発句篇』㊤昭和一八、㊥昭和一九、㊦昭和二三）である。それは四季類題別に類聚された潁原退蔵校注の岩波文庫『新訂芭蕉俳句集』（昭和一五）をもとに、独自の裁量によって年代別に並べ変え評釈を施したもので、収めるところ七九二句。今日から見れば取り上げた句数も配列も不十分の感は免れないが、芭蕉の飽くなき自己探求の姿を明らかにすべくこの時点で氏の採用した作品の年代順配列という方法が、後の『定本芭蕉大成』や『校本芭蕉全集』の先蹤をなした功は没しがたい。

楸邨はさらにその後、新註国文学叢書『芭蕉句集』(昭和二四)、日本古典文学全集『松尾芭蕉集』(昭和三五)等を経て、山本氏の『芭蕉全発句』と相前後して、存疑を含む一〇一六句に注釈を加えた『芭蕉全句』上下(昭和四四、五〇)を完成した。

私には、芭蕉の年代順全句注釈という大事業の完成が、学者の手によってではなく、かたや俳人、かたや評論家である両氏の手によって果たされたことが、とりわけ興味深い。それは、学者の仕事をささえる真理の探究をめざした冷静で客観的な学問姿勢や使命感とはおのずから別種の、実作者ないし評論家としてのそれぞれの生の課題と深くかかわった激しい内的要請が、これらの難事業を完遂させる推進力となったと思えるからである。

楸邨はさまざまな機会に、その「芭蕉に惹かれる心」について語っている。楸邨には、俳人としてのそもそもの出発の当初から、十七音というものを言えない詩型でいかにしてものを言うかということが、根本的な課題としてあった。子規以来の「写生」という方法は、そうした課題に何の解決も与え得ない。楸邨にとって芭蕉の研究は、芭蕉が十七音という「とざされたことばの世界で、とざされた底に無形の自由をひろげ」「無限のひろがりを可能にした」、その「芭蕉の方法」を探究することの中に自己の課題の解決の方途を見出そうとする、作家としての必須の営みにほかならなかったのである。そうして楸邨は、「合理的な実証の限界」をつき抜けた「感合滲透」の姿勢をもって一句一句に対決し、芭蕉の芸術を現代に新しく生かす上で「その芸術の最も実践的な点」である「発想契機」の、年次を追った展開過程の究明へと向かう。それが楸邨の『芭蕉講座』発句篇から『芭蕉全句』へと至る全注釈の仕事を貫く動機であり方法であった。

山本氏の場合、氏を芭蕉発句の注釈へと駆り立てたものは何であったのか。

山本氏の評論活動は、この全集の巻立てからもわかるとおり、多岐多方面にわたっているが、氏自身、その評論家としての関心の核について、「詩の自覚の歴史」（『古典と現代文学』昭和三〇）の冒頭で「日本文学の歴史に寄せる私の興味に、一本筋の通ったものがあるとすれば、それは日本の詩の自覚の推移をたどることである」と語っている。このことばが単にその場かぎりの思いつきから発せられたものでないことは、三たび同じタイトルのもとに同じテーマを追究しつづけた、その後の氏の歩みに徴しても明らかだろう。その中で氏は、芭蕉を人麻呂・世阿弥と並んで日本の詩の自覚の歴史にとって重要な三つの時期を代表する一人にあげるとともに、芭蕉をば、貴族的な「上からの牽引力」と庶民的な「下からの牽引力」とが同時にはたらきかけてくる地点に立って、歌仙様式の中から「抒情詩のエッセンスとしての発句を結晶させ」た、発句様式の完成者としての位置づけ、その作品のモノローグであると同時にダイアローグでもある重層性に注目する。

氏を芭蕉全発句の注釈へと駆り立てた根源的要因を、氏の評論家としての思考の体系の中における、そうした芭蕉への強烈な関心に求めることは、おそらく謬《あやま》っていまい。だが、年代的にいえばこれより先、昭和十三、四年ごろからいわゆる難解派といわれる俳人たちの一部に自覚されてきた「俳句固有の方法」を探る動きと不即不離の関係でその俳句観を形成してきた山本氏は、「俳諧の古人が実作上の叡知から洞察してゐたこと」を氏なりに挨拶・滑稽・即興の三つに集約し理論づけ、それを「挨拶と滑稽」と題して現代俳句協会編『俳句藝術』第一輯（昭和二三）に発表している。「挨拶と滑稽」論は、のち『純粋俳句』（昭和二七）に収録されたが、その氏の見出した「俳句固有の方法」を、氏が俳句の最高の達成と認める芭蕉の作品一四七句を対象とした解釈・鑑賞・批評という有機的作業を通して検証しようとしたのが、昭和二九年から三年間にわたって書きつづけた労作『芭蕉――その鑑賞と批評』三冊（昭和三〇〜三一）にほかならない。

すなわち、氏と芭蕉発句の注釈との最初のかかわりをもたらしたものは、子規以来の個を中心とした展開路線の行きづまりに直面する現代俳壇へ向けた、同時代を生きる評論家としての積極的なはたらきかけの意志であったということができる。そのことは、「詩人としての個の意識に目覚めながら、まだ素朴な協同体的寄合いの消えやらぬ時代」を生きた芭蕉の幸福に比し、全と個との分裂した不毛の時代に生きる現代の詩人に向けて、「新たな決意と方法とに生きるため」の「別途な覚悟」を要請した、同書の序文を通しても窺えよう。「詩の自覚の歴史」における芭蕉への注目と位置づけは、『芭蕉――その鑑賞と批評』における注釈の実践と深くかかわっている。そして氏の思考の体系の中における芭蕉の位置づけが、さらに氏を駆ってその全注釈へとおもむかしめたのである。『芭蕉全発句』という難事業を完成させたものは、「今日という時代に生きる者として」「その文学創造の場において、その発言が生きた働きを持つという自覚の上に立つ」評論家としての氏にとっての、そうした二重の意味における課題の追究に向けた激しい意志と情念とであった。

その「まえがき」によれば、『芭蕉全発句』執筆の直接の契機となったのは、日本の古典『松尾芭蕉』(昭和四七)の中で発句集の全訳を試みたことだという。その時扱った発句の数は七四五。一四七句を対象とした『芭蕉——その鑑賞と批評』と『松尾芭蕉』との間には十七年、『芭蕉全発句』との間には十九年の歳月の隔たりがある。その間に氏の注釈の方法は大きく一変した。

『芭蕉』の特色は、従来とられてきた「作品の背後をさぐつて一人の人間の生活に到達するような探求」の方法を避け、作家の私生活や伝記から切り離された作品そのものを取り上げて、「多様な感情やイメーヂや言葉の、微妙な複合体としての詩人の精神」、いいかえれば「芭蕉のなかの個性的なものでなく、没個性的なもの」を探ろうとする意図のもとに採用した「厳密に一行々々に即した精密批評」の方法にあったといっていい。氏はそのことについて、「私は芭蕉の一句々々に即して、しちくどいまでに多くの言葉を費したが、それには今日、俳句の批評というと、言葉数を惜しんだ、暗示的な印象批評が多いことに対するアンチ・テーゼとしての意識があつた」とも言っている。そのような精密批評の方法を通して、氏は芭蕉の俳句をささえる「連句的・生活協同体的な世界」を探りあて、芭蕉における伝統の持続と変革の意義を明らかにすることに成功したのである。

それに対して『芭蕉全発句』では、氏は前著で示したその克明周到な評釈態度を一擲し、その「まえがき」にも「これは一句の味解について、読者にある指針を与えれば足れりとする」と言い、「あとがき」にまた「ここでは私は、それらの発句を味わう上に、必要最低限のことを書き留めれば足れりとした」とくり返すように、努めて穿鑿《せんさく》を避け、ことばを惜しんで「解の軽やかさ」につこうとしている。

これは、むろん、「俳句固有の方法」を芭蕉の発句の中に検証すべく模索を重ねた『芭蕉』と、そこでの成果をふまえて全発句の注釈をめざした『松尾芭蕉』『芭蕉全発句』との、目的や性格の相違からもきていよう。同時にそれはまた、この二十年近い歳月の間における、氏の注釈というものに対する考えかたの変化、――というよりはむしろ、芭蕉に対するとらえかたの深化にもとづくものでもあったといえる。

すでに『芭蕉』の「第三部あとがき」の中には、「私は、『炭俵』所収の〈大根引〉の句において、〈軽み〉を概論的に説いておいたが、その後も機会のあるごとに、〈軽み〉に言及した。〈軽み〉の主張が、芭蕉の歩みとともに、その本質を明かにして行つた、言いかえれば、芭蕉自身が句作とともに、実践的に〈軽み〉を深めて行つたと思われるからである」という、芭蕉の〈軽み〉に寄せる氏の深い関心を窺わせることばが見えているが、『芭蕉全発句』の完成と前後して雑誌『すばる』に四回にわたって連載した「〈軽み〉の論――序説」

以下の、堰を切ったような〈軽み〉への発言が示すごとく、以来氏は年とともに〈軽み〉への省察を深めてきた。そうした芭蕉の〈軽み〉への省察の深化が、注釈に際しての意識的な〈軽み〉の実践となって顕われたものであることは、その「まえがき」にしるされた「自己を没却した解の軽やかさも、私はあってほしいと思う。だが、その境にまで到達するのは、まさに訓詁のわざの名人芸と言うべきであろう。そこまで到りたいと思う」という覚悟からも明らかであろう。

前著『芭蕉』と同じように、氏の執拗かつ犀利な考察の筆に導かれて、一句の成立する詩的環境を彷徨し、ことばの重層する世界を探索する楽しみに酔い痴れることを期待する読者には、あるいは本書の叙述はいささか素っ気なく、その味わいは淡きにすぎると思われるかも知れない。だが、それは、芭蕉の〈軽み〉について説いた去来の『不玉宛論書』にいわゆる、鴻雁の羹《あつもの》を慕って芳草の汁の美味を知らざるものといわなければならぬだろう。その筆致の軽きにつられて読みもてゆくほどに、その簡潔で淡白な解の何と楽しく見えてくることか。

たとえば、「合歓《ねぶ》の木の葉ごしもいとへ星のかげ」の句に対する「この夜は牽牛・織女の年に一度の逢瀬なのだから、合歓の木の葉ごしにでもその逢瀬を覗き見るようなことはしないがよい、と自分にも言い人にも言っているのである。（中略）合歓の葉ごしにのぞくことは、枕屏風ごしに男女の睦ごとを覗き見るようなものである」、「秋の夜を打崩したる咄かな」の句に対する「車庸《しやよう》亭でのこの俳席が設けられたのは、元から大坂にいた之道《しどう》（諷竹）

と、膳所《ぜぜ》から移って来た洒堂《しやどう》とが不和であったのを、芭蕉が取りなして、両派の合同俳会を催した。そのため旧来のしこりが解けたなごやかな雰囲気を祝福する気持が、〈打崩したる〉と詠ませたのである」、「冬瓜やたがいにかはる顔の形《なり》」の句に対する「故郷へ帰って昔の自分を回想するにつれて、ふと若やいだ気分になる折があった。日の入る前の一瞬見せる華やぎである。冬瓜のような老女の顔に、昔の少女時代の面影を思い浮べるのである」等々といった、〝一言の断〟的な解の確かさ。その底には、「俳句固有の方法」である挨拶と滑稽と即興の特性を押さえた氏の卓抜な鑑賞力が息づいている。時に私どもが立ち止まって空想の翅をひろげ、自分なりの肉づけを試みる楽しみを味わうことができるのも、「読者にある指針を与えれば足れりとする」氏の、「自己を没却した解の軽やかさ」のおかげである。

発句の鑑賞とは、本来そうした軽みの形においてなされるべきものであるのかも知れない。「俳句固有の方法」をふまえた上での、発句の鑑賞の本来あるべき軽みの解。そこにこそ、いたずらに衒学に流れて詩性を見失った近世の注釈類や、実景・実感を尺度として俳句固有の方法を忘れた近代諸家、あるいは伝記的事実の穿鑿に執して表現をおろそかにした学者の注釈をはるかに超える、本書の卓越性があるといえるだろう。本書をもって芭蕉享受史上の画期的な快挙と称した、もう一つの、より大きな理由がそこにある。

解題

著者が俳句に関心をもつようになったのはいつごろだろうか。昭和八年著者は改造社に入り、翌年同社の「俳句研究」の編集にたずさわる。おそらくそのことが本格的に俳句と関係をもつ最初のきっかけかと思われる。

　この間著者は編集者の仕事のかたわら、文芸批評を志し、戦局の容易ならざる様相をみせてきた十八年には『私小説作家論』を上梓している。一方平行して「凩の風狂――『冬の日』叙説」「高館――『奥の細道』叙説」といった芭蕉に関する評論なども書いている。これらが著者の芭蕉と取り組んだ初めてのものといえるだろう。やはり十八年のことである。もっとも著者は十五年「滝井孝作」(『私小説作家論』所収)のなかで、「茲で私は滝井論から暫く外れて」とことわって、俳句とくに芭蕉を論じていることがあるけれども。

　戦後著者の俳句への眼ざましい評論活動については改めて述べるまでもない。それはひろく知られていることでもあるし、この解題と直接関係がないからでもある。

　さて、その後芭蕉とのかかわりであるが、著者は三十年から三十一年にかけ一時間文庫の三冊本『芭蕉』を出版し(初めの一冊の『芭蕉Ⅰ』は昭和三十年度の新潮社文学賞を受ける)、後に一冊本『芭蕉――その鑑賞と批評(全)』にまとめる。さらにこれは上下巻として新潮文庫にも収められることになる。

『芭蕉全発句』については、その「まえがき」「あとがき」に本書成立のいきさつ等が語られているゆえ、重ねて述べることはやめる。が、手短かに要点を記せば、これは四十七年八月に出版された『日本の古典』シリーズの『松尾芭蕉』(河出書房新社刊)をもとにして作られたものである。このとき著者は七四五句の評釈を行っている。芭蕉の全発句は、人によって数えかたが違うが、通例一千句弱といわれている。著者の場合は九七三句である。したがって、『松尾芭蕉』に新たに二二八句の加えられたものがこの『芭蕉全発句』というわけになる。ただし、『全発句』においては、例えば「荻の声」「花にあかぬ」の句に見られるように、仔細に見るとわずかではあるが著者の手が加えられているのが判る。

作品の制作年次については、芭蕉の直接の弟子である服部土芳の編纂した『蕉翁句集』によることの多い旨が記されており、また参照した主要文献等もあげられてある。より詳しくはそれらをご覧いただければ幸である。

なお、これまで芭蕉全発句の評釈を行ったのは加藤楸邨氏と著者の二人だけであり、現代の文学者として文芸評論を基軸に据えた著者のこの評釈は、柔軟な鑑賞力と深い学識に支えられて、独特の味わいを滲ませている。

最後に本巻(『山本健吉全集　第六巻』)の底本とした『芭蕉全発句』上下巻について記す。上巻は昭和四十九年四月河出書房新社から発行された。全部で三六五頁、定価は一四〇〇円。下巻は三九九頁、本文の他に全句についての初句総索引があり、同年十二月同じく河出書房新社から出版された。定価は一七〇〇円。上下巻ともに四六判、布装、厚表紙、箱入りである。箱には簡単な絵模様があり、装幀者は榛地和である。

『山本健吉全集』編集部

三句索引

○この索引は『芭蕉全発句』に掲出した全句の上句・中句・下句を発音順に配列したものである。
○数字はページ数を、上中下はそれぞれの上句・中句・下句を示す。
○同じ言葉で、平仮名表記と漢字表記の両方がある場合は、漢字表記で代表させた。

【あ】

【う】

【え】

【く】

【さ】

【す】

【せ】

【そ】

【て】

【の】

【は】

【ひ】

【ふ】

【ま】

【む】

【め】

【も】

【ら】

【り】

【る】

【れ】

【ろ】

季語索引

○この索引は『芭蕉全発句』に掲出した全句の季語を、本書解説にのっとり四季に分類し、発音順に配列したものである。
○数字はページ数を、春夏秋冬は該当の季節を、（　）内は類語を示す。
○同じ言葉で平仮名表記と漢字表記の両方がある場合は漢字表記で代表させた。

【と】

【な】

【に】

【ぬ】

【ね】

【の】

【は】

本書の原本は一九七四年、河出書房新社より『芭蕉全發句』上下巻として刊行されました。なお、講談社学術文庫収録にあたっては、一九八三年に小社より刊行された『山本健吉全集　第六巻』を底本としました。

山本健吉（やまもと　けんきち）
1907年長崎市に生れる。本名，石橋貞吉。31年慶応大学国文科卒業。在学中折口信夫の講義を受ける。66年日本芸術院賞受賞。72年『最新俳句歳時記』で読売文学賞，81年『いのちとかたち』で野間文芸賞をそれぞれ受賞。83年文化勲章受章。主著『古典と現代文学』『釈迢空歌抄』『柿本人麻呂』『十二の肖像画』『詩の自覚の歴史』『山本健吉全集』（全17巻）等。1988年没。

講談社学術文庫

定価はカバーに表示してあります。

芭蕉全発句《ばしょうぜんほっく》

山本健吉《やまもとけんきち》

2012年２月９日　第１刷発行
2014年11月10日　第６刷発行

発行者　鈴木　哲
発行所　株式会社講談社
東京都文京区音羽2-12-21 〒112-8001
電話　編集部（03）5395-3512
販売部（03）5395-5817
業務部（03）5395-3615
装　幀　蟹江征治
印　刷　豊国印刷株式会社
製　本　株式会社若林製本工場
本文データ制作　講談社デジタル製作部

ISBN978-4-06-292096-4

「講談社学術文庫」の刊行に当たって

これは、学術をポケットに入れることをモットーとして生まれた文庫である。学術は少年の心を養い、成年の心を満たす。その学術がポケットにはいる形で、万人のものになることは、生涯教育をうたう現代の理想である。

こうした考え方は、学術を巨大な城のように見る世間の常識に反するかもしれない。また、一部の人たちからは、学術の権威をおとすものと非難されるかもしれない。しかし、それはいずれも学術の新しい在り方を解しないものといわざるをえない。

学術は、まず魔術への挑戦から始まった。やがて、いわゆる常識をつぎつぎに改めていった。学術の権威は、幾百年、幾千年にわたる、苦しい戦いの成果である。こうしてきずきあげられた城が、一見して近づきがたいものにうつるのは、そのためである。しかし、学術の権威を、その形の上だけで判断してはならない。その生成のあとをかえりみれば、その根は常に人々の生活の中にあった。学術が大きな力たりうるのはそのためであって、生活をはなれた学術は、どこにもない。

開かれた社会といわれる現代にとって、これはまったく自明である。生活と学術との間に、もし距離があるとすれば、何をおいてもこれを埋めねばならない。もしこの距離が形の上の迷信からきているとすれば、その迷信をうち破らねばならぬ。

学術文庫は、内外の迷信を打破し、学術のために新しい天地をひらく意図をもって生まれた。文庫という小さい形と、学術という壮大な城とが、完全に両立するためには、なおいくらかの時を必要とするであろう。しかし、学術をポケットにした社会が、人間の生活にとってより豊かな社会であることは、たしかである。そうした社会の実現のために、文庫の世界に新しいジャンルを加えることができれば幸いである。

一九七六年六月

野間省一

文学・芸術

神《じん》保《ぼ》璟《けい》一郎《いちろう》著
クラシック音楽鑑賞事典
人々の心に生き続ける名曲の数々をさらに印象深いものとする鑑賞事典。古典から現代音楽まで作曲者と作品を網羅し、解説はもとより楽聖たちの恋愛に至るまでが語られる。クラシック音楽愛好家必携の書。

620

阿部筲人《しょうじん》著（解説・向井　敏）
俳句　四合目からの出発
初心者の俳句十五万句を点検・分類し、そこに共通して見られる根深い欠陥である紋切型表現と手を切れば、今すぐ四合目から上に登ることが可能と説く。俳句上達の秘密を満載した必携の画期的な実践入門書。

631

上田三四二《みよじ》著（解説・宮内　豊）
徒然草を読む
徒然草はただ一つのことを切言していると著者は言う。「先途なき生」と。明日をも知れぬいのちを生きるその極意は、「ただいまの一念」であると訴えた兼好の思想を、時間論に焦点を合わせて洞察した好著。

719

岡倉天心著（解説・松本三之介）
東洋の理想
明治の近代黎明期に、当時の知性の代表者のひとり天心は敢然と東洋文化の素晴らしさを主張した。「我々の歴史の中に我々の新生の泉がある」とする本書は、日本の伝統文化の本質を再認識させる名著である。

720

久松真一著（解説・藤吉慈海）
茶道の哲学
茶道の本質、無相の自己とは何か。本書は、著者の茶道の実践論ともいうべき「茶道箴」を中心に展開。「日本の文化的使命と茶道」「茶道における人間形成」等の論文をもとに茶道の本道を説いた刮目の書。

813

山本健吉著
基本季語五〇〇選
『最新俳句歳時記』『季寄せ』の執筆をはじめ、多年に亘る俳句研究の積み重ねの中から生まれた季語解説の決定版。俳句研究の最高権威の手に成る基本歳時記で、作句の全てはこの五百語の熟読理解から始まる。

868

謡曲入門
伊藤正義著

謡曲研究の第一人者が、校訂作業の折にふれて記した研究余滴。それがはからずも珠玉の文章となり、すぐれた案内となった。「安宅」「蟻通」「融」「百万」「三輪」など代表的な曲を、より深い鑑賞へといざなう。

2049

ドストエフスキー人物事典
中村健之介著

作家の分身たる登場人物たちが作品中で繰り返し展開するテーマ、それは苦痛の中に生きる人間の現実――。全小説の内容紹介とともに百九十三人の主要登場人物を分析した、鮮烈なドストエフスキー文学再発見！

2055

高杉晋作の手紙
一坂太郎著

幕末の長州藩を縦横に走り回った高杉晋作は、膨大な手紙を残した。吉田松陰、久坂玄瑞、桂小五郎（木戸孝允）、山形狂介（有朋）らに吐露した本音とは？晋作の息吹が鮮烈に伝わってくる書簡百を厳選！

2067

江戸滑稽化物尽くし
アダム・カバット著（解説・佐藤至子）

絵と文章で構成され、江戸時代中期、社会風潮や流行をパロディー化する大衆文学としてさかんになった黄表紙。そこに登場する化物という「異文化」を通し、江戸っ子の心性を描き出した、異色の近世文学研究。

2068

寺山修司全歌集
寺山修司著（解説・塚本邦雄／穂村　弘）

短歌、俳句、詩、エッセイ、評論、演劇……。芸術のジャンルを軽々と飛び越えた鬼才。五七五七七の短歌の黄金律を、泥臭く、汗臭く、そして血腥い呪文へと変貌させる圧倒的な言語魔術に酔いしれる。

2070

風姿花伝
市村　宏全訳注

「幽玄」「物学（物真似）」「花」など、能楽の神髄を語り、美を理論化した日本文化史における不朽の能楽書を、精緻な校訂を施した原文、詳細な語釈と平易な現代語訳で読解。世阿弥能楽論の逸品『花鏡』を併録。

2072

芭蕉全発句

山本健吉

講談社学術文庫